KB045558

푸는 문화 신바람의 문화·
문화 코드

이어령 전집
22

푸는 문화 신바람의 문화·
문화 코드

한국문화론 컬렉션 2
에세이_신바람과 코드에 깃든 한국문화

이어령 지음

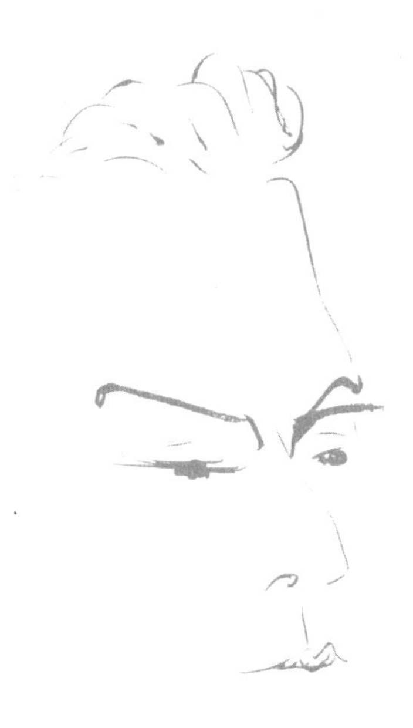

21세기북스

추천사

상상력과 흥의 근원에 관한 깊은 탐구

박보균 | 문화체육관광부 장관

이어령 초대 문화부 장관이 작고하신 지 1년이 지났습니다. 그러나 그의 언어는 여전히 우리 곁에 남아 새로운 것을 볼 수 있는 창조적 통찰과 지혜를 주고 있습니다. 이 스물네 권의 전집은 그가 평생을 걸쳐 집대성한 언어의 힘을 보여줍니다. 특히 '한국문화론' 컬렉션에는 지금 전 세계가 갈채를 보내는 K컬처의 바탕인 한국인의 핏속에 흐르는 상상력과 흥의 근원에 관한 깊은 탐구가 담겨 있습니다.

선생은 우리 시대를 대표하는 지성이자 언어의 승부사셨습니다. 그는 "국가 간 경쟁에서 군사력, 정치력 그리고 문화력 중에서 언어의 힘, 언력言力이 중요한 시대"라며 문화의 힘, 언어의 힘을 강조했습니다. 제가 기자 시절 리더십의 언어를 주목하고 추적하는 데도 선생의 말씀이 주효하게 작용했습니다. 문체부 장관 지명을 받고 처음 떠올린 것도 이어령 선생의 말씀이었습니다. 그 개념을 발전시키고 제 방식의 언어로 다듬어 새 정부의 문화정책 방향을 '문화매력국가'로 설정했습니다. 문화의 힘은 경제력이나 군사력같이 상대방을 압도하고 누르는 것이 아닙니다. 문화는 스며들고 상대방의 마음을 잡고 훔치는 것입니다. 그래야 문화의 힘이 오래갑니다. 선생께서 말씀하신 "매력으로 스며들어야만 상대방의 마음을 잡을 수 있다"라는 말에서도 힌트를 얻었습니다. 그 가치를 윤석열 정부의 문화정책에 주입해 펼쳐나가고 있습니다.

선생께서는 뛰어난 문인이자 논객이었고, 교육자, 행정가였습니다. 선생은 인식과 사고思考의 기성질서를 대담한 파격으로 재구성했습니다. 그는 "현실에서 눈뜨고 꾸는 꿈은 오직 문학적 상상력, 미지를 향한 호기심"뿐이었다고 말했습니다. 그는 마지막까지 왕성한 호기심으로 지知를 탐구하고 실천하는 삶을 사셨으며 진정한 학문적 통섭을 이룬 지식인이었습니다. 인문학 전반을 아우르는 방대한 지적 스펙트럼과 탁월한 필력은 그가 남긴 160여 권의 저작물로 남아 있습니다. 이 전집은 비교적 초기작인 1960~1980년대 글들을 많이 품고 있습니다. 선생께서 젊은 시절 걸어오신 왕성한 탐구와 언어의 발자취를 따라가다 보면 지적 풍요와 함께 삶에 대한 진지한 고찰을 마주할 것입니다. 이 전집이 독자들, 특히 대한민국 젊은 세대에게 문화 전반을 아우르는 교과서이자 삶의 지표가 되어줄 것으로 확신합니다.

추천사

100년 한국을 깨운 '이어령학'의 대전大全

이근배 | 시인, 대한민국예술원 회원

여기 빛의 붓 한 자루의 대역사大役事가 있습니다. 저 나라 잃고 말과 글도 빼앗기던 항일기抗日期 한복판에서 하늘이 내린 붓을 쥐고 태어난 한국의 아들이 있습니다. 어려서부터 책 읽기와 글쓰기로 한국은 어떤 나라이며 한국인은 누구인가에 대한 깊고 먼 천착穿鑿을 하였습니다. 「우상의 파괴」로 한국 문단 미망迷妄의 껍데기를 깨고 『흙 속에 저 바람 속에』로 이어령의 붓 길은 옛날과 오늘, 동양과 서양을 넘나들며 한국을 넘어 인류를 향한 거침없는 지성의 새 문법을 만들기 시작했습니다.

서울올림픽의 마당을 가로지르던 굴렁쇠는 아직도 세계인의 눈 속에 분단 한국의 자유, 평화의 글자로 새겨지고 있으며 디지로그, 지성에서 영성으로, 생명 자본주의…… 등은 세계의 지성들에 앞장서 한국의 미래, 인류의 미래를 위한 문명의 먹거리를 경작해냈습니다.

빛의 붓 한 자루가 수확한 '이어령학'을 집대성한 이 대전大全은 오늘과 내일을 사는 모든 이들이 한번은 기어코 넘어야 할 높은 산이며 건너야 할 깊은 강입니다. 옷깃을 여미며 추천의 글을 올립니다.

추천사

시대의 언어를 창조한 위대한 상상력

'이어령 전집' 발간에 부쳐

권영민 | 문학평론가, 서울대학교 명예교수

이어령 선생은 언제나 시대를 앞서가는 예지의 힘을 모두에게 보여주었다. 선생은 한국전쟁이 끝난 뒤 불모의 문단에 서서 이념적 잣대에 휘둘리던 문학을 위해 저항의 정신을 내세웠다. 어떤 경우에라도 문학의 언어는 자유가 되어야 한다는 신념으로 문단의 고정된 가치와 우상을 파괴하는 일에도 주저함 없이 앞장섰다.

선생은 한국의 역사와 한국인의 삶의 현장을 섬세하게 살피고 그 속에서 슬기로움과 아름다움을 찾아내어 문화의 이름으로 그 가치를 빛내는 일을 선도했다. '디지로그'와 '생명자본주의' 같은 새로운 말을 만들어 다가오는 시대의 변화를 내다보는 통찰력을 보여준 것도 선생이었다. 선생은 문화의 개념과 가치의 중요성을 일깨우고 그 새로운 방향을 제시하면서 삶의 현실을 따스하게 보살펴야 하는 지성의 역할을 가르쳤다.

이어령 선생이 자랑해온 우리 언어와 창조의 힘, 우리 문화와 자유의 가치 그리고 우리 모두의 상생과 생명의 의미는 이제 한국문화사의 빛나는 기록이 되었다. 새롭게 엮어낸 '이어령 전집'은 시대의 언어를 창조한 위대한 상상력의 보고다.

일러두기

- '이어령 전집'은 문학사상사에서 2002년부터 2006년 사이에 출간한 '이어령 라이브러리' 시리즈를 정본으로 삼았다.
- 『시 다시 읽기』는 문학사상사에서 1995년에 출간한 단행본을 정본으로 삼았다.
- 『공간의 기호학』은 민음사에서 2000년에 출간한 단행본을 정본으로 삼았다.
- 『문화 코드』는 문학사상사에서 2006년에 출간한 단행본을 정본으로 삼았다.
- '이어령 라이브러리' 및 단행본에서 한자로 표기했던 것은 가능한 한 한글로 옮겨 적었다.
- '이어령 라이브러리'에서 오자로 표기했던 것은 바로잡았고, 옛 말투는 현대 문법에 맞지 않더라도 가능한 한 그대로 살렸다.
- 원어 병기는 첨자로 달았다.
- 인물의 영문 풀네임은 가독성을 위해 되도록 생략했고, 의미가 통하지 않을 경우 선별적으로 달았다.
- 인용문은 크기만 줄이고 서체는 그대로 두었다.
- 전집을 통틀어 괄호와 따옴표의 사용은 아래와 같다.

  『 』: 장편소설, 단행본, 단편소설이지만 같은 제목의 단편소설집이 출간된 경우

  「 」: 단편소설, 단행본에 포함된 장, 논문

  《 》: 신문, 잡지 등의 매체명

  〈 〉: 신문 기사, 잡지 기사, 영화, 연극, 그림, 음악, 기타 글, 작품 등

  ' ': 시리즈명, 강조
- 표제지 일러스트는 소설가 김승옥이 그린 이어령 캐리커처.

차례

푸는 문화 신바람의 문화

문화 코드

푸는 문화 신바람의 문화

저자의 말

풀이 문화의 지향성

이제는 너무 흔해져서 텔레비전 광고에까지 신바람의 키워드가 등장한다. 그러나 나는 1960년대부터 한국인과 한국문화의 기층을 신바람이라는 키워드로 풀이해 왔고 수많은 강연에서도 그에 대해 논의를 되풀이해 왔다. 하지만 그것을 책 제목으로 정면에 내세워 소개한 것은 1984년 갑인출판사에서 출간한 『푸는 문화 신바람의 문화』였다. 그리고 그 내용은 「동양에서 본 동양의 아침」이라는 신문연재 에세이에 한국의 고전작품을 분석한 글들이었다.

그런데 이번 "이어령 라이브러리"를 기획하면서 한국의 고전작품론을 제외하고 대신 성격이 유사한 일간지에 연재된 에세이 「떠도는 자의 우편번호」(1982년 10월 12일~1983년 3월 18일)로 대치하여 신장판을 내게 된 것이다. 그러니까 갑인출판사에서 발행한 『푸는 문화 신바람의 문화』와는 제명은 같아도 그 내용의 일부는 달라지게 된 셈이다.

이번 월드컵 때의 '붉은악마'의 응원 모습을 보면서도 우리는 그 신바람 문화를 실감하게 되었지만 아직도 많은 사람들이 그 이면에 있는 '풀이 문화'에 대해서는 깊이 이해하고 있지 않은 것 같다. 해원 상생하는 푸는 문화, 가슴에 뭉친 한이나 슬픔 그리고 굳어진 그 긴장을 풀지 않고서는 신바람은 생겨나지 않는다. 신바람의 문화는 푸는 문화에 의해서만 해독될 수 있는 문화 코드인 까닭이다.

결국 푸는 문화와 신바람의 문화를 다시 1990년대에 들어서서는 상생이라는 키워드로 정리하여 글을 써왔다. 한국문화에 대한 내 생각의 궤적을 탐구하는 데 있어서 푸는 문화와 신바람의 문화는 가장 귀중한 문화 코드로서 작용하게 될 것이다. 그렇기 때문에 한恨의 문화가 발전하면 한풀이의 '풀이 문화'가 되고 그것이 다시 발전하면 신바람의 문화로 이어진다. 그리고 그것의 종착점은 21세기의 키워드인 컨비비얼리티conviviality와 통하는 상생의 문화가 된다.

특히 젊은이들은 이러한 문맥에서 이 책을 읽어주기를 바란다.

2002년 12월 10일

이어령

I

푸는 문화 신바람의 문화

서장序章

동양을 찾는 초혼가招魂歌

동양은 어디에 있는가? 도시계획으로 헐려 나가는 저 눈물 같은 기와집들, 혹은 그 주춧돌 밑에 있는가. 까치가 그 둥우리를 치는 어느 고목나무 뿌리 밑에 잠들어 있는가. 비각碑閣 속에 있는가. 추녀 밑에 있는가. 아스팔트가 깔리지 않은 황톳길 언덕 너머에만 그것은 머물러 있는가. 징검다리가 있는 냇물인가. 오뉴월 햇볕 속에서 사금파리처럼 번득이는 조약돌 틈 사이에 끼여 있는가.

동양은 어디에 있는가? 항아리 속에 있는가. 학과 거북이와 사슴과…… 십장생도十長生圖가 그려져 있는 장롱 속, 한 번도 입어 보지 못한 혼수감처럼 그것은 개켜져 있는가. 나프탈렌 냄새가 아니라면, 석유 냄새가 아니라면, 석탄이 타는 그을음 냄새도 아니라면 사향 박하의 잊혀진 그 냄새 속에서 떠도는가. 천자문 책갈피에 접혀 있는 냄새인가. 늦가을의 서리, 국화 향기인가.

동양은 어디에 있는가? 바다의 표면이 아니라 잠수함이 이를 수 없는 깊고 깊은 바닷속, 그 구름 같은 용궁 속인가. 『수호지水滸誌』 같은 산적들이 사는 깊고 깊은 산채 속에 동양은 있는가. 인경 소리가 그치고 난 그 정적 속에 있는가. 초상집의 곡성 속에 있는가. 기침 소리 속에 있는가. 짚신을 끄는 소리, 다듬이질 소리. 두견새 소리, 풍경 소리나 놋그릇소리, 비단옷이 구겨지는 소리, 약탕기에서 물이 끓어오르는 소리, 한밤중에 노 젓는 소리, 빗장을 지르는 소리…….

화약이 터지고 강철이 마멸하고 피댓줄이 돌아가는 그 부산한 폭음들에 압도되고 압도되는 그 많은 소리 속에 깔려 있는가. 들키면 큰일이 나는 은밀한 속삭임 소리 속에 동양은 있는가.

동양은 어디에 있는가? 갈매기의 비행, 두루미의 비상, 굴러가는 구름 속인가, 골짜기의 안개 속인가. 수염을 쓰다듬는 할아버지의 손길 속에 있는가. 옷고름을 매는 어머니의 엄지손가락 속에 있는가.

동양은 어디에 있는가? 어느 놀에 있는가. 저녁놀인가, 아침놀인가. 그것은 자물쇠인가, 열쇠인가. 작별 인사인가, 만나는 인사인가.

어머니 아버지, 우리는 동양이 어디에 있는지 모릅니다. 우리에게 같은 피부 빛깔을 주시고 이름을 지어주듯이, 그것은 그냥 주어지는 것이 아니었지요. 말씀하지 마십시오. 그런 것은 알고 있어요. 옛날 옛적에 돌아가신 할아버지 할머니를 만나기 위해서 우리는 병풍을 쳤지요.

아침을 보내고 대낮을 보내고 저녁이 지나기를 기다렸지요. 깜깜한 밤중에만 돌아가신 영혼은 사립문 안으로 들어오신다고 하셨지요. 제삿날에만 쓰는 그 촛대를 잘 압니다. 그날 밤에만 피우는 향합과 향로도 잘 압니다. 베옷을 입으셔야지요. 젯밥을 지으셔야죠. 떠나버린 선조를 만나기 위해서 우리는 제사를 지냈습니다.

동양은 그렇게 망령처럼 오시는 겁니까. 돌아가신 사람처럼 병풍을 쳐야 우리들 곁으로 다시 오는 것입니까.

제사를 지내듯이, 무당이 초혼 굿을 하듯이 그렇게 해서 찾아내는 동양은 싫습니다. 마고자 단추 같은, 그런 동양은 없어도 좋습니다. 옛날 할아버지의 얼굴로 돌아오는 동양의 망령이 아니라, 내 어린것들처럼 새로운 생명으로 태어나는 동양의 모습을 찾아보고 싶습니다. 병풍과 촛불 밑으로 몰래 다가오는 환각이 아니라, 돌상을 차려놓고 기다리면 아장아장 걸어오는 그 어린 생명의 모습으로 그것은 우리 곁으로 찾아와야 합니다.

우리는 동양이 어디에 있는지 모릅니다. 넓은 비행장의 활주로에 우뚝 서 있는 동양의 모습을 우리는 모릅니다. 공장 굴뚝 위에 앉아 있는 학처럼 매연 속에서 깃을 차는 그 동양을 모릅니다. 숱한 상품이 실려 나오는 부둣가의 하역장에서, 명아주 지팡이를 짚고 당당히 걸어 나오는 장자莊子를 모릅니다. 네온사인을 압도

하는 불상의 미소를, 강철의 무기 위에 군림하는 춘향의 십장가十杖歌를 우리는 모릅니다. 제사를 지내는 동양밖에 아는 것이 없습니다.

어머니 아버지, 서양으로 갑니다. 빗장을 열어놓은 지 100년이나 그 바람은 불어왔지요. 봉숭아 씨앗에게까지 묻어 있는 그 바람의 냄새가 이제는 돼지우리 안에서도 풍겨 나옵니다. 빈 트렁크를 들고 서양으로 갑니다. 동양을 찾으러 서양으로 갑니다.

풍선처럼 터지고 또 터지는 우리들의 영혼을 찾기 위해서 뒷걸음치는 것이 아니라 앞을 향하여 가겠습니다.

동양은 어디에 있는가?

콩코르드 광장 십간대로十間大路 위에서 외쳐봅니다. 로마의 군사들이, 십자군들이, 나폴레옹의 포병들이 행진하던 그 길목에서, 동양은 어디에 있는가 하고 무당처럼 초혼가를 부릅니다.

서북항공기 속의 고아

입양아문화

세계의 어디를 가나 비행장의 구조는 똑같다. 비행기가 날기 위해서는 아스팔트의 검은 초원, 활주로라는 것이 있어야 한다. 항공여객들은 하늘을 날아 많은 국경을 지나야 하기 때문에 그 패스포트를 검사하고 짐을 뒤져야 하는 세관을 거쳐야 한다. 비행기의 기능과 여객자의 여건이 똑같기 때문에 비행장의 건물이나 그 풍경도, 스튜어디스의 제복처럼 획일적으로 될 수밖에 없다.

그러나 한 가지 그 분위기에 있어서만은 동·서양이 다르다. 나는 지금껏 유럽이나 미국의 비행장 구내에서 눈물을 흘리는 사람들을 본 기억이 없다. 그들은 대개가 혼자서 떠난다. 샌드위치를 먹거나 커피를 마시면서 떠날 준비를 한다.

서양인치고는 정이 유달리 많았던 무용가 니진스키도 자기는 "비행기를 좋아하지만 새를 사랑하기 때문에 새가 놀라지 않을 곳에서 비행기를 타고 싶다"고 말했다. 그러나 동양인은 새가 문제가 아니라 언제나 비행기 밖에서 자기를 떠나보내는 그 사람들과의 이별이 문제가 된다.

서양 친구들의 조상은 식민주의자植民主義者들이었다. 조국을 떠나 낯선 고장으로 출발하는 것이 바로 모험이요 개척이요 희망이요 승리요 발전이었다. 그들은 집과 고향과 그리고 그리운 이웃들을 떠나는 훈련이 태어나기 전부터 몸에 배어 있는 사람이다. 이별은 눈물이 아니라 새것을 찾는 기대였다. 그들은 옷소매를 적시지 않고 비행기에 오른다.

그래서 동양, 말하자면 인도나 대만이나 그리고 바로 한국의 김포공항이라면 그와는 분명히 다른 광경을 목도할 수 있다. 우는 사람들을 많이 볼 수 있다는 것이다. 떠나는 사람과 떠나보내는 사람들은 여기저기서 제각기 떼를 이루어 석별의 정을 나눈다.

이별의 절차, 그리고 그 의식은 한결 복잡하고 길다. 우선 카메라로 기념촬영을 한다. 그것으로 모두 끝나는가 하면 큰 오해이다. 떠날 듯 떠날 듯하면서 좀처럼 이별극이 막을 내리지 않는다. 남몰래 우는 묵극默劇이 계속된다. 희로애락의 표정을 겉으로 드러내지 않는 것이 미덕으로 통하는 유교권 문화이지만 '이별의 눈물'만은 수천 년의 전통을 지니고 있는 까닭이다. 현대식 비행장이라도 근본적으로는 『춘향전春香傳』의 그 오리정五里亭과 별로 다를 것이 없다. 그것이 동양인의 정이다. 이별은 서러운 것이고 패배인 것이고 하나의 작은 죽음인 것이다.

서북항공기를 타고 김포공항을 떠나던 날 나는 우연한 사건으로 그 이별의 의미를 다시 한 번 절감하게 되었다. 세 살쯤 된 어린아이였다. 그 아이는 발버둥을 치면서 엄마를 부르고 있었다.

옆에 있던 공항기자가 이렇게 말했다.

"몇 년 동안 공항 출입을 하지만 아직도 저 광경에 대해서만은 익숙해질 수 없지요. 미국으로 입양되어 가는 아이들입니다. 떠나기 싫어서 보채는 것을 보면 늘 보는 것인데도 눈시울이 뜨거워지는걸요!"

그 아이는 기내에 들어와서도 미국으로 데리고 갈 낯선 보모의 품에 안겨 계속 울고 있었다. 처음에는 엄마를 부르고 있었다.

"엄마야! 엄마야! 빨리 와, 나 데리고 가!"

한 10분 동안을 목이 쉬어라고 울던 그 아이는 아무런 대답이 없자 이번에는 아빠를 부르기 시작했다.

"아빠야! 아빠야! 나 데리고 가!"

얼마 동안 아빠를 찾던 아이는 이젠 언니를 부르고 있었다.

"언니야! 빨리 와, 언니야!"

부모의 부탁을 받고 비행장까지 그 아이를 데리고 온 먼 친척이거나 낯이나 겨우 아는 그 여인을 부르고 있는 눈치였다.

'어머니'가 '아버지'로, '아버지'가 다시 '언니'로 그 대상은 바꿔어가고 있었다. 제일 가까운 사람, 보고 싶은 사람, 그러나 현실의 냉혹성 속에서 아이의 그 희망은 축소되고 수정되고 하락해 간다. 아무도 답변을 하지 않는다. 큰 기대에서 작은 기대로……. 그러나 아무도 그를 안아주지 않는다. 종국에는 누구도 부르지 않고 그냥 흐느끼는 오열만이 계속되고 있는 소리를 나는 들었다. 비행기의 폭음 속에서 사라져가는 그 아이의 울음소리를 듣고 있었다.

우리도 이런 순서로 헤어지고 있다. 우리는 그동안 대답이 없는 대상을 향해서 몇 백 년 동안이나 불러왔던 것이다. '어머니'가 대답이 없을 때 '아버지'를 부르고, '아버지'가 대답이 없을 때 '언니'를 불렀다. 작은 소망들마저도 대답이 없었다.

그러나 나는 곧 아이보다도 더 불행한 얼굴을 보게 된 것이다. 그것은 그 아이의 곁에 앉아 있는 같은 나이 또래의 아이들이었다. 그 아이들은 엄마와 아빠와 언니를 부르며 울고 있는 아이의 얼굴을 무표정한 얼굴로 물끄러미 쳐다보고 있었다. 울지도 웃지도 않는 그들은 진짜 고아였던 것이다. 불러야 할 아버지도 어머니도 없이 태어난 고아, 울음조차 잊어버린 고아들의 표정을 나는 본 것이다.

서양을 여행하는 동안 나는 서북항공기 속에 동석했던 입양아入養兒들의 얼굴을 잠시도 잊은 적이 없다. 그 아이의 울음소리와 그리고 울음조차 모르며 떠나는 고아들의 표정 속에서 나는 오늘의 동양인, 그리고 한국인의 운명을 생각했다.

미구未久에 사람들은 무엇인가를 부르지도 않을 것이다. 눈물 없이 떠날 것이다. 불러야 할 어머니도 아버지도 언니도 없는 텅 빈 비행기의 활주로, 아니 통곡을 하고 울어도 제트기의 소음 속에 깔려 사라져버리는 통곡 소리.

이것이 내가 한국을 떠나던 날, 서양을 향해 첫발을 디디던 날의 작은 하나의 사건이었다.

입양아의 문화가 올 것이다. 너도 나도 서양문화의 입양아가 되는 날이 올 것이다. 이미 우리는 우리가 모르는 사이에 입양되어 있는지도 모른다.

울기라도 해야 되겠다. 부르기라도 해야 되겠다. 대답이 없어도, 어머니와 아버지를, 그리고 자기가 지금 떠나고 있다는 사실을 알아야겠다. 내 작은 에세이는 그 아이의 울음소리로부터 쓰여진다.

황화론黃禍論과 백화론白禍論

우리에게도 낯설지 않는 독일 작가 토마스 만의 아들 크라우스 만은 1928년에 한국을 여행하고 다음과 같은 인상기印象記를 쓴 적이 있다.

……한국 사람들은 일본 사람들보다 더 크고 정력적이며 튼튼하여 보다 우수한 민족처럼 보였다. 그러나 수도인 서울도 벌써 서양 문물에 오염汚染되어 있었다. 기차에서 내다본 시골은 아직도 흙벽 오막살이였고 짚으로 엮은 지붕이 축 처져 있어서 마치 에스키모의 얼음집 같았다. 그렇지만 간간이 이 고장에도 현대를 의식케 하는 빌딩들이 서 있어 자본의 축적을 과시하는 듯했다. 서양 문명은 다른 것을 완전히 외면한 채 절제 없이 멋대로 자라나 버렸다. 그래서 남태평양의 섬나라로부터 아프리카에 이르기까지 전 세계를 오염시키고 있어 인자仁者의 마음을 아프게 하고 있다.

이 글을 쓴 크라우스 만은 이미 이 세상을 떠난 지 오래이다. 히틀러에 쫓겨 망명생활을 하다가 '인텔리는 현대에서 살아갈 수 없다'는 비장한 선언을 하고 끝내 칸에서 자살하고 만 것이다.

만약 그가 아직도 살아 있어서 그로부터 반세기가 지난 오늘날 일본이나 한국을 다시 여행하게 된다면 무엇이라고 글을 썼겠는가? 우리가 '개화요 근대화요 산업화요 번영이요'라고 말하는 것들이 이 서양의 시인에게는 도리어 '오염이요 무질서요 가슴 아픈 붕괴'로 보였을 것이다.

동양을 바라보는 서양인들에겐 두 개의 시선이 있었다. 그것은 황화론黃禍論과 백화론白禍論이다. 황화론자들은 동양인들이 서구화되어 가는 것을 불안한 눈으로 쳐다보았다. 그것은 잠자는 사자獅子를 깨우는 것이라고 생각했기 때문이다.

서양의 기술과 무기를 도입한 동양인들은 언제 서양을 유린하게 될지 모른다는 사고이다. 20세기 초만 하더라도 독일의 빌헬름 2세는 러시아의 니콜라이 2세에게 다음과 같은 편지를 보냈다.

> 2~3천만의 훈련된 중국 군대가 일본의 6개 사단師團 정도의 병사와 합세하여 기독교를 미워하는 유능하고 또한 용감한 일본 장교에게 지휘되어 우리를 침공한다면 그 장래를 어찌 불안 없이 생각할 수 있겠는가? 그리고 그런 일이 안 일어나리라고 누가 장담하겠는가?

그러나 한 옆에는 또 다른 백화론자들이 있었다. 수는 적었지만 크라우스 만과 같은 서구의 지식인들은 황화 이전에 이미 백화가 있었다는 주장을 하고 있다.

그 대표적인 사람이 바로 아나톨 프랑스라는 프랑스의 소설가였다. 그는 『하얀 돌 위에서』라는 소설 속에서 황화론자들을 가차 없이 비판했다.

> 일본군이 압록강을 건너 만주에서 착실하게 러시아군을 격파하고 일본 해군이 유럽의 한 해군을 깨뜨리게 되자 금세 유럽을 위협하는 황화론이 대두되고 있다. 그런 위험을 가정한다면 누가 그것을 만들어낸

것인가? 아시아인들은 벌써 오래전부터 백화가 있었던 것을 잘 알고 있을 것이다. 북경에서의 학살, 부라고베첸스쿠에 있어서의 익살, 중국의 해체! 이런 것들이 중국인에게 있어서는 불안의 씨앗이 되지 않을 것인가?

일본인은 여순항의 요새화를 보고 불안을 느끼지 않았을 것인가? 우리들 서양인이 백화를 만든 것이다. 그 백화가 꼬리를 물고 황화를 만들어낸 것이다. (…) 중국인이 파리나 베를린이나 페테르스부르크에 불교의 전도사를 파견하여 유럽 정세에 혼란을 일으켰던가? 중국의 원정군이 키프론 항에 상륙하여 치외법권, 말하자면 유럽인과 중국인 사이에서 벌어진 사건을 중국의 대관大官이 재판하는 권리를 프랑스 공화국에 요구했단 말인가?

도고 제독이 장갑함 열두 척을 이끌고 프레스토 항구를 포격하고 프랑스를 향해 일본과 통상의 문을 열라고 협박했단 말인가? 프랑스의 국수당이 오슈 가나 마르소 가의 청국이나 일본의 공사관을 포위하고, 그 결과 오야마 원수가 극동의 원정군을 이끌고 마드레스 가에 들어와 배외주의적排外主義的 폭도의 징벌을 강요했단 말인가? 보다 훌륭한 문명의 이름으로 베르사유 궁전에 방화를 하고 아시아 제열강의 군대가 루브르의 그림이나 엘리제궁의 도기를 동경이나 북경으로 들고 갔다는 말인가?

지금까지 서양인들은 동양인과의 접촉을 '백화냐, 황화냐' 하는 두 개의 다른 천장天秤에 올려놓고 관찰하고 있었다. 어느 쪽이든 '화禍'를 근본으로 한 시점에는 틀림없다. 두 문화의 접촉은 창과 방패의 접촉이었고, 그 결과는 어느 쪽이든 피를 흘리는 것으로 끝을 맺는다.

이것이 동양을 바라보는 서양인들의 시선이었다. 다시 말하면 동양인 앞에서 스스로를 가해자가 아니면 피해자의 입장을 택하는 그 태도이다. 그러나 이제는 백화와 황화를 넘어선 제3의 시선이 생겨나고 있는 것 같다. 서양 문명 자체가 동양인에게 화를 끼치는 것에서 끝나지 않고 자기 자신의 발등에 떨어진 불로 바라다보는 자해론自害論, 황색인들의 백화가 아니라 백인들 스스로가 느끼는 백화론의 시대가 오고 있는 것이다.

이러한 입장에서 동양을 바라보면 20세기 초에 있었던 그 쟁점과는 또 다른 세계가 열리게 된다. 이젠 '화禍'가 아니라 '복福'의 논쟁이 벌어지게 된다. 동양인들은 과연 서구문명 속에서 행복을 찾을 수 있는가? 서양인들은 동양문화에서 행복을 구할 수 있는가? 우스운 이야기로 '백복론', '황복론'의 대두이다.

나는 이 제3의 시선 속에서 동서의 양대문화가 어떻게 상봉될 수 있는가의 문제를 생각해 보려는 것이다.

동양은 어디에 있는가? 우리는 서양문화의 입양아인가?

오늘날의 서양인들은 동양을 어떻게 생각하고 있는가? 동양과 서양의 문화적인 차이는 갈등을 낳는가?

이러한 수수께끼를 안고 나는 문화권의 그 국경을 넘어가는 것이다.

메르시와 감사

세 마디 말의 의미

파르동(미안합니다), 실 부 플레(영어의 '플리즈'의 뜻, 부탁할 때 쓰는 말), 메르시(감사합니다)—아무리 불어를 모르는 사람이라도 이 세 가지 말만 알고 있으면 아쉬운 대로 파리의 생활을 즐길 수 있다.

아니다. 이런 말은 굳이 배우려고 애쓸 필요도 없다. 공항에서, 백화점에서, 카페에서 호텔에서……. 그곳이 파리라면 어느 때 어디에서나 들려오는 말이다. 그래서 여행자들은 에펠탑이나 샹젤리제를 보기 전에 먼저 그 말부터 터득하게 된다.

길을 지나다가 조금만 어깨가 맞닿아도 "파르동" 소리가 들려온다. 물건을 사거나 음식을 시킬 때, 말하자면 남에게 무엇인가를 청하려 할 때 악수를 하듯이 "실 부 플레"란 말을 먼저 해야 한다. 그리고 "실 부 플레" 다음에는 으레 꼬리처럼 "메르시"란 말이 따라다니게 마련이다. 이 세 가지 말이야말로 파리의 사회생활을 떠받치고 있는 삼각대라고 해도 지나친 말은 아니다.

파리에서 10년 가까이 생활을 하고 있는 어느 교포는 언젠가 나에게 이런 말을 했다.

"제가 처음 파리에 와서 배운 말이 무언지 아십니까. 역시 '파르동, 실 부 플레, 메르시' 이 세 마디입니다."

한국인들은 낯선 사람끼리 여간해서 '미안하다'거나 '감사하다'는 말을 쓰지 않는다. 몸에 잘 배어 있지 않은 말이다. 길에서 사람끼리 부딪쳐도 그냥 지나갈 뿐이다. 사는 사람은 말할 것도 없고 물건을 파는 사람도 성냥이나 담배 정도로는 고맙다는 말을 하지 않는다. 1만 원대가 넘어야 "감사합니다"이고 기십만 원의 좋은 흥정이라야 "정말 감사합니다"이다.

그래서 이 동포도 처음엔 번연히 '파르동'이나 '메르시'란 말을 알고 있으면서도 언뜻 그 말이 입에서 튀어나오지 않더라는 것이다. 오랜 세월이 지난 다음에야 비로소 그 말이 몸에 배게 되고 이제는 녹음된 자동장치처럼 자기도 모르는 사이에 건드리기만 해도 입 밖으로 튀어나온다는 이야기였다.

"이젠 밤중에 기둥에 부딪치기만 해도 '파르동' 소리가 나오는 걸요……."

그 교포는 장 마레처럼 웃으면서 파리인 특유의 제스처로 손을 양쪽으로 벌리면서 어깨를 으쓱해 보였다. 결국 '파르동'이나 '메르시'란 말이 불수의근육不隨意筋肉처럼 움직여 숨 쉬듯이 나와야 파리 사람이 된다는 의견이었다.

파리만이 아니다. 영어권에서는 '파든', '땡큐', '플리즈'가 그와 똑같은 랭킹 1위의 일상어가 된다. 이탈리아에 가면 '그라치에', 독일에 가면 '당케', 덴마크에서는 '타크', 어디를 가나 마찬가지다. 그런데 한국인은, 일반적으로 동양인들은 대인관계의 그 사회생활에 있어서 무표정하기 짝이 없다.

고마운 감정, 미안한 감정을 서로 말로 주고받는 표현이 부족하다. 그래서 서양 사람들이 동방예의지국이라는 한국에 와서 제일 먼저 분노하는 것도 무뚝뚝한 그 무례한(?) 태도에 대해서이다.

"길에서 남을 툭 치고 지나가면서도 미안하다는 표시를 할 줄 모른다"고 비난을 한 어느 외국인 친구의 불평에 얼굴을 붉혔던 나 자신이 파리에서 지하철을 탈 때마다 그 전형적인 한국인의 실력을 유감없이 발휘했던 것이다. 남들을 떠밀고 들어갈 때에도, 발을 밟고도, 빈자리에 비집고 앉으면서도, 또 남들이 길을 비켜주고 짐을 들어줄 때에도 '파르동'이나 '메르시' 소리가 얼른 입에서 나오지 않는다. 이 예의 바르고 상냥한 서양인들, 남에게 폐를 끼치면 사죄의 말을 하며 감사를 할 줄 아는 사람들, 바로 거기에서 우수한 사회생활의 질서와 그 명랑한 휴머니티가 생겨나는 것이라고 나는 믿었다. 어디를 가나 "메르시! 메르시!" 감사로 충만한 그 사회야말로 천국이 아니겠는가! "실 부 플레"로 타인의 마음을 열고 "메르시"로 그 마음의 문을 닫는다.

사실 몇 주일 동안 나는 '파르동, 실 부 플레, 메르시'를 주문呪

文 외듯이 외면서 오늘의 서양 문명과 그 영광스러운 백인들의 역사를 이룩한 이 세 마디 말을 몸에 익혔다.

동양인의 인사방식

그러나 이 말이 몸에 배어갈수록 조금씩 저항감이 생겨나면서 도리어 벙어리처럼 우두커니 바라보는 동양인의 무표정이 그리워지는 나 자신의 심적인 변화를 발견하게 되었다. 왜냐하면 이들은 입으로만 파르동, 메르시라고 말할 뿐 조금도 마음속으로는 미안한 생각도, 감사의 뜻도 품고 있지 않다는 사실을 알게 된 까닭이다.

그저 겨울날 앵두나무 가지에 앉아 짹짹거리는 참새들처럼 그들은 아무런 의미 없이 그 말을 되풀이하고 있는 데 지나지 않는다. 일종의 기계화한 언어, 이를테면 동전을 넣고 단추를 누르면 껌이 튀어나오는 그런 자동판매기의 언어였다. 판매기라고 해도 과장이 아니다. 유럽이나 미국 주차장에서는 실제로 자동으로 "댕큐"란 말이 나오는 서비스 기계들이 많다.

"메르시"라고 말하는 사람과 그것은 근본적으로 다를 것이 없다. 한국인들은 정말 미안한 것을 모르고 감사할 줄 모르기 때문에 그들처럼 '파르동', '메르시' 소리를 덜 하는가? 말없이 지하철을 오르내리던 나는 정말 에티켓을 모르는 야만인이었던가? 그것은 만사萬事를 말로 표현해야만 직성이 풀리는 서구식 오해인 것이다.

동양인은 말이 많지 않다—단 동양 변종인 일본인은 예외이다—그들은 침묵 속에서 경배하며 침묵 속에서 감사를 드린다. 말로 표현하면 어쩐지 간사스러워 보이기 때문에 도리어 미안한 생각과 감사의 염이 불순해질 것 같아서 조용히 자기 마음속에만 새겨두는 방법, 그 은밀한 복화술腹話術을 알고 있기 때문이다. 사실 말로는 하지 않았지만 나는 말로만 "메르시"라고 하는 그들보다 나에게 길을 가르쳐주고 자리를 비켜준 그 이방인들에게 몇 배나 진실한 감사를 드렸던가!

그래서 어느 동양인 유학생은 너무 고맙게 해준 자기 지도교수에게 "댕큐Thank you"라고 하지 않고 "아이 앰 소리I am sorry"라고 했다는 일화도 있는 것이다. 그 흔하게 쓰이는 "댕큐"로는 도저히 자기 마음을 표현할 수 없었던 것이다.

서양문화는 한마디로 말이 많은 문화이다. 동양이 침묵의 문화라면 서양의 문화는 소음의 문화. 그래서 정말 감사할 때, 정말 미안할 때, 그들은 비로소 '파르동'이나 '메르시'의 의례적이며 기계적이며 형식적인 그 상투어를 뛰어넘은 침묵의 언어와 만나게 되는 것이다. 즉 동양인처럼 침묵의 가치를 알게 된다. 그래서 레비스트로스는 『구조인류학構造人類學』에서 '우리들 문명은 언어를 과도하게 농락하고 끝없이 스피치에 의존하여 언어를 낭비하고 있다'고 고백했다. 그런데 비서구문화, 그의 말에 의하면 이른바 미개문화에서는 거꾸로 말을 절약하는 경향이 있음을 지적한 적이 있다.

에릭 시걸의 순정 연애소설 『러브 스토리』가 어째서 그토록 서양인들의 눈물을 흘리게 했는지 그 이유를 생각해 보면 알 것이다. 그 소설의 전 주제를 요약한 유명한 구절 '사랑이란 결코 미안하다는 말을 하지 않는 것(Love means never having to say you are sorry)'이란 그 말은 대체 무엇을 의미하는 것인가? 이 말은 진실로 사랑하는 사람 사이에서는 형식적인 그 '파르동, 메르시, 실 부플레' 같은 말이 필요 없다는 것을 방증해 주고 있다. 피상적으로 보면 '미안하다', '고맙다'라는 말들이 범람하는 사회란 아름답고 인정에 넘친 사회같이 보이지만, 실은 정반대이다. 서양사회에서 사람들이 말끝마다 '소리'니 '땡큐'니 '플리즈'니 하는 말을 붙이는 것은 적어도 《러브 스토리》의 작가, 시걸의 논법대로 하자면 미덕이 아니라 그만큼 '사랑의 부재'를 나타내고 있는 현상이다. 즉 시걸의 그 말은 감정의 언어까지 기계화한 서양 문명의 허虛를 찌른 것이고, 자기도 모르는 사이에 동양적인 침묵의 언어를 갈구한 표현이었다. 그러고 보면 《러브 스토리》의 그 분위기에 동양적인 사랑의 냄새가 흐르고 있는 것도 무리가 아니며, 시대착오적인 진부한 이야기가 도리어 참신한 호소력을 갖고 서양인들을 울리게 된 것도 알 만한 일이다.

우리는 감사하다는 말을 강조하려고 들 때 '정말'이란 말을 붙인다. '정말 감사합니다'라고. '정말'의 반대말은 '거짓말'이다. 그러니까 그냥 '감사하다'는 말은 하나의 거짓말, 이를테면 겉치레의 상투어라는 생각이 우리의 의식 속에 깃들어 있다는 증거이다. 그런데 포앙카레와 같은 위대한 수학자를 낳은 프랑스 친구들은 '정말 감사하다'고 그것을 강조하려 할 때에도 아주 수학적으로 "메르시 밀리후아", 즉 "천 번 감사합니다"라고 표현한다. 질이 아니라 양이다. 우리는 정말이냐 거짓말이냐 하는 실질實質을 문제로 삼지만 그들은 횟수의 양으로 질을 대신한다. 그것이 바로 서구인들의 물량주의적物量主義的 사고이다. 그러므로 자연히 수다스러워질 수밖에, 말이 많아질 수밖에 없다. 말의 질을 따지려 할 때에는 자연히 침묵이 따르기 마련이고 말의 양을 따지려 할 때에는 자연히 그 표현은 수다스러워진다.

예수도 크게 보면 동양인이지만, 서구 사람에게 큰 영향을 준 것으로 볼 때, 분명 그는 서양인의 범주에 넣어야 한다. 그 하나의 특징으로 예수님은 석가모니나 공자에 비해 말이 많은 편이었다.

'진실로 진실로 너희에게 이르노니……', '귀 있는 자는 들어라……' 예수님의 설교엔 이런 수사적인 허사虛辭가 따라다녔기 때문에 어쩔 수 없이 프랑스식으로 말해 '바바르드(수다스러운)' 한 편이 된다. 따라서 기독교는 동양 종교에 비해 말이 많은 종교宗教

가 된다.

내가 프랑스인들과 생활하면서 가장 궁금하게 여긴 것도 그것이다. 텔레비전에 나온 연사이든, 살롱에서 만난 지식인이든, 그들이 말하고 있는 것을 듣고 있자면 '저들은 무엇 때문에 귀를 달고 다니는가?' 하는 회의가 든다. 끝없이 혼자서 떠들고 있는 그들을 보면 인간에게 귀는 두 개씩이나 달아주면서 입은 하나밖에 달아주지 않은 것은 아무래도 조물주의 실수가 아니었던가, 하는 생각마저 든다.

말을 절약하는 정신

중국이나 한국 같은 동양인들은 말의 공허空虛를 일찍이 깨달았기 때문에 되도록 말을 절약하려고 했다. 말 저편에 있는 그 침묵으로 말을 메울 줄 알았던 것이다. 특히 한국어가 그렇지 않은가?

'아이 러브 유'를 직역하면 '나는 너를 사랑한다'이다. 단둘이서 하는 사랑의 밀어마저도 이렇게 꼭 주어와 목적어가 있어야만 뜻이 통한다. 이럴 경우 우리는 보통 나와 너란 말을 빼고 그냥 "사랑해!"라고 말한다. 가장 중요한 '나'와 '너', 그 주체와 대상이 침묵 속에 매몰되어 있다.

서양 친구들은 한국어가 비논리적이라고 하지만 따지고 보면 논리의 유무가 아니라 그것이 겉으로 드러나느냐, 안에 숨어 있느냐의 차이다. 안에 숨어 있는 것은 그냥 없는 것으로 알기 때문에 침묵을 '무無'로 오해하는 수가 많다. '메르시'와 '감사'의 어원을 캐보면 더욱 그것을 분명히 느낄 수 있다.

불어의 메르시는 영어의 '머시mercy(은총, 자비)'와 같은 것으로 상대방의 복을 빌어주는 말이다. 그런데 감사感謝는 '謝'를 느끼는 '感'이다. 그렇다면 대체 '謝'란 무엇인가? 한자를 뜯어보면 말씀 언言과 쏠 사射이다. 화살을 쏘듯이[射], 즉 화살이 활을 떠나듯이 '떠나는 말', '헤어질 때 쓰는 말', 이것이 바로 동양의 메르시인 것이다. 죽음, 즉 생을 떠날 때 인간은 생의 고마움을 느낀다. 부모를 떠날 때, 조국을 떠날 때, 그 부모와 조국을 고맙게 생각한다. 부재의 감정, 무의 감정, 거기에서 고마움이 생겨난다. 배부른 자의 밥 한 숟가락은 고맙지 않다. 오직 배고픈 자만이 그것의 고마움을 느낀다. 어원으로 볼 때 서양인들은 은총을 받을 때 감사하지만 동양인들은 빼앗기고 사라지고 상실하고 떠날 때 그것의 고마움을 느낀다. '사謝'는 '퇴退'와 '거去'와 '절絶'과 동의어로 되어 있는 자전의 자해字解를 보아도 알 수 있다.

한마디로 감사는 곧 침묵으로 표현된다.

'모든 언어는 침묵의 방언'이라는 말이 있다(카프카).

서양인들도 침묵이 표준언어라는 것을 몰랐던 것은 아니다. 그러나 현대에 와서 비로소 서양인들은 침묵의 값어치를 더욱더 깨닫고 그 세계에 대해서 눈을 뜨게 된 것 같다. 베케트나 이오네스코의 연극은 그리스 비극으로부터 시작한 서양의 연극과는 다른 문법, 어쩌면 정반대의 문법으로 쓰여진 것이라 할 수 있다. 선禪 문답의 세계와도 같다.

그들은 말의 껍질을 벗겨내고 그 속에 들어 있는 침묵의 알맹이를 깐다. 음악에 있어서 휴지休止와도 같은 것, 그것은 그냥 텅 빈 벙어리의 무無가 아니라, 웅변 이상의 미묘한 생生의 표정이라는 것을 알기 시작한 것이다.

'동양적 무표정'이 결코 '무표정'이 아니라는 것을 깨닫는 순간, 서양인들의 새끼손가락이 동양인의 마음을 비로소 짚을 수 있었던 것이다.

동서 개 논쟁

개를 잡아먹는 동양인

홍콩에서 일어난 일이다. 휴가 여행 중이던 어느 스위스인 부부가 저녁을 먹으려고 음식점에 들어갔다. 그들은 웨이터에게 자기 집 개를 가리키면서 그 귀여운 푸들 견犬에게도 식사를 가져다주라고 부탁했다. 물론 말이 통하지 않았기 때문에 손짓으로 이야기를 했던 것이다. 음식을 기다리고 있던 이 부부에게 차례차례 요리 접시가 들어왔는데, 놀랍게도 그 고기는 모두 개고기였다. 불쌍하게도 그들의 애견 로자가 그만 솜씨 좋은 그 중국 요리사의 식칼 세례를 받게 된 것이었다. 두말할 것도 없이 중국인 웨이터는 '개에게 식사를'이라고 한 이 서양 부부의 제스처를 '이 개를 잡아먹겠다'는 뜻으로 오해를 했기 때문에 벌어진 일이었다. 거짓말 같은 이야기지만 1971년 8월 20일자 스위스 취리히 발發 로이터 통신의 어엿한 크레디트가 붙어 있는 뉴스이다.

이 신문기사를 읽었을 때 서양 사람들이 얼마나 큰 충격을 받았는가 하는 것은 상상하고도 남음이 있다.

시험 삼아서 서구의 한 가정집을 방문할 기회가 생기면 한번 그 집 아이에게 식구가 몇이나 되느냐고 물어보면 알 것이다. 그들은 아버지, 어머니, 형, 동생 그리고는 그 집에서 기르는 개를 반드시 그 식구 수에 넣는 것을 잊지 않을 것이다. 그러니까 만약 "여섯 식구예요"라고 말했다면 우리는 동양식으로 환산해서 그 집 개를 빼고 다섯 식구쯤으로 알면 된다. 스위스인 부부에게 있어 중국요리가 된 애견 로자는 자기의 친자식이 식탁 위의 요리로 바뀐 것과 다름없는 일이었을 것이다.

대체 어째서 이런 엉뚱한 비극이 일어나게 되었을까? 우리는 잠시 그 비극의 원인을 캐어볼 필요가 있을 것 같다. 무엇보다도 그 원인은 서로 말이 통하지 않았다는 점에 있다. 즉 일종의 바벨탑의 비극인 셈이다. 그러나 좀 더 따져보면 벙어리도 손짓으로 의사 표시를 하는데, 손짓으로 말한 것에만 전적으로 그 비극의 원인이 있었다고만은 볼 수 없다.

서양 사람들이 동양 사람들처럼 점잖게 젓가락이나 숟가락으로만 식사를 했더라면 결코 그런 오해는 생기지 않았을 일이다. 서양인들은 칼을 휘두르며 전투적으로 식사를 한다. 틀림없이 이 스위스인 부부도 연신 개를 손가락으로 가리키면서 포크와 나이프로 용감하게 비프스테이크를 써는 시늉을 했을 것이다. 그러니 그 거동을 본 정직한 동양인의 눈에는 식사를 의미한다기보다는 개를 칼로 썰어오라는 것으로 보였을 것임에 분명하다.

아니다. 그것도 비극의 주된 요인이라고 말할 수 없다. 문제는 그 부부가 여행 중에도 개를 데리고 다니고, 뿐만 아니라 사람들이 식사를 하는 식당에까지 개를 끌고 들어왔다는 데 있다. 동양에서는 가축이 식당 근처에 오게 되는 경우란 요리의 재료가 될 때뿐이다. 적어도 서양인은 개와 한자리에서 식사를 하는 법이 없는 동양인을 야만인처럼 생각할지 모르나 이쪽에서는 개와 식사를 같이 하는 그들이 도리어 우습게 보인다.

이런 비극적인 오해는 결국 개[짐승]를 대하는 동·서양의 문화적 배경의 차이에서 온 것이라 할 수 있다. 이 사건만이 아니라 서구의 신문에는 개를 학대하는 동양인에 대한 비난 기사가 심심찮게 실리고 또 그것에 대한 동·서 논쟁이 빚어질 때도 있다.

삼복三伏날이면 맨해튼 부럽지 않은 마천루摩天樓가 즐비한 서울 대도시에도 보신탕 메뉴가 길거리까지 흘러나오는 한국, 우리 입장을 생각할 때 개를 학대한다고 흰 눈으로 흘겨보는 서양인들의 그 비난에 대해서 별로 자신을 변명할 용기는 없다.

서양인은 정말 개를 사랑하는가

그렇다면 서양 친구들은 정말 개를 사랑하는가? 동물 애호가들인가?

우리의 안목으로 보면 서양의 애견가들은 예외 없이 개의 학대자들로 보인다. 개를 방 안에서 기른다는 것부터가 도무지 개의 본성을 무시한 잔학행위가 아닐 수 없다. 개를 침대에다 재우고 목욕을 시킨다. 그들은 개를 개로서 키우고 있는 것이 아니라 개에게 인간과 똑같은 생활을 하도록 강요한다. 이것이 서구식 '사랑'이란 것이다. 그러므로 서양의 견공들은 털이 길지 않도록 개량된다. 털이 빠지면 방 안 카펫에 묻고 침대나 사람 옷에 달라붙기 때문이다. 그래서 본래의 자기 털을 모두 잃어버린 서구의 개들은 바깥 날씨가 조금만 추워도 벌벌 떨 수밖에 없다. 동물 애호론자들인 애견가들이 그것을 그냥 보고 있을 리가 없다. 순모의 천으로 예쁜 옷을 해 입히는 것이다. 개에게 사람처럼 옷을 입혀 놓고 욕실 출입까지 시킨다. 향수를 뿌려주고 발들에 매니큐어를 칠해 준다. 네 발로 다니는 개를 마치 두 발로 걸어 다니는 인간과 동일시한다. 그것을 그들은 '사랑'이라고 생각하고 있다

개는 어디까지나 개로서 살아갈 때 그 자유와 행복(?)이 있는 것이다. 네 발 달린 짐승을 사람 기준으로 끌어올리려 할 때 바로 개의 본성을 속박하고 해치는 학대가 생겨난다. 아무리 비단방석에 올려놓고 기른 서양 개라 할지라도 오줌을 눌 때에는 다리 하나를 들고 누게 마련이다.

나는 파리 샹젤리제 근처에서 어느 숙녀에게 끌려가는 개 한 마리를 본 적이 있다. 가위可謂 귀족개[貴族犬]라고 할 만하다. 비로

드 옷에 목걸이까지 한 그 개는 웬일인지 도수장에 끌려가는 소처럼 안간힘을 쓰며 질질 끌려가고 있었던 것이다. 그 개는 쉬를 하고 있는 중이었다. 바들바들 떨며 한 다리를 허공에 들고 찔끔 쉬를 하다가 또 끌려가고, 또 다리 하나를 들고 쉬를 하려다가는 끌려가고……. 개에게는 비로드가 필요한 것이 아니다. 금이든, 은이든, 인간이 아닌 개는 목걸이가 위안이 될 수 없다. 지푸라기 속에서 살아도 시원스런 배설을 할 수 있는 것이 개의 행복이다.

비록 복伏날 횡액을 당하더라도 시골 들판을 뛰어다니는 복순이네, 막둥이네의 그 똥개들이 적어도 샹젤리제의 그 개보다는 행복하게 보인다. 개를 개의 습성대로 기르는 것, 그것이 개를 애호하고 개의 생존권을 존중해 주는 일이 아닌가? 개를 사랑한다고 그들에게 인간과 같은 생활을 강요한다. 개 스스로가 아니라 인간을 기준으로 한 자기중심적 선심이다. 바로 이것이 모든 자연, 모든 생명을 구속하고 학대하고 변질시켜 가는 서구의 인간 중심적인 가공할 만한 사고 양태인 것이다.

신통한 소리를 많이 하는 이사야 벤다산 역시 서구인들은 동물을 애호하는데 동양인은 동물[개]을 학대한다는 그 상식론을 신주 모시듯이 그대로 받들고 있다. 다만 그 해석이 특이하다는 점이다. 일본의 독서계를 뒤엎어버린 화제작 『일본인과 유태인』에서 그는 그것을 유목문화와 농경문화의 차이로 풀이하고 있었던 것이다.

영국의 한 신문이 '일본인은 개를 학대한다'고 보도했을 때, 일본 언론은 '저희들은 피가 뚝뚝 흐르는 비프스테이크를 먹고 있으면서 동물 애호를 말하고 있다니 웃기는 일'이라고 반응했다. 극히 일본인다운 이런 감정적 반응에 대해 이사야 벤다산은 또 극히 서구인다운 논리적 분석으로 반론을 제기한다.

서구인들은 '피가 흐르는 비프스테이크를 먹으면서 동물 애호를 논하는 것'이 아니라 '피가 흐르는 비프스테이크를 먹으니까 동물 애호를 말하고 있다'는 것이 그의 주장이다. 그것은 쌀을 주식으로 삼고 있는 농경민農耕民(일본인)들이 쌀을 애호하고 있는 것과 같은 이치다. 쌀은 소중한 생명의 양식이기 때문에 일본군은 옛날부터 '밥알 하나하나에 관음보살이 들어 있다'고 했고 밥알 하나도 소중히 했다. 이렇게 농경 문화권에서 쌀을 신성시한 것처럼 유목민 문화권에서는 가축을, 더 넓게는 동물을 신성시한 것이다. 그렇기 때문에 유목민과 접촉을 하지 못했던 일본인은 개[가축]를 서구인처럼 사랑하지 않으며 개를 학대한다는 그런 비난에 대해서도 제대로 이해할 리 만무하다는 요지를 펴고 있다.

나는 이사야 벤다산이 어떤 사람인지 잘 모른다. 그러나 이러한 논법 속에서 나는 전형적인 서양인의 모습을 발견할 수가 있다. 첫째로 인간이 무엇인가를 사랑한다는 것은 그것이 나에게 이익을 주고 있기 때문이라는 점이다. 적어도 그의 논법을 따른다면 유목민에겐 짐승이 생명의 양식이 되므로 짐승을 사랑하고 신성시하는 것이며, 농경민에겐 곡식이 먹이가 되므로 곡식을 숭배한다는 단순한 공식, 즉 '이利=애호愛護'의 관점을 얻게 된다.

그의 논리에는 모순이 없다. 다만 이사야 벤다산이 좀 더 똑똑한 사람이었더라면 개를 양이나 돼지와 같은 가축과 구별해서 자신의 논리를 보완한 편이 좋았을 것이다. 잘못하면 서양인들은 개를 잡아먹기 때문에 개를 애호한다는 엉뚱한 결과가 되기 때문이다. 개가 인간에게 주는 이익은 양과는 다르다. 목축민牧畜民에게는 소중한 양을 지켜주고, 사냥을 좋아하는 사람들에겐 애완용이 된다. 그러나 어떤 이익이든 개는 인간에게 쓸모가 있다.

동물은 농경민에게보다 유목민에게 쓸모가 있기 때문에, 유목문화의 전통이 있는 서구인에게 더욱 사랑을 받고 있는 것이다. 개도 그중의 하나이다. 논리에 혼란은 있지만 우리는 이렇게 그의 말을 재정리할 수는 있을 것이다.

이의 세계와 애의 세계

문제는 이해利害를 토대로 한 애호가 정말 애호냐 하는 점이다. 그것은 고양이가 쥐를 사랑하는 그런 세계이다. 그것은 사랑이 아니라 학대 이상의 것이라는 점에 대해서 이사야 벤다산은 눈치채지 못하고 있다. 그런 논리에서 베니스의 상인 샤일록의 피를 냄새 맡게 되었다면 너무 가혹한 이야기가 될 것인가? 아니다. 서구인 그리고 그에 물든 현대인은 '利=愛' 속에서 살고 있어서 누구나가 그런 사고를 가지고 세상을 살아간다.

자연을 지키자는 최근의 캠페인을 두고 생각해 보자. 자연을 정말 사랑해서가 아니라 공해 때문에 자연이 상하고 자연환경의 파괴가 인간에게 해를 주니까 그것을 애호하자는 운동이다.

템즈강의 오염에 제일 먼저 신경을 쓰고 그것을 정화하라고 나선 사람들은 바로 시인 워즈워드의 애독자들이 아니라 템즈강 하류의 낚시꾼들이었다는 사실을 보면 알 것이다.

인간에게 이利를 주니까 자연을 정복하려 한 문명이나, 자연의 파괴가 인간에게 유해하니까 그것을 보호하자는 것은 근본적으로는 똑같은 발상이다. 서양인들의 사랑, 애호라는 것은 '잡아먹을 수 있으니까 사랑하자'는 공식이 나온다.

이익에서 싹튼 애호는 결국 기능에 대한 추구이기도 하다. 금붕어의 기능은 '애완'이라는 구실을 한다. 나의 미각을 만족시켜주는 게 아니라 그 시각을 즐겁게 해준다. 그러니까 금붕어는 잡아먹지 않는다. 카나리아는 청각을 즐겁게 해주는 기능을 갖고 있다. 그래서 카나리아는 잡아먹지 않는다. 이렇게 보면 이익관계로 어떤 생명체를 대한다는 것은 그 독립된 생명체를 총체적인 것으로 바라보지 않고 이익을 주는 그 기능성의 부분만을 떼어내어 바라본다는 결론을 얻을 수 있다.

그렇기 때문에 서양인들은 애완용 개를 잡아먹는다는 것을 금붕어를 잡아먹는 것처럼 끔찍하게 여긴다. 그것은 개의 기능, 인간에 대한 기능에 위배되는 것이니까 결국 개는 인간의 애완성만 남고 다른 것은 다 제거되어 버린다. 개의 애호란 바로 인간에게 필요한 것만 남기고 다른 것은 다 도려내는 일이다. '개'를 살아 있는 개 전체로 보지 않고 그 일부분을 오히려 그 전부로 보는 행위이다. 그래서 불구의 개, 장난감 같은 도구로서의 개를 만들어 놓게 된 것이다. 그리고 그런 행위를 그들은 '애호'라고 부른다.

개만이 아니다. 모든 것을 개처럼 대한다. 개에게서는 원래 노린내가 나기 마련이다. 그러나 그 체취는 애완이라는 기능으로 볼 때 불필요한 것이고 비기능적인 것이다. 그래서 개가 개답지 않게 되는 것을 이상으로 생각한다. 이利에서 생겨난 사랑은 기능주의를 낳고, 그 기능주의는 사물의 존재를 왜곡하고 파괴하고 변질시켜 버린다.

한국의 개는 학대를 받고 있는 것 같지만 그것은 엄연히 한 마리의 살아 있는 개, 천대를 받을수록 야생의 들개처럼 독립된 개이다. 동양인의 애호나 사랑은 이利가 아니라 정情에 토대를 두고 있기 때문이다.

대체 이와 정은 어떻게 다른가? 동양인이 곡식을 소중히 다루는 것이 과연 이사야 벤다산의 말처럼 유목민이 양을 사랑하는 것과 같은 것인가? 이것을 밝히기 위해서 개 논쟁을 좀 더 따져보기로 하자.

유목생활의 전통을 가져보지 못한 일본인[농경민]이 서구인의 동물 애호의 정신을 어떻게 이해할 수 있겠는가? 이사야 벤다산은 한숨을 쉰다. 그러나 어째서 그는 그 반대의 사실에 대해서는 한숨을 쉬지 않고 있는가? 철저한 농경생활의 전통을 가져보지 못한 유태인(이사야 벤다산)이 동양인의 곡물 애호의 정신을 어떻게 이해할 수 있겠는가! 만약 이사야 벤다산이 자기 말을 이렇게 뒤집어서 자기 스스로에게 먼저 질문을 해보았더라면, 동양인이 쌀을 존중하는 것과 서양인이 동물을 애호하는 것이 결코 동류同類의 것이라고 속단하지는 않았을 일이다. 일반적으로 서구인에게 양羊은 동양인에게 있어서의 쌀이다.

그러나 양을 대하는 그들의 마음과 쌀을 대하는 동양인의 마음은 결코 애호愛護라는 같은 차원의 말로는 표현하기 힘든 위화성違和性이 있다. 그가 만약 이조李朝 때의 한 선비(李圭景)가 쓴 『재용변증설財用辨證說』이라는 글을 읽어보았더라면 '利 = 愛'의 등식等式으로 농경에 대한 동양인의 마음을 풀이할 수 없다는 것을 알았을 것이다.

농업은 유목과 마찬가지로 먹고 살기 위한 재용財用이다. 그러나 농업을 영위하는 방법은 유목과는 판이하게 다르다. 이규경은 농업이 천하의 대본大本이 된 것은 그것이 '천시天時에 따라 지의地宜를 이용하여 인력人力을 다하는 것'이라고 했다. 한 톨의 곡식 속에는 세 가지 힘, 즉 계절[天時]이라는 하늘의 질서가 있어야 한다. 때를 맞추어 곡식을 심지 않으면 안 되는 것이다. 그러나 밭이나 논, 즉 땅이 없으면 안 된다. 지의를 이용하지 않으면 안 된다. 대지의 질서이다. 그러나 하늘과 땅의 힘만으로 곡식을 얻을 수는 없다. 인력, 씨를 뿌리고 땅을 갈고 매는 사람의 힘이 그것과 합쳐져야 한다.

그렇기 때문에 쌀 한 톨, 콩 한 알 속에는 천·지·인의 협화協和라는 거대한 질서의 총화가 깃들어 있다. 단순히 양식으로서 우리에게 이利를 주기 때문에 사랑하는 것이 아니라 이 세 가지 힘의 위대한 조화의 결실로서 그것을 외경畏敬하는 것이다.

'왕' 자의 뜻

과장이 아니다. 최고 최대의 인물을 뜻하는 '왕王'이라는 한자를 풀이해 보라. 석 삼三 자를 1자로 엮어놓은 것이 바로 왕이라는 뜻이다.

삼 자는 세 가지 우주의 질서, 천재天才·지재地才·인재人才의 세 차원을 나타낸 것이고 이 분리된 세 세계를 서로 연결하고 조화하여 엮어놓는 힘이 왕도이다. 농민들은 곡식을 심고 가꾸면서 이 조화의 능력, 천·지·인의 밸런스를 몸에 익히고 그 슬기를 터득한다.

이 조화의 마음, 융합의 슬기가 바로 정이란 것이다. 동양인은 자연을 이利로 바라보기 전에 정감情感으로 대한다. '정情 = 애愛'이다. 우리는 곡식을 길러주는 모든 자연, 모든 사물을 정감으로 대한다. 유목민적인 서구인이 동물이나 자연을 이익으로서 파악(計算)하는 것과는 다르다.

양 치는 목동과 밭을 매는 농부를 비교해 보면 알 것이다. 유목문화의 영향이 짙은 서구인이 제일 먼저 발견한 것은 기술이며 관리술이었다. 수백 마리의 양을 이끌어가기 위해서는 관리술이 필요했다. 집단을 컨트롤하는 기술, 그러니까 목동의 기술은 바로 대중을 관리하는 정치술을 낳았고 인간의 사회생활[集團]을 조직화하는 데 적용되었다. 천·지·인의 조화가 농업의 기술이었다면 집단[양 떼]과 나[個人]의 제어가 방목의 기술이었다.

그렇기 때문에 그들은 사람을 양처럼 가꾸기도 하고 양을 사람처럼 가꾸기도 한다. '신神은 인간의 목자'라는 표현이 그렇지 않은가? 인간이 양 떼를 몰듯이 정치가는 인간의 떼[社會]를 몰았다. 한자의 왕王 자와는 전연 다른 능력을 가진 왕이다. 조화와 융합의 정에서 나온 사랑이 아니라 '기브 앤 테이크give and take'의 이利에서 나온 결합이요, 집단이다.

유목민들은 선택한다. 새끼를 맨 양은 번식을 위해 그 가죽을 벗기지는 않는다. 그러나 이미 번식력을 상실한 늙은 양은 가죽밖에 쓸모가 없으므로 도살해서 없애버린다. 그것도 집단적으로 암놈과 수놈에 대한 대우도 다르다. 언제나 양 한 마리 한 마리를 자기와의 이해관계에서 그리고 어떤 상황 안에서 선택한다. 병든 양이 있으면 가차 없이 죽여버린다. 선택의 기술이 바로 애정의 기준이 된다. 그러나 농민들에겐 그런 것이 없다. 그 대상이 식물이므로 그것을 인간화하거나 사회화하거나 하나하나를 선택할 수가 없다. 그들이 미시적이라면 동양인은 거시적巨視的일 수밖에 없다.

하늘의 마음, 대지의 마음, 인간의 마음, 그것을 아는 것은 정의 세계이지 이익의 세계가 아니다.

개는 개처럼 길러라

그러므로 동물에 대해서도 그것을 인간화해서 사랑하는 것이 아니라 어디까지나 이물異物을 이물로서 대하는 정감으로 바라본다. 누가 벼를 사랑한다 하여 그것에 술을 먹이며 보리를 애호한다 하여 그것에 옷을 입히겠는가?

서양 사람들이 개를 애호하는 것은 개를 인간처럼 침대에다 재우는 것이지만, 동양인이 개를 애호하는 것은 그것을 짐승답게 한데다 재우는 것이다. 그것이 그들에겐 학대로 보인다. 어디까지나 천天은 천이요, 지地는 지요, 인人은 인이다. 사랑한다는 것은 각기 다른 그 질서를 그대로 둔 채 서로 조화시키는 정감의 발로이다.

개뿐만이 아니다. 베르사유 궁전의 꽃과 초목들은 인간의 의사에 의해서 직삼각형이 아니면 컴퍼스로 그린 것 같은 동그란 원, 자로 그은 것 같은 직선으로 뻗어 있다. 자연 그대로의 모습이 아니다. 이것이 모두 서구인들이 초목을 애호한 결과이다.

동양인은 초목이 초목의 제 모습으로 멋대로 자라게 한다. 그래야 정이 생긴다. 서구인들은 오히려 그것을 딱하게도 방치라고 생각하며 무관심이라고 보는 것이다.

서양인들은 개에게 옷을 입히듯이 이민족에게 자기 문화를 강요하는 것이 문명화라고 생각했다. 동양인이 동양인의 방식대로 살기를 원하지 않았다. 자기네들의 종교를 믿으며 자기네들과 같은 방식으로 생각하는 것이 개화요, 현대화라고 생각했다. 인디언에게 예수를 믿게 하는 것이 그들의 애호였던 것이다. 숲을 베어내고 강물을 막고 촌락을 콘크리트로 만들어내는 것이 문명이라고 생각했다.

세계를 서양의 목장으로 만들어놓는 것이 그들의 이상이었다. 자연도 이민족의 문화도 그리고 자기 자신들의 삶까지도 양 떼를 길들여 다루듯이 그렇게 관리하는 것, 그것이 서구식 애호라는 것이다.

이사야 벤다산은 영원히 모를 것이다. 한 톨의 곡식 알에서 사랑을 느끼는 동양인의 마음을 모를 것이다. 봄의 온기와 여름의 소나기 그리고 대지의 자양과 인간의 땀이 합창을 하는 하늘과 땅과 인간의 깊은 정감의 포옹을…… 그는 모를 것이다. 그것은 결코 피가 뚝뚝 흐르는 고기를 먹기 때문에 동물을 애호하는 그런 사랑과 어떻게 다른 것인가를.

개를 학대한다는 것은 한데 재우는 것이 아니라 바로 침대 위에다 재우는 것이라는 사실을 참으로 깨닫게 되는 날, 그들은 동양인의 마음을 알게 될지도 모른다.

분수문화와 폭포수문화

폭포와 분수

동양인은 폭포를 사랑한다. '비류낙하삼천척飛流落下三千尺'이란 상투어가 있듯이 위에서 아래로 떨어지는 그 물줄기를 사랑한다. 으레 폭포수 밑 깊은 못 속에는 용이 살며 선녀들이 내려와 목욕을 한다. 폭포수에는 동양인의 마음속에 흐르는 원시적인 환각의 무지개가 서려 있다.

서구인들은 분수를 사랑한다. 지하로부터 하늘을 향해 힘차게 뻗어 오르는 분수, 로마에 가든 파리에 가든 런던에 가든 어느 도시에나 분수의 물줄기를 볼 수 있다. 분수에는 으레 조각이 있고 그 곁에는 콩코오스와 같은 시원한 광장이 있다. 그 광장에는 비둘기 떼가 날고 젊은 연인들의 속삭임이 있다. 분수에는 서양인의 마음속에 흐르는 원초적인 꿈의 무지개가 있다.

폭포수와 분수는 동양과 서양의 각기 다른 두 문화의 원천이 되었다고 해도 지나친 말은 아니다. 대체 그것은 어떻게 다른가를 보자.

무엇보다도 폭포수는 자연이 만든 물줄기이며 분수는 인공적인 힘으로 만든 물줄기이다. 그래서 폭포수는 심산유곡에 들어가야 볼 수 있고 거꾸로 분수는 도시의 가장 번화한 곳에 가야 구경할 수가 있다. 하나는 숨어 있고 하나는 겉으로 드러나 있다. 폭포수는 자연의 물이요, 분수는 도시의 물, 문명의 물인 것이다.

장소만이 그런 것은 아니다. 물줄기도 정반대이다. 폭포수도 분수도 그 물줄기는 시원하다. 힘차고 우렁차다. 소리도 그렇고 물보라도 그렇다. 그러나 가만히 관찰해 보자. 폭포수의 물줄기는 높은 곳에서 낮은 곳으로 낙하한다. 만유인력, 그 중력의 거대한 자연의 힘 그대로 폭포수는 하늘에서 땅으로 떨어지는 물이다.

물의 본성은 높은 데서 낮은 데로 흐르는 것이다. 하늘에서 빗방울이 대지를 향해 떨어지는 것과 같다. 아주 작은 도랑물이나 도도히 흐르는 강물이나 모든 물의 그 움직임에는 다를 것이 없다. 폭포수도 마찬가지이다. 아무리 거센 폭포라 해도 높은 곳에서 낮은 곳으로 흐르고 떨어지는 중력에의 순응이다. 폭포수는 우리에게 물의 천성을 최대한으로 표현해 준다.

가장 물답지 않은 물

그러나 분수는 그렇지가 않다. 서구의 도시에서 볼 수 있는 분수는 대개가 다 하늘을 향해 솟구치는 분수들이다. 화산이 불을 뿜듯이, 혹은 로케트가 치솟아 오르듯이, 땅에서 하늘로 뻗쳐 올라가는 힘이다.

분수는 대지의 중력을 거슬러 역류하는 물이다. 자연의 질서를 거역하고 부정하며 제 스스로의 힘으로 중력과 투쟁하는 운동이다. 물의 본성에 도전하는 물줄기이다. 높은 데서 낮은 데로 흐르는 천연의 성질, 그 물의 운명에 거역하여 그것은 하늘을 향해서 주먹질을 하듯이 솟구친다. 가장 물답지 않은 물, 가장 부자연스러운 물의 운동이다.

그들은 왜 분수를 좋아했는가? 어째서 비처럼 낙하하고 강물처럼 흘러내리는 그 물의 표정과 정반대로 분출하는 그 물줄기를 생각해 냈는가? 같은 힘이라도 폭포가 자연 그대로의 힘이라면 분수는 거역하는 힘, 인위적인 힘의 산물이다. 여기에 바로 운명에 대한, 인간에 대한, 자연에 대한 동양인과 서양인의 두 가지 다른 태도가 나타난다.

그들이 말하는 창조의 힘이란 것도, 문명의 질서란 것도, 그리고 사회의 움직임이란 것도 실은 저 광장에서 내뿜고 있는 분수의 운동과도 같은 것이다. 중력을 거부하는 힘의 동력, 인위적인 그 동력이 끊어지면 분수의 운동은 곧 멈추고 만다. 끝없이 끝없이 인위적인 힘, 모터와 같은 그 힘을 주었을 때만이 분수는 하늘을 향해 용솟음칠 수 있다. 이 긴장, 이 지속, 이것이 서양의 역사와 그 인간생활을 지배해 온 힘이었다.

분수문화의 비밀

나는 분수대 옆 벤치에 앉아 있는 유럽의 노인들을 볼 때마다 바로 분수문화의 비밀을 직감할 수 있었다. 노파들은 소녀처럼 원색의 빨간 옷을 입고 있다. 주름살을 가리기 위해 짙은 화장을 하고 노쇠한 피부빛을 카무플라주camouflage(은폐)하기 위해서 연지를 바른다. 젊게 보이기 위해서 그들은 온몸에 인위적인 착색을 한다. 늙어간다는 것, 생물은 시간과 함께 노쇠해 간다는 것, 이들은 시간의 질서에 순응하는 것이 아니라 그것을 거슬러 살려고 한다. 온몸이 분수의 물줄기처럼 낙하하려는 대지의 중력을 거부하며 하늘로 치솟아 올라가려고 한다.

그러나 분수는 어느 높이만큼밖에는 치솟지 못한다. 결국은 물의 본성대로 다시 낙하한다. 중력을 거부하는 힘의 높이만큼 솟아오른다. 치솟았다 떨어지는 그 한계선, 그것이 분수의 정점이다. 분수는 도전하고 패배한다. 도전이란 말은 패배라는 말과 동의어이다. 분수에 있어 솟구친다는 것은 곧 낙하한다는 것과 동의어가 되는 것처럼…….

그 분수가의 노파들은 아무리 연령을 거역한다 하더라도 낙하하는 죽음 앞에서는 대지로 돌아가는 수밖에 없다. 그때까지 거부하고 또 거부하는 것이다. 그러기에 더욱 그들은 피로해 보인다. 이러한 분수문화는 비단 노파의 표정에만 있는 것은 아니다. 예술에도 경제에도, 박물관이나 시장이나, 서양인들이 모여 있는 도시는 어디나 나타난다. 우선 도시라는 것이 그렇지 않은가? 촌락은 신이 만들고 도시는 인간이 만들었다는 말이 있다. 도시 자체가 분수인 것이다. 분수문화와 폭포수문화, 그것을 잠시 들여다보자.

도시공해와 유럽문화

영국에서 장수자를 조사했을 때 152세의 토머스 파란 사람이 최고령자의 영예를 차지하게 되었다. 그래서 그 사람을 표창하기 위해서 런던으로 초청을 했다. 그러나 불행하게도 런던에 온 지 얼마 안 돼서 토머스 파 노인은 갑자기 세상을 떠나고 말았다. 윌럼 하비라는 저명한 학자가 그의 시체를 해부했는데 다른 데는 조금도 이상이 없었고 다만 그의 폐肺만이 오염되어 있었다는 것이다. 결국 시골에서 맑은 공기만 마시고 살던 그가 런던에 오자 더러운 공기를 호흡하게 되었고 그것이 영예로운 그 장수의 피어리드를 찍은 사인死因이 됐다.

이것은 현대의 이야기가 아니다. 1635년 찰스 1세 때의 기록이다.

그러고 보면 공해는 현대의 산물이 아니라 이미 유럽에서는 17세기 때부터 있었다는 사실을 알 수 있다. 1952년에 스모그로 하루에 1천 명씩 죽어가게 한 런던의 대기오염은 하루아침에 생겨난 일이 아니었다. 이른바 도시공해라는 것은 유럽의 문명과 함께 시작됐다고 하는 편이 정직한 표현일 것 같다. 왜냐하면 유럽문화는 도시문화에서 싹텄고, 공해는 도시문화에서 비롯됐다는 것이 하나의 함수관계를 지니고 있기 때문이다. 산업혁명이 일어나기 전에, 말하자면 공장이나 자동차나 대규모의 시장이 생기기 전에 서양에서는 대기오염이 있었고, 상·하수도의 수질 오염이 사람들을 괴롭혔다. 그 이유는 물고기가 물을 떠나서 살 수 없듯이 서양인들은 도시를 떠나서는 살 수 없었기 때문이다.

도시국가란 말 하나만 봐도 알 수 있듯이 도시는 인간의 생활 장소이며 곧 그것이 하나의 사회, 하나의 국가 그리고 하나의 세계였던 것이다. 자연적인 마을로 구성된 동양의 문화와는 달리 계획적인 도시생활을 중심으로 해서 발전해 온 서양인들은 그 생활방식이나 사고방식에 있어서 그들 특유의 문화적 구조를 형성하기에 이른 것이다. 동양에서는 자연조건에 따라서 버섯이나 식물처럼 마을이 생겨난다. 우물을 파서 샘물을 마시고, 더러운 것은 강물에 버린다. 자연은 생활에서 오염된 것을 자체의 힘으로 정화해 준다. 마을에는 구획이 없다. 자연발생적으로 시간에 따라 번져가는 나뭇가지처럼 뻗어간다. 사람이 살고 있는 촌락은 살아 있는 생활처럼, 그렇게 성장해 가고 자연에 순응하면서 자라난다.

도시의 성벽

그러나 서양인들은 처음부터 자연에서 인간의 환경을 떼낸다. 일정한 구획에 성을 치고 성밖과 성안을 선으로 끊어놓는다. 그것이 도시국가이다. 폴리스란 말의 어원이 그렇듯이 그것은 분리란 뜻을 지니고 있다. 그것이 도시의 성벽이다. 관념적인 벽이 아니라 모든 도시는 높이 6~7미터, 그리고 두께 수십 센티의 판석으로 둘러친 실제의 벽이 도시를 에워싼다. 그렇기 때문에 사람이 사는 환경은 처음부터 성벽 안의 그 공간, 자연에서 인위적으로 떼어놓은 그 도시공간을 의미했던 것이다. 이 안에서 정치와 철학과 상업이 이루어졌다. 인구가 불어도 쉽사리 도시 벽을 넓힐 수 없기 때문에, 집들이 밀집할 수밖에 없고, 고층화될 수밖에 도리가 없다—유럽에서 도시 벽이 완전히 없어진 것은 19세기경에 이르러서이다.

그러니까 그들은 근대 과학문명이 생기기 전부터 자연적인 생활을 하기 힘들었다. 우물이 아니라 냇물을 끌어 상수도를 시설

해야 했고, 수세식 화장실을 만들어 하수도를 통해 오물을 처리해야만 했다.

템즈강이 오염되어 소동이 일어난 것은 1870년대라고 한다. 특정한 지역에 많은 인구가 모이니까 자연히 굴뚝에서 연기가 나오고 쓰레기나 오물이 나와 도시의 공기는 금세 오염되고 냇물은 더럽혀지고 만다. 자연이 자체의 정화력을 상실하고 만 것이다.

인간이 먼저가 아니라 법칙이 먼저

한마디로 도시문화란, 인간의 환경을 자연의 환경에서 분리시켜 인간 독자의 생활장소를 만들어낸 것을 의미한다. 이를테면 거대한 분수문화이다. 자연 질서를 따라가는 것이 아니라 그것에 거역하는 인위적인 생활환경—그것을 그들은 문화요, 문명이라 부른다—이다.

유럽을 여행하는 한국인들은 서구 도시의 질서정연한 바둑판 같은 가두와 손질이 잘된 공원을 보고 콤플렉스를 느낀다. 그러나 각도를 달리해서 보면, 우습기 짝이 없는 우자愚者들의 전시장이다. 공원은 만든 자연이다. 숲과 냇물과 호수가 있다. 있는 자연을 모두 파괴해 버리고 다시 거기에다 공원[자연]을 만들어낸다. 병 주고 약 주는 번거로움에 지나지 않는다. 현대에 와서 급조된 도쿄나 서울이 파리나 워싱턴과 다른 것은 극히 당연한 일이 아닐 수 없다. 동양에서는 집이 생기고 길이 생긴다. 그러나 그들은 길을 먼저 만들어놓고 거기에 집을 짓는다. 그것이 도시의 전통이다. 처음부터 도시는 자연환경에서 인간 독자의 환경을 만들어낸 것이니까, 그 속의 자연 역시 공원 같은 것이 되어버릴 수밖에 없다. 성벽 바깥과 성벽 안이라는 그 경계선의 전통 없이 살아온 동양인이 아름다운 공원을 만들 줄 아는 그 의식이 부재했다는 것은 너무나 당연한 일이다.

집이 있고 난 다음에 길이 생긴다. 그것이 자연인 것이다. 그러나 서양에서는 처음부터 인간 스스로의 환경을 만들어놓고 그곳에서 살려고 했기 때문에 길이 먼저 있고 거기에 맞추어 집이 들어섰다. 그것이 도시계획이란 것이고, 그 도시계획은 인간이 생활하기 전에 먼저 존재한다.

집보다 길이 먼저 생겼다는 것은 생활에서 계획이 생겨난 것이 아니라 계획에서 생활이 생겨났다는 말이다. 인간이 먼저가 아니라 법칙이 먼저 있다. 원리와 법이 생명보다 선행하는 문화이다. 동양의 마을과 그 도시를 폭포수라고 한다면 서양의 도시는 분수라 할 수 있다.

공해가 없었으므로 천재가 없어……

우리가 풍수지리를 따져 한양에 도읍지를 정하던 그런 무렵에 벌써 레오나르도 다 빈치는 공중空中도시 계획안을 발표했다. 도시의 소음과 오염, 이를테면 도시공해를 방지하기 위해서 그들은 상층과 하층의 이중구조로 된 입체 도시를 만들 계획을 세웠던 것이다.

지금 들어도 미래소설을 읽는 것 같은 그런 도시계획안을 이미 200년 전에 설계한 것은 결코 다 빈치의 천재성만으로는 설명되지 않는다. '필요는 발견의 어머니'라고 하지 않았던가. 중세 때인데도 도시공해가 얼마나 심했으면 그런 계획을 생각해 냈을까.

다 빈치와 같은 그런 천재가 우리에게 없었다고 한탄하는 자에게 벌이 내릴지어다. 왜냐하면 도시공해란 것을 모르고 지내던 우리에겐 그런 발명이 필요 없었던 것이다. 즉 공해가 없었으니 천재가 없었을 뿐이다.

동양인은, 특히 한국인은 도읍을 정하는 데 자연의 조건, 풍수지리를 따졌다. 공중도시를 생각해 낸 다 빈치와 풍수지리를 따진 정도전鄭道傳은 같은 차원에서 재능의 우열로 비교될 것이 아니라, 문화의 질적인 차이를 재는 척도로 대조되어야 한다.

유럽의 중세도시는 대낮인데도 그 골목에선 햇볕을 보지 못했다. 그만큼 고층 건물들이 늘어서 있었다. 그래서 페스트와 콜레라가 한 도시를 거의 전멸시키는 일까지 있었다. 도시의 바깥에는 항상 전쟁의 위협이, 그 내부에는 언제나 페스트의 두려움이 도사리고 있었다. 만약 우리가 중세 때 그런 도시생활을 했더라면 원하지 않아도 우리가 지금 부러워하는 서양의 그런 쟁쟁한 발명의 천재들을 가졌을 일이다. 자연을 등진 도시가 서구적인 재능을 낳은 것이다.

도시는 어둡다. 창을 열어도 하늘이 잘 보이지 않고 통풍이 되지 않는다. 그러기에 그들은 더 환한 인공의 빛, 더 시원한 인공의 바람을 원한다. 그것이 바로 전기와 선풍기를 발명케 한 것이 아닌가.

신의 공장에서 나온 도구들

전기세탁기와 냉장고를 발명했다 해서 뻐기고 있는 서양인들의 얼굴을 가만히 관찰해 보라. 그 표정에는 냉동할 필요도 없이 해안에서 언제나 싱싱한 생선을 먹을 수 있고 들판에서는 싱싱한 과일을 따먹을 수 있는 그러한 자연에서 멀리 떨어져 있는 외로운 그늘이 보일 것이다. 오늘날에도 시골 사람에게는 냉장고가 있어도 별 쓸모가 없다. 썩은 고기를, 시든 과일을 저장해 둬야 할 도시 환경에서 사는 사람만이 그것을 아쉬워한다.

문명의 이기란 것은 그 8할이 없어도 될 것들이다. 그러니까 도시의 부자연한 생활이 그런 발명품을 창안케 한 슬픈 천재인 것이다.

프랑스의 어느 교수와 만났을 때 우리는 이러한 농담을 나눈

적이 있었다.

"서양 사람들은 끝없이 새 물건들을 만들어내고 있군요. 동양에는 '자족'이란 말이 있는데, 서양 사람들은 그것을 모르고 있기 때문에 항상 새 물건을 아쉬워하고 있는 것 같습니다."

"생각해 보십시오. 신은 이 세상을 단 엿새 동안에 만들지 않으셨습니까? 아무리 전능한 힘이라도 너무 급히 만든 것이지요. 그래서 이 지구에는 불완전한 것이 많습니다. 그래서 인간은 많은 것을 개조해야 하고 창조해야 합니다."

"꼭 세상은 완전해야 되나요? 동양 사람들은 불완전과 모순을 없애는 노력보다 그것을 사랑하고 받아들이는 너그러움과 슬기를 더 많이 추구했지요. 서양 사람들은 신까지도 발명가, 기술자, 그래요, 초음속 비행기를 만들고 컴퓨터를 만드는 그런 발명가로 생각하고 있지 않습니까! 이 지구와 자연과 인간, 모든 것이 신의 공장에서 나온 도구나 기계라고 생각하고 있지요. 그것이 바로 성서의 창세기 아닙니까?"

"동양에는 하늘과 땅을, 그리고 인간이나 이 나무들을 누가 만들었느냐 하는 그런 신화가 없다고 들었는데 당신네 나라엔 조물주가 안 계십니까?"

"있지요. 조물주가 있고 말고요. 그러나 당신네들이 생각해 낸 신처럼, 말하자면 인간이 어떤 목적과 의도를 가지고 기계와 도구를 만들어내는 것처럼 그렇게 세상을 합리적으로 만들었다고는 생각하고 있지 않아요. 당신들의 잘못은 바로 거기에 있지요."

우연과 필연

나는 고려 때의 대문장가 이규보의 「문조물問造物」이라는 이야기를 들려주었다.

하늘이 사람을 낼 때에 사람을 먼저 내고 그 뒤에 오곡을 내었으므로 사람이 그것을 먹고, 사람을 내고 나서 뽕나무와 삼을 내었으므로 사람이 그것으로 옷을 해 입으니, 이로써 보면 하늘은 사람을 사랑하여 살리고자 함이니라. 그런데 하늘은 또다시 독을 가진 물건들을 내놓았으니 무슨 까닭인가? 큰 것은 곰, 범, 늑대, 승냥이 같은 놈으로부터, 작은 것은 모기, 벼룩 따위에 이르기까지 사람을 이토록 심하게 해하니 이로써 보면 하늘은 사람을 미워하여 죽이고자 하는 것 같다. 그 미워하고 사랑함이 이렇듯 일정치 않음은 어인 까닭인가? 조물주는 이런 질문에 무어라고 대답하는가? 사람과 물건의 탄생이 다 명조에 의하여 자연에서 발하는 것이니 하늘이 이를 알지 못하고 조물주도 또한 알지 못하는 것이다.

대저 사람이 태어남은 스스로 날 뿐이고 하늘이 나게 함이 아니며 오곡과 뽕나무, 삼의 남은 제 스스로 난 것이요, 하늘이 나게 함이 아니라. 하물며 무슨 이로움과 득함을 분별하여 그 사이에 조처함이 있겠는가?

이와 똑같은 소리를 실학實學의 박연암도 한 적이 있다. 그의 말에 의하면 조물주는 계획해서 만물을 만든 것이 아니라고 했으니 '맷돌에 밀을 넣고 갈듯이, 그래서 갈려 나오는 밀은 작거나 크거나 가늘거나 굵거나 할 것 없이 모조리 뒤섞여 바닥에 쏟아진다. 조물주의 힘이란 맷돌의 일처럼 오직 도는 것뿐이라, 가루가 가늘고 굵은 것이야 미리 어떻게 알아 만들겠는가?'라고 했다.

서양의 신과 한국인이 생각한 신의 모습부터가 이렇게 달랐다. 우연과 필연, 서양의 이상은 필연 속에, 동양의 이상은 우연 속에서 나타난다. 그것이 도시적인 것과 자연적인 것의 대립된 문화이기도 하다.

강요된 휴일

날짜의 생활과 요일의 생활

〈일요일에는 참으세요〉라는 영화 제목을 몇 번이나 생각했는지 모른다. 처음 유럽이나 미국에서 생활하는 한국인이 가장 불편을 느끼는 것이 바로 그 일요일이기 때문이다. 정확하게 말하자면 위크엔드weekend—토요일과 일요일의 그 개념이 동양인에겐 희박하기 때문에 잘못하면 온종일 굶게 되는 때도 있다. 관공서는 물론이고 가게도 식당도 문을 닫아버린다. 온 도시가 공동묘지처럼 되는 것이다.

오동잎이 지는 것을 보고 가을이 된 줄 알았다는 송강 정철鄭澈의 시조처럼, 더구나 여행자에게 있어서는 가게 문이 닫힌 것을 보고 비로소 오늘이 일요일이라는 것을 알게 될 때가 많다.

'동양인들은 날짜로 생활하고 서양인들은 요일로 살아간다'는 말이 있다. 누구와 약속을 하거나 지난 일을 따지려고 할 때 흔히 우리는 '날짜'를 내세우지만 서양 사람들은 열이면 열 '요일'을 앞세운다. 우리 같으면 "16일에 만납시다"라든가, '지난 5일이었습니다"라고 말하지만, 그들은 "이번 주 목요일"이라든가 "지난 수요일에……"라고 하는 것이 상례이다. 그래서 달력을 찾아 요일과 날짜를 대조해 봐야 할 경우가 많다. 즉 서양 사람들과 만나 이야기를 할 경우 우리말로 번역해야 되는 것으로도 요일을 날짜로 번역(?)하는 수고를 해야 한다. 그만큼 우리는 요일에 대한 관념이 희박하다.

서양인은 왜 안식일을 지켰나

생활 전통의 차이 때문이다. 요일을 따지는 서양인들의 습관은 기독교문화와 함께 비롯된 것이라고 할 수 있다. 그것은 바로 안식일安息日의 전통이다. 기독교가 서구문화의 기둥이 되면서부터 그들은 십계명 중에서도 아랫목을 차지하는 안식일 준수의 규칙 밑에서 천년을 숨 쉬어 온 것이다.

안식일을 기억하여 이를 성스러운 것으로 삼을지라. 엿새 동안만 일하여 너희들의 업을 다할 것이니라. 일곱째 날은 너희들의 하나님 여호와의 안식일일진대 어떤 일도 금禁하는 바라. 너희들의 아들도, 딸도, 너희들의 몸종도, 너희들의 가축도, 너희들의 성문 안에 있는 이방 사람도 다 같으니라.

동양인의 안목으로 보면 눈빛이 파란 서양인의 얼굴보다도 더 낯선 이야기다. 간음하지 말라든지, 혹은 거짓말을 하지 말라, 도둑질을 하지 말라 하는 것을 계명으로 지키라는 것은 꼭 모세의 말이 아니더라도 공자나 석가모니를 믿는 사람들에게도 마찬가지이다. 그렇지만 동양인들에게 있어서 '놀아야 한다는 것'이 엄격한 계명으로 강요된다는 것은 아무래도 농담으로밖에는 들리지 않는다.

더욱 해괴망측한 것은 안식일에 일을 했다 하여 그 부지런한 사람을 사형에 처한 일들이다. 얼마나 이 안식일 계명이 엄격했던지. 『구약성서舊約聖書』에 나무토막을 주워 모으는 일조차도 그 계명을 어긴 것으로 간주해 사람을 사형에 처했다는 이야기가 나온다. 심지어 예수님까지도 이 계명에 저촉될 뻔했다. 그 상황이 얼마나 다급했으면 '사람을 위해 법이 있는 것이지 법을 위해서 사람이 있는 것이 아니다'라고 변명했겠는가?

'놀지 않으면 죽인다'는 사람이나, 또 놀라고 하는데도 놀지 않다가 굳이 죽는 사람이나 모두가 희극 같은 일이다.

엿새 동안 일을 했으니까 하루쯤 쉰다는 것은 생리적으로나 정신적으로나 당연한 일일 것 같다. 그런데도 우리에게 안식이 우습게 느껴지는 것은 이토록 당연한 것을 율법으로 강요했다는 점에 있는 것이다.

이것은 꼭 '낮에는 일하고 밤에는 잠을 자라. 그렇지 않으면 사형에 처하리라' 또는 '하루에 세 끼 밥을 꼭 먹어라, 굶어서는 안 된다. 그것을 어긴 자는 죽이리라' 하는 말처럼 들린다.

에리히 프롬의 안식일론

왜 그들은 휴식을, 자연스러운 인간의 욕망인 휴식을 계명으로 강요했으며 사람들은 또 그것을 지키려고 노동 이상으로 전전긍긍했던가?

에리히 프롬의 풀이를 들어보면 참 재미있는 일이다. 도저히 동양문화권에서는 상상조차 할 수 없는 발상법이 베일을 벗고 나타나는 것이다.

안식일의 전통은 서양인들의 노동관이 어떤 것인가를 단적으로 드러내놓고 있다.

> 일이란 건설적인 것이든 파괴적인 것이든 그것은 근본적으로 자연계에 대한 인간의 간섭이다. 휴식이란 인간과 자연 사이의 평화상태이다. 인간은 자연을 손대지 않고 그대로 두어야 한다. 무엇인가를 세우든지 파괴하든지 해서 자연을 변화시켜서는 안 된다. 그러므로 안식일은 인간과 자연 사이의 평화의 날이다.

에리히 프롬은 이같이 안식일의 수수께끼에 대해서 명쾌한 분석을 하고 있다. 그러므로 그의 결론대로 휴식은, 즉 일을 하지 않는다는 것은 그냥 게으르다는 것과는 다른 의미를 지닌다. 휴식의 상태에 있어서 인간은 결국 인간 자유의 상태를 예상하는 것이다. 인간과 자연 또는 인간과 인간과의 관계는 조화, 평화의 무간섭의 관계이다. 일은 투쟁과 부조화의 상징이며 휴식은 위엄, 평화 그리고 자유의 표현이다.

그랬기 때문에 인간이 다시 에덴 동산으로 돌아가는 메시아의 시대를 '끝없는 안식일'의 상태라고 부르게 된 것도 이해가 가는 일이다. 간음을 하지 말라는 것과 마찬가지로 휴식이 서양에서 하나의 도덕이요, 의무가 되는 까닭을 에리히 프롬은 과연 속시원하게 풀어준다.

그러나 그는 딱하게도 더 중요한 사실에 대해 언급하지 않고 있다. '노동은 원죄에서 나온 인간의 죄악이다'라고 생각한 그들의 사고나, 안식일의 휴식은 곧 평화와 자유의 회복으로 노동은 죄를 씻는 것이라는 사고방식보다 우리를 더욱 놀라게 하는 것은 무엇인가?

그것은 어제까지는 괜찮지만 오늘만은 안 된다는 뚜렷한 인위적인 선線이다. 안식일에 한해서만 그들은 착해진다. 엿새 동안 죄를 지어도 좋다. 그러나 이날 하루는 안 된다는 사고방식, 진리가 이렇게 요일의 구획에 의해서 실현되기도 하고 파괴되기도 하는 그 극단적인 대조, 이렇듯 진리는 강이 아니라 목장의 말뚝처럼 구역에 의해서 분리된다.

일하는 것과 노는 것

그래서 서양 사람들의 모든 행위는 '일하는 것'과 '노는 것'이 뚜렷한 경계선으로 양분되어 있으며 그 의미도 분명하게 대립되어 있다. '뽕도 따고 임도 보고'—이렇게 일하는 것과 노는 것이 한데 어울린 동양적 행위와는 너무나 대조적이다. 서양 사람들이 한국인을 평할 때 "당신네들은 일하는 것인지 노는 것인지 분간이 되지 않는다"라고 비평한다. 한국인은 일할 때 일하고 놀 때 노는 훈련이 되어 있지 않다는 평을 우리는 감수할 수밖에 없다. 사무실에서 하루 여덟 시간 일해도 실은 네 시간도 안 되는 것이다. 안식일의 전통이 없었던 한국인에겐 당연하고 또 당연한 일이 아닐 수 없다.

사람의 행위 가운데 노는 일처럼 자발적인 것도 없을 것이다. 일은 억지로 시켜야 하는 때가 많지만 노는 것만은 시키지 않아도 잘들 한다. 노는 것은 의무가 아니다. '하던 짓도 멍석을 펴놓으면 안 한다'는 한국의 속담을 생각해 보라. 오히려 노는 것이 의무화하고 격식화하고 강요되면 흥이 깨져버리고 만다.

그렇다. 동양 사람들은 흥이 나야 논다. 그것을 '신명'이라고도 부른다. 흥이나 신명이나 마음속에서 절로 흘러나오는 자연적인 그리고 즉흥적인 감정이다. 그렇기 때문에 만약 그것이 놀이가 아니라 노동이라 하더라도 흥이 나는 일이기만 하면 노는 것과 마찬가지가 될 것이다.

쉬엄쉬엄 일하는 세계

이러한 감정 때문에 동양문화에서는 노동과 유희가 뚜렷이 구별되어 있지 않다. 일도 놀듯이 한다. 쉬엄쉬엄 한다. 서양 사람들은 그 슬로 모션으로 밭을 매고 노래를 부르면서 농담을 하면서 논일을 하는 한국 농부가 게으르기 짝이 없다고 할 것이다. 일종의 사보타주로 보일 것이 틀림없다. 그러나 절대로 궤변이 아니다. 정말 일하기 싫어하는 사람은 바로 서양 친구들이라는 명백한 증거를 우리는 갖고 있다. 안식일의 전통 때문에, 서양문화는 인간의 행위가 주일과 주말로 갈라져 노동과 휴식이 뚜렷하게 분할되어 있다. 어디까지나 '일은 일이고, 노는 것은 노는 것'이다. 그래서 일은 백 퍼센트 의무요, 책임이요, 타율이요, 노는 것 같은 자발적인 흥이 개재될 여지가 없는 것이다.

노동이란 가능한 한 하지 않는 것이 좋은 것이다. 그렇기 때문에 일찍부터 노예제도가 생겨났고 기계를 발명하게 된 것이다. 호미로 밭을 매기가 귀찮았기 때문에 트랙터를 만든 것이다. 어떻게 하면 일을 하지 않아도 되나 하는 궁리만 하고 있는 게으른

족속들이 노동을 대신해 주는 기계를 고안하게 되었다는 이야기다. 바느질을 재미로 하는 사람들은 재봉틀을 만들 생각을 하지 않는다. 방아 찧는 것을 시지프의 형벌이라고만 생각했기에 그들은 증기기관을 발명하고 전력을 개발했다.

그렇다고 우리가 모든 노동을 장기를 두듯이, 천렵을 하듯이 즐거움만을 가지고 했다는 이야기는 아니다. 하지만 적어도 서양 사람들보다는 노동을 그렇게 고된 마음을 가지고는 하지 않았다는 것이다. 놀듯이 흥을 가지고 일하는 풍습이 없었기 때문에 서양인들의 이상은 노동으로부터 자유로워지는 것이었다. 노예의 이용, 기계의 이용을 동양인보다 한층 더 절실하게 열망했기에 산업혁명이 일찍 일어날 수 있었던 것이다.

서양인들이 좀 더 흥을 가지고 일도 놀이처럼 했더라면 서양사를 누빈 그 숱한 노예의 비극, 전쟁의 비극, 기계의 비극에서 좀 더 화평한 역사를 지녔을 것이다. '재미로 일할 생각은 하지 않고 편하게 일하려는 사고방식'에서 오늘의 서구 근대문명은 싹튼 것이다. 그리고 그런 사고방식은 엿새를 일하고 하루를 논다는 계획적인 생활, 즉 인간의 모든 행동을 노동과 휴식으로 완전히 두 쪽을 낸 그 안식일의 전통에서 비롯된 것이라 할 수 있다.

서양인은 정말 놀 줄 아는가

그러면 서양인들은 제대로 놀 줄이라도 아는가? 가장 즉흥적이고 자발적인 놀이까지도 그들은 계획적으로, 또 양식화해 버렸다.

"자! 지금부터 놀자."

흥이 나서 노는 것이 아니라 계획에 의해서 노는 서양인들은 노는 것도 일하듯이 한다. 우스운 일이다. 우리가 '놀듯이 일한다'면 그들은 '일하듯이 노는 것'이다. 강요된 휴일…… 놀이마저도 산업화하고 기계화하고 사회화하고 그리고 규칙화해 있다. 그들은 바캉스라든지 위크엔드라든지, 일하고 노는 한계가 오래전부터 규격화되었기 때문에 놀 때 놀지 않으면 안 된다는 초조와 불안, 심지어는 강박관념까지 가지고 휴일을 보내기 위해 전전긍긍한다.

놀고 싶지 않아도 놀아야 된다. 계획이 놀도록 되어 있으니까! 모두 다 놀도록 약속이 되어 있으니까 놀지 않으면 소외가 된다. 즉 사회화한 휴식이다. 흥이 아니다. 구속 없는 해방이 없듯이 노동을 전제로 한 휴식은 없다. 논다는 것은 일한다는 것과 어디까지나 상대적인 행위라고 생각하기 때문에, 그들의 휴식은 독자적인 것이 못 된다. 언제나 노동과 관련된 의식 속에서 떠나질 못한다. 안식일에 일하는 자를 사형에 처한 그 중세의 전통은 시퍼렇게 살아 있다. '신은 죽었다'고 외치고 있지만 강요된 휴일은 1주

1일에서 2일로 더 늘어난 셈이다.

안식일을 지키지 않는 이교도처럼 여름 바캉스 시즌에 파리를 돌아다니는 사람들은 대개가 다 이방의 관광객들이다. 위크엔드나 바캉스를 즐기기 위해 그들은 정신없이 일을 하는 것이다. 이래저래 서양 친구들은 바쁘게 마련이다.

칸트의 산책은 산책이 아니다

흥을 죽이는 것은 계획이다. 계획에 맞춰 행동하는 것은 흥을 깨는 일이다. 흥이란 즉흥적인 것이기 때문이다. 생명의 자유는 이 흥에 의해 움직이지만 기계는 규칙적인 계획에 의해 움직인다. 칸트 같은 철학자는 저녁에 1분 1초도 틀리지 않고 산책한 사람으로 널리 알려져 있다. 동네 사람들은 칸트의 산책하는 모습을 보고 시계를 맞추었다고 한다. 그런데 이상하게도 이러한 칸트의 시계추 같은 산책이 오히려 서양인들에겐 존경을 받고 있다는 사실이다.

동양인의 안목으로 보면 정말 무미건조한 사람이다. 산책까지도 그렇게 고지식하게 출근하듯 시간을 맞춰 하다니……. 과연 그는 산책의 맛이 무엇인지를 알았을까? 전쟁터에서 보초를 서는 것이라면 몰라도, 야경꾼이라면 또 몰라도, 정시에 운행되어야 할 열차 기관사라면 몰라도, 시간 엄수제의 산책자는 결코 존경할 수 없는 노릇이다. 도리어 경멸의 대상이다. 구름이 흐르듯이 바람이 불듯이, 문득 기분이 내키고 흥이 생길 때 자유롭게 길을 소요하는 재미, 때로는 천천히 때로는 빨리 움직여 가는 것, 그것이 산책의 멋이다. 칸트는 노는 것도 일하듯이 계획적으로 움직이는 서양인의 전형이다.

'편하게 일해서 바쁘게 노는 사람들' 이것이 서양인이요, 서양 문화의 원동력이 된 그들의 생활방식이다. 노동과 휴식이 뚜렷한 금으로 쳐져 있듯이 생산과 소비 관념 역시 그랬다. 서양에서 휴식은 소비의 문화였다. 그러나 동양에서의 오락은 단순한 소비와 방탕이 아니다.

'도道'로 통하게 된 '주도酒道'란 말까지 있지 않은가. '도'는 생산적인 정신이다. 노동과 휴식, 생산과 소비가 서양에서는 밤과 낮처럼 대립되어 있지만 동양에서는 그 경계가 없다. 서로 융합되어 있어서 하나의 생명적인 뿌리를 갖고 있다. 한 가지 것을 분단하는 버릇, 여기에서 기계문명이 그리고 독초처럼 타락한 휴식 문명이, 서양을 그리고 현대를 휩쓸고 있는 것이다.

동양인은 왜 기계를 발명하지 않았나

왜 동양 사람들은 서양 사람들처럼 편리한 도구와 기계를 일찍 발명하지 못했는가. 그러면 좀 더 편리하게 살 수 있었을 것이 아닌가? 우리 자신도 서양 사람들도 늘 궁금하게 여기는 물음이다.

그러나 이런 비밀은 장자莊子의 「천지편天地篇」에 나오는 일화 한 편만 읽어봐도 곧 풀리게 되는 문제이다. 장자는 예수님이 나기도 전에 현대의 기계문명을 경고한 다음과 같은 이야기를 했다.

한 농부가 있었다. 자기 손으로 우물 하나를 파서, 그 밭에 물을 주었다. 그가 물을 대는 방식은 아주 원시적인 것으로 우물 밑에까지 내려가 항아리를 가지고 물을 길어다가는 일일이 밭으로 날라가는 것이었다.

어느 날 길을 지나던 나그네가 이 광경을 보고 말했다.

"당신은 왜 두레박을 사용하지 않습니까? 그러면 수고를 덜 수 있지 않겠습니까. 그리고 일일이 항아리로 물을 길어 나르지 않아도 물을 대는 데 능률이 오르지 않겠습니까!"

그러나 그 농부는 "나도 두레박이 편한 줄은 잘 알고 있소. 그렇기 때문에 도리어 두레박을 쓰지 않는 것이오. 일을 하는데 편리한 방법을 쓰게 되면 일하는 그 마음까지도 그렇게 바뀌어져서 자꾸 편한 것만을 생각하기 마련이오"라고 대답했다.

도구는 노동의 재미를 없앤다

장자가 이 일화를 통해서 말하고 싶었던 것은 바로 오늘날 기계 때문에 노동으로부터 인간이 소외되어 버린 서구 문명의 그런 비극이었던 것이다.

인간은 일을 한다. 그러나 편하게 일하려고 일하는 방법을 개선한다. 그것이 도구이고 기계이다. 편리한 수단이 생길수록 점점 사람들은 일 자체보다 일하는 방법 쪽으로 마음을 팔게 된다.

더 편한 방법은 없을까? 일에 대한 관심은 도구와 기계에 대한 관심으로 쏠린다. 그러다 보면 인간의 마음까지도 기능적이고 안일한 도구주의에 빠져버리고 만다. 그러므로 지금 당장 편하다 하더라도 결과적으로는 더 큰 고난을 불러오게 된다.

장자의 철학을 보면 동양인은 기계를 발명하지 '못한 것'이 아니라 '안 한 것'이다. 하고 싶어도 능력이 없어서 못한 것이 아니라 할 수 있어도 하고 싶지 않기 때문에 안 한 것이다. 결과적으로는 마찬가지지만 '못한 것'과 '안 한 것'은 하늘과 땅 사이만큼이나 차이가 있는 일이다.

노동의 편리와 기능을 생각하다 보면 인간의 생명 자체가 수단화하고 방법화한다. 이것이 노동의 그 고통보다 몇 배나 더 인간에게 큰 재화를 가져 오게 될 것인가를 슬기로운 동양의 옛 철인들은 일찍부터 예견했던 것이다. 그것이 곧 인간의 분수를 아는 슬기이다.

그렇기 때문에 서양의 지식과 동양의 슬기는 정반대이다. 서양의 지식은 공장의 그 많은 기계를, 모터와 기중기와 또 원수폭原水爆을 만들어냈다.

그러나 동양의 그 슬기는 거꾸로 공장의 기계와 그리고 원수폭 같은 것들을 만들면 인간에게 해가 올 것임을 깨닫는 능력을 주었다. 서양의 지식이 살아가는 방법과 수단을 수행하는 힘이라면, 동양의 슬기는 삶의 본질과 목적을 깨닫는 힘이라 할 수 있다.

서양 사람들, 이제는 동양인도 그렇게 되었지만 사람들은 밭에 물을 대는 애초의 목적인 그 일로 수고하는 것이 아니라, 물을 대는 방법을 만들기 위하여 땀을 흘리고 있다.

게으른 자를 위한 상품

백화점 아래층에 가면 각종 생활용품들이 들어서 있는데 이것이 모두가 신발명품이며 신개량품들이다. 매일같이 새로운 물건들이 쏟아져 나온다.

상품은 셀 수 없이 많지만 발명과 개량품의 원칙은 오직 한 가지, 어떻게 하면 손을 덜 움직이고 쓸 수 있는가 하는 것을 충족시켜 주는 데 있다.

예를 들어서 수염 깎는 면도기 하나를 두고 생각해 보자. 사실제일 편한 것은 수염을 깎지 않는 일이다. 다음에는 수염을 되도록 덜 깎거나 깎아도 칼로 그냥 깎는 일일 것이다.

여기에 안전면도기라는 게 나왔다. 편한 것은 물론이다. 하지만 인류 전체를 놓고 볼 때 안전면도기를 개발하면 새로운 공장을 지어야 하고 하루 쓰고 버릴 면도날을 만들기 위해서 수염도 없는 수천 수만의 여직공이 일을 해야 된다. 수염 깎는 일이 간단하게 될수록 인류 전체로 보면 힘을 더 많이 들인다. 옛날엔 수염을 깎는 것이 큰 사업이랄 수가 없었다.

안전면도기의 신발명품이 생기고부터 면도날을 만드는 거창한 일이 하나 더 늘게 된 셈이다. 얼마 안 가서 안전면도기는 전기면도기로 개량된다. 그뿐인가? 좀 더 간편한 면도기를 만들기 위해서 업체 간에 치열한 경쟁이 벌어졌다.

지금까지 없었던 회사를 만들어야 하고 사장과 공장이 생겨나고 광고 선전을 해야 하니까 신문과 라디오, 텔레비전이 동원된다. 그리고 한편에서는 면도날을 버리는 새 휴지통이 생기는가 하면 특수 건전지를 만드는 방계 회사가 생겨나기도 한다.

이것이 만화 같은 현대 문명이라는 것이다. 수염 하나 깎는 것이 이렇게 복잡하게 되고, 신경을 써야 할 일로 바뀌어져 가고 있지 않은가. 면도기뿐이겠는가. 수염 하나 깎는 것이 이런데 다른 것은 말할 것도 없다. 모든 도구, 모든 기계는 날이 갈수록 새끼를 치고 증대되어 가고 지구의 표면을 덮어버린다.

새 기계가 나올수록, 인간은 몸을 덜 움직이게 된다. 게으르게 만드는 것이다. 그러나 게으르기 위해서는 새 기계를 자꾸 만들어야 하므로 부지런히 애를 써야 한다. 본래의 목적에서 벗어나 엉뚱한 샛길에서 인간은 새 고생을 한다. 이것이 소위 소외현상이라는 것이다.

장자의 노동관과 서양인들의 기능주의, 노동관의 그 차이—그 사소한 차이에서 문화의 발전은 천리만리나 멀리 벌어지고 말았다.

이규보는 왜 온실을 부쉈나

장자만이 아니다. 한국의 이규보李奎報의 글에는 어느 겨울에 온실을 만들어 화초나 오이를 기르는 아이를 보고 꾸짖었다는 것이 있다.

왜 그는 겨울에도 꽃이 피게 하고 오이를 먹을 수 있는 신기한 토실土室을 만든 아이들에게 상을 주지 않고 또 신기하게 생각하지 않고 오히려 그것을 부수어버렸을까? 이것이 그의 슬기였다.

작은 안목으로 보면 겨울의 온실은 우리에게 이利를 준다. 그러나 이利를 택하지 않고, 그것을 개발하지 않고 다시 묻어버린 이규보의 철학은 자연을 역행하는 그 사고가 결국은 오늘날 같은 자연 파괴의 공해, 자연의 균형을 깨뜨리는 환경의 위기를 초래

한다는 것을 보여준 것이라고 할 수 있다. 공연한 자위가 아니다. 여름에 얼음을 넣는 냉장고나 겨울에 꽃을 보는 온실의 문화가 한국에서 개발되지 않았던 것은 결코 능력이 없어서가 아니었다.

강요된 휴일, 서양인들의 노동관과 휴식관, 거기에 이미 오늘날의 기계문명이 지불해야 될 비극의 씨앗이 있었던 것을 서양인들도 이제 스스로 알기 시작한 것 같다.

방법과 수단에만 치우친 기술문명과 그 사회에 항거하는 젊은이들, 그것이 이른바 히피와 반문화를 부르짖는 서양의 젊은 세대들이 아닌가.

국물 없는 사회

세계는 다 같다

나만이 아닐 것이다. 유럽에서 생활할 때 인체에서 제일 고통스러운 곳, 가장 답답한 곳, 그리고 무엇보다도 동화되기 어려운 부분은 '입'이다. 우리는 눈도 귀도 이미 서구화된 지 오래이기 때문에 외국생활이라 해서 별로 힘들 것이 없다.

파리의 도시에서 흘러나오는 음악들, 비록 그것이 고전 민요라 해도 낯설 것이 없다. 지하철에서 맹인들이 아코디언을 켤 때 그 레퍼토리는 우리가 어렸을 적에 불렀던 〈클레멘타인〉, 〈아름답고 푸른 도나우 강〉, 〈오 솔레 미오〉같은 것들이라 위화감을 느끼지 않는다.

착각마저 들 때가 있다.

'어, 이 사람들도 우리 노래를 부르는구나!'

그러나 알고 보면 원래 그들의 노래가 한국으로 들어온 것인데 워낙 몸에 밴 것들이라 꼭 한국 노래를 그들이 배워 부르는 것 같은 착각이 생겨난다. 샹송이나 새로운 유행곡이라 해도 좋다. 마음의 장벽 같은 것을 느낄 수 없다. 귀에는 국경이 없는 것이다.

눈도 마찬가지다. 건물, 조각, 광장…… 영화에서, 포스트 카드에서, 그리고 책들의 삽화에서 너무나 많이 보아왔던 것들이다. 모두가 눈에 익숙한 것들이다. 도시 풍경만이 아니라 백화점의 그 숱한 상품들도, 심지어 자연풍경에까지도 한국에서 보아오던 것과 큰 차이가 없다. 거리에서 신문을 파는 키오스크에 내건 배우들 사진, 말론 브란도, 엘리자베드 테일러 …… 그들도 한국 사람의 얼굴처럼 친밀하다. 남의 나라에 온 것 같지가 않다. 서울의 극장 간판이나 광고에서 늘 보아왔던 사람들이니까.

입만은 민족주의다

그런데 입만은 국제주의가 아니다. 입은 가장 완고해서 외국생활과 쉽사리 악수를 하려 들지 않는다. 입에서 나오는 것은 말이요, 입으로 들어가는 것은 음식이다. 이 '말'과 '음식'은 국수주의적國粹主義的인 색채를 버리지 않는다. 이를테면 입은 인간의 오관에서 가장 주체성이 강하다고나 할까?

우선 그 입으로 들어가는 음식부터 보자. 이름난 프랑스 요리지만, 입은 김치, 깍두기 그리고 된장찌개를 찾는다. 주책없는 입은 별이 다섯 개나 그려진 호화로운 프랑스의 레스토랑에서도 김치를 찾고 있는 것이다. 특히 기름진 고기를 먹고 나면 김칫국물을 먹고 싶어서 가슴이 뛸 정도이다.

그러나 오랜 생활을 하면서 내 입이 찾고 있는 것은 단순히 김치나 깍두기, 된장찌개의 토착적인 한국 메뉴가 아니라는 것을 알게 되었다. 서양 음식은 무엇이든 국물이라는 것이 없다. 국물은 따로 수프 종목에 독립적으로 있는 것이지, 다른 음식에 섞여 있는 것이 아니다.

음식과 국물

한국 음식은 그것이 찌개가 아니더라도 반드시 국물이 있게 마련이다. 김치와 야채 샐러드의 차이가 그것이다. 음식에는 건더기가 주된 것이라면 반드시 그에 따라붙는 부수물인 국물이 있게 마련이다. 생선이든 야채든 고기 종류든 모든 음식에 국물 없는 음식이란 없다. 그래서 독특한 미각의 윤택이 생겨난다.

결국 한국 음식을 먹고 싶어하는 미각의 향수는 한마디로 국물 맛을 찾는 그리움이었다. 프랑스 요리뿐만 아니라 서양 요리는 건더기이면 건더기뿐, 국물이면 국물뿐이었다. 어디까지나 그 한계가 확실하다. 비프스테이크를 아무리 포크로 뒤집어봐도 국물이 없이 그냥 뽀송뽀송하다. 야채 샐러드를 다 먹고 나도 남는 것은 올리브 기름뿐 김칫국물 같은 것은 없다.

한국의 입은 허전하다. 무슨 음식이고 우리의 입은 건더기를 먹고 난 뒤의 국물 맛을 봐야 음식을 먹은 것 같다. 그렇지 않으면 너무 빡빡해서 목이 멘다. 하도 깍두기가 먹고 싶어서 서양 오이지(피클)를 곧잘 시켜 먹었지만 도저히 그 국물 맛을 충족할 수는 없었다.

미각만이 그런 것은 아니다. 미각 속에는 문화의 원형이 잠재되어 있다는 구조주의자들의 까다로운 이론이 아니더라도 한 나라의 문화는 미각의 구조 속에 있는 것 같다. 건더기가 실체라면 국물은 그 실체의 그림자이다. 이 음영이 있기 때문에 비로소 그 실체는 생생하게 살아 있는 생명력을 갖고 있는 것이다. 그것이 여유이기도 하다.

우리나라 말 중에서 점잖지 못한 속어 가운데 '국물도 없다'는 표현이 있다. 각박한 것, 철저한 것, 야박스러운 것을 나타낼 때 쓰는 말이다. 음식에 국물이 있듯이 한국인의 성격에나 행동에는 으레 건더기를 건지고 나도 국물이 있다. 어수룩한 데가 있고 그늘이 있다는 이야기다.

덤이 없는 서양인의 생활

이런 표현으로 서구의 문화를 한마디로 정의하라고 하면 '국물 없는 사회'이다. 공짜가 없다. 따라붙는 덤이 없다는 이야기다.

미각소味覺素의 국물 맛이 인정으로 나타나고 사회생활로 나타난 것이 바로 그 '덤' 사상이라고 할 수 있다.

요리만이 그런 것이 아니다. 서양 사람들에게서는 도무지 국물이라는 것, 즉 '덤'이라는 것을 기대할 수 없다. 군더더기 공짜를 바라는 것을 경제적인 탐욕으로 오해해서는 안 된다. 몇 푼 안 되는 것, 별로 도움될 것이 없는 과외의 그 물질보다 우리는 덤을 통해 인정을 찾는 것이다.

무슨 용건이 있을 때 우리 같으면 결코 용건만을 이야기하지 않는다. 이런 이야기 저런 이야기 하다가 알듯 모를 듯 용건을 꺼내고 상대방도 은연중에 그에 대해서 응답을 하고, 이렇게 해서 볼일 보는 시간에 으레 국물의 시간, 덤으로 붙는 다른 시간이 있는 법이다. 그런데 그들에겐 그런 여유가 없다. 용건은 용건으로 끝난다. 다른 것이 개재될 여지가 없어서 매사가 분명하다.

파리의 시장에 있는 것

파리에도 한국처럼 시장이란 게 있다. 이 시장엘 가면 근대화된 파리지만 옛 생활의 시정詩情을 느낄 수 있다. 그런데 놀라운 것은 전근대적인 이 시장 풍경에서도 '덤'이란 것은 없다.

아무리 각박해도 시장에서 무나 고추를 사거나 할 때 우리는 저울로 달아서 금을 긋듯이 거래하지는 않는다. 으레 덤이란 것이 따라붙고 에누리라는 것이 있다. 그렇다. 코를 흘리면서 엿장수에게 엿을 사먹을 때부터 '덤'이 따라붙는 습관 속에서 자라왔고 그 덤을 통해서 인생의 여분이라는 것, 그 여유와 윤택이라는 정을 배웠다. 그래서 덤이 없는 것을 보면 인정이 삭막함을 느낀다.

파리의 시장에서 풋고추를 발견하고 너무 반가워 그것을 사던 때의 이야기다. 나는 풋고추를 천칭天秤에 올려놓고 고추 하나를 올렸다 내려놓았다 하는 그 시장 주인의 거동을 보고 서운한 생각이 들었다. 아무리 못 사는 한국이지만 이런 식으로 고추를 팔진 않을 것이다.

저울대가 조금 올라갔다 해서 큰 고추 하나를 빼고 작은 고추를 올려놓는 천칭의 곡예는 하지 않는다. 아마 한국 같았으면 한 움큼의 고추를 집어내 봉지에, 이방인의 그 봉지에 '덤'을 주었을 것이 아닌가. '국물 없는 사회, 덤 없는 사회' 여기에 또 하나의 서양과 동양의 다른 얼굴이 있다.

덤의 사상

여운이 있는 문화

덤을 좋아하는 동양인의 마음은 비단 물건을 사고파는 데만 나타나는 것은 아니다. '덤'을 물질적인 측면에서 본다면 사실 그것은 불로소득의 공짜를 바라는 심정이기 때문에 치사스러워 보인다. 그러나 '덤'은 오히려 물질적인 면보다 정신적인 면에서 더 널리 그 특성을 드러내고 있다.

서양의 종소리는 우리의 범종처럼 여운이 없다. 방정맞게 땡그렁거린다. 노트르담의 대종소리라 해도 그 은은한 에밀레종의 끝없는 여운에 비기면 거의 방울소리에 가까운 것이다.

에밀레의 전설이 생긴 것도 따지고 보면 한국의 종소리가 유난히 여운이 긴 데서 생겨난 것이다. 두말할 것 없이 소리가 사라지고 난 뒤에도 울리는 여운은 '덤'으로 울리는 소리이다.

회화도 마찬가지이다. 루브르 미술관의 그 다양하고 웅장한 미술품들을 보면 누구나 압도당한다. 그러나 예외없이 실망하는 것은 그 모든 그림에 '덤'이 없어서 우리가 그 화폭에 들어가 쉴 자리가 없다. 화폭 전체가 그림으로 메워져 있다.

여백이 없는 것이다. 그래서 미술관 순례는 나를 항상 피곤하게 만들었고 그럴 때마다 큰 화폭에 매화 한 가지나 난초잎 하나가 여백 위에 걸쳐진 동양화가 그리웠다. 붓을 안 댄 흰 여백, 아무것도 그려져 있지 않은 소지素紙의 그 여백은 '시각의 덤'이 아니고 무엇이겠는가.

왜 동양인의 작별인사는 긴가

이러한 '덤'의 사상은 그대로 인간의 행동에서도 찾아볼 수가 있다.

인사법만 해도 그렇다. 서양 사람들은 간단히 헤어진다. 악수나 윙크 한 번 하고 "아 드멩", "오르바르", "봉바야주" 등 그때그때 정도에 따라 적당한 인사말을 주고받으면 그것으로 작별이 된다.

하지만 동양인의 작별인사는 보통 뜸을 들이는 것이 아니다. 여러모로 동양의 변종이라 할 수 있는 일본인만 해도 한번 헤어지려면 서로 머리를 맞대고 방아를 찧듯이 수십 번 인사를 한다. 이 경우엔 덤이 너무 많아 어느 것이 진짜 인사이고 어느 것이 덤으로 붙는 것인지 분간이 안 가긴 하지만…….

파리 카페 한복판에서 나는 한국식 인사법으로 비상한 각광을 받았던 일이 있다. 관광차 파리에 잠시 들른 K교수와 길가의 오픈 카페에서 작별인사를 했다. 교수는 자리에서 일어나 정중한 악수를 하면서 머리로는 절을 했다. 어느 한쪽만 하면 실감이 나지 않기 때문에 머리로는 동양식으로 인사를 하고 손으로 서양식 악수를 한다.

이 동서융합의 거창한 인사법을 보고 카페의 파리장들은 자못 놀라는 표정이었다. 그러나 더욱 그들을 놀라게 한 것은 카페를 나가면서 이번에는 '하이! 히틀러'식으로 손을 번쩍 들어 또 인사를 하는 것이다. 우글거리는 손님들 사이로 서로 얼굴을 한 번 더 보려고 연신 기웃거리면서……. 또 한 번 사람들의 시선이 집중되었다.

불과 1분 전에 마지막 작별을 하고서도, 물론 나도 일어나 그에 대해 응답을 했다. 그것으로 끝났을까? K교수는 길거리에 나가 택시를 잡아탔다. 나는 그 카페에 앉아 창밖으로 K교수를 보고 있었고 그는 택시에 오르는 순간 다시 멀리서 목례로 또 한 번 인사를 했다. 그리고 택시가 떠나자 뒤를 돌아다보며 창문 안에서 손을 흔든다. '덤'이 많은 이 이별 장면을 보고 서양 친구들은 눈이 휘둥그래졌다.

옆에 앉아 있던 프랑스 교수가 고개를 갸우뚱하면서 묻기를 "일본 사람이나 한국 사람은 어째서 한 번만 인사해도 될 것을 여러 번 중복하느냐"는 것이었다.

나는 K교수와 그렇게 가까운 사이는 아니었다. 그런데도 한국인들은 작별인사를 할 때 으레 아쉬움으로 두 번 세 번 고개를 숙이고 손을 흔들고 한다. 바쁜 세상에 우리가 이렇게 긴 인사를 하는 동안 저들은 대포를 만들고 군함을 만들었다. 그러나 나는 그런 낭비를 후회하지 않는다. 그 프랑스 교수에게 나는 이렇게 대답을 했다.

"당신네들 눈엔 단순한 되풀이로 보이지만 그렇지 않지요. 최초의 인사가 진짜 헤어지는 인사이고 다음의 것들은 조금씩 사라져가는 여운이지요. 시각에서 떠나는 사람이 멀어져가듯이 인사하는 감정도 서서히 소멸해 가는 것입니다. 그게 무슨 소리인 줄 모르겠지만 그것이 바로 '감정의 덤'을 주는 동양인의 전통이지요. 당신들의 인사법은 칼로 끊듯이 단칼에 끊어버리는 것이지요. 그러나 동양인의 인사는 고무줄이 늘어나듯이 연장되고 팽창하면서 끊어지고 헤어져가는 것입니다. 그래서 서양 영화를 볼 때마다 우습게 느껴지는 것은 사랑하는 사람끼리 너무 덤덤하게 이별하는 장면들입니다. 당신네들은 꼭 적병이 쳐들어와 총을 가지고 뛰어나가는 병사들처럼 그렇게 떠나더군요……."

인사 한 번으로는 부족하다. 뒤에 꼬리가 있어야 한다. 물론 그것은 불편하다. 꼬리란 걸리적거리기 마련이다. 그러나 그것이 있기 때문에 사람들은 가난하고 어려워도 포근한 맛을 느끼며 산다.

군대가 사열하듯이 그렇게 인사를 할 수는 없다. 에펠탑을 준대도 바꾸고 싶지 않은 여운의 풍속이다.

동양문화의 유일회성

그런데 우리는 한 번 인사를 나누고 헤어진 사람과 우연히 다시 만나게 되면, 즉 사무실에서 만나 일단 헤어진 사람을 변소나 복도에서 다시 마주치게 되면 서로 겸연쩍어한다. 심한 경우에는 그토록 다정하게 "안녕히 계십시오—잘 가세요"라고 몇 번씩 인사를 하고 헤어진 사람인데도 못 본 척하고 외면해 버리는 수가 많다. 멋쩍기 때문이다. 그러나 서양 사람은 전연 그런 것이 없다. 다시 잘 가라고 자연스럽게 인사를 하는 것이다.

그 이유는 간단하다. 우리는 헤어질 때 이미 '덤'까지 다 주었기 때문에, 그리고 나서 곧 다시 만나면 앞에서 한 인사들이 무효가 되어버린다. 그렇다고 다시 되풀이할 수도 없다. 서양 친구들은 그럴 때만 '덤'으로 다시 인사를 한다. 그것 하나만 보더라도 우리의 작별인사가 얼마나 은근하고 유일회적인 것인지 증명이 될 것이다. 완성된 그림에 다시 개칠을 하지 못하듯이 한 번 끝난 인사, 그것을 다시 새롭게 고쳐 할 수가 없다.

서양문화에는 이 '덤'이 없기 때문에 아무리 윤택해도 동양인의 눈에는 사막처럼 보인다. 모래알을 씹듯이 건조해 보인다.

그리고 동양사회는 덤[餘分]이 많은 사회, 국물이 많은 사회라 그만큼 낭비와 또 부패의 요인도 많다. 동양사회의 관리들의 부패는 바로 국물이 있는 곳에서, 그 박테리아가 생겨난 것이다. 때로는 건더기보다 국물이 많고 실체보다 덤이 더 많은 비합리로 고통을 겪기도 한다.

그렇다면 서양에는 덤이 없는가? 있다. 있어도 그냥 있는 것이 아니라 엄청난 덤이 따라붙는다. 다만 그 덤이라는 것이 한국의 경우와는 정반대의 마이너스 덤이라는 데 그 차이가 있다. 덤의 개념은 돈을 받는 쪽에서 내주는 것이다. 그러니까 엿을 살 때 덤을 주는 것은 엿장수요, 받는 것은 엿을 사는 사람이다. 덤은 일종의 답례인 셈이다. 그런데 서양은 이것이 거꾸로 되어 돈을 내는 쪽이, 즉 엿을 사는 사람이 과외 돈을 더 물게 된다.

이중의 착취라고 할까. 그것이 바로 서양에 들른 동양인의 두통거리인 팁이라는 제도이다. 우리에게도 양풍洋風이 불면서 이제는 자못 자연스러운 풍습이 되었지만 그런데도 아직 서양인들의 그 납득이 가지 않는 팁 공세에 어리둥절해질 때가 많은 것이다.

팁의 논리

식당에서 음식을 시켜 먹는다. 동양인의 안목으로 보면 손님이 음식을 많이 팔아준 것이니까, 고맙다고 무엇인가 덤을 주어야 하는 쪽은 식당 주인 쪽이다. 하지만 막상 계산서를 받아보면 음식값 외에 봉사료(팁)가 15퍼센트 따라 나온다. 만약 지갑에 든 돈과 메뉴에 적힌 값만 보고 음식을 시켰다가는 소위 그 거꾸로 붙는 팁[extra charge] 때문에 망신을 당하는 수도 있다.

불어로 팁을 '푸르봐르'라고 한다. 직역을 하면 '마시기 위한 것', 즉 술값이란 말이 된다. 포도주를 마시지 않고는 살아갈 수 없다는 프랑스인다운 표현이다. 술이나 마시라고 던져주는 돈, 그러나 실은 주어도 그만 안 주어도 그만이 아니라 으레 청구서에는 맹장처럼 따라붙는 공식화된 또 하나의 요금이 되는 셈이다.

또 다른 말로는 영어 사용권과 마찬가지로 '세르비스service'라고도 한다. 그런데 이 말이 한국의 경우와는 정반대로 쓰이고 있다.

가령 한국 사람 같으면 큰 물건을 살 때, 별로 값이 안 나가는 자질구레한 물건 같으면 "그것은 서비스로 주세요"라고 말한다. 서비스는 덤을 현대식으로 말한 것으로 '이만큼 물건을 샀으니 덤으로 붙여달라'는 뜻이다. 조금도 부자연스럽지 않게 서비스란 말이 덤이란 뜻으로 통하고 있으며, 또 실제로 서비스란 이름 밑에 계산서에 값을 넣지 않고 물건을 주기도 했다.

그런데 똑같은 말이지만 본고장인 영어, 불어의 '서비스(세르비스)'의 뜻은 거꾸로 '팁'의 뜻, '엑스트라 차지'로 쓰이고 있다. 말은 같지만 한쪽은 고객을 위한 말이고 또 한쪽은 고객을 울리는 말이다. 이것 하나만 봐도 밤과 낮처럼 팁의 뜻이 동·서양에서는 완전히 역관계를 갖고 있다는 사실을 증명할 수 있다.

서양 사람에게 직접 물어본 적이 있었다.

"음식값 외에 서비스 차지를 붙이는 이유는 무엇인가?"

그들의 말을 들어보면 그것 역시 합리적 사고의 산물이다.

"당신이 지불한 것은 어디까지나 음식값이지요. 이것은 당신 탁자에 날라다 주고 물을 날라주고 그 시중을 들어주는 식당 종업원의 수고값은 별도로 붙여야 하지 않겠어요?" 하는 것이다.

포괄성과 분할성

결국 동양인은 모든 것을 한꺼번에 포함해서 하나로 뭉쳐 따지는 데 비해 이들은 하나하나를 성격별로 분리해서 개별화한다. 이 인식의 차이가 동서문화의 갈림길이 되었다고 해도 과언이 아니다. 기막힌 일이다. 모든 것을 분리화해서 인식하는 서양인들의 사고방식을 보고 있으면 식당에서 스푼 사용료까지 물리지 않나 하는 기우가 들 정도이다. 공연한 기우가 아닌 것이 '테이블 차지', 말하자면 자리값까지 물리는 곳이 있으니까.

그러므로 셀프서비스를 하는 식당, 자기 손으로 음식을 날라다 먹는 그런 식당에서는 팁이란 것이 없다. 식당에서 음식과 음식을 날라다 주는 것—동양인들은 이것을 따로따로 분리해서 생각하지 않았다. 왜냐하면 그것은 분리가 되지 않는 현상이기 때문이다.

음식을 파는 것과 음식을 날라다 주는 것은 갓에 갓끈이 붙어 있는 것과 같은 이치이다. 갓끈 없는 갓을 상상할 수 없지 않은가? 갓을 판 사람이 "내가 판 것은 갓이니까 여기에 붙은 끈값은 별도로 내셔야 합니다"라고 말할 수는 없지 않은가? 그런 사고방식은 생활에서 동떨어진 추상적인 형식 논리일 따름이다.

서양에서는 생활의 이치보다도 이렇게 모든 현상을 추상적인 형식 논리로 파악하는 일이 많다. 파리에서 스튜디오(방 하나짜리 아파트)를 구할 때 나는 아장스(복덕방)에 가서 한 달 방세가 8백 프랑 정도의 것을 얻고 싶다고 했다. 그러나 후에 청구서를 보니 분명히 방세는 8백 프랑인데, 그 외로 엘리베이터 사용료, 복도 사용료, 갸르디안(수위실) 비용 등 1천 프랑이 넘었다. 항의를 하니까 "당신이 말한 대로 방세는 8백 프랑이 아닙니까? 복도와 엘리베이터까지 빌린 것은 아니잖습니까?"라고 역습을 당했다. 흔히 동양인은 이런 경우 바가지를 썼다고 말한다. 그러나 실은 사고방식의 차이에서 오는 오해이다. 우리가 방값이라고 하면 모든 것을 포함해서 하는 소리이다. 복도로 다니지 않고 방으로 갈 수는 없지 않은가? 그러니까 방과 복도는 따로 있는 것이지만 실제 생활에서는 그것을 따로 떼어내서 생각할 수는 없는 일이다. 그것을 분리해서 생각하는 것이 바로 서구의 합리주의라는 거다. 우리의 안목으로 보면 그것이야말로 비합리주의라 할 수 있다.

포샤의 사고방식

셰익스피어의 그 유명한 「베니스의 상인」에 나오는 포샤의 재판이야말로 이러한 서구인의 대표적인 사고 양태를 반영해 준 것이다.

"1파운드의 살을 도려내라. 그러나 계약서에는 피란 말이 없으니, 피 한 방울 냈다가는 너를 살인자로 다스릴 것이다."

포샤는 샤일록에게 이같이 판결을 내렸고 더구나 그 위에 "다윗 같은 명판관이다"라는 평을 받는다.

살 1파운드를 떼낸다는 조약엔, 비록 계약문서에 씌어 있진 않다 하더라도 피를 흘리는 것까지 승인한 것으로 봐야 한다. 왜냐하면 현실적으로 핏방울을 흘리지 않고 살을 떼어낼 수는 없는 것이니까 말이다.

음식을 판 것이지, 꼭 음식을 날라다 주는 것까지 메뉴 값에 포함된 것이 아니라는 그들의 사고방식과 에누리 없이 일치하는 판결이다. 이것이 법률에 적용되면 포샤 같은 억지 재판이 생기는 것이고 곧잘 해외 가십난에서 볼 수 있듯이 100년 이상 살 수 없는 인간에게 150~200년의 금고형을 내리는 서구식 판결이 있게 되는 것이다.

음식물로 본 동서문화

온몸으로 먹는다

프랑스 요리라고 하면 누구나 세계에서 으뜸으로 꼽는다. 그러나 나는 파리에 있을 때 그 맛있다는 프랑스 요리를 옆에 놓고도 항상 굶주리는 쓰라림을 겪었다. 문화와 식성만큼 밀접한 것이 없다. 보들레르의 시詩가 아무리 훌륭해도 때로는 소월의 시 구절만큼 실감이 나지 않는 것처럼 달팽이 요리나 세계적으로 이름난 굴 요리가 김치 한 조각만 못할 때가 많다. 언어가 그렇듯이 음식 역시 세 살 때부터 먹어보지 않은 것은 제 맛을 못 느끼는 법이다.

하지만 이런 주관적인 식성으로 한국 요리가 프랑스 요리보다 낫다고 주장한다면 그것은 꼭 유치원 아이들이 이 세상에서 자기 엄마가 제일 훌륭하다고 말하는 것처럼 어리석은 일이다. 주관을 떠나서 객관적으로 서양 음식과 한국 음식을 비교해 봐야 할 것이다.

나라마다 음식의 특성이 있다. 그래서 일본 요리는 눈으로 먹고, 인도 요리는 손으로 먹으며(촉감), 프랑스 요리는 혓바닥으로, 이탈리아 요리는 배로 먹는다는 유머도 있는 것이다. 사실 일본 음식이 사각형이라는 것은 무지개 색깔 같은 물감을 들인 가마보고나 초밥 같은 것을 보면 알 것이다. 지글지글 끓는 비프스테이크 덩어리를 아무렇게나 접시 위에 놓고 칼질을 하고 있는 서양 요리와는 비교도 할 수 없이 아름답다. 그래서 일본 음식을 보면 먹는 음식이라기보다 색종이를 오려놓은 장식품 같다.

인도 사람들은 아무리 귀족이라도 음식을 손가락으로 집어먹는다. 그것을 보고 야만인이라고 섣불리 단정한다면 오히려 그렇게 말하는 쪽이 무식한 야만인이 된다. 그들은 음식물을 집을 때의 그 기묘한 촉감에서 식욕을 돋우고 있기 때문이다. 이 촉각적인 것이 일본 음식에 있어서의 색감 이상으로 중요한 구실을 한다. 음식은 결코 미각 하나만을 충족시킬 수 있는 것이 아니다. 따끈따끈하고 말랑말랑하고 보드라운 온갖 촉감의 세계를 인도인들은 손가락으로 맛보는 것이다.

대체로 감각과 음식물의 상관관계를 놓고 볼 때 유럽 음식들은 미개하기 짝이 없다. 왜냐하면 음식을 단순히 미각 일변도로 즐기려 하기 때문이다. 프랑스 요리가 그렇게 이름난 것이지만 오직 그것은 혓바닥의 맛일 뿐 시각이나 촉각 그리고 후각 같은 다른 감각은 전연 고려되어 있지 않다. 특히 청각에 있어서는 철저하게 배제되어 있는 것이다.

인도인들이 손가락으로 음식을 집어먹는 것을 보고 야만인이라고 말한 것과 마찬가지로 유서 깊은 우리 단군의 자손들이 루이 14세의 베르사유 궁전의 만찬회에 초대라도 받은 것 같은 그런 점잖은 파티석상에서 요란스러운 소리를 내며 훌쩍거리고 수프를 마시다가 서양 사람들로부터 야만인 대우를 받게 되는지도 모르겠다. 실상 수프를 토장국을 먹듯이 소리내어 먹는다는 것은 실례 중의 실례이다. 숙녀의 스커트 자락을 들추는 것 못지않게 창피하고 상스러운 일에 속한다. 이를테면 미각의 즐거움을 위해서 청각의 세계를 철저하게 제거해 버리는 것이 서양 친구들의 식사 예법이요, 음식의 특성인 셈이다.

내가 파리에 있었을 때 유학생들이 가장 창피한 감정을 느꼈다고 고백하는 사건도 바로 그 점이다. 이른바 톱 클래스에 속하는 한국의 저명인사들이 점잖은 외국인의 초대연에서 수프를 훅훅 불어가며 훌쩍거리고 마시는 무식한 테이블 매너 때문에 얼굴을 들지 못했던 경험이 많았다는 것이다.

그러나 확신하건대 이것은 결코 교양의 유무 문제가 아니다. 서양 친구들이 젓가락질을 못했다 해서 또는 장판방에서 다리를 뻗고 앉아 밥을 먹었다 해서 교양 없는 친구라고 몰아세울 수 있겠는가? 식사법이 다른 것뿐이다. 아니다, 정말 한국식으로 먹으려면 소리를 내야만 밥맛이 난다. 서양 친구들과는 달리 미각만을 위해서 청각을 거세해 버리는 것이 아니라, 오히려 그 미각에 청각을 합세 조화시킴으로써 식사의 쾌감을 배가시킨다는 점에서 우리 쪽이 단연 자연스러운 것이다. 콩나물국이나 된장국은 훌쩍거리고 마셔야 먹은 것 같다. 그 소리를 떼어놓는다면 먹은 것 같지 않을 것이다. 우리는 결코 초상집의 상객이나 위궤양 환자처럼 혹은 도둑놈처럼, 국을 마시는 데 애써 소리를 죽이려고 전전긍긍하지 않는다. 세상에 먹는 것 이상으로 자연스럽고 자유스러운 일이 어디 있겠는가.

그렇다. 일본인들이 시각으로 먹고, 인도인들이 촉각으로 먹고, 프랑스인들이 미각으로 먹는다면 한국인들은 시각, 청각 그리고 촉각, 후각까지 전 오관으로, 즉 온몸으로 식사를 한다. 심지어 땀까지 뻘뻘 흘리면서 먹는 것이 한국 음식의 특성이다(맵기 때문에). 거짓말이 아니다. 입 전체가 뿌듯하게 쌈을 싸 먹는 한국인의 식사 광경을 보라. 맨손으로 쌈을 쌀 때는 인도식 촉감이 있고, 야채와 양념은 일본식 색감이 있다. 미각은 물론 통째로 목구멍으로 넘어가는 그 뿌듯한 양감, 목구멍 전체로 먹는다는 표현이 알맞다. 이런 한국인이 어떻게 수프를 먹을 때 그 요란스러운 폭풍우 소리를 내지 않겠는가. 단순한 우스개 이야기가 아니라 한국의 문화는 감각성의 총화에 그 특성이 있다. 시각, 청각, 후각, 촉각, 미각이 따로따로 해체되어 있는 것이 아니라 이 모든 것이 교향곡처럼 앙상블을 이루고 있는 곳에 총체적인 생의 이상이 있었던 것이다. 그러기에 밥을 먹는 데 있어서도 온몸으로, 즉 오관의 조화를 살린다.

모르면 몰라도 한국 음식만큼 시각을 고려한 음식도 드물다. 일본 음식은 색채감뿐이지만 한국의 음식은 신선로가 지니는 그 다양한 색채와 볼륨처럼 형태미까지 고려되어 있다. 큰상을 차릴 때 음식을 괴어놓는 것은 물론, 국화무늬나 용 모양으로 가지각색으로 오려놓은 가오리, 그리고 다식이나 떡의 그 다양한 기하학적 무늬들, 실고추의 섬세한 또 정성스러운 양념…….

또 한국 요리만큼 후각을 배려하는 음식도 드물다. 양념의 종류가 한국만큼 풍부한 요리도 없다는 것을 생각해 보면 알 것이다. 음식에 쓰는 향료가 그렇듯 많다는 것은 그만큼 후각을 중시했다는 증거이다. 구수한 냄새는 곧 구수한 맛과 한 짝이 된다. 청각은 이미 말한 터이며 촉각이나 열 감각에 있어서도 한국 음식을 제쳐놓고 타국의 예를 들기 힘들다.

이런 것은 다 접어두기로 하자. 그보다도 한국 음식의 특성은 음식 자체보다 먹는 그 방법에 있어서 유니크한 개성이 있다. 대체 누가 한국인을 놓고 비민주적이거나 자발성이 없는 타율적 국민이라고 했는가! 인간의 생은 어렸을 때를 회상해 보면 알듯이 먹는 데서부터 출발한다. 그 문화의 구조나 민족성의 시발점을 볼 때 식탁에서 그 특성의 원천을 구해야 마땅하다. 선택의 자유 운운하는 서양 친구들이 밥 먹는 것을 보면 그들이 뻐기고 있는 것과는 달리 우리보다 훨씬 수동적이며 운명적이라는 사실을 곧 알 수 있다. 그 식사 코스라는 것 말이다. 처음에는 수프가 나온다. 그 다음에는 소위 입맛을 돋운다는 앤트레 애피타이저 그리고 메인 디쉬 또 그 다음에 디저트……. 이런 엄격한 순서가 있다. 쉽게 말하자면 골프를 치듯이 코스를 따라서 이들은 식사를 진행하는 것이며 차례를 기다려서 그 차례대로 음식을 먹는다.

적어도 한국인은 이런 식으로 식사를 하진 않는다. 수프로부터 디저트에 이르기까지 몽땅 한상에 차려놓고 제각기 자기 식성대로 자유롭게 선택해서 먹는다. 그야말로 민주적이며 공시적인 식사법이다. 음식을 시간 순서대로 분할해 놓은 것이 아니라 한상에 동시적으로 차려져 있어 먹는 사람도 제각기 순서에 관계없이 때로는 김치, 때로는 산적, 때로는 국, 마음 내키는 대로 선후 결정 없이 음식을 먹는다. 시작과 끝이 없다. 국은 처음에도 있으며 끝에도 있다. 상추쌈 역시 처음에도 있으며 끝에도 있다.

누가 대체 한국인을 수동적인 국민이라 했는가! 타율적인 민족이라 했는가! 음식도 개성대로 그 순서를 바꿔 먹지 못하는 서양 친구들이 자유가 어떻고 개성이 어떻고 떠들어댄다는 것은 정말 웃기는 일이다. 그들은 식사도 논문을 쓰듯이 서론이 있고 본론이 있고 결론이 있다. 수프는 서론에 해당되는 음식이요, 메인 디쉬는 본론 그리고 디저트는 결론에 해당된다. 이것이 서구인들이 자랑하는 논리적 과정이라는 것이며 합리주의라는 것이며 변증

법적 전개라는 것이다.

한국인은 세상을 그렇게 논리적으로 살지 않는다. 인생이란 서론도 본론도 결론도 없는 것, 인위적인 서열로써 분할하고 전개하고 매듭짓는 인생이 아니라, 동시적으로 생의 식탁에 한꺼번에 차려놓아진 것, 그것이 진짜 생이라는 그 음식이다. 이 공시성, 총체성, 시간의 순서가 아니라 공간을 채우는 동시적 감각, 이것이 한국인의 의식구조이기도 하다. 그렇기에 서구인의 문화는 역사주의적인 시간의 과정을 따라 전개되어 왔지만 한국인들은 천년이 하루요, 하루가 천년인 무시간적인 공간구조 속에서 생을 영위해 왔다. 음식을 먹을 때 한국인은 감각만이 아니라 음식의 가짓수에 있어서도 공시적인 것이었다. 음식을 모두 한상에 차려놓고, 먹지 않아도, 먹어도, 먼저 먹어도, 뒤에 먹어도, 한눈으로 바라보는 것, 이것이 바로 한국 문화의 특성이라 해도 지나친 말은 아닐 것이다.

한국인은 온몸으로 먹는다. 그렇기에 한국인은 온몸으로 생을 받아들인다.

빵과 밥

성서에 보면 "사람은 빵만으로 살 수 없다"는 유명한 잠언이 나온다. 여기서 무슨 종교적 진리를 따지자는 게 아니다. 너무나 유명한 교훈인 데 비해 우리나라 말로 번역하기에는 참으로 까다롭다는 데 문제의 핵심이 있다. 신통하게도 선교사들이 주동이 되어 번역한 옛날 성서를 펼쳐 보면 '빵'이 '떡'으로 되어 있는 것이다. 과연 서양의 빵은 한국의 떡과 비슷하게 생겼다. 형태만으로 볼 때 빵을 떡이라고 의역한 것은 지당하고 지당한 일이다. 그러나 그 뜻을 살펴보면 엉뚱하기 짝이 없는 오역이다.

한국인은 떡만 먹고는 절대로 살아갈 수가 없다. 떡은 간식이 될지언정 주식이 못 된다. 그래서 허구한 날 떡만 먹고는 살 수 없는 것이 한국인이다. 그렇기 때문에 '사람은 떡만으로 살아갈 수 없는 일이다'라는 성서의 명구를 우리 할아버지, 할머니가 들으면 별 싱거운 말도 다 있다고 코웃음을 칠 일이다.

"그렇지. 사람이 어떻게 떡만 먹고 사나, 밥을 먹어야지."

그러니까 빵을 떡으로 번역해 놓으면 그 뜻은 마치 아침에 해가 뜨고 저녁에 해가 진다는 말처럼 싱겁게 되어버린다. 왜 이러한 의역이 생기게 되었을까? 그것은 빵의 문화권과 밥의 문화권이 서로 대립되어 있다는 데서 비롯되는 현상이다. 즉 서양인의 주식은 빵이다. 한국인의 주식은 밥이다. 빵과 밥의 차이 때문에 문화의 차이도 그만큼 달라진다. 예수님이 말씀하신 '빵만으로 살아갈 수 없다'는 그 인간은 어디까지나 피부빛이 하얀 서양 사람들을 상대로 한 말이다. 그렇다고 빵을 밥이라고 의역해 놓고 만족한 표정을 지을 수 있을 것인가? 같은 주식이기는 하나 빵과 밥의 개념은 엄청나게 다르다.

프랑스 빵은 참 맛이 있다. 무엇보다 그 바게트 말이다(바게트는 불어로 긴 막대기라는 뜻). 정말 빵도 팔뚝만 한 긴 몽둥이처럼 생겼다. 늦잠 잘 자기로 이름난 파리 사람들이지만 이 빵을 파는 빵가게에 가보면 아침에도 사람이 득실거린다. 길거리를 지나다 보면 바게트를 사 든 신사, 숙녀들이 마치 깃대를 들듯 어깨에 메고 지나는 광경을 볼 수 있다. 아니 그냥 들고만 다니는 것이 아니라 숫제 길거리에서 빵을 떼어서 먹고 다니는 사람들도 있다.

한번 생각해 보라. 우리나라의 길거리에 밥을 들고 다니는 사람이 있다면 어떨까? 거지가 아닌 다음에야 길거리에서 밥을 먹거나 깡통에 밥을 담아 들고 다니는 사람이 있다는 것을 상상할 수가 없다. 더구나 밥을 가게에서 미리 지어서 사람들에게 판다고 생각해 보라. 있을 수 없는 일이다.

아무리 근대화된다 하더라도 서양의 빵가게처럼 밥가게가 생겨나지는 않을 것이다. 이것이 같은 주식이지만 빵과 밥의 가장 큰 차이점이다. 밥만은 자기 집에서 짓는다. 이것이 동양의, 특히 한국의 가족주의를 쉽게 무너뜨리지 않는 요인이 된 것이다. '한솥 밥'을 먹는다는 정겨운 말이 있듯이 식생활의 가장 기본이 되는 그 밥맛은 남에게 매매할 수 있는 상품이 될 수가 없다. 밥은 옛날이나 오늘이나 식구 수만큼 손수 지어 먹는 것이며 또 한번에 만들었다가 두고두고 먹는 것이 아니라 끼니 때마다 새롭게 만들어야 한다.

그렇기 때문에 밥은 곧 한 가족의 단위와 그 정을 측정하는 구실을 한다. 빵은 식은 것도 먹을 수 있지만 밥만은 온기를 지니도록 해야 된다. 식은 밥은 곧 식은 정을 의미한다. 생각나지 않는가. 그 춥고 추운 겨울 그리고 그 깊은 밤 집안 식구 하나가 늦게 돌아오면 그때까지 아랫목 요 밑에 밥사발이 묻혀 있다. 사람이 집 안에 없어도 밥은 그 방 안에 있다. 한솥 밥을 먹는다는 것, 뜨거운 밥을 먹는다는 것, 그것도 매일같이 되풀이해서 먹는다는 것. 이것이 바로 아버지와 아들을, 아내와 남편을, 그리고 형과 아우를 묶어두는 핏줄의 확인이다.

만약에 서양 사람들처럼 밥 대신 빵을 주식으로 했다면 그래서 빵가게에서 구워낼 수 있었다면 어떻게 되었을까?

나는 파리에서 손수 자취를 했었다. 전기밥솥을 사다가 혼자 밥을 지어서는 혼자 먹는다. 그때마다 눈에는 눈물이 서렸었다. 식구 생각이 난다. 절대로 감상이 아니다. 밥을 풀 때 그리고 밥그릇에 옮길 때 내가 혼자라는 것을 실감한다. 내가 프랑스에서 태어나 빵을 먹고 자란 사람이라고 한다면, 그래서 경우가 바뀌어 한국에 와 빵가게에서 빵을 사다 먹었다면 아마도 내 눈에 눈물이 구르지는 않았을 것이 확실하다. 그렇기에 밥을 먹고 자란 한국인들은 아무리 근대화가 돼도 가족을 떠나 살기가 그만큼 힘이 드는 법이다. 끈적끈적한 그 밥풀만큼이나 빵과는 달리 밥은 서로의 체온을 묻어 다니게끔 한다.

이런 정감론을 떠나서 이야기한다 해도 마찬가지다. 빵은 고체이기 때문에 또 그때그때 지어 먹는 것이 아니기 때문에 운반하기가 편하고 집 바깥에서 먹기에도 편하다. 한마디로 말해 집을 떠나 사는 사람들이 편하도록 되어 있는 주식이다. 동양 사람들이(밥을 주식으로 하는) 서양 사람들과의 전쟁에서 패했다면 그 원인 중의 하나는 밥이 빵만큼 기동력이 없었다는 데 있을지도 모른다. 밥을 지어 먹어가며 전쟁을 할 생각을 해보라. 행군은 멎어야 하고 밥을 짓는 연기는 적의 표적이 된다. 특히 한국의 음식은 밥만이 아니라 반찬까지도 젖은 음식이 많기 때문에 그 자체가 비전투적인 성격을 지니고 있다. 레디메이드ready-made음식이란 한국에 있어 거의 불가능하다. 기껏 길을 떠나면서 호주머니에라도 넣고 다니며 먹을 수 있는 음식이 있다면 떡 정도라고나 할까.

이에 비해서 서양의 음식물엔 빵처럼 국물이 없는 마른 음식들이 많다. 전투하기에 편하며 뛰어다니면서도 먹을 수가 있다. 음식 하나만 봐도 서양 친구들의 호전성을 넉넉히 엿볼 수 있다. 산을 넘고 바다를 건너 식민지를 개척했던 그들, 우리 같았으면 밥을 지어 먹고 김치, 깍두기를 담아 먹느라고 그야말로 십 리도 못 가서 발병이 났으리라.

빵 문화는 개인주의 문화이며 정복의 문화이며 활동의 문화이며 상업의 문화이다. 빵이 있는 곳에 전쟁이 있었고 개척이 있었다. 그리고 자유로운 분리와 집을 떠나서, 고향을 떠나서 행동할 수 있는 사회성이 있었다.

밥의 문화는 한솥의 문화이다. 지붕 안에 고정되어 있고 정적이며 집을 떠나서는 살기 어려운 귀향자의 문화이다. 떠돌아다닐 수 없는 문화이다. 그것은 평화의 문화이다. 정말 인간은 빵만으로는 살아갈 수 없다. 하지만 한국인은 밥만으로도 살아갈 수 있는 것이다. 왜냐하면 밥에는 단순히 배만을 채우는 그 물질만이 아니라, 그 김처럼 정이 서려 있고 사랑이 배어 있기 때문이다. 정신도 또한 깃들어 있다는 이야기이다. 과장이 아니다. 같은 밥이라도 계모가 퍼준 밥과 친어머니가 퍼준 밥은 숟가락으로 떠보기만 해도 안다.

빵에는 그런 융통성이 없다. 어디까지나 한 덩어리의 빵은 한 덩어리의 빵일 뿐이다. 그러나 밥 한 사발은 결코 같은 밥 한 사발이 아닌 것이다. 온기가 다르고 양이 다르고 퍼 담은 솜씨가 다르다.

빵의 문화권과 밥의 문화권, 나는 배가 고파도 밥을 먹으며 살고 있다.

풀이의 문화

부동자세론

유럽을 찾아가는 관광객들에게 제일 인기를 끄는 것은 영국 버킹검 궁전의 근위병, 즉 부동자세를 한 보초병들이다. 꼭 납으로 만든 인형 같다. 온몸이 목석처럼 미동도 하지 않는다. 움직이는 것은 오직 그 파란 눈뿐, 착검을 한 총을 든 그 손도 원통형 털모자를 쓴 머리도 장화를 신은 두 다리도 소돔의 소금기둥이 된 사람처럼 꼼짝도 하지 않는다. 관광객들은 살아 있으면서도 죽은 듯이 서 있는 이 부동자세의 보초병들을 향해 탄성을 올린다. 심지어 손가락으로 눈을 찔러보는 사람도 있다. 사람인가 인형인가 확인하기 위해서…….

이것이야말로 서구문화의 본질을 이루는 부동자세의 상징물이다. 한자의 동물動物은 '움직이는 것'이라는 뜻이다. 생물학적으로 볼 때 인간은 동물의 하나이다. 즉 움직이는 존재다. 살아 있는 것은 꿈틀댄다. 죽어 있는 돌이 아니기 때문에 생명을 가지고 있는 것들은 움직여야만 한다. 그런데 서양인들은 살아 있으면서도 움직이지 않는 부동자세라는 것을 창안했던 것이다. 생명의 질서, 동물의 본성을 역행하는 이 무시무시한 부동자세를 발견한 것은 비단 그들의 군대문화만이 아니었다.

우리는 서구문화의 도처에서 버킹검 궁전의 초병과도 같은 부동자세와 만나게 된다. 생물의 유연한 맛, 그 리듬, 그 움직임을 상실한 딱딱한 부동자세, 굳어버린 부동자세. 나치스의 죄악도 바로 이 부동자세로부터 생겨났다고 할 수 있다.

프랑스의 군대 용어로 '아탕시용'이라고 하면 차려, 즉 부동자세를 하라는 구령이 된다. 아탕시용의 뜻은 정신을 집중하라는 것, 조심, 주의 또는 무엇인가를 준비하라는 뜻이다. 즉 어떠한 일을 하기 위한 예비동작, 그것이 바로 부동자세이다. 그러니까 서양인들은 무엇인가를 하려고 할 때 부동자세로부터 시작한다는 뜻이 된다. 문화도 정치도 경제도 사람까지도 아탕시용으로부터 출발했다. 그러니 생물의 본성, 그 동물의 율동을 저버리는 데서부터 매사를 창조해 갔던 것이다. 서구의 문화는 모두가 부동자세에서 생겨난 것이라는 사실을 바꿔 말한다면 '생물의 리듬을 거부한 그 인위성에 그리고 기계주의에서 비롯된 문화'라고 말할 수 있을 것이다.

한국에는 부동자세라는 것이 없었다. 차려자세는 근대화의 바람을 타고 이 땅에 들어온 데 지나지 않는다. 결코 이 말이 나의 독단이 아닌 것은 구한말 외국의 고문관들이 한국군을 근대화하기 위해 훈련을 시키는 데 있어 가장 기본을 삼은 것, 그리고 주력한 것이 바로 이 차려자세였다. 그리고 그 부동자세를 숙달시키기 위해 가장 애를 썼던 것이다. 우리 군대의 보초들은 버킹검궁의 보초들과는 달리 두 다리를 벌리고 한 손에 창을 비스듬히 들고는 흔들흔들하는 자세로 무용을 하듯 순시를 했었다. 바람에 날리는 버드나무 가지처럼 항상 유연한 자세, 율동 있는 자세를 지켜왔다.

서양 사람들이 상관이나 임금 앞에서 최대의 경의를 표하는 것도 바로 그 차려자세였다. 세계에서 민주적인 군대라는 미국 병사들도 의장대나 상관 앞에 서 있을 때 부동자세를 취한다.

그러나 어떤가? 서양보다 몇 배나 엄격하고 서슬 퍼런 절대군주라 해도 우리나라의 신하들은 어전 앞에서도 비록 부복을 해 허리를 구부릴지언정 얼어붙은 동태 같은 부동자세는 하지 않았다. 아니 상소를 하는 선비들은 오히려 허리를 굽히고 머리를 상하로 흔들흔들하면서 '굽어살피소서'라든가, '이 목을 자르십시오'라고 했던 것이다. 목을 바치는 그 순간에도 그 몸만은 유연하게 흔들흔들했을 뿐 부동자세를 취하지는 않았다.

그 엄격했던 조선 시대의 선비들은 절도와 격식을 갖추는 면에 있어서 서양의 기사도에 비길 바가 아니었지만 그 옛날 한국의 양반들 몸가짐은 어떠했던가? 자세의 흐트러짐 없이 꼿꼿이 정좌를 하면서도 몸은 좌우로 흔들거리는 것이 상례였다. 단정한 자세이지 굳어 있는 부동자세는 아니다. 그것을 우리는 흔히 '부라질'이라고 한다(좌우로 몸을 흔드는 것). 우리는 생명을 사랑했기에, 자연을 사랑했기에, 아무리 엄숙하고 긴장된 순간이라 해도 유연한 저 리듬의 세계와 탯줄을 끊지 않았다.

동양에서 부동자세의 문화를 가진 나라는 일본뿐이다. 일본 사무라이들의 세이자[正坐]라는 것은(현대의 일반 시민도 마찬가지다) 무릎을 꿇고 앉아 동체를 꼿꼿이 세우고 미동도 하지 않는 일종의 좌식 부동자세이다. 즉 서양의 입식 부동자세가 동양의 일본에서는 단지 좌식 부동자세로 탈바꿈을 했을 뿐, 그 근본 자세는 같다. 그러기에 일본이 동양 여러 나라에서 제일 먼저 서구화되어 저 기계주의를, 인공의 문명기술을 습득하게 된 이유도 알 법한 일이다.

부동자세를 가진 문화권으로부터 근대문명과 같은 비생명적 인공의 기계문명이 이루어졌다는 논법을 성립시킬 수 있다. 물론 부동자세를 배운 그 군대는 무력으로 세계를 지배하고 기계로 온 지구를 정복하는 영광을 누릴 것이다. 그러나 그 문화에는 가장 귀중한 생명의 녹색을 상실하고 생명의 리듬을 파괴하는 불행이 잉태되어 있다.

우리 문화는 부동자세의 문화가 아니라 그 정반대의 율동의 문화, 건들건들하는 문화였기에 언뜻 보면 무질서해 보이고 무기력해 보이고 절도가 없어 보인다. 그러나 대체질서, 규율, 절도라는 것이 형식적인 기계주의를 뜻하는 것은 결코 아니다. 부동자세의 문화권에 어느덧 우리도 젖어버렸기에 율동은 무질서로, 유연한 자세를 무절제한 것으로 간주한 것뿐이다.

한국 문화는 부동자세의 문화와는 정반대로 즉 아탕시용(부동자세)으로부터 시작된 긴장이 아니라 거꾸로 그렇게 굳어버린 부동자세를 푸는 데서부터 시작한다. 일을 시작하기 전에 한국인은 먼저 몸을 푼다. 이 '푼다'는 것, 그것이야말로 비생명적인 경화된 기계주의로부터 다시 생명을 회복하고 생명의 율동을 창조하는 방법이었다. 마치 산모가 아이를 분만할 때 몸을 푼다고 하듯이 한국인은 무엇인가를 창조하고 생산하는 것을 '푸는 것'이라고 생각했다. 그래서 '몸을 푼다'고 할 때 우리는 작업의 시작을 의미하는 말로 됐다. 서양에서는 몸을 굳히는 부동자세의 긴장감이 예비행위로 나타났지만 우리는 도리어 몸의 긴장을 푸는 데 창조의 거점을 두었다.

대체 그 풀이의 문화란 무엇인가? 그것을 좀 더 깊이 따져보자. 우리는 어려운 문제를 해결하는 것을 '푼다'고 말한다. 산수 문제를 풀고 골치 아픈 일을 풀고 수수께끼를 푼다.

문화란 무엇인가? 이 맺혀 있는 것, 굳어 있는 것, 빡빡한 것을 푸는 힘이다. 타결하고 해명하고 처리하는 이 모든 것이 다 푸는 것이다.

풀이의 형이상학

내가 파리에 있을 무렵 신문이나 라디오, 텔레비전을 비롯하여 지성인들이 모이는 카페 어디를 가든지 '데탕트'라는 유행어가 한창이었다. 데탕트는 동서냉전이 가시고 '화해'를 뜻하는 정치적인 용어이다. 그러니까 그 말을 의역하면 '긴장완화'라는 뜻이 된다. 서양 사람들은 이제 와서야 어텐션(긴장)에서 데탕트(화해)가 인간의 살 길임을 알고 그것의 중요성을 깨닫게 된 것 같다. 그러나 한국인은 이제 와서가 아니라 옛날부터, 아주 옛날부터 '데탕트'의 철학을 가지고 있었다. 즉 '데탕트'는 우리 식으로 말해 '푸는' 것이니까…….

우리는 남들의 싸움을 말릴 때 서로 풀어버리라고 한다. 이때 풀어버리란 말은 가슴에 맺혀 있는 사감 또는 억울한 일을 물로 씻듯이 잊어버리라는 뜻이다. 누가 더 이익을 보거나 누가 더 손해를 보고, 누가 더 잘했고 누가 더 잘못했고, 이런 것을 일일이 따진다는 것은 한국인의 기질에 어울리지 않는 이야기다.

서양 사람들은 어떤 분쟁이 일어났을 때 그것을 계산하고 밝힘으로써 합리적인 해결로 매듭지으려 한다. 그러니까 오히려 그들은 싸움을 따지는 것으로 해결짓는다. 그것이 재판이요, 토의다. 긴장은 고조되고 눈빛은 더욱더 시뻘개진다.

거기에 비해 잘잘못을 따지거나 손익을 계산하지 않고 그냥 백지로 돌려버리는 것은 한국인이 분쟁을 해결하는 풀이의 방식이다. 그렇기 때문에 풀이는 논리가 아닌 것이다. 풀이는 재판이 아니다. 그것을 뛰어넘는 관용이요, 망각이요, 용서이다.

우리는 풀이를 중시한 국민이다. 무엇이든 풀게 한다. 억울한 것도 풀고, 분한 것도 풀고, 그릇된 것도 풀어버리려 한다. 그것이 바로 화풀이요, 분풀이요, 원풀이였다, 즉 원한을 푸는 것, 거기에서 모든 철학과 생활방식의 문화가 생겨난다.

그러므로 서구의 문화가 긴장의 문화라면 한국의 문화는 해소의 문화이다.

거짓말이 아니다. 민속신앙을 보아도 살풀이라는 것이 있지 않은가. 무속문화를 보라. 무당의 구실은 죽은 영혼의 원한을 풀어주는 데 있다. '푸닥거리'란 말이 바로 그것이다. 푸닥거리는 풀어주는 것에서 비롯된 말이다. 우리 종교가 이런 바에야 다른 것이야 말할 필요도 없다. 예술 형식도 감정을 풀어주는 데 그 근본을 두었다.

신흠申欽이 쓴 시조 한 수를 읽어보자.

> 노래 삼긴 사람 시름도 하도 할사
> 일러 다 못 일러 불러나 풀었던가.
> 진실로 풀릴 것이면 나도 불러보리라.

노래를 부르는 것, 시를 짓는 것, 춤을 추는 것, 그 모든 것을 시름을 풀기 위한 것으로 보았다. 말로 다 풀지 못한 것을 예술의 형식으로 풀려고 한 것이다. 시름풀이, 그것이 한국인의 예술이었음을 이 시조에서 우리는 분명히 밝혀낼 수가 있다. 심지어는 한국인은 심심한 것까지도 풀어버린다. 그래서 노는 것을 심심풀이라고 하지 않는가.

한국인은 풀이의 천재들이었다. 저 어두운 역사, 부조리한 사회구조……. 우리나라 사람들은 외세에 짓밟히고 권력자에게 시달리고 가난에 쪼들리며 살아왔다. 그러나 풀 줄을 알았기 때문에 그 고통, 그 서러움, 그 원한들을 바람에 띄우듯이 물로 씻어내듯이 한숨으로 풀고 노래로 풀고 어깨춤으로 풀어버렸다. 그랬기 때문에 이 민족은 사실상 누구에게도 지배를 당하지 않았으며 누구에게도 고통을 받지 않았다. 풀어버리는 능력이 있는 한 어떤 비극이나 어떤 고통도 한국인의 가슴을 찢지 못한다. 아무리 무서운 독을 퍼먹여도 해독제가 있으면 겁날 게 없다. 한국인처럼 그 많은 독을 먹고 산 민족도 없지만, 보아라. 우리는 이렇게 흥겨운 표정으로 살고 있지 않는가. 다른 민족 같았으면 전부 미쳐 죽었거나 자살해 버렸을 상황 속에서도 한국인들은 신명을 잃지 않았다.

우스운 일이다. 우리보다 풍부한 경제력을 과시하는 미국이나 유럽 사람들의 얼굴에는 초조와 불안이 감돈다. 통계숫자로도 증명된다. 연간 자살자와 정신병 환자가 그들의 GNP 못지않게 증대되어 가고 있는 것이다. 구미의 사회를 지배하는 것은 긴장이다. 그래서 그들의 유행어는 스트레스와 노이로제이다. 그것을 견디지 못해 정신병동을 찾아가거나 에펠탑, 금문교, 번영을 자랑하는 저 고층빌딩 옥상에서 투신자살들을 한다. 기껏 스트레스를 해소한다고 차를 몰고 시속 100마일로 달리다가 이번에는 교통사고로 죽는다. 마리화나를 먹지 않고서는, 섹스를 통하지 않고서는 바위처럼 억누르는 문명의 스트레스를 푸는 방법을 모른다.

그러나 한국인은 이 스트레스를 푸는 데 있어 단연 선진국의 첨단을 걷고 있다. 우리는 오징어 한 마리에 소주 한잔 먹고서도 간단히 긴장을 풀어버린다. 퇴폐적이라고만 비웃을 게 아니라 한국의 선술집에서 고성방가를 하고 신바람이 나서 젓가락으로 탁자를 두드리는 그 술주정꾼들은 돈 몇 푼 안 놓고도 마음의 고름들을 깨끗이 풀어 짜낼 수가 있다. 한국 사람들이 공공장소에서 큰 소리로 떠든다거나 둘만 모여도 남들을 비방한다거나 또 세계에서 가장 푸짐한 욕지거리를 잘한다는 것이 피상적으로 보면 한국 사람들의 단점이 되겠지만, 풀이의 문화로 해석할 때에는 오히려 긍정적으로 평가되어 마땅한 일들이다. 그렇지 않았더라면 우리는 모두 미쳐 죽었거나 목을 새끼로 맸거나 마약중독자가 됐을 것이다.

한국인에겐 너나할 것 없이 조금씩 무당 기질이 있다. 아무것도 아닌 일에도 신이 잘 오른다. 으레 상춘常春 시즌이 되면 어디에서나 볼 수 있듯 사람들은 길거리에서 춤을 추고 노래를 부르고 야단법석을 떤다. 근심이 태산 같고 먹을 것도 없으면서, 문밖에만 나가면 구박을 받는데도, 어디서 저 해일 같은 신명이 솟아오르는 것일까?

한국인이라면 젖만 떨어져도 으쓱으쓱 어깨춤을 출 줄 안다. 저 외우기 힘든 구구단을 외고 있는 우리 초등학교 학생들을 보면 알 것이다. 이이는 사, 이삼은 육…… 흥겨운 가락에 붙여 신바람나게 읊조린다. 세상에 그 멋대가리 없는 구구단을 연시連詩라도 읽듯이 신바람나는 음악으로 바꿔버리다니!

여기에 한국인의 비밀이 있다. 목청을 뽑아 가락을 붙여 흥겨운 듯 구구단을 외는 저 아이들, 누가 그것을 가르쳐주었는가. 아무도 가르쳐주지 않았다. 저희들 스스로의 어깨춤으로 그 핏줄에서 솟구치는 무당 같은 신바람으로 그것을 익혔다.

한국 사람들은 모이면 남의 욕을 잘한다고 하지만 직장에서 눌려만 지낸 사원들이 계장을, 과장을, 사장을 욕함으로써 실은 그 분함을 풀어버리는 풀이운동에 지나지 않는다. 구미 선진국처럼 쟁의권도 없다. 모든 게 비합리적이다. 합리적으로 해결이 안 되는 데 비합리적인 기분으로라도 풀지 않으면 안 된다. 욕이 바로 그것이다. 만약 서양 사람들이 불평 잘하는 한국 직장의 사원들이 한 험담들을 비밀 녹음으로 채취했다고 가정하자. 그때 그는 이 회사가 곧 사원들의 폭동이나 스트라이크로 망하게 될 것이라고 속단할 게다. 그러나 아무 일도 없다. 오히려 더 화기애애해진다. 서양인들은 우리네 풀이의 문화를 이해 못 할 것이다.

사실 서양에서는 절대로 남의 험담을 하는 법이 없다. 그것은 사회적인 터부이다. 속으로 부글부글 끓어오르는 것을 혼자 삭여야 한다. 그러니 합리적으로 해결이 안 될 때 미쳐버리는 것이다.

우리가 남을 욕하는 것은, 헐뜯는 것은 정말 미워서가 아니다. 욕으로써 감정을 푸는 게다. 욕은 더러워도, 욕으로 풀고 나면 마음은 천사처럼 깨끗해진다.

한국의 욕은 삐뚤어 나간 한국적 풀이문화의 한 가지에 지나지 않는다. 한국의 욕만큼 다양하고 푸짐하고 걸쭉한 것들의 예를 찾아보기 힘들 것이다. 욕을 분석해 보면 분야별로 고루고루 발전되어 있음을 알 수 있다.

엄격한 가족주의 억압을 풀기 위해서 생겨난 욕이 바로 '어미', '아비'를 들먹거리는 욕들이라면, 경제적인 억압을 해소하기 위한 욕이 '빌어먹을 놈', '거지 같은 놈' 등등의 욕이라 할 수 있다. 성적 억압을 풀기 위한 그 욕들은 일일이 여기에 매거枚擧하지 않아도 우리들 자신들이 잘 알 것이다. 부조리한 사회 그리고 정치적인 억압을 푸는 욕은 '개새끼' 등등이다.

풀이의 문화가 부정적인 측면으로 발달한 것이 바로 이러한 욕들이라고 할 수 있다. 결국 긴장에 토대를 둔 부동자세의 서구문화는 오늘날 노이로제 환자와 자살률의 통계숫자를 증대시켰다면 그리고 마약환자를 양산해 냈다면, 이제 서구 사람들이 배워야 할 것은 한국의 풀이문화가 그 부제가 될 것이다.

풀이문화의 원동력인 신바람과 흥겨움은 생명의 근원적인 율동에서 나온 힘이다. 서구문화는 이것을 죽이고 그 사화산 위에 문명의 궁전을 세웠기 때문에 번영은 있어도 기쁨이 없고, 정복은 있어도 행복이 없는 죽은 문화로 전락하고 있다. 그러나 그 가락에서 신명이 우러나오는 한국문화는 비록 가난해도, 억압을 받아도, 분수처럼 솟구치는 영혼의 진동이 있다.

다만 정치가가 어깨춤을 죽이고 이 국민을 다스리려 했기 때문에, 다만 기업가가 가락을 죽이고 고용인들을 부리려 했기 때문에, 다만 아버지가 아들을, 선생이 학생을, 남편이 아내를 신바람을 죽이고 이끌려고만 했기 때문에 이 국민은 그 엄청난 창조력을 제대로 발휘하지 못했던 것뿐이다.

우리는 안다. 바람이 서서히 이제는 우리 쪽을 향해서 분다. 세계사를 놓고 보면 한때 창끝으로 세계를 지배한 영웅들이 설치던 시대가 있었다. 무력 정복의 시대다. 또 한때는 약삭빠른 장사꾼들이 세계를 턱끝으로 구슬리던 시대가 있었다. 상업주의 시대다. 또 한때는 공장의 굴뚝 높이로 그 연기의 힘으로 세계를 손아귀에 넣던 산업주의 시대가 있었다. 이처럼 만들어내는 자가 승리자가 된다.

그러나 우리는 안다. 오늘날 문명의 긴장과 그 억압을 풀 수 있는 자가 승자가 된다는 것을……. 긴장을 풀지 못하는 자가 패자가 되는 우리 풀이문화가 큰 소리칠 때가 왔다는 것이다. 지금 세계적으로 3차 산업이 총애를 받고 있는데 그것이 바로 풀이문화가 아닌가. 이익으로 사는 시대가 아니라 흥과 신명으로 살아가는 시대가 오리라. 서구문화에는 이 전통이 없지만 우리에겐 천 년, 2천 년의 뿌리 깊은 역사가 있다. 지금까지는 우리의 풀이문화가 겨우 욕이나 하고 춤이나 추고 푸닥거리나 하는 부정적인 측면에서만 발전되어 왔지만, 이제는 긍정적이고 창조적인 데로 신명과 흥겨운 창조의 원동력을 승화시켜야 한다.

나는 파리 샹젤리제의 그 많은 인파와 기계인형처럼 흘러가는 그 많은 유럽인들 틈에서 신대를 잡은 무당처럼 어깨춤을 추어 보이고 싶었다.

아는가? 너희들은 이 신명의 근원을, 피맺힌 고난의 역사 속에서 생명의 가락을 지켜온 한국문화의 그 율동을…….

푸는 문화, 신바람의 문화

원과 한의 의미 구별

같은 한자문화권에 속해 있으면서도 일본 사람은 '원怨'이란 말을 많이 쓰고 한국 사람들은 '한恨'이란 말을 즐겨 쓴다. 그리고 일본에서는 '원'도 '한'도 다 같이 '우라미(원망)'라고 읽고 있지만 한국의 경우에는 각기 다른 뜻으로 사용하고 있는 경우가 많다. 자전을 찾아보면 금세 알 수 있다. '원'은 '원망할 원' 자로 되어 있다. 원수란 말처럼 그것은 주로 남에 대한 것, 또는 자기 밖에 있는 무엇인가에 대한 감정이다. 그러나 '한'은 '뉘우칠 한'이라고도 읺듯이 오히려 자기 자신에게 향한 마음이며, 자기 내부에 쌓여가는 감정이다.

남에게서 피해를 본 것만으로도 '원'의 감정은 생겨난다. 그러나 '한'은 자기 마음속에 무엇인가를 희구하고 성취하려는 욕망 없이는 절대로 이뤄질 수 없는 정감이다. 그러한 꿈이 없을 때 '한'의 감정은 단순한 절망감이 되어버리거나 '복수심'으로 전락되고 만다.

'원'과 '한'이 어떻게 다를까? 그것을 더 구체적으로 알기 위해서 우리는 일본의 『주신구라[忠臣藏]』와 한국의 『춘향전』을 잠시 비교해 보는 것도 좋을 것이다.

이 두 이야기는 제각기 그 나라의 민중으로부터 가장 사랑을 받아온 민족적 서사극이라는 점에서 공통점을 지니고 있다.

일본의 전통극 가부키[歌舞伎]에서 가장 인기가 높은 것이 바로 이 『주신구라』이다. 태평양전쟁 직후 일본에 진주한 미국의 점령군이 『주신구라』의 연극 상연을 금지시켰던 예 하나만을 보더라도 그것이 얼마만큼 일본 대중에게 깊은 영향력을 지니고 있는지를 짐작할 수 있다. 한동안 공연 금지를 당하고서도 전후부터 오늘날까지(1980년 3월 말 현재) 『주신구라』의 가부키 상연 횟수는 150회로서 전체 랭킹 제2위를 기록하고 있다. 그래서 일본의 가부키계에는 아무리 불황이라도 『주신구라』의 막을 올리기만 하면 손님들이 터진다는 신앙이 있는 것이다.

가부키만이 아니다. 인형극, 영화, 소설 할 것 없이 『주신구라』의 이야기는 300년 동안 수천 수만 번 되풀이되고 있으나 사람들은 용케도 질리지 않고 그 똑같은 이야기를 즐기고 있다. 일본 최대 베스트셀러 소설이었으며 TV극으로 방영되어 인기를 독점하고 있는 〈언덕 위의 군상群像〉 역시 『주신구라』를 소재로 한 것이다.

일본인에게 『주신구라』가 있다면 한국인에게는 『춘향전』이 있다. 그것은 판소리로, 소설로, 연극으로 한국의 민중에게 가장 깊은 사랑을 받아왔다. 『춘향전』을 적은 옛날 판본의 종류만 해도 수백 종이 넘는다.

근대화가 되고 난 후에도 『춘향전』은 무대나 TV극으로서 대를 물려가며 그 열도를 지켜가고 있다. 매년 남원에서 춘향제를 지내고 있듯이 TV, 영화계에서도 춘향이의 잔치를 벌여 관객과 시청자들을 모으고 있다.

그렇다면 우리는 '갤럽'의 여론조사 신세를 질 필요도 없이 『주신구라』를 분석해 보면 일본인의 마음을 읽을 수 있을 것이고, 『춘향전』을 살펴보면 한국인의 마음을 엿볼 수가 있을 것이다.

『주신구라』를 보는 재미는 한마디로 '어떻게 원수를 갚는가' 하는 데 쏠려 있다. 실화에서 취재한 이 이야기의 발단부터가 그런 것이다. 즉 심술궂고 부패한 '기라[吉良上野之介]'에게서 온갖 수모를 겪어온 아까호[赤穗]의 영주 '아사노[淺野]'가 칼을 빼어 들고 앙갚음을 하는 데서부터 사건이 발생한다.

'아사노'가 '기라'에게 품고 있던 감정은 '원'이고 '원'을 해결하는 최종적 수단은 '칼'이다. '아사노'가 '기라'를 베는 데 성공했더라면 『주신구라』의 이야기는 아마 거기에서 끝나고 말았을 것이다. 그것이 실패했기 때문에 '원'은 더 깊어지다. 이 도상사건刀傷事件에 책임을 지고 할복割腹해 죽으라는 막부幕府의 명을 받고 '아사노'는 억울하게 죽는다.

그 때문에 '아카호항[赤穗藩] 전체가 멸망하게 되고 그 일족 수백 명으로 '원'은 확대되고 심화된다. '기라'에 대해서 품고 있던 '아사노'의 앙심은 의지할 데 없이 떠돌아다니게 된 가신과 그 사무라이들의 가슴속에서 되살아난다. 『주신구라』는 이렇게 '원'이 짙어져가고 새끼를 쳐가는 과정을 다룬 이야기이다. 그것을 보고 듣는 독자들에게 어떻게 그 '원수를 갚는가' 하는 기대감을 고조시키기 위해서도 '원'의 감정을 최대한으로 증폭시키지 않으면 안 되기 때문이다.

그러므로 '기라'의 목은 하나지만 그것을 베려고 빼어 든 칼은, 결국 1개에서 47개의 칼로 늘어나게 된다.

이 드라마는 47명의 의사義士가 원수를 갚기 위해 한밤중에 '기라'의 집을 쳐들어가는 것으로 끝나게 된다(그중에 1명이 탈락되었으므로 실제로는 46명).

'기라'의 목을 잘라 주군의 무덤에 바치는 순간 비로소 그 '원심怨心'은 갚아진다.

『주신구라』가 이렇게 원수를 갚는 이야기라면 그와는 달리 『춘향전』은 한을 푸는 이야기라 할 수 있다. 『춘향전』은 퇴기의 딸인 춘향과 사또의 아들 이도령과의 사랑 이야기이다.

원을 칼로 없애고 한을……

그러나 이야기의 전개는 단순한 사랑의 즐거움을 담고 있는 것이 아니다. 이별한 이도령을 기다리는 이야기요, 만나고 싶어도 만날 수 없는 '한' 많은 감정을 나타낸 이야기이다. 만약 춘향이 서울로 간 뒤 소식을 끊은 이도령을 미워했다면 그것은 '한'이 아니라 '원'이 되었을 것이다.

아니 그보다도 신관 변사또가 폭력으로 춘향이의 절개를 꺾으려는 이야기가 중심이 된다면 그 또한 '한'이 아니라 '원'의 드라마가 되었을 일이다.

옥중에 있는 춘향이 형장에서 매를 맞고 피투성이가 된 그 수난만을 본다면 『춘향전』은 『주신구라』와 다름없이 '원수를 갚는 이야기'로 끝나지 않으면 안 될 것이다. 그때 춘향은 '아사노'가, 그리고 그 가신들이 '기라'에 대해서 품고 있었던 것처럼 변사또에 대한 증오심과 복수심에 불타고 있었을 것이기 때문이다.

그러나 『춘향전』의 핵심은 어디까지나 이도령에게 향해 있는 것이지 변사또에게 향해 있는 것이 아니다. 변사또에 대한 미움보다는 이도령을 만나보고 싶다는 그 감정이 언제나 한 옥타브 높은 것이다. 그러므로 변사또의 출현은 '원'이 아니라 '한'의 감정을 증대시키는 역할을 위해 마련된 곁가지에 지나지 않는다.

결국 그것은 변사또에 대해 '복수하는 이야기'가 아니라 만나고 싶던 이도령과의 재회로 '한을 푸는 이야기'라 할 수 있는 것이다. 그 증거로 『춘향전』을 읽는 독자들 역시 이도령이 암행어사가 되어 춘향이를 구출해 주는 그 대목에서, 변사또의 응징보다는 두 사람의 재회에 대해 눈물을 흘리고 박수를 치게 된다. 실제로도 『춘향전』에는 이도령이 '변사또를 봉고파직하렷다'고 말하는 것으로서 간단히 처리되어 있다.

『주신구라』는 '기라'의 목을 쳐서 그것을 주군에게 바치는 것만으로 끝날 수 있는 드라마지만 『춘향전』에서는 아무리 변사또의 목이 그 수중에 들어온다 하더라도 이도령과 재회하지 않는 한 그 이야기는 종결될 수 없는 것이다. 변사또에게서 받은 수모와 그 핍박을 복수한다 해도 '원'은 풀릴지 모르나 이도령을 만나고 싶은 그 '한'은 여전히 남기 때문이다.

이런 관점에서 본다면 어째서 일본의 이야기에는 복수담이 그렇게 많은가를 알 수 있고, 어째서 또 한국에는 원수를 갚는 이야기보다는 기다리는 이야기들, 이별의 이야기들이 그렇게 많은가를 알 수 있을 것이다.

한국 소설의 비조鼻祖라 할 수 있는 『금오신화金鰲神話』를 읽어봐도 거기에 등장하는 귀신은 원수를 갚는 원귀冤鬼들이 아니다. 지상에서 이루지 못한 사랑의 꿈을, 말하자면 그 한을 풀고 저승으로 떠나는 귀신 이야기이다. 즉 난리가 일어나서 호병胡兵들에게 죽임을 당한 이생李生의 처는 유령이 되어 돌아온다. 뭣도 모르는 남편과 3년 동안을 같이 살고 난 뒤 한을 풀고 나서야 비로소 그녀는 눈을 감고 저승으로 떠난다. 이는 한국인의 특유한 '거듭 죽음'의 사유思惟라 할 수 있다.

원은 『주신구라』처럼 칼로 갚고 한은 『춘향전』처럼 기다림과 참음으로 푼다. 그래서 같은 금속을 가지고도 일본인들은 세계에서도 가장 잘 드는 일본도를 만들어냈고 한국인들은 세계에서 가장 크고 잘 울리는 에밀레종을 만들었다. 『주신구라』는 칼을 뽑는 데서부터 시작해서 칼의 피를 씻는 것으로 끝나지만, 『춘향전』은 만나는 데서부터 시작해 다시 만나는 자리에서 끝난다. 원은 피로써, 한은 눈물로써 있다.

원수를 갚으려면 보다 날카로운 칼이 있어야 한다. 그러나 한은 아무리 잘 드는 칼로도 풀 수 없는 것이다. 에밀레의 종소리와도 같은 호소의 목소리, 그 흐느낌 소리 같은 구구절절한 소망의 울림에 의해서 그 응어리는 풀어진다.

성호의 고양이와 위친턴의 고양이

교사로서의 자연

옛날의 한국인들은 오늘의 우리보다 훨씬 더 사물로부터 많은 것들을 보고 배웠던 것 같다. 그들은 사물을 볼 때 오늘날 시장 속의 고객들처럼 나에게 유용한가, 가치가 있는가 없는가를 때 묻은 화폐로 계산하지는 않았다. 그들에게 중요한 것은 사물 속에 숨겨져 있는 본성이었다. 그 본성은 하늘이 주신 것이라고 생각했으며, 인간은 그 무수한 사물들의 본성을 통해서 물질이 아니라 정신의 행복을 찾으려 했다—본성이란 쉽게 말해서 적자赤子의 마음이다.

그 어린이 마음을 잃지 않고 사는 것을 '대인大人'이라고 맹자는 말했다. 이 대인이란 몸뚱이가 크다는 것이 아니라 정신적 행복을 느끼고 사는 사람을 일컫는 말이다.

심지어 가축까지도 그것의 경제적 생산성보다 그것이 지니고 있는 본성을 캐내서 인간의 정신적 가치를 추구하는 사표師表로 삼았다. 벌과 개미에게 군신 관계를, 범과 이리에서는 부자 관계를, 질경이와 원앙새에서는 남녀 관계를, 늑대와 물개에서는 보은報恩을 보았다. 이첨李詹의 「밀봉설蜜蜂說」과 정이오鄭以吾의 「사백구문謝白鷗文」, 이익李瀷의 「정연貞燕」, 「금묘金猫」, 「투묘偸猫」 등이 모두 그렇다.

김부식이 닭이 알을 낳아주는 물질적 이익보다 새벽을 고해 주는 정신적 욕망의 충족에 더 많은 관심을 두었듯이, 이첨 역시 꿀벌을 논하는 데 있어서, 그것이 인간에게 꿀을 주는 것보다 왕봉王蜂을 떠받드는 벌들의 충성과, 그리고 신하를 돌보는 왕봉의 덕행에서 발견할 수 있는 군신 관계를 더 중시하고 있다. 왕원지王元之의 「기봉문記蜂文」을 보면 '왕봉은 침이 없는데 그것은 덕으로 백성을 대하는 것이고, 그 왕봉이 다시 왕봉을 낳는 것은 일성일군一姓一君의 상하를 뜻하는 것이며, 왕봉이 있을 때에는 뭇벌들이 감히 쏘지 못하는 것은 법령이 있는 것이라'고 했다. 말하자면 꿀벌은 인간의 혓바닥에 달콤한 미각을 남기는 꿀이 아니라 정신을 즐겁게 해주는 또 다른 정신의 꿀을 주고 있다는 것이다.

이첨은 그 예리한 붓으로 '오직 미물이 인신人臣된 자의 거울이 될 만하다'라고 적고 있다. 사물의 값어치를 인간의 물질적 이용도로 평가하는 것이 아니라, 그것들 자신이 지니고 있는 그 본성의 윤리성에 의해서 결정했다. 가령 정이오의 갈매기에 부치는 글을 보면 우리에게 그런 시점을 더욱 명확하게 해주고 있다.

갈매기를 보는 눈

정이오는 누선樓船을 타고 남행하던 바다 위에서 갈매기 떼와 생활하게 된다. 파란 바다 위에 구름조각처럼 떠 있는 흰 갈매기 떼가 그의 마음을 사로잡은 것은 결코 그 모습이 아름다워서만은 아니다. 도리어 그는 박물학자들처럼 그것들의 생태를 감동 없이 관찰한다. 눈부신 바다 위를 포물선을 긋고 지나가는 갈매기의 율동, 푸른 물결과 강한 콘트라스트를 주는 하얀 날개, 그러한 심미성은 그에게 별로 중요한 일같이 보이지는 않는다.

그는 갈매기 떼가 배에 가까이 오는 이유를 더 궁금하게 생각한다. 그 결과 갈매기 떼는 누선을 타고 있는 군사들이 먹다 버린 새나 짐승의 내장과 자라들의 비늘 껍질을 얻어먹으러 온다는 사실을 발견하게 된다.

그래서 그는 처음에 이런 사실을 알고 갈매기를 너절하다고 경멸하는 것이다. '견득사의見得思義라는 말이 있다. 자기에게 무엇이든 주어지면 그것을 받아야 하느냐, 말아야 하느냐 하고 생각해야 한다는 말이다. 그런데 갈매기는 그 의義를 생각하지 않고 추한 것을 탐한다. 정이오가 경멸하는 것은 여기에 있다. 그러므로 무부武夫들에게 탄환을 빌려 갈매기를 쏘려고까지 한다.

그러나 탄환을 얻어 지닌 뒤로부터 갈매기들은 배에 접근하지 않는 것이다. 이것을 보고 그는 비로소 시인 묵객들이 갈매기를 시로 널리 읊은 이유가 무엇이었는지를 알게 된다. 결국 그가 갈매기를 예찬하는 이유는 그것이 나는 모습이 보기에 아름다워서도 아니요, 또 꿩처럼 그 고기가 맛이 있어 인간에게 물질적 이익을 주기 때문도 아니다. 그는 거기에서 군자의 덕을 보았기 때문인 것이다.

'세상에 이록利祿을 탐내고 부귀에 몰리는 자들이 형벌에 걸려도 모르니 사람으로서 어찌 이 새만도 못하단 말인가?'

눈치가 빠르고 화난禍難을 피해 자기 몸을 가꿀 줄 아는 갈매기의 그 슬기로움에서 군자의 처세술을 발견할 수 있었기 때문에, 그는 글을 지어 갈매기에게 사례를 하게 된 것이다.

갈매기는 견의이비見義而飛를 한다. 그 추한 것을 탐내다가도 자기 신변에 화난이 미칠 것 같으면 그만 돌아설 줄 아는 것이 갈매기다. 거기에서 시인 묵객들은 값어치를 찾았다. 이렇게 옛날의 한국인들은 사물을 바라보는 데 있어서 심미성이나 공리성보다 도덕성에 그 가치의 기준을 두었다.

설총薛聰의 「화왕계花王戒」만 해도 그런 것이다. 설총은 모란꽃을 왕에 비유하고 장미를 간신에, 할미꽃을 강직한 충신에 비유했다. 심미적인 것으로 보면 할미꽃보다 장미가 몇 배나 더 아름답다.

그런데도 설총은 장미의 편이 아니라 보잘것없는, 그리고 말없는 할미꽃의 편이었다. 장미의 아름다운 교태를 경계하고 담백하고 거친 할미꽃의 모습에 신의를 부여한다. 모름지기 왕은 장미꽃을 멀리하고 할미꽃을 가까이 해야 된다는 교훈을 간신과 충신의 비유로써 설명하고 있다.

만약 설총이 감각적 심미성으로 사물을 바라보았다면 결코 이러한 비유는 생겨나지 않았을 것이다. 그는 심미적인 것보다 정신적인 도덕성을 더 중시했기에 초라한 할미꽃의 편이 될 수 있었던 것이다. 동양에서는 모란꽃을 '부귀화富貴化'라고 칭한다. 어떻게 생각하면 좋게 붙여진 것 같지만 실제에 있어선 그렇지가 않다. 부귀라는 것은 사람의 본성을 말살시키는 이기利器와 같이 생각했다. 그 탐스럽고 사치스러운 것은 꽃의 진성眞性을 뭉개버리는 도둑의 거친 발처럼 보았다.

흐린 거울이 지닌 덕

이규보李奎報의 「경설鏡說」은 또 어떠한가?

갈매기나 꽃과 같은 자연물은 그렇다 하더라도 원래 공리적인 목적으로 만들어진 생활도구까지도 그들은 윤리적인 눈으로 바라보았다. 거울의 값어치는 맑은 데 있다. 얼굴을 잘 비춰줄수록 좋은 거울이다. 원래 얼굴을 비춰 보기 위해 만들어진 물건인 만큼 그 가치 역시 공리적인 기능에 의해 결정되어야 할 것이다.

그런데도 이규보는 맑게 잘 비치는 거울보다도, 먼지가 끼어 구름에 가려진 달처럼 제 빛을 나타내지 못하고 있는 거울을 더 사랑하고 더 소중히 여기고 있다 — 소반을 아침마다 닦고 닦아서 그 본질을 찾는다는 성탕成湯의 반명盤銘과는 좀 다른 의미를 가지고 있다. 그 어리석음을 직접 교정하는 것이 아니라 포용과 겸허로써 먼지 낀 데를 씻어준다는 것이다.

만약 이러한 사람이 오늘날 우리 주변에 나타난다면 영락없는 바보로밖에 보이지 않을 것이다. 그러나 이 '바보 같다'는 것이 실은 한국인의 슬기로움이었다.

이규보의 변을 들어보자.

얼굴을 제대로 볼 수도 없는 그 거울을 왜 버리지 않는가? 마치 도둑을 지키지 못하는 개와, 새벽이 되어도 울지 못하는 닭은 죽여도 섭섭지 않다는 김부식의 설대로, 거울이 맑다는 그 본성을 잊어버렸을 때는 깨버려도 섭섭할 것이 없지 않은가?

이규보는 그러한 물음에 이렇게 답변한다.

맑고 깨끗한 거울은 얼굴이 고운 사람이 좋아하는 법이다. 그러므로 얼굴이 추한 사람은 도리어 맑은 거울을 꺼리고 있다. 이 세상엔 고운 사람보다는 추한 사람이 더 많지 않은가? 그러므로 차라리 먼지가 낀 흐린 거울이 추한 것을 드러내고 싶지 않은 사람들에게는 도리어 사랑스럽고 소중한 것이다.

옛날 사람들은 거울을 대하고 맑은 본성을 취했지만 나는 그와 반대로 거울을 대하고 혼탁의 상태를 취하고 싶은 것이다.

군자와 합리주의자

이와 같은 이규보의 거울관은 약삭빠른 합리주의자들로서는 도저히 상상조차 할 수 없는 기발한 역설의 충격을 준다. 맑은 거울보다 흐린 거울에서, 그는 결점을 감싸주고 과실을 용서하며 추악한 것을 덮어주는 현세적 군자의 마음을 보았던 것이다.

그의 말대로 이 세상엔 얼굴이 아름다운 사람보다 추한 사람이 더 많은 법이다. 그는 인간이 무엇인지를 잘 알고 있었다. 선한 자보다 악한 자가 더 많고, 완인完人보다는 불완전한 인간이 더욱 많기 때문에 이들을 감싸주고 위로해 주는 군자는 그냥 맑기만 해서는 안 된다. 간음한 여인을 돌로 치게 그냥 내버려 두지 않은 예수의 그 마음과 마찬가지로, 그는 혼탁의 거울에서 하나의 구제와 위안을 생각하고 있다.

맹자는 성인의 상像을 두 가지로 나누었다. 하나는 백이伯夷이고 하나는 이윤伊尹이었는데, 백이는 한자리에서 갓만 비뚤게 써도 진흙 속에 앉은 듯이 생각했고, 이윤은 누구든지 섬기면 성군聖君이 될 수 있고 어느 백성이든 다스리면 좋은 백성이 된다고 말했다.

맹자는 여기서 백이는 성聖의 청淸한 자라 했고, 이윤은 성聖의 임任한 자라고 했다. 맑은 것에 먼지가 끼지 않게 하는 교훈과 먼지 낀 것을 그대로 용납하는 포용의 교훈이 있는 것이다.

이규보의 거울관이 옳으냐 그르냐가 문제가 아니라, 여기에서 우리가 조심할 것은 인간의 생활도구인 거울에 있어서도 그것을 바라보는 시선을 공리적인 데 두지 않고 윤리적인 면에서 설정했다는 점이다. 거울뿐이 아니다. 술항아리의 생김새를 바라보는 면에 있어서도 그것이 얼마나 쓰기에 편한가 하는 것보다 술을 받아들이고 또 비우고 받아들여서는 또 비우고 하는 그 술항아리에서 겸허의 덕을 찾아내고 있다. 값싼 술항아리에서 그는 무한한 자기 반성의 교훈을 듣는다. 사물은 물론 그 이름에까지도 무심치가 않았다.

이용휴李用休는 술 담그는 그릇의 이름을 '담罎'이라고 했는데, 담은 바로 '짐조'의 별명이라고 풀이한다. 짐조는 새의 이름인데, 사람이 그 고기를 먹으면 곧 죽고 만다는 새이다. 술 담그는 그릇의 생김새도 짐조와 같고, 또 사람이 술에 빠지면 그 해독은 짐조의 독과 같은 것이라고 했다. 아니 술은 짐조보다도 더 독할는지도 모른다. 이용휴는 술그릇 같은 사물의 이름 하나를 짓는 데도 이렇게 세심했던 고인故人의 취지를 예찬하고 있다.

심미성보다 윤리성을

우리는 이러한 사실들을 종합해 볼 때 한국인들은 그것이 동물이든 식물이든 생활용품이든, 그것의 심미성이나 공리성보다도 윤리성에서 그 본성을 파악했다는 사실을 알 수 있다.

물론 그것이 옛날 한국인의 특징이라고만 말할 수는 없다. 서구 사상의 원류를 이루고 있는 플라토니즘만 해도 사물을 이데아를 통해서 보았던 것임을 우리는 알고 있다. 그러나 그러한 경향이 한국에서처럼 전 생활을 지배하지는 않았다. 이 말을 바꾸어 말하면 심미적이며 공리적으로 사물을 바라보려는 경향이 우리에게는 가장 결여되어 있었다고 할 수 있다.

옛날엔 학생들이 한 냥, 두 냥 하고 저울질하는 셈을 하면 그냥 상놈이라 하여 추방해 버렸다. 도덕을 연마하는 자리에 공리의 물을 들게 해서는 안 된다는 뜻이다. 이와 같은 윤리 일변도의 사상이 오늘날 한국의 후진성을 초래했다고 할 것이다.

다른 것은 다 그만두고라도 다음과 같은 고양이의 이야기를 비교해 보자.

유럽에서는 초등학교 학생만 되어도, 누구나 다 이 위친턴의 고양이 이야기를 잘 알고 있다. 그것은 실화지만 거의 전설이나 동화처럼 사람들의 입에 오르고 있는 일화 중 하나이다.

위친턴과 상업문화

위친턴은 런던의 어느 가난한 집에서 태어난 아이였는데, 대무역상의 점원이 되어 일을 하게 된다. 어느 날 그 무역상이 스페인으로 상선을 보내게 되었다. 위친턴은 가진 물건이 없기 때문에 선장에게 자기가 기르던 고양이를 팔아달라고 맡기게 된다.

그런데 그 배는 도중에 폭풍우를 만나 스페인의 어느 항구에 도착하게 된다. 선장은 왕의 영접을 받아 잔치에 초대되었는데, 그때 갑자기 쥐들이 나타나 식탁의 음식들을 먹어버렸다. 왕은 왜 쥐들을 잡지 않느냐는 선장의 말에, 자기는 어떻게 그것을 잡아야 하는지를 모른다고 말한다. 스페인에는 아직 고양이라는 것이 없었던 까닭이다.

선장은 그때 위친턴이 맡겨둔 고양이 생각을 하고, 그것을 왕 앞에 끌어내 온다. 고양이가 단숨에 쥐를 죽이고 내쫓아버리는 그 광경을 보고 왕은 거금을 주고 그것을 사들인다.

이렇게 해서 점원이었던 위친턴이 큰 부자가 되고 귀족의 자리에까지 오른다는 이야기다.

이 이야기는 실화라고 하기보다는 당시 영국인들의 꿈을 반영시킨 설화說話라고 보는 편이 옳다. 보잘것없는 물건도 다른 나라에서는 천금의 값어치가 있다는 무역의 상업성을 고취한 일화이기 때문이다. 농업에만 매달려 있지 않고 그보다 수익성이 높은 우연성과 투기성에 희망을 건 런던 상인들의 사고방식을 그대로 상징한다. 뿐만 아니라 이 이야기엔 선장이 수익을 독점하거나 속이지 않고 출자자에게 그 투자액에 대응한 이익을 나누어 주었다는 면에서 상인의 신뢰성과 신용이 잠재되어 있다고 말하는 학자도 있다.

그들은 고양이를 상품으로 보았다. 고양이를 하나의 투자로, 무역의 상품으로, 그리고 기회만 있으면 인간에게 무한정의 경제적 이익을 줄 수 있는 투기성 상품으로 보았다.

한마디로 말해 공리적 관찰에서 생겨난 일화이다. 동양적으로 말하면 패자覇者의 관찰에서 온 것이다. 쉽게 말해서 패자는 사람이 물에 빠진 뒤에 건져주는 쪽이고 왕자王者는 미리 빠지지 않게 보루를 막는 쪽이다. 그러므로 왕자의 공리성은 숨어 있고 패자의 공리성은 드러나 있다.

그런데 이익李瀷의 고양이 이야기는 어떠한가?

그는 한 마리의 고양이를 놓고 황금의 꿈을 꾼 것이 아니라, 인재를 등용하는 방법인 사람값[人格]을 보았다. 즉 어느 집에서 고양이 한 마리를 길렀는데, 마침 그 집에 쥐가 없어서 고양이의 본성을 상실하게 되었다는 것이다. 그래서 차츰 게을러지고 마지막에는 주인의 밥상에까지 올라와 음식을 집어먹는 버릇까지 생겼다. 비굴하고 게으르고 인간에게 해독만 끼치는 못된 습관만 늘어갔던 것이다. 그러나 그러한 고양이가 이번엔 쥐가 많은 집으로 옮아가게 되자 못된 습성은 다 없어지고 음식을 훔쳐 먹거나 게으름을 피우는 법도 없어졌다.

이익은 결국 인간의 성품이란 주위 환경에서 오는 것이고 자기의 성품을 발휘시킬 수 있는 기회를 주어야만 그 재능의 진가가 나타난다는 말을 하고 싶었던 것이다.

올바른 세상을 만나 자기의 재능을 발휘한 사람도 있고, 주인을 잘못 만나 도둑고양이가 된 고양이처럼, 군주君主를 잘못 만나 타락해 버린 선비들이 있음을 경계한 말이다. 위친턴의 고양이나 이익의 고양이는 다 같이 고양이에게 주어진 기회의 의미를 강조하고 있지만 한쪽은 상업적 공리성이요, 또 한쪽은 인륜의 도덕성이었다.

똑같은 물건이라도 그 값을 좌우하는 것은 시간과 공간이다. 여름의 수박이나 겨울의 수박이나 수박 자체의 본성은 하등 다를 것이 없어도 그 값은 엄청나게 다르다. 시간이 값을 결정짓는다. 그런가 하면 또 같은 물 한 모금이라도 사막의 그것은 녹지대의 그것과는 다르다. 그것이 어디에 있느냐로, 즉 장소에 따라서 그 값이 높아지기도 하고 낮아지기도 한다.

상인들의 눈은 결국 시간성과 공간성의 변화를 더듬고 있다. 한마디로 그것이 시간이든 장소이든 '옮기는 것'으로 돈을 버는 것이 상업의 원리이다. 그렇기 때문에 상인들의 관심은 사물의 본성보다도 그것을 어떻게 굴리느냐에 쏠려 있다. 위친턴의 고양이가 만약 한 집 안에만 있었더라면 그것이 인간에게 큰 이익을 주지 않았을 것이다. 어제도 오늘도 쥐를 잡아주는 이상의 구실을 하지 않는다. 고양이가 제 본성을 다 발휘한다 해도 위친턴을 부자로 만들어주지는 못했을 것이다.

이익은 고양이가 제 본성을 다 발휘해 주는 걸 이상으로 삼았지만, 위친턴의 고양이의 가치는 그 본성을 '어느 때, 어디에서' 발휘하게 할 것이냐의 시간성과 공간성을 바꾸어주는 데 있었다. 시간을 옮기고 장소를 옮긴다. 모든 재능이나 힘은 이 움직임 속에서 나온다. 이것이 상인들의 이상이며 바로 서양인들의 꿈이다. 그러기 위해서 그들은 새 길을 만들고 새 길을 찾는다. 정보를 얻기 위해서 돌아다닌다. 밖으로 밖으로 나가는 것이 상인에겐 희망이다.

그들은 어째서 동양인보다도 먼저 바다를 건너, 세계의 그 7대해를 항해했는가. 그들은 어째서 여행을 그토록 좋아하게 되었는가. 따지고 보면 영국의 경우처럼 상업문화의 전통을 일찍부터 갖고 있었기 때문이다. 이러한 상업문화가 서양문화의 구석구석을 지배하고 있다.

그러면 사농공상士農工商의 동양적인 그 전통적 관념을 뒤엎은 서양인의 그 의식 구조를 한번 분석해 보기로 하자.

로빈슨 크루소와 서구문화

다니엘 디포의 『로빈슨 크루소』는 영국 소설이기는 하지만 한국인에게도 『흥부전』 못지않게 친숙하다.

초등학교 학생들의 독서는 『로빈슨 크루소』의 표류기로부터 시작한다고 해도 과언이 아니다. 그러나 재미있는 것은 똑같은 소설인데도 일단 그것이 동양으로 오고 보면 로빈슨 크루소는 단순한 모험가의 얼굴로 바뀌어져 버린다. 무인고도에서 혼자 28년간이나 표류생활을 했다는 것이 그 흥미의 초점이 되어 있다. 그래서 우리는 양코트의 증언대로 그를 런던의 전형적인 상인의 이야기라고는 생각하지 않고 있다.

사실 이 소설은 동양문화권에서 거의 원전 그대로 번역된 일이 없다. 대개는 만화나 그 줄거리를 발췌하여 윤색한 동화로 읽혀왔다. 왜 그랬을까? 다른 서양 소설은 원전대로 번역해도 잘 읽히는데, 유독 로빈슨 크루소의 이야기만은 어째서 꼭 발췌하거나 번역을 해야만 했는가?

바로 그 이유는 로빈슨 크루소가 단순한 표류기나 모험담이 아니라 상인의 세계를 그린 것이기 때문에 동양의 선비들 구미에는 도무지 잘 맞지 않는 이야기들이 너무나 많았던 까닭이다.

첫째로 이 소설은 4대륙을 무대로 신기하고 낯선 땅에서의 생활을 그린 것인데도 자연 묘사가 나오는 장면을 거의 찾아볼 수가 없다. 동양의 소설가라면, 그리고 그 독자들이었다면 다니엘 디포의 이 소설은 정반대로 서술되어 있었을 것이 틀림없다.

'무릉도원이 예 아니냐!'가 아니면 전인미답의 그 선경仙境 속에서 '도화야 떠지지 마라 어주자魚舟子 알까 하노라'의 자연 풍경 예찬이 그 소설의 노른자위를 차지했을 일이다.

그러나 양코트의 말대로 상인들에게 있어서 자연은 좋은 것도 궂은 것도 아니며, 아름다운 것도 추한 것도 아니다. 그것은 다만 생활의 유지를 위한 수단을 주거나 거꾸로 생활을 위협하는 것, 그 이외의 아무것도 아닌 것이다. 그러므로 디포와 같은 서양인들은 자연미를 관조할 만한 틈이 없다.

로빈슨 크루소는 무인고도에서도 언제나 바쁘다. 그는 새를 봐도 그것이 얼마나 맛있게 생겼는가를 생각하지 얼마나 아름다운가는 문제를 삼지 않는다. 그가 넓은 평원을 보고 황홀해지는 것은 그 아름다운 경치 때문이 아니라, 그 땅의 소유에 관한 것이다. 눈에 보이는 모든 것, 이 무인고도에 있어서 그는 바로 그 땅의 지주이며 왕이며 주권자이다.

장부 같은 소설

이만한 이유로 로빈슨 크루소가 상인을 상징한 인물이라고 말하는 것은 아니다. 우선 소설 양식 자체가 동양인으로서는 감히 상상도 할 수 없을 만큼 몰개성적인 상인적 양식으로 서술되어 있다. 소설이라기보다는 런던 뒷골목의 어느 도매가게 주인의 장부와도 같다. 우리가 보기에는 시시콜콜한 품명品名, 그 값들이 정밀하게 기록되어 있는 것이다. 아무 데서나 예문을 뽑아보자.

최초로 우선 상등급의 강장强壯음료가 들어 있는 상자 1개, 마데라 포도주가 6병(한 병 2코트 입), 2파운드의 상등품 담배, 소고기 12근, 돈육 6근, 완두 1부대, 줄잡아 100파운드의 비스킷 등이었다. 더욱이 그는 나에게 설탕 1상자, 밀가루 1상자, 레몬 1부대, 시럽 2병…… 거기에 또 6장의 셔츠…….

이런 물품 묘사가 끝없이 끝없이 진력도 없이 소설의 여러 대목을 차지하고 있다. 우리에겐 이런 대목을 읽어 내려갈 만한 인내심이 없다. 흥미는 고사하고 짜증이 난다.

우리는 '어차피 소설인데 술이 한 병이면 어떻고 두 병이면 어떤가? 세무서에서 과세할 것도 아닌데 무엇하러 그런 것들을 일일이 소설 속에다 기록해야 하는가?' 하고 의아심을 품게 된다.

동양의 소설 같으면 '선장은 나에게서 여러 모피를 비싼 값으로 사주었다'라고 할 때 그는 꼭 '해표海豹의 모피를 20다카트, 라이언의 모피를 40다카트에 사주었다'라고 적는다. 그러므로 이 소설을 원전 그대로 읽는다는 것은 가계부를 들여다보는 일처럼 고통스러운 일이다.

부분적 묘사만이 그런 것이 아니다. 양코트는 로빈슨 크루소의 고도 생활 전부의 서술이 대변貸邊과 차변借邊을 기재한 유일의 대장부大帳簿라는 것이다. 가령 한편에서는 '나는 구출될 희망도 없이 절해의 고도에서 전전긍긍하며 살고 있다'라고 쓴 다음, 다른 한편에서는 '그러나 나는 살아 있다. 나와 같이 있던 친구들은 모두 익사해 버리지 않았던가!'라고 쓴다. 손익 계산 끝에 잔고를 내는 것, 그것이 로빈슨 크루소의 무인도 생활의 기록이며, 소설이며 생의 추구이기도 하다.

그래서 이 소설의 제1장의 요약은 '이 정도로 충당할 만한 상황에서 내가 얻은 경험은 어떤 상태에서도 위안은 있는 것이고, 따라서 선과 악과의 잔액 청산은 흑자로 기장記帳된다는 사실이다'라고 적힌 것이다. 서술이 이러니 주제는 더 말할 것이 없다.

로빈슨 크루소를 무인도에 표류시켜 그를 고도 속에서 28년의 독신생활을 시킨 것은 인간의 기이한 모험을 그린 것이 아니라 원시 상태에서 현대에 이르는 인간 문명의 발생 과정과 그 자본 축적의 과정을 나타내기 위한 수법이었던 것이다. 그렇기 때문에 이 소설은 아담 스미드의 『국부론國富論』에 비교되기도 한다. 경제학의 발전사이며 자본론이며 식민주의 개척의 참고서이다.

동양에도 많은 소설가가 있다. 그러나 동양인 속에서 디포의 『로빈슨 크루소』와 같은 소설은 써낸 적도 없고 쓰일 가능성도 없다. 더구나 예술이라는 이름 밑에서…….

우리가 경제적인 문제를 다룬 설화說話라면 기껏 놀부 같은 욕심쟁이 이야기거나 구두쇠 이야기 정도이다. 이런 것은 근본적으로 상인의 이야기와는 거리가 멀다. 우리의 문학에서 철저한 상인 정신이 문학에까지 지배하는 예를 찾아본다는 것은 바다에서 코끼리를 잡으려는 것보다 힘든 일이다.

『로빈슨 크루소』만의 예가 아니다. 서구의 근대소설은 상인 정신을 그 밑바탕으로 한 것이다. 우리에게도 리얼리즘이 있었지만은 발자크 같은 소설가가 끝내 나올 수 없었던 이유도 거기에 있는 것이다.

이규보의 매미와 이솝의 매미

희랍인들의 매미

희랍 사람들은 매미에 대해서 극단적인 두 편견을 가지고 있었던 것 같다. 시인 아나크레온은 눈부신 여름의 햇살을 마음껏 받으며 즐거운 듯이 노래를 부르는 매미에게 '그대는 거의 신을 닮았도다'라고 입에 침이 마르도록 칭찬하고 있다.[1)]

또 소크라테스와 같은 희랍의 공처가들은 아주 부러운 눈으로 매미를 바라보았다. 물론 그들은 가수 지망생들이라 그랬던 것이 아니라, 매미의 암놈이 벙어리라는 사실을 알고 있었기 때문이다. 벙어리 아내를 데리고 사는 그 매미의 세계에서는 잔소리가 심한 아내 때문에 괴로워하는 공처가들이 없을 것이기 때문이다.

1) 매미는 '땅속에서 나서 괴로움을 모르고, 살기 위해서 피를 요구하지 않는 것'이라고 『사기史記』의 「굴원전屈原傳」을 봐도 '매미는 탁예濁穢의 속에 허물을 벗고 나와 진애塵埃의 밖, 즉 외계로 부유浮游한다'는 말이 있다.

그러나 뭐니뭐니 해도 희랍 사람과 매미의 관계를 논하는 자리에서 이솝의 우화를 빼놓을 수는 없을 것이다. 말하자면 매미들도 희랍의 그 정치가들과 마찬가지로 희랍 사람들의 존경과 지지를 100퍼센트 받지는 못했다.

아나크레온에게는 신이었던 매미도, 이솝에게 오면 게으르고 방탕한 일개 플레이보이에 지나지 않게 된다. 이솝은 매미의 명예만 손상시킨 것이 아니라 그의 생존권까지 흔들어놓았다. 여름내 일하지 않고 노래만 부르던 매미는 일단 나뭇잎이 지고 흰 눈이 깔리면 누더기를 입은 거지로 변해 버린다. 부지런하고 저축성 있는 개미들에게 구걸을 하지 않고서는 한시도 살아갈 수 없는 처량한 신세로 그려놓은 것이다.

이렇게 매미가 신이 되기도 하고 거지가 되기도 하는 그 운명은 전연 매미 자신의 책임이 아니다. 그것은 오로지 매미를 바라보는 희랍인들의 마음이 변덕스럽게도 극단적인 두 갈래로 갈라져 있었던 탓이다.[2)]

그러고 보면 이솝은 음치가 아니었나 싶다. 그는 음악가의 편

2) 중국어도 매미를 관찰하는 눈이 이솝의 눈과 같은 사람이 있긴 했다. 그는 단규檀珪라는 사람으로 승건僧虔에게 준 편지에 자기는 '선복귀장蟬腹龟肠'이라고 했다. 벼슬을 얻지 못하고 있는 자신의 배가 매미의 것과 같다는 말이다. 그러나 배고픈 것이 도리어 미덕으로 그려져 있다.

이 아니라 근로자의 편이었으며, 예술을 사랑하기보다는 한 조각의 빵을 더 소중히 여기는 리얼리스트였던 것 같다.

이솝은 여름의 녹음 속에서 우는 그 희대의 천재 가수들이 부르는 노래를 감상할 만한 예술적인 재능이 없었거나, 그렇지 않으면 플라톤과 마찬가지로 인간의 이상적인 공화국에선 시인을 추방해야 한다는 그런 사상을 지니고 있었는지도 모른다. 그렇지 않다면 모든 명예를 근면한 개미에게 돌려주고, 우리들의 사랑스러운 여름의 가수들을 누더기 꼴을 한 거지로 전락시켰을 리 만무한 것이다.

물론 프랑스의 시골 농민들은 이솝에게 훼손을 당한 매미의 노랫소리를 다소 만회시키기는 했지만, 따지고 보면 그들도 예술보다는 개미의 근로를 높이 평가했다는 점엔 다름이 없다. 그들은 매미의 울음소리를 "sego, sego, sego(거둬들여라, 거둬들여라, 거둬들여라)"라고 노래 부르고 있다고 생각했다. 가을에 곡식을 거둬들이기 위해 농사의 시기를 놓치지 말고 부지런히 일하라고 그렇게 매미는 여름내 운다는 것이다.

동양인이 본 매미의 상징성

그러나 한국인들은 매미를 보는 눈이 희랍 사람들처럼 간사스럽지도 않고 이솝처럼 근로일변도의 무미건조한 사무가도 아니었다. 이솝의 매미에 비해 「방선부放蟬賦」를 쓴 이규보李奎報의 매미는 희랍과 한국의 거리만큼, 희랍의 올리브와 한국의 밤나무만큼 큰 차이가 있다. 이규보는 이솝처럼 매미를 게으른 향락자라고 꾸짖지도 않았고, 또 아나크레온처럼 신과 같다고 추켜세우지도 않았다.

그는 거미줄에 얽힌 매미를 풀어주면서 생각한 것이다. 이솝이 매미를 개미와 견주어 말한 데 비해서 그는 그것을 거미와 짝을 지어놓았다. 우선 그 대구법對句法이 다른 것이다. 이솝이 말하고 싶었던 것이 근로와 나태라고 한다면, 이규보의 관심은 청렴과 탐욕이었다. 말하자면 육운陸雲이 말한 매미의 '오덕五德' 중의 하나인 청렴관淸廉觀이다. 이 청렴은수신修身 제가齋家와 치국治國 그리고 사교에 있어서 없어서는 안 될 동양인의 높은 덕목이었던 것이다.

그렇기에 한쪽은 매미의 들러리로 개미를 세웠고, 또 한쪽은 거미를 등장시켰던 것이다. 이규보는 이솝이 매미를 미워하는 것만큼이나 거미를 미워하고 있으며, 이솝이 개미를 칭찬하는 것 이상으로 그는 매미를 칭찬하고 또한 동정한다. 이누離婁의 눈으로도 보기 어려운 가늘디가는 실로 그물을 쳐놓고 벌레들이 걸리기를 망보고 있는 거미를 그는 매섭고 표독하고 앙큼한 탐욕자라고 욕하고 있다. 창자 속에 그물만 들어 있는 놈이라는 것이다.

그러나 거미의 탐욕적인 심성에 비해 매미의 기질은 맑고 깨끗하다. 무엇보다도 먹을 것을 구하는 법이 다른 곤충과 다르다는 것이다. 매미는 다른 짐승의 피가 아니라 이슬을 먹고 창자를 채운다. 냄새나 맡고 몰려드는 파리나, 꽃향기를 맡고 찾아드는 나비쯤이야 거미줄에 열 번 걸려도 측은할 것이 없지만, 맑고 고고孤高하기만 해 보통 곤충과 다른 매미가 거미줄에 걸려서야 되겠느냐고 한탄한다.

그래서 거미줄에 얽힌 매미를 풀어 멀리 날려 보내면서, 부디 가시덤불 같은 데 있지 말고 높고 무성한 밀림으로 날아가 더욱 맑고 향기로운 이슬을 먹으며 고결하게 살아가라고 부탁한다. 이렇게 매미의 덕을 칭찬하고 있으면서도 이규보는 마치 자식을 타이르듯이 깊은 애정을 가지고 대한다.

덮어놓고 무릎을 치며 "오오, 신과도 같도다"라고 말하는 아나크레온의 매미를 향한 숭배와는 근본적으로 다르다.

공리적으로 본 거미 예찬

시베리아 사람들은 거미를 존경한다. 인간을 위해 모기들을 퇴치해 주는 거미를 고맙게 생각했기 때문이다.

그리고 아메리카의 안틸 군도群島의 거미들은 더러운 벌레들을 거미줄로 깨끗이 소제해 준다고 해서 노예보다 훌륭한 청소부로서 존경을 받는다. 심지어 그들은 시장에서 거미들을 가축과 마찬가지로 팔고 사고 한다. 거미줄을 치는 그 정교한 기술, 외기外氣나 천계天界의 갖가지 변화에 대한 날카로운 통찰력 때문에 이러한 민족들은 거미를 가장 슬기로우며 모범적이고 고마운 벌레로서 받들고 있다.

이렇게 시대나 공간의 차이에 따라 하찮은 벌레들이라 해도 그 의미가 달라진다. 바로 그러한 의미의 차이에서 각기 다른 인간의 사고방식을 찾아볼 수가 있다. 이솝의 매미를 보면 그가 이 세상의 가치를 근로성에 두었다는 것을 알 수 있고, 이규보의 매미를 보면 청렴의 덕을 왕좌 위에 두었다는 것을 알 수 있다.

파브르의 매미

그러나 파브르의 매미를 생각하면 이솝도 이규보도 다 같이 우스워진다. 파브르는 과학이라는 이름 밑에서 매미를 관찰하고 있기 때문이다. 파브르는 매미에게 청각이 있는가를 살피기 위해 천재 가수들이 즐겁게 노래를 부르고 있는 여름날, 대포를 쏘아보기도 하고 매미를 가리켜 희랍 사람들이 대단히 진기하게 여긴 음식물이었다고 한 아리스토텔레스의 말을 확인하기 위해 손수 매미 프라이를 먹어보기도 한다. 이러한 실험을 통해서 규명된 그 매미들은 이솝과 같은 플레이보이도, 이규보가 말한 청렴한 군자도 아닌 것이다.

파브르는 말한다.

"겨울에는 살 수도 없는 매미가 추운 계절이 오면 개미에게 구걸을 가서 빨아먹게 마련인 주둥이에 어울리지도 않는 밀알을 몇 알만이라도 달라고 한다니, 이런 우습고 그릇된 책임은 대체 누구에게 지워야 하는가?"

그리고 또 그는 『이솝 우화』 이후로 나쁜 평판을 받게 된 가수의 명예를 회복시켜 주려고 한다고 말하면서 구걸을 하려고 찾아가는 것은 매미가 아니라 도리어 개미 편이라고 말한다. 매미는 송곳같이 뾰족한 주둥이로 나무 줄기에 구멍을 뚫고는 거기에서 흘러나오는 달고 시원한 수액을 빨아먹는다고 말한다.

이때 개미들이 모여들어 남이 애써 파놓은 샘구멍에 모여들어 흘러나오는 물줄기를, 매미가 먹다가 흘리는 그 국물을 빨아먹는다는 것이다. 이것이야말로 구걸이 아니고 무엇이겠는가. 염치없는 쪽은 이솝의 우화와는 정반대로 매미가 아니라 개미 쪽인 것이다.

그것뿐이 아니다. 5~6주일 동안의 긴 주간을 기분 좋게 노래 부르던 가수가 생명이 다하여 시체로 변하면, 그것을 사정없이 뜯어먹는 것도 역시 다름 아닌 그 개미들이다.

아마 파브르가 이규보의 매미 이야기를 엿들었다면, 이번엔 거꾸로 실제의 그것은 결코 청렴한 군자가 아니라는 것을 증명하기 위해 또 다른 글을 썼을지도 모른다. 이미 나타난 그대로 매미는 이슬만 먹고 사는 벌레가 아니기 때문이다.

거미는 탐욕스럽고 매미는 청렴하다는 이론은 타당치 않다. 매미의 굼벵이들은 농부가 땀 흘려 가꾼 밭곡식을 망쳐놓는다는 사실을 알고 있다면 그래도 여전히 청렴한 군자의 벌레라고 칭찬할 수 있었을까?

과학적인 인식의 특성

그렇다. 사물을 바라보는 또 하나의 방법이 있다. 과학적으로 있는 사실을 있는 그대로 분석하여 그것의 의미를 객관적으로 따지려는 과학적 관찰법이라는 것이 그것이다. 『이솝 우화』와 같은 것은 원래 상상으로 꾸며낸 이야기다. 애당초부터 사실의 세계는 문제가 되지 않는다. 무대 위의 배우들처럼 사물들은 그때그때 상상의 무대 위에 올라와서 자기와는 다른 관념적인 이야기들을 연출한다. 그것이 이솝의 매미다.

그러나 이규보의 매미는 우화가 아니다. 어디까지나 사실의 경험에 토대를 둔 이야기이며, 현실 그대로의 속성을 가진 매미의 본성을 그리고 있다. 다만 그 사실이 과학적으로 설명되거나 관찰된 것이 아니고 작자의 의도 밑에서 그려져 있다. 그러나 파브르의 매미는 어디까지나 객관적이며 과학적이고, 사실을 보는 사람의 의도에 구애를 받지 않는다.

이 세 가지의 매미를 정리해 보면 다음과 같다.

① 이솝의 매미—상상적(우화적)

② 이규보의 매미—경험적(비유적)

③ 파브르의 매미—과학적(기록적)

그러니까 이규보의 매미는 ①과 ③의 중간 위치에 있는 것이라고 볼 수 있다. 비유는 한 사물의 성질에 토대를 두고 있으나, 그 성질은 어디까지나 사실의 세계이다.

그런데 이 사실의 세계를 과학적 분석을 통해서 추상적으로 파악한 것이 아니고, 어디까지나 경험적인 것으로 파악했다는 데에 전자의 것과 구별된다.

벌의 군신 관계나 기미를 알아채는 갈매기의 처신술이나 겨울에도 시들지 않는 상록수—이런 모든 사물의 성질에서 군신의 도道, 군자의 처신, 절개의 높음과 같은 윤리적인 유추類推 관계가 생긴다. 하지만 어디까지나 그것은 경험적이기 때문에 과학적 사실성과는 다른 점이 많다.

이규보의 주서문

이규보는 그 「주서문呪鼠文」에서 먹이가 되지도 않는 옷을 갉고

벽에 구멍을 뚫는 쥐의 행위를 심술궂은 짓이라고 규탄한 바 있다. 그러한 행위는 사실이지만, 아무 이유도 없이 인간을 괴롭히기 위해 심술을 부리는 장난이라는 그 견해는 잘못이다. 좀 더 과학적으로 관찰했더라면 법랑질琺瑯質로 된 쥐의 이빨이 얼마나 속히 자라나며, 또 그것이 아무것이나 딱딱한 것을 갖지 않으면 이빨이 자기 자신의 턱을 찌를 정도로 자라버리고 만다는 사실을 알았을 것이다.

주관적인 자기 경험만으로 볼 때, 먹지도 못하는 물건을 공연히 헤집고 갉아놓는 그 쥐의 타고난 심성이 나쁘다고 생각되겠지만, 쥐의 생태를 과학적으로 분석하고 객관적으로 관찰하면 그것도 자기 생존에 필요한 수단의 하나임을 알게 될 것이다.

한국인들은 이솝처럼 상상의 눈으로 사물을 바라보거나, 또 반대로 파브르처럼 과학적인 관찰력으로 사물을 인식하는 방식이 가장 결여되어 있었다. 상상성과 과학성보다는 일상적 경험의 세계를 통해서 주관적으로 사물을 바라보려는 경향이 가장 지배적이었다고 말할 수 있다.

사물을 과학적으로 바라보게 된 것은 실학實學이 성하고부터이다. 가령 결과야 옳든 그르든 이익李瀷의 「우청牛聽」과 「모란무향牡丹無香」 「해자웅蟹雌雄」에 관한 것 등등 실학자들의 글을 분석력으로 사물의 형상을 파헤쳐 가려 한 흔적을 보이고 있다.

'소는 과연 귀로써 소리를 듣는가?'

'게의 생식기는 어디에 있는가?'

'신라 때부터 전해 내려오는 전설 그대로 과연 모란꽃에는 향기가 없는가?'

이러한 사실들을 밝히고 증명하려 애쓰고 있는 것이다. 그러한 실학자들 자신까지도 사물의 과학적 인식을 초사稍事[3]라고 불렀으며 사소한 일에 집념하는 것이라고만 생각했다.

가령 이익이 「해자웅蟹雌雄」에서 게의 생식기가 어디에 달려 있느냐는 물음에 좌중의 여러 학자들이 한마디도 옳은 답변을 하지 못했다는 일화를 소개하고 다음과 같이 결론을 맺었던 것을 보아도 짐작할 수가 있다. 즉 이것은 비록 사소한 일이지만 당시의 사대부들이 조그만 일에 불찰不察했던 풍습을 넉넉히 짐작할 수가 있다고…….

그리고 만물에 박식하려면 이와 같은 것도 알아야 하고 천한 사람들의 직업도 알아야 한다는 것이며, 또 제사에 제수祭需를 마련하는 데도 게의 자웅을 가릴 줄 아는 것은 큰 도움이 된다는 것이다.

이 말을 분석해 보면 순수한 과학적 관찰을 주장했다기보다, 그러한 관찰도 필요하다는 말에 지나지 않았음이 명백하다.

오히려 상상적이라기보다 논리적이며 사물의 본성을 알기 쉽

3) 하잘것없는 일, 사소한 일, 『주례周禮』에 범왕지초사凡王之稍事란 말이 있다.

게 인간에 비교하여 풀이한 것에 지나지 않는다. 「죽부인전竹夫人傳」은 대[竹]의 종류와 성질과 기능을 한 여인으로 비유하여 해석해 준 것이고, 「저생전楮生傳」은 종이의 역사를 한 인간의 생애처럼 우유적寓諭的으로 설명한 것이다.

결국 오랫동안 한국인을 지배해 온 사물관은 과학과 상상의 중간 지점인 유추적 발상양식에 그 본질이 있었다는 결론을 찾아낼 수가 있다. 그것이 바로 이규보의 매미였고 한국인이 자연을 바라보는 시선이었다.

조물주에게 묻는다

모파상의 월광

무엇 때문에 바람은 불며 무엇 때문에 별은 밤하늘에서 빛나는가? 꽃은 어째서 피었다 지며, 새와 벌레들은 누구에게 호소하기 위해서 그윽한 풀숲에서 우는가?

아무리 하찮은 것이라 할지라도 사람들은 하나의 사물과 자연현상을 볼 때 그것이 왜 거기에 있으며, 그것이 왜 그러한 곳에서 움직이고 있는지, 그 이유를 따지고 캐물으려 한다. 여기에서 과학이 생겼고 시와 종교가 그리고 철학이 생겨났다.

그러나 그러한 잡다한 물음과 사물을 바라보는 사고의 본질을 간단히 추려보면 자연현상을 인간 중심의 주관적인 눈으로 바라보았느냐, 그렇지 않으면 사물 자체, 세계 자체라는 객관적인 대상으로 보았느냐 하는 두 가지 차이로 구분할 수가 있다. 동양에서나 서양에서나 옛날 사람들은 이 세상 모든 것이 인간을 위해서 만들어진 것이라고 생각했다.

『구약성서舊約聖書』의 「창세기創世記」를 보더라도 지구상의 온갖 식물과 동물들은 인간들을 위해 존재하는 것처럼 그려져 있다. 부드러운 토끼나 족제비의 털은 인간의 목도리를 위해서 존재하는 것이라고 생각했고, 짐승들의 기름진 고기들은 인간들의 잔칫상을 마련하기 위해서 그것들의 몸에 붙어 있는 것이라고 생각했는지도 모른다.

이러한 인간 중심의 편견은 과학적 사고를 가지고 사물을 객관적으로 바라볼 줄 아는 현대인의 마음속에도 여전히 잔존해 있다. 맹자도 말하기를 '만물이 다 나한테 구비되어 있다'고 했다. 이 말은 천하만물의 이치가 모두 자기의 마음속에 갖추어져 있다는 이치설이지만 역시 인간 중심의 편견에 지나지 않는다.

모파상만 하더라도 「월광月光」이라는 소설에서 고지식한 시골 사제司祭가 아름다운 달밤을 서성거리며 회의하는 것을 그린 적이 있다.

어째서 신이 달빛을 만들었는가? 어째서 신은 이것들[月光]을 만들었을까? 밤은 잠을 자기 위해서, 의식을 잊기 위해서, 휴식을 위해서 그리고 모든 것의 망각을 위해서 존재하는 것이라면 어째서 그 밤을 낮보다도 한층 매력 있게 하였으며 여명보다도, 저녁놀보다도 한층 그리운 것으로 만들어놓았을까?

그리고 어째서 유유悠悠하고 매혹적인 이 천체가 태양보다도, 한결

시적詩的인 것일까? 그리고 또 그 달이 어째서 어둠을 그렇게도 투명하게 비출 수 있는 힘을 지니고 있는 것일까?

어째서 우짖는 새들 가운데서도 가장 교묘하게 울 줄 아는 바로 그 새(나이팅게일)가 다른 새들처럼 휴식하지 않고, 마음을 뒤헝클어 놓는 어둠 속에서 즐겁게 우짖고 있는 것일까?

어째서 이 베일이 온 누리를 향해 던져지고 있는 것일까? 어째서 이 마음의 운율, 이 영혼의 감동, 이 육체의 권태가 있는 것일까?

사람들이 그 침상에 잠들어 아무도 보아주지 않을 때, 이러한 유혹을 전개하고 있는 것은 무슨 까닭일까?

이 장미壯美한 광경이, 하늘에서 땅으로 던져지는 이 풍부한 시가 대체 누구를 위해서 펼쳐지는 것일까?

그러다가 시골 사제는 드디어 하나의 결론을 얻게 된다. 때마침 그 아름다운 달밤 속에서 한 쌍의 젊은 남녀가 사랑을 속삭이고 있는 장면을 발견한 까닭이다.

'그렇다. 신은 사랑하는 남녀를 위해서 저 아름다운 월광을 창조한 것이로구나!'

시골 사제는 그 월광을 연애극이 상연되고 있는 무대 효과를 위해서 마련된 조명장치쯤으로 해석했던 것이다. 그의 회의나 해결은 두말할 것 없이 모두가 인간 중심적인 데에 뿌리를 박고 있다.

만물은 누구를 위해 있는가

모든 사물은 신이 인간을 위해 만들어 주었다는 종교적 해석 때문에 인간에게 불필요하거나 유해한 것을 대하게 되면 그 시골 사제와 같은 회의를 하기 마련이었다. 그러나 과학적인 눈으로 바라보면, 그러한 사고는 바로 떡 줄 사람은 생각지도 않는데 김칫국부터 마시는 것과 다름이 없다는 사실을 생각하게 된다.

앤브로즈 비아스는 "이 세계가 인간을 위해 만들어진 것이라고들 하지만, 그것의 약 3분의 2는 물에 덮여 있고, 더구나 인간에게는 아가미가 없는 것이다"라고 말한 적이 있다.

과학적인 사고가 싹틀수록 인간 중심적인 우주관은 이렇게 도전을 받게 되고, 신의 은총과 종교적인 질서는 단순한 사물의 법칙으로 바뀌어지며—도덕의 법칙은 근대 과학이 싹틈에 따라 사물의 법칙으로 바뀌어지고 만다—인간과 자연과의 결합은 부조리한 분열과 우연한 대립의 부조리로 변하여 정신의 기둥을 잃은 무정부적 허무주의를 낳게 된다. 서양의 세계가 특히 그런 것이다.

그런데 동양인(한국인)은 거꾸로 인간 중심적 우주관과 사물관을 무너뜨리는 데서부터 도리어 참된 도교의 세계를 찾으려 한다. 이것이 서양의 과학주의적 지성과 직관적인 자기 중심적 세계로부터 벗어나는 동양적 슬기의 차이인 것이다.

이규보는 '내가 파리, 모기를 싫어해 이 문제를 내놓는가'는 전제 밑에 마치 시험관처럼 조물주에게 구두 심문을 한 수필의 한 대목 속에서도 그러한 슬기가 나타나 있다. 슬기, 그것은 사물의 이치를 밝히는 지혜다. 이것이 동양인들의 가장 근본적인 격치格致의 힘이다. 이 힘으로써 하늘과 땅과 사람의 일체적 이理와 성性을 발견했다. 어떤 현미경이라도 이 슬기처럼 정밀하게 관찰하지는 못할 것이다.

그의 질문은 어째서 조물주는 인간을 위해 오곡과 뽕나무와 삼을 만들어주고서도, 왜 또 한편으로는 독毒을 가진 것들—곰, 범, 늑대, 승냥이로부터 시작하여 작은 것은 모기, 벼룩, 이 같은 해충을 만들어냈는가 하는 불평으로부터 시작한다.

인간을 중심으로 볼 때, 조물주란 작자는 도무지 주책이 없다. 인간을 사랑하는 건지 미워하는 건지 도무지 조리라는 것이 있지 않으며, 천지를 창조한 의도 자체가 모순투성이다.

그러나 이규보가 글을 쓴 의도는 그러한 질문에 있지 않고, 오히려 그 회의를 풀어주는 해답, 즉 조물주의 말에 역점을 두고 있다. 이규보는 모파상의 시골 사제처럼 그러한 방식으로 풀려 하지 않았다.

인간 중심적 세계관의 모순

서양의 똑똑한 과학자들처럼 인간 중심으로 이 세상의 창조물을 생각한다는 것은 하나의 오류라는 사실을 조물주의 말을 빌어 통박하고 있다. 그러면서도 이규보의 결론은 서양의 자연과학자들과는 정반대다. 즉 이 세상 창조물을 객관적으로 파악하기 위해 '피사의 사탑'에서 쇳덩어리와 새 날개를 떨어뜨리는 따분한 실험 같은 것을 할 생각은 꿈에도 하지 않는다.

이 세상의 만물은 스스로 나서 스스로 변하는 것이면서도 그것은 하늘도 조물주도 알지 못한다는 것이다. 그러니 이롭다거나 해롭다는 분별조차도 있을 수 없다는 이야기다. 이로움과 해로움은 어디까지나 취하고 버리려는 인간의 자기 중심적인 해석일 뿐이다. 그러한 인위적인 망상에서 떠나, 제가끔 스스로 나서 스스로 변해 가는 무위자연의 경지를 터득하는 것이 바로 도道라고 생각했다.

자기가 자기마저도 모르는 그것이 도리어 자기를 아는 길이다. 그렇기 때문에 조물주는 남들이 자기를 '조물'이라고 이름짓는 것도 또한 '나는 알지 못한다'고 하는 것이다. 이것이 동양인의 논리요, 동양인의 정신적 과학이라 할 수 있다.

'내가 나비인지 나비가 나인지 모른다'는 『장자莊子』의 '호접몽胡蝶夢'도 이러한 논리이다. 서양 사람들은 주관 아니면 객관으로 사물을 바라보지만, 동양인은 그러한 객관성마저도 부정해 버린다.

그렇기 때문에 자기 중심적 우주관이나 사물관을 서양의 자연

과학자들처럼 부정하면서도, 정신의 법칙을 물질의 법칙으로 바꾸어놓은 과학주의적 지각을 택하지는 않는 것이다.

연암의 코끼리론

연암燕巖 박지원朴趾源은 코끼리를 논하는 자리에서 인간들이 자기가 보고 들은 경험의 세계만을 가지고, 그리고 그것만을 기준으로 세상 이치를 논한다는 것이 얼마나 우스꽝스러운 일인가를 이야기하고 있다.

> "하늘이 동물에게 이[齒]를 준 것은 무엇 때문일까요?" 하고 묻는다면 사람들은 "그것으로 먹이를 씹어 먹으라고 주었겠죠"라고 대답할 것이다.
>
> "이를 가지고 물건을 씹는다는 것은 무엇일까?"라고 묻는다면 사람들은 또 이렇게 대답할 것이다.
>
> "금수禽獸는 손이 없기에 반드시 그 입을 구부려서 먹을 것을 찾게 된 것이지요. 그래서 학의 정강이에 따라 목이 부득이 길지 않을 수 없고, 그래도 입이 땅에 닿지 않을까 하여 그 부리를 길게 해준 것이죠. 만일 닭의 다리가 학과 같았더라면 어쩔 수 없이 굶어 죽었을 거요."

이렇게 시작되는 연암의 논리는 논리 자체를 부정해 버리고 만다. 그것은 소나 말이나 닭 같은 것에만 들어맞는 논리이다.

그러나 코끼리를 보라는 것이다. 오히려 어금니를 지닌 코끼리에겐, 입을 땅에 대려고 할 경우에 이가 먼저 땅에 걸리고 마니 어금니란 물건은 오히려 씹는 데도 방해가 되지 않는가? 이치대로 한다면 차라리 어금니를 없애고 코를 짧게 해주는 것이 훨씬 낫지 않겠는가?

연암의 주장은 하나의 논리만으로 이 세상의 사물들을 설명할 수도, 묶어둘 수도 없다는 것을 가르쳐주기 위해 우리들 눈앞에 코끼리를 내세운 것이다.

그리고 마치 코끼리에게 곡예를 시키는 서커스단처럼 모순투성이의 정의할 수 없는 코끼리의 기괴한 생김새를 보여줌으로써 인간의 자기중심적이고 고정관념적인 사물의 의미지각意味知覺을 뒤흔들어 놓는다.

'코끼리를 한 번도 본 적이 없는 사람에게 얼마나 그것이 경이롭고 기괴하게만 보이는가?' 하고 연암은 그 코끼리에서 우주의 모든 모순된 현상들, 주관적이고 편협한 인간의 지각만으로는 도달할 수 없는 심원한 우주의 현상을 암시해 주고 있다.

편견을 벗어난 진성의 세계

그래서 어쩌자는 것일까? 인간의 상식을 벗어나, 소나 말이나 돼지밖에는 보지 못했던 그 인간의 상식을 벗어나, 코끼리의 모습에서 만물의 조화를 느낀다는 것은 대체 무엇인가?

그 해답은 하룻밤에 아홉 번이나 중국 땅의 백하白河를 건넜다는 그의 기행문에 잘 나타나 있다.

인간은 현상계의 모든 것을 귀로 듣고 눈으로 본다. 사람들은 그것을 사물 자체의 의미로 알고 있지만, 따지고 보면 어디까지나 인간의 주관적인 마음에 의해 왜곡되어 버린 사물의 소리요, 모습에 지나지 않는다. 연암이 경험한 대로 산중의 시냇물 소리가 들려올 때 그 물소리는 하나이다. 그것은 듣는 사람의 마음에 따라 전연 다른 소리로 각각 구분되고 말 것이다.

마음이 청아한 사람에게는 마치 그 시냇물 소리가 소나무에서 나오는 바람 소리처럼 들릴 것이며, 분노를 느끼고 있는 사람에게는 산이 찢어지고 언덕이 무너져내리는 소리로 들릴 것이며, 교만한 사람에게는 뭇 개구리들이 다투어 우는 소리로, 슬픔을 지닌 사람에게는 수많은 대피 리가 슬피 우는 소리로, 놀란 사람에게는 천둥과 벼락 소리로, 운치 있는 성격을 지닌 사람에게는 찻물이 보글보글 끓는 소리로, 그리고 의심이 많은 사람에게는 종이창이 바람에 우는 듯한 소리로 들릴 것이다.

이러한 모든 소리는 올바른 소리가 아니다. 다만 자기 흉중에 품고 있는 뜻대로 귀에 들리는 소리를 받아들이는 것에 지나지 않는다. 그렇기에 보면서도 보이지 않고, 먹으면서도 맛을 모르며, 들으면서도 소리를 듣지 못한다는 말이 있다. 원인은 마음이 존재하지 않기 때문이다. 그러므로 유가儒家의 깊은 공부는 방심放心을 거둬들이는 데 있다. 연암도 인간의 희로애락과 공구애오恐懼愛惡가 오로지 마음의 작용에 달려 있다는 것을 이 기행문에서 은근히 강조하고 있는 것이다.

현대의 독자라면 이 정도의 연암의 설에 대해서 별로 놀라지 않을 것이다. 직접지각直接知覺과 의미지각意味知覺이 별개의 형태라는 것은 데카르트 이후의 근대철학 서적을 들추어봐도 도처에 산재해 있다.

뿐만 아니라 후설의 현상학이나 화이트헤드의 상징철학象徵哲學 정도를 어깨 너머로라도 들여다본 사람이라면 인간의 인식과 객관적인 사물의 의미 사이에는 어떤 일이 벌어지고 있는가를 그보다는 훨씬 더 자세히 알 수 있을 것이기 때문이다.

그러나 문제는 이러한 설을 전제로 해놓고, 말하자면 인간의 주관적 지각의 허위성을 분석해 놓고 격랑이 포효하는 백하白河를 한밤중에 마치 육지를 지날 수 있는 것처럼 태연히 아홉 번이나 건넜다는 결론의 유도에 있는 것이다. 재미있는 일이다. 여기서 재미있다는 것은 현상학자現象學者들이 말하듯 인간이 사물을 지각하는 데는 곧 그 지향성이 작용하는 것이라는 연암의 실증적 태도이다.

백하를 건너는 사람들은 낮에는 물이 흘러도 소리가 안 들리고 밤에는 그 소리가 들린다고 주장하고 있지만, 연암은 그것을 다음과 같이 해명하고 있다.

> 낮에는 눈으로 물을 볼 수 있으므로 그 위험한 것을 보고 있는 눈에만 온 정신이 팔려 도리어 눈이 있는 것을 걱정하는 판에 무슨 수로 소리가 귀에 들려온단 말인가? 그런데 반대로 밤중에 물을 건너니 눈엔 위험한 광경이 보이지 않고 오직 귀로만 위험을 느끼게 되므로 낮엔 들리지 않던 물소리가 크게 울려오는 것이다.

여기에서 연암의 새로운 자연관과 사물관, 그리고 하나의 도道를 발견하게 되는 단서가 시작되고 있다.

주관적 사물 인식에서 그냥 벗어나는 것이 아니라 그것을 도道로 바꾸어버리는 것, 사물의 인식 자체가 주관적인 이해 관계나 안위安危나 욕망에 지배되는 것이므로, 그러한 마음 자체를 바꾼다면, 참된 것으로 돌려놓는다면, 지금까지 위험하게 느껴지던 것, 슬프게 느껴지던 것, 괴롭게 느껴지던 것, 심지어는 기쁨이니 즐거움이니 하는 주위 사물에서 오는 감정마저도 완전히 떠날 수 있게 될 것이라는 해답이다.

이것을 깨달은 연암은 이미 물의 공포, 생명에의 집념, 불안과 초조에서 벗어나 마치 그 강을 땅 위의 보통 길을 지나듯이, 편안한 방석 위에 앉은 듯이 아홉 번이나 무사히 건넜다는 것이다. 물보다 훨씬 더 험하고 위태한 인생의 길을 건널 때에도, 귀로 듣고 눈으로 보는 허위와 편견에 가득 찬 자기 집념에서 벗어나야만 올바로 건널 수가 있다고 그는 믿는다.

연암이 다시 고향으로 돌아와 산중에서 다시 옛날처럼 그 시냇물 소리를 들었다면 그 소리는 어떻게 들렸을까? 그것은 소나무의 바람소리도 아니며, 산이 무너지는 소리도 아니며, 찻물 끓는 소리도 아니며 개구리의 울음소리도 아니며, 필시 그것은 그렇게 있는 하나의 물소리, 무엇이라고도 이름 지을 수 없는 자연 그 자체의 소리로 들렸을 것이다.

거기엔 위태로움도 없으며, 또한 쾌락조차도 없었을 것이다.

그러나 인간은 무엇도 얽매이지 않는 자연으로 나아간다. 무엇에도 얽매이지 않는 자연, 나조차 아닌 나, 이미 그것은 상대적인 자연은 아니다. 과학적 사고로 분석해 낸 그 자연, 객관적 자연도 아닌 것이다. 여기에서 한국인은 자연의 사물을 바라보는 눈과 마음을 완성시켰던 것이다.

인간을 재는 자

마음의 단위로 된 수

'십 리도 못 가서 발병이 난다'는 것은 한국인이 곧잘 부르는 〈아리랑〉의 가사이다. 이것을 만약 미터법으로 고쳐서 4천 미터도 못 가서 발병이 난다고 하면 이 노래는 전체의 무드가 깨진다. 십 리, 백 리, 천 리란 말은 단순히 거리를 재는 수학적 단위라기보다 꽃이니 구름이니 하는 경험적인 정서가 깃들어 있는 생활언어이다.

「백발삼천장白髮三千丈」의 시를 수의 단위로만 본다면 경험적인 그들의 정서가 없어지고 만다.

사람들은 아마 이렇게 항의할지도 모른다. 미터법은 우리 생활에 익숙지 않고 또 서양의 근대문명과 함께 들어온 것이므로 그러한 인상이 드는 것이지, 만약 생활에 익숙하게 되면 이수里數로 계산하나 미터로 계산하나 마찬가지가 아니냐고.

그러나 아무리 세상이 근대화되고 그 감각이 바뀌어진다 할지라도 '4천 미터도 못 가서 발병이 난다'와 '십 리도 못 가서 발병이 난다'는 결코 같은 느낌을 주지 않을 것이다. 그 이유는 거리의 단위 자체가 다르기 때문이다.

미터법은 인간의 생활 경험에 토대를 둔 척도가 아니다. 지구의 적도에서 극까지의 거리를 천만분의 일로 잘라내어 한 단위로 설정한 것이 1미터이다. 말하자면 인간의 실제 생활과는 아무런 관련도 없는 추상적인 법칙에 의해서 만들어진 척도이다.

그러나 '십 리'라는 단위는 인간의 생활을 중심으로 하고 구체적 경험을 토대로 해서 만들어낸 척도의 단위이다. 그래서 십 리라고 하면 사람이 걸어서 한 시간 정도에 갈 수 있는 거리이다. 그리고 대체로 한 동네에서 이웃 동네까지의 거리가 바로 십 리에 해당된다. 그렇기 때문에 그 단위는 곧 생활 자체의 단위일 수도 있다. 십 리라면 집안식구에게 떠난다는 별도의 인사 없이도 돌아다닐 수 있는 일상생활권의 거리를 의미한다. 그와는 달리 백 리라고 하면 인간이 온종일 걸어서 갈 수 있는 최대의 거리요, '천 리'라고 하면 자기 고향을 아주 떠나버린 먼 이역을 의미한다. 〈진주라 천리길〉이라는 유행가도 있듯이 그것은 하나의 거리의 단위이면서도 머나먼 타향, 외롭고 낯선 객수客愁라는 그 마음의 단위이기도 하다.

거리의 단위만 그런 것이 아니다. 한 홉[合]이란 말과 1리터(ℓ)라는 단위 역시 마찬가지다. 한 홉은 보통 사람이 단숨에 마실 수 있는 양이다. 그리고 그 열 배가 한 되로서 인간이 마실 수 있는 최대의 한계성을 나타낸다. 마치 '십 리'라고 하면 힘 안 들이고 걸을 수 있는 최소단위요, '백 리'라고 하면 온 힘을 들여서 걸을 수 있는 최대의 보행거리가 되는 것과도 같다. 그러나 1리터의 물은 단숨에 마실 수가 없다. 미터와 마찬가지로 생활적인 척도가 아니라 원리적인 척도이기 때문이다. 술을 마셔본 사람이면 알 수 있을 것이다. 리터법으로 술의 양을 계산한다는 것은 참으로 불편하지만, 그것을 홉으로 재면 주량을 가늠하기가 손쉽다는 사실을…….

사람이 사는 방의 칸 수도 그렇다. 한 칸은 사방 여섯 자다. 즉 인간이 혼자 누울 수 있는 최소단위이다. 인간의 신장을 단위로 하고 있기 때문이다. 인간이 생활하는 그 면적의 기준을 생활 그 자체의 단위로 설정해 놓은 그 칸수를 평방미터(㎡)의 단위로 쓸 때는 매우 추상적인 것으로 바뀌어져 버리고 만다.

인간적 기준과 비인간적 기준

우리는 이러한 사실에서 서양 사람과 동양 사람의 사고개념 그리고 고대인과 근대인의 사고방식의 기준이 어떻게 달랐는가를 짐작할 수 있을 것이다. 1리터의 물은 추상적이고 객관적이고 비인간적인 데 기준을 둔 단위이다. 그와 마찬가지로 인간 자체를 바라보고 그 마음이나 제도나 모든 정신활동을 재는 척도 역시 그만한 차이가 있었다. 술로 취하게 만들어 그 사람 성품의 선악을 잰다. 그리고 금리로써 그 사람의 의리성을 잰다. 이것이 동양인들의 정신활동을 재는 척도이다.

가령 이익李瀷의 「언묵言默」이나 이규보의 「이상자異相者」와 같은 글을 보자. 그들은 결코 미터법으로 인간의 가치를 잰 사람들이 아니라 홉이나 이수里數로 인간의 마음을 잰 사람들이라는 것을 알 수 있다. 인간과 관계없는 원리원칙이나 객관적인 가치기준 같은 것은 별로 대수롭게 여기지 않았다.

그렇기 때문에 인간생활에 필요하다면 이익—더구나 그는 실학파에 속했다—은 정연한 논리보다도 오히려 논리적 모순을 더 높이 평가하려고 한다. 옥당玉堂 관리들이 한자리에 모여 옥당에 사는 그 학鶴의 꼬리가 검으냐, 날개가 검으냐로 언쟁을 벌였다. 그들은 시비를 가리기 위해 노리老吏에게 가서 어느 쪽이 옳은가 판단을 해달라고 청했다.

그때 노리가 대답하기를 "그대들의 말이 모두 옳다. 어느 쪽도 잘못된 쪽이 없다. 학이 날아갈 때에는 날개가 검은 것이고 학이 서 있을 때에는 꼬리가 검은 것이다"라고 대답했다는 것이다.

이러한 일화를 놓고 이익은 이렇게 결론을 짓는다.

"노리가 대답한 말이 이치에 타당하느냐 타당하지 않느냐를 따지기 전에 그는 두루 포용성이 있는 사람이다"라고.

즉 이익은 노리를 비난한 것이 아니라 오히려 그의 태도를 높이 샀던 것이다. 현대인의 안목으로 보면 그 노리는 분명 논리학적 법칙을 범했다 하여 지탄을 면치 못했을 일이다.

태양이 도느냐, 지구가 도느냐 하는 사실을 밝히기 위해서 종교 재판까지 받아야 했던 갈릴레오 갈릴레이, 자기가 살기 위해서 재판정에서는 자설自說을 굽혔지만 끝내 그래도 '지구는 돈다'라고 그 주장을 굽힐 줄 몰랐던 그 갈릴레이와, 양쪽 말이 다 옳다고 사실을 그냥 은폐해 버린 옥당의 그 노리의 태도는 얼마나 다른가!

동양에서는 한 사물의 이치를 가르치는데도 그 사람의 성품에 따라 달랐다. 부한 사람에겐 부로 인한 상성傷性의 진리를 가르쳤고, 가난한 사람에겐 부富의 필요성을 인식시켰다. 성품이 유약한 사람은 강하게 만들고 강한 사람은 유하게 만든다.

인간에게 유리하든 불리하든, 객관적인 사실은 그 사실대로 밝혀야 한다는 과학정신이 서구적인 근대 인간상을 만들었다고 한다면, 이치보다는 이치를 넘어선 덕의 포용성으로 세상을 살아가려고 한 비합리적 인간주의가 바로 동양인의 지혜를, 그 성자聖者와 군자君子를 만들어낸 그것이라고 볼 수 있다.

황희黃喜 정승이 그 대표적인 인물이다.

현대인의 안목으로 보면 황희는 가장 무능한 정치가이다. 옳고 그른 것을 식별하고 그것을 행정의 힘으로 실천에 옮겨야 하는 행정가의 위치에 있으면서도, 그는 남의 신경을 건드리지 않으려고만 애쓴 사람이었다.

명철과 관용

황희가 명정승이라는 것은 정승으로서 정사를 잘했다는 것보다 그에게 덕망이 있었기 때문이다. 남들이 “삼각산이 무너졌다”고 하면 “그 산이 너무 꼿꼿하고 뾰족하더니라” 하고 말하고, ”그런 것이 아니라 삼각산은 무너지지 않았다”라고 말하면 “그 산의 기세가 완진하고 견고히니라” 하고 대답한다.

논리적으로 보면 앞뒤가 전혀 안 맞는 소리다. 즉 앞의 말은 ‘삼각산이 쓰러지기 쉬운 산’이란 뜻이요, 뒤의 말은 ‘삼각산은 튼튼해서 절대로 쓰러지지 않는 산’이라는 말이 된다. 똑같은 산을 놓고 정반대의 이야기를 동시에 인정한 황희를 서양 사람 같았으면 무정견하고 줏대가 없고 원칙이 없으며, 천치 바보나 다름이 없는 사람이라고 욕했을 것이다.

사실 명석한 것을 좋아하는 프랑스인들은 성聖 프린서플이라 하여 황희같이 원칙 없는 사람들을 가장 못난 사람의 표본으로 삼았다.

미국의 8대 대통령 반뷰렌은 그런 점에서 황희와 매우 비슷한 사람이었다. 그는 누구의 말이나 다 옳다고 했다. 그의 주변 사람들이 어느 날 '반뷰렌 대통령은 아마 해가 서쪽에서 뜬다고 해도 그 말을 옳다고 할 사람이다'라는 것이 화제가 되어 실제 내기를 걸고 그에게 가서 해가 어디에 뜨느냐고 물어본 적이 있었다. 과연 예상한 대로 반뷰렌 대통령은 "동과 서는 보는 사람의 위치에 따라 다르니, 서쪽에서 뜬다는 말도 잘못은 아니다"라고 대답했다는 것이다.

문제는 반뷰렌 대통령이 한국의 황희 정승과는 달리 존경이 아니라 멸시를 당했다는 사실이다. 만약 그가 동양에 태어났더라면, 그 대통령이야말로 링컨이나 프랭클린보다도 더 숭상을 받게 되었을지도 모른다. 왈曰, 덕이 있는 정치가라고. 만약 이익에게 그가 황희를 평했을 때와 마찬가지로 그를 평하라고 한다면 "인격과 성품이 천리에 근사한 면이 있다"라고 칭찬했을 것이 틀림없다.

예수는 빵만으로는 살 수 없다고 했다. 그러나 우리의 선지자들은 이렇게 말한다. 논리만으로는 살 수가 없다고. 그러니까 너무 꼬치꼬치 따진다든가 인간을 합리적으로만 다스린다거나, 인간의 마음이 아니라 이성만을 들추는 비판정신을 한국인은 별로 달갑게 생각하지 않았던 것이다.

서양 사람들은 인간의 사실을 들추어낸다. 그러기 위해서 그들은 인간의 밖으로, 그 사회와 역사의 밖으로 나가 자기 자신을 객관화하는 것을 서슴지 않는다. '옳으냐, 그르냐'하는 판단은 언제나 '사실이냐, 아니냐'의 그 구명究明으로부터 출발한다. 남의 허물을 덮어준다든지, 사실의 진부를 그대로 가려버린다는 것은 있을 수 없는 일이라고 생각하는 것이 서양인들의 합리적 인격관이다.[4]

이규보의 패러독스

이규보는 「이상자異相者」라는 글에서 사실을 정반대로 이야기하는 점쟁이의 논리적 모순에 도리어 논리 이상의 진실이 있음을 시인하고 있다. 그 관상쟁이는 천한 사람을 보고는 도리어 귀하다고 하고 귀한 사람을 보고는 천하다고 한다. 너그럽고 어질다는 사람을 보고는 "만 사람을 상하게 할 뿐"이라고 말하고, 거꾸로 교활한 사람을 보고는 "만 사람의 마음을 기쁘게 할 사람"이라고 한다. 그 관상쟁이는 사실을 사실대로 말한 것이 아니라, 사실 속에 감추어진 더 깊은 진실을 말하려 했기 때문이다.

'부귀한 사람은 교만하고 건방지고 남을 능멸하고 업신여기는 마음이 자라나니 죄가 가득 참이라, 하늘이 반드시 그를 뒤집어

4) 중국에서는 청대清代에 와서 금석학金石學이 전성하면서부터 모든 것을 사실에 입각해 판단했다. 어떠한 경사經史라도 어떠한 경박이라도 시실에 부합되지 않으면 모두 위서僞書로 규정해 버렸다. 그리고 이론에 있어서도 관점을 사실에 두었다.

놓을 것이므로 장차 야위게 되고 천하게 될 것이므로, 야위겠다고 말한다.'

귀하다고 하는 것을 이렇게 그는 거꾸로 야위고 천하다고 했던 것이다.

이러한 점쟁이의 논리적인 궁극은 비논리에 귀착된다. 이규보에서 이익에 이르기까지 그들의 글을 읽어보면 언제나 이러한 역설을 우리 앞에 보여주고 있다. 결국 이규보가 인간의 이상을 흰 구름 같은 것에 두었다는 사실도 비논리적인 것을 사랑했던 한국인의 한 인간관을 상징해 주는 것이다. 구름은 떠 있다. 한 군데 정착하지 않고 늘 이동한다.

구름은 잡히지 않는다. 형태가 있으면서도 항상 변화하므로 형태가 없는 것과 다름이 없고, 항상 한곳에 머물러 있지 않으므로 구속되어 있지도 않다. 사람으로서 측량할 수 없는 것이 구름으로 흩어지기도 하고 모여들기도 한다. 물론 노장老莊의 사상보다 공자孔子의 유교사상이 짙어져갈수록 한국인은 점점 형식 논리에 갇혀버리고 말지만, 그 근원에 있는 것은 여전히 삼단논법이나 과학적 실험으로는 간단히 묶어둘 수 없는, 인간생활의 경험에 토대를 둔 논리의 초월이었다.

서양 사람들은 비합리적인 것을 합리적인 것으로 바꾸어놓으려고 노력한 데서 그들의 인간사가 발전해 왔다. 그러나 한국인은 비합리적인 것을 그냥 인정하고 그것을 승인하여 덕으로까지 승화시킨 생활의 슬기로써 그것을 다스려왔던 것이다.

풀리지 않는 매듭

푸는 것과 못 푸는 것

한국인이 생각한 합리성은 서구 사람의 것과는 여러 가지 점에서 차원이 다르다.

서양의 합리주의는 모순이라는 것을 용서하지 않는다. 지금 모른다 하더라도 장차는 수수께끼를 풀고 모든 사람과 인간의 법칙을 이성의 힘으로 풀 수 있다고 믿는다. 그들은 이 세상을 질서정연한 꽃밭 같은 것으로, 하나의 원리원칙 밑에서 어긋남이 없는 거대한 하나의 기계, 필연성에게 움직이고 있는 그런 기계라고 생각했다.

그런 점에서 뉴우턴은 단순한 물리학자라기보다 서구의 지성知性을 상징하는 깃발과도 같은 존재이다. 그들은 결과가 있으면 반드시 그 원인이라는 것이 있고, 그 원인과 결과 사이에는 필연성이라는 일사불란의 명주실 같은 것이 존재한다고 믿는다.

그러나 한국인들의 윤리학은 이러한 필연성보다도 우연성을,

그리고 그 모순을 오히려 하나의 인간 법칙으로 보았다는 데에 그들과는 다른 기묘한 합리주의가 생겨났다. 『여씨춘추呂氏春秋』[5]에 적힌 한 편의 일화를 생각해 보자.

노魯나라의 천인賤人이 송宋의 원왕元王에게 매듭진 끈 하나를 보냈다. 원왕은 온나라에 '재주 있는 자는 모두들 나와 이 매듭을 풀어보라'고 포고령을 내렸다.

그러나 누구도 그것을 풀지 못했는데, 아설兒說의 제자가 나서면서 자기가 풀겠노라고 했다. 그는 그중에 한 매듭을 풀고 한 매듭을 풀지 않았다. 그리고 그가 말하기를 "이 한 매듭은 풀 수 있는 것인데 내가 풀지 못한 것이 아니다. 원래 이 매듭은 풀리지 않도록 되어 있는 것이다"라고 했다. 원왕이 그 말을 듣고 노나라의 천인에게 과연 그런가고 물은 즉, 그는 이렇게 말하더라는 것이다.

"그의 말이 맞습니다. 원래 그 매듭은 풀 수 없는 것입니다. 저는 제가 그 매듭을 만들었기에 풀 수 없다는 사실을 알고 있었지만, 그분은 자기가 만든 매듭이 아니면서도 풀리지 않게 되어 있다는 것을 알아냈으니 저보다도 훨씬 현명한 자입니다."

5) 진秦의 사람 여불위呂不韋가 지은 책인데, 그의 식객들이 모아둔 것이라고 한다. 전부 십이기十二紀, 팔람八覽, 육론六論으로 되어 있는데, 체제는 유가를 주로 하여 도道·묵가墨家를 종합했다. 후세 고증학자들의 좋은 자료이다.

안 푼 것이 푼 것이라는 이 역설이야말로 동양인의 지혜이며, 과학적 합리주의와 다른 동양적 논리의 세계이다.

"내 사전에는 불가능이란 말이 없다"는 나폴레옹의 천진난만한 패기에 비해서, 가능한 것과 불가능한 것을 구별할 줄 아는 것을 참된 슬기라고 말한 동양인의 사고방식은 얼마나 어른스러우며 이치가 분명한 태도인가. 동양인의 합리성은 풀 수 있는 매듭과 풀 수 없는 매듭을 구분하는 데 있다. 그러나 서양의 합리주의는 모든 매듭은 이성의 힘으로 풀 수 있고 또 풀어야만 한다는 비결정론적인 태도에 있다.

서양의 합리주의자들은 아설의 제자처럼 한 매듭은 풀고 한 매듭은 그냥 버려두지는 않을 것이다. 현미경을 사용하고 전자계산기를 끌어오고, 온갖 화공약품을 사용해서라도 풀려고 할 것이다. 뉴우턴의 이성과 불가능이 없다는 나폴레옹의 패기, 그래도 안 되면 칼로 베어서 고디언 노트—Gordian not에서 온 말. 고디어스 왕이 알렉산더 대왕에게 어렵게 매듭을 맨 밧줄을 보이면서, 그것을 풀어보라고 했다. 그런데 대왕은 서슴없이 칼로 베어버리면서 "천하의 알렉산더가 이런 것을 풀게 생겼느냐" 했다는 일화에서 유래한 것이다. 무슨 일이건 어렵게 맺혀 있는 비유로 쓰인다—를 풀어버린 알렉산더 대왕처럼 끝내는 폭력도 불사할 것이다.

분별 있는 합리주의

흔히들 말해 왔다. 한국인들은 체념이 빠르다고. 무엇인가를 조금 하다가 벽에 부딪히면 팔자 탓으로 돌려버린다고들 한다. 그만큼 운명론자이고 적극성이 없으며, 소위 천명사상天命思想에서 살고 있는 노예들이라고.

그러나 이것은 정당한 평가가 아니다. 매사에 체념한 것이 아니다. 또 모든 것을 운명으로 돌려버리고 소극적으로 인생을 산 것도 결코 아니다. 다만 그들은 아설의 제자처럼 풀 수 있는 매듭 앞에서는 서양 사람보다도 몇 배나 더 현명하게 몇 배나 더 적극적으로, 그리고 열정과 악착스러운 의지와, 체념은커녕 줄기찬 희망을 가지고 대결했다. 그러나 풀리지 않는다고 생각한 매듭에는 손을 대지 않았던 것이다. 즉 그 경우에 있어서만 체념하고 물러서고 무릎을 꿇는다. 이렇게 덤벼들 때와 물러설 때를 식별할 줄 알고 그 한계를 분명히 그을 줄 아는 것이 동양인의 분별이요, 보다 높은 합리성이었다.

가령 이익의 「원천우인怨天尤人」이란 글을 보면, 천명사상이라는 것이 단순한 운명주의와는 다르다는 것을 알 수 있을 것이다.

세상의 부조리 앞에서 인간은 하늘을 원망하기도 하고 인간을 탓하기도 한다. 이익은 이러한 태도가 잘못이라는 이야기다. 인간의 명[運命]은 결코 하늘의 탓도 아니며 인간의 잘못도 아니라는 것이다. 말하자면 그는 인간의 빈곤, 강약, 청결을 어떤 필연적 인과 관계로 보지 않고, 우연적인 것으로 돌리고 있다. 하늘이 명해서 받은 그 성은 성인이나 범인이나 다 선하다. 그러나 부모로부터 받은 육체, 그 기질적인 것은 빈하고 약하고 독한 사람도 있고 또 부하고 강하고 청한 사람도 있다. 이 약하고 독한 기질을 강하고 청하게 만드는 것이 유가의 가르침이었다. 그러므로 기질은 변화시킬 수 있는 것이라고 한다.

그는 말한다. 가령 얼마만큼의 흙을 어떤 광주리 속에 넣고 힘껏 흔들었다고 생각하자. 어떤 것은 크게 뭉쳐지기도 할 것이고, 어떤 것은 작게 뭉쳐지기도 할 것이며 단단하게 뭉쳐지기도 할 것이요, 무르게 뭉쳐진 것도 있어 하나도 같은 것이 없을 것이다. 이것은 결코 광주리를 흔든 사람의 탓이 아니다. 그와 마찬가지로 인간에 있어서도 하늘이 비록 귀하게 하고 부하게 하고 편안하게 하는 권權이 있기는 하지만 누구에게는 있게 하고 누구에게는 없게 하는 그 자체 또한 천리天理인 것이다.

이익이 말하는 천리란 바로 운명이라는 말로 바꿀 수가 있으며, 그 운명은 필연이 아니라 우연인 것이고 그것은 곧 풀 수 없는 매듭, 인간의 힘으로는 다시 바꿀 수 없는 그런 매듭이라고 생각하는 것이다. 그렇기 때문에 곧 '자신을 아는 사람은 남을 원망하지 않는 것이고, 명을 아는 사람은 하늘을 원망하지 않는다'는 결론에 귀착된다.

이익의 경우도 아설의 제자와 다름이 없다. 원래 풀리지 않도록 된 매듭을 풀어보려고 하는 데서 인간은 헛된 원망과, 그리고 헛된 꿈을 꾸게 되는 것이다.

만약에 풀 수 없다는 것을 알기만 한다면 그는 그렇게 고생할 필요도 없으며 풀리지 않는다고 원망하거나 악착같이 기를 쓰지도 않을 것이다.

서구 합리주의의 비합리성

이런 각도에서 본다면 오히려 이치에 맞지 않는 일을 하고 있는 비합리주의자들은 동양인이 아니라 서양인인 것이다. 하늘을 날려고 하고 사라져 없어지는 소리를 잡아두려 하고, 물에서 불[전기]을 얻으려 하고 푸른 하늘에서 빗방울[人工降雨]을 내리려고 하는 그러한 발상법 자체가 오히려 분별을 몰랐기 때문에 생겨난 꿈이라고 할 수 있다.

'인간은 하늘을 날 수 없느니라, 물은 불이 될 수 없느니라…….'

하늘은 만물의 주재主宰다. 주재는 함부로 넘겨다볼 수 없는 지고至高의 존재이다. 아들이 아버지를 시험하거나 건드리지 못하듯, 주재의 그 하늘은 좋든 나쁘든 받들 뿐이다. 하늘을 가지고 혓바닥으로 놀리는 것은 천기天機를 더럽히는 것으로 가장 큰 불경한 일이라고 동양인들은 생각했다. 애당초부터 동양 사람들은 비행기를 날리려고 하지도 않았고 물로 터빈turbine을 돌려 전력을 얻을 생각도 하지 않았을 것이다. 그러고 보면 동양인은 어른들과 같은 합리주의자요, 서양인은 아이들과 같은 비합리주의자라는 결론이 생겨날 수도 있다.

단순한 역설이 아니다. 서양 문명이 20세기에 들어서자 그 과학적 사고에 중대한 변화가 일어났다는 것을 우리는 알고 있다. 이 세상 온갖 것이 하나의 원리원칙과 필연적인 법칙에 의해서 얽혀 있다고 생각하던 뉴우턴의 물리학이 빛을 잃어가기 시작한 것이다. 20세기의 물리학자들은 기본적인 법칙으로는 설명할 수 없는 그리고 필연성만으로는 정확하게 예언할 수 없는 우연이라는 또 다른 법칙, 그리고 그 우연의 요소가 보다 더 중요한 역할을 한다는 것을 깨닫게 된 것이다. 그것이 바로 불확정성 원리라는 것이며 양자 역학量子力學을 형성하는 기본원리이다.

과학적 합리주의도 이제 풀리는 매듭—어떠한 법칙으로 해명될 수 있는 자연현상의 질서, 풀리지 않는 매듭—브라운 운동이나 방사선처럼 일정한 법칙이 없는 운동, 제멋대로의 우연과 무질서한 자연현상—의 양면성을 시인하게 된 것이다.

천리天理를 몇 가지 공식으로 풀 수 있다고 믿었던 합리주의자들은 이제 파스칼처럼 이렇게 탄식하는 것이다.

"우주의 근원에 있는 것은 우연이다…… 우연이 불가결의 역할을 연출한다…… 고정된 기계적인 법칙에 의하여 모든 것이 보편적인 필연성을 지니고 있다는 것은 거짓이다."

이렇게 따져가면 동양인들이 풀 수 있는 매듭과 풀 수 없는 매듭의 한계를 알고 서양 사람들처럼 그렇게 요란스러운 짓들을 하지 않은 것이 단순한 무지 때문이 아니라는 것을 깨달을 수 있다. 아니 무지한 것은 오히려 그들이었는지 모른다.

그렇기 때문에 한국인은 천명에 대해서는, 우주의 생성에 대해서는 매우 비현실적이었으나, 풀 수 있는 매듭인 현실 세계에 대해서는 어느 민족보다도 현세적인 사고방식을, 거의 기계적인 합리주의를 나타내고 있다. 인간심리나 그 행동에 대해서도 지나칠 정도로 도식적이다.

정도전의 불교론

'사람에게 있어서 먹는 것보다 더 큰 것이 없다'로 시작되는 정도전鄭道傳의 「걸식론乞食論」을 보면 인간 생활을 지나치게 합리적인 관점에서 고찰해 가고 있음을 느끼게 된다. 인간은 먹지 않으면 죽는다. 인간이 살려면 먹어야 한다. 그러니 정치도 종교도 먹을 것을 넉넉하게 해주는 데 있다고 그는 생각한다. 농農이고, 공工이고, 상商이고 또한 선비이고, 모두가 먹기 위한 방편이라는 것이다.

이러한 합리성으로 인간 생활을 바라본 정도전은 아주 간단하게 불교를 부정해 버린다.

'위로부터 아래에 이르기까지 사람들은 저마다 직책이 있어 스스로 하늘의 부양을 받으며 국가와 사회가 안녕을 유지하게 되는 것이다……. 그런데 『금강경金剛經』을 보면 세존世尊은 먹을 때만 되면 옷을 입고 목탁을 들고 성중城中에 들어가 걸식을 한다고 했다.

대체로 석가모니는 남녀간의 사랑을 가리켜 도道가 아니라고 하며, 남자는 밭을 갈고 여자는 길쌈을 하는 것을 의義가 아니라고 하고, 인륜을 벗어나 농사짓는 일을 도외시함으로써 생식의 근본을 절단시키고 있다.

이상과 같은 생각을 진리라고 하여 그것으로써 천하의 일을 쉽게 보고 있으니 진실로 그의 진리대로 된다면 그것은 천하를 무인지경無人之境으로 만드는 것이다. 그렇게 된다면 걸식할 사람이나 있겠는가? 그리고 천하로 하여금 먹을 것이 없게 하는 것이니, 과연 그렇다면 걸식이나 할 음식이 있겠는가?'

정도전은 석가모니의 가르침이 옳으냐 그르냐가 아니라, 그것이 현실적이냐 아니냐에 비판의 기준을 두고 있다. 이와 같은 현실관은 철저한 유교주의에서 온 것이다. 유교에서는 불교를 허무하고 적멸寂滅해 버리는 교敎라고 비판하고 있다. 유교에서 선영을 위하는 것은 어떤 영靈을 믿는 것이라기보다 세대가 멀어진 조상의 유덕을 잊지 않는다는 측면에서 커다란 의미를 갖는다.

이렇게 한국인의 사고방식은, 인간 생활을 바라보는 한국인의 시선은 흔히 오늘날 우리가 생각하고 있는 것보다 현실적이고 합리적이었다는, 또 다른 단면을 그대로 간과해서는 안 될 것이다.

한국의 알피니스트

오르고 또 오르는 지성주의 비판

'태산이 높다 하되 하늘 아래 뫼이로다'라는 시조가 있다. '오르고 또 오르면 못 오를 리 없다'는 이 시조는 '불가능이란 없다'는 나폴레옹의 영웅적인 선언과 이웃사촌쯤 되는 것 같다. '사람이 제 아니 오르고 뫼만높다 하더라'의 종장에 이르면 한국적 체념주의와는 판이하게 다른 근대적 휴머니즘의 입김까지 느끼게 된다.

그러나 좀 더 자세히 분석해 보면 산만 높다고 탄식하는 그러한 무리들의 패배주의자의 합창과 별로 그 패턴이 다를 것이 없다. 왜냐하면 이 시조가 주장하고 있는 것은 태산을 오르는 방법과 기술보다 그 정신만을 강조하고 있기 때문이다.

소위 '정신일도하사불성精神一到何事不成'이나 '호랑이에게 물려가도 정신만 차리면 된다'는 사상의 되풀이에 지나지 않는다. 어떠한 정신만을 강조하고 거기에 도달하는 방법과 기술을 소홀히

했다는 데에서 한국의 현실주의는 참된 힘을 발휘하지 못했다.[6]

만약 양사언楊士彦이 오늘날의 산악반 지도선생이 된다면 오르고 또 오르라는 그 열정과 노력만을 강조했을 것이고, 그 밑에서 배운 숱한 알피니스트들은, 정신만은 히말라야 산봉을 정복할 만해도 실제로는 백운대 정도의 산도 제대로 오르지 못했을 것이다. 뿐만 아니라 등산 정신만으로써 오르고 또 오르려다가 절벽에서 떨어지는 희생자도 많았을 것이다. 말하자면 등산의 방법과 그 기술이 뒷받침되어 있지 않은 등산 정신은 공소空疎한 구호에 그칠 염려가 없지 않다.

한국의 알피니스트들은, 인생의 그 알피니스트들은 자일을 감고 피켈을 사용하지 않고서도 이상의 산정을 기어오르려고 한다. 조선 시대의 정치, 경제의 논설이나 인간의 사회문제를 다룬 글들을 읽어보면, 한마디로 방법과 기술을 따지지 않는 등산가들이라는 것을 느끼게 된다. 호랑이에게 물렸을 때, 타잔과 같은 힘이나, 레슬러의 그 솜씨나, 위기를 모면하는 그 피보다도, 정신만 단단히 차리면 된다는 식으로 정치와 경제와 사회의 움직임을 논하고 있다.

6) 정신이란 말은 최초로 장자가 쓴 듯하다. 그는 '정신이란 사달四達한 것이다'라고 했다. 어디로든지 극에 이르지 못할 것이 없이 위로는 하늘에 미치고 아래로는 땅을 덮는다는 뜻이다.

어느 학자는 유럽과 동양의 차이를 이렇게 설명해 준 적이 있다.

'유럽의 세계 지배는 합리적인 방법에 의한 지배, 방법의 기술에 의한 지배였다. 한때 중국이나 몽골은 대제국을 건설했지만, 그 제국이 타락함과 동시에 그 제국 자체가 붕괴해 버린 그런 지배와는 근본적으로 다르다. 즉 중국이나 몽골의 세계 지배는 자신들의 단결력에 의한 정복 지배였다……. 그저 충성심이라든가 혈연의식이라든가 도의적인 감정을 토대로 한 단결력으로써 결집하기 어려운 피정복지의 사람들을 지배했다고 말할 수 있다.'

방법정신과 지성정신

이 말을 좀 더 알기 쉽게 설명하면 세계정복과 지배라는 등산을 하게 될 때, 동양인은 정신적인 무장부터 하고 서양 사람들은 등산에 필요한 지도나 등산기구의 장비로 무장했다고 말할 수 있다. 한쪽은 도의심과 같은 정신이요, 한쪽은 법이나 제도나 조직의 기술과도 같은 구체적인 방법론이라 할 수 있다. 동양인은 정신(도의)에 의해서 지배하고, 서양인들은 방법에 의해서 지배했다.

우리는 정다산丁茶山의 「원목原木」이라는 글을 읽게 될 때 민주주의 사상이 구제물품처럼 서쪽으로부터 도래하여 온 수입품만은 아니라는 것을 발견하게 될 것이다. 이미 그들은 나라의 주인이 왕이 아니라, 바로 백성이라는 민본정신民本精神을 내세우고 있기 때문이다. '목자牧者가 백성을 위하여 있는 것인가, 백성이 목자를 위해서 존재하는 것인가'라는 물음에 정다산은 서슴지 않고 '목자가 백성을 위해 존재하는 것'이라고 말한다. 애초에 이 세상에는 백성만 있었을 뿐이라고 말한다.

정다산은 백성이 목자를 위해 존재하는 것이 아니라는 그 주장을 인간사회의 발생 과정을 통해서 참으로 예리하고 논리 정연하게 입증하고 있다. 그러나 이상스러운 것은, 백성이 나라의 주인이 되기 위해서는 과연 어떻게 해야 되는가의 방법에 대해서는 그리고 백성이 목자를 위해 존재하는 것이 아닌데도 현실적으로는 목자를 위해 백성이 존재하는 것처럼 되어버린 그 모순을 어떻게 해야 바로잡을 수 있는가에 대해서는 단 한 마디의 언급도 없다.

허균의 호민사상

허균許筠 역시 마찬가지다. 하늘 아래 제일 무서운 것은 바로 백성이라고 쓰고, 그 백성을 셋으로 나누어서, 윗사람을 그냥 추종만 하는 항민恒民과, 윗사람들의 횡포를 원망하고 있는 원민怨民, 그리고 기회만 있으면 나라를 뒤엎으려고 하는 혁명적인 호민豪民으로 갈랐다.

윗사람들은 호민을 두려워할 줄 알아야 된다는 것이다. 왜냐하면 언제고 항민恒民은 원민怨民으로, 원민怨民은 호민豪民으로 바뀌어져 난亂을 일으킬 요소가 많기 때문이라는 것이다. 그러나 그 역시 백성을 두려워할 줄 알라고만 했지, 이 백성의 힘을 어떻게 다스려야 하는가 하는, 그 방법과 정신에 대해서는 한마디의 시사조차 하지 않고 있다. 맹자의 논법도 치자治者의 입장에서 백성을 주로 하고 있다.

이들은 어째서 본래는 백성이 주인인데 목자가 주인 노릇을 하게 되었는가 하는 현실적인 원인 분석이나, 천하에서 제일 두려운 것이, 물이나 불보다도 두려운 것이 백성인데도 어째서 윗사람들은 그들을 깔보고 짓밟게 되었는지의 그 이유에 대해서는 깊이 천착하려 하지 않았다. 말하자면 『군주론君主論』을 쓴 마키아벨리나 『법의 정신』을 쓴 몽테스키외와는 전혀 다른 각도에서 인간의 정치현상을 바라본 것이었다.

그들이 주장하고 나선 정치적 혁신은 제도를 바꾸고 방법을 뜯어 고치기보다 정치 도의의 개선에 있었던 것이다. 관官이 횡포를 하거나 백성을 괴롭힌다고는 하는데, 왜 괴롭히는지 그리고 그 불의를 없애려면 그 제도를 어떻게 고쳐야 하는지에 관한 문제보다도, 도의의 면에서만 그릇된 일이라고 말하는 데서 끝나고 있다. 도의적으로 그릇된 줄 알면서도 그릇된 짓을 할 수밖에 없는 현실적인 사회환경이나 그런 제도에 대해서는 별로 관심을 두지 않고 있는 것이다. 사실 인간의 내적 조건만 강조하다가 외적 조건을 등한시한 것이 옛날 선비들의 약점이었다.

동양의 사회제도는 왜 바뀌지 않았나

원리나 본질은 변하지 않으나, 그 방법과 기술은 바다의 표면처럼 그때그때 외부적 기상조건에 의해서 변하기 마련이다. 그런데 중국이나 한국에 있어서는 시대가 변하여도 그 제도나 방법은 거의 변하지 않았다.

가령 행정기구를 보자. 중국의 행정관청은 이부吏部, 호부戶部, 예부禮部, 형부刑部, 병부兵部, 공부工部로 되어 있는데, 이것은 『주례周禮』에 기록되어 있는 주周나라의 관청인 천관天官, 지관地官, 춘관春官, 하관夏官, 추관秋官, 동관冬官과 합치시켜서 만든 것이다.

인구가 늘고 사회가 바뀌어도 그것을 다스리는 기관은 옛날 그대로이다. 그것은 제도를 인간 사회의 기능을 발휘하는 방법으로 보지 않고, 어떤 본질적인 원칙의 소산으로 생각한 탓이다.

조선 시대까지도 그대로 모방된 행정관청의 여섯 부서는 하늘과 땅, 그리고 춘하추동이라는 자연의 원리에 맞추어서 만든 것이다.

청조淸朝의 말년에까지 행해진 것으로, 봄과 여름에는 사형을 집행하지 않고 가을까지 유예한 제도도 마찬가지다. 봄과 여름은 사물이 생장하는 시기이므로 그 자연의 양상에 맞추기 위해 사람을 죽이지 않았고, 천지가 사물을 죽이는 시기인 가을과 겨울에 그 형刑을 집행하였다.

이러한 예에서 우리는 본질과 방법을 일체시한 동양인의 사유방식을 알 수가 있고, 그렇기 때문에 방법을 바꾼다는 것은 곧 본질을 바꾸는 것처럼 생각하여, 방법과 기술을 논하기보다 언제나 정신적이고 본질적인 근원적 문제만을 따지려 했다. 여기에서 '오르고 또 오르면' 식의 알피니스트가 탄생하게 된 것이다.

두 개의 얼굴

안정복의 「여용국전」

안정복安鼎福의 「여용국전女容國傳」은 여자가 화장을 하는 것을 나라를 다스리는 정치에 비유한 글이다. 여자가 화장을 하는 것까지를 근엄한 정치이념과 결부시킨 발상법은 기발하다기보다도 좀 기괴한 것처럼 보인다. 아침마다 거울을 보며 얼굴을 씻고 분을 바르고 양치질을 하고 머리를 빗고 기름을 바르는 것을, 아침마다 신하들을 궁정에 모아놓고 조회를 하여 각기 맡은 바의 국사를 돌보게 하는 정치와 같은 것으로 보았던 것이다.

그러니까 거울은 영의정 격이고, 대야나 비누나 칫솔 등은 얼굴이라는 나라를 각기 분야별로 맡아 다스리는 행정 관리들이다. 이렇게 여자가 얼굴과 몸을 가꾸는 것을 정치에 비긴 「여용국전」 같은 이야기는 서양인들의 글에서는 찾아보기가 힘든 것이 아닌가 싶다.

이 하나의 사실만 보더라도 소위 한국의 문사들에게 정치의식이 생리화되어 있었다는 사실을 짐작할 수 있다. 조선 시대 한국인들이 은둔사상이 강했다는 것은 속일 수 없는 사실이지만, 그것을 자세히 분석해 보면 순수한 자연의 사랑만이 아니었음을 알 수 있다. 정치적 좌절에 대한 감정을 카무플라주한 데 지나지 않는다. 자연의 은둔을 노래한 선비라도 그들의 산문을 보면 지나칠 정도로 현실적이고 정치적이다.

정치가로서의 정철과 시인으로서의 정철

「관동별곡關東別曲」을 쓴 정철鄭澈은 워즈워드와 같은 자연의 시인, 호반에 묻힌 그런 시인은 아니었다. 거울 앞에 앉아 화장을 하고 있는 여인의 모습에서 궁정에서 조복을 입은 신하들과 국정을 논하는 조회 광경을 본 안정복처럼, 관동지방의 아름다운 경치 속에서도 정철은 나라의 정치를 생각했던 것이다.

즉 정철은 아름답고 호탕한 자연경치에 심취된 「관동별곡」의 그 서경시만을 읊지는 않았다. 그는 한 시인이 아니라, 한 관찰사觀察使로서 아름다운 땅 뒤에 숨어 있는 민생들의 빈곤과 그릇된 국정國政의 모순을 뼈저리게 느꼈고 그것을 곧 「강원감사 시진일도폐막소江原監司時陳一道弊瘼疏」라는 상소문을 임금에게 바쳤던 것이다. 그는 관동지방의 농민들이 얼마나 가난하고 또 얼마나 세금에 시달리고 있는가를 준엄한 논조로 분석해 내고 있다. 그러나 그의 「관동별곡」에서 그려진 관동지방은 세상에 보기 드문 선경仙境으로 그려져 있다. 상소문과는 달리 「관동별곡」에서는 '백천 곁에 두고 만폭동萬瀑洞 들어가니 은 같은 무지개 옥 같은 용의 소리'로 그 선경을 그린다.

정철은 시인의 눈으로 그것들을 바라본다. 그러나 또 한편으로는 정치적인 눈으로 바라보고 있다. 그때는 거의 지옥과도 같은 땅으로 나타난다.

관동지방에서 자라난 인간의 나무들은 뿌리가 굳게 뻗지 못해 가지와 잎이 무성치 못하다고 그는 말했다. 그 나무[관동지방의 백성]를 보호하기 위해서는 무엇보다도 먼저 뿌리를 돋우고 물을 막아야 할 것이라고 주장하고 있다. 시인으로서 본 것은 산의 숲에 우거진 나무들이었으나, 그가 정치가로서 바라본 것은 병들고 야위고 착취를 당해 날로 쇠약해 가는 강원도의 그 인간수목들이었다. 우리는 「관동별곡」에서 그의 탁월하고 아름다운 자연경치의 묘사에 놀란다. 그러나 동시에 상소문에 나타난 정치지리지적政治地理誌的인 그의 분석력에 또 다른 놀라움을 갖게 된다.

강원도 지방은 동쪽에 바다가 가리워 있고 서쪽으로는 뭇산이 열립列立해 있어 넓은 들이 없고 또한 모두 모래땅이라는 것이다. 늦은 봄에도 눈이 녹지 않고 가을이 되기 전에 서리가 내려, 다른 고장보다 농작물의 수확이 적을 수밖에 없다는 것을 과학적으로 서술해 내고 있다.

그들은 풍년이 들어도 굶주릴 수밖에 없는 메마른 지대, 그런데도 불구하고 약소하기만 한 그들에게 세금이다, 진상進上이다, 공물貢物이다, 방물方物이다 하여 수탈만 당한다는 것이다. 그리하여 땅에서는 개와 닭도 편안히 살 수가 없다. 사람들은 하늘을 바라보며 호소하나 사닥다리가 없고, 인간에게 호소하나 들어줄 자가 없다고 한탄한다. 그들은 누구나 고향에서 살려고 하나 살 수가 없고, 인간이 되려고 하나 또한 빈곤하기에 아들이 어미를 고소하고, 종이 주인을 욕하고, 아내가 남편을 배반하는 인간 이하의 짓을 할 수밖에 없다는 것이다.

정철은 그들의 불륜을 책하면서도 그들에게 인정이 없어서가 아니고 양심이 없어서가 아니라는 것을 말하고 있다.

'모자의 은혜와 형제의 우애와 남녀의 예의를 저들인들 어찌 모르겠습니까? 다만 모진 기한飢寒으로 인하여 예禮를 생각할 겨를이 없는 것입니다'라는 정철의 말에는 참으로 현실주의적인 호소력이 스며 있다. 뿐만 아니라 그는 이 상소문을 통해서 구체적인 개혁과 그 시정책을 촉구하고 있는 것이다.

정치와 미학은 하나였다

우리는 「관동별곡」과 관동의 백성들을 위해서 쓴 그 상소문을 놓고 볼 때, 그는 타고난 시인이며 동시에 훌륭하고 현실적인, 그리고 휴머니스틱한 정치가인 정철의 또 하나의 다른 면모를 볼 수 있다.

정철뿐만 아니었다. 옛날의 모든 선비들은 한쪽 눈은 시인으로서, 또 한쪽 눈은 현세적인 정치가로서 이 세상을 양면에서 동시에 포착한 것이었다. 아마도 이것이 한국적인 지성인의 대표적인 특징이라고 해도 좋을 것이다. '한 손엔 코란, 한 손엔 칼'이라는 마호메트의 경구 같은 것은 조금도 신기할 것이 없다.

정철의 경우처럼 그들은 모두 한 손으로 환상적인 시의 구름을 잡고, 또 한 손으로는 현실적인 정치의 흙을 잡고 있다. 누가 그들을 향해 음풍영월吟風詠月만 일삼는 도피적인 시인이라고만 말할 것인가. 그렇게 말하는 사람들은 한쪽 손만을 바라본 자들이다. 누가 또 그들에게 미美도 풍류도 모르는 속세의 정사政事에만 골몰한 속물들이라고 비웃을 것인가. 그렇게 말하는 사람들 역시 한쪽 손만 바라보았기 때문이다.

정철은 관동의 아름다움을 미적인 감수성을 가지고 발굴해 내면서도, 또 누구보다도 관동의 현실적인 생활의 고뇌, 정치적 모순을 행동하는 양식으로써 파헤쳤다. 옛날의 한시漢詩가 타락하게 된 것은 과거 때문이었다. 과거문은 대체로 시였는데 시만 할 줄 알아가지고 어떻게 정치를 했더란 말인가? 그러나 그 시들은 음풍영월의 시가 아니었다. 서경敍景의 시들은 당시에 별로 빛이 없었고 오직 경세치용經世致用의 풍이 있어야만 평가를 주었기 때문에 시로써 인물을 뽑았던 것이다. 한 손으로만 행동하는 것이 아니라 두 손으로 발굴할 줄 알아야 선비라고 칭했다.

과거제도를 비판한 허균許筠, 박지원朴趾源, 박제가朴齋家 등의 글을 보아도 그들은 결코 사회의 모순에 굴복하는 자들이 아니었다. 그 관점은 현실적인 양식에 토대를 두고 있으며 인도적인 책임감에 뿌리를 박고 있다. 꽃밭을 바라보면서 그 꽃잎 뒤의 진딧물들을 함께 바라볼 줄 아는 그 슬기가 지성의 자랑스러운 원리였다고도 할 수 있다.

그렇다, 다시 한 번 생각해 보자. 거울 앞에서 화장을 하고 있는 한 여성의 모습을……. 그것은 여인의 가장 은밀한 사생활이며, 육감적이며 나약하고도 아름다운 광경이다. 감히 말하건대, 서양 사람들은 거기에서 여성의 미, 육체의 미, 선정적인 관능의 분위기밖에는 보지 못한다. 그러나 한국인들은 거울 앞에 선 여인의 모습에서도 나라를 다스리는 가장 현실적이고, 가장 실리적이고, 그러면서도 생활의 기본이 되는 정치적인 이념을 연상할 줄 아는 능력을 지니고 있었다.

II
떠도는 자의 우편번호

뛰는 시대에서 살아남는 법

신발로 본 문화사

자신을 사회의 한 낙오자로 생각하고 있는 당신의 편지를 읽고 난 뒤, 나는 문득 이시가와 다쿠보쿠[石川啄木]의 시[하이쿠俳句]를 외워보았습니다.

> 친구들이 모두 나보다 잘나 보이는 날
> 꽃 한 송이 사들고 돌아가 아내와 둘이서 논다.

하고많은 시 가운데 왜 하필이면 일본인의 시를 생각했는가? 거기에는 그럴 만한 이유가 있다는 것을 알게 될 것입니다.

당신은 이렇게 말했습니다.

"초등학교 때부터 나는 뜀박질이 서툴렀어……. 아무리 숨가쁘게 달리고 또 달려도 운동회 날의 친구들은 모두들 내 앞에서 뛰고 있었지. 펄럭거리는 만국기도 보이지 않았고 북소리도 들리지 않았어. 맨 뒤에 처져서, 나는 입술을 깨물고 울고 있었지. 어머니 미안해요." 이렇게 초등학교 운동회 날부터 그 뜀박질은 시작되었고, 지금까지 당신은 헐떡거리며, 들개처럼 혀를 내밀고 헐떡거리며, 여기까지 왔노라고 말했습니다. 처음엔 도시락을 싸가지고 와서 응원해 주신 어머니에게 미안했고, 다음에는 밤늦게 문을 따주는 아내에게 미안했고, 이제는 손톱이 자라듯 매일 자라나고 있는 그 자식들에게 미안하다고 했습니다.

그러나 그것은 당신의 죄나 무능력 때문만이 아닙니다. 당신은 낙오자가 아니라 어쩌면 속도로써 삶의 가치를 재고 있는 이른바 과속 사회의 희생자일는지도 모르기 때문입니다.

사실 당신은 발이 느린 것이 아니라 처음부터 뜀박질 경주를 원하지 않았을는지도 모릅니다. '상常' 자가 찍힌 공책이 탐이 나서가 아니라, 그 경주를 지켜보고 있는 어머니를 위해서, 아내와 자식과 구경꾼들을 위해서 단지 뛰어야 한다는 강박관념이 당신의 등을 밀었을는지도 모른다는 이야기입니다.

이러한 속도 경쟁에의 강박관념이 한 나라의 역사와 사회를 지배해온 것이 바로 일본이었다고 나는 생각합니다. '좇아가라, 앞지르라'는 것은 근대화 이후 일본사회를 이끌어온 구호였지만, 그것은 서양 문명만이 아니라 모든 분야에 적용되는 그들의 생활 신조이기도 했던 것입니다. 그렇기 때문에 다꾸보꾸의 쓸쓸한 시는 어느 나라보다도 일본사회의 조명을 받아야 더욱 공감이 커질 것입니다.

세계의 모든 사람들은 고도성장이라는 일본의 양지만을 보고 부러운 얼굴을 하고 있습니다마는, 그 음지에는 다꾸보꾸와 같은 1억의 고독이 숨겨 있다는 것을 알지 못합니다.

물론 어느 시대, 어느 나라에도 치열한 생존경쟁은 있습니다. 그리고 그 뜀박질 경주는 어디에서나 속도에 의해서 결정됩니다. 그러나 달리기 위해 만들어진 자동차에도 액셀러레이터만이 아니라, 속도를 늦추기 위한 브레이크가 있다는 것을 기억해야 할 것입니다. 문명이 액셀러레이터라면 문화는 바로 그 브레이크에 해당합니다.

이를테면 액셀러레이터의 성능만 발달하고 브레이크는 약한 것이 일본의 역사요, 일본의 사회라는 이야기입니다.

짚신 한 짝 놓고 그 역사를 따져봐도 알 수 있습니다. 옛날 일본의 짚신 가운데에는 아시나까[足半] 조오리라는 것이 있었습니다. 그 뜻은 발의 반쪽, 이를테면 발의 전반만 덮는 신이라는 것이지요. 어째서 짚신이 앞부분만 있었느냐 하면 원래 일본인들은 발뒤꿈치를 땅에 대지 않고 까치발로 걷는 습관이 있었기 때문입니다. 그리고 그러한 보행법은 빨리 걷기 위한 것이었고, 발소리를 죽이고 남몰래 잠입하려는 데서 생겨난 것이라고 합니다. 전쟁터의 행군법이 모두가 그러한 걸음걸이였다는 것입니다. 걸음걸이가 달랐으므로 짚신의 모양도 달라질 수밖에 없었던 것이지요.

생각해 보십시오. 우리가 일본인을 경멸해서 부를 때 '쪽발이' 라고 합니다마는, 그것은 단순히 이 민족의 풍습을 비웃는 편협된 표현은 아닌 것 같습니다. 아시나까는 속도를 요구하는 신발이며 적을 속이는 신발입니다. 같은 지푸라기로 같은 신을 만들어도 일본 것은 이렇게 다릅니다. 발의 반만 신을 신고 다니자니 일본인들은 자연히 신코를 발가락 사이에 끼고 다닐 수밖에 없었던 것입니다. 그것은 뜀박질을 위한 신발입니다. 경쟁의 신발입니다. 전쟁터의 신발입니다. 숨가쁜 신발입니다. 뛰어라 뛰어라, 살금살금 다가서라, 몰래몰래 뛰어라……. 그것이 바로 도요토미 히데요시[豊臣秀吉]의 신발입니다. 상전의 짚신을 챙겨주는 그 천한 신분으로부터 당대 천하의 대권을 쥔 도요토미 히데요시의 입신출세는 세계에 그 유례가 없는 '과속 사회'의 본보기입니다. 포병 장교의 신분에서 황제가 된 나폴레옹도 그에 비하면 거북이의 걸음에 지나지 않습니다.

그는 그 짚신을 신고 발소리조차 내지 않고 한국으로까지 쳐들어왔지요. 겨울 추위에 병사들의 발이 얼어 터지고 동상에 걸려 발가락이 썩어 나가도 그들은 아시나까 조오리를 벗지 못했습니다. 그것을 버리고 한국 짚신으로 갈아 신으려면 걸음걸이부터 바꿔야 했고, 그 걸음걸이를 바꾸려면 도요토미적인 일본문화 자체를 바꿔야 했기 때문입니다. 일본의 그 아시나까 조오리는 '도요토미'의 힘이요, 영광이었지만 동시에 그것은 수천 수만의 발을 동상에 걸려 썩게 한 죄악의 신이기도 한 것입니다.

그러나 발뒤꿈치를 땅에 튼튼히 대고 여덟팔자걸음으로 세상을 걸어간 한국의 짚신은 조금만 뛰어도 금세 벗겨지고 맙니다. 그것은 속도를 거부하는 신발입니다. 한국문화와 일본문화의 문화적 차이는 바로 그 신발 하나를 놓고 봐도 분명한 것입니다.

쉬어간들 어떠리의 철학

정말 그렇습니다. 일본의 '아시나까 조오리'가 빨리 뛰기 위해서 만들어진 신발이라면 한국의 짚신은 뛰지 못하도록 만들어진 신발이라고 할 수 있습니다. '죽장망혜竹杖芒鞋'란 말이 있듯이 짚신에는 창이나 칼이 아니라 대지팡이가 어울리는 신발인 것입니다.

그것은 불안한 까치걸음이 아니라 여덟팔자로 유유히 걷는 걸음걸이에 알맞은 소요逍遙의 신발인 것입니다. 병사들처럼 행군을 하거나, 도둑처럼 담을 뛰어넘거나, 염탐꾼처럼 살금살금 다가서기 위해서는 차라리 짚신을 벗어 던지는 것이 편합니다.

그랬기 때문에 우리 할아버지, 할머니들은 짚신이고 고무신이고 급할 때는 반드시 신을 벗어들고 뛰어야만 했습니다. 그래서 '맨발로 뛴다'는 비유가 지금까지 시퍼렇게 살아남아 있는 것이 아니겠습니까?

신발만이 아닙니다. 뛸 때에는 신을 벗어 던져야만 했듯이 싸움을 하거나 무엇인가 급한 일이 생길 때에는 또 웃통을 벗어 던져야만 했습니다. 여기에서 또 '알몸으로 뛴다'는 말이 생겨난 것입니다.

한국의 의관은 백의白衣라는 색채에만 그 특성이 있었던 것이 아니라, 소매와 바짓가랑이가 넓다는 데 또한 그 특징이 있었기 때문입니다. 헐렁한 바지와 넓은 소매는 짚신과 마찬가지로 속도를 억제하기 위한 장치였던 것입니다. 소매와 바짓가랑이가 넓은 한국의 그 바지저고리는 화살을 방지하는 시간의 갑옷이기도 했습니다. 그러니까 한국인에게 있어 속도는 바로 '발가벗고 맨발로 뛰는' 방정맞은 삶으로 생각되었던 것입니다.

옷을 입고 신발을 신고 세상을 점잖게 살아간다는 것은 오히려 생을 저속화低速化하는 것이었고 그러한 삶의 철학은 황진이가 벽계수의 말고삐를 잡고 노래 부른 것처럼 '쉬어간들 어떠리'의 구호로 나타났던 것입니다. 단지 빠르다는 그 이유만으로 선비들이 말[馬]을 정신주의 목록에서 제거해 버렸던 이유도 거기에 있습니다. 천하를 주유하려면 청우靑牛를 탄 노자처럼 말이 아니라 소를 타고 다녀야 된다고 믿었던 것이지요.

'주마간산走馬看山'이라는 말이 있듯이 자연을 깊이 보고 사랑하는 자에게 있어 말은 너무나도 그 속도가 빠르다는 것입니다. 그들은 적토마赤兎馬가 아니라 인간의 보행 속도로 세상을 살아가려

했던 저속주의자들입니다. 그렇기 때문에 소를 타도 거꾸로 타는 것이 멋이었고 나귀를 타도 발을 저는 '전나귀'라야 풍류를 느낄 수 있었던 것입니다. 최항崔恒의 무진정시無盡亭詩처럼 '저는 나귀를 거꾸로 타고, 아무려나 좋아라'가 그들의 생의 이상이었고 '쉬엄쉬엄' 사는 것이 그 생의 행복이었던 것이지요.

"뛰지 말아라" "뛰지 말아라" 시문詩文을 읽어도 '짚신'이나 '바지저고리' 같은 그 소리가 들려옵니다. 왜적이 쳐들어와 의주義州로 피난을 떠났던 임난壬亂 때에도 그 교훈은 여전히 '뛰지 말아라'였습니다. 피난길에 소나기가 쏟아지자 모든 사람들이 앞을 다투어 뛰어가는 것을 보고 "어리석은 자들이로다. 뛰어가면 앞에 가는 비까지 맞을 것이 아닌가"라고 말하면서 혼자 오는 비를 모두 맞으며 유유히 걸어갔다는 한음의 일화도 그중의 하나입니다. 어찌 소나기만을 두고 한 소리이겠습니까?

그러나 당신마저도, 현대 사회에서 어쩔 수 없이 낙오자가 되었다고 한탄하는 당신마저도 이러한 저속문화주의자들을 비웃을 것입니다.

모두들 뛰어갈 때 홀로 비 맞는 자를 바보라고 부를 것입니다. 짚신을 그리고 소매가 넓은 저고리를 벗어 던지라고 할 것입니다. 소의 잔등에서 내려 어서 뛰어가라고 외칠 것입니다. 쉬엄쉬엄 살려고 한 '전나귀'의 사상 때문에 우리는 이민족의 지배를 당했고, 굶주렸고, 어머니와 아내와 자식들에게 죄인이 되었다고 가슴을 칠 것입니다. 남들이 저 100미터 트랙을 몇 바퀴씩 돌 때도 우리는 아직 스타트라인에 서서 하품을 하고 있었기에, 이 좁은 땅덩이마저 반동강이가 났다고.

그렇지요. '발가벗고 맨발로 뛰는 이 시대'에 누가 다시 저 짚신을 신겠습니까. 박연암朴燕巖을 아시지요? 맨 먼저 근대정신을 흘낏 훔쳐본 박연암이 무엇보다도 먼저 도달하려 한 것이 바로 그 저속주의문화였던 것도 우연이 아니지요. 그는 속도가 무엇인지를 알았기 때문에, 한국의 그 전통적인 바지저고리를 벗어 던지고 호복胡福으로 갈아입어야 한다고 주장했던 것입니다. 그의 『허생전許生傳』을 읽어보십시오. 그것은 한국인의 신분을 감추고 청나라에 잠입하려 할 때에만 그 '넓은 소매'가 장애물이 된다고 생각한 것이 아니라는 것을 금세 깨닫게 될 것입니다.

말을 달리고, 칼을 휘두르고, 창을 찌르고, 활을 쏘려면 넓은 소매廣袖로 바꿔야 한다는 것이, 이를테면 '저속'의 옷을 '고속'의 호복으로 바꿔야 한다는 것이 바로 근대의 척후병이었던 허생의 꿈이었습니다. 유목민의 옷인 호복은 가죽띠와 가죽신에 소매가 좁아, 빠른 말을 타고 활을 쏘기에 좋다는 겁니다. 나라가 강해지기를 원한다면 조趙나라의 무영왕武靈王처럼 예법의 옷을 버리고 호복을 입어야 한다는 사상입니다.

우리의 근대화는 짚신을 내던지는 데서 시작되었습니다. 넓은 소매의 저고리를 벗어 던지는 데서 그 싸움은 시작되었습니다.

소의 잔등에서 내리고 전나귀를 내쫓는 데서 문명의 그 샛별이 떠올랐습니다. 속도의 시대가 온 것이지요. 발뒤꿈치를 땅에 대지 않고 까치발로 뛰어다니는 '아시나까 조오리'의 후예를 닮아가는 시대가 온 것이지요.

오해하지 마십시오. 저를 시대착오주의자라고 생각해서는 안 됩니다. 일본의 짚신 '아시나까 조오리'가 밉다고 해서 경이로운 이 세기의 대낮 속에서 구세기의 유물인 '짚신'을 신고 긴자[銀座] 거리로 혹은 뉴욕 5번가로 가자고 외치고 있는 것이 아닙니다.

지속 문화遲速文化에 희생된 우리가 이제는 거꾸로 '과속 문화'에 희생되고 있다는 것, 그리고 그것이 바로 당신이요, 나라는 이야기를 하고자 한 것입니다. 속도를 요구하는 문화의 정체가 무엇인지 그것을 알아보자는 이야기인 것입니다.

38짝의 의미

천고마비天高馬肥라고 하면 이제 누구나 풍요한 가을의 낭만을 생각하지만, 본래의 뜻은 그런 것이 아니었다는 것을 당신도 잘 알 것입니다. 그렇지요. 중국 사람들은 하늘이 높아지고 말이 살찌는 가을이 되면 흉노匈奴들이 또 쳐들어올 것이라는 근심을 그렇게 표현했던 것입니다. 옛날 사회에 있어서 말은 속도의 상징이며 동시에 정복의 힘이었습니다.

농민들은 땅에 씨를 뿌려 곡식을 가꾸며 살아가는 사람들입니다. 농작물은 식물이기 때문에 도망 다니지도 않고, 또 금세 자라지도 않습니다. 침묵 속에서 천천히 눈금으로 잴 수도 없이 자라납니다. 식물의 수면적 상태 속에서 함께 생활해 온 농민들에겐 유목민들과 같은 속도가 필요치 않습니다.

그러나 짐승을 쫓는 유목민들은 언제나 떠돌아다녀야 합니다. 그들에게 속도를 가져다주는 말이 그 문화의 원동력이 됩니다.

근대산업사회는 유목민들의 그 말이 무쇠의 기계로 바뀌는 데서부터 시작합니다. 기차를 철마鐵馬라고 부르는 것을 봐도 알 수 있겠지요. 그러니까 1830년 9월이었을 것입니다. 세계에서 처음으로 본격적인 증기철도가 개통되어 수천 명의 구경꾼이 모여들었던 영국 맨체스터의 가을은, 그리고 리버풀의 가을은 또 하나의 '천고마비'가 아니고 무엇이었겠습니까. 그리고 그 최초의 철마가 멋모르고 철길을 건너려던 허스키슨 의원을 치어 중상을 입혔을 때, 이미 현대의 속도 공해는 시작된 것입니다.

번쩍이는 그 '강철의 길'은 수천 년간 사람의 보행 속도 속에서 근육을 가지고 있었던 그 길이 아니었던 것입니다. 슈라이버의 표현대로 기차가 발명되면서부터 도로는 죽어버렸던 것입니다. 문명의 오랑캐들은 이제 하늘이 높아지는 계절을 기다릴 필요도 없이 요란한 기적을 울리고 저 강철의 길로부터 쳐들어오는 것입니다. 보리밭으로 밀밭길로……. 그렇지요. 나그네가 구름에 달가듯이 간다는 그 밀밭길로 말입니다. 아무 데서나 옵니다.

그 쇳덩어리의 말들은 독침 같은 말갈기를 휘날리고 하늘로부터 땅속 밑으로부터 아무리 높은 만리장성을 쌓아도, 그것들은 모르스 부호처럼 날아들어 옵니다. 살찐 말보다 몇 배나 더 빠르고 더 튼튼한 문명의 속도들은, 함부로 문지방을 넘어 들어와 우리의 가슴과 머리를 밟고 폭주합니다. 이 속도의 현기증은 생활의 리듬을 깨뜨리고 아황산가스보다도 더 무서운 공해로 인간의 머리와 폐부를 썩힙니다.

물리적 속도의 변화는 바로 정신적인 속도의 변화와 맞먹습니다. 들판의 그 길들은 마음속에 뻗어 있는 내면의 길과 상통합니다. 이 슬픈 메타포를 모르더라도, 우리는 우리의 이웃을 이렇게 변하게 한 것이 그 속도의 공해라는 것을 다 알고 있습니다.

오히려 처음부터 속도를 추구해 온 유럽 사람들은 그것에 익숙해 있습니다. 속도 공해에 면역이 되어 있고 그에 대한 방비책도 있습니다. 우리와 같이 지속 문화遲速文化 속에서 살아온 전형적인 농경민들이 오히려 고속문명이 가져다준 현기증과 그 충격에 더 심한 구역질을 하고 있는 것입니다. 100미터 경주를 하듯이 뛰고 있습니다. 한 발짝이라도 먼저 앞서가려고 허둥대는 모습, 초조한 모습, 짜증스러운 모습, 재촉하는 모습, 떼밀고 새치기하고 길이 아닌 지름길로 내딛는 과속 사회의 슬픈 풍경을 우리는 매일같이 바라보고 있습니다.

이 민족이 과연 짚신발에 소매 넓은 저고리와 헐렁한 바지를 입고 여덟팔자걸음으로, 대로를 걸어 다니던 군자들이었던가 믿어지지가 않습니다.

엘리베이터 하나 타는 것을 보아도 알 수 있다는 것입니다. 오늘의 속도 문명을 낳은 서양 사람들이지만, 그들은 여간해서 엘리베이터 문을 여닫는 개폐開閉 단추를 사용하는 경우가 없다는 것입니다. 누르지 않아도 자동식이라 조금만 기다리면 되는 까닭입니다. 그런데 그것을 못 참고 탈 때나 내릴 때나 개폐 단추를 성급하게 눌러대는 것은 대체로 일본 사람이나 한국 사람이라는 것입니다. 그래서 일본, 한국의 엘리베이터는 그 단추가 반질반질 닳아 있는 것이 특색입니다.

그래서 이제는 오히려 한국인들이 세계 속에서 제일 서두르는 과속 사회의 모델이 되어가고 있는 것 같습니다. 소셜 스피드의 통계에 나타난 것을 보면 GNP는 몰라도 서두르는 발걸음에 있어서만은 단연 우리가 세계 제1위를 기록하고 있습니다. 뉴욕의 중심부에서는 30초간에 22~23보步를 떼고, 일본 도쿄의 긴자에서는 27보를 떼는데, 놀라지 마십시오. 서울 중심가에서는 무려 열 발짝이나 앞선 38보를 뗀다는 것입니다. 30초에 38발짝을 떼어놓는 맹렬한 소셜 스피드 속에서 우리는 지금 살아가고 있는 것입니다. 그러니 한탄하지 마십시오. 당신의 발걸음이 너무 늦은 것이 아니라 남들의 걸음이 너무 빠른 탓입니다.

지금 우리 주변에는 암에 걸려 죽는 사람 숫자보다도 이 속도 때문에 죽는 사람이 더 많습니다. 교통사고의 사망자와 스트레스로 정신질환에 걸려 정신병원에서 죽어가는 사람들이 바로 그들입니다. 속도의 오랑캐에게 유린되고 있는 과속 사회에서야말로 짚신과 전나귀의 사상이 필요하게 될 것입니다. 그렇지 않으면 달리기만 하고 멈출 줄 모르는 이 비극의 자동차에 누가 브레이크를 달아주겠습니까. 속도는 경제력이나 군사력이나 권력을 낳을 수는 있지만 내 삶을 키우는 위대한 사상을 낳아주지는 않습니다. 가부좌를 한 반가유 사유불상思惟佛像처럼 생명의 사상은 정지의 몸짓을 요구합니다. 사상은 보리처럼 천천히 익어가는 것이기 때문입니다. 너무 빠른 바람 속에서는 영근 곡식이 쏟아지고 말기 때문입니다. 아무리 급하더라도 뒤꿈치가 없는 아시나까 조오리는 신지 마십시오.

아내에게 꽃을 사들고 들어가기보다는 옛 시조 속에서 살고 있는 전나귀 한 마리를 구해 옵시다. 그리고 30초 동안에 38발짝을 걷고 있는 사람들에게 지속의 걸음걸이가 무엇인가를 가르쳐주어야 합니다.

남들이 모두 뛰어가는 시대에 혼자 앉아 있는 것도 용기라는 것을, 그리고 승리라는 것을 잊지 마십시오. 브레이크가 튼튼한 차만이 마음놓고 달릴 수 있다는 교훈을 다시 생각해 주십시오.

바늘의 문화는 끝났는가

허수아비의 옷

오랜만에 시골에 가보았습니다. 노랗게 물든 벼이삭의 물결이 단풍보다도 아름답습니다. 어렸을 때 '훠어이 훠어이' 새를 쫓던 일이 생각납니다. 그러나 순간, 나는 그 옛날과 전혀 색다른 공간을 발견하고 놀라지 않을 수 없었습니다. 허수아비 말입니다. 벼를 실컷 까먹고 허수아비에 올라앉아 휴식을 취하고 있는 그 담대한 참새들 이야기가 아닙니다.

허수아비는 말할 것도 없고 실제 사람이 다가갈 때에도 비둘기처럼 날아가지 않는 참새들을 나는 여러 번 보아왔기 때문입니다. 유럽의 어느 공원엘 가도 사람과 참새가 친하게 놀고 있는 별로 색다를 것이 없는 풍경입니다.

그러니까 내가 놀란 것은 그런 참새들이 아니라 바로 허수아비가 걸치고 있는 옷들이었던 것입니다.

사람들이 입다가 버린 옷을 마지막으로 차지하게 되는 것은 허수아비들이지요. 여름내 농부들이 쓰고 다니던 밀짚모자와 낡고 해진 곳을 깁고 또 기워 이제는 더 이상 기울 수 없이 되어버린 베잠방이를 입고 있었던 허수아비들은, 사람의 체온과도 같은 것을 가지고 있습니다. 그리고 막대기로 세운 것이지만, 그 옷들 때문에 진짜 사람의 체취體臭를 풍기기도 합니다.

과학자의 말을 들어보면, 참새들이 허수아비를 보고 도망치는 것은 그것이 사람처럼 보이기 때문이 아니라 그 옷에 묻어 있는 사람의 체취 탓이라고도 합니다.

그런데 지금 내 눈앞에 있는 허수아비들이 걸치고 있는 옷은 인간의 체온을 전혀 느낄 수 없는 비닐이거나, 어쩌다 사람 옷을 얻어 입은 것이라도 헐고 낡은 베잠방이가 아니라는 것입니다. 도대체 어느 것을 보아도 바늘로 기운 흔적 이라고는 찾아볼 수가 없습니다.

그러고 보니 이제는 아무리 가난하게 사는 벽촌엘 가보아도 잔등이를 조각보처럼 기워 입고 다니는 사람은 구경할 수 없게 되어버렸습니다. 그전에는 옷뿐만이 아니라, 양말이나 보자기나 자루나, 옛날의 그것들은 깁고 때워서 쓰는 일들이 많았었지요. 만화책에 흥부처럼 가난하게 사는 사람이 등장하면 기워 입은 바늘자국이 으레 빈곤의 등록상표처럼 그려져 있던 것을 볼 수 있었습니다.

멀쩡한 옷을, 그것도 패셔너블한 원색의 옷을 걸치고 있는 허수아비를 보고 우리는 그냥 풍요의 시대라고 손뼉을 칠 수만은 없을 것 같습니다.

옷을 기워 입지 않는 오늘의 생활풍속에서는 바늘이 점차 유물이 되어간다는 것을 의미하고 있기 때문입니다. 우리들의 어머니와 우리들의 아내, 그리고 그 딸들의 여성문화를 상징했던 바늘이, 소실되어 간다는 것은 단지 그 작은 쇠붙이가 사라져간다는 것만을 의미하는 것은 아닐 것입니다.

인간은 같은 강철로 두 개의 다른 도구를 만들었습니다. 하나는 칼이요, 하나는 바늘이었습니다. 이 두 개의 도구는 밤과 낮처럼 이항대립二項對立의 문화를 상징해 주고 있습니다.

칼은 주로 남성들의 것입니다. 그 길은 전쟁터로 뻗어 있고 거기에는 피와 승리와 권력과 지배가 있습니다. 칼은 전쟁이 아니라도 무엇인가를 자르기 위해서 존재하는 강철입니다. 시퍼런 칼날은 쪼개고 토막내고 갈라냅니다. 칼의 언어는 분할과 단절의 문법으로 엮어져 있습니다.

그러나 우리들의 어머니, 그리고 옛날 사랑스러운 아내들이 등잔불 밑에서 긴 밤을 견뎌냈던 것은 바늘이었습니다. 바늘의 길은 안방으로 향해 있습니다. 그 길에는 아이를 낳고 기르며 끝이 갈라지는 것, 떨어져 나가는 것, 그 마멸磨滅과 단절을 막아내는 결합의 의지가 있습니다.

바느질은 칼질과 달리 두 동강이가 난 것을 하나로 합치게 하는 작업입니다. 바늘의 언어는 융합과 재생의 언어로 구성되어 있는 것이지요. 개구쟁이 아이들이 밖에 나가서 싸우고 돌아왔을 때, 어머니는 바늘을 들고, 그 터진 옷깃이나 옷고름짝을 기워줍니다.

아닙니다. 그런 싸움이 아니라, 시간은 가만히 얌전하게 있어도 인간과 싸우기 위해서 칼보다 더 예리한 그 바늘 끝을 세우는 것입니다. 그 바늘 끝에서는 피가 흐르는 것이 아니라 사랑과 정이 흘러내립니다.

남자들이 칼을 찼을 때 용감해 보이는 것처럼 여자는 화장대가 아니라 반짇고리 옆에서 바느질을 하고 있을 때가 가장 아름다워 보이는 법입니다.

그뿐만이 아닙니다. 가는 바늘귀에 실을 꿰기 위해, 온 정신을 집중하고 있는 우리의 어머니, 그리고 그 아내의 표정을 보신 적이 있으십니까? 그 꼼짝도 하지 않는 수도사와 같은 경건한 자세를 바라본 적이 있으십니까?

더 이상 옷을 기워 입지 않는 시대가 되었다는 것은, 폭력에 의해서, 시간에 의해서 찢기고 헐고 낡아지는 것에 대해 이미 그 저항의 힘, 재생의 꿈을 상실해 가고 있는 이 시대의 한 상징을 보여주고 있는 것인지도 모릅니다. 그것은 또한 어머니의 문화가 끝나고 있다는 것을 상징하고 있는 것이 아니겠습니까?

빨랫방망이의 공격성과 평화

모든 존재를 낡게 하고 해지게 하는 저 마멸의 시간과 싸우던 여성의 무기 —그것은 바늘이었지요. 생김새부터가 어둠의 심연深淵으로부터 흘러 들어오는 빛의 작은 가락처럼 생기지 않았습니까?

그러고 보면 옷을 깁는 일만이 아니라 때 묻은 것을 빠는 것, 녹슨 것을 닦는 것도 또한 여성들의 노동이었습니다.

바늘과 마찬가지로 빨랫방망이는 우리들의 생에 때를 묻히는 오욕의 시간과 투쟁하기 위한 여성문화의 무기입니다.

산다는 것은 곧 소모한다는 것이며 더럽혀져 간다는 것입니다. 저고리 동정처럼 금세 때가 듭니다. 순결했던 진솔버선은 하루를 견디지 못합니다.

가만히 보십시오. 빨래터에서 방망이질을 하고 있는 여인들은 아주 공격적으로 보입니다. 얼굴은 빨갛게 상기되어 있고, 빨래를 내려치는 방망이 소리에는 분노 같은 것, 원한 같은 것, 그리고 끝이 나지 않는 승패에의 집념 같은 울림이 있습니다.

다르지요. 대장간에서 달군 쇠를 두드리고 있는 대장장이의 망치 소리와는 다르지요. 그것은 생산의 노동, 남성들의 노동입니다. 연약한 쇠를 단련시켜 더욱 단단한 물질을 만들어내는 의지의 소리입니다. 타오르는 불꽃 속에서 지금껏 존재하지 않았던 하나의 윤곽, 하나의 형태를 끌어내는 창조의 희열이 있습니다.

그러나 빨래터에는 불이 아니라 물의 법칙이 흐르고 있습니다. 남성들이 불똥을 튀길 때 여성들은 물방울을 튀깁니다.

그 물방울들은 아무런 윤곽도 형태도 만들어내지는 않지요. 그 대신 때를 묻히는 오탁汚濁의 시간을 멈추게 합니다. 그리고 저 본래의 빛, 때가 묻지 않았던 시원始原의 시간으로 사물을 되돌려 줍니다. 여인들은 여기에 풀을 먹여줍니다. 그러면 오랜 시간 속에서 노쇠하고 무기력해진 것들이 생생하게 되살아납니다. 빨래라는 이 정화와 재생의 노동을 통해서, 우리는 깔깔한 내의를 다시 입을 수가 있는 것입니다.

생각나십니까. 세탁물에서 풍겨 나오는 그 특이하고도 삽상한 냄새 말입니다. 신생아의 입술에서 풍겨 나오는 비릿한 젖 냄새와도 같은 것, 좀 과장해서 말한다면 창세기의 들판에 부는 바람 냄새가 아마 그러했을 것입니다.

바늘이나 빨랫방망이는 평화적인 것이면서도 동시에 그 속에 공격성을 담고 있습니다. 인간을 마멸시키고 때 묻히는 파괴적인 힘, 그것을 막아내는 저항의 행동이기 때문입니다.

절대로, 절대로 이길 수 없는 싸움이지만 다시 한 번 옷소매를 걷어붙이고 덤벼드는 운명과도 같은 투쟁입니다. 아무리 깁고 기워도 옷이 해지는 것을 막을 수는 없습니다. 아무리 빨랫방망이를 내리쳐도, 저 먼지와 기름때 묻은 빨랫감들을 없앨 수는 없습니다. 마치 죽음을 피할 수 없는 것처럼…….

그렇기 때문에 바느질과 빨래는 다 같이 삶의 존재론과 깊숙이 관여되어 있는 것입니다.

산업사회의 본질은 바로 이 '깁는 문화'와 '빠는 문화'가 공장 속으로 흡수되었다는 데 있는지도 모릅니다. 그리고 노동하는 주체가 여성으로부터 유니섹스, 이코노믹 섹스로 바뀌었다는 데 여성문화의 붕괴가 일어났는지도 모릅니다.

바늘이 재봉틀이나 양장점으로, 그리고 빨랫방망이가 전기세탁기로 바뀌어버린 아파트 생활자에게 있어서 이제 여성문화는 단순한 소비문화로 전락되고 만 것이지요. 옷이 해지고 더러워지면 그냥 내버리는 것, 쓰레기통의 문화입니다.

E. 고프먼이 쓴 『젠더 애드버타이즈먼트(性과 廣告)』를 읽어보십시오. 광고들은 소비하라 소비하라고 외칩니다. 그리고 그 외침 소리는 광고 속에 등장하는 무수한 여인들, 광고모델의 수동적이고 예속적인 여성적 이미지 속에서 울려 퍼집니다.

텔레비전, 라디오에서 울려오는 여성들의 목소리는 빨래터의 방망이 소리와는 아주 다릅니다. 바늘과 빨랫방망이로 상징되는 여성문화, 산업사회 이전의 그 여성문화—전문가들은 이것을 베너큘러 젠더라고도 부르지요—들은 생산과 소비의 두 문화 속에 무지개처럼 걸쳐진 '재생'이라는 또 하나의 문화를 형성해 왔던 것입니다.

양말을 만드는 사람과 신고 버리는 사람, 이를테면 생산하는 자와 소비하는 자만의 관계항關係項만이 아니라 그것을 기워 재생시키고 그것을 빨아 재창조하는 자의 역할이 컸다는 것입니다.

생산된 물건이 곧장 쓰레기터로 내던져지는 것을 막는 자이지요. 그것은 상품을 소비하는 수동자의 입장이 아니라 소비해 가면서도 마치 생산자처럼 노동하고 있는 자입니다.

중간자의 문화입니다. 그 문화는 산파와 장의사 사이에 있으면 공장과 쓰레기터 사이에 있습니다. 이 중간자의 노동은, 재생문화의 주체자였던 여성들의 그 노동은 이반 일리치가 말하는 '그림자 노동(shadow work)'과는 다른 것이었습니다.

불과 물을 융합하는 요리술

바느질이나 빨래와 함께 여성문화를 상징하는 또 하나의 노동이 요리술입니다. 부엌은 여성문화의 공간입니다. 그것은 여인들이 지켜가는 신전이지요. 그곳은 내가 어렸을 때만 해도 남성들이 침범할 수 없는 여성들만의 성역이었습니다.

부엌이라는 여성문화의 공간은 단순히 먹을 것을 만들어내는 형이하적의 의미만을 지니고 있는 것은 아닙니다. 여성들이 매일같이 요리를 하고 있다는 것은 작은 기적들을 만들어내는 일상의 기도와도 같은 것입니다. 왜냐하면 다른 공간에서는 절대로 찾아낼 수 없는 일들이 그 여성들의 성역 속에서 이루어지고 있기 때문입니다.

생각해 보십시오. 물과 불은 서로 모순하는 두 세계를 상징하고 있지 않습니까. 그것들은 각기 다른 성질과 기능을 가지고 있어서 영원히 모순되고 대립하는 양극성을 이루고 있습니다.

물은 차갑고 불은 뜨겁습니다. 물은 얼음이 되어 금속처럼 굳어지고 불은 타올라서 가벼운 공기가 됩니다. 하나는 아래로 흐르는 하강운동을 하고 또 하나는 수직적인 상승운동을 합니다.

우리나라 말 자체만 보아도 그렇지요.

물과 불은 'M'과 'P'의 음운적 대비를 나타내고 있습니다. 이 세상에 태어나 최초로 배우는 말, 첫 발음의 질서 역시 'M'과 'P'의 두 소리의 계열입니다. 하나는 부드러운 유음流音이고 또 하나는 딱딱하고 격렬한 파열음인 것입니다.

거기에서 생겨난 말이 엄마(mamma)와 아빠(papa)라는 말입니다. 물은 여성적인 것, 어머니적인 부드러움이 있고 불은 남성적인 것, 아버지적인 격렬성이 있습니다. 그런데 이 모순하는 두 물질의 대립이 부엌의 공간 속으로 들어오면 서로 화해하여 손을 잡게 됩니다. 그 행복한 결혼이 바로 요리의 비밀인 것입니다.

요리의 본질은 물과 불의 모순을 조화시키는 기술이라고도 할 수 있지요. 물과 불 사이에 걸쳐진 '냄비'의 매개물을 통해서 그것들은 이 삶의 오묘한 미각을 창조해 내는 것입니다. 그것은 물을 끌어다가 불을 끄는 소방사들의 작업과는 다릅니다. 두 개의 대립되는 성질을 균형 있게 잘 융합시킬 때만이 비로소 '밥'은 지어질 수가 있습니다. 요리는 그 맛을 더해 갈 수 있지요.

물이 너무 많고 불기가 적으면 밥은 설고 맙니다. 불이 너무 강하고 물이 적으면 밥은 타버리고 맙니다. 이 화합과 균형의 감각을 우리의 어머니들은 거의 본능으로 매일같이 몸으로 익혀가는 것입니다.

닫힌 것과 열린 것, 영혼과 육체, 개인과 집단, 안과 밖, 소비와 생산, 있는 것과 없는 것……. 그리고 모든 생과 죽음. 가만히 관찰해 보십시오. 우리들 주변은 무수한 대립의 울타리로 둘러쳐져 있습니다. 문화라고 하는 것은 그 대립을 어떻게 균형 있게 살리며 융합시켜 가는가의 기술인 것입니다.

모든 정치의 기본이 그런 것입니다. 경제의 움직임이 그런 것입니다.

부엌의 공간은 바로 그 같은 모순이 해소되는 공간이며, 영원히 대립해 있는 것들을 이용해 거꾸로 생의 미각을 얻어내는 창조의 공간인 것입니다. 만약 부엌의 공간을 정치의 공간으로 끌어들일 수만 있다면 그것이 요순堯舜이 아니겠습니까.

모든 '바늘'이나 '빨래'나 그리고 '요리술'이나 여성문화들은 이렇게 삶의 한 방식을 상징해 주고 있습니다. 동시에 그런 여성문화의 상실은 우리가 살고 있는 이 산업사회의 한 비극을 암시해 주고 있습니다.

해진 옷을 기워가면서 우리는 물질의 존귀함과, 마멸해 가는 시간에 저항하는 삶의 의지를 배웁니다. 결핍이라는 것, 그리고 가난이라는 것, 더러운 빨래를 빨면서 우리는 우리의 영혼 같은 것을 생각합니다. 순수한 것들에게, 때를 묻히는 모든 폭력에 대해서, 그리고 온갖 사악한 자의 검은 손에 대해서, 빨래방망이질을 하듯 그렇게 싸워가는 정화의 노동을 깨닫게 됩니다.

그리고 물과 불의 두 법칙 사이에서, 우리들 생을 양육하는 자양의 음식을 만들어내는 화합의 기술을 익히게 됩니다.

그러나 자동·기계화한 부엌은 신전이 아니라 이제는 작은 공장으로 바뀌어가고 있는 것 같습니다. 그것은 여성문화의 승리가 아니라 거꾸로 그 사멸이라는 것을 우리는 알아야겠습니다.

오해하지 마십시오. 자유로워진 여성들을 다시 부엌으로 감금하고 바느질이나 빨래의 가사노동 속에 묶어두려는 음모가 아닙니다. 그 노동들이 상징해 주고 있었던 정신의 영역을 되찾아오자는 것입니다. 이 시대를 살아가는 새로운 바늘, 새로운 빨래, 새로운 요리술로 이루어진 여성문화의 공간들을 찾아보자는 것입니다.

벽돌문화 속의 개성

하나밖에 없는 존재의 돌

하늘이 만든 것에는 똑같은 것이 하나도 없습니다. 굽이쳐 흐르는 강의 곡선이 그렇고, 솟구쳐 오른 산봉우리의 능선이 그렇습니다. 수천 번 수만 번 쳐다봐도 하늘의 구름 모양은 제각기 다릅니다.

길가에 구르는 돌 하나를 놓고 보더라도 알 수 있을 것입니다. 이 세상에는 그 많은 돌이 있어도 하나같이 그 형태와 빛깔은 다릅니다. 똑같은 돌이란 존재하지 않는 법입니다.

그래서 헤르만 헤세는 '돌 하나하나는 모두가 완성되어 있는 것'이라고 말한 적이 있습니다. 자연은 큰 돌이든, 작은 돌이든 돌 하나하나에 독자성을 부여하고 있기 때문입니다.

그러나 인간이 만든 돌은 그렇지가 않습니다. 일정한 틀 속에서 찍혀 나오는 벽돌들은 수천 수만 개라 할지라도 그 모양과 규격은 하나같이 똑같습니다. '문명의 돌'은 '자연의 돌'과는 정반대로 규격이 맞지 않으면 그 존재의 의미를 박탈당하고 맙니다. 말하자면 '불량품'이 되고 마는 것입니다.

생각해 보십시오. 그것은 얼마나 극단적인 대립의 세계입니까? 당신이 만약 길거리에서 똑같이 생긴 쌍둥이를 만나게 되면 놀라워할 것입니다. 기묘하다는 생각이 들 것입니다. 자연은 그리고 생명적인 것들은 서로 다른 얼굴을 하고 있는 것이 정상적인 것이므로 오히려 똑같은 것을 보면 기이하고 불안한 느낌이 들게 되는 것입니다.

만약에 벽돌을 만들듯이 그렇게 모든 인간들이 쌍둥이처럼 만들어졌다면, 이 세상은 대체 어떻게 되었을까요? 상상하기조차 힘든 일입니다. 자기의 진정한 이름은 호적부에 등록되어 있는 것이 아니라, 남과 다른 얼굴, 남과 구별되는 목소리, 남과 대조되는 개성과 그 영혼 속에 길이길이 각인되어 있는 것입니다. 수십 억의 인간 가운데 나의 진정한 이름은 하나뿐인 것이고 그것은 지문 같은 유일한 생명의 무늬에 의해서 호명될 수 있는 것입니다.

범인을 찾는 추리극이 가능한 것도 그 때문이지요. 범인들은 자신의 존재를 감추려고 애씁니다. 범행의 순간부터 그는 이 세상에서 하나밖에 없는 자신의 전 존재를 스스로 부정하고 왜곡하는 일에 골몰하게 됩니다.

이름을 변조합니다. 몽타주 사진이 나붙으면 얼굴을 변장합니다. 그러나 신은 복면을 하거나 옷을 갈아입듯이 그렇게 바꿀 수 없는 지문을 부여했기 때문에, 범인은 자기 자신으로부터 완벽하게 도망치는 변장술이 불가능하게 되는 것입니다.

지문을 남기지 않는다 해도 머리카락이나 성문聲紋이나 타액唾液 같은 데서도 자신의 부호가 찍혀져 있는 것입니다. 자신도 모르는 사이 영혼은 도처에 그 존재적 발자국을 남기고 떠나는 까닭입니다.

심지어 산소용접기와 같은 도구로 철판을 잘라내는 작업에 있어서도 그 금속판의 표면에는 기능공의 솜씨에 따라 특유한 개성의 흔적이 나타난다는 것입니다. 마치 필적 속에 누구나 다 자기의 독특한 버릇을 남기고 있는 것처럼 말입니다. 그래서 은행금고를 산소용접기로 뚫고 돈을 훔쳐간 범인을 그 금속판에 남겨진 절단 흔적을 근거로 해서 체포해낸 것이 그 유명한 프랑스의 '본노 사건'입니다.

아무리 감추려고 해도 감출 수 없는 것이 인간의 얼굴이며 그 영혼인 것입니다.

그러므로 범죄의 어두운 세계와는 달리 그 하나뿐인 개성과 영혼을 대담하게 고백하고 증명하고 자기 존재를 그 밝은 우주를 향해 열어 보이는 창조의 행위가 바로 예술의 세계라고 할 수 있습니다.

범죄자는 자기 지문을 말소하려고 고민하는 자요, 예술가는 자기 지문을 드러내려고 애쓰는 자입니다.

사람들은 저마다 자기만의 지문을 갖고 이 세상에 태어난다는 것, 그리고 그것은 죽을 때까지 바뀌지 않는다는 것, 이 같은 지문의 개인차와 불변성이 펄즈와 허셸의 두 영국인에 의해서 발견된 것은 1880년 당시의 일이라고 합니다.

그런데 그 뒤에 인간 개개인의 독자성을 증명한 지문의 신비성은, 자랑스러운 창조의 인장印章이 아니라, 오히려 범죄의 세계를 상징하는 이미지로 사용되기 시작했다는 것은 당신도 잘 알 것입니다.

범죄자들의 세계에서는 지문처럼 두렵고 부담스러운 것이 없을 것입니다.

"자, 여기에다 지문을 찍으십시오."

범죄자가 아니라도 지문을 요구하는 사람 앞에서 자랑스럽게 무인拇印을 찍는 사람은 없을 것입니다.

'문명의 돌' 벽돌로 담을 쌓는 이 시대는 지문의 이미지 하나만을 놓고 보더라도 '창조자의 세계'보다는 '범죄자의 세계'에 속해 있다는 사실을 알 수 있습니다.

같은 규격, 같은 색채, 같은 형태를 요구하는 벽돌문화, 천 개, 만 개가 있어도 결국은 하나의 돌로 요약되고 마는 벽돌문화. 벽돌을 쌓는 데 있어서는 조금이라도 치수가 다르거나 형태가 다른 벽돌이 섞이게 되면 그 전체의 질서가 파괴되고 합니다. 이 '문명의 돌'로 이룩된 세계에서 우리가 살아간다는 것은 곧 '세계의 범죄자'로서 살아간다는 말과도 같은 것입니다.

붓은 어떻게 죽어갔는가

내가 지금 쓰고 있는 이 편지 글씨만 해도 예외가 아닙니다. 그 글씨 하나하나 모두가 벽돌장과도 같은 것입니다. 왜냐하면 내 손에 쥐어져 있는 것은 붓이 아니라 볼펜인 까닭입니다.

그렇지요. 옛날 사람들은 붓으로 글씨를 썼습니다. 그 보드라운 모필 끝에서 묵향과 함께 하나씩 태어나는 글씨들은 작은 풀잎, 작은 꽃잎과도 같습니다. 잘 쓴 글씨든 못 쓴 글씨든 붓으로 씌어진 글씨에서는 생명의 흐름을 읽을 수가 있지요. 그것은 글씨를 쓰고 있는 사람의 지문이나 다를 것이 없습니다.

붓은 끝이 부드럽기 때문에 쓰는 사람의 영혼을, 의지를 그리고 그 생명적인 리듬을 글씨의 한 획마다 옮겨놓을 수가 있는 것입니다.

한 일一 자 하나라도 그것은 그냥 가로 그은 선이 아니라 붓을 대고 끌고 뗀 삼박자의 숨결이 있습니다. 이를테면 힘의 강약과 속도의 늦고 빠름을 섬세하게 나타낼 수 있는 것입니다. 그렇기 때문에 붓으로 제일 쓰기 힘든 것은 자로 대고 그은 것 같은 직선일 것입니다.

그렇지요. 붓글씨와 가장 대극적인 글씨가 있다면 그것은 바로 벽돌처럼 찍혀 나오는 글씨, 기하학적인 직선과 일정한 규격을 갖춘 그 인쇄 활자일 것입니다. 사람의 손과 얼굴이 자취를 감추어버린 글씨입니다.

더 이상 거기에서는 '쓴다'는 의미를 찾아낼 수가 없습니다. 죽어버린 글씨입니다.

'쓰는 행위'가 '찍는 행위'로 바뀌는 데서 활자문명은 시작되었다고 말할 수 있겠지요.

나는 서도書道가 무엇인지를 잘 모릅니다. 나는 연필의 시대에 태어난 사람입니다. 그러나 그 쓴다는 행위가 한순간에 자신의 모든 생명을 쏟아 붓는 것이라는 것은 어렴풋이 짐작할 수 있습니다. 손끝이 아니라 온몸으로 글씨를 쓰는 그 자리에서만, 영혼은 하나의 형태로 번역될 수 있을 것입니다.

추사秋史의 서론을 보아도 그렇습니다. '글씨는 붓에서 이루어지고 붓은 손가락으로 움직여지고 손가락은 손목으로 움직여지고 손목은 팔뚝에서 움직여지고 팔뚝은 어깨에서 움직여지는 것'이라고 추사는 말하고 있습니다. 그리고 어깨를 움직이려면 좌우의 몸통을 움직여야 하고, 그 몸통을 움직이려면 몸의 상체에서 움직여지고, 상체는 몸의 하체에서 움직여지고, 하체는 또한 두 다리에서, 두 다리는 땅을 디딜 때 발가락과 발꿈치를 끌어내려 나막신 굽이 땅에 박히는 것처럼 되어야 움직일 수 있다는 것입니다.

그러니까 추사는 온몸으로, 온 영혼으로 붓을 잡고 있었던 것이지요. 마치 하나의 나무가 이파리와 꽃을 피우기 위해서 대지에 그 뿌리를 튼튼히 박고 있는 것처럼, 추사의 글씨 속에서 피어나는 그 이파리와 꽃잎은 손끝이 아니라 땅을 디디고 있는 발가락의 뿌리로부터 솟아난 것입니다.

붓은 본시 붓대의 맨 위를 잡는 것이라고 합니다. 그래야 전신의 힘을 받을 수 있다는 겁니다. 그러나 시대가 흐를수록, 그리고 일본 같은 나라에 오면 붓을 잡는 위치가 점점 밑으로 내려가면서 붓의 문화는 서서히 죽어가는 것입니다.

초등학교에서 맨 처음 습자를 배울 때, 으레 선생님으로부터 야단을 맞게 되는 것도 바로 붓을 쥐는 방법이었습니다. 아이들은 모두 연필을 쥐듯이 그렇게 붓을 쥐고 글씨를 썼던 것입니다. 붓의 문화가, 말하자면 오랜 동양의 문화가 서양의 새 문명 밑에서 죽어가고 있던 시대에 태어난 아이들은 딱하게도 손가락 끝으로밖에는 글씨를 쓸 줄 몰랐던 것입니다. 그러나 그것이 펜이었든 연필이었든, 비록 손끝으로 쓰는 글씨일지라도, 거기에는 아직 힘의 강약과 속도 같은 흔적이 남아 있습니다. 지금 우리가 잡고 있는 이 볼펜에 비하면 말입니다.

잠시 쓰던 글씨를 멈추고 볼펜을 가만히 들여다봅시다. 그리고 그것으로 쓴 글씨의 모양을 한번 조심스럽게 살펴봅니다. 볼펜은 본래 '볼 포인트 펜'이라고 불리었듯이 펜끝에 둥근 볼[球]이 달려 있는 펜인 것입니다.

그것은 지금으로부터 약 100년 전에 미국의 '라우드'가 발명한 것이라고 하지만, 그것이 오늘날처럼 널리 보급된 것은 헝가리의 신문기자 비롱이 그것을 개혁하고 난(1941년) 2차 대전 후부터의 일이라고 합니다.

볼펜으로 글씨를 써보십시오. 그리고 붓글씨와 비교를 해 보십시오. 펜촉 대신 작고 둥근 볼이 저절로 굴러가면서 미끄러지듯이 씌어져 가는 볼펜—오직 빨리 써진다는 그 기능밖에는 아무것도 남아 있지 않은 볼펜—정확하게 말해서 그것은 '쓴다'기보다는 '굴린다'고 말하는 편이 정확할지 모릅니다. 볼펜은 생명의 불량도체인 것입니다.

붓이 펜이 되고 연필이 되고 그것이 볼펜으로 바뀌어갔다는 것은 사회와 문화가 벽돌장으로 화해하고 있다는 것을 의미하는 것입니다.

이제는 볼펜도 사라져갈 것입니다. 전자 타이프라이터가, 컴퓨터의 워드 프로세서가 추사의 공간을 메울 것입니다. 글씨는 단지 의미만을 쌓아가는 벽돌장 같은 기능만 갖고 있으면 됩니다.

복사 시대의 문화 속에서 글씨를 쓴다는 것은 벽돌을 쌓는 일과 근본적으로 다를 것이 없습니다. 글씨가 담고 있는 의미공간에 생명의 갈무리 같은 것, 인격의 아지랑이 같은 것을 느끼던 시대는 붓의 문화와 함께 종언해 버린 것입니다.

그래서 생명의 독자성은 낡은 말이기는 하나 키에르케고르가 말하는 '거꾸로 찍힌 활자의 운명'이 되어버리는 것입니다.

도구적 존재와 사물적 존재

벽돌장의 하나가 되어 그리고 활자의 한 글씨가 되어 이 세상을 살아 나가는 현대 사회의 그 익명성匿名性이 훨씬 편한 삶이기는 합니다. 붓보다 볼펜이 편한 것처럼 말입니다.

사실 현대인들은 사물과 직면하게 되면 누구나 조금씩 불안감을 느끼게 됩니다. 도구만 사용하면서 살아왔기 때문입니다.

벽돌은 뚜렷한 한 가지 의미를 가지고 있습니다. 그것은 벽을 쌓기 위해서 거기 그렇게 있는 것입니다. 용도가 분명하고 기능이 뚜렷한 것이기 때문에 그 투명한 의미 앞에서 우리는 아무것도 주저하거나 걱정할 필요가 없습니다.

그러나 자연 속의 돌멩이는 그렇지가 않습니다. 왜 그것은 거기에 있는가? 왜 그것은 그러한 형태를 하고 있는가? 어째서 돌은 무게를 갖고 있으며, 그 빛깔과 딱딱함은 대체 무엇 때문에 존재하는가? 돌은 불투명한 사물로서 당신에게 맞설 것입니다. 돌멩이 하나를 놓고 우리는 무수한 질문을 던질 수는 있어도 그 해답은 얻지 못할 것입니다. 돌멩이의 사물성은 벽돌의 도구성과는 다르기 때문입니다.

우리는 돌멩이를 들어서 못을 박는 망치로 사용할 수도 있고, 혹은 다윗처럼 그것을 던져 적을 쓰러뜨리는 무기로 사용할 수도 있을 것입니다. 그러나 돌은 여전히 하나의 돌일 뿐입니다. 그것이 여러 가지 용도로 쓰일 수 있다는 것 자체가, 돌에게는 정해진 하나의 기능과 목적이 없다는 증거이기도 합니다.

하나의 의미로 설명될 수 없기 때문에 돌멩이는 도구보다 자유롭고 완전한 것입니다. 도구는 그리고 모든 기계는 오직 한 가지 일만을 하기 위해서 거기 그렇게 존재하고 있는 것입니다. 구둣솔로 이를 닦거나, 칫솔로 구두를 닦으면 남들이 비웃을 것입니다. 아닙니다. 도구 자체의 의미가 훼손되는 것이지요.

하지만 당신은 돌멩이를 주워 화단에다 올려놓을 수도 있고 당신의 부인이라면 김장독을 눌러놓을 수도 있을 것입니다. 돌멩이의 의미는 영도零度입니다.

기능을 요구하는 사회에 있어서 인간들은 모두가 도구적 존재가 되어버리고 있습니다. 보일러공에게 있어서는 더위를 잘 견디는 체질이 좋은 것이고 얼음공장에서 일하는 노무자에게는 거꾸로 추위를 잘 견디는 체질이 좋은 것으로 평가됩니다.

사람이 온전한 사람으로서 전인격적인 존재로서 대접받는 시대가 아니라 어떤 하나의 목적과 그것을 달성하는 기능에 의해서 수·우·미·양·가가 매겨집니다. 그렇기 때문에 우리는 공장에 가거나 회사로 출근하면 도구적 존재, 이를테면 한 장의 벽돌이 되고 맙니다.

일터만이 아닙니다. 우리가 무엇인가를 잘 들으려 할 때에는 눈을 감습니다. 소리 앞에서는 청각의 의미만이 남고 눈이나 손과 다리는 그 존재의 의미를 상실합니다. 거꾸로 무엇을 보기 위해서 애쓸 때에는 귀의 의미가 제거되기도 합니다.

의사가 환자를 대할 때에는 그 사람이 의로운 사람인가 불의의 사람인가 하는 도덕성에 대해서는 생각지 않습니다. 의사의 청진기는 단지 그가 생리학적으로 온전한가 그렇지 않은가의 질문에 대답할 뿐입니다. 그러나 재판관이 피고를 대할 때에는 폐활량 같은 것을 문제 삼지는 않을 것입니다. 병의 유무가 아니라 죄의 유무이지요.

이렇게 따져가면 끝이 없습니다. 시간과 장소에 따라서 그리고 직업이나 노동의 성질에 따라서 인간의 기능과 목적은 수시로 변합니다. 그러나 인간은 결코 하나의 의미와 목적으로 설명될 수 있는 도구도 아니며, 그렇다고 무의미하게 내던져진 돌멩이 같은 사물도 아닙니다. 그러한 존재와는 구별되는 '인간 존재'인 것입니다. 스스로 욕망을 갖고 끝없이 그 용도를 변경하고 있는 기계이며 어떤 의미를 향해서 끝없이 움직이고 있는 돌멩이입니다.

그렇기 때문에 현대인의 위기는 일할 때가 아니라 일을 멈출 때입니다. 자기가 자기에게로 돌아오는 그 시간인 것입니다. 퇴근시간이 되면 당신은 회사의 의자에서, 서류에서 놓여집니다. 당신을 붙들고 있던 것들, 끝없이 명령하던 것들이 멈추게 되는 것이지요. 기계는, 모든 도구들은 사용하지 않을 때에는 자동적으로 재빨리 사물성을 회복합니다. 그렇기 때문에 방패나 칼은 싸울 때에만 무기일 뿐, 평화로울 때에는 조각과 마찬가지로 벽의 장식물이 되는 것입니다. 그러나 인간은 일이 끝난다 해도 도구적 존재로부터 곧 인간성이 회복되는 것은 아닙니다. 대부분의 사람들이 일터에서 벗어나면 술을 마시거나 유흥장을 기웃거리거나 어두운 골목길에서 서성댑니다. 자신의 자아와 만나는 것이 두렵기 때문입니다.

도구처럼 일할 때에는 어느 한구석에 숨어 있던 내가, 오후 6시나 7시가 되면 흰 이빨과 발톱을 드러내고 짐승처럼 숨 쉬기 시작하는 것입니다. 이 우주에 단 하나밖에 없는 '나', 타자에 의해서는 절대로 대체 불가능한 '나', 피를 나눈 형제로도 마음을 함께하는 연인으로도 대신할 수 없는 나의 그 영혼. 그것을 주체할 수 없기 때문에 대부분의 사람들은 도구로서의 '나'를 그대로 연장시켜 가려고 하는 것입니다.

자아가 돌아오는 시간을 오락이나 마취로 그냥 죽여버리지 마십시오.

벽돌문화, 익명의 사회 속에서 자신의 개성을 회복하는 길은 붓글씨를 쓰듯이 그 삶을 살아가는 것입니다. 활자 글씨는 단지 의미를 운반하는 도구에 지나지 않지만 서도의 글씨는, 의미만을 적고 있는 것이 아니라, 거기에 자신의 독자적인 생과 그 존재의 또 다른 의미를 각인시켜 가고 있는 것입니다.

내가 이 우주의 유일자란 것을 알고 있는 사람은 장작 하나를 패도 그 도끼 소리에 자신의 영혼을 담은 음악 소리를 낼 수 있을 것입니다.

일과 놀이의 문화

놀이의 공간이 희생된 불모의 공간

나는 비행기를 탈 때마다 그 신속성보다는 오히려 그 공간성에 대하여 놀라게 됩니다. 비행기 속을 둘러보면 한 구석도 무용無用한 공간이라곤 없습니다. 천장은 담요를 넣어두거나 짐을 보관하는 선반으로 이용되고, 의자 밑은 구명대를 넣어두는 수납고로 이용되고 있습니다.

의자의 등은 식탁이 되고 팔걸이는 재떨이와 라디오의 다이얼이 달려있는 다목적 테이블이 됩니다. 최소의 공간 속에 최대의 기능을 담고 있는 비행기 칸의 공간이야말로 인간공학의 빛나는 승리가 아닐 수 없습니다.

그냥 버려진 공간은 그야말로 약에 쓰려 해도 없습니다. 무엇보다도 비행기 안의 화장실 말입니다. 그것을 보면 우주인이라도 무릎을 치게 될 것입니다. 접는 문을 비롯하여 몸이 겨우 움직일 만한 최소한의 그 공간 속에 온갖 장치가 기능적으로 배치되어 있는 비행기 칸의 화장실이야말로 우주선과 같은 캡슐 문화의 본보기가 아닐 수 없습니다.

비행기 속의 공간은 우리가 살고 있는 이 도시 그리고 우리들이 살고 있는 이 지구의 내일을 점칠 수 있는 상징적인 공간인 것입니다.

현대 문명이 인간의 생활공간을 최대한으로 기능화해 가고 있다는 사실은 아마도 옥수수밭처럼 나날이 늘어서고 있는 아파트 안을 한번 들여다보는 것만으로 족할 것입니다.

아파트에서 사는 아이들은 숨바꼭질이라는 것을 모릅니다. 야구선수 행크 아론이나 혹은 축구선수 펠레가 아이들의 영웅이 되었다는 그만한 이유만으로 숨바꼭질의 놀이가 없어졌다고 볼 수는 없습니다. 아무래도 그 원인을 살펴보면 아이들의 유행이 바뀌었다기보다는 어른들의 문명 자체가 커다란 변화를 일으켰기 때문이라는 것을 알게 될 것입니다.

무엇보다도 아파트의 생활공간에는 숨을 만한 곳이 없다는 사실을 잊어서는 안 됩니다. 비행기 칸과 마찬가지로 아파트의 공간에는 한 뼘의 헛된 공간, 한 치의 버려진 공간이라곤 없습니다. 철저히 계산되고 철저히 기능화한 그 생활공간에는 옛날의 시골집과 같은 어수룩한 공간, 장독대라든가 뒤꼍이나 헛간이라든가 마루 밑이나 다락 구석이라든가 하는 방치된 공간을 찾아볼 수 없는 것입니다. 무용하게 버려진 공간, 그리고 의외성을 지닌 비합리의 공간이 있을 때만이 그곳에 아이들이 숨을 곳을 발견할 수 있고 숨바꼭질의 놀이가 가능해지는 것입니다.

아이들이 숨바꼭질을 한다는 것은 일상적인 생활공간으로부터 비일상적인 공간을 향해 도망해 나가려는 욕망의 꿈을 나타내려는 것이기도 합니다.

당신도 그런 기억이 있을 것입니다. 숨바꼭질을 하다가 광이나 다락 속에 버려진 물건들을 발견했을 때의 가벼운 그 흥분 말입니다. 이미 못쓰게 된 나사못이나 이상한 딱지가 붙어 있는 빈 병들, 겉장이 뜯겨져나간 퇴색한 책들, 다리가 부러진 의자와 고장난 연장들. 그것은 무용한 것들이기 때문에, 생활공간에서 멀리멀리 잊혀진 것이기 때문에 하나의 장난감처럼 우리의 마음을 사로잡는 것입니다.

무용한 곳에서 무용한 사물과 만나는 것, 거기서 진짜 놀이가 생겨나는 것이죠. 누웠다가 일어나는 자리, 밥 먹는 자리, 옷을 벗고 입고 양치질을 하고 공부를 하는 그 생활의 자리, 그런 일상의 자리로부터 자기의 몸을 감출 수 있는 새로운 공간을 찾아낸다는 것은 신대륙을 찾아 떠나는 콜럼버스의 놀라운 힘과도 통하는 것입니다.

아직 아무것으로도 채워지지 않는 빈 공간이 있기 때문에 아이들의 키는 더 자라날 수 있고, 두 다리는 길어질 수 있는 것입니다.

아파트만이 그것을 상실해 간다는 것은 아닙니다. 도시 전체가, 세계 전체가 그 놀이공간을 상실해 가고 있습니다.

길을 보십시오. 옛날의 길은 그 자체가 일종의 놀이의 공간이라고도 할 수 있었지요. 이리 비틀 저리 비틀 유연한 곡선을 그려가며 꾸불꾸불 뻗어가고 있는 길은 직선적인 기능을 거부한 놀이의 공간을 우리에게 제공해 주었던 것입니다. 그것이 이제는 고속도로의 직선으로 바뀌어가면서 사람이 멈추어 설 수도 없고 주저앉아 쉴 수도 없으며 걸어다닐 수도 없는 불모의 공간으로 바뀌게 된 것입니다.

고속도로는 기능주의의 길입니다. 도로 표지판에는 속도 표시와 거리를 나타내는 숫자만이 적혀 있습니다. 오로지 목표만을 향해서 최단거리로 달려가라고 외칩니다. 기능주의 외에는 일체의 다른 목적이 허락되어 있지 않다는 것, 그런 의미에서 고속도로는 넓은 길이지만 그것은 시골의 오솔길보다도 더 좁은 길이라고 할 수밖에 없습니다. 그 의미가 단순한 까닭입니다. 놀이의 공간, 말하자면 무용의 공간은 갖고 있지 않기 때문입니다. “길보다 아름다운 것이 어디에 또 있을까? 그것은 힘에 넘치는 다양한 생의 상징이며 영상”이라고 말한 조르주 상드의 그 노란 황톳길이 아니기 때문입니다.

“꼭꼭 숨어라, 머리카락 보인다”고 소리치면서 놀던 아이들의 그 숨바꼭질의 노랫소리가 사라져가고 있습니다.

집 안에서, 도시에서, 모든 문화의 책갈피 속에서 숨바꼭질의 노랫소리가 들려오지 않는 이 문명 속에서 살아간다는 것은 점보제트의 캡슐 문화 속에서 살아가는 것과 같은 것입니다.

일의 공간만이 남아 있는 현대 문명

놀이의 공간이 무엇인가를 알기 위해서는 이상李箱의 소설 「날개」를 읽어보는 것이 좋을 것입니다.

그 소설에는 알다시피 이렇다 할 사건도, 이야기의 줄거리도 없습니다. 단지 두 개의 공간이 대치되어 있을 뿐이지요. 장지문으로 갈라진 두 개의 방이, 말하자면 볕이 안드는 '나'의 방과 볕이 잘 드는 '아내'의 방이 있습니다.

이상이 발견한 것은 놀이의 공간과 일의 공간 사이에 가로놓여서 전개되어 가고 있는 삶의 갈등이었던 것입니다. 그러니까 주인공 '나'가 잠을 자든가 그렇지 않으면 번둥번둥 놀고만 있던 자기의 방에서 장지문 저편의 아내의 방으로 들어가는 것으로부터 소설의 발단은 시작됩니다. '나'가 '아내'의 방으로 들어가면 그 순간부터 일의 공간은 놀이의 공간으로 바뀌어버리고 말기 때문입니다.

'아내'에게는 가장 중요한 생활용품인 화장도구들이 '나'에게 있어서는 장난감이 되어버리는 것이지요. 아내의 직업에서는 가장 중요한 것이 얼굴을 비추는 그 거울이지만 나에게 있어서는 단순히 태양광선을 반사하며 노는 놀이의 수단에 지나지 않는 것입니다. 종이를 태우며 노는 돋보기 역시도 마찬가지입니다.

아내의 경대에 놓인 온갖 화장품과 향수병들도 나에게 있어서는 단순히 냄새나 맡고 뒹구는 관능적인 놀이의 장난감에 불과합니다.

내가 아내의 방으로 들어가는 것은 단지 화장도구를 장난감으로 가지고 놀기 위한 것뿐만은 아닙니다. 이 소설에서 아내는 창녀와 같은 직업을 가진 여인으로 그려져 있습니다. 따라서 화장도구는 그녀에게 있어서 화장품 이상의 의미를 지니고 있는 것입니다. 그러므로 아내의 방, 그 햇볕이 잘 드는 방은 모든 아름다움과 관능적 쾌락 그리고 시간까지도 돈으로 환산되는 일의 공간인 것입니다.

이를테면 남녀 사이의 순수한 사랑의 욕망까지도 상품화하여 화폐로 환산되어 나오는 작업장이 되는 거지요. 잠이나 자고 번둥번둥 놀면서 시간을 보내는 '나'의 방과는 정반대의 장소인 것입니다.

그러므로 '내'가 '아내'의 방으로 들어간다는 것은 일의 공간을 메리고라운드(회전목마)와 같은 놀이의 공간으로 전환시키는 것을 의미합니다. '내'가 장지문을 열면서 '아내'의 방안에 발을 들여놓는 행위는 하나의 선전포고와도 같은 것입니다.

놀이를 일로 만들어버리는 '아내'와 거꾸로 일을 놀이로 만들어버리는 '나'. 그것은 창녀로서의 '아내'와 게으름뱅이로서의 '나'로 상징되는 인간의 두 세계를 의미하는 것으로 받아들일 수 있는 것입니다.

일을 만들어가는 아내의 방에서 최대의 가치를 지니는 돈까지도 내게는 놀이의 대상이 됩니다. '나'에게 있어 은화는 딱딱하고 싸늘한 게 손끝에 와 닿는 감각적인 쾌락의 대상에 불과합니다. 그래서 '나'는 내객來客들이 아내에게 돈을 놓고 가는 것이 모두 일종의 쾌감을 위한 것이라는 생각을 하게 됩니다. 그러자 '나'는 돈을 남에게 주는 그 놀이를 해보고 싶어집니다.

하지만 그 새 놀이에 대한 호기심을 가지고 방 밖으로 나온 '나'는 도시의 어느 구석에서도 마땅한 놀이의 공간을 찾아내지 못합니다. 야맹증의 눈을 가지고 밤의 서울거리를 놀이의 공간을 찾아 헤매 다니는 나의 노력은 결국 헛수고가 되고 마는 것입니다.

뿐 아니라 그 같은 행위는 아내의 일을 방해하게 됩니다. '나'의 외출을 자신의 일을 저해하는 요인으로 간주한 아내는 '나'에게 아달린을 먹여 잠을 재워버립니다. 일의 공간이 놀이의 공간을 거세해 가고 있는 것입니다.

이상의 「날개」는 일의 공간밖에 남아 있지 않은 현대 문명 속에서 놀이의 공간을 확보하려는 자의 몸부림이며 절규입니다. 모든 것이 기능성과 실용성에 의하여 재단되는 현대 문명 속에는 공지가 없습니다. 놀이에 대한 흥미밖에 없는 '나'의 존재가 발붙일 구석이 없는 것입니다.

이상은 또 빈 구석이라고는 없는 도시에서 남아 있는 공지空地를 찾아 온종일 헤매 다니다가 겨우 버려진 땅 하나를 찾아내고 좋아하는 이야기를 쓴 일이 있습니다. 하지만 그 기쁨은 곧 절망으로 바뀝니다. 그 공지 한쪽에 'XX회사 건축부지'라는 팻말이 붙어 있는 것을 발견했기 때문입니다.

그것은 '콘크리트로 쌓아올린 것과 달라 잡초가 우거진 형태로서 있는' 또 다른 하나의 '빌딩'에 지나지 않는 것입니다.

그래서 그는 두 다리를 쭉 뻗고 누워서 담배 한 대 피울 만한 공지空地가 남아 있지 않은 도시를 한탄합니다.

현실 속에서도 우리가 살고 있는 그 공간들은 궁극적으로는 장지문으로 인하여 일의 공간과 놀이의 공간으로 양분된 「날개」 속의 방과 같은 것입니다. '아내'의 방이 내객(일)으로 가득 차서 할 수 없이 거리로 쫓겨나는 소설 속의 '나'처럼 우리도 모두 놀이의 공간에서 내쫓기고 있습니다.

그리고 거리에서도 놀이의 공간을 찾아내지 못한 '나'처럼 우리도 그 놀이의 공간을 확보하는 일에 실패해 가고 있습니다. 일의 공간을 놀이의 공간으로 전환시키려 한 이상의 모험은 어른들의 공간을 어린이의 공간으로 환원시키려 한 하나의 몸부림이었습니다.

놀이의 공간은 어린이들의 공간이며, 원초적인 상태에서 인간이 본래적으로 지니고 있던 순수한 존재의 장소입니다. 현대의 비극은 바로 그 무용無用의 공간, 이상이 찾아나왔던 그 공지의 죽음으로부터 비롯된다고 해도 지나친 말이 아닐 것입니다. 현대인의 공통적인 좌절이라고 할 수 있습니다.

현대 산업문명에의 새로운 도전

하루가 밤과 낮으로 갈라져 있듯이, 인간의 행동은 '일'과 '놀이'로 대립되어 있습니다. '일'은 채찍을 들고 시켜도 잘하지 않는 타율적인 행동이고, '놀이'는 담을 쌓아놓고 막아도 누구나 열을 올리게 되는 자율적인 행위인 것입니다. 그러나 옛날에는 '일하는 것'과 '노는 것'이 그렇게 분명한 구별을 갖고 있었던 것은 아니었습니다.

한번 현대의 일터인 공장 안을 들여다보십시오. 일하는 사람들은 모두 입을 다물고 조용히 움직입니다. 기계가 돌아가는 금속의 소리밖에는 들려오는 것이 없습니다. 일하면서 어쩌다 잡담을 하게 되면 그것이야말로 '노는 것'이 되어 감독자의 눈총을 받게 됩니다.

정신노동에 속하는 사무실의 분위기도 다를 것이 없습니다.

그러나 흑인노예들이라 해도 밭에서 일하던 농부들은 목화를 따면서 그리고 무거운 수레를 끌면서도 노래를 불렀습니다.

우리의 옛 조상들도 모를 심을 때에는 모 심는 노래를 불렀고, 타작을 할 때는 타작의 노래를 불렀지요. 민요의 대부분은 이렇게 일터에서 생겨난 것입니다. 아무리 고되고 지루한 '일'이라 해도, 옛날에는 그렇게 '일'과 '노래'가 공존했던 것입니다. '노래'는 '놀다'와 같은 어간語幹을 가지고 있는 말이므로 노래하면서 '일'한다는 것은 곧 '놀면서 일한다'는 뜻이기도 한 것입니다. '노는 것'과 '일하는 것'은 대립개념이라기보다는 상보적相補的인 관계의 것이라고 하는 편이 옳을 것입니다.

실학자의 한 사람이었던 이규경李圭景의 말입니다만 "농사를 짓는다는 것은 하늘과 땅과 사람의 조화를 뜻하는 것"이기도 합니다. 씨를 뿌리고 거두는 사람은 무엇보다도 기후를 잘 알아야 합니다. 철을 놓치지 않기 위해 농부들은 하늘을 쳐다보고 귀를 기울입니다. 피부 위를 스치고 지나가는 바람 소리 하나에서도 하늘의 뜻을 읽는 것이지요. 아무리 부지런해도 하늘의 힘 없이는 논밭의 곡식은 자랄 수가 없습니다.

동시에 농부들은 땅의 힘을 알아야 합니다. 제철에 씨를 뿌려도, 때맞춰 비가 내려도, 아무리 거름을 주어도 자갈땅에서는 곡식이 여물지 못할 것입니다. 옛날 사람들이 땅을 어머니라고 부른 것처럼 토양은 곡식을 태어나게 하는 거대한 자궁인 것입니다.

그러나 최후로 한 톨의 곡식을 거두어들이는 것은 사람의 힘입니다. 좋은 날씨와 좋은 토양을 고루 갖추어도 사람이 씨를 뿌리지 않으면, 밭을 갈지 않으면, 풀을 뽑아주지 않으면 곡식은 자랄 수 없을 것입니다.

농경시대의 사람들이 일을 한다는 것은 하늘과 땅과 사람의 세 힘을 협화시키는 크나큰 합창이었던 것입니다. 수동적인 일이 아닙니다. 농사를 짓는 것은 마치 신이 우주를 창조하는 것과 닮은 데가 있습니다. 한 톨의 곡식 속에는 작은 우주가 잠들어 있는 까닭입니다.

그래서 우리나라 사람은 옛날부터 농사를 '천하지대본天下之大本'이라고 불렀고, 고대의 인도인들은 우주를 농사일과도 같은 '리라'라고 불렀던 것입니다. '리라'라는 말은 창조자의 놀이를 뜻하는 것으로 창조자에게 있어서는 일하는 것과 노는 것이 동일하다는 것입니다.

그러고 보면 현대인의 괴로운 하루는 일과 놀이가 극단적인 대립을 이루고 갈라선 데 있다고 할 것입니다. 일터에서 노래가 사라지면서부터 일에 대한 애정과 기쁨도 자취를 감추어버리고 만 것입니다. 기계는 확실히 인간의 노동을 편하게 만들어주었지만, 그 마음을 기쁘게 해주지는 못하고 있습니다. 뿐만 아니라 일에서 분리된 '놀이' 역시도 진정한 삶의 기쁨을 주지는 못합니다.

그 많은 오락장과 유흥가가 네온사인을 밝히고 있어도 그 골목

길을 지나는 도시인들의 마음은 근본적으로 높은 공장 굴뚝 밑을 지나는 것과 다를 게 없습니다. 유흥장은 또 하나의 다른 '공장'에 지나지 않는 것입니다. 현대인에겐 단지 '일하는 공장'과 '노는 공장(오락장)'만이 허락돼 있을 뿐이지요. 카지노에서 룰렛이나 슬롯머신을 돌리고 있는 사람들은 어쩌면 그렇게 공장에서 기계를 만지고 있는 그 광경과 비슷합니까. 다른 것이 있다면 한쪽은 돈을 받고 일하는 데 비해 다른 한쪽은 돈을 내고 일하는(?) 데 있습니다.

유목 전통이 강한 서양인들은 양에서 털을 뽑아냈고 농경 전통이 짙은 동양인들은 목화에서 털을 뽑아냈습니다. 동물과 식물의 차이는 있어도 그것은 다 같이 살아 있는 생명으로부터 얻어지는 재산들이었지요. 그것들은 자라나는 과정이 있고, 피고 지는 생명의 리듬이 있기에 '과정'이라는 것과 '애정'이라는 것을 지니게 됩니다.

그러나 현대인들은 동양이고 서양이고 죽은 무기물에서 합성섬유의 '털'을 뽑아냅니다. 목장이나 농장에서가 아니라 공장에서 말이지요. 거기에는 이미 생명의 리듬이나 과정이 없기 때문에 노래가 생겨날 수 없습니다. '놀이'의 요소는 티끌만큼도 찾아볼 수가 없는 것이지요.

현대인은 농장까지도 공장으로 만들어가고 있습니다. 그 대표적인 예가 집단농장이라는 것입니다. 획일적인 농사일에는 농사를 짓는 그 기쁨이나 애정이 소멸되어 버리기 때문에 생산성이 저하되고 맙니다. 소련은 전 농토가 집단농장으로 되어 있고 1퍼센트 정도만이 사경농지私耕農地로 되어 있습니다. 그러나 곡물의 전 생산량의 30퍼센트가 이 1퍼센트의 사경농에서 생겨난다니 얼마나 놀라운 일이겠습니까. 농산품은 공산품과는 달리 '애정을 가진 노동', '놀이를 지닌 작업'에서만 가능하다는 증거입니다.

'일'과 '놀이'를 하나가 되게 하는 것, 그 간극을 좁혀가는 것, 이것이 현대 산업문명에의 새로운 도전이 될 것입니다.

인삼과 일본도

코끼리표 전기밥솥의 의미

우리는 나리타에서 같은 비행기를 탔습니다. 그리고 당신은 내 바로 옆자리에 앉아 있었습니다. 나는 처음부터 당신이 한국인이라는 것을 금세 알아차렸습니다. 왜냐하면 당신은 일제 '상인象印(코끼리표)' 전기밥솥을 들고 있었기 때문입니다. 비웃는다고 생각하지 마십시오.

당신만이 아니라, 처음으로 외국 나들이를 갔다 돌아오는 한국인들은 으레 일본에서 많은 물건들을 사가지고 돌아옵니다. 카메라, 시세이도 화장품, 디지털 시계, 가전제품……. 그중에서도 특히 빼놓지 않는 것이 바로 당신이 소중하게 들고 있는 그 전기밥솥입니다. 그것도 어째서 이 많은 메이커 중에서도 한결같이 코끼리표라야 되는 것인지 알 수 없는 일입니다.

언제나 마찬가지입니다만 외국여행에서 돌아오는 공항에서 그 '코끼리표 밥솥'의 소박한 동포들과 대면하게 되면 마음이 착잡해지곤 합니다. 웃음과 애정이 그리고 왠지 치밀어 오르는 서글픈 감상 말입니다.

옛날 간도로 향해 가던 기찻간을 연상해 봅니다. 농토를 빼앗기고 이방의 땅으로 쫓겨 나갔던 실향민들의 보따리에는 바가지가 들려져 있습니다.

'석탄 백탄 타는데……'라는 노랫가락이 있듯이 관부연락선을 타고 일본 오사카[大阪] 등지로 일터를 구해 떠났던 그들의 상징 역시도 바가지였을 것입니다.

그러나 이제는 그 바가지가 전기밥솥으로 변한 것입니다. 그리고 3등 열차나 관부연락선이 아니라 최신형 점보제트의 화려한 여객기입니다.

뿐만 아니라 그들은 고향을 잃고 외국으로 떠나는 길이 아니라 당당히 돈을 벌어서 금의환향하는 자랑스러운 내 이웃들입니다. 그렇지 않다 하더라도, 설령 그것이 좀 사치스러운 유람이었다 하더라도 어떻습니까. 정말이지 우리도 이제는 살 만큼 되었구나, 하는 실감과 함께 대견한 생각이 들기도 합니다.

그러면서도 또한 어떤 부끄러움과 아픔이 솟아오르는 것을 감출 수가 없습니다. 당신은 왜 내가 그때 당신의 '코끼리표象炊' 전기밥솥을 보고 그렇게 얼굴을 붉혔는지 이상하게 생각했을 것입니다. 내가 용기가 있었더라면 아마 당신의 눈과 마주쳤을 때 그때의 감정을 모두 털어놓았을는지도 모릅니다.

나는 NEC(일본전기)에서 강연을 하고 돌아오던 길이었던 것입니다. 그리고 바로 그 강연중에 나는 조선조의 통신사들이 일본을 왕래할 때 '인삼', '호피虎皮'를 가지고 와서 '일본도日本刀'와 '구슬'로 바꿔갔던 이야기를 했습니다.

일본인들이 한국의 인삼을 얼마나 존귀하게 여겼는가는 그들의 민족극이라고 할 만한 〈주신구라〉(충신장忠臣藏)에 '병든 환자가 빚을 내어 고려인삼을 사먹고 건강을 회복하긴 했으나 이번엔 그 빚에 시달려 결국 목매달아 죽었다'는 익살스러운 대목이 나오는 것을 보아도 알 수 있을 것입니다.

그래서 나는 강연을 듣고 있는 일본인들에게 이렇게 말했던 것입니다.

"옛날 한국인은 일본인들에게 인삼을 주었지요. 그것은 인간을 건강하게 하는 것이므로 생명을 건져주는 일입니다. 그런데 일본인은 인삼을 받고 그 대신 일본도를 주었습니다. 그것은 사람의 목숨을 빼앗는 것이기 때문에, 생명을 파괴하는 죽음의 문화를 준 것이지요. 한국인은 건강과 생명을 수출했고, 일본인은 공포와 죽음의 피를 수출했습니다. 그뿐만이 아닙니다. 박연암의 「우상전虞裳傳」이나 「통신사」의 글들을 보면 일본인들이 글자 한 자 써 받으려고 천리 길도 마다 않고 통신사들이 머무는 객사客舍에 아침 일찍부터 모여드는 일이 기록되어 있습니다.

훌륭한 칼[日本刀]을 얻은 사람은 그것이 보검寶劍인 것을 증명하기 위해서 사람을 잘라야 하지만, 인삼이나 시문詩文을 얻은 사람은 단지 그것을 먹고 읽음으로써 몸과 마음을 튼튼히 하게 됩니다. 그러나 인간의 역사는 오히려 칼을 숭상하는 살육의 문화가 인삼과 시를 찬미하는 생명의 문화를 정복해 버린 데 그 비극이 있습니다. 그러므로 미래의 아이들에게는 인삼과 시문이 칼을 지배하는 역사의 원리 속에서 살게 해야 됩니다."

우리가 못나서 일본인에게 지배당한 것이 아니라는 것을 반농담조로 이야기한 것이었지만 청중들은 웃음과 박수로 호응해 주었습니다.

그러나 당신의 코끼리표 밥솥을 보는 순간, 과연 '인삼과 시문'의 문화가 어떤 것인지를 다시 한 번 생각해 보지 않을 수 없었습니다. 수백 년이 지난 현대에도 우리는 조선조 통신사들의 그때와 마찬가지로, 일본에 들어갈 때는 인삼을 가지고 갑니다. 아닙니다. 우리의 손에는 오히려 호피도 없고 시문도 없고 인삼차만이 남아 있습니다.

그런데 일본은 일본도와 구슬이 아니라 당신이 들고 있는 전기밥솥으로부터 온갖 물품들을 점보제트기에 가득가득 실었습니다.

너무나 많은 상품들을 사들고 들어오기 때문에 불과 두 시간 십 분 만에 현해탄을 건너온 우리가 공항에 내려 서너 발자국의 세관 카운터를 통과하는 데 그 이상의 시간을 소비해야 되는 기막힌 아이러니를 겪게 되는 것입니다. 그래서 나는 당신에게 코끼리표 전기밥솥의 의미를 함께 생각해 보는 이 편지를 쓰게 된 것입니다.

'칼의 문화'와 '기비당고의 문화'

우리는 일본인들에게 문화를 가르쳐주었다고 배워왔습니다. 한자를 가르쳐주었고, 달력이 무엇인가를 가르쳐주었고, 불상과 그리고 절을 짓고 기와를 굽는 법을 가르쳐주었다고 합니다. 그런데도 어째서 우리는 지금 밥을 끓여 먹는 그 밥솥까지도 일본에서 사들고 들어와야 하는 건지 거기에 대해서는 별로 배운 바가 없습니다. 그리고 그러한 현상과 원인을 깊이 따져보려는 사람도 그렇게 많은 것 같지가 않습니다.

우선 일본의 설화에서 가장 널리 알려져 있는 '모모타로(桃太郎)'의 모습을 다시 한 번 자세히 들여다봅시다. 당신은 금세 거기에서 일본인들의 침략성을 엿볼 수 있다고 말할 것입니다. 그는 옆구리에 칼을 차고 도깨비 섬으로 쳐들어가고 있기 때문입니다. 대개 다른 나라의 영웅담 같으면 으레 그 이야기는 마녀의 성 속에 갇혀 있던 공주님을 구해 주고, 그녀와 행복한 결혼식을 올리는 팡파르로 끝나기 마련입니다.

그러나 '모모타로'의 이야기는 그렇지가 않습니다. 도깨비 성

속에서 끌고 나온 것은 공주요, 사랑이 아니라 보물을 하나 가득 실은 수레였습니다. 축복의 노래가 아닙니다. 무거운 수레를 끌고 고향으로 돌아오는 소리, "엥야라야! 엥야라야!"의 탐욕한 외침 소리입니다.

그러나 당신은 '모모타로'의 옆구리에 찬 '칼'만 보았지, 또 한 쪽에 찬 '기비당고(수수단자)'에 대해서는 별로 눈여겨본 것 같지가 않습니다. 말하자면 '모모타로'가 지금 끌고 오고 있는 저 보물수레는 '칼'로써만 얻은 것이 아니라는 사실입니다. 달콤한 '기비당고'를 싼 보자기에는 칼보다 더 무서운 힘을 지닌 비밀의 문화가 숨겨져 있는 것입니다. 아닙니다. 도깨비 성을 정복한 '모모타로'의 힘은 '칼'과 '기비당고'의 양면성에서 생겨난 것이라고 하는 편이 옳을 것입니다.

서양 사람들은 '대포와 버터'란 말을 즐겨 씁니다. 대포는 침략적인 전쟁을 의미하는 말이고, 버터는 평화로운 생활의 번영을 상징하는 말입니다. 그러니까 서구적인 논리의 세계에서는 '대포'와 '버터'는 영원한 반대말이 되어 한자리에 앉을 수가 없습니다. 그러나 일본인들은 이 모순되는 두 대립물을 동시에 양 허리에 찰 수가 있는 것입니다. 그것이 다름 아닌 그 '모모타로'가 차고 있던 칼(대포)이요, 기비당고(버터)인 것입니다.

칼을 찬 모모타로를 보면 싸우러 가는 것 같고 기비당고를 찬 모모타로를 보면 피크닉을 떠나는 것 같습니다. 이 양면 전략—

'한 손에는 코란, 한 손에는 칼'이라는 것이 회교의 논리였다면 '한 손에는 칼, 한 손에는 기비당고'가 일본교日本教의 전략이었던 셈입니다.

당신은 일본인의 칼에 대해서는 잘 알고 있겠지만 일본인의 그 '기비당고'에 대해서는 어두울 것입니다.

그렇기 때문에 왜 당신이 일본에서 밥솥을 사와야만 했는가를 알기 위해서는 칼 찬 모모타로만이 아니라 동시에 기비당고를 차고 있는 그 모모타로의 모습을 주의 깊게 관찰해 보자는 것입니다. '모모타로'는 기비당고를 이용해서 개와 원숭이와 꿩을 자기 부하로 만듭니다. 도깨비 성을 치기 위해서는 혼자 힘으로는 안 된다는 것을 잘 알고 있었기 때문입니다. 그 기비당고는 자기의 약한 힘을 보완하는 전략이요, 남을 꼬드겨 자기편으로 끌어들이는 설득과 단결의 기법인 셈입니다.

그러므로 일본인에게 있어서는 이 기비당고가 칼과 대립하거나 모순되는 것이 아니라 오히려 그것이 언제나 칼의 힘을 온전케 하는 보완적인 동류어同類語가 되는 것입니다. 생각해 보십시오. 이 세상에서 사이가 제일 나쁜 짐승이 개와 원숭이가 아니겠습니까. 그렇기 때문에 '견원지간犬猿之間'이라는 말도 생겨나게 된 것이지요.

그런데 기비당고는 그렇게 사이 나쁜 개와 원숭이의 대립까지도 없애버리고 단합시키는 힘이 됩니다. 그것은 화합과 단결력의 상징입니다. 여기에 꿩까지 꼬드겨 한 식구로 만들면 땅과 하늘의 간극마저도 융합되고 맙니다.

세계적으로 널리 알려져 있는 일본의 독특한 단시인 하이쿠[排句]를 아시지요. 그 역사를 올라가보면 거기에도 역시 그 '모모타로'의 기비당고가 있다는 것을 알 수 있을 것입니다. 나비라고 하면 누구나 꽃을 생각하게 됩니다. 한시에서도, 한국의 시조에서도, 서양의 소네트에서도 나비의 짝은 꽃으로 되어 있습니다. 그러나 일본의 하이쿠에서만은 그렇지가 않습니다. "종鐘에 앉아서 조용히 잠들어 있구나, 호랑나비야"라는 것이 그것입니다.

부송[蕪村]이라는 시인은 전혀 이질적인 종과 나비를 결합시킴으로써 '모모타로'의 그 특이한 공간을 만들어낸 것입니다. 나비는 생명이 있는 것이고 종은 생명이 없는 것입니다. 나비는 작은 것이고 가벼운 것이지만, 종은 크고 무거운 것입니다. 하나는 약하고 하나는 강합니다.

그런데도 나비의 잠과 종의 침묵은 그 내면적인 이미지에 의해서 밀착되어 있습니다. 종을 치면 나비는 놀라서 날아갈 것입니다. 종이 울린다는 것은 종이 눈을 뜨는 것입니다. 종소리도 나비의 나래도 하나가 되어 공기 속으로 흩어져갈 것입니다.

하이쿠의 특성은 이렇게 개와 원숭이같이 영원히 대립하는 것들을 결합시켜 새로운 이미지를 만들어내는 기법에 그 특성이 있습니다.

피비린내 나는 폭력주의적인 칼의 문화 곁에는 또 하나의 일본 문화, 친절하고 섬세하고 감미로운 그리고 단결심이 강한 집단주의의 그 '기비당고 문화'가 있었던 것을 당신은 결코 잊어서는 안 됩니다.

이념 지향의 문화와 실리주의 문화

당신도 본 적이 있을 것입니다. 경주박물관에 가보면 한구석 뜰에 목이 잘리고 팔이 끊긴 불상들이 무수히 늘어서 있습니다. 그것은 조선조 때의 척불정책으로 삼국시대와 고려 때의 불상들을 모조리 때려 부순 잔해들인 것입니다. 그렇지요. 불교와 유교의 이념은 견원지간과도 같습니다. 중국에서도, 한국에서도 유교가 국가 이념이 되면 불교는 그 광채를 잃고 산중으로 숨게 되는 법입니다.

그러나 개와 원숭이를 화합시킨 '모모타로'의 기비당고 문화에서만은 예외적입니다. 유교가 활개를 펴게 되는 에도바쿠후[江戶幕府] 시대에도 불교는 여전히 그와 어깨동무를 하고 나란히 같은 길을 걷고 있었습니다.

그렇기 때문에 삼국시대에는 우리에게 불교를 배워간 그들이 오히려 조선조에 이르면 그 자리가 뒤바뀌고 맙니다.

인조仁祖 때 일본승 현방玄方이 우리나라를 방문하고 불교의 진리를 전수하고 싶다고 말했을 때 접대관은 "지금 우리나라는 유교를 믿고 있어 불교는 버린 지 오래"라고 말합니다. 그리고 현방이 '송운선사松雲禪師'를 훌륭한 대사라고 말하면서 만나볼 것을 청하지만, "송운은 이미 죽은 지 오래고 이제는 그를 계승할 사람이 없다"라고 대답합니다. 결국 현방은 환영연도 받지 않고 돌아가버리고 말았다고 합니다.

이념 지향 문화는 '개와 원숭이'를 합쳐놓은 기비당고의 문화와는 아주 대조적인 것입니다. 나라를 세우려면 그 건국의 새 이념이 있어야 하고, 그 새 이념을 위해서는 그 이전의 옛 이념들을 타도해 버려야 합니다.

그러나 '기비당고 문화'는 실리주의 문화이기 때문에, 이질적인 것이라 해도 낡은 것을 버리지 않고 새것과 융합시키거나 화합시키려고 합니다. 일본인들이 가장 아름다운 건축물로 내세우고 있는 긴가쿠지[金閣寺]를 보면 알 것입니다. 아래층은 헤이안 시대의 침전양식寢殿樣式이고 2층은 가마쿠라 시대의 서원양식書院樣式 그리고 3층은 무로마치 시대의 선원양식禪院樣式으로 되어 있습니다.

우리 같으면 '갓 쓰고 자전거 타는 격'이라고 비웃어야 할 것이 오히려 일본에서는 자랑스러운 '화합의 미'가 되는 것입니다. 사회의 계층을 봐도 그렇지요. 일본 역시 우리와 다름없는 사농공상士農工商이었지만 그것은 표층적인 것이고 실제로는 상공농사商

工農士라 할 만큼 상공 계층이 큰 힘을 지닌 사회였던 것입니다. 가령 지우산 하나를 놓고 보더라도 알 수 있습니다.

그것을 팔아 가장 이익을 많이 얻는 것은 상인들이었습니다. 다음에는 그것을 만든 공인工人이고, 농사꾼은 대나무를 대주는 정도입니다. 그러고 보면 사회적으로 제일 세력이 큰 것 같은 사무라이[士]들은, 대나무를 깎는 하청을 받아 푼돈을 받는 최하위 노동을 했던 것이지요.

권력은 사士에 있었고 돈은 상商에 있었지만 그 양극의 계층은 이념 사회에서와 같은 대립 관계보다는 그 균형을 '기비당고'의 실리로 잘 이루어가면서 화합의 길로 나갔던 것이지요. 그래서 일본에서는 중국은 물론 한국에서도 구경조차 할 수 없었던 '사카미[堺]'라는 거대한 중세의 상업도시가 생겨나게 된 것입니다.

그런데 공상인工商人들은 '말을 타도 안 되며 황동철대黃銅鐵帶를 메고 다녀도 안 된다'던 중국의 그것보다도 더 엄격했던 것이 한국의 신분제였던 것 같습니다. 신라의 설계두가 "아무리 재능이 있고 노력을 해도 이 땅에서는 골품骨品으로 사람을 평가하여 더 이상 위로 오를 수 없으니 중국으로 건너가 전력을 다해 공을 쌓고 번영을 누리리라"고 말했다는 『삼국사기』의 한 삽화揷話가 그것을 증명하고 있습니다. 그래도 중국에서는 한국에 비해 천민이라도 공적이 있으면 양민이 되는 신분의 유동성이 있었던 셈입니다. 사실상 그는 중국으로 건너간 뒤 공을 세워 사후일망정 결국은 황제로부터 대장군의 벼슬을 받게 됩니다.

우리는 어느 나라보다도 이념 지향적 사회였다고 할 수 있습니다. 더 정확하게 말하자면 일본과 같은 '기비당고 문화'가 없었기 때문에, 말하자면 '개와 원숭이'까지도 단합시키는 실리성과 그 화합의 힘이 부족했기 때문에, 당신은 지금 일본에서 그 전기밥솥을 사들고 와야만 했던 것입니다. 그 경제와 그 기술의 낙차는 우리의 허리에는 '기비당고'란 것이 없었기 때문이라고 말할 수 있습니다. '관과 민'을 비롯하여 '생산자와 소비자', '고용인과 피고용인' 등 견원犬猿의 사이와도 같은 그 갈등을 일본인들은 '기비당고'의 화로 바꿔놓습니다. 그것이 세계를 놀라게 한 일본식 경영의 비밀이며 고도성장의 원동력이기도 합니다.

일본인 한 사람 한 사람을 놓고 보면 어떻게 그들이 오늘날과 같은 경제대국을 이룩했는가 믿어지지 않습니다. 그와는 반대로 한국인 한 사람 한 사람을 놓고 보면 어떻게 이 유능한 민족이 일본인들에게 지배를 당해야만 했었는지 도저히 믿어지지가 않습니다.

일본의 아이들이 '기비당고'로 개와 원숭이를 단합시켜 도깨비 성을 치고 황금을 빼앗아오는 '모모타로'의 이야기를 듣고 자랄 때 우리는 언덕 하나 넘을 때마다 호랑이에게 속아 떡 하나씩 빼앗기게 되고, 끝에는 팔다리와 온몸을 그리고 자식들까지도 위협을 받는 '해와 달'의 슬픈 이야기를 들으며 성장했던 것입니다.

이제 그런 이야기에 종지부를 찍어야 할 것입니다.

언제나 진리는 행복의 파랑새처럼 자기 집 처마 밑에 있는 것입니다. 그것은 이제부터 우리는 일본인의 칼보다는 그 기비당고의 싸움에서 이겨야 한다는 것입니다.

그러기 위해서 우리는 지나친 이념 지향적인 경직된 사고보다 '개와 원숭이'까지도 화목하게 만들 수 있는 화의 방법으로 민족 하나하나의 동질성을 회복시켜야 합니다. 그렇지 않으면 당신의 아들 역시도 금의환향이 아니라 '상인象印 전기밥솥'의 환향을 하게 될 것입니다.

상업주의 문화

상업주의 시대의 반상업주의 문화

"중국 사람은 가난하면 장사를 한다. 얼마나 현명한 일인가? 그리고 비록 장사를 할지라도 그들의 풍류는 풍류대로 있다. 그러므로 유생儒生이 서점에 들어가서 책을 사고 재상宰相이 융복사隆福寺에 가서 골동품을 산다. 그러나 우리나라 풍속은 허문虛文만을 숭상하여 기휘되는 것이 많다……."

당신의 편지를 받고 실학자의 한 사람이었던 박제가朴齊家의 글을 다시 한 번 읽어봤습니다.

그의 스승이었던 박연암도 역시 상업을 천시한 고루한 조선조의 선비문화에 대해서 신랄한 비판을 퍼붓고 있습니다. 소설『허생전許生傳』이 그것이지요. 사농공상의 직업적 신분관념은 중국에서 비롯된 것이지만, 오히려 박제가의 글을 읽어보면 조선조 사회가 그보다 훨씬 더 심했던 것 같습니다. '소인은 이利에 의해서 움직이고 군자는 의義에 의해서 행동한다'는 공자의 논리대로 상인들은 모두가 소인배로 취급되어 왔지만 아이러니컬하게도 중국인은 세계에서도 상술이 가장 뛰어난 국민이란 정평이 있습니다.

역사적으로 보더라도 중국의 상업문화의 전통은 이미 로마 건국과 맞먹는 시기로 거슬러 올라갈 수 있습니다. 상인의 시초는 중국에서 멸망한 은(殷=商)나라의 백성들이 집단적으로 행상을 한 데서부터 비롯된 것이라는 이야기가 있습니다. 그래서 물건을 매매하는 사람들을 상商나라 사람, 즉 '상인'이라고 부르게 되었다는 설도 생겨나게 된 것입니다.

그렇게까지 멀리 거슬러 올라가지 않아도 신안 앞바다에 가라앉은 송나라의 무역선을 보아도 알 수 있듯이 중국은 공자의 나라라기보다 통상국가로 더 세계에 널리 알려져 있습니다. 송나라가 고려와 통상을 할 때에는 명주서 7일이면 예성강에 배를 닿게 했다고 합니다.

청나라 때에도 중국은 영국에 차茶를 수출하여 막대한 이익을 얻고 있었을 뿐만 아니라, 마치 중동이 오일 파워를 행사한 것처럼, 이따금 무역을 끊어 영국을 협박하기도 한 것입니다. 영국인은 차가 없으면 하루도 견딜 수 없기 때문에 그 약점을 이용하여 '티 파워tea power'의 압력을 가한 것입니다. 18세기 말에는 영국과의 무역에서 2천만 파운드의 막대한 흑자를 기록합니다.

일본도 마찬가지입니다. 주봉周鳳이라는 중이 쓴 「선린국보기

善隣國寶記」를 보면 일본의 통상국가로서의 의식이 중국만 못지않다는 것을 느끼게 됩니다. 이웃 나라에 배를 보내 장사를 하기만 하면 언제고 나라를 부강하게 할 수 있기 때문에 곧 그것이 '선린국보'라고 말했던 것입니다.

그러나 한국만이 그렇지가 않았습니다. 국내도 국외도 '상商'의 무풍지대였습니다. 더구나 박제가의 증언에 의하면 조선조에 들어오면 백 년 동안 외국과의 통상이 한 번도 없었다는 것입니다.

고종 때 신사유람단의 한 사람으로 일본에 파견되었던 이덕영李德永의 글을 보십시오. 어전에서 귀국 보고를 하는 왕과의 문답을 보면 구한말까지 우리에게는 통상이라는 개념이 전연 부재했었다는 사실을 손바닥에 펴놓고 들여다보는 것 같습니다.

"일본은 어찌해서 이웃 나라와의 국교에 있어 경사를 축하하고 흉사를 위문하는 일들은 하지 않고 다만 통상 일만을 주로 삼는고?"라고 왕은 말했고, 또 그 신하들은 신하들대로 "이웃 나라와의 국교의 도道는 마땅히 경조간慶弔間의 예를 닦음을 중요한 일로 삼아야 할 것이나, 일본은 통상만을 일삼고 있습니다"라고 대답하는 것입니다.

밖에 대해서도 이러니 안이야 말할 필요가 없습니다.

야사野史를 읽어보더라도 임란 때에는 장사하는 사람이 없어 명나라 사람들에게 상업이 번창하다는 것을 위장하기 위해 연극을 했다는 기록이 보입니다. 즉 일반 사람들을 동원하여 제 물건을 가지고 나와 장판에 내놓고 파는 체하다가 저녁이 되면 모두 챙겨 집으로 돌아가게 했다는 것입니다.

언젠가 글에다가 쓴 적도 있지만, 한국어를 분석해 봐도 확실히 우리 문화는 세계에서도 드물게 보는 반상업주의 문화의 강한 전통을 보여주고 있습니다. 우리는 보통 상점을 가게라고 부르고 있습니다마는 그 말은 한자의 가가假家에서 비롯된 것이라고 합니다. 사회적으로 보호받지 못한 상인들에겐 상가를 버젓이 짓고 장사를 할 만한 뿌리가 없습니다. 그야말로 그것은 언제 없어질지 모르는 가가입니다.

그렇기 때문에 오늘날 우리는 상업주의 시대라고 하면서도 상업에 대한 정당한 의식은 박연암의 『허생전』 이전의 상태에 머물러 있다고 해도 과언이 아닌 것입니다. 상업주의 전통이 없기 때문에 오히려 상업주의 문화에 대한 피해가 더 크다는 그 역설을 한번 같이 생각해 보기로 합시다.

소금장수와 '길의 문화'

마을과 마을 사이에, 나라와 나라 사이에 그리고 대륙과 대륙 사이에 최초의 길을 연 사람들은 누구인가? 상인들을 빼놓고 우리는 그 '길의 문화'를 얘기할 수 없을 것입니다.

어렸을 때 들었던 옛날이야기들을 기억해 보십시오. 그리고 화롯가에서 가슴을 죄며 들었던 옛날이야기의 주인공들이 어째서 대개는 다 소금장수로 되어 있었는지 그 이유를 한번 생각해 보십시오. 마을에서 마을로 험한 산길을 넘어 다니는 사람들은 글을 읽는 선비도 밭을 가는 농부들도 아니었지요. 그들은 물건을 파는 상인들의 원형이었던 바로 그 소금장수들이었던 것입니다. 바다에서 멀리 떨어진 곳일수록 소금은 귀중한 것이 되어 값이 비싸집니다.

같은 물건이라도 장소를 옮기면 이익을 얻을 수가 있습니다. 그렇기 때문에 소금장수들은 더 깊은 산마을을 찾아 새 장소를 개척해 가는 것이지요. 그 소금장수의 발자국에서 바다와 산을 잇는 길이 생겨나게 되고 이 길을 따라서 모든 문화의 조류가 흘러 들어왔던 것입니다. 유학자들은 중국에서든 한국에서든 그리고 일본에서까지도 상인들은 이곳에 있는 것을 저곳으로 옮기는 것만으로 가만히 앉아 이利를 얻는 자라고 생각했지만, 소금장수가 언제나 구미호九尾狐에 홀려 고생을 하는 이야기를 보아서도 알 수 있듯이 '옮긴다는 것', '교환한다는 것'의 상업적 기능은 그렇게 간단한 게 아닙니다.

갖은 고난을 겪으며 소금장수들이 지나다닌 발걸음에서 육로가 생겨난 것처럼, 유럽에서 제일 먼저 길을 트게 한 것도 역시 그 소금장수들이었습니다. 그러나 그보다 이익이 더 많고 운반하기 쉬운 호박상인琥珀商人들이 나타나면서부터 비로소 유럽 대륙에는 북과 남, 동과 서를 잇는 도로가 생겨나게 되었다는 것입니다.

할슈타트만이 아니라 포르투갈에서 폴란드에 이르는 전 유럽에 걸쳐 선사시대의 고분에서는 에트루리아인들이 만든 남방의 아름다운 항아리[鐘形盃]와 섬세한 세공품들이 북방에서 나오는 호박들과 함께 발굴된다는 것입니다. 그것은 두말할 것 없이 상업민족이었던 에트루리아인들이 자기들의 세공물을 멀리 북쪽 발트해 지방에서 나오는 호박과 교환했었다는 증거이며, 이미 기원전 2천 년 전부터 상인들에 의해 유럽 전역을 연결하는 길이 발견되었다는 방중인 것입니다.

냇물을 건너고 분수령을 넘어 발트해와 흑해를 연결하기도 하고 동東프로이센의 해안에서 아드리아해 북안까지 이르는 길을 터놓기도 한 것은 모두가 에트루리아와 같은 상인들에 의한 것입니다. 그래서 유럽 대륙에 최초로 열린 네 개의 상업로를 '호박의 길'이라고 부르고 있습니다.

설명하지 않아도 아시아와 유럽을 이은 운명의 길이요, 신비의 길이었던 '실크로드', 사막을 건너고 산을 넘고 '세계에서 가장 높은 빙설의 언덕'을 넘어가는 그 길 역시, 비단을 팔러 다닌 대상들의 길이었지요.

그것이 덴마크의 부싯돌이든 이집트의 황금이든 아프리카의 노예이든 장소를 옮겨 상품이 될 수 있는 것이 있으면 거기에 길이 생겼고, 그 길로 하여 굳게 빗장을 잠그고 있던 닫힌 마을들이 문을 열게 되는 것입니다.

"상인들은 책의 도움 없이도 말을 알고 지도가 없이도 지리학을 알고 있다. 그들의 교역의 통로는 전 세계에 뻗쳐 있다. 그들은 자기의 사무실에 앉아 있으면서도 모든 국민과 이야기를 나눈다"는 『로빈슨 크루소』 작가 다니엘 디포의 말대로 상인들은 제 욕망 속에 나침반을 달고 해도海圖에도 없는 바닷길을 갑니다.

놀라운 일이 아니겠습니까? 예수가 「산상수훈」 같은 복음을 전하고 다녔던 그 길이나, 석가모니가 불법을 가르치기 위해 중생을 찾아다녔던 길은 아이러니컬하게도 그보다 먼저 상인들이 물건을 팔기 위해 걸어다녔던 상업로라는 사실입니다.

성자聖者들도 상인들의 길을 이용했던 것입니다. 상인들이 아니었더라면 예수나 석가의 그 영원한 '메시지'도 섬 같은 한 마을의 전설로 끝났을는지도 모릅니다.

오해하지 마십시오. 상업주의 문화가 종교적인 가치보다 우월하다는 이야기가 아닙니다. 가장 정신적인 종교의 길도 가장 물질적인 상업주의 문화의 길을 따라가게 마련인 것이 인간의 역사요, 현실이라는 점입니다.

말하자면 상업주의 문화는 길의 문화이기도 한 것이기 때문에 우리는 그것을 맹목적으로 부정하기보다 그 길을 어떻게 이용하고 어떻게 보수하느냐에 더 많은 관심을 가져야겠다는 것입니다.

그 길로 상품만 지나다니게 한 것이 아니라 예수와 석가는 사랑과 자비의 말씀이 다니게도 한 것입니다.

상업주의 가시나무에 피어오른 꽃

'상품을 교환하기 위해 상인들이 터놓은 그 길로 예수와 석가모니가 지나갔다'는 것은 단순한 우유寓喩가 아닙니다.

16세기에 선교를 위해 동아시아로 건너온 사비엘의 편지를 읽어보십시오. 거기에는 분명히 이런 구절이 적혀 있을 것입니다.

"사람들이 말하는 바에 의하면 중국에서 예루살렘으로 가는 길이 있다는 것입니다. 그 길은 중국의 상인들이 대상隊商을 하고 다니던 길이라고 합니다."

종교적인 진리의 전파보다도 비단과 같은 상품을 팔고 사는 교환의 욕망이 언제나 한 수 앞서 있다는 것을 우리가 어떻게 부인할 수 있겠습니까!

선교만이 아닙니다. 군사도 그렇습니다. 토요토미 히데요시[豊臣秀吉]이 한국을 침략하려고 했을 때 그 작전이 정보를 얻어낸 것은 호상豪商으로 이름난 시마이 소시츠[島井宗室]이었습니다.

한국의 지리와 풍습 그리고 정사政事를 낱낱이 알고 있었던 사람은 '사무라이'가 아니라 '상인'들이었기 때문입니다.

임진왜란 때의 일본 병사의 편지글 가운데는 "조선까지 해로海

路로 1백 일, 2백여 일 걸린다고 생각했으나 겨우 닷새밖에 걸리지 않았으며, 그보다 더 빠르면 단 하루 만에라도 와 닿을 수 있다니 너무나 가까움에 그저 기가 찰 일입니다"라는 것이 있는가 하면, "그런데 막상 와보니 이땅(조선朝鮮)은 정말 넓기도 합니다. 일본보다도 더 크지 않을까 싶습니다"라는 것도 있습니다. 그들은 이렇게 한국에 대해 무지했던 것입니다. 그러므로 '사무라이'들은 상인들의 길, 그 정보를 빌려서 대륙을 공략했던 것이지요.

이 경우를 뒤집어서 말한다면 상인이 부재한 문화에서는 성인과 군자들이 지나다닐 만한 길도 없다는 이야기가 됩니다. 뿐만 아니라 군사의 길도 이웃 나라에 대한 정보의 길도 막혀 있는 문화입니다.

"구절양장九折羊腸이 물도곤 어려워라" 하는 시조처럼 반상업적인 선비문화의 땅에서는 길이 발달할 수가 없습니다.

좀 넓은 길은 '신작로', 즉 '새로 만든 길'이라고 불렀듯이 우리나라에 길다운 길이 생겼던 것은 근대화 이후의 일입니다. 그나마 소금장수와 방울장수들이 짚신발로 다져서 만든 오솔길을 과거를 보러 오는 팔도의 선비들이 이용했던 것이지요.

상인들이 개척한 것은 길만이 아닙니다. 상인들은 자로 재고 저울로 달고 말로 됩니다. 도량형기의 그 눈금의 세계는 싸늘하지만 분명하고 엄정한 숫자를 가르쳐줍니다. 상인문화는 측정하는 문화이며, 값을 매기는 평가의 문화인 것입니다. 선비문화에는 이 저울눈과도 같은 분명한 측정의 정신이 없기 때문이 아닙니다.

글의 세계는 한 근 두 근 뚜렷하게 달 수 없는 것이기 때문에 당쟁 같은 끝없는 싸움, 누가 이기고 지는 것인지조차도 모르는 끝없는 논쟁이 있을 뿐입니다.

그리고 물건을 판다는 것은 상대방에게 동의를 얻어내는 설득의 행위인 것입니다. 남의 호주머니 속에 든 돈을 내 것으로 만드는 데는 두 가지 길밖에 없습니다.

하나의 방법은 도둑질이고 또 하나의 길은 '상술'입니다. 상술이 도둑과 구별되는 것은 상대방의 동의를 전제로 한 행위이기 때문입니다.

상대방의 동의를 얻는 방법은 친절이요, 설득력이요, 상대방의 심리를 알아차리는 섬세성입니다. 마치 『이솝 우화』에서 행인의 외투를 벗긴 것은 폭풍이 아니라 따스한 태양인 것처럼 말입니다.

흔히 한국인은 남의 동의를 구하지 않고 자기 주장을 강하게 내세우는 버릇이 있다고 합니다. 친절하거나 상냥함이 부족하다고도 합니다. 엄정하고 정확한 눈금, 싸늘한 이성의 숫자보다는 기분이 앞서는 기질입니다.

"말 한마디에 천 냥 빚을 갚는다"는 속담을 낳은 이 국민은 상업민족이 아닌 것만은 틀림없습니다.

같은 장미라도 보는 시선에 따라 그 의미는 달라집니다. 지멜의 말대로 "어째서 저렇게 아름다운 꽃에 가시가 돋았는가"라고 슬퍼하는 사람이 있는가 하면, 반대로 "저런 가시나무에도 저렇게 아름다운 꽃이 피었다"고 기뻐하는 사람도 있습니다.

당신도 지적했듯이 분명히 상업주의 문화는 인류의 가시나무일지도 모릅니다. 오늘날의 우리 문화가 날로 정신주의에서 멀어져가고, 천박해져 가고 있는 까닭은 근대화와 함께 몰아닥친 그 상업주의 바람 때문이라고 해도 빰 맞을 소리는 아닙니다.

그러나 시선을 바꾸어보면 상업주의 문화의 가시나무 위에 뜻밖에도 아름다운 꽃이 피어 있다는 사실을 발견할 수도 있을 것입니다. 상업주의 문화는 돌을 던지는 것으로는 무너지지 않습니다. 상업주의의 길을 이용하는 것으로만 극복되고 보완되는 것이지요.

소금장수가 만든 길로 과거 보러 가는 선비들이 지나다녔듯이 그리고 김삿갓이 걸어갔듯이, 당신도 지금 그곳으로 걸어가야 합니다.

'피카소'의 그림은 높은 예술성을 지녔기 때문에 오히려 상품성을 갖게 되었듯이, 두려워 말고 저들과 교환할 수 있는 가장 높고 빛나는 언어들을 예비해야 됩니다.

그렇지 않다면 온종일 '이理냐 기氣냐' 하고 말다툼만 하던 옛날의 그 남산골 선비들과 무엇이 다르겠습니까.

한국어 옹호

단수·복수의 논리와 주어의 유무

보내주신 편지 잘 읽었습니다. 글을 쓰고 있는 사람으로서 나 역시 한국어에 대한 문제를 놓고 여러 가지 생각해 보는 것이 많습니다. 당신의 말대로 한국어를 영역하려고 할 때 가장 고초를 겪게 되는 것이 그 의미의 모호성이라고 할 것입니다. 이를테면 한국어는 비논리적이고 미분화적未分化的이라는 것이지요.

당신이 어떻게 번역해야 좋을지 모르겠다고 내 의견을 물어온 그 시 한 줄을 놓고 봐도 수긍이 가는 일입니다.

'나무에서 새가 울었다.'

쉽고 평범한 이 한 줄의 글도 영어로 번역하자면 식은땀이 흐를 수밖에 없다고 말한 당신의 불평은 정당한 것일는지도 모릅니다. 우리나라의 말에 단수·복수의 개념이 없는 것은 사실입니다. 그러니까 한 마리의 새가 운 것인지, 여러 마리의 새가 운 것인지 확실치가 않습니다.

그러나 영어로 번역할 때에는 'Bird냐, Birds냐' 어느 한쪽으로 분명히 그 의미를 결정지어야만 합니다. 적당히 우물우물 넘길 수 없을 것입니다. 단수냐 복수냐에 따라 '운다'는 동사까지가 바뀌게 되므로 그것은 전혀 다른 문장이 되어버리는 까닭입니다. '나무' 역시도 '새'와 마찬가지입니다. 그것도 역자에 따라서 단수로도 복수로도 번역될 수가 있습니다. 그러므로 '나무에서 새가 운다'는 말이 영어로 번역될 경우에는 네 가지의 다른 역문이 생길 가능성이 있다는 것입니다.

실제로 우리나라의 말과 같이 알타이어계에 속해 있는 일본에서도 마찬가지입니다. 세계적으로 널리 번역 소개되어 있는 바쇼[芭蕉]의 하이쿠 "옛 연못에 개구리 뛰어드는 물소리여……"에서 이 개구리가 단수로 되어 있는 것도 있고 라프가디오 헌처럼 번역되어 있는 것도 있습니다. 그래서 이따금 영미의 하이쿠 연구가들 사이에서는 '몇 마리의 개구리가 연못 속으로 뛰어들었는가'로 침방울을 튀기는 논쟁을 벌이는 바람에 천고千古의 정적靜寂을 나타내려 한 그 시가 뜻밖에도 시끄러운 시가 되어버린 아이러니도 있습니다.

그러나 단수·복수의 구별이 없다고 해서 한국어를 비논리적이라고 몰아치는 그들이야말로 바로 비논리적이라는 사실을 깨달아야 합니다. 사물을 단수·복수로 나누어서 생각하는 서양인들 역시 그렇게 과학적이라고는 생각하기 힘듭니다.

한 마리가 울어도 '새', 여러 마리가 울어도 여전히 '새'라고 말하는 것을 비웃고 있는 그들의 말 역시 두 마리의 '새'가 울어도 'Birds'이고 천 마리의 새가 울어도 'Birds'가 아닙니까! 한 마리 이상이면 백이든 천이든 모두 같은 복수로 표현되는 것 역시 그렇게 수학적이고 논리적인 것이라고 칭찬을 해줄 수가 없습니다.

그러고 보면 오히려 논리적인 것은 사물에 단수·복수의 개념을 붙이지 않는 쪽입니다.

가령 우리가 '개보다 고양이를 좋아한다'고 말할 때, 우리는 그 개와 고양이가 단수냐 복수냐의 양으로 구별되는 감각적인 존재물이 아니라는 사실을 잘 알고 있습니다.

개와 고양이를 논리적으로 생각한다는 것은 구체적인 개개의 개와 고양이를 하나로 묶어 추상화한다는 것입니다. 오히려 논리의 세계, 추상 사고의 세계에서는 사물에 단수·복수를 붙일 수가 없는 것입니다.

그래서 그냥 개, 그냥 고양이라는 추상적인 개념을 표현한 것들까지도 일일이 단수·복수가 붙는 구상적인 존재로 번역해야만 되는 인구어印歐語(인도와 유럽)가 오히려 불편하고 비논리적인 것이라고 생각됩니다. 포수나 새장수가 아닌 이상 '나무에서 새가 울었다'는 시 구절은 몇 마리의 새가 울었느냐의 새의 숫자에 관심을 둔 것이 아니라, 단지 새의 울음, 그 존재 자체의 관념에 대한 표현인 것입니다. 굳이 한 마리라는 수를 강조하고 싶을 때에는

'한 마리의 새가 나무 위에서 울었다'라고 얼마든지 쓸 수가 있기 때문입니다.

또 당신은 한국 문장에는 주어가 없는 것이 많아 모호한 글이 많다고 하지만 그것 역시도 마찬가지라고 생각합니다.

주어가 없으면 가주어라도 꿔다 쓰는 그들의 눈으로 보니까, 실제로 한국어의 경우에는 주어가 없는 것이 아니라 단지 그것이 숨겨져 있는 것뿐입니다. 호주머니에 손을 넣고 있는 사람을 보고 그 손이 보이지 않는다고 해서 손이 없는 불구자라고 말하는 사람이 있다면 어떻겠습니까. 그런 사람의 사고야말로 논리 이전이 아니겠습니까?

오히려 우스운 것은 단 두 사람이 서로 마주 보고 있으면서도 "아이러브 유"라고 고지식하게 주어를 따져서 말하는 서양영화의 러브신이라고 생각합니다. 한국 사람 같으면 말하는 사람이 '아이'고 듣는 사람이 '유'가 된다는 것을 너무나도 잘 알고 있기 때문에 그리고 자기가 사랑하는 사람이 바보가 아니라는 것을 잘 알고 있기 때문에 말하지 않아도 알아들을 만한 것은 모두 생략해 버리고 그냥 '러브'라는 말만을 남겨둡니다. 그래서 '사랑해!'라고 말하기만 하면 되는 것입니다(아닙니다. 사랑이란 것은 말하지 않아도 이심전심 다 통하는 것이기 때문에 진짜 한국의 러브신에는 '사랑해'라는 말도 어색한 것이지요). 즉 '나는 너를 사랑해……'라는 표현은 한국말이 될 수 없는 영원한 직역체의 말입니다.

사랑하는 사람끼리에도 '나'라는 주어와 '너'라는 목적어를 일일이 따져서 '나는', '너를', '사랑해'라고 말하는 것이 과연 논리적인 말입니까?

미분절적 언어의 분절적 의의

당신의 지적대로 우리는 머리와 머리카락조차도 구별해서 쓰지 않는 경우가 많이 있습니다. 그래서 남자들은 이발소에 가서 '머리'를 자르기도 하고 여자들은 미용실에 가서 '머리'를 지지기도 합니다. 그것을 영어로 그대로 옮긴다면 정말 큰일 날 일입니다. '헤어 커트'가 아니라 '헤드 커트'가 될 것이므로 이발소는 사형 집행장쯤으로 오해될 것입니다. 한국의 여인들은 머리를 지지고서도 화상을 입기는커녕 더욱더 아름다워졌으니 미용실은 기적의 집이라고 할 것입니다.

당신은 그뿐만이 아니라고 할 것입니다. 명석한 사람을 보고 '머리가 좋다'고 하듯이 한국인은 머리와 두뇌도 또한 구별하지 않는 습관이 있다고……. 그래서 영어의 '헤드', '헤어', '브레인'이 한국에 오면 '머리' 하나로 통하기도 한다고…….

그러한 당신의 의견에 대해서 나는 추호도 부정할 생각은 없습니다. 과연 한국어에는 미분절적未分節的인 언어 사용이 많은 것 같습니다. 그러니까 폐든 심장이든, 위나 간이든 간에 어디가 아프든지 우리는 선조 때부터 그냥 구별 없이 '가슴앓이' 아니면 '속병'이라고 말해 왔던 것입니다. 그러나 그러한 예만으로 한국어의 의미가 분절적이 아니라고 개탄해서는 안 됩니다. 오히려 시점을 달리해 보면 한국어처럼 분절화가 체계적으로 잘된 언어도 드물 것이라는 정반대의 현상을 깨닫게 됩니다.

당신이 예로 든 '머리'의 경우를 두고 생각해 봅시다. '머리'란 말은 '허리', '다리'와 대응되는 인체어人體語로서 사람의 몸을 삼등분해서 그 의미를 분절화한 말이라고 할 수 있습니다.

즉 '머리', '허리', '다리'는 모두가 '리'자 돌림으로 체계적인 연관성을 보여주고 있지만 영어의 '헤드'는 '웨스트(허리)', '레그(다리)'와 아무런 연관성을 지니고 있지 않습니다.

그뿐이겠습니까? 한국어의 경우 '머리카락'은 머리에서 갈라졌다는 뜻이요, '손가락'은 손에서 갈라진 것, '발가락'은 또한 발에서 갈라진 것이라는 뜻에서 분화해 간 말입니다.

그러나 영어의 '헤드'와 '헤어', '핸드'와 '핑거' 사이에는 어떤 체계의 분화성도 찾아볼 수가 없습니다.

이렇게 한국어의 인체어를 분석해 보면 우리는 몸 전체를 하나의 통일체로 인식하고 그곳으로부터 신체의 각 부분을 유기적인 관련성으로 분절화해 갔다는 사실을 짐작할 수 있습니다. 눈과 눈썹의 관계, 이와 잇몸의 그 분화 관계처럼 말입니다.

그리고 병명을 보면 미분절적이라는 것이 사실이기는 하지만 그 아픔을 표현하는 말에 있어서는 거꾸로 세계의 어느 말보다도 세분화해 있다는 것을 알 수 있습니다. '속병'이라는 말 가운데 '쌀쌀 아픈 것'이 다르고 '쓰린 것'이 다르고 또한 '묵직한 것'이 다른 것이 바로 한국어인 것입니다. 어찌 배뿐이겠습니까!

골치가 아픈 것도 한국인 같으면 머리가 멍하니 아픈 것과 띵하니 아픈 것 그리고 빠근한 것과 욱신욱신 쑤시는 것을 명확히 구분할 줄 압니다.

예를 들자면 끝이 없지요. 세계의 어느 곳에 가나 사람들은 모두 문명병을 앓고 있어서 입에 밴 말이 그저 '피곤하다'는 말입니다. 영미의 경우에는 '타이어드tired', 프랑스인이면 '파디게', 일본인은 '오쓰카레사마'입니다. 그러나 한국의 토착어처럼 피곤의 종류가 그렇게 세분화된 말은 과문의 탓이라 그런지 세계의 어느 곳에서도 들을 수가 없습니다.

말하자면 한국인은 그냥 피곤하다는 말로는 만족할 수가 없지요. '나른한 것'과 '노곤한 것'과 그리고 '녹작지근한 것'이 모두 다릅니다.

셰익스피어를 낳은 영국이지만, 도저히 그들의 말로는 그 모든 아픔의 차이, 그 모든 피곤의 성격—노곤한 것과 녹작지근한 것의 섬세한 차이—을 그려내지 못할 것입니다.

결국 관심을 어디에 두었느냐에 따라 말의 분절이 달라지는 것이지 한국어라 해서 그 의미가 모호하고 미분절적이라고 싸잡아

말할 수는 없을 것입니다. 우리는 도작稻作문화권에서 살고 있기 때문에 그에 대한 말도 세분화하여 모—벼—쌀—밥으로 각기 그 의미가 구분되어 있지만 영어로는 그냥 '라이스' 하나로 모두 통하고 있습니다.

논에 있는 것도 라이스요, 밥상에 오른 것도 라이스인 것입니다.

추운 북극에서 사는 에스키모인들은 눈[雪]에 대한 말이 네 종류 이상이나 된다고 합니다. 나라에 따라 그 환경에 따라서 말을 결정짓는 '문화의 단위'도 또한 달라지기 때문입니다.

영어로 혹은 다른 나라 말로 번역 불가능한 것, 바로 그 속에 한국인의 문화적 단위가 그리고 순수한 피와 숨결이 숨어 있는 것이라 해도 좋을 것입니다.

내가 염려하는 것은 한국어의 어휘가 빈약하다거나 한국어의 표현성이 모호하다거나 하는 그 '지성인들의 미신'이 아닙니다.

참으로 걱정스러운 것은 서구식 사이비 논리에 의해서 파괴되어 가는 한국어—이를테면 '배고픈 생각이 나로 하여금 식당으로 향하게 했다'는 식의 글이 관세도 물지 않고 어엿한 소설 문장에 등장하고 있는 바로 그러한 현상인 것입니다.

겨울의 발견

온돌 난방 방식과 사회 계층의 개념

세상에 겨울의 추위를 좋아하는 사람이 어디 있겠습니까? 어깨를 펴고 활기 좋게 거닐던 사람들도 추위가 오면 모두 웅숭그리고 조그맣게 얼어붙습니다. 얼굴 표정들도 무엇인가 근심스러워 보입니다. 말수가 많은 사람도 겨울 추위 속에서는 입을 다물고 조용해집니다.

사람들뿐이겠습니까? 짐승들도, 나무와 풀까지도 그 생명의 문을 닫아겁니다. 이파리를 잃은 나목들은 비탄에 젖어 있는 것처럼 바람 소리를 냅니다. 마른 가지에 까마귀가 앉아서 빈 들판을 굽어봅니다. 하늘도 들판도 잿빛으로 얼어붙어 있어요. 나무는 이파리를 잃었고 풍성하던 들판은 빛을 잃었습니다. 그것은 죽음을 상징하는 까마귀에나 어울리는 풍경이 아니겠습니까?

한국의 겨울은 유난히 길고 추운 편에 속합니다. 투우의 소설로 유명한 스페인의 작가 이바이에스가 쓴 『한국기행』(20세기 초)을 보면 가장 인상적인 것이 그 추위로 되어 있습니다. 그의 고향인 남구의 풍토에서 보면 한국의 겨울은 시베리아와 별로 다를 게 없는 풍경으로 그려질 수밖에 없었던 것입니다.

그는 연극을 관람하려고 극장에 들어갔다가 화롯불을 팔고 있는 광경을 보고 몹시 놀랍니다. 관중들도 연극을 관람하고 있는 것인지 모여서 화롯불을 쬐고 있는 것인지 분간이 안 되었던 모양입니다.

사계가 뚜렷하다고 하지만 확실히 한국문화는 '겨울문화' 권에 속해 있는 것이라고 할 수 있습니다. 주택양식을 봐도 그렇고 옷과 먹는 음식 하나를 두고 봐도 한국인은 겨울 사람들이라는 것을 알 수 있습니다. 옛날 시골의 그 초가집들을 보십시오, 창이나 문이 작고 지붕이 나지막합니다. 그 폐쇄성은 겨울을 나는 것을 기준으로 해서 만들어진 주거양식입니다.

이불이나 요처럼 옷에다가 솜을 두어 입은 '핫옷'이나 저고리 위에 조끼를, 조끼 위에 두루마기를 입는 끼어 입기 의상풍속도 그런 것입니다. 먹는 것이야 더 말할 것이 없습니다. 초현대식 아파트에 살면서도 김장을 담그는 풍습이 시퍼렇게 살아 있질 않습니까? 김장은 겨울을 나기 위한 것이고, 고춧가루로 뒤범벅을 하는 김치·깍두기의 그 화끈하게 매운 발효식은 근본적으로 추위에 가장 알맞은 음식인 것입니다.

여담입니다만 냉장고 문화를 가장 톡톡히 맛보고 있는 민족이 있다면 아마 한국인이 아닐까 싶습니다. 음식을 상하지 않게 한다는 기능만이 아니라 김치·깍두기의 제 맛은 차갑게 얼었을 때입니다. 밤참으로 내놓는 음식 메뉴에 빼놓을 수 없는 것도 데걱데걱 언 그 동치미 국물입니다.

한국문화가 겨울의 문화라는 것은 무엇보다도 정원을 보면 압니다. 서양에서는 프랑스·이탈리아·영국 그리고 동양에서는 일본 등이 정원문화로 알려져 있습니다. 겨울문화권에서는 옥외에서 지내는 시간보다 옥내에서 생활하는 것이 더 길기 때문에 정원이 발달할 수 없습니다.

『일본서기』를 보면 일본인에게 정원을 만드는 것을 가르쳐준 것은 한국인으로 되어 있습니다.

그런데도 정원문화가 일본에서 꽃피고 한국에서는 오히려 쇠멸해 버린 것은 역시 한국인의 생활이 겨울 중심이었기 때문이라고 풀이할 수밖에 없습니다.

온돌을 보십시오. 서양에서는 북구 사람들이 벽을 데우는 페치카의 난방법을 발견했지만 한국인은 방바닥을 데우는 온돌의 난방법을 생각해 냈습니다. 다다미에 '코다츠'(각로脚爐: 이불 속에 넣는 화로) 하나로 겨울을 나는 일본문화와는 다릅니다.

이것 역시 여담입니다만 이 난방법에서 사회 계층의 상징성을 읽을 수도 있습니다. 일본 사람들은 온 식구가 코다츠에 둘러앉아 몸을 녹입니다. 코다츠 불은 누가 더 따뜻하고 누가 더 차갑고의 차등이 없습니다. 파이어 플레이스나 페치카만 해도 앉는 자리에 따라 불을 쬐는 그 열기가 다르긴 합니다만 그 차등성이 심하지 않습니다.

비교적 일본사회에 계급성이 없어 함께 잘 뭉치는 찰흙 체질은 확실히 코다츠적인 데가 있습니다. 일본의 사장은 신입사원의 평균 7.5배의 월급을 받고 있어 자본주의 사회에서는 가장 그 봉급 격차가 작은 것으로 알려져 있지요.

한국의 온돌은 아랫목이 제일 따뜻합니다. 짤짤 끓는 그 아랫목을 차지하고 있는 사람은 그 집안에서 가장 권세가 높은 가장이요, 연장자입니다. 맨 윗목은 힘 없고 약한, 서열이 아래로 빠지는 여인네들, 그중에서도 나이 어린 며느리입니다.

아랫목에 앉는 사람과 윗목에 앉아 있는 사람은 방 안에 있으면서도 그 추위가 다른 것입니다(요즈음은 스팀으로 구들을 놓았기 때문에 아랫목·윗목의 개념이 없이 평등해지기는 했지만, 여전히 사회 전체는 아직도 아랫목과 윗목의 개념이 살아 있는 재래식 온돌인 것 같습니다).

그러고 보면 방 안 전체를 데우는 센트럴히팅은 과연 민주주의 시대에 알맞은 난방법이라 할 만합니다.

소유가 아니라 상실의 의미를 터득

그렇습니다. 사람들은 겨울을 싫어합니다. 겨울을 '지내는 것'

이라고 하기보다는 '나는 것'이라고 말하는 편이 어울릴 것입니다. 봄이나 여름 혹은 가을에는 그런 표현을 잘하지 않지만 겨울만은 '지낸다'고 하지 않고 '겨울을 난다'고들 합니다.

사막을 건너가듯이 겨울은 그냥 나는 것, 보내버리는 것이라고들 생각하고 있습니다. 추위를 피하고 밤을 교묘히 보내는 것이 겨울을 나는 슬기이기도 합니다. 겨울은 감기의 기침 같은 것이고 파충류의 동면처럼 눈꺼풀을 닫는 땅속의 잠 같은 것이고, 가을과 봄의 책장 사이에 끼어 있는 무의미한 백지 같은 것이라고 생각하기 쉽습니다.

그러나 겨울은 그냥 나야만 하는 공백의 시간이 아니라는 것을 나는 당신에게 말하려고 합니다.

나는 미국으로 이민을 떠난 사람 하나를 알고 있습니다. 가난하게 살았던 사람이지요. 그 사람은 로스앤젤레스에서 주유소를 하고 리쿼 가게를 열고 그러다가 급기야는 돈을 벌게 됩니다. 그의 부인은 평생의 꿈이 밍크코트를 입는 것이라, 한을 풀기 위해 맨 먼저 사들인 것이 바로 그 밍크코트였던 것입니다.

그러나 잘 알다시피 로스앤젤레스는 열대 지방에서나 볼 수 있는 종려나무 가로수가 늘어서 있는 곳이 아닙니까?

웃지 마십시오. 밍크코트를 입기 위해서 겨울이 필요하다는 주장을 하려는 것이 아닙니다. 그 부인은 한국의 겨울을 그리워하기 시작한 것입니다. 처음엔 밍크를 입고 싶어서였지만, 그녀의 향수와 그 서정의 원천은 아름다운 봄이나 단풍철보다는 겨울에 있다는 것을 깨닫게 된 것입니다.

지겹다고 생각한 겨울의 추위, 코끝을 얼리는 매서운 삭풍. 그러나 그 고통과 살벌한 잿빛을 통과하지 않고서는 봄도, 여름도 가을도 있을 수 없다고 생각하게 된 것이지요. 겨울이 있기 때문에 봄의 기쁨과 여름의 열정과 가을의 풍요를 느낄 수 있다는 역설의 인식을…….

무엇보다도 겨울에는 눈이 내립니다. 어느 시인인가 '눈은 비가 죽어버린 혼'이라고 말했지만 우리는 함박눈 속에서 죽음의 상징—부재하는 시간과 그 공간을 느끼게 됩니다. 그것은 봄비가 내리는 것을 알에서 깨어난 병아리 소리에 비유한 시구와는 정반대의 이미지를 가지고 있는 것입니다. 침묵 속에서 내리는 눈발은 우리에게 탄생 이전과 죽음 이후의 그 '무無'의 세계, 비존재의 세계를 눈짓합니다.

침묵이 생명의 소리가 아니듯이 눈이 지니고 있는 그 흰빛 역시 생명의 빛깔은 아닙니다. 더구나 그것은 싸늘합니다. 싸늘한 백색은 존재하는 것들의 수의지요.

설경은 '상징적인 죽음'의 언어인 것입니다. 우리는 그 눈 속에서, 겨울 속에서 고통이라는 것, 홀로 있다는 것 그리고 내면으로 내면으로 가라앉는다는 것…… 그러한 죽음의 양식을 배워가는 것입니다.

소유가 아니라 상실이 무엇인가를 가르쳐줍니다. 조금 전까지만 해도 푸르던 나무들이 전주처럼 늘어서 있는 것을 보고 옛날 선비들은 영화의 부질없음을 느꼈지요. 우리는 꽃과, 곡식과 온갖 풍요한 생물들이 자취를 감추어버린 빈 들판을 보면서 겸허를 배우게 됩니다.

거기 있다는 것, 거기 그렇게 가지고 있다는 것, 그런 것들이 아궁이 속에서 타는 가랑잎만도 못하다는 것을 깨닫지요.

한마디로 말하자면 '상징적인 죽음'인 그 겨울이 있기 때문에 비로소 사람들은 '재생'의 논리를 배울 수가 있는 것입니다.

밍크코트를 가진 그 부인은 로스앤젤레스에는 꽃이 없다는 것, 한국에서 체험한 그런 꽃의 희열이 없다고 말합니다. 한국의 진달래꽃은 눈에 덮인 산을 보고 난 다음에야 비로소 그 참뜻을 느낄 수가 있는 꽃이라는 것이지요. 추운 겨울을 지낸 구근球根들만이 비로소 만개할 수 있는 그런 꽃들의 아름다움을 열대지방의 꽃은 가지고 있지 않습니다.

어찌 그것이 겨울 이야기이겠습니까. 대만의 중국인들이 겨울의 눈을 관광하기 위해 한국에 오는 것은 옛날 본토에서 살던 그 향수를 달래기 위해서입니다. 그러나 아마 로스앤젤레스에서 눈이 내리는 한국의 겨울을 그리워하는 우리들의 그 이웃은 단순한 그 향수와는 다를 것입니다.

미국의 생활은 그들에게 물질적인 풍요를 주었는지 모릅니다.

그러나 그 풍요는 사긴 했는데 입을 수가 없는 그 밍크코트 같은 것인지도 모릅니다.

가난, 고통, 불만……. 우리는 한국의 겨울을 지겨워하고 있지만, 우리는 그 겨울 속에서 '상징적인 죽음' 속에서, 하얗게 하얗게 망각처럼 내리는 그 눈발 속에서, 진정한 삶의 의미를 발견해 가는 것이지요.

추운 겨울이 있기 때문에 진달래의 붉게 타는 그 봄의 훈훈한 입김을 온몸으로 받아들일 수 있는 것입니다. 겨울은 '나는 것'이 아니라 '부딪쳐야 하는 것' 그리고 그것은 절망 속에 희망을 잉태한 거대한 역설의 구근인 것입니다.

사랑과 고통의 의미

사랑이란 말의 정의

크리스마스 카드 대신에 이 편지를 씁니다. 빨간 색종이를 오려 붙인 것 같은 신비한 겨울꽃 포인세티아가, 실은 꽃이 아니라 이파리라는 사실을 알고 난 뒤부터, 크리스마스 카드에 대한 환상이 깨져버렸기 때문인지도 모릅니다.

당신도 나와 똑같은 경험을 했을 것입니다. 크리스마스를 지낼 때마다 그에 대한 환멸도 하나씩 늘어갑니다. 환상의 꺼풀이 한 겹씩 벗겨져 나가는 것입니다. 이 세상에는 빨간 망토에 방울 달린 털모자를 쓴 산타클로스가 존재하지 않는다는 것을 알고 난 뒤부터 우리들은 조금씩 어른이 되어갔기 때문입니다.

실제로 산타할아버지가 있다고 해도 굴뚝으로 들어올 수도 없는 일입니다. 그것은 방 안에 부엌과 파이어 플레이스(벽난로)가 있는 서양 아이들을 위한 이야기지요. 예루살렘에서 몇 천만 리나 떨어진 이 땅 한국에는 딱하게도 굴뚝 아궁이가 바깥으로 나 있질 않습니까.

그리고 산타할아버지가 원래는 도둑의 수호신이었다든가, 예수님의 고향엔 눈이 내리지 않는다든가, 그래서 별처럼 하얀 눈이 빛나는 전나무라든가, 사슴이라든가, 방울 달린 썰매 같은 것 하고는 인연이 먼 사막이라든가…… 결국 크리스마스 카드의 그림은 한낱 환상에 지나지 않는다는 것을 알게 됩니다.

조금 더 어른이 되면 크리스마스 자체가 예수님의 생일이 아니라는 회의를 품게 됩니다. 예수님이 아니라 그것은 원시종교에서 태양을 믿던 의식의 유습이라는 것이지요. 말하자면 태양이 다시 소생하여 낮이 길어지기 시작하는 동지冬至의 축제일과 같다는 설입니다. 그러고 보면 낙타를 탄 동방박사 세 분도 향료를 무역하던 실크로드의 그 대상들이었을 것이라고 말하는 사람들도 있지요.

그러나 기독교인이든 아니든 그리고 과학적인 지식이 있든 없든 우리는 마지막 깨지지 않는 크리스마스의 환영을 분명히 간직하고 있다는 사실을 알아야 합니다. 그것은 백 원짜리 지폐 몇 장과 맞바꿀 수 있는 크리스마스 카드에는 그릴 수 없는 것입니다. 그리고 또 선물상자 속에 담거나 포장지로 쌀 수 있는 그런 물건도 아닐 것입니다.

대체 마지막에 남은 그 환영은 무엇인가?

그 대답은 지극히 평범하고 진부한 것이어서 누구도 거들떠보려 하지 않는 남루한 말 속에 있습니다. 그것은 사랑인 것입니다. 어려서부터 마음을 죄며 기다리던 것들—은방울 소리, 함박눈, 썰매, 삼각형의 전나무 가지, 커다란 별과 칠면조, 그런 환상 속 깊이깊이에 잠재해 있던 것은 바로 그 사랑이었던 것입니다.

새삼스러운 일이라고 화내지 마십시오. '사랑'이란 말은 너무나도 때가 묻어 있어 이제는 유행가의 가사로도 쓰일 수 없는 단어가 되어버렸기 때문에, 한 번쯤은 그 뜻을 새롭게 새겨보지 않으면 안 될 것입니다.

에리히 프롬도 이야기한 적이 있지만 많은 사람들은 '라이크(like: 좋아하는 것)'와 '러브(love: 사랑하는 것)'를 혼동하고 있습니다.

누구나 그것을 다 같은 말로 알고 있고 또 '라이크'를 '러브'로 착각하고 있는 데 현재의 비극이 있는 것이 아닌가 싶습니다.

'라이크'와 '러브'의 의미가 어떻게 다른가를 알기 위해서 당신은 초등학교 때의 국어 시간처럼 간단한 단문 하나를 지어보면 될 것입니다. 고양이는 쥐를 라이크(좋아)합니다. 잡아먹으면 맛이 있으니까요. 그런데 라이크란 말 대신에 러브를 넣어보십시오. '고양이는 쥐를 러브(사랑)합니다' 하는 괴상한 말이 되어버릴 것입니다.

흔히 우리는 '사랑한다'는 말 대신에 '좋아한다'는 말을 써왔지만, 그 두 말은 그렇게도 다른 것입니다. 그 사람을 사랑한다고 하지 않고 좋아한다고들 말하지만 그 뜻을 엄격히 따져보면, 고양이와 쥐의 경우처럼 정반대의 경우가 생겨날 수 있는 것입니다.

좋아한다는 것은 물질적인 이익을 얻었을 때의 기쁨인 것입니다. 마치 고양이가 쥐를 잡아먹는 것처럼 광산업자들은 산에서 금을 캐낼 수 있기 때문에 산을 좋아합니다. 그들은 산을 사랑하지는 않습니다. 그렇기 때문에 다이너마이트를 터뜨려 산의 옆구리를 뚫습니다. 그러나 등산가는 산을 좋아하는 것이 아니라 산을 사랑하는 사람입니다. 그렇기 때문에 땀을 흘리며, 갖은 고통과 위험을, 때로는 생명까지 걸고 산에 오릅니다. 광산가는 산을 '라이크'하는 자들이요, 등산가는 산을 '러브'하는 자라고 할 수 있습니다.

이와 같은 예는 얼마든지 찾아낼 수 있습니다. 우리는 촛불을 '러브'하지만 '라이크'하지는 않습니다. 거꾸로 전깃불은 촛불보다 '라이크'하지만 '러브'하지는 않습니다. 우리들의 고향이 그렇지요. 우리는 이 문명의 기능적인 도시를 좋아하기는 해도 사랑할 수는 없습니다.

가난하고 불편하고 초라해도 우리는 시골의 고향을 '사랑'합니다. 그러나 '좋아'하지는 않기 때문에 고향을 등지고 떠나는 사람들이 많습니다.

사람이 좋아하는 것과 근본적으로 다른 것은 불편하고 고통스러운 데 있는 것입니다. 그러므로 사랑은 어둠이 있어야 비로소 볼 수 있는 별처럼, 아픔을 통해서만 서로 만져볼 수 있는 지고한 희열인 것입니다.

야위어가는 사람과 못 자국의 상징

그러고 보니 언젠가 경주의 석굴암을 구경하던 미국 관광객들의 말이 생각납니다. 그 부처님은 과연 파란 눈으로 보아도 여전히 아름다움과 자비의 극치를 나타낸 '기적의 돌'로 비칠 것인가? 나는 호기심을 품고 그들의 말을 몰래 엿들었습니다.

그런데 놀랍게도, 아닙니다. 무엄하게도 말입니다. 금발의 한 여인은 부처님의 엉덩이 쪽을 손가락질하면서 킬킬거리고 웃는 것입니다. 그리고는 "투 패트(too fat: 너무 살쪘다)!"라고 말했던 것입니다.

투 패트! 지금도 나는 그때의 충격을 잊어버릴 수 없습니다. 그것이야말로 일종의 컬처 쇼크가 아니겠습니까. 십자가에 못 박힌 예수상과 비교해 보면 분명히 불상은 너무 살이 쪄 있는 것이 사실입니다.

당신도 한번 생각해 보십시오. 연화대에 앉아 계신 부처님을 십자가에 매단다면 어떻게 될 것인가? 상상하기 어려운 일입니다. 그렇습니다. 나는 기독교인이 아닙니다. 그런데도 나는 예수의 모습이 머릿속에 찍혀 있습니다. 뚱뚱한 예수, 배가 나온 예수, 체중이 레슬러처럼 1백 킬로그램이 되는 예수는 상상할 수 없습니다. 엘 그레코의 그림에서 보듯이, 미켈란젤로의 〈피에타상〉에서 보듯이 그분은 뒤틀린 철사처럼 야위어 있습니다.

피를 흘리고 있습니다. 아파하고 슬퍼합니다. 왜냐하면 그는 '사랑'하고 있는 까닭입니다. '사랑'은 자비와는 또 다른 것입니다. 자비는 연민에서 시작될 수도 있습니다. 그러나 사랑은 연민이 아니라 바로 그 사람의 고통 속에 있습니다. 그렇기 때문에 무엇인가를 사랑하고 있는 사람은 희열만이 아니라 위험과 비탄과 어려움에 휩싸이게 됩니다. 그것은 편안함보다 '야윈' 모습으로 상징되는 세계입니다.

추상적으로 들린다면 초상집을 잠시 들여다보십시오. 제일 슬퍼하고 애통해 하는 사람이야말로 생시에 그 고인을 가장 많이 사랑한 사람입니다. 거꾸로 아무 고통이나 슬픔도 없이 부의금 봉투를 내던지고 돌아가는 사람은, 그 고인과 이해관계로 사귀었을지언정 사랑으로 만난 적은 없었던 사람일 것입니다.

거듭거듭 말합니다. 나는 기독교인이 아닙니다. 세례를 받은 적도 없고, 교회에서 연보 돈을 바친 적도 없습니다. 그러나 나는 예수님의 모습만은 분명히 이야기할 수 있을 것 같다는 생각이 듭니다. 그분에게는 원죄의 인간들이 살고 있는 이 세계 전체가 초상집이었던 것입니다.

예수는, 자기의 부활을 믿지 않고 의심하는 도마에게 손바닥의 못 자국을 보였습니다. 고통의 못 자국이 있었기 때문에 예수는 그의 사랑을 증명해 보일 수 있었던 것이지요.

사랑하는 사람은 누구나 다 손바닥에 찍힌 그러한 못 자국을 가지고 있습니다. 옆구리에 창 자국을 가지고 있습니다. 비록 예수의 것보다도 작고 희미할망정, 누군가를 절실히 사랑하고 사랑하는 사람들에게는 그 고통의 상흔이 있게 마련입니다. 그것이 없으면 사랑이 아닙니다. 사랑을 선택한 사람은 누구나 마구간에 태어나서 십자가에서 죽는 것 같은 괴로운 삶을 선택한 사람인 것입니다. 만약 당신이 편안한 삶, 살쪄가는 삶, 부유한 삶을 원한다면 누구도 사랑해서는 안 될 것입니다.

현대인들은 편안히 살기 위해, 고통을 덜기 위해 온갖 도구와 여러 기계를 만들어냈습니다. 그리고 증권시장에 모여드는 사람처럼 이익을 얻기 위해 목이 쉬도록 외쳐댑니다. 이러한 문명 속에서는 누구도 고통이나 슬픔을 받아들이려 하지 않습니다.

편한 잠을 위해서는, 불행한 이웃들을 향해서 모른다고 고개를 내젓습니다. 어두운 감방이나 병실에 있는 사람들의 그 얼굴을 모른다고 합니다. 공장에서, 탄광에서, 바닷속 밑바닥에서 일하다가 지쳐버린 사람들을 향해서 눈을 감습니다. 나와는 상관없는 일이라고 부정하고 또 부정합니다.

당신에게 보내는 나의 크리스마스 카드와 그 상자 속에는 예쁜 인형도, 세모꼴 가지 위에 촛불을 단 전나무도, 맛있는 칠면조 고기나 값비싼 은방울도 없습니다. 크리스마스 선물은 나의 손바닥 위에 바늘 끝만한 흔적이라도 좋으니 당신의 아픔을 생각하는 못 자국을 남겨두는 일입니다.

우리들 인간은 고통을 통해서만, 그 못 자국을 보여주는 것으로만 서로의 마음을 열어 보일 수 있는 것입니다. 이 시대의 아픔을 보면서도 슬퍼하지 않고 아파하지 않는 저 많은 사람들 틈에서 당신마저 코를 골며 깊이 잠들어 있어서는 안 됩니다. 왜냐하면 우리에게 사랑의 의미를 가르쳐준 그분이 이따금 예고 없이 나타나는 까닭입니다. 당신의 머리맡에 나타나 야위신 손을 내밀 때, 당신은 도마처럼 그분의 아픈 못 자국을 만져볼 수 있을 것입니다.

그러기 위해서 당신은 깨어 있어야 합니다. 모든 사람이 '나는 그들을 모른다'라고 부정할 때, 높은 베개를 베고 코를 골고 있을 때, 당신만은 눈을 뜨고 깨어 있어야 합니다. 아파해야 합니다. 그것이 크리스마스를 맞는 그리고 산타클로스 할아버지의 선물을 기다리는 영원한 어린아이의 '놀라움'이지요.

시작과 끝이 있는 삶

시작과 종말의 의미

마지막 달력장이 퇴색한 벽 위에서 낙엽지고 있습니다. 한 해가 끝나가고 있는 것입니다. 무엇이든 끝이라는 말 속에는 이상한 서글픔이 잠겨 있습니다. 하루 해가 지는 낙조가 그렇고 한 계절이 끝나가는 변절기가 그렇습니다.

시간만이 그러한 것은 아닙니다. 비극이든 희극이든 영화가 끝나는 영사막 위에는 공허의 '엔드 마크end mark'가 찍힙니다. 웃음도 눈물도 다 끝나버린 것입니다. 찢어버린 좌석표처럼 이제는 모두 구겨져버린 흥분이 빈 복도에 뒹굴고 있습니다.

사람들이 모였다가 흩어지는 곳이면 어디에서나 우리는 이 같은 빈 의자의 적막을 발견할 수 있습니다.

송년회장이 아니라도 좋습니다. 사람들이 모여 술잔을 비우며 웃고 노래하는 밤주막에도 그러한 적막은 찾아올 것입니다. 말이 질주하던 경마장에도, 홈런과 함께 터져나오던 환호성의 야구장에도, 삼각 깃발이 나부끼는 어린이 놀이터에도, 사람들이 흩어지는 종말의 시각과 빈터는 있을 것입니다.

모든 길의 끝에는 바다가 있듯이, 모든 시간의 끝에는 죽음의 종말이 있는 것입니다. 하루의 끝이든, 계절의 끝이든 그리고 한 해의 끝이든, 그것들은 모였다 흩어지는 우리들의 작은 죽음들인 것입니다.

그러고 보니 언젠가 읽은 기억이 있는 후기 구조주의자 '세이드'의 말이 생각납니다.

사람들은 흔히 시작을 원인으로 생각하고 끝을 그 결과로 생각하고 있지만, 실은 그것이 따로 떨어져 있는 것이 아니라 동시적으로 존재한다는 것이지요.

그러니까 '끝'은 언제나 시작하는 그 순간 속에 있다는 주장입니다.

대수로운 이야기가 아닌 것 같지만 되씹어볼수록 많은 의미를 찾아내게 될 것입니다. 원래 '시작'이라는 말은 '끝'이라는 의미를 전제로 한 것이 아니겠습니까? 끝이 없다면 시작이란 말도 있을 수가 없습니다. 그렇기 때문에 누구라도 끝이라는 생각 없이 시작이란 말을 쓸 수는 없을 것입니다.

우리가 지금 겪고 있는 한 해의 이 종말감은 바로 1년 전 새해 아침에 있었던 것입니다. 떡국을 먹는 순간과 망년회에서 기울이는 술잔은 손등과 손바닥의 관계와도 같은 것입니다. 그러고 보면 삶과 죽음도 역시 따로 떨어져 있는 것이 아니라는 것을 미루어 짐작할 수가 있습니다. 흔히들 죽음을 생의 끝에 있는 것이라고 생각하기 쉽지만, 사실은 생과 동시에 어깨동무를 하고 있는 것이라고 말하는 편이 옳을 것입니다.

옛날 이집트의 귀족들은 무슨 잔치가 벌어질 때마다 그 술자리에 관을 갖다놓는 습관이 있었다고 합니다. 즉 식사가 끝나고 주연으로 들어가게 되면 한 남자가 나무로 인간의 시체를 만든 모형을 관에 넣어 들고 다닌다는 것입니다.

실물 크기이기 때문에 누가 봐도 진짜 시체를 연상했던 모양입니다. 관을 든 사람은 회식자 한 사람 한 사람에게 시체를 보이면서 이렇게 말을 했다는 것이지요.

"이것을 보시면서 마음껏 술을 들고 즐기십시오. 당신도 죽으면 이러한 모습이 되어버릴 테니까!"

살아 있는 즐거움, 그 절정의 즐거움에 이르기 위해서 이집트인들은 죽음의 영상을 필요로 했던 것입니다. 죽음을 삶의 현장 속에 끌어들임으로써 생의 강렬한 불꽃을 타오르게 한 것이지요.

당신도 들은 적이 있을 것입니다. 이따금 비난의 대상이 되고 있는 "노세 노세 젊어서 노세, 늙어지면 못 노나니……"라는 우리의 유행가도 마찬가지입니다.

사람들은 이것이 퇴폐적인 노래라고 생각합니다. 젊어서 힘껏 일해도 시원찮을 나이에 놀라고 했기 때문에 우리가 가난을 면치 못했다고 생각하는 도덕적 실증주의자들이 많습니다.

그러나 문자 그대로 풀이해서는 안 될 것입니다. 이집트인들이 '관'을 갖다놓고 술을 마신 것처럼 이 노래 역시 술자리에서 흥을 돋우기 위한 효과음에 지나지 않는 것입니다.

역설적으로 보면 젊은이들은 죽을 것도 모르고 오로지 일만 하고 있기 때문에 술을 마실 때만이라도 '죽음'의 의식을 일깨워준 노래라고 풀이할 수 있습니다. 죽음의 의식이 단순한 쾌락으로, 자포자기의 쾌락으로 흘러버릴 때도 있지만, 그보다는 오히려 잘못된 삶을 깨우쳐주고 반성케 하는 좋은 교사요, 현명한 철인의 구실을 해줄 때가 많았다는 것을 잊어서는 안 됩니다.

천년만년 살 것처럼 살아가고 있기 때문에 거꾸로 현대인은 '생'의 의미를 상실하고 있는 것입니다. 그 때문에 세상은 메말라지고 그 죄악은 더욱 어둠을 더해가고 있는 것입니다.

그렇기 때문에 종말감 속에서 시작하는 사람, 죽음 속에서 시작하는 사람, 죽음 속에서 삶을 느끼는 사람만이 생의 완전함을 지닐 수가 있다고 나는 생각합니다.

종말 속에 시작이 있는 우주의 리듬

종말 속에 시작이 있고, 시작 속에 이미 그 종말이 있다는 것을 단순한 말장난이라고 생각해서는 안 됩니다. 그것은 수사학의 문제가 아니라 차라리 식물학에 속하는 것이라고 하는 편이 좋을는지도 모릅니다. 계절의 순환을 가장 잘 나타내고 있는 것이 다름 아닌 그 식물들이기 때문입니다. 식물들의 세계에 있어서는 종말과 시작이 고리쇠처럼 연결되어 있어서, 낙엽이 진다는 말은 곧 새잎이 돋는다는 것과 같은 뜻이 되는 것입니다. 그래서 시인 윤동주尹東柱는 나뭇잎이 떨어진 자리마다 봄의 새싹들의 눈이 마련되어 있는 것을 노래 불렀던 것입니다.

나뭇잎만이 아닙니다. 열매가 익어 떨어진다는 것은 인간의 개체로 치면 죽음과도 같은 일입니다.

흔해빠진 그 비유를 봐도 꽃봉오리는 어린아이고 만개한 꽃은 젊음입니다. 꽃이 지고 열매를 맺는 장년기가 지나면 그것이 익어 떨어지는 노숙의 경지에 이릅니다. 나뭇가지에서 익은 열매가 떨어지게 되면 이미 그것은 생물로서의 성장과 변화를 끝내고 맙니다.

열매들은 꽃의 진정한 죽음들입니다. 아무리 향기로운 과일도 끝내는 썩기 시작합니다. 그러나 그 동그란 죽음 속에는, 모든 그 과일 속에는 내일의 생명인 씨앗이 박혀 있질 않습니까. 그래요, 부패의 죽음 속에는 언제나 새로운 생명의 세계가 준비되어 있는 것입니다.

모든 종교는 과일 속에 파묻혀 있는 씨처럼 죽음 속에 내세의 새 생명이 있다고 믿는 데서부터 시작되었던 셈이지요. 반드시 식물이 아니라도 종말 속에 시작이 있다는 순환과 재생의 논리를 인간들은 먼 옛날부터 발견했고 또 몸에 익혀왔던 것입니다.

우리의 조상들은 깜깜한 밤 속에 '빛의 씨앗'이 있다는 것을 책의 활자가 아니라 하루의 시간 속에서 수백 번, 수천 번을 되풀이하면서 몸으로 직접 확인했던 것이지요.

그리고 추운 겨울의 눈발 속에서 따뜻한 아지랑이의 씨앗들을 보았던 것입니다. 밤의 끝에 새벽의 빛이 있고 겨울의 끝에 봄의 새싹들이 있다는 것이 그들의 믿음이었던 것입니다.

아닙니다. 식물이나 계절만이 아닙니다. 우주 자체가 거듭 태어나는 것들의 주기율표와도 같은 것이고, 죽음의 열매 속에 새로운 생명의 씨앗이 들어 있다는 그 종교의 텍스트와도 같은 것이었습니다.

누에고치는 곤충들의 열매가 아니겠습니까? 그 섬세하고 순결한 백색의 비단 열매 속에는 조금 전까지 뽕잎을 갉아먹던 누에들의 생명이 응결해 있습니다. 그것은 누에들이 잠자는 집, 죽음의 관이지만 동시에 나방의 날개가 돋아나는 내세의 생명적인 공간이기도 한 것입니다. 고치의 죽음은 무게를 가진 누에가 공기처럼 가벼운 날개의 새로운 생명으로 옮아가는 행복한 변신술입니다.

바다의 조수와 하늘의 별자리에 이르기까지 이 순환의 법칙과 질서가 이르지 않는 곳은 없습니다. 그리스의 한 철인이 우주의 실체를 '리듬'이라고 말한 것도 무리는 아닐 것입니다.

당신이 이 세상에 태어나 최초의 잠을 이루었던 때도 바로 그 리듬에 의한 것이었음을 깨달아야 합니다. 아이를 잠재울 때, 토닥거리며 두드려주는 어머니의 손 그리고 요람의 흔들림—그것이야말로 리듬의 언어가 아니고 무엇이겠습니까! 당신이 이 세상에 태어나 맨 처음 이해했던 그 리듬은 본능의 언어로써 속삭였던 것입니다. 왜 나뭇잎이 지는가를, 어째서 그렇게 빛나던 햇살은 쉬이 어둠이 되고 들판을 욕망으로 부풀게 하던 여름 소나기는 금세 눈보라로 바뀌는가를…….

밝음은 어둠을 필요로 하고 더위는 추위와 등을 대고 모든 움직임은 정지 속에서 이루어지는 반대현상, 거기에서만이 리듬은 생겨난다는 원리를 당신은 최초의 그 잠 속에서 배웠던 것입니다.

그리고 당신에게 있어 그 최초의 잠은 바로 생을 읽는 최초의 독서였던 것이지요. 그러나 지금 당신은, 문명인으로 살아가고 있는 당신은, 종말 속에 시작이 있는 우주의 리듬을 점차 망각해 가고 있는 것입니다. 옛날 사람들은 자연 속에서 살면서 그것을 배웠지만, 당신은 기계의 공장 속에서 하루하루를 살아가고 있기 때문입니다.

기계는 단지 반복을 할 뿐입니다. 생명적인 순환의 의미를 갖고 있지 않습니다. 곤충의 변신과 경이에 찬 그 계절의 변모 같은 것을 기계의 세계에서는 발견할 수 없습니다. 만약에 어떤 기계가 변신을 하려고 고치를 만들려고 한다면, 그래서 정지하게 된다면, 그것은 단지 고장난 기계가 될 뿐입니다.

한 해가 기울고 있습니다. 인류가 태어나던 날부터 믿어왔던 종말 속의 시작을 온몸으로 체험해 보십시오. 끝도 시작도 없는 반복의 그 나날들에 황금의 종지부, 과일 속의 씨와도 같은 정적을 찍어놓으십시오. 그리고 새로 시작하는 이파리들을 그 낙엽 속에 찍어두기를…….

생의 높은 탑

모기를 막는 세 가지 방법

당신의 편지를 읽고 몹시 가슴이 아팠습니다. 당신만이 아닐 것입니다. 착하고 어진 사람들이 아무 죄도 없이 박해를 당하고 고난을 겪는 일이 어찌 한둘이겠습니까.

그리고 그것은 또 어제오늘에 일어난 일도 아닐 것입니다.

착한 '아벨'의 수난처럼 그것은 인류가 생겨나면서 오늘에 이르기까지 끊임없이 되풀이해 온 문제라고 생각합니다. 거의 1천 년 전에 이규보李奎報는 조물주를 향해서 이렇게 물었던 것입니다.

하늘이 사람을 낼 때에 사람을 먼저 내고 나서 그 뒤에 오곡을 내었으므로 사람이 그것을 먹고, 사람을 내고 나서 뽕나무와 삼을 내었으므로 사람이 그것으로 옷을 해 입으니, 이로써 보면 하늘은 사람을 사랑하여 살리고자 함이리라. 그런데 하늘은 또다시 독을 가진 물건들을 내놓았으니 무슨 까닭인가? 큰 것은 곰·범·늑대·승냥이 같은 놈으로부터 작은 것은 모기·벼룩과 같은 따위에 이르기까지 사람을 이토록 심하게 해치니, 이로써 하늘은 사람을 미워하여 죽이고자 하는 것 같다. 그 미워하고 사랑함이 이렇듯 일정치 않음은 어찌 된 까닭인가?

이러한 물음을 궁극적으로 몰고 가면, 구약의 「욥기」에서 보는 것처럼 신이 과연 선한 자의 편인지조차도 분간할 수 없는 회의가 들게 마련인 것입니다. 자연에도, 사회에도 어떤 조리가 있는 것처럼 보이지 않는 것입니다.

그러나 우리는 '오곡'을 주면서도 동시에 그 피를 빠는 '모기'를 만든 조물주를 비난할 수만은 없는 것입니다.

왜냐하면 그것을 막을 수 있는 지혜를 또한 인간에게 주었기 때문입니다.

헤로도투스의 『역사』를 읽어보면 인간은 수천 년 전부터 '모기'와 싸우는 여러 가지 방법을 알고 있었다는 사실을 알게 될 것입니다. 소택지대에서 살고 있는 고대의 이집트인들은 현대인들과 마찬가지로 모기장을 사용해서 모기의 공격을 막는 방법을 연구해 냈던 것입니다. 즉 그들은 누구나 투망을 갖고 있었으며 낮에는 그것으로 물고기를 잡고 밤에는 침상에 둘러쳐서 모기장으로 이용했었다는 것입니다.

또 이와는 달리 소택지대의 남쪽에서 사는 이집트인은 탑을 만들고 그 위에 올라가서 잠을 잤다고 합니다. 모기는 바람에 약해서 높은 곳으로 날아오르지 못했기 때문입니다.

그뿐입니까? 현대의 문명인들은 이보다 더 공격적이고 효과적인 모기 박멸법을 알고 있어서 살충제를 뿌려 그것을 죽여버릴 수 있습니다.

단순한 모기의 이야기로만 생각지 마십시오. 인간들은 자신의 피를 빠는 가해자들로부터, 말하자면 그 악적들로부터 자기 자신을 지켜오는 데 있어 그와 똑같은 방법을 사용해 왔던 것입니다.

화학약품을 쓰는 것은 모기를 '쫓아내는 것'이고, 모기장을 사용하는 것은 '막는 것'이고, 탑 위에 올라가는 것은 모기를 '피하는 것'입니다. 자기를 해치려는 사람들로부터 자기 자신을 지키는 방법도 똑같습니다. 천 가지 만 가지 방법이라 해도 그것은 '쫓다', '막다', '피하다'의 세 가지 동사로 요약될 수 있습니다.

문제는 이 세 가지 방법 가운데서 어느 것을 택하느냐에 따라 당신의 생, 이를테면 생을 살아가는 태도와 그 의미가 결정된다는 사실입니다.

개인만이 아닙니다. 사회 전체, 국가 전체의 문화가 달라지는 것입니다. 살충제로 모기를 죽이는 방법, 즉 자기에게 해를 주는 존재를 쫓아내는 방법을 극대화한 것이 바로 폭력인의 문화 전쟁입니다.

가장 현실적인 방법이기는 합니다마는 이 극단적인 전술은 그만큼 파괴적인 것이므로 결국은 자기 자신의 환경마저도 위태롭게 할 가능성이 많은 것입니다.

모기장과 같이 '막는 방법'은 공존의 전술입니다. 자신의 영역을 확보해 놓고 그 안으로 침략자가 들어오지 못하도록 하는 소극전법입니다. 모기장 안에만 평화가 있으면 되는 것입니다. 모기장 전술이 집단적으로 나타나고 극대화한 것이 이른바 '계약'이나 '외교술'과 같은 '타협 문화'라고 할 수 있겠지요.

그렇다면 탑에 올라가서 모기를 피하는 것은 무엇인가? 흔히 우리는 그것을 은둔주의적 삶이라고 불러왔습니다. 그리고 나쁘게 말하면 패배주의적인 삶의 태도라 할 수도 있습니다.

그러나 당신은 이 '피하는 방법'이 단순한 패배주의 그리고 은둔적 삶이라고 경멸해서는 안 될 것입니다.

높은 탑에 올라간다는 것은 수평적인 삶을 수직적인 삶으로 바꿔놓는 일이기 때문입니다. 모기를 죽이거나 막는 것이 아니라 모기의 능력으로는 감히 이룰 수 없는 새 '환경'을 만드는 것이기 때문에 그것은 일종의 창조성을 지니고 있는 것입니다. 그것은 생의 높은 탑인 것입니다.

『춘향전』과 그 삶의 태도

모기에 대처하는 그 세 가지 방법으로 앞에서 이야기한 『춘향전』을 다시 한 번 읽어보십시오. 거기에서 모기에 해당하는 것은 변사또일 것입니다. 만약 춘향이가 수청을 들면서 자신을 괴롭히던 변사또를 장도칼이나 독약으로 암살해 버렸다면 그것은 약물을 써서 모기를 잡는 방법에 속할 것입니다. 그러나 만약에 춘향이가 그와의 어떤 타협조건을 내세운 계약이나 혹은 법에 호소하여 변사또의 횡포를 막으려 했다면, 그것은 모기장으로 모기를 막으려 한 방법이 되고 말 것입니다.

그런데 춘향이가 변사또에 대항한 방법은 그런 것들이 아니었습니다. 춘향이는 마치 소택지대의 남쪽에서 살고 있는 이집트인들이 높은 탑에 올라 모기를 막았던 것처럼, 사랑이라는 정신의 높이에 의해서 변사또의 폭력을 이긴 것입니다.

혹시 당신은 춘향이를 구한 것이 이도령의 마패, 권력의 힘이었다고 생각할는지도 모릅니다. 대부분의 사람들이 그렇게 생각하고 있으니 당연한 일이지요.

그러나 그것이 사실이라면 『춘향전』은 단순히 변사또가 권력에 의해서 춘향이를 유린하려 한 것처럼 이도령이 그보다 더 큰 권력으로 변사또를 억누른 이야기가 돼버리고 말 것입니다.

무엇보다도 그 유명한 〈십장가十杖歌〉의 대목을 읽어보십시오. 변사또는 춘향이를 매로 꺾을 수 있다고 생각합니다. 변사또가 믿고 있는 것은 폭력주의의 세계였던 것입니다.

그러나 춘향이는 변사또의 매를 맞아가면서 〈십장가〉를 부르지 않았습니까. 매 한 대씩을 때리며 형리가 "하나요", "둘이요" 라고 헤아리면 춘향이는 그것을 운으로 삼아 사랑의 노래, 이도령을 그리워하는 마음을 시로써 표현했던 것입니다.

춘향이가 믿고 있는 것은 정절의 세계였던 것입니다.

변사또의 '매(폭력)'에 대해서 춘향은 '노래(사랑)'로 대항했던 것이고, 그 십장가의 노래는 폭력의 모기들을 가장 무력하게 하는 높은 정절의 탑이었던 셈입니다.

변사또에 대한 이도령의 대결도 단순한 마패의 힘이 아니었다는 것은 당신도 잘 알 것입니다.

춘향이가 형장에서 〈십장가〉를 부른 것처럼 이도령은 잔치의 자리에서 그 유명한 「금준미주천인혈金樽美酒千人血」의 시를 읊었던 것입니다.

춘향이나 이도령은 다 같이 생의 높은 탑, 변사또와 같은 무리들은 도저히 오를 수 없는 지고한 정신의 공간을 가지고 있었던 것입니다. 그들은 우리들에게 변사또의 매보다 강한 것, 번쩍이는 마패보다도 더욱 영광스러운 것이 있다는 것을 보여줍니다.

그것은 사랑의 불변성이고 그것을 믿고 살아가는 의지인 것입니다. 그들은 변사또와 같은 수평의 자리에서 싸우고 있는 것이 아닙니다. 그렇지요, 생의 높이지요. 그리고 그 생의 높이는 두 사람의 노래[詩]에 의해서 증명될 수가 있지요.

『춘향전』만이 아닙니다. 〈처용가〉 역시 마찬가지입니다. 처용이 자기의 아내를 범한 역신을 이긴 것도 주먹이나 칼이 아니라 바로 그 노래였습니다. 달빛 아래서 그는 태연히 노래를 부르고 춤을 추었던 것입니다. 역신이 무릎을 꿇은 것은 처용의 물리적인 힘 때문이 아닙니다.

그의 악이 이를 수 없는 그 정신의 높이에 대한 외경畏敬인 것입니다. 당신은 이 '정신의 높이'라는 말에 거부감을 느끼게 될는지도 모릅니다. 왜냐하면 그 말에는 '이상주의'라는 미라의 곰팡내가 떠돌고 있기 때문입니다. 그렇지요. 변사또의 매를 노래로 대항한다는 것은 분명 공허한 이상일 것입니다. 요즈음의 역신들 앞에서 처용처럼 노래와 춤을 추었다가는 숫제 그 아내를 업어가고 말 것입니다.

그러나 생각해 보십시오. 불과 백 년 전만 해도 인간이 하늘을 난다는 것은 한낱 '이상'에 불과했던 것입니다. 물질이나 기술의 높이에 비해 단지 정신의 높이는 눈에 띄지 않게 서서히, 아주 서서히 발전하고 있는 것이기 때문에, 그것을 믿고 있는 사람들이 적을 뿐인 것입니다.

소설의 이야기가 아닙니다. 바로 우리의 현실 속에서 만약에 춘향이가—〈십장가〉를 부른 그 춘향이가 없었다면, 이 세상에는 변사또의 매 이상의 것이 없게 될 것입니다. 변사또는 매에 꺾이지 않는 춘향의 높은 절개를 보고 비로소 자신이 믿고 있던 그 매의 위력에 대한 회의와 그 한계를 느꼈을 것입니다. 어찌 이것이 이상이라고 말할 수 있겠습니까?

변사또의 매를 이기는 가장 현실적인 방법은 그보다 더 '큰 매'가 있다는 것을 보여주는 것이 아니라 이 세상에는 매보다도 더 강한 것이 있다는 것을 증명해 보이는 방법입니다. 왜냐하면 변사또의 매를 더 '큰 매'로 꺾으면, 더욱더 그 매의 위력만이 높아질 것이기 때문입니다. 모든 사람들이 더 '큰 매'를 동경할 것이기 때문입니다. 변사또 자신이 자기를 멸한 그 '큰 매'보다 몇 배나 더 큰 매를 찾아 복수를 꿈꿀 것입니다.

매를 꺾는 길은 매가 얼마나 무력한 것인가를 보여주는 그 노래의 뜨거움에 있습니다. 생의 탑을 쌓아 올리는 그 수직성의 높이에 있습니다.

동아시아 시대가 오는가

동아시아의 해가 떠오른다

1983년이 되었습니다. 당신이 보낸 연하장에는 새해 복 많이 받으라는 상투적인 덕담이 아니라 악담에 가까운 말이 적혀 있었던 것을 보고 처음엔 좀 놀랐었지요.

그것은 조지 오웰의 '1984년이 앞으로 1년밖에 더 남지 않았다'고 적은 그 글입니다. 그러나 그 말은 돼지띠에서 새해의 의미를 찾으려는 것보다는 훨씬 더 많은 상징적 의미를 나에게 던져준 것입니다.

조지 오웰이 그 미래소설을 쓴 것은 1948년이었고 그 해의 끝숫자인 48을 뒤집어 『1984년』이라는 제목의 햇수를 만든 것이니까 36년 뒤의 세계를 내다보고 쓴 소설입니다. 그런데 그가 상상했던 그 해가 이젠 눈앞에 닥쳐온 것입니다.

나도 당신의 연하장을 받아 보고 오늘날의 현실과 그 소설을 다시 한 번 대조하면서 생각해 보았습니다.

어떤 것은 그가 예상한 것보다 더 빨리 온 것도 있고 또 어떤 것은 아직도 먼 뒷날에나 일어날 것 같은 조급한 예언도 있었습니다. 그러나 불행하게도 이 세상은 그가 예언한 대로 『1984년』의 상황—실용 앞에서 사랑과 예술이 붕괴하는 사회, 전쟁을 평화라고 부르는 가치 전도의 사회, 고도로 기술화된 획일주의적 통치 사회, 이 같은 상황을 향해 움직여가고 있다는 것을 시인하지 않을 수 없었습니다.

그러나 내가 지금 당신에게 얘기하고 싶은 것은 무엇보다도 이 세계가 세 지역으로 갈라져서 싸우게 되는 그 상황에 대해서입니다. 오웰은 나라와 나라의 싸움이 아니라 앞으로는 거대한 지역을 단위로 항쟁이 되풀이되는 시대가 오리라는 것을 예견했던 것입니다.

그 세 지역은 다름 아닌 남북아메리카와 영국으로 이룩된 오세아니아, 유럽과 러시아를 포함한 유라시아 그리고 한국·일본·중국과 동남아시아의 이스트east 아시아입니다. 즉 이제 블록 문화의 시대가 온다는 것이지요.

그런데 최근에는 소설 속에서가 아니라 사회 과학자나 경제학자들에 의해서 이 같은 블록화 문화의 가능성에 대해서 논란되고 있습니다. 그중에서도 동아시아의 대두가 구미문명의 오랜 우위성에 중대한 위협을 가하게 될 것이라는 이론들입니다.

이러한 동아시아의 도전을 홉 하인즈와 켄트 칼더는 경제적인 측면에서 극명하게 풀이해 주고 있습니다. 미국은 이제 경제적으로 유럽보다는 아시아에의 의존도를 높이고 있어 무역량도 훨씬 웃돌고 있다는 것입니다. 자동차의 대량생산 발상지인 미국시장에서 일본 차가 4분의 1을 점유하게 되었는가 하면, 한국이나 대만산 섬유가 옛날 섬유의 왕국이었던 영국을 제치고 구미의 시장을 석권하고 있습니다.

산업문명의 기둥이라고 할 수 있는 철강산업에 있어서도 일본·한국의 동아시아의 세勢는 서양을 압도합니다. 일본은 현재 세계의 10대 고로高爐 중에서 여덟 개를 보유하고 있으며 그 제철소에서는 미국의 피츠버그보다 25퍼센트나 싼 강판이 생산되고 있다는 것입니다. 그런데 미국의 어떤 제철소보다도 큰 한국의 포항제철에서는 바로 그 일본제보다도 톤당 50에서 1백 달러가 싼 강판이 대량생산되고 있다는 것입니다.

스위스의 시계를 예를 들고 있습니다. 스위스의 소도시 빌은 시계 제조업의 세계적인 중심지였으나 지금은 폐광된 마을처럼 황폐해져 가고 있다는 것입니다. 일본제 전자시계 때문에 10년 동안 8만 9500명의 시계 직공의 수가 그 반수인 4만 7000명으로 줄어들었기 때문입니다.

그러나 유럽이 일본제 시계로 쓰러져가고 있는 동안에도 홍콩제 디지털 시계는 지금 일본시장으로 역류해 들어오고 있는 중입니다.

선박에 있어서도 일본은 구미를 눌렀고 한국은 일본을 이겼다는 것입니다. 이순신 제독이 거북선을 만들어 일본 배를 때려 부순 바로 옥포만에서 지금 다시 일본 배와 싸워 이기고 있다는 것입니다. 한때는 해전에서, 지금은 조선造船에서 말입니다. 1981년에 행해진 신조선新造船의 국제입찰은 40척을 상회했지만 13척이 한국의 조선소로 낙찰되었고, 일본은 제로였다는 겁니다.

일본만이 아니라 최근 10여 년 동안 한국·대만·싱가포르·홍콩 등의 경제적 급성장은 동아시아의 새로운 경제권을 형성하고 있으며, 그것은 경제만이 아니라 구미 문명을 위협하는 중대한 문화적 도전으로 나타나고 있는 것입니다.

서양의 해는 지고 동아시아의 해가 떠오르고 있다는 것입니다. 오늘날 어째서 동아시아 문화권이 강해지고 있는가? 그 이유를 알기 위해서 서구의 학자들은 관심을 쏟고 있는 중이지요.

우리도 그것을 생각해 보자는 것입니다.

동서의 농사짓는 방식의 차이

사진을 찍어본 사람은 다 알 것입니다. 네거티브 필름에 찍힌 자기의 얼굴은 흑백이든 천연색이든 추악하게 보입니다. 그러나 일단 그것을 반전시켜 인화 현상을 하면 제 모습이 그대로 나타납니다. 한국의 문화, 더 넓게 말하면 동아시아의 문화란 것도 그런 것 같습니다.

서양문화와 접촉을 하고 근대화를 하는 과정 속에 찍혀진 동양 문화의 모습은 모두가 네거티브 필름으로 나타났던 것입니다. 서구문화와 비교해 볼 때 '인정'은 '비합리성'으로 인식되고, '가족주의'는 '비사회성'으로 지탄받게 됩니다. 한자는 알파벳의 표음 문자에 비해 비기능적인 망국의 문자로 생각되기도 합니다.

그러나 서구의 합리주의가 벽에 부닥친 후기 산업사회에 이르면 이러한 마이너스 요소의 동양문화가 갑자기 반전되어 플러스 가치로 바뀌어갑니다. 지금까지 부정적으로만 보였던 못생긴 얼굴이 새로운 시대의 인화지 위에 현상되면 한숨이 감탄으로, 눈물이 웃음으로 변전되는 제 모습을 찾게 됩니다.

우선 그들의 이야기를 들어봅시다. 앞서 소개한 켄트 칼더와 같은 학자들은 동아시아가 어째서 오늘날 서양과의 경제적 경쟁력에서 우위성을 보이고 있는가? 그 강점에 공통항共通項을 동북아시아 문화의 뿌리에서 찾으려고 합니다.

그리고 그들은 '서양 사람과는 다른 사고방식과 행동양식이 이 지역(동아시아)의 역사에 뿌리 깊이 박혀 있으며, 그것은 간단히 이식하거나 흉내 낼 수 없는 것'임을 밝혀주고 있습니다.

일상적으로 볼 때 동아시아 문화는 '밥의 문화'이고, 서양문화는 '빵의 문화'라고들 합니다.

평범하고 뻔한 것 같지만 이 '밥'과 '빵'은 근본적으로 다른 문화권을 형성해 주고 있는 요소입니다. 생각해 보십시오. 성서에 "빵만으론 살아갈 수 없다"는 예수의 유명한 가르침이 있지만, 이것은 한국어(밥 문화권)로는 번역 불가능한 말인 것입니다. 옛날 성서에는 '떡만으론 살아갈 수 없느니라'고 번역되어 있지만 빵과 떡은 모양은 닮았어도 그 본질적인 의미의 내용은 오히려 정반대인 것입니다.

그래서 '떡만으론 살아갈 수 없다'고 하면 사람들은 당연하고 당연한 말이라고 할 것입니다. "밥을 먹어야지 어떻게 떡만 먹고 살아갈 수 있겠느냐"고 말입니다.

그래서 요즈음엔 "밥만으로는 살아갈 수 없다"고 번역되기도 합니다. 빵이 서양 사람들의 식생활을 대표하는 것처럼 밥은 한국 사람들의 주식이기 때문에 그것이 예수가 말하려고 했던 '물질'이란 의미의 제유提喩로 쓰일 수 있습니다.

그러나 이번엔 의미 내용은 통해도 의미 형식은 달라지게 됩니다. 이 말은 악마가 돌을 주면서 예수에게 빵을 만들어보라고 한 데서 비롯된 말입니다. 그렇기 때문에 밥이라고 하면 그 이야기의 앞뒤가 맞지 않게 됩니다. 돌과 빵의 형태는 같은 덩어리란 면에서 공통점이 있지만, 밥에는 그것이 없습니다.

밥이라고 하려면 악마가 예수에게 준 것이 돌이 아니라 모래여야 할 것입니다. 속된 말로 의미를 따르자면 형태가 울고 형태를 따르자면 의미가 웁니다. 번역의 불가능은 그것이 '이식 불가능'

의 문화임을 의미하는 것입니다.

밥과 빵은 단순한 식생활의 차이만이 아니라 생산구조나 조직 그리고 사고나 행동방식까지도 큰 차이를 나타낸다는 것을 쉽게 추리해 낼 수 있습니다.

'밥의 문화'라는 것은 농업 전통의 문화, 그중에서도 '도작稻作 문화'를 의미합니다. 동아시아의 농업전통이나 그 기술이 서구의 그것과 근본적으로 달랐던 것은 쌀을 존중한 논농사였기 때문이라고도 할 수 있습니다.

서양문화는 농업보다도 유목 전통에 있습니다. 그리고 같은 농업이라 해도 논농사와는 아주 성질이 다릅니다. 빵을 만드는 밀은 밭농사에 속하는 것이기 때문이지요.

그것은 논농사처럼 모판을 만들 필요가 없고 이식이나 관개灌漑나 김을 매주고 시비施肥를 해줄 필요도 없습니다. 그냥 씨를 듬뿍 뿌렸다가 여물면 거둬들이는 조방식粗放式 농업인 것입니다.

그러나 벼농사는 그렇게 지을 수 없지요. 모든 것이 기계화해도 그것은 미국식 기계농법처럼은 할 수 없습니다. 마치 아이를 키우듯이 일일이 잔손이 가지 않으면 안 되는 집약농업의 극점입니다. 벼농사만이 아닙니다. 한국을 비롯한 동아시아의 농민들에게 있어서는 정성을 들이는 것이 무엇보다도 수확을 올리는 농업기술이라는 것을 잘 알고 있는 것입니다.

서양 사람의 눈으로 보면 농민이 아니라 원예사로 보이고, 농사를 짓는 것이 아니라 품평회 출품용의 장미를 가꾸고 있는 것처럼 보인다는 것입니다.

우리는 같은 논밭에서 한 톨의 곡식이라도 더 많이 수확하기 위해서 있는 정성을 다 쏟아 부어야 합니다. 풀을 뽑고 거름을 주는 정성을 두 배 들이면 두 배의 소출이 난다고 믿는 농법입니다. 그러나 서양 농업은 그렇지가 않습니다. 수확을 올리기 위해서는 경작지 자체를 넓혀야 하는 개간술 농법인 것입니다.

경작지를 배로 늘리면 수확도 배가 되는 것이므로 우리의 '정성'이 서양인에게 있어서는 '개간정신', '개척정신'이 되는 셈입니다.

정말 우습지 않습니까? 문화를 뜻하는 영어의 컬처culture는 원래 경작한다는 뜻이었지요. 숲이나 늪 그리고 강가의 버려둔 땅을 찾아가는 것, 그래서 농지를 넓혀가는 개간, 그것이 곧 그들의 문화요 그 정신이었던 것이지요.

농사를 짓는 방법만 두고 봐도 동양과 서양은 이렇게 다릅니다. 결국 밥의 문화는 '정성'의 문화이고 빵의 문화는 '가는 문화', '개간의 문화'라고 할 수 있을 것입니다.

'끝내주는 것'의 마무리 문화

벼농사를 짓던 사람들이 공장에서, 도시에서 일을 하게 되면 어떻게 될까요? 밀농사의 전통 속에서 살아온 빵 문화권의 사람들보다 훨씬 부지런하고 또 훨씬 참을성 있게 어려운 일을 해낸다는 것입니다.

그래서 서양학자들은 일본·한국·대만 등의 공장 노동자들이 자기네들보다 높은 생산성을 올리게 된 이유가 바로 그 벼농사의 체질 때문이라고 풀이하기도 합니다.

벼농사를 지으려면 밀농사보다 몇 배나 더 잔손이 가고 또 참을성이 많아야 한다는 것은 이미 설명한 그대로입니다.

실제로 조사를 해봐도 대만에서 생산성이 제일 높은 조립작업의 노동자들은 10년 전까지만 해도 모 심기를 했던 농촌 출신의 젊은 여성들이었다는 것입니다.

벼농사를 직접 지었든 안 지었든 그것이 문제가 아닙니다. 거기에서 노는 생활습관이나 사고행동의 양태 등이 문화의 기층을 이루고 있다는 사실에 그 중요성이 있는 것입니다.

가령 무심히 쓰는 유행어지만 우리는 무엇인가 멋있는, 아주 잘하는 것을 보면 '끝내준다'고 합니다. 일본 말로는 '시아게'이지요. '끝내주는 것'이나 '시아게'라는 것은 마무리를 잘 지어주는 것을 의미합니다. 도작문화권의 영농방식은 주로 농토를 넓히기보다 이미 있는 그 농토를 정성들여 가꾸는 것이라고 했습니다. 말하자면 '시아게'를 잘해 주는, 그래서 '끝내주는' 농사법인 것입니다. 그러나 서양의 밀농사형 조방농업은 곡식 한 포기 한 포기에 신경을 쓰기보다는 농토를 더 개간확장하여 증산을 꾀하는 것이기 때문에 항상 새것을 찾아 넓혀가는 '개시하는 형'이라고 할 수 있습니다.

그래서 서양인은 새로운 공업기술이나 제품을 언제나 먼저 발명해 내지만 그것을 공들여 가꾸고 끝내주는 것은 도작문화권의 사람들이라는 것입니다.

카메라를 발명한 것은 프랑스인이지만 그 기능이나 질을 잘 가꾸고 개량하여 세계시장을 휩쓸고 있는 것은 일본인입니다.

카메라뿐이겠습니까!

테이프 레코더도, 비디오 디스크도 그 원리를 개척해 내고 처음으로 제품을 만든 것은 독일이요, 네덜란드였습니다. 그런데 그것을 '끝내준 것'은 소니의 '워크맨'이며 세계시장의 9할을 차지하고 있는 '베타막스'와 VHS의 일본 제품들입니다.

새것을 개간하는 것보다는 이미 있는 것을 공들여 완성시키는 정성문화도 일본만의 것이 아닙니다. 벼농사를 짓는 동아시아인들의 공통된 습성이라 할 수 있습니다.

그리고 미래의 세계는, 끝없이 번져나가는 개시형 사고보다 이미 만들어낸 문명을 어떻게 잘 가꾸어 인간사회에 유익하게 쓰느냐의 '끝내주는 형'의 정성이 더 중요한 몫을 한다는 것입니다.

그뿐만이 아닙니다. 노동에 대한 관념에 있어서도 그렇습니다. 성서를 보면 노동은 원죄에 대한 형벌인 것입니다. 아담은 금단의 열매를 따 먹었기 때문에 그 벌로 영원히 '땀을 흘려 밭을 가는 수고'를 하지 않으면 안 되는 것입니다.

노동을 뜻하는 영어의 '레이버labor'는 원래 형벌을 의미하는 낱말이었다고 하지 않습니까. 그래서 그들은 아무것도 일하지 않는 것이 성스러운 일이요, 죄를 짓지 않는 것으로 통하는 안식일 문화를 낳았던 것이지요.

그러나 벼농사를 짓는 동아시아인들은 뼈가 부러질 것 같은 고된 농사였지만 그것이 천하의 대본이라고 생각했던 것입니다. 노동에 대한 긍지를 지녔었지요.

아닙니다. 관념적인 것이 아닙니다. 벼농사는 힘으로만 되지 않습니다. 물을 대주기도 하고 빼주기도 합니다. 그 리듬은 아이를 토닥거리는 것 같은 애정의 손길에서 우러나오는 것입니다. 자식을 키우듯, 아니면 아름다운 꽃을 가꾸듯 하는 농사이기 때문에 동양인에게 있어 노동은 단순한 형벌, 죽지 못해 하는 고역만은 아니었던 셈입니다.

서양의 개간형 문화는 이른바 식민주의 문화를 낳았고 노동을 형벌로 알았던 원죄문화는 아이러니컬하게도 노예문화, 현대에는 그 노예의 노동을 대신하는 기계문명을 낳았다고 할 수 있습니다.

밭을 자꾸 넓혀가다 보니 끝내는 아프리카에, 아시아에, 전 세계에 식민지의 땅을 건설하지 않으면 안 되었습니다. 대서양을 넘어 신대륙을 찾아낸 정신도 바로 그것입니다. 보스턴에 상륙한 그들은 다시 그 동부에서 포장마차를 끌고 서부로 서부로 향합니다. 새로운 프론티어frontier가 없으면 침몰해 버리고 마는 문화입니다.

케네디는 그것을 잘 알았기 때문에 뉴 프론티어의 깃발을 세웠던 것이 아니겠습니까? 그리고 더 갈 데가 없으면, 더 이상 지구에 개간할 땅이 없으면, 이번에는 달나라를 향해서 로켓이라도 쏘아 올려야 합니다. 그것이 바로 오늘날의 스페이스 셔틀입니다.

유교문화의 죽음과 재생

우리의 근대화는 상투를 자르고 유교 윤리에서 벗어나는 데서부터 시작되었지요. 그러나 놀랍게도 서양학자들은 오늘날 동아시아의 경제성장이나 산업화 사회에서의 성공요인이 '유교 정신'에 있다고 말합니다. '닉스NICs'의 대표적인 나라로 불리는 한국·대만·홍콩·싱가포르의 문화적 공통점은 유교에 있습니다. 그리고 일본을 포함해서 유교전통이 있는 나라는 서양과는 대조적인 가족 윤리를 갖고 있습니다.

서구의 문명병 가운데의 하나가 가정 부재의 현상입니다. 도시화와 산업화에 따라 여성들은 가정에서 직장으로 그 역할이 변하기 시작합니다. 그렇게 되면 결혼한 여성의 경우엔 집안의 남편보다는 직장의 다른 남성과 어울리는 시간이 더 많게 됩니다. 서양 직장에서는 점심시간이 되면 남녀가 짝을 지어 식사를 하고 잡담을 즐깁니다.

주로 남성은 남성끼리, 여성은 여성 동료들끼리 집단으로 몰려다니는 유교 나라들의 직장생활과는 근본적으로 다릅니다. 파티고 직장이고 으레 사람들이 모였다 하면 남녀 짝을 짓는 것이 서양인들의 풍속입니다. 그래서 직장에서의 연애가 많아지는 것입니다. 그러고 보면 부인 노동자가 늘어갈수록 이혼율은 높아지게 되고 이혼율이 높아지면 따라서 재혼율도 높아집니다.

이렇게 결혼생활이 복잡해지면 자연히 독신생활자가 또 늘어갈 수밖에 없습니다. 결혼을 귀찮고 두려운 것으로 생각하게 되기 때문이지요. 이혼, 재혼, 독신…… 이러한 낱말들은 가정생활의 불안이나 부재를 나타내는 지수이기도 한 것입니다.

동아시아에는 유교 기반이 있기 때문에 근대화를 해도 〈챔프〉나 〈크레이머 대 크레이머〉와 같은 영화 이야기는 드뭅니다. 따라서 가정이 흔들리지 않기 때문에 직장에서도 열심히 일에 몰두할 수가 있습니다.

도시화할수록, 산업화할수록, 인간 개개인은 외로워집니다. 이른바 인간소외의 현상이지요. 세상은 사막처럼 되어갑니다. 콘크리트의 그 거대한 사막의 도시에서 낙타가 될 수 있는 것은, 그리고 녹지가 될 수 있는 것은 다름 아닌 가정입니다. 이것이 흔들리게 되면 사회 전체, 국가 전체의 생산성이 저하되는 것입니다. 서양사회가 일하려는 욕망을 잃고 문명병을 앓고 있는 이유 중 하나는 '가정 부재'와 밀접한 연관성이 있다는 것입니다.

잘 알다시피 유교윤리는 가정으로부터 시작합니다. 그리고 그 윤리는 서양처럼 개인에 토대를 둔 개인윤리가 아니라 인간과 인간 사이에 있는 '관계'의 윤리입니다.

그리고 그 관계의 기본은 가족에 있고 그 가족관계가 넓어지면서 인간 전체의 관계가 생겨납니다. '수신제가'가 '치국평천하'의 길이 되는 윤리입니다.

동아시아인들의 생산의욕의 뿌리는 가족에 있다는 것이지요. 남편은 아내와 자녀를 위해서, 아내는 또 남편과 자녀들을 위해서, 그리고 자녀들은 부모를 위해서 외로움과 어려움을 참아냅니다. 그러니까 가정이 종교로 되어 있는 것이 '유교'입니다. 우리에게 있어 가정은 곧 성당聖堂입니다. 가정은 십자가입니다. 가족의 피는 성전聖典의 말이며 그 신은 조상이 되는 것입니다.

김소월의 시를 읽어보십시오.

어버이님네들이 외우는 말이
딸과 아들을 기르기는
훗길을 보자는 심성心誠이노라.

그러하다. 분명히 그네들도
두 어버이들에서 생겼어라.
그러나 그 무엇이냐, 우리 사람!
손들어 가르치는 먼 훗날에
그네들이 또다시 자라 커서
한결같이 외우는 말이
훗길을 두고 가자는 심성으로
아들딸을 늙도록 기르노라

김소월은 니체가 아닙니다. 서구문화권의 근대 시인들은 "신은 죽었다"고 선언했지만 유교문화권에 있는 시인 김소월은 훗길을 보자는 데 대한 허무한 회의가 있어도 '피의 죽음'을 선언할 수 없습니다. 왜냐하면 훗길을 보자고 살아가는 생명의 목적은 맹목적인 본능과도 같은 것이기 때문입니다. 작은 벌레들에게도 있는 욕망입니다. 유교는 이 '훗길'의 본성을 윤리화한 것이기 때문에, 종교화한 것이기 때문에, 무신론의 시대가 와도 그 '종교성'은 사라지지 않는 것입니다.

이 신 없는 종교인 유교가 정신을 지배해 온 나라들은 '문질빈빈文質彬彬'이라는 말도 알고 있습니다. 문은 인공적인 것이고 질은 자연적인 것입니다.

인간의 문명성과 자연성을 잘 조화시키는 것이 인자仁者입니다. '문질빈빈'의 인자야말로 공자의 시대가 아니라, 지금 바로 이 문명 속에서, 문명과 자연, 인간과 그 환경이 균형을 잃은 이 산업사회에서 가장 필요로 하는 사항이지요.

중용은 균형감각입니다. 현대인은 지금 외줄의 끈 위에 올라 있는 곡예사와도 같습니다. 한 발 잘못 디디면 몰락과 파멸의 심연으로 떨어지게 됩니다. 그렇기 때문에 사람들은 누구나 스트레스 속에서 하루하루를 지내고 있습니다. 그러므로 문명인에게 필요한 것은 삶의 평형감각과 그 휴식의 공간인 것입니다.

유교문화권의 동아시아인들은 그 평형감각이 발달해 있기 때문에 근대문명의 긴장 속에서도 비교적 잘 견딘다는 것입니다.

1980년대는 동양의 전통이 근대화를 저해하는 것이 아니라 오히려 후기 산업사회를 만들어가는 중요한 밑거름이라는 것이 증명될 수 있는 연대입니다. 말하자면 동아시아 시대가 열리는 연대입니다. 동양인을 'WOG(서구화한 동양 신사)'라고 비웃던 그들이 이제 조금씩 경이의 눈을 뜨고 우리를 바라보기 시작한 것입니다.

당신이 써야 할 또 하나의 『1984년』, 그 미래 소설은 우리가 거두지 않고 내버렸던 전통문화의 '이삭줍기' 이야기가 되어야 할는지도 모릅니다.

젓가락 문화

서양에서 발견한 젓가락의 의미

오늘은 부끄러운 이야기를 좀 쓸까 합니다. 나는 50년 가까이 매일같이 그것도 거의 하루에 세 번씩 식사를 해왔는데도 아직 젓가락질이 서툴다는 사실입니다. 더욱 창피한 것은 내 젓가락질이 매우 어설프고 변칙적인 것이라는 사실조차도 모르고 지냈다는 점입니다.

그것을 알게 된 것은 언젠가 미국 여행 중에, 작은 도시의 중국 식당에 들어갔을 때의 일이었습니다. 옆자리에는 미국인 한 가족이 앉아서 열심히 식사를—아닙니다. 정확하게 말하자면 열심히 젓가락질을—하느라고 땀을 뻘뻘 흘리고 있었던 것입니다. 그중에는 대여섯 살짜리 아이도 하나 끼어 앉아서 어른들 젓가락질을 보면서 흉내를 내고 있었지만 처음 잡은 젓가락에는 애도 어른도 없었던 것이지요.

어른들은 자기 나름대로 아이에게 젓가락질을 가르치려고 애썼지만, 그것은 꼭 새끼 게가 옆으로 기어가는 것을 보고 어미 게가 "얘야 걸음은 이렇게 똑바로 걸어야 하는 거란다" 하면서 자기도 옆으로 옆으로 기어갔다는 그 우화의 한 장면과 같았습니다.

그때 내가, 그러니까 젓가락 문화권에서 온 구세주가 나타나게 된 셈이었지요. 그들은 염치불구하고 나에게 젓가락을 내놓고는 시범을 보여 달라는 것이었어요.

난생처음 양요리를 먹게 되었을 때 포크와 나이프를 쥐고 죄지은 사람처럼 주눅이 들어 있던 어린 시절의 기억이 내 머리를 스쳐갔습니다.

'이제야 앙갚음을 할 때가 왔구나!'

나는 의기양양하게 젓가락을 들고 시범을 보이려고 했지만, 그 순간 내 젓가락질이 본식이 아니라는 것을 깨닫게 된 것입니다.

웃지 마십시오. 변명이 아니라 나는 막내로 태어난 특권 때문에 엄격한 유교 가정이었으면서도, 오랫동안 응석받이로 자랐던 것입니다. 그 때문에 어른들은 잘못 놀리는 내 젓가락질을 끝내 바로잡아 주지 못했던 것입니다. 잘못 잡은 젓가락질이 버릇이 되고 굳어버린 채로 나이를 먹었기 때문에, 막내둥이가 아니라도 이제는 그것을 바로잡아 줄 사람조차 없게 된 것입니다.

묻지 마십시오. 서양 사람들에게 엉터리 변칙 젓가락질을 가르쳤던 내 심정이 어떠했는가를. 그게 그저 단순한 젓가락질의 문제라면 웃어넘길 수도 있습니다. 하지만 나는 거기에서 한층 더 깊은 내 자신의 상징성을 발견했던 것입니다.

서양 사람들을 만날 때마다 그들은 한국에 대해서, 동양에 대해서 묻습니다. 그러나 그에 대한 내 대답은 바로 내 젓가락질처럼 어설픕니다.

동양 사람도 서양 사람도 아닌 어중간한 회색의 문명인입니다. 죽어라 하고 머리를 싸매고 평생을 배워온 것이 서양 공부입니다. 그래서 그들이 젓가락질을 가르쳐달라고 할 때 당황했듯이 그들의 질문을 받고 얼굴을 붉혔던 적이 한두 번이 아니었던 것입니다.

나 혼자만의 이야기라면 나 혼자의 부끄러움으로 끝나버리겠지만, 이 젓가락의 상징은 오늘날 우리 문화의 모든 상징일 수도 있다는 것을 숨길 수 없습니다. 공범자를 만들자는 속셈이 아닙니다.

요즈음의 초등학교 아이들 가운데에는 젓가락질을 제대로 하지 못하는 아이들 수가 8할이 넘는다고 합니다. 그러면서도 그게 별로 흉이 안 되는 사회가 되어가고 있습니다. 도시락을 싸들고 가는 학생들 가운데는 젓가락질이 불편하다고 해서 아예 포크를 넣어가지고 다니는 아이들도 있다고 합니다.

식생활이 모두 양식으로 바뀐 것이라면 모릅니다. 아직도 밥을 먹고 젓가락으로 김치를 집어먹으면서도 단지 그 젓가락질만이 서툴게 되어버린 데 바로 오늘의 우리 문제가 있는 것입니다.

요즈음 아이들은 내가 어렸을 때 그랬던 것처럼 모두가 막내둥이로 자라나고 있는 까닭입니다. 그리고 부모들은 그 응석을 그대로 받아주고 있기 때문입니다.

어디 젓가락질뿐이겠습니까? 위에서 내려오는 문화의 전통은 부모에 의해서 아이들에게 전수되는 법입니다. 그리고 자기도 모르는 사이에 몸에 배어버리는 것입니다. 말하자면 젓가락질과도 같은 것입니다. 태어난 아이들이 어머니의 젖을 빠는 것은 본능입니다마는, 젓가락질을 배우는 것은 문화요 교육입니다.

젓가락질을 배우는 그 나이에 우리는 문화와 정신의 뿌리에 접목되는 것입니다. 그런데 젓가락질을 하지 못하는 아이들이 늘어간다는 것은 그만큼 전통의 뿌리가 약해져 가고 있다는 증거이지요. 그것은 젓가락을 바로잡아 주는 어른들이 없다는 것이기도 합니다. 어른이 없는 집안이요, 어른이 없는 사회가 되어버렸습니다. 그것은 곧 규범이 사라졌다는 말이기도 합니다. 참고 견디는 극기의 풍속이 없어졌다는 것입니다. 쓴 것은 뱉고 단 것은 삼키는 안이한 생이 탄생되고 있다는 이야기입니다. 젓가락을 잡아보십시오. 그리고 그 문화가 어떤 것인가를 생각해 봅시다.

발톱의 문화와 부리의 문화

문화는 신체의 연장이라는 말이 있습니다. 옷은 '피부의 연장'이기 때문에 문화의 상징이 되는 것이지요.

타잔은 알몸으로 다니기 때문에 타잔인 것처럼 문명인은 옷을 입고 다니기 때문에 문명인인 것입니다. 식사를 할 때 맨손으로 음식을 집어먹는 것도 마찬가지입니다. 직접 손으로 음식을 집어 먹지 않고 젓가락이나, 그리고 서양 사람 같으면 포크와 나이프를 사용하는 데서, 자연과 문화의 문턱이 생겨난다고 할 수 있겠지요.

그렇다면 젓가락에는 동양문화의 상징이, 포크에는 서양문화의 특성이 있다고 말할 수 있습니다. 개화기의 한국인이 포크로 식사를 하는 것을 보고 "쇠스랑으로 밥을 먹는 놈들"이라고 비웃었다는 농담이 있지만, 분명히 식사 양식처럼 그 나라의 문화양식을 직접적으로 드러내놓는 것도 드물 것입니다.

롤랑 바르트는 서양 사람들이 사용하는 포크가 본질적으로는 동물의 발톱과 다름없다고 말한 적이 있습니다. 포크와 나이프는 고기를 찢기 위해서 있는 것이기 때문입니다. 서양에서는 커다란 고깃덩어리가 직접 식탁에 오릅니다. 그래서 서양 사람들에게 있어 먹는다는 것은 '찢어 발긴다'는 것과 같은 말입니다. 고양이가 쥐를 잡아먹을 때처럼 말입니다. 문화인들이기 때문에 점잖게 '썬다'고 말하는 것뿐이지요. 아무리 검은 예복을 입고 순은의 포크, 나이프로 점잖게 식사를 하고 있는 서양 귀족들의 만찬이라 할지라도 자세히 관찰해 보면 저 번뜩이는 표범의 발톱, 그렇지 않다면 최소한 도둑고양이의 날카로운 발톱이 어른거리고 있는 것입니다.

'식욕의 불꽃'은 고깃덩어리가 찢겨나가는 그 순간순간에도 타오르고 있습니다.

그렇다면 동양인의 젓가락은 무엇일까? 그것은 결코 찢기 위해서 있는 것은 아닙니다. 젓가락질은 '찢는 것'이 아니라 차라리 쪼는 것이지요. 그래서 롤랑 바르트는 동양인이 식사를 하는 것을 보면 새가 모이를 쪼아 먹는 것 같다고 말했던 것입니다. 젓가락은 그러니까 새에 있어서 '부리'와 같은 존재라는 이야기입니다.

젓가락 문화권의 음식들, 한국·중국·일본의 요리는 제각기 모두 다르지만, 한 가지 공통점은 젓가락으로 집어먹을 수 있는 작은 덩어리들로 되어 있다는 점입니다. 서양요리는 비프스테이크는 물론 빵까지도 젓가락으로는 집을 수 없는 큰 덩어리로 되어 있습니다. 한입에 넣도록 된 것이 아니기 때문에 빵을 먹으려면 찢어 먹어야 합니다. 거기에 비해서 밥은 작은 밥알로 되어 있어 찍어 먹듯이 젓가락으로 집어먹을 수 있습니다.

포크 문화는 그만큼 공격적인 데가 있고 젓가락 문화는 또 그만큼 수동적인 데가 있는 것 같습니다. 우리 음식은 무엇이든 한

입에 들어갈 수 있도록 미리 잘게 쪼개져 있습니다. 젓가락으로 집을 수 있는 양, 그것이 입 안에 넣을 수 있는 가장 이상적인 양이 되는 것이지요. 이를테면 숟가락이나 젓가락은 음식의 양을 재는 저울이기도 합니다.

만약에 서양의 경우 요리사가 친절을 다해서 손님이 먹기 좋도록 비프스테이크를 미리 잘게 썰어왔다고 가정합시다. 손님들은 자기의 특권이라도 침해당한 것처럼 화를 낼 것입니다. 입 안에 넣는 크기는 남이 정해주는 것이 아니라 자기가 정한다는 것, 자기가 선택한다는 것, 그것이 서구의 자아自我이기도 합니다. 그것이 서구의 '자유' 정신이기도 합니다.

젓가락 문화권에 있어서는 개인이란 것이 그렇게 확실한 울타리를 두르고 있는 것이 아닙니다. 타자와 조금씩 얽혀 있어서 어디까지가 '나'이고 어디까지가 '너'인지 그 관계가 불확실합니다. 국경이 확실치 않은 지도와 같아서 좋을 때는 외롭지 않게 왔다 갔다 합니다만 궂은 일이 있으면 국경분쟁이 일어나기도 합니다.

이 얽히고 설키는 타자와의 관계는 싸늘한 자아가 아니라 따뜻한 '정'으로 뭉친 문화를 만들어내는 것이지요. 그렇기 때문에 말입니다. 한국인이 술자리에서 무엇인가를 주문할 때 보면 맥주는 으레 '한두어서너 병', 안주는 '알아서' 가져오라고 말하는 경우가 많은 것입니다. '한두어서넛'은 '하나둘셋넷'의 준말이니 그 숫자의 폭이 이만저만 큰 것이 아닙니다. 자기가 먹을 것을, 이를테면 가장 원초적인 식사의 선택권을 '타자'에게 내맡기는 결과가 되는 것입니다. 이렇게 권한이 맡겨졌으니 주문을 받은 쪽에서는 그냥 기계적으로 일을 할 수 없습니다. 사실은 난처한 것이지요. 남의 먹을 것까지 그 입맛과 양도 결정해 주어야 하니까요. 그래서 말하지 않아도 남의 마음을 알아차리는 이심전심의 직관이, 눈치가 빨라야 합니다. 손님의 관상을 봅니다. 소매치기처럼 손님의 호주머니 속도 좀 들여다봐야 합니다.

또 회계는 어느 손님이 하는 것인지, 무엇 때문에 한턱을 쓰는 자리인지, 그것을 다 짐작해서 '한두어서너 병'은 한 병도 될 수 있고 네 병도 될 수 있으며 따라서 안주 메뉴도 달라지는 것입니다. 아닙니다. 전통적인 한식 방석집엘 가면 메뉴나 그 양은 처음부터 주인이 알아서 그냥 한상 차려서 내오는 것이지요. 정情이 없이는 서로가 안 되는 일입니다.

하지만 이 '정'의 딱 부러지지 않는 어렴풋한 안개 때문에 이따금 음식을 먹고 나서 '바가지'를 쓰는 일도 생겨나는 것이지요.

'포크 문화'와 '젓가락 문화'는 여기서 끝나는 것이 아닙니다.

업는 것과 포옹하는 것

우리는 애를 업어 기릅니다. 업고 업히는 이 인간관계는 성장한 뒤에도 여전히 계속되고 있습니다. 업어준다는 것은 내가 남을 완전히 떠맡는다는 것이고 업힌다는 것은 남에게 완전히 내맡긴다는 것입니다. 이 '업고 업히는 관계'에 의해서 얽히고설킨 것이 젓가락 문화권의 인간관계라고 할 수 있습니다.

상징적인 의미만이 아니라 실제로 어른이 된 뒤에도 우리는 환자나 부상자가 생기면 으레 등에 들쳐 업습니다. 또 위급할 때 남에게 업히는 것을 그렇게까지 창피한 것으로 여기지 않습니다. '효孝'를 뜻하는 한자를 자세히 뜯어보십시오. 그것은 아들[子]이 늙으신[老] 어버이를 업고 있는 형상을 나타낸 상형象形이란 것입니다. 그러니까 가르칠 '교敎' 역시 남을 업는 법, 효도하는 법을 가르친다는 데서 생겨난 글자인 것이지요.

서양 사람들의 풍습에는 '업고 업히는 것'이 없습니다. 그들의 인간관계는 포옹 속에 상징됩니다. 안아주는 것. 애나 남녀만이 아니라, 남자와 남자끼리도 반가운 인사로 서로 끌어안고 뺨에 입을 맞추는 일이 많습니다. 우리 눈으로 보면 무언가 거부감이 생겨나는 광경이지요.

내가 외국에서 생활하는 동안 사소한 일들로 문화적인 충격을 받았던 것도 실은 '업는 문화'와 '포옹 문화'의 차이에서 오는 것들이었습니다.

프랑스에서 실존 철학자 가브리엘 마르셀을 만났을 때의 일입니다. 밖에서 식사를 하고 그의 아파트까지 모셔다 드렸지요. 그런데 엘리베이터가 없는 아파트에서 살고 있었기 때문에 이 80

노객은 계단 중턱에서 숨을 헐떡이며 몇 번이나 쉬어 가지 않으면 안 되었습니다. 그런데 2층 층계까지 올라와서 너무 괴로워하기 때문에 경로사상이 철저한, 그리고 겁이 나기도 한 이 한국인은 엉겁결에 등을 들이대고 업으려 했던 것입니다.

그 순간 나는 이 철학자가 고마워하기는커녕 아주 불쾌한 표정을 짓는 것을 보고 당황하지 않을 수 없었습니다.

웬만한 부상을 당해도 어깨를 부축해 주는 정도이고 아주 심하면 머리와 다리를 들고 가거나 들것에다 싣고 가는 것이 서양 사람들의 풍습입니다. 업어주는 습관, 업혀서 자란 경험이 없었기 때문입니다.

문학작품을 봐도 그렇습니다. 우리나라에서 첫손 꼽히는 단편소설 「메밀꽃 필 무렵」이 바로 업어주는 문화의 전형인 것입니다. 당신은 아마 그 감동적인 장면을 잊지 않고 있을 것입니다. 동이가 허생원을 자기 아버지인 줄도 모르면서 등에 업고 냇물을 건너는 그 아름다운 장면 말입니다. 허생원은 냇물에 빠져 옷이 흠뻑 젖어 있었기 때문에 거의 맨살을 대는 것처럼 동이의 따뜻한 체온을 느낍니다.

허생원은 동이에게 업힘으로써 혼자 외롭게 살아온 반평생을 의지합니다. 거기에서 그는 떠돌아다닌 장돌뱅이의 한을 푸는 것이지요. 포옹으로는 도저히 표현할 수 없는 한국인적 정감의 세계입니다.

「메밀꽃 필 무렵」만이 아닙니다. 웬만큼 이름난 소설 장면 가운데 '업는' 장면을 찾는 것은 그리 힘든 일이 아닙니다. 『춘향전』을 봐도 이도령과 춘향이의 만남은 포옹이 아니라 '업어주기'의 놀이로부터 시작되고 있지 않습니까. 김유정의 「만무방」에도 형이 아우를 업고 가는 장면이 나옵니다.

같은 젓가락 문화권에 속해 있는 일본문학에서도 '업는 장면'은 감동적인 정경으로 자주 등장합니다. 이시가와 다쿠보쿠[石川啄木]라는 시인은 '내 장난삼아 어머니를 업다가, 그 가벼우신 몸에 세 발짝도 떼지 못하였노라!'라는 하이쿠를 읊은 적이 있습니다. 너무 무거워서가 아니라 너무 가벼워서 걷지를 못했다는 역설에 이 시의 감동이 있는 것이지만 어머니의 몸무게를 전신으로 느낄 수 있는 '업는 문화' 그 자체에, 그 뻐근한 감동의 원천이 있다고 할 것입니다.

포옹의 문화는 상대방의 몸무게를 느낄 수가 없습니다. 수평적인 인간관계이기 때문입니다. 포옹은 누가 누구를 일방적으로 끌어안는 것이 아니라 서로가 서로를 대등하게 접촉해서 결합하는 방식입니다. 그러나 업는 문화는 업고 업히는 수직적인 인간관계이므로 주는 쪽과 받는 쪽의 상하관계에서 이루어지는 결합입니다.

어려서는 어머니에게 업혔고, 커서는 어머니를 업습니다. 우리는 사람을 보면 우선 내가 업어주어야 할 사람인가 혹은 내가 업혀야 될 사람인가를 가늠합니다. 하다못해 차 한 잔을 마셔도 이제는 서구화하여 없어져 가고 있지만 업힐 사람과 업어줄 사람이 이심전심으로 결정됩니다. 돈을 내는 사람이 업는 사람이고 빈손으로 일어난 사람이 업혀가는 사람인 것이지요.

종합의 시대와 총체적 문화

포크와 나이프는 찢기 위해서 있다. 쇠고기의 덩어리를 찢고 들판과 강물과 숲을 찢는다. 성과 성을, 도시와 도시를, 그리고 마음을 찢어 분할한다. 이제는 하늘의 별들을 찢는다. 포크를 든 손이 우주로 향해 있는 시대—은하수를 식탁 위에 올려놓고 칼질을 한다. 벌써 그것은 생활 속으로 들어오고 있다. 있지도 않은 화성인을 가정해 놓고 우주 전쟁의 영화와 만화를 만들고 있는 것이 바로 그것이 아닌가? 옛날에는 별들이 지상의 생명과 결합되어 있어 사람이 죽으면 하늘의 별로 사라진다고 했다. 그러나 별 하나하나의 노래가 아니라 '스타워즈'의 노래가 흘러나온다.

과장된 표현이라고 비웃지 마십시오. 서양문화 그리고 거기에서 비롯된 현대 문명은 한 덩어리였던 자연과 인간의 영혼을 잘게잘게 찢는 데서부터 비롯되었다고 해도 좋을 것입니다. 가족이 찢기어 핵가족이 되고 원자가 찢기어 핵무기가 되는 것이지요.

그러나 번쩍이는 이 거대한 포크와 나이프 대신 두 젓가락, 그 것도 은이 아니라 나무로 깎아 만든 젓가락을 생각해 보십시오. 젓가락은 한 개 만으로는 아무 구실도 하지 못하지요. 짝을 이루었을 때만이 제 몫을 합니다.

그렇지요. 젓가락 한 개로 밥을 먹거나 반찬을 집어보십시오. 그것처럼 불편한 게 없습니다. 따로 떨어져 있는 두 개의 막대가 하나로 짝을 이루었을 때, 그 문화는 생겨나는 것입니다.

하늘과 땅이 한 쌍이 되고 들판의 불과 강물의 물이 합쳐 안개처럼 한 세계가 되는 것—젓가락 문화는 갈라서 있는 것들, 따로 외롭게 떨어져 있는 것을 짝지어 주는 문화입니다.

'부/자'라든가, '부/부'라든가, '형/제'라든가, 그리고 '주/객'이라든가, 그래서 우리 주변에서는 한 쌍의 관계를 하나의 낱말로 나타내는 것들이 많지 않습니까.

포크와 나이프는 찢는 데는 편리하나 자잘한 덩어리를 뭉쳐서 집는 데는 불편하기 짝이 없는 것입니다. 그러나 젓가락은 찢기에는 거북해도 자잘한 것들을 함께 합쳐서 집는 데는 여간 편리한 것이 아닙니다.

근대의 자아라는 것은 너와 나를 쪼개는 데서부터 싹튼 것이지만 앞으로 올 시대는 외로운 자아가 타자와 융합하는 실존적 교통 위에서 열리게 될 것입니다.

젓가락 문화가 포크 문화보다 우세하다거나, 혹은 그 반대라거나 하는 이야기를 하자는 것이 아닙니다. 이 서로의 특성을 서로가 잘 개발해서 살려갈 때, 현대문명은 새로운 '합'의 명제를 찾아낼 수 있다는 것입니다.

고려가요의 아름다운 시가 「동동」의 마지막 노래는 젓가락에 대한 것입니다.

> 십이월분디[山椒] 나무로 깎은
> 아아, 진상할 소반 위에 있는 젓가락다와라!
> 님의 앞에 들어 가지런히 들어 얼렸더니
> 손[客]이 가져다가 무는군요!

젓가락은 사랑의 이미지로 노래되어 있습니다. '가지런히'라든가, '얼렸더니(交合)'라든가, 그것은 남녀가 '짝'을 짓는 상징성을 지니고 있습니다. 그러나 정성스럽게 놓은 젓가락을, 그 마음을 엉뚱한 손[客]이 집고 마는 것입니다. 우리의 젓가락 문화의 운명을 보는 것 같은 노래가 아니겠습니까? 엉뚱한 손이 와서 정성 들여 깎은 젓가락을 들어 입에 넣는 아이러니! 그래서 '짝'의 문화는 분열의 문화로 바뀌어버린 우리 시대의 역사와 그 상황! 현대에도 그런 동동의 노래는 있을 것입니다.

같은 젓가락 문화권에 있는 일본의 하이쿠에도, '겨울 아침에 내 두 살배기 손을 잡고 젓가락질을 가르친다'는 것이 있습니다. 풀도 꽃도 없는 삭막한 겨울, 그러나 그 속에서도 어린것에게 젓가락질을 가르치는 생기와 기쁨을 노래한 것이지요. 앙증맞은 어린애의 손가락 위에 마디 굵은 아버지의 손가락이 포개집니다. 젓가락질은 아버지와 아들이 한 몸이 되는 이미지로 그려져 있는 것입니다.

분석의 끝에는 종합이 옵니다. 지금까지는 분석의 시대였고, 찢는 힘의 문화였지만, 이제는 그것을 하나로 뭉쳐가는 종합의 시대가 올 것입니다. 총체적 문화가 싹트고 있습니다.

우습지 않습니까? 우리는 그동안 서구문명을 몸에 익혀왔기 때문에 의자에 앉아서 먹으나 방바닥에 앉아서 먹으나 큰 차이가 없습니다. 그러나 서양 사람들을 맨바닥의 상 앞에 앉혀놓으면 진땀을 흘립니다.

종합의 시대, 정말 세계가 한 마을이 되어버리는 그 글로벌 피플의 가능성은 우리 쪽에 더 많은 것입니다. 포크와 나이프를 버리라는 시대착오자의 넋두리가 아니라, 우리의 손에, 분명히 그것도 정식으로 젓가락이 들려 있을 때에 포크와 나이프의 의미도 또한 그 존재 이유를 갖게 된다는 것입니다.

내 것을 알고 가르치는 것이, 남의 것을 몰아내고 담을 쌓는 것이 되어서는 안 됩니다. 그것이야말로 '찢는 문화'에 속하는 것이기 때문이지요. 동양과 서양의 문화까지도 찢지 않고 행복한 짝을 만들어 완성시키는 것, 그것이 젓가락 문화의 마지막장에 있는 과제일는지도 모릅니다.

씨앗의 논리

버려진 씨앗들을 찾아서

이 지구 위에는 25만 종에 가까운 고등식물이 있다고 합니다. 그러나 그중에서 인간이 식용으로 이용하고 있는 것은 겨우 1백 종 정도에 지나지 않는다는 거예요. 영양가가 별로 없다고 해서, 맛이 없다고 해서 그리고 독성이 있다고 해서 그냥 내버려둔 식물 가운데는, 그 품종을 개량하기만 하면 얼마든지 값진 식량이 될 수 있는 식물이 많다는 것입니다.

아닙니다. 품종까지 가지 않더라도 식성을 바꾸기만 하면 금세 먹을 수 있는 식물들이 우리 주변에는 얼마든지 널려 있다는 것입니다. 서구 사람들의 주식처럼 되어 있는 감자도, 그들이 그것을 먹기 시작한 것은 근세에 들어와서부터이고 처음엔 누구도 그것을 먹으려 하지 않았다는 겁니다.

씀바귀를 생각해 보십시오. 그리고 쑥을 생각해 보십시오. 그 쓴맛의 식물까지도 우리 선조들은 내버리지 않고, 기호식품으로 이용해 왔던 것입니다. 서양 사람들은 씀바귀나 쑥은 물론이고 달래, 냉이 그리고 바닷속에 있는 풀들인 김, 미역 같은 것도 사람이 먹을 수 있는 것이라고는 꿈에도 생각해 본 적이 없었을 것입니다.

인류를 멸망시키는 것은 원수폭의 핵탄이 아니라 기아의 폭탄이라고 말하는 사람들이 있습니다. 지구는 하나인데 그 위에서 살고 있는 인간은 나날이 팽창해 가고 있기 때문입니다. 앞으로 극심한 식량난이 닥쳐올 것은 너무나도 분명하고 슬픈 산술이지요.

그래서 지금 미·러는 핵 경쟁만이 아니라 씨앗 경쟁에 있어서도 치열하다는 이야기입니다. 야채, 곡물, 과실의 품종개발을 하기 위해서는 씨앗의 수집이 절대적인 까닭입니다.

미국은 100년 전부터 세계 모든 작물의 씨앗을 모으기 시작해 이제는 야생종을 포함, 46만 종에 달하는 종자를 보존하고 있다고 합니다. 여기에 비해 러시아는 60년간 걸려서 30만 종의 씨앗을 수집해 놓고 있다는 것이지요.

식물에 관한 이야기만이 아닙니다. 쓸모없고 위험하다고까지 생각한 물질이 나중에는 새로운 개발에 따라, 황금이 된 예가 하나둘이 아닙니다. 가솔린만 해도 그런 것입니다. 석유가 처음 발굴되었을 때는 등유로만 이용되었기 때문에 그 시절에는 가솔린처럼 쓸모없는 것도 없었다고 합니다.

그냥 쓸모없는 것이 아니라, 램프를 폭발시킬 위험한 방해물이 되기 때문에, 어떻게 하면 석유에서 가솔린을 제거하는가, 말하자면 어떻게 버리는가를 연구해 왔었다는 것이지요.

그러나 가솔린 엔진이 발견되고부터는 가장 요긴한 연료로 각광받게 된 것입니다. 컴퓨터 시대에는 양도체도 아니고 불량도체도 아닌 쓸모없던 '반도체'가 일약 스타 자리에 오르지 않았습니까? 우리는 식물이나 동물만이 아니라 물질에도 씨앗이 있고, 더 나아가서는 말과 정신에도 씨앗이 들어 있다는 것을 생각해 봐야 할 것입니다. 시인 이육사李陸史는 그의 시 「광야」에서 천고의 먼 미래를 위해서 '노래의 씨앗'을 황량한 벌판에 뿌린다고 했지요.

씨앗은 당장 먹을 수 있는 것이 아닙니다. 아무리 배가 고파도 슬기로운 농부는 씨앗을 먹지는 않습니다. 씨앗을 간직하는 것이고, 개량하는 것이고, 내일을 위해 뿌리는 것입니다. 눈앞에 있는 것을 거둬들이기 위해서 낫부터 가는 사람들은 씨를 보존하거나, 그것을 뿌리는 자의 마음을 알지 못하는 사람입니다.

민족은, 그리고 그 문화는 바로 씨앗과 같은 것이라고 말한다면 사람들은 너무나도 진부한 말이라고 생각할 것입니다. 그것은 죽어버린 은유, 마멸된 비문과도 같은 것이지요.

그러나 다시 생각해 보십시오. 20만 종의 식물 가운데 인간이 먹을 수 있는 것은 1백 종도 안 되는 것처럼, 우리는 우리 민족이 가지고 있는 힘을 그 백분의 일, 천분의 일도 제대로 개발하지 못하는 숲에서 살고 있는 것과 마찬가지입니다.

맛이 없다고 해서, 영양가가 없다고 해서, 그리고 독성이 있다고 해서 그냥 버려둔 식물 가운데는 그 씨앗을 잘 가꾸고 기르기만 하면 얼마든지 풍요한 식량으로 바뀔 수 있는 것들이 많은 것처럼, 우리는 버려진 우리 문화의 씨앗들에 대해서 생각해 보지 않으면 안 될 것입니다.

불행히도 나는 토마토와 감자를 한 식물로 만드는 육종학자도 아니고, 또 새로운 물질을 개발하는 화공학자도 아닙니다.

그러나 언어의 씨앗에 대해서는, 그리고 광야에 뿌리는 노래의 씨앗에 대해서라면 당신과 무릎을 맞대고 이야기를 나눌 수도 있을 것 같은 생각이 듭니다.

엄살문화의 명암

보통 우리가 나쁜 뜻으로 쓰고 있는 말들이라 할지라도 자세히 뜯어보면 그 속에도 밝은 빛이 숨어 있다는 것을 알게 됩니다. 가령 '엄살'이라는 말을 생각해 보십시오. 자기의 약점이나 고통을 감추지 않고 오히려 남에게 과장해 보이는 것이니 그것을 좋다고 말할 사람은 아무도 없을 것입니다.

엄살은 어린애들이나 부리는 것이고, 여성들이나 약자들에게서나 볼 수 있는 자학적인 처세법이라고 경멸하는 사람도 있을 것입니다.

그리고 또 '엄살'이라는 말은 한국어 사전에만 있는 것이고, 불가능은 없다고 한 '나폴레옹'의 사전, 서양의 사전에서는 찾아볼 수 없는 말이라고 주장할 사람도 있을지 모릅니다. 사실 그렇지요. 영어로 엄살을 뭐라고 하는지 한번 한영사전을 펼쳐보십시오. 그것은 한 낱말이 아니라 '고통의 과장'이니, '크게 떠들어대다[A big fuss]' 등으로 의역되어 있다는 것을 알게 될 것입니다.

물론 '프론티어 스피리트[개척정신]'를 생활신조로 삼고 있는 미국인이라 해도, 남과 무엇을 교섭할 때 엄살을 부리는 사람이 없는 것은 아닙니다. 자기의 어려운 사정을 호소해 상대방의 양보를 받아내려는 행동심리를 미국에서는 '피타PITA의 원리'라고 부르는 모양입니다. 그저 우리 같으면 엄살이라고 부르면 될 것을 가지고 '아르키메데스'의 원리와 같이 아주 아카데믹한 용어로 부르고 있는 것을 봐도 그것이 그렇게 흔한 일은 아닌 것 같습니다. 더구나 피타란 말은 '엉덩이가 아프다[Pain in the Ass]'의 머릿글자를 따서 만든 말이라고 하지만 여기의 'Ass'는 '멍텅구리'란 뜻도 숨어 있다는 겁니다.

말하자면 미국에서는 '피타의 원리'가 통하지 않는 것이지요. 오히려 상대방에게 역효과를 주어 손해를 입는 경우가 더 많기 때문입니다. 그러나 '우는 아이 젖 준다'는 속담을 낳은 한국 사회에서는 '엄살'이 통하지 않을 경우라 해도 그것 때문에 오히려 상대방으로부터 심한 역습을 당하는 일은 아주 드물 것입니다.

옛날 우리 선비들의 편지글을 보면, 첫줄부터가 엄살로 시작되는 일이 많습니다. 자기 자신을 으레 '초야에 병들어 늙어가는 몸'이라고 표현하는 상투어가 그것입니다.

초야나 병이나 늙음이나 다 같이 그것은 자기가 상대방의 경쟁 상대가 되지 않는 약자임을 선언하는 백기전술인 것이지요. 그래야만 상대방도 안심하고 도움을 주는 것입니다. 일견 남자답지 못한 비굴한 처세인 것처럼 보입니다. 엄살로 세상을 살아가려는 것은 패배주의자의 철학이요, 구걸자의 논리라고도 볼 수 있습니다. 엄살이 살아 있는 한 우리는 국제 경쟁에서 낙오되고 식민지의 역사에서 벗어나기 힘들 것입니다.

그러나 관점을 한번 바꿔 생각해 보십시오.

짐승들이 흰 이빨과 발톱만을 가지고 살아가는 아프리카의 밀림 속에서는 '엄살'이란 것이 없습니다. 사자에게 눈물로 호소하여 목숨을 건진 새앙쥐 이야기는 『이솝 우화』에서나 읽을 수 있는 것입니다.

표범이 사슴을 덮칠 때, 사슴을 살릴 수 있는 것은 여린 목을 내미는 엄살이 아니라, 한 발짝이라도 빨리 뛸 수 있는 주력뿐입니다. 엄살이 통하지 않는 사회란 바로 이 동물의 사회, 밀림의 비정한 사회를 의미하는 것이지요.

엄살은 측은의 정을 전제로 한 전략이니만큼 상대방이 짐승이나 목석 같은 사람일 때는 아무 소용도 없는 전술입니다. 엄살을 부리고 엄살을 받아주는 것은 서로가 상대를 정이 있는 '인간'으로 믿고 있을 때에만 가능한 것입니다.

엄살이 가장 잘 통하는 것은 어린아이와 부모 사이일 것입니다. 애정이 있기 때문에, 힘의 논리로 맺어진 관계가 아니기 때문에 '엄살'의 효능이 있는 것이지요. 그리고 또 그것은 사랑하는 남녀 사이에 효력이 있습니다. 여성들이 남성 앞에서 엄살을 부리는 것은 '애교의 일종'입니다.

만약에 당신이 사랑하는 여인과 숲속을 거닐고 있을 때, 그 여인의 발밑으로 송충이가 떨어졌다고 가정해 봅시다. 그때 그 여성이 발을 들어 용감하게 그 송충이를 밟아 죽였다면 어떤 마음이 들 것 같습니까?

당신의 연인이 현명한 여인이라면 아마 혼자 있을 때보다 몇 배나 더 커다란 소리로 비명을 지를 것입니다. 이 엄살은 당신의 사랑을 의식하고 있기 때문이고, 그 억센 힘의 보호를 받고 싶은 무의식적인 충동일 수도 있는 것입니다. 그래서 여자는 눈물을 흘릴 때 가장 강하다는 역설이 생겨난 것이지요.

엄살이 통한다는 것은 그만큼 그 사회의 인간관계가 깊은 정을 기층으로 해서 이루어져 있다는 것을 방증하는 것입니다. 숲에서 늑대를 만났을 때 엄살을 부리는 사람이 어디 있겠습니까?

그러고 보면 인간의 이상 사회는 엄살을 없애는 것이 아니라

도리어 엄살이 큰 힘으로 통할 수 있을 때 비로소 성취될 수 있다는 역설도 있을 수 있지 않겠습니까.

현대 사회와 공갈

'엄살'과 정반대되는 것이 '공갈'입니다. 속된 말로 겁을 주는 일이지요. 남에게 약한 점을 드러내 동정을 얻어내는 방법과는 달리, 자기의 힘을 과시하며 상대편의 동의를 강요하는 전술입니다. 그리고 엄살이 애정을 전제로 한 교섭 방법이라면 '공갈'은 힘을 바탕으로 한 현실주의적인 공략법입니다.

여성과 남성의 복식을 관찰해 보십시오. 복식 연구가들은 여성의 옷이 조금씩은 '엄살'의 미학을 도입한 것이라고 풀이합니다. 여성의 옷은 옷감부터가 섬세하고 부드럽습니다. 금세 찢어질 것 같은 얇은 그 깁은, 보기에만 아름다운 것이 아닙니다. 보는 사람의 심리에도 가냘픈 생각을 들게 하고, 금세 찢길 것 같은 그 불안감은 무의식중에 강렬한 보호 본능을 불러일으킨다는 것이지요. 꽃의 아름다움과 나비의 그 호소력은 그것이 강철이 아니라는 점에서 비롯되는 것이기도 합니다.

금세 부러질 것 같은 여자의 하이힐 뒷굽이나, 작고 앙증맞은 액세서리의 모든 것은 약하고 작은 것으로 상대방의 관심을 끄는 '엄살'입니다.

그런데 남성들의 옷은 전쟁터가 아니라도 조금씩은 갑옷을 닮은 데가 있다는 겁니다. 우선 그 넥타이 말입니다.

짐승들에게 있어서 제일 약점이 되는 것은 목입니다. 철갑으로 싸인 것 같은 악어라 할지라도 목덜미는 유충처럼 부드러운 것입니다. 말하자면 동물의 급소는 바로 목이기 때문에, 대개 짐승들이(수탉이 그렇습니다만) 싸울 때는 목털을 세웁니다.

남성들은 여자들과 달리, 목을 감추기 위해 칼라를 세우고 단추로 잔뜩 잠급니다. 결국 넥타이는 목을 카무플라주 하는 사자의 갈기와도 비슷한 점이 있지요.

'어깨에 힘준다'는 속언이 있듯이, 또 남성의 옷은 되도록 어깨를 넓게 보이려고 애써 왔습니다. 솜뭉치를 넣기도 하고 딱딱한 심지를 박아 넣기도 하지요. 이것만이 아니라 남성들의 복식을 하나하나 들어보면 은연중에 상대방을 위협하려는 '힘의 과시'가 그 기본을 이루고 있다는 사실을 알게 될 것입니다.

'엄살'의 사회였던 우리나라에서는 남성들의 복식이라고 해도 목을 드러내놓는 것이었죠. 지금도 한복을 입어보면 유난히 허전한 느낌이 드는 것이 그 목입니다. 그리고 바지에까지도 솜을 넣어 입었지만 어깨를 넓히고 힘주기 위해 그것에만 더 많은 솜을 넣거나 심지를 넣어 부풀어 보이게 하지는 않았습니다. 우리의 한복은 남성 것이라 해도 결코 공격적인 상징성을 담고 있지는 않습니다. 오히려 여성처럼 금세 뜯어질 것 같은 긴 옷고름을 드리우고 다닌 것은 '엄살' 쪽이지 '겁 주는' 쪽은 아닌 것 같습니다.

의상 하나만 보더라도 이렇게 '엄살'과 '위협'의 대립적인 이미지가 있다는 것을 알 수 있습니다. 그러고 보면 우리 사회가 지금 급변하고 있는 가장 상징적인 국면도 바로 '엄살'에서 '공갈'로 바뀌어가는 데서 찾아볼 수 있지 않나 싶습니다.

당신도 기억하고 있을 것입니다. 불과 수년 전만 하더라도 버스간에는 연필이나 껌을 들고 그것을 사달라고 조르는 구걸 상인들이 있었습니다. 그들은 누구나 '엄살 상법'을 쓰고 있었던 것이지요.

머리를 짜내고 짜내서 써낸 그 미문(?)의 대사에는 으레 세 살 때 아버지를 여의었고 집에는 홀어머니가 중병으로 앓아 누워 있다는 눈물의 호소가 그 드라마를 이루고 있습니다.

그러나 요즈음엔 이 '비극의 주인공'들은 거의 찾아볼 수 없게 된 것입니다. 남의 불행이나 혹은 약자의 설움에 대해서 이제는 누구도 반응을 보이지 않는 비정의 시대가 온 까닭입니다.

엄살이 통하지 않는 이런 사회에서는 정반대의 구걸작전이 필요하게 된 것입니다.

요즈음엔 멜로 드라마의 비극 대사가 액션 드라마의 하드보일드의 공갈로 바뀐 것이지요. 엄살에서 위협으로 바뀌 그 구걸의 시나리오는 '전과 몇 범'으로 시작되어 "방금 교도소에서 나왔다"는 대사로 바뀝니다. 어디엔가 파란 비수가 번뜩이고 있는 것 같은 협박의 수사학이요, 제스처입니다.

구걸의 풍습 하나에서도 우리는 엄살 사회가 허물을 벗고 겁주는 사회, 공갈 사회로 변신해 가고 있는 그 비늘을 볼 수가 있는 것입니다. 모든 교섭, 모든 설득, 모든 인간관계는 그 감정이 한 옥타브씩 높아져 있으며 그 표현과 행동의 밑바닥에는 '공갈'과 '허세'의 가시가 돋쳐 있는 것입니다. 매일매일 보고 듣는 그 광고, 선전 하나를 보더라도 그것은 대개가 다 '이 약을 안 사 먹으면 당신은 간장병이나 고혈압으로 곧 쓰러져 죽을 것'이라는 협박조에 가까운 공갈들입니다.

'엄살'로 살아가는 사회는 결코 행복한 사회라고 할 수 없습니다. 그러나 '공갈'로 살아가는 사회는 더욱 불행한 사회인 것입니다.

덤의 심리학과 사회학

엄살과 마찬가지로 '덤'이라는 말도 썩 좋은 말은 아닙니다. 그러나 이 말도 한국인의 상거래에서는 빼놓을 수 없는 토착어의 하나이지요. 그렇지요. 내가 어렸을 때, 최초로 물건을 사면서 배운 말도 바로 '덤'이라는 말이었습니다.

옛날에는 누구나 다 같은 경험을 했겠지만 그것은 엿을 살 때였습니다. 엿장수는 으레 가위 소리를 울리고 마을 골목에 나타납니다. 조금은 청승맞기도 한 가위 소리에 동네 아이들은 마음이 들떠 코 묻은 돈을 꺼내들고 엿목판으로 달려옵니다. 그런데 그 엿을 사 먹는 재미는 엿맛 자체보다도 '덤'을 받는 재미요, 맛이었다고 해도 지나친 말은 아닐 것입니다.

빈 병이든 넝마든 또는 10전짜리 동전이든 엿장수는 눈대중으로 엿을 끌 같은 쇠붙이로 잘라냅니다. 그러나 거래는 그것으로 끝나는 것이 아니지요.

"옜다!" 하고 엿을 건네주어도 아이는 그냥 제자리에서 있습니다. 저울로 달아 파는 것이 아니라, 순전히 엿장수 맘 내키는 대로 잘라준 것이지만 많다, 적다 시비를 벌이기 위해서가 아닙니다. 아이는 엿장수에게서 엿을 받으면 많고 적고 간에 "덤 주세요!" 하고 말하는 것이지요.

엿장수 아저씨는 마치 그 말을 기다렸다는 듯이, 두말 하지 않고 엿목판에서 다시 엿을 떼냅니다. "옜다! 덤 받아라!" 이렇게 덤을 받고 나서야 아이들은 비로소 싱긋이 웃고 입 하나 가득히 엿을 쑤셔 넣는 것입니다.

덤 받는 재미가 없었더라면 얼마나 마을 아이들은 심심해했을까요? 엿장수 아저씨는 망설이는 체하다가도 큰 인심을 쓰듯이 덤을 떼어주는 그 연출력에 의해서 아이들의 마음을 더욱 신나게 해주는 것이었지요.

덤 받는 것이 생리화한 아이들은 어른이 되고 사회에 나가도 여전히 그 '덤'의 심리에서 벗어나지 못합니다.

여기에서 이른바 '고봉'의 문화란 것이 생겨나게 된 것입니다. 되나 말은 엄격한 도량형기입니다. 그러나 양을 정확하게 재기 위해서 만든 것인데도 옛날 한국 사람들이 되질을 하고 말질을 하는 것을 보면, 으레 고봉으로 담았던 것이지요.

쌀이고 뭐고 간에 말에서 흘러내리면 그것을 다시 주워 수북이 올립니다. 몇 번이나 그렇게 해서 고봉으로 되어 한 말 두 말 계산을 하는 것입니다. 저울의 눈금 하나를 가지고 다투는 것이 상인의 풍속입니다. 그런데 이렇게 한국의 되질, 말질은 넉넉한 고봉이 아니면 서로 거래가 되지 않는 것입니다. 이를테면 덤을 주고받는 것이 우리의 상거래였던 것입니다.

나는 어른이 된 뒤, '덤'의 심리에 대해서 아주 부정적인 생각을 하게 되었지요. 한국 사회 전체가 무언지 모르게 덤을 주고받는 비합리성으로 움직여가고 있다는 생각이 들었기 때문입니다.

'철도 들기 전에, 한국인은 엿목판 가에서 덤 받는 것을 배웠고, 또 그 맛을 즐겼다. 그런 아이들이 커서 어른이 되면 대체 무슨 덤을 받으려고 할 것인가? 자기의 노력 이상의 것을 받아내려 하는 사회, 그리고 또 실력이나 능력 이상의 것을 주는 그 사회에는 희망이 없다. 덤을 바라는 자도, 덤을 주는 자도 그것은 사회의 합리성에 불을 지르는 자요, 공정한 질서에 물을 끼얹는 자다'

라고 생각했던 것이지요.

그러나 나이 탓이 아니라, 이른바 합리주의 사회, 능률 위주의 사회를 가만히 관찰해 보면 덤은 과연 악습이라고만 할 수 있는가? 그 반대 명제를 생각지 않을 수가 없습니다. 돈을 주고받으면 그것으로 끝내버리는 '거래', 인간관계가 나날이 이 매정스러운 '거래'로 번져가고 있습니다.

남녀간의 사랑도, 친구의 우정도, 이웃과 이웃의 만남도 그것은 저울을 사이에 둔 상가의 거래가 되고 있습니다.

그 싸늘한 거래의 풍경을 바라보고 있으면 어째서 우리 선조들은 사고파는 거래까지도 덤을 주고받는 상거래의 여운을 가지려 했는지 짐작이 갈 것 같습니다.

말질을 깎아 하지 않고 고봉으로 담았던 것은 물질 위에, 상거래 위에 정을 담아주는 방법이었던 것이지요. 그 냉엄한 상술 속에도 덤을 통해 정을 나누는 인간주의의 피가 흐르고 있었던 것이지요.

생각하면 그랬던 것 같습니다. 아무리 가난한 시골아이들이라 할지라도 그까짓 티끌만 한 그 엿이 탐이 나서 덤을 달라고 했겠습니까! 아무리 엿장수라 해도 엿만 팔고 다닌 게 아니라 정을 나누어주고 다니기도 한 것이지요. 아이들은 덤을 통해서 그 정을 확인하고 엿맛처럼 달콤하게 이 정을 맛보았던 것입니다.

무엇인가 거래만으로는 서운하다고 생각하는 사람들이 있기에 덤의 풍속이 생겨난 것이 아니겠습니까!

덤은 물질의 탐욕이 아니라 오히려 '물질만으로는' 살아갈 수 없는 인정주의의 산물이라고 하는 편이 옳을 것입니다.

그러니까 '덤'이란 말 옆에는 인정적 여운을 나타내는 말, '섭섭한 것', '아쉬운 것', '서운한 것'의 말이 있다는 것을 깨달아야 할 것입니다.

로봇이 못하는 인간능력

컴퓨터와 로봇들이 인간의 두뇌와 인간의 몸을 대신해 주는 '메가트로닉스' 시대가 오고 있습니다. 미래학자가 아니라도 21세기에는 컴퓨터와 로봇이 할 수 없는 것이 귀중한 인간의 가치로 각광받게 될 것입니다.

흔히 '머리가 좋다'는 말은 기억력이 비상한 것을 두고 한 소리이지요. 세 살 때, 천자문을 떼었다는 신동은 모두가 기억력의 우수성을 기준으로 한 찬사였지요. 대부분의 학교교육이나 시험은 아직도 기억력 경쟁처럼 되어 있습니다.

그러나 컴퓨터 시대가 오면, 기억력은 기계에 맡길 수 있으므로 세 살 때 천자문을 뗀 신동들은 별로 빛을 보지 못하게 됩니다. 법령을 잘 외워야 법관이 되고 변호사가 되는, 그 같은 법률가적인 두뇌는 앞으로 그렇게 큰 존경을 받지 못하게 되는 것이지요.

마찬가지로 부지런하다는 것, 몸을 아끼지 않고 일을 한다는 것, 그 노동의 철학에도 변화가 올 것입니다. 아무리 인간이 일을 잘해도 로봇처럼 이십사 시간 쉬지 않고, 또 그렇게 실수 없이 일을 해낼 수는 없을 것입니다. 지금까지 존경을 받았고 또 이상적으로 생각해 온 인간형(특히 서구 사회에 있어서)은 컴퓨터와 로봇 같은 기능을 가진 존재였지요.

그러나 그것을 기계가 대신하는 시대가 오면, 정반대로 이제는 컴퓨터와 로봇이 할 수 없는 일, 그것들로는 대신할 수 없는 특성이 중요한 가치로 대두될 것은 뻔한 일입니다.

'합리적 인간'이 지금까지 줄곧 인간의 아랫목을 차지해 왔지만, 합리성으로 치면 기계 쪽이 그보다 월등할 것입니다. 기계가 갖고 있지 않은 것, 컴퓨터가 계산해 낼 수 없고, 로봇이 대신해 줄 수 없는 것은 '정情'입니다.

앞으로는 여성과 똑같은 쾌락 로봇을 만들어낸다고 합니다. 부드러운 살결과 몸의 볼륨, 키스는 물론 포옹도, 잠자리도 같이할 수 있는 '로봇 아내'가 등장합니다. 그러나 단 한 가지 못 해내는 것은 그 '정'의 표현이지요.

'엄살'이니 '덤'이니 하는 말로 부정되어 왔던 한국인의 인간관계, 인정을 중시한 그 인간 가치가 21세기에 이르면 가장 소중한 것으로 바뀌게 된다는 겁니다.

기억력보다는 창의력을 가진 사람, 신바람 같은 생의 활력을 지닌 사람이 존경을 받는 시대가 올 것이라는 점입니다. 기능으로 사람을 평가하던 메커니즘의 문화는 서서히 막을 내리고 있는 것이지요.

비근한 예로 지금 붐을 일으키고 있는 에어로빅댄스를 예로 들어봅시다. 잘 알다시피 원래 이 운동은 미국의 스포츠 의학자 케네드 쿠퍼가 10년 전에 제창했던 것입니다. '건강은 체력이고, 체력은 에너지의 양이고, 에너지의 양은 체내의 영양소의 연소에 의해 생기는 것이고, 그 연소는 산소를 충분히 공급하는 것입니다. 그러므로 건강은 곧 산소를 충분히 흡수하는 데 있다'는 것이 그 원리였던 것입니다. 그리고 쿠퍼가 산소를 흡수하기 위한 에어로빅스의 3대 운동으로 내세운 것이 러닝, 수영, 사이클링이었던 것입니다.

그런데 어떻습니까! 지금 에어로빅이라고 하면 음악에 맞추어 몸을 흔드는 댄싱을 의미하는 말이 되지 않았습니까! 쿠퍼는 합리적인 것만을 생각하고 그 도식으로 뜀뛰기나 수영 같은 것만을 생각했던 것이지요.

그러나 합리성만으로는 안 됩니다. 에어로빅이 이렇게 각광받게 된 것은 쿠퍼의 이론에, 음악과 무용이라는 '즐거움', 이를테면 '신바람'을 부가했기 때문입니다. 아무리 건강해진다고 해도 재미가 없으면, 신이 안 나면, 그리고 보기가 좋지 않으면, 외면을 하게 되는 것입니다.

에어로빅에서 보듯이 앞으로 인간을 지배하는 것은 공리적인 기능만이 아니라 '춤'과 '음악'처럼 생을 표현하는 즐거움과 엑스터시의 힘입니다.

작은 예로 '엄살'과 '덤' 이야기를 했지만 결국 우리가 지금까지 버려두었던 것—지금까지 부정적인 것으로 내버려두었던 민족의 한 씨앗들, 그 가운데는 내일의 풍요한 자산이 깃들어 있는 것들이 많다는 것을 잊어서는 안 될 것입니다. 그것을 가꾸고 개량하고 응용하면, 잡초라고 버려두었던 식물에서 맛있는 과일을 딸 수 있을 것이고, 우리의 피와 살을 가꾸는 식량을 얻을 수도 있다는 겁니다. 그리고 단순한 낙관론이 아니라, 컴퓨터와 로봇이 대신할 수 없는 인간의 신명과 그 인정이 인간의 가치로 존경받게 될 날이 반드시 오리라고 믿습니다.

'똑똑한 사람', '부지런한 사람', '잘난 사람'들에 눌려 지냈던 사람들이, 무엇이 참된 인간의 삶인가를 가르쳐주는 시대가 올 것입니다.

미래를 읽는 법

역사의 리딩 인디케이터를 찾아라

추위가 조금씩 풀려나고 있습니다. 한겨울 추위 같아서는 다시 봄이 올 것 같지 않던 것이 어느새 흰 눈이 덮였던 자리에 아지랑이가 피어오르고 있습니다. 이 계절의 순환을 믿고 있기 때문에, 개구리는 땅속에서 동면을 하고, 화초는 구근 속에서 찬바람을 견딥니다.

그러나 인간은 계절의 순환에 따라서만 움직이는 벌레와 식물이 아닙니다.

우리는 인간들의 손으로 스스로 만들어내는 계절, 말하자면 문화와 역사의 또 다른 시간의 순환 속에서도 살아가고 있는 것입니다. 코트를 입고 벗는 것만으로는 적응해 갈 수 없고, 또 달력을 넘기는 것만으로는 미래를 예측할 수 없는 인공의 계절이라는 것이 있는 것입니다. 그것은 정치일 수도 있고, 산업일 수도 있고, 시대에 따라 달라지는 삶의 가치관일 수도 있습니다.

그러나 우리는 자연의 순환에는 민감한 반응을 보이고 살아왔지만, 농경민의 전통이 강한 탓인지 문화와 역사의 순환에 대해서는 좀 둔감했던 것도 사실입니다.

생각해 보십시오. 나는 어렸을 때부터 이상하게 생각한 것이 그 '입춘立春'이라는 것이었습니다. 입춘은 문자 그대로 봄이 왔다는 것입니다. 그런데도 입춘 치고 춥지 않은 날이란 거의 없었던 것입니다. 1년 중에서 제일 추운 날이 실은 입춘 무렵이라는 것은 얼마나 아이러니컬한 일입니까?

그러나 우리 선조들은 그런 추위 속에서도 봄의 입김을 느끼고, 그 소리를 예측하는 슬기를 지니고 있었던 것입니다. 관념적으로만 그랬던 것은 아닙니다. 아직 꽃도 피기 전에 여인들은 바구니를 들고 들판으로 나갑니다.

잔설이 남아 있는 그 흙을 뒤져서, 봄나물을 캐는 것입니다. 달래마늘 같이 섬세하게 돋아나는 새싹들을 용케도 미리 알아내는 것이지요.

만약에 우리가 입춘을 따지듯이 혹은 아녀자들이 봄나물을 캐는 것처럼, 그렇게 다가오는 역사와 문명을 예견하고 행동했더라면 우리는 아마 지금쯤 달나라에 가서 살고 있을는지도 모를 일입니다.

가령 시계 하나를 놓고 따져봅시다. 서구에서 처음 시계를 발명하고 그것이 동양으로 흘러 들어왔을 때 한국, 중국, 일본의 세

나라들의 반응은 모두가 달랐다고 합니다.

중국에서는 왕궁으로 들어가 황제의 장난감이 되었고, 한국에서는 귀신이 붙은 것이라 하여 굿판을 벌였습니다(대원군 때, 이른바 오랑캐들이 선물로 준 상자 속에서 시계소리가 나는 것을 괴이하게 여겨 무당들이 귀신을 쫓는다고 푸닥거리를 벌였다는 이야기입니다). 그런데 일본인들은 서양시계를 받아들이자, 곧 화시계和時計(일본시계)라 하여 자기네들의 시간 단위에 맞도록 뜯어고쳐 실생활에 이용했던 것입니다.

중국이나 한국이 일본에 비해 근대화가 늦어지고 그 때문에 그들로부터 침략을 받게 된 이유 중 하나가, 바로 그 시계(시간)를 받아들이는 태도의 비교에서도 단적으로 드러나 있는 것입니다.

자연의 계절은 분초를 다투는 것이 아닙니다. 별자리나 은하수의 흐름으로도 넉넉히 짐작하고 적응해 갈 수가 있는 것이지요.

그러나 역사나 문화의 시간은 초침 속에서 움직여가고 있으며 그 경쟁과 예시 속에서 발전되어 가는 것입니다.

시계가 보급되기 전부터 일본인들은 유곽에서 기생과 노는 데 있어서도 시간제를 도입했던 것은 세계에 그 유래를 찾아보기 힘든 민족인 것입니다.

선향線香을 태웠던 것이지요. 그것이 한 가락씩 타 들어갈 때마다 화대를 계산했던 것입니다. 그들은 선향을 '꽃(하나)'이라 불렀는데, 거기에서 오늘날의 그 화대란 말이 생기게 되었는지도 모릅니다. 어찌 여자와 노는 데만 분초를 따졌겠습니까!

일본인들의 문화는 바로 이 문명의 시간에 일찍부터 눈을 뜬 데 있다고 할 것입니다.

코리언 타임이란 말이 있듯이 우리는 인위적인 그 '시계시'에 맞추어 사는 것을 각박한 것으로 여겼습니다. 그야말로 '명월이 만공산하니 쉬어간들 어떠리!'의 경지에서 살아왔던 것입니다.

두보도 「옥화궁」이란 시에서 말한 적이 있었지요. '미인도 죽어서는 누른 흙이 되는데 하물며 얼굴에 화장을 해서 겨우겨우 살아가는 사람이야 말할 것이 있겠는가! 바삐바삐 걸어가는 사람들 사이에서 누가 더 오래 산다고 말할 수 있겠는가'라고.

그러나 이제는 좋든 싫든 자연의 계절이 아니라 인공의 계절인 역사의 리딩 인디케이터(선행지표)를 빨리 찾아내지 않고는 누구도 살아남기 어려운 시대가 된 것입니다. 도시 속에서 수시로 변해가는 저 군중 속에서 앞으로 올 시대의 '봄나물'을 캐내는 바구니를 준비하지 않으면 안 되는 계절이 온 것입니다.

효율성과 유효성

앞으로 올 시대를 읽지 못하면 공룡처럼 멸망해 갑니다. 사람들은 곧잘 그러한 경우로서 볼딩 로코모티브사社를 예로 드는 경우가 많습니다. 그 회사는 20세기 초에 증기기관차를 만들어 세계에서 첫손 꼽히는 당당한 기업의 영광을 누렸었지요. 생산방식에 있어서나 그 경영에 있어서도 더 이상 바랄 것이 없는 완벽한 효율성을 갖추고 있었던 것입니다.

그러나 시대가 바뀌어 디젤이나 전기기관차가 등장하고 있는데도 그들은 옛날과 다름없이 증기기관차에만 매달려 있었기 때문에 결국은 그 수증기와 함께 꺼져버리게 된 것입니다.

아무리 열심히 일을 하고 아무리 좋은 제품을 만들어도 그것이 겨울의 부채나, 여름의 화로가 되어서는 아무런 쓸모가 없는 까닭입니다.

부채를 잘 만든다는 것은 효율성의 문제이지만, 그것이 철에 맞느냐 그렇지 않느냐는 유효성의 문제인 것입니다. 그러니까 아무리 효율성이 높은 부채를 만들어도 겨울철에는 유효성이 없기 때문에, 그 값을 잃고 마는 것이지요. 그러나 디젤이나 전기기관차가 증기기관을 이기고 시대에 앞장을 서게 되지만 그것들은 다시 자동차나 비행기의 도전으로 유효성이 떨어지게 됩니다. 이번에는 철도, 그 자체가 사양화하는 운명에 놓이게 되는 것입니다.

그러나 시대에 따라 수시로 변해가는 그 유효성에는 하나의 리듬과 순환성이 있기 때문에 철도의 석양 속에는 또 내일의 아침 햇살이 숨어 있다는 것을 잊어서는 안 됩니다.

자동차가 교통수단의 주역이 되면 점점 그 대수가 늘어나게 되고 그렇게 되면 아무리 길을 넓히고 고속도로를 닦아도 자동차의 체증은 날로 심해질 수밖에 없습니다.

뿐만 아니라 자동차는 에너지 위기의 주역일 뿐 아니라 공해의 원흉이기도 한 것입니다.

그러한 이유 때문에 자동차에 밀려났던 철도가 다시 기사회생하게 되어 벌써 프랑스에서는 파리—리옹 간에 초특급열차를 위한 철도가 개발되어 기차의 재생시대를 예고하고 있습니다. 비행기와 자동차의 나라라는 미국에서도 1983년부터 로스앤젤레스에서 샌디에고 선을 비롯, 전국적인 '탄환철도계획'에 착수하기 시작했다는 것입니다.

기차 이야기를 하자는 것이 아닙니다. 시대의 변천을 가장 민감하게 드러내는 교통수단의 한 예를 보더라도 자연의 계절처럼 인간의 문명에도 새 잎이 단풍져 떨어졌다가는 다시 또 새싹이 피어나는 사계의 순환성이 있다는 사실입니다.

그리고 미래를 읽는 방법은 효율성만이 아니라 유효성을 따져 봐야 하고, 그 유효성을 알기 위해서는 오동잎 하나 지는 것을 보고 천하의 가을을 알아내는 시인적인 상상력이 필요하다는 점입니다.

정치가도 기업인도 그리고 과학자라 할지라도 앞으로의 승부는 창조적인 상상력에 달려 있습니다.

상상력 가운데 가장 중요한 것은 반대의 것을 통합하는 능력인 것입니다. 물과 불은 영원히 대립해 있는 것이지만, 시인들은 옛날부터 이 반대되는 물질을 결합시키는 상상의 용광로를 지니고 있었던 것입니다.

시인들이 그렇게 많이 '술'을 노래해 온 것은 그것이 '불타는 물'이었기 때문입니다. 알코올 자체의 물질이 발화성을 가진 액체지만 그것이 정신에 일으키는 영향도 물의 평정과 불의 격동을 동시에 지니고 있다는 것을 알 수 있습니다.

피도 그렇습니다. 피는 액체이면서도 열을 가지고 있고 불꽃과 같은 붉은 색채를 지니고 있습니다.

김소월의 시 「산유화」를 읽어보십시오.

"산에는 꽃 피네 꽃이 피네…… 갈봄 여름 없이 꽃이 피네……"로 시작되어 있지만 그 시의 마지막에는 "산에는 꽃 지네, 꽃이 지네…… 갈봄 여름 없이 꽃이 지네"로 되어 있습니다. 꽃이 피는 것과 꽃이 지는 것은 정반대 현상이지만, 소월의 시에 있어서는 그것이 하나로 되어 있는 것입니다.

순환하는 것들은 직선운동과는 다릅니다. 역사는 직선을 향해서 달려가고 있는 것이 아니라 사계처럼 움직이고 있는 것이기 때문에 셸리의 시구처럼 겨울의 추위가 거꾸로 봄의 따스함을 불러들이는 것입니다. '쥐구멍에도 볕들 날이 있다'는 것은 요행을 바라는 비합리적인 속담이 아니라, 역사의 순환성을 정확히 짚어낸 슬기의 말이라고 할 수 있을 것입니다.

영원한 승리자가 없듯이 영원한 패배자도 없는 것입니다. 가위는 보자기를 이기고 주먹은 가위를 이깁니다. 그러나 그 주먹은 거꾸로 가위에 진 보자기에 지는 것입니다. 가위바위보에는 순환성이 있을 뿐 절대 지배라는 것이 없지요.

오는 계절을 미리 알고 노래 부른 시적 상상력을 가지고 우리는 미래의 의미를 읽어야 할 것입니다.

'여보'의 시선

봄의 어원학과 시선의 문화

이제 완연한 봄입니다. 죽어 있던 대지에서 개구리가 튀어나오고, 그리고 나비가 날아오를 것입니다. 꽃이 필 것입니다. 마른 잔디에서도 아지랑이가 피어오를 것이고, 비가 며칠만 내리면 온통 천지가 연둣빛으로 바뀔 것입니다.

그러고 보면 '봄'이라는 우리말 자체가 매우 시적으로 들립니다. 영어의 스프링spring은 다 알다시피 뛰어오른다는 동사에서 비롯된 말이지요. 그것이 명사로 바뀌어 '샘[泉]'이 되기도 하고, '용수철'이 되기도 하고, 또 봄이라는 계절어가 됩니다. 그러니까 영국 사람들에게 있어서 '봄'의 이미지는 샘처럼 솟아오르고 용수철처럼 튀어오르는 활력의 힘인 것입니다.

이를테면 그들은 봄을 근육으로 느낀 것이라고 할 수 있습니다. 거기에 비해 불어의 '프렝탕printemps'은 정반대로 논리적입니다. 그것은 첫째를 뜻하는 '프렝prim'과 시간을 뜻하는 '탕temp'이

합쳐져 만들어진 말이기 때문입니다. 즉 봄은 최초의 시간이고 사계절 가운데 첫 계절이라는 뜻이지요. 그들은 두뇌로 봄을 맞이했던 것입니다.

손이 안으로 굽어서가 아니라 한국어의 봄은 영국처럼 근육형도 아니요, 불어 같은 두뇌형도 아닙니다. 감성과 논리의 한복판에 있는 것이 바로 한국어의 봄인 것 같습니다.

언어학자들의 말을 들어보면 우리나라 말의 '봄'은 '보다[見]'라는 동사에서 나왔을 것이라는 겁니다. 그러니까 우리의 옛 선조들은 눈을 뜨는 것, 그리고 밖을 보는 것…… 그것이 봄의 의미라고 생각했던 모양입니다.

본다는 것은 단순한 감각의 세계만은 아닙니다. 우리는 사물을 의미 없이 쳐다보지는 않습니다. 본다는 것은 생각한다는 것이고 동시에 행위한다는 것이기도 합니다.

사람만이 아닙니다. 꽃은 식물의 눈입니다. 봄이 되어 새싹이 돋아나는 것은 우주를 향해 생명이 눈을 뜬다는 것입니다. 땅이, 하늘이 그리고 얼었던 강물이 모두 눈을 뜨고 빛을 봅니다. 거기에는 단지 기쁨과 활력 속에서 뛰어오르는 것이 아니라, 조용히 그 생명의 도약을 관찰하고 받아들이는 관조의 세계가 있지요.

우리나라에서는 '보다'라는 말 자체가 내포적인 묘한 뜻으로 사용되고 있습니다. 전화를 걸고 있는 사람들을 조금만 관찰해 보십시오. 전화는 귀로 듣는 것인데도 "여보세요! 여보세요!"를 되풀이합니다. 그것은 '여기를 보십시오'의 뜻이 아니겠습니까. 본다는 것은 주의를 끈다는 말입니다. 관심을 갖는다는 말입니다. 그렇기 때문에 우리는 남을 부를 때 보다라는 동사를 사용해 "이 봐(이것 봐)", "여 봐(여기 봐)"라고 합니다.

사실 생각해 보면 영어의 "헬로"와는 천양지차라고 할 수 있습니다. 헬로는 의성어이고 그 어원을 거슬러 올라가면 사냥개를 부르는 소리와 같은 뿌리를 지니고 있는 말이라는 것을 알게 될 것입니다. 사냥개를 추기듯 단지 소리를 내어 상대방의 주의를 끌려고 한 것이 아니라, 우리는 그 시선으로 인간관계를 생각해 왔던 것입니다. 부부간에도 '여보'라는 말로 통합니다. 물론 그것 역시 '여기를 보라'는 뜻에서 생긴 말이지요. 본다는 것은 단지 감각적인 행위만을 뜻하는 것은 아닙니다.

'애를 본다', '집을 본다'라는 말을 봐도 알 수 있듯이 그 말 속에는 살피고, 지키고, 애정을 주는 복합적인 뜻이 들어 있는 것입니다. 그렇기 때문에, 때로는 그 말이 모순적으로 쓰이게 될 때도 많은 것입니다.

운전사가 교통순경에게 적발되었을 때 흔히 하는 말이 "한 번만 봐달라"는 것입니다. 논리적으로 말한다면 "한 번만 눈을 감아달라", 위반한 것을 "못 본 체 해달라"고 해야 할 자리에서 거꾸로 "잘 봐달라"고 하니, 여간한 모순이 아닌 것입니다.

그러나 이러한 어법 속에는 한국인의 인간관계와 그 시선의 민중적인 철학이 숨어 있는 것입니다. 사물을 그리고 타자를 바라보는 한국인의 시선은 근본적으로 따스한 것으로 생각해 왔다는 것입니다. 마치 봄볕처럼 말입니다. 노려보는 시선, 경계하는 시선, 냉철하게 꼬나보는 시선, 분석적이고 비판적인 서구의 그 싸늘한 시선과는 아주 다른 것입니다.

'물끄러미 바라보는 것', 이것이 한국인의 대표적인 시선인 것입니다. 어머니가 사랑하는 아이를 품에 안고 바라볼 때의 그런 시선 말입니다.

꽃이 핀 봄철의 들판을 쳐다보는 그런 시선 말입니다.

"타인他人은 지옥이다"라고 말했던 사르트르의 그 실존적 시선, 대결의 시선, 감금의 시선과는 다른 시선인 것입니다. 다정한 부부가 서로를 부르는 말 "여보!"의 그 시선인 것입니다.

서로가 서로를 봐주는 따뜻한 시선

누가 자기를 보고 살핀다고 하면 별로 유쾌한 기분이 들지 않을 것입니다. 감시를 당한다는 뜻이기 때문입니다. 그러나 '본다'거나 '살핀다'는 그 시선의 문화가, 대립이나 경계의 부정적인 뜻을 내포하게 된 것은 역시 근대적인 사회와 인간관계에서 생겨난 것이 아닌가 싶습니다. 그 증거로 '보고 살피다'의 준말로 예부터 쓰여온 '보살피다'라는 말뜻을 생각해 보면 알 것입니다. 그것은 정반대로 무엇을 감시한다는 뜻이 아니라 보호하고 도와준다는 의미입니다.

시선의 의미는 시대와 지역에 따라서 서로 달라지는 것 같습니다. 가령 유목문화에 있어서의 시선은 목동이 양이나 가축을 지켜보는 것처럼 주로 망을 보는 행위인 것입니다. 양이 무리에서 도망쳐 나가지 않을까, 늑대가 습격하지는 않을까, 목동의 눈은 두리번거립니다. 감시의 눈초리이지요.

그러나 농경문화권의 시선은 아주 다릅니다. 논밭에서 곡식이 자라나는 것을 바라보는 농부의 시선은 양 떼를 지켜보는 목동의 그것과는 정반대인 것입니다.

농작물은 식물이기 때문에 움직이지 않습니다. 어제 봐도 그런 것 같고 오늘 봐도 그런 것 같습니다. 눈에 띄지 않는 변화입니다. 그것은 제자리에 있으며 도망치거나 또 늑대가 습격하여 잡아먹거나 하는 것이 아닙니다. 그러니까 농부가 논밭을 보는 것은 단지 그것을 가꾸기 위한 것입니다. 풀을 뽑아주고, 거름을 주고, 논물을 대주고……. 이를테면 곡식을 감시하는 것이 아니라 그 성장을 도와주는 것이지요. 양은 혼자서 풀을 뜯지만, 그리고 위험한 일이 생기면 스스로 몸을 피할 줄도 알지만, 농작물은 그렇지 않습니다.

바람이 불면 쓰러지고 잡초가 있으면 덮이고 맙니다. 그들의 '눈'을 대신해서 봐주어야 하고 주위를 살펴주어야 합니다. 농경

문화의 시선은 감시자가 아니라 보조자로서의 마음을 담고 있는 것이지요. 『심청전』을 읽어보면 잘 알 수 있습니다. 『심청전』은 두말할 것 없이 효를 소재로 한 이야기지만, 동시에 그것은 '본다'는 시선의 문화를 주제로 한 것이라고 해도 무관할 것입니다. 즉 눈먼 심봉사의 '눈뜨는 이야기'이지요. 그래서 신재효申在孝의 판소리본에는 심청이의 청 자는 '맑을 청淸' 자로 되어 있지 않고 '눈망울 청睛'으로 되어 있는 것입니다.

심청이의 어머니가 마지막 숨을 거두면서 한 말이 이 애의 이름을 '눈망울 청'이라고 지어달라는 부탁이었습니다. 그들 부부의 평생 한이 눈 못 보는 것이었기 때문입니다. 그 애가 커서 심봉사의 손을 끌고 다니면, 바로 그의 '눈동자'가 되어주는 것과 다름없을 것입니다. 그래서 심청은 沈淸이 아니라 沈睛이어야 한다는 것이지요.

심청이가 아버지를 보살핀다는 것은 아버지의 눈으로서 존재하는 것입니다. 그리고 그것은 심청이의 일방적인 사랑이나 효만으로는 안 되는 일입니다. 심봉사가 눈을 뜨게 된 것은, 일방적인 기적의 힘으로 된 것이 아닙니다. 죽은 줄 알았던 심청이가 나타났기 때문에 사랑하는 딸을 보려고 자기도 모르게 눈을 번쩍 뜨려 했기 때문에 개안開眼이 된 것입니다. 심봉사가 딸을 보려고 한 그 욕망과, 아버지의 눈을 뜨게 하려는 심청이의 의지가 합쳐져서, 비로소 그 어둠이 열렸던 것이지요. 심청이는 모든 자의 눈동자로서 존재합니다. 그 이름대로 어둠을 여는 눈망울로서의 여인이지요. 심봉사만이 아니라 역사를 눈뜨게 하고 무지와 독선과 폭력의 어둠에 눈이 먼 그 사회의 무서운 눈꺼풀을 열게 하는 아리따운 여인입니다. 그녀는 새벽의 빛으로, 그리고 새봄의 그 햇살로 우리에게로 오는 것입니다. 우리의 시선도 어느새 유목문화권의 그것처럼 감시의 눈으로 바뀌어가고 있습니다.

핏발이 선 눈으로 서로를 감시하고 서로의 약점을 밝혀내고 서로의 행동을 구속하는 간수의 눈으로 말입니다. 그러한 눈도 물론 필요합니다. 도둑이 많아지고, 폭력자와 불의의 인간들이 큰 기지개를 켜는 세상에서는 늑대로부터 양 떼를 지키는 목동 같은 그 시선이 필요하지요.

그러나 그 옆에 심청이의 눈이 없다면, 조금씩 자라가는 들의 알곡을 보살피는 따스한 농부의 그 눈초리가 없다면, 감시의 시선 역시도 무의미해집니다.

마치 전화를 거는 것처럼, 나날이 열기가 식어가는 겨울 벌판에서 사람들은 외칩니다. "여보세요, 여보세요"라고. 여기에도 작은 한 생명이 사랑을 목말라 하는 외로운 존재가 이렇게 숨 쉬고 있음을 봐달라고…….

그렇지요. 서로가 서로를 봐주어야 합니다. 사람만이 아니라 작은 풀싹들, 작은 먼지라 할지라도 존재하는 모든 것들을 심청의 '눈'으로 보아야지요.

그것들이 당신을 향해 "여보세요"라고 부르고 있으니까요.

종장終章

2인칭 문화의 시대로

인칭으로 나누어본 글

일기를 1인칭의 글이라 한다면, 편지는 2인칭의 글입니다. 그리고 일기가 '고백의 글'이라 한다면, 편지는 어떤 대상을 자기에게로 '부르는 글'이라 할 수 있습니다. 1인칭도 2인칭도 아닌 3인칭의 글, 그것은 객관적인 보고서, 도큐먼트와 같은 글입니다.

얼굴 없는 자들을 향해서 쓰고 있는 글, 과학 시대의 글입니다.

내가 당신에게 편지를 쓴다는 것은 2인칭의 글을 선택했다는 뜻이며, 동시에 1인칭적인 독백의 세계나 3인칭, 또는 무인칭적인 싸늘한 객관의 세계로부터 도망치고 싶다는 뜻이기도 합니다.

옛날의 시들, 향가나 고려가요들은 대개가 2인칭적인 발상에서 씌어진 글들이라 할 수 있습니다. 그들은 자연을 멀리 떨어져 있는 '그것'이라고 생각하지 않고, 바로 자기의 동반자, 언제나 자기 곁에서 그 부름소리를 듣고 있는 이웃으로 생각했던 까닭입니다.

「원왕생가願往生歌」나 「정읍사井邑詞」를 읽어보십시오. 신라인들이나 백제인들에게 있어 달은 그냥 떠오르는 것이 아니라, 그들의 부름소리에 의해서 나타났던 것입니다.

말하자면 그 노래 속의 달은 언제나 존칭 호격인 '—아'로 표현되어 있습니다. '달하 노피곰 돋아셔 머리곰 비치오시라' 이렇게 그들은 낭랑한 목소리로 달을 향해서 불렀던 것입니다.

신라·백제처럼 먼 삼국시대의 사람들이 아니라 할지라도 우리는 곧잘 자연을 2인칭으로 불러왔습니다. 〈달아달아 밝은 달아!〉는 우리가 어렸을 때 부르던 노래가 아닙니까. 그리고 〈비야비야 오지 말아라〉나 〈새야새야 파랑새야〉와 같은 그리운 노래들은 우리가 누님들과 함께 즐겨 부르던 민요들입니다.

산, 냇물, 꽃, 작은 조약돌……. 우리는 자연의 온갖 것들을 친구의 이름을 부르듯, 그 명사 아래 호격을 붙여서 말했지요. 이를테면 하늘의 높은 별이나 바다 너머의 바람들에게 편지를 썼던 것이나 다름없습니다.

그러나 생각해 보십시오. 이제는 날이 갈수록 2인칭적인 세계—'나'와 '그'를 연결하는 무지개 같은 2인칭적인 글은 우리 곁을 떠나고 있습니다.

호격으로 자연을 노래했던 민요의 시대가 사라져버렸다는 증거이지요. 동시에 그것은 곧 중세적인 연금술의 시대가 끝나고 과학의 시대 속에서 우리가 살아가고 있다는 증거입니다. 연금술의 시대는 인간의 정신과 물질(자연)이 서로 떨어져 있었던 것이 아닙니다.

연금술사들은 '달하 노피곰 도다샤 모리곰 비치오시라'라고 자기의 소망을 이야기했던 백제인들과 마찬가지로 흙과 들을 향해서 자기의 꿈을 속삭인 사람들입니다. 그래서 자크 반 네네프는 "연금술사의 실험실은 무엇보다도 우선 기도실이었다"고 말했던 것입니다. 또 바슐라르는 현대 과학자의 실험실과 연금술사의 그것을 비교하여 이렇게 말하고 있습니다.

> 일찍이 연금술사의 시대만큼, 헌신과 성실과 인내력과 자성한 방법으로 일에 열중하는 기질이 직업과 그렇게 일치했던 일도 없었으리라. 그러나 오늘날의 실험실에서 일하는 사람들은 그렇지가 않다. 그들은 깨끗이 일에서 몸을 털고 일어날 수가 있는 것이다.
>
> 감정생활을 과학적 생활에 끌어들이려는 짓은 하지 않는다. 현대의 화학자들은 저녁이 되면 회사에서 퇴근하는 사람들처럼 실험실을 나온다. 그리고 가정의 식탁으로 돌아온 그들에게는 이미 연구와는 다른 별개의 고뇌나 기쁨이 찾아오는 것이다.

그렇지요. 현대과학의 실험실은 3인칭적인 객관의 세계, 오로지 지적인 작업에 불과한 것입니다. 거기에 현대문명을 이룩한 객관적 인식이란 게 싹틀 수 있었던 거지요.

그러나 '연금술'은 바슐라르의 말대로 "인간이 자연을 이용하는 것보다 자연을 사랑하는 시대에 군림했던 것"입니다. 물질은 살아 있었고 모든 것의 내부에는 태胎를 가지고 있었다는 것이지요. 그러기에 연금술을 '금속의 태생학'이라고도 불렀던 것이 아니겠습니까?

현대 과학자와는 달리 연금술사들은 물질 속에 인간을, 생명을 기쁨이나 슬픔 같은 감정과 의식을 깊이깊이 각인시켰고, 또 그 영혼의 대화에 의해서 그 딱딱한 금속들의 태 안에 새로운 물질을 잉태시키려고 했지요. 그들은 수태고시자受胎告示者들이었습니다. 연금술의 세계에서는 돌도 나무처럼 자라고, 꽃으로 변용하며 열매로 응고되는 생성의 변화를 갖게 되는 것입니다.

연금술사들은 물질을 3인칭적인 대상으로 보고 있는 것이 아니라 '당신'이라고 부르는 2인칭의 존재로 다루고 있기 때문에 현대의 과학자와는 달리, 그것들과 연애를 하고 결혼을 하고 깊은 법열을 가지고 실험을 해냈던 것입니다.

이러한 2인칭의 과학이 3인칭의 과학으로 되면서부터, 법열의 감동은 우리 곁을 떠나게 되는 것입니다.

2인칭 문화로 좁혀야 할 개체거리

'2인칭적 문화'가 편지의 문화이며 연금술적鍊金術的 문화라는 것은 이미 말한 그대로입니다. 그것이 추상적인 것으로 들린다면 인간과 인간의 거리로서 직접 측정할 수 있을 것입니다.

요즈음 관심을 불러일으키고 있는 문화인류학자 에드워드 홀은 대인간거리對人間距離를 네 가지 의미 영역으로 분류한 적이 있습니다.

그 거리가 제일 가까운 것이 피부로 직접 느낄 수 있는 '밀접거리'(0~18인치)입니다. 이 거리에서 인간들은 애무를 하거나 또 씨름과 같은 격투를 하기도 합니다.

여기에서 좀 더 떨어져 상대방의 체취를 맡을 수 있을 만한 거리를 유지하는 것이 '개체거리個體距離'(1.5~4피트)입니다. 그러나 4피트 이상 떨어진 인간의 거리, 이를테면 특별한 노력을 하지 않으면 상대방 몸에 닿을 수 없는 거리가 되면 그것은 사회적 거리가 됩니다. 사무적인 인간관계는 모두가 4~12피트 내에서 이루어지고 있다는 것이지요.

그런데 그 이상 떨어지게 되면 사람들의 표정도, 말소리도 잘 들리지 않습니다. 그것이 바로 '공중거리公衆距離'입니다. 공적으로 중요한 인물의 주위에는 자동적으로 공중거리인 30피트의 거리를 두게 된다는 것입니다. 이 공중거리에서 보통 목소리로 말해서는 의미의 섬세한 뉘앙스나 얼굴의 세세한 표정이나 움직임을 느낄 수가 없습니다. 언어학자들의 관찰에 의하면 이러한 거리에서는 언어를 사용하는 태도도 달라져서 '공식적 문체', '동결

凍結의 문체'로 변한다는 것입니다.

마틴 조즈의 말대로 동결의 문체는 '끝까지 친구 사이가 될 수 없는 사람들 사이에서 사용되는' 것이지요. 수제지건首題之件과 같은 공문서에서 쓰이고 있는 문체들이 바로 그것입니다.

에드워드 홀은 이렇게 대인거리를 넷으로 나누어 설명하고 있지만, 그것을 만약 인칭으로 생각해 본다면 세 영역으로 정리할 수 있을 것입니다. 사회거리와 공중거리는 3인칭적인 거리이고, 개체거리는 2인칭적 거리, 그리고 밀접거리는 1인칭적인 거리라고 할 수 있을 것입니다.

그리고 물리적 공간을 언어의 공간으로 옮겨보면 '밀접거리'는 속삭이는 말로서 독백의 언어가 될 것입니다. 포옹의 자세와도 같은 밀접거리에서는 상대편의 얼굴을 볼 수 없듯이 대화도 이루어질 수 없습니다. 너무 가깝기 때문에 말은 바로 입김으로 변해버릴 것입니다.

그와는 정반대로 사회거리 특히 30피트가 넘는 공중거리에서는 대화가 불가능해집니다. 아무리 정감 있게 말하려고 해도 연설조가 되어버립니다.

3인칭 문화의 말은 형식적으로 될 수밖에 없습니다. 그러한 거리에서는 상대편의 얼굴은 잘 보이지가 않습니다.

1인칭 문화도 3인칭 문화도 하나의 공통점이 있다면 거기에는 '얼굴'과 '대화'가 존재할 수 없다는 점입니다. 하나는 너무 가깝기 때문에, 또 하나는 너무 멀기 때문입니다. 2인칭의 거리에서만 이 인간의 말은 '대화'가 될 수 있는 것입니다.

이 같은 언어의 공간을 눈물의 공간으로 옮겨오면 어떻게 될까요? 눈물은 이 세상에서 가장 아름다운 액체의 하나입니다. 비가 와야 무지개가 생기듯이 눈물을 흘려야 그 영혼에도 아름다운 무지개가 돋는다는 말도 있습니다. 그리고 액체화한 다이아몬드라는 말도 있습니다.

그러나 눈물이라고 해서 모두 그런 것은 아닙니다. 그것이 때로는 가장 추악한 썩은 물일 수도 있는 까닭입니다.

1인칭의 눈물은 자기 자신을 위해 흘리는 눈물로서, 그것은 엉겅퀴 잎에서 구르는 이슬만도 못한 것입니다. 자기의 한 때문에 흘리는 눈물—자기의 고통, 자기의 운명, 자기의 상처 때문에 흘리는 눈물은 무지개가 될 수 없습니다. 설득력도 감동도 주지 않습니다.

3인칭적인 눈물도 마찬가지입니다.

마음속에 있지도 않은 타자를 위해 흘리는 그 공중의 눈물(정치가나 성직자 가운데 곧잘 이런 눈물을 흘리는 경우가 있습니다)은 '악어의 눈물'과 다를 것이 없습니다. 위선적인 그 눈물에는 열기라는 것이 없습니다. 차갑디차가운 눈물이지요.

눈물은 임을 위해서 흘릴 때가 가장 아름다운 것입니다. 한용운의 시에 나타난 것처럼 단순한 임이 아니라 우리가 마음속으로 섬기고 있는 임, 사랑하고 동경하고 그리워하는 영원한 2인칭적인 존재를 위해서 흘리는 그 눈물은 시가 되고 음악이 되는 것입니다.

그렇습니다. 2인칭과 3인칭의 차이는 거리의 차이일 뿐 그 대상이 다른 것은 아닙니다. 똑같은 존재라 할지라도 거리에 따라서 그것의 인칭은 달라지는 것입니다.

이 세계의 공감을 2인칭적으로 인식할 때 우리는 '얼굴 없는 사회', '동결한 문체'로부터 벗어날 수가 있습니다. 그래서 '당신의 얼굴', '당신의 말소리'를 들을 수 있게 될 것입니다. 2인칭적 세계에서는 신은 하늘에 있는 것이 아니라 바로 내 옆방에 있는 것이고, 모든 사람은 지구의 저 변두리에 있는 것이 아니라, 내 베개 옆에 있는 것입니다.

작은 소리로 기침을 해도 알아들을 수 있는 '개체거리'로 인간을, 사물을 그리고 저 멀리 있는 별까지도 끌어들입니다.

그러한 2인칭 문화의 시대를 위해 나는 언젠가 또 당신에게 긴 편지를 쓸 것입니다.

작품 해설

천재와 시인

오세영 | 시인, 서울대학교 명예교수

1. 재능, 열정, 노력으로 뭉쳐진 창조적 인물

한 잡지사의 인터뷰(《월간조선》 2001년 7월호 「말의 천재 이어령」 질의자 : 오효진)에서 "천재라는 말을 많이 들으셨죠?"라는 질문에 이어령은 "젊었을 땐 내가 천잰 줄로 착각했어요. 그래서 그때 나는 30대 이후를 생각해 본 적이 없었어요. 천재는 30이면 죽으니까. 내년이면 70인데 70까지 사는 천재가 어딨어요?"라고 말한 적이 있다.

천재의 겸손일까. 그러나 이어령을 가리켜 이 시대 한국을 움직이는 천재 중 하나라고 하는 세간의 평은 그리 낯설지 않다. 가령 "이어령은 세 번 세상을 놀라게 했다. 20대엔 『흙 속에 저 바람 속에』로 한국을, 40대엔 『축소지향의 일본인』으로 일본을, 50대엔 올림픽으로 세계(88서울 올림픽의 개·폐회식은 물론 식전 식후 문화행사는 이어령이 구상한 것이다)를……"이라는 김윤식의 평이나 젊은 나이에 이어령을 이화여대 교수로 스카우트해 간 김옥길 총장이 그에 대한 파격적 대우에 불만을 토로하는 동료 교수들을 향해 "이어령은 우리만이 가져서는 안 될 사람이야. 모두가 나눠가져야 돼"라고 옹호한 것 등은 다 이를 두고 한 말들이다.

그래서 그런지 이 인터뷰의 질의자도 "누가 뭐래도 이어령이 천재성을 발휘하며 천재적으로 활약해 왔다는 사실만큼은 아무도 부인할 수 없을 것이다"라는 말로 결론을 맺고 있다.

실상이 그렇다. 그는 우선 그동안 150여 권에 달하는 저작을 통해 많은 분야에서 특출한 업적을 이룩해 냈다. 예컨대 『흙 속에 저 바람 속에』, 『축소지향의 일본인』과 같은 저술에서 보여준 독창적인 문화비평이, 『그래도 바람개비는 돈다』, 『신한국인』과 같은 저술에서 보여준 탁월한 문명비평이, 『저항의 문학』, 「우상의 파괴」와 같은 저술에서 보여준 개척자적인 문학비평이, 『한국인의 신화』, 『고전의 바다』, 『세계문학의 길』, 『하이꾸문학의 연구』, 『문학공간의 기호론적 연구』, 『시 다시 읽기』 등과 같은 저술에서 보여준 깊이 있는 문학탐구가, 그리고 『말로 찾는 열두 달』, 『하나의 나뭇잎이 흔들릴 때』, 『말 속의 말』과 같은 저술에서 보여준 예지에 가득찬 사유가, 『장군의 수염』, 「무익조」와 같은 저술에서 보여준 그 심원한 상상력의 세계가 그러하다.

그만이 아니다. 그는 저술뿐만 아니라 다른 많은 분야에도 괄목할 만한 성과를 거둔 바 있다. 예컨대 그는 이미 약관 27세의 나이에 신문사 논설위원으로 발탁되어 중앙 유수의 일간신문에 날카로운 필봉을 휘둘렀고, 흑자를 내기 어려운 우리 문단의 풍토에서 문학 월간지 《문학사상》을 창간하여 크게 성공했으며, 초대 문화부 장관으로 초빙되어 이 나라 문화행정의 초석을 다진 사람이다. 88올림픽과 2002월드컵, 새천년 문화행사를 총괄 구성 지휘하여 세계인을 놀라게 하는가 하면 정보화사회와 디지털 문명에 대한 선구적 안목으로 우리 시대를 선도하기도 했다. 서구의 첨단 문화이론을 수용하는 데도 남달라서 미국의 신비평이나 서구의 구조주의, 그리고 기호학 등에 대한 이해는 동시대의 누구보다도 앞서 있었다.

그리하여 그의 지금까지의 생은 단순한 학자나 문인이 아니라 교수, 소설가, 시인, 희곡작가, 시나리오작가, 평론가, 잡지편집자, 문화비평가, 기호학자, 언론인, 장관, 문화행정가…… 등을 겸한 매우 복합적이면서도 창의적인 것이었다. 이와 같이 다양한 분야에서 그 어떤 실패도 없이 성공을 거둘 수 있었다는 것은 이어령이 최소한 범상한 인물이 아니라는 것을 예증한다. 그것은 천재적 재능과 청년적 열정과 장인적 노력 없이는 불가능하다. 그리하여 인터뷰 질문자의 그에 대한 다음과 같은 평 역시 자연스러운 것일지 모른다.

그는 누가 뭐래도 천재성을 발휘하며 천재적으로 활약해 왔다. 젊어서는 내로라하는 기성 문인들이 그의 필봉에 걸려들까 봐 오들오들 떨었다. 저항, 반항, 파괴로 대표되는 키워드들은 그의 전유물이었으며 젊은이들은 그의 맹신자가 되어 목이 터져라 환호작약했다. 그가 쓰는 책은 책마다 히트해서 장안의 지가를 올렸다—5000년 우리 역사상 이렇게 괴물처럼 괴력을 가진 창조적 인물을 가져본 적이 없다. 우리가 그를 함께 가지고 있는 것은 어쩌면 축복을 받은 것인지도 모른다.

2. 상상력, 그 특출한 사유형식

그렇다면 그의 천재성이란 무엇일까. 천재성이란 최소한 날카로운 이성적 판단이나 합리성을 가리키는 말은 아닐 터이다. 천재란 보편적인 인물이라면 생각지 못한 것을 생각해 내는 사람인데 보편을 넘어서는 이성이나 합리성은 있을 수 없기 때문이다. 그러한 관점에서 천재는 논리나 이성을 초월한 사람, 보편이나 객관을 벗어나 있는 사람이라 할 수 있다. 그러므로 그는 아주 예외적인 사람이다. 특출한 예지나 직관을 지니고 있어서 범상한 사람은 생각해 낼 수 없는 세계를 초논리적으로 꿰뚫어 알아보는 사람일 것이다. 그 '꿰뚫어 알아본' 생각의 내용이 고도한 지성과 합리적 이성으로 체계화되는 것은 다음의 문제이다. 그러한 관점에선 천재는 '고도한 지성과 합리적 이성으로 체계화'되는 단계 이전의 사람—아니 이 양자를 공유한 사람이라 할 수 있을지 모른다.

이렇게 천재성이 보편이나 이성을 초월해 어떤 특출한 예지나 직관으로 범인이 생각할 수 없는 것을 생각해 내는 정신작용이라면 그것은 상상력—아마도 탁월한 상상력이라는 개념에 가까울 것이다. 상상력이야말로 이성적 사유나 시비 판단을 초월해 있기 때문이다. 그것은 분석하는 사유형식이 아니라 종합하는 사유형식이며, 논리적 사유형식이 아니라 모순의 사유형식이며, 구조적 사유형식이 아니라 초월적 사유형식이다. 그러므로 이어령이 지녔을 천재성이란 필자의 관점에선 그의 남다른—탁월한 상상력을 가리키는 것이 아닌가 생각한다. 이에 대한 이어령의 견해 역시 비슷한데 인터뷰 기사의 다른 한 대목을 인용해 본다.

질의자 그런데 88올림픽, 월드컵, 부지깽이(앞에서 이어령은 장관 시절 부하 직원들에게 문화부 일꾼이란 부엌의 부지깽이와 같은 역할을 하는 사람이라는 요지의 말을 한 바 있다—필자 주), 이런 생각들이 다 어디서 나옵니까?

이어령 상상력의 밭이죠. 나에게는 나의 언어나 상상력을 가꾸는 텃밭이 있지요. 어떤 때는 무도 길러내고 배추도 길러내고. 거기다가 여러 가지 씨를 뿌리고 가꿔내는 겁니다. 거기서(88올림픽 개막식의) 굴렁쇠도 나오고 상암동(월드컵 경기장, 이어령은 2002년 한일월드컵 조직위원회의 식전 문화행사 및 관광위원장직을 맡고 있음—필자 주)도 나오고요.

그리하여 이어령은 그 다음의 진술에서 상상력을, 밥통(위장)이 여러 가지 서로 다른 물질(초월) 작업으로 비유하고 있다. 나아가 상상력이란 보편적 논리나 상궤의 가치를 벗어나야만 창조력을 지닐 수 있음도 다음과 같이 밝힌다.

그러니까, 내가 뭔가 창조적인 일을 하고 올림픽을 기획하고 문화정책을 짜고 경기장을 짓는 데 아이디어를 내고 하는 건 다 이런 게 축적돼서 나온 겁니다. 내가 만약 초등학교, 중학교, 대학교, 이런 데서 정규교육을 잘 받은 사람이라면 이런 상상력이 나오지 않을 겁니다(앞서 그는 당시의 시대 및 사회상황으로 인해 자신이 초·중등학교와 대학교에서 정규교육다운 교육을 받아보지 못했음에 대해서 진술한 바 있다—필자 주).

예일대학에서 부시 대통령이 C학점 받은 사람한테서는 대통령이 나오지만 A학점 받은 사람한테서는 잘해야 부통령밖에 못 나온다고 했어요. 일본이 바로 그 모범교육이니까 총리 할 사람이 없잖아요! 다 고만고만하고.

가령 보들레르, 에드거 앨런 포, 이런 사람들은 다 사회에 해악을 끼친 사람들이오. 그런데 그걸 받아들인 사회에서는 문화의 꽃이 피었어요. 그걸 일반 잣대로 저건 신용 지키지 않은 놈이다 저건 계약을 지키지 않았으니 재판을 걸어야 한다, 이런 사회에선 문화의 꽃이 안 펴요.

그런데 우리나라에서는 그 상상력을 아주 업신여긴다는 것이다. 그에 의하면 '상상력'이란 '꿈'의 동의어이기도 한데 우리나라에는 꿈의 가치를 별로 인정하지 않으며 몽夢 자는 나쁜 뜻으로 많이 쓰인다. 그리하여 동양은 서양에 비해 압도적인 문화의 우위를 지니고 있으면서도 서양에 뒤진 것이라고 한다. 가령 옛날 중국은 서양이 가지고 있지 않은 화약을 가지고 있었고 희망봉을 발견한 바스코다가마의 배보다도 몇 십 배 더 큰 배를 가지고 있었지만 서양인들과 달리 '꿈'을 지니고 있지 못해 근대화의 낙오자가 되었다는 것이다. '상상력' 혹은 '꿈'으로 불리는 정신작용의 중요성에 대한 그의 견해를 살펴볼 수 있는 대목이다.

이렇듯 이어령은 그 스스로 자신의 재능은 상상력에서 기인하는 것이며 상상력이란 필자의 지적과 같이 보편이나 이성 혹은 상궤를 초월한 어떤 특출한 사유형식이라는 것을 밝히고 있다. 그러므로 만일 우리가 그의 남다른 재능을 '천재성'이라 부른다면 그것은 결국 이와 같은 그의 비범한 상상력의 다른 이름이라고 말해도 좋을 것이다. 그렇다. 이어령은 그 자신이 앞서 진술했던 것처럼 우리 시대에 쉽게 만날 수 없는 특출한 상상력의 소유자이다. 그것을 상상력이라 부르든, 꿈이라 부르든 이어령은 우리 시대 범인들이 생각지 못한 어떤 창조적인 것을 실현하기 위해 고민해 왔다. 그리하여 그가 다음과 같이 말하는 것도 우연이 아닐 것이다.

그러니까 나는 꿈을 멸시하는 사회에서 미쳐보고, 뛰어보며, 꿈을 실현해보려고 했지만 너무나 큰 장벽 땜에 무너져야 했죠.

그렇다면 진정한 꿈의 소유자는 누구인가. 말할 것도 없이 그는 시인이다. 시란 상상력의 산물이며 시인이란 특출한 상상력의 소유자인 까닭이다. 그러므로 우리는 또한 시인을 창조자라고도 부르지 않던가. 원래 '시'를 지칭하는 그리스어 'poesis'는 '만든다' 혹은 '창조한다'는 뜻을 지니고 있다. 물론 고대 그리스어도 그렇지만 여기서 내가 사용하고 있는 '시'라는 용어는 협의의 시, 즉 문학의 삼대 장르 중 하나로 오늘의 시(poetry)만을 지칭하는 것이 아니라 모든 창조의 정신적인 힘을 가리키는 말이다. 물론 언어가 인간 정신의 열쇠인 까닭에 문학으로서의 시가 그 정수에 있는 것이 사실이기는 하지만 이 시가 언어로 형상화되면 문학으로서의 시가 되고 색채로서 형상화되면 미술이 되고, 소리로서 형상화되면 음악이 되고, 물질로 형상화되면 과학이 된다는—그런 뜻으로서의 시다. 아마도 이어령은 그러한 의미에서 시인, 그중에서도 언어의 시인이 되고 싶었는지도 모른다. 그의 다음과 같은 진술이 그러하다.

그러니까 내가 의식이 들면서부터 지금까지 문학적 상상력이나 문학 이외의 것에 대해 한 번도 생각해 본 적이 없어요. 내가 교수를 하고 장관을 한 것도 사실은 그 문학적 창조의 연장선상에서 한 것이지 난

한 번도 변한 게 없어요—하다못해 올림픽 때 기획을 한 것도 문학적 상상력을 현실에 옮겨놓은 것에 불과한 것이죠—글쎄 내가 장관이 돼서 이런 얘기를 하고 돌아다니니까 사람들이 시인이라고 그래요. 그건 장관이 할 일이 아니라고. 그래 지금 다시 시를 쓰려고 벼르고 있는 거요. 이렇게 나는 한 바퀴 빙 돌아온 거요.

그렇다면 앞서 이야기했듯이 이어령이 여러 다양한 분야에서 활동하였고—교수, 소설가, 시인, 희곡작가, 시나리오작가, 평론가, 잡지편집자, 문화비평가, 기호학자, 언론인, 장관, 문화행정가 등—또 각각의 분야에서 창의적인 업적을 냈던 것 또한 간단하게 정리된다. 그는 기본적으로 시인이었고 시인으로서의 비범한 상상력을 이 각각의 분야에서 실현하고자 했다는 사실이다. 시인으로서의 교수, 시인으로서의 소설가, 시인으로서의 시인, 시인으로서의 평론가, 시인으로서의 학자, 시인으로서의 장관, 시인으로서의 언론인, 시인으로서의 잡지편집자, 시인으로서의 문화행정가 말이다. 한마디로 그것은 창조적인 정신—비범한 상상력의 소유자라 할 것이다.

3. 산문에서 시적 차원으로

이어령의 글은 아름답고 참신하며 개성적이다. 그리하여 일반적으로 그는 해방 이후 우리 문체상에 하나의 획을 그은 사람이라고 평가되어 왔다. 그러나 내가 생각하기로 그의 글의 가장 본질적인 특성은 '시적詩的'인 데 있는 것이 아닌가 한다. 그의 학술적인 저작—예컨대 『문학공간의 기호론적 연구』나 『시 다시 읽기』와 같은 본격적인 글쓰기를 제외하고, 아니 어떤 의미에선 이와 같은 저작들까지도 포함해서 그의 모든 산문들은 시적인 몽상과 예지 그리고 아름다운 감성들로 반짝거리고 있다. 특히 그의 에세이들이 그러하다. 우리는 그 상상의 공간이나 세계인식의 방법에서 독특한 시적 감동을 맛볼 수 있다. 그리하여 그의 주관적인 수필을 대하면 마치 한 편의 시를 읽는 듯한 착각에 빠지곤 한다. 이와 같은 이어령의 글쓰기에서도 우리는 시인으로서의 그의 정신적 편모를 엿볼 수 있는 것이다.

그의 수필 가운데서도 가장 시적인 것은 『말로 찾는 열두 달』과 『하나의 나뭇잎이 흔들릴 때』와 같은 저작에 수록된 글들이다. 그것은 이미 산문의 수준을 넘어선 글, 그러니까 산문시의 영역에 포함시켜도 크게 나무랄 데 없는 글들이 아닐까 한다. 일반적으로 한국에서는 산문시를 시인이 쓴 압축된 산문 혹은 패러그래프(단락)의 형식에 맞추어 쓴 주관적이고도 감성적인 단문短文의 정도로 생각하는 듯하다. 그러나 짧게 압축하거나 감정적 표현을 강조한다고 해서 산문이 산문시가 되는 것은 아니다. 시인이 썼기에 산문이 산문시가 되고 산문가가 썼기에 산문시가 산문이 되는 것은 더욱 아니다. 실상 한국의 시인들이 산문시라고 쓴 것 대부분이 시의 영역에서 벗어나 있는 데 반해 산문가가 산문이라고 쓴 글들 가운데서 오히려 산문시로 불러야 마땅할 경우가 있다는 것이 필자의 솔직한 생각이다, 이어령은 아마 이 후자의 경우를 대표한 산문가로서의 '시인'일지도 모른다.

산문시란 비록 '산문'이란 관형어가 붙어 있음에도 불구하고 문자 그대로 '시'이다. 이 말은 산문시가 산문의 형식인 '패러그래프' 단위의 기술임에도 불구하고 근본적으로 시의 규범을 지킨다는 것을 뜻한다. 즉 산문시란 자유시나 정형시가 그러하듯 시가 지켜야 되는 모든 규범을 지킨다. 다만 행, 연 구분이나 외형률에 의존하지 않고 패러그래프 형식으로 기술한다는 점이 다를 뿐이다. 그러므로 '산문시'라는 명칭에 관형어로 붙인 '산문'이라는 용어는 언어의 내면적인 뜻을 가리키는 말이 아니라 언어의 외면적인 형식을 가리키는 말이라 할 수 있다. 그것은 수필이나 소설 혹은 논문을 가리켜 산문이라 할 때의 산문이라는 뜻이 아니고 운문에 반대되는 형식의 글을 지칭할 때의 산문이라는 뜻이다. 만일 '산문시'라는 말의 '산문'이 전자의 경우(소설이나 수필, 논문과 같은 뜻)와 같은 뜻이라 한다면 용어 자체에 모순이 있지 않겠는가.

그렇다면 시의 규범이란 무엇일까. 이는 시학의 가장 본질적인 영역에 속하고 또 현대 시학자들 사이에 아직 많은 논의가 있으므로 간단히 답할 성질의 것이 아니다. 그러나 다음과 같은 것들은 대체로 공인된 명제들이 아닐까 한다.

첫째, 고조된 감정을 함축으로 표현한 짧은 진술의 1인칭 자기 고백체의 글

둘째, 언어적으로 이미지와 은유 상징의 체계로 표현된 존재론적인 진실

셋째, 상상력의 이원적 대립과 그 조화

넷째, 언어의 등가적 반복(repetition of equivalence)

등이다. 물론 시에는 여러 다양한 하위 장르들이 있고 그 자체가 창조 지향적인 까닭에 이와 같은 규범들을 획일적으로 강요할 수는 없는 것이다. 그러나 우리가 적어도 시와 산문의 구분을 인정한다면 최소한 이상의 조건은 승복해야 한다는 것이 오늘의 시론이다. 이와 같은 관점에서 볼 때 이어령의 산문들—특히 『말로 찾는 열두 달』에 수록된 산문들은 넓게 산문시의 범주에 넣어도 무리가 없을 듯하다. 우리는 여기서 넓은 의미로서의 시인(비범한 상상력 즉 천재성을 지닌 자)인 이어령뿐만 아니라 좁은 의미로서의 시인인 이어령을 만나게 된다. 아마도 다양한 경력에서 입증된 그의 천재성은 이와 같은 산문에 녹아 있는 시적 상상력의 각기 다른 표현들이었을지도 모르리라.

물이라면 좋겠다. 노루의 발자국도 찍힐 수 없는 심산유곡의 그런 옹

달샘 같은 물이라면 좋겠다. 그러면 우리들의 언어는 씻어줄 것이다. 피 묻은 환상의 손 때문에 맥베드 부인처럼 밤마다 가위에 눌려 잠을 깨는 사람들을. 그리고 또 씻어줄 것이다. 농화장濃化粧 뒤에서만 이야기하는 우리 연인들의 갑갑한 얼굴을, 기름에 절은 아버지의 손을, 지폐 냄새가 니코틴처럼 배어 있는 인간의 폐벽肺壁을 씻어줄 것이다.

불이라면 좋겠다. 화산처럼 지층 속에서 터져나오는 창세기 때의 불 같은 것이었으면 좋겠다. 태우리라. 헤라클레스가 독으로 부푼 육체의 고통을 없애기 위해 장작불 위에 몸을 던졌듯이, 아픈 세균을 태워버리리라. 어둠 속의 요괴들과 굶주린 맹수들이 우리의 잠자리를 기웃거리는 위험한 밤의 공포들을, 불살라버리리라.

바람이라면 좋겠다. 우리들의 이 굳어버린 언어들이 최초로 바다에 뜬 아르고스의 배를 운반한, 그런 바람이라면 좋겠다. 우리들의 어린것들이 구름처럼 항해를 하면서, 지도에도 없는 황홀한 섬을 방문할 것이다. 또 계절을 바꾸어 나무 이파리마다 희열의 꽃잎을 피울 수도 있을 것이다. 잠들게 하고 망각하게 할 수도 있을 것이다.

활이라면 좋겠다. 백발백중으로 표적을 맞히는 그 옛날 피로크테스의 활이라면 좋겠다.

힘껏 잡아당겨 과녁을 향해 쏜다. 우리들의 언어는 빛처럼 날아갈 것이다. 물의 정화력을 가지고 불의 정복과 바람의 변화를 가지고 언어는 화살처럼 허공을 날아간다. 그러면 그것이 꽂히는 것을 볼 것이다. 우수를, 체념을, 모욕과 울분을, 내일을 차단하는 그 모든 것을 넘어뜨리고 또 넘어뜨린다.

이 허무 속에서, 아! 깃발처럼 과녁을 뚫는 생명의 그 승리를 볼 것이다.

—「신화의 부활」

『말로 찾는 열두 달』에 수록된 산문의 한 편을 전문 인용해 보았다. 그러나 편견 없이 대하는 독자들은 이 글이 앞에서 필자가 제시한 시의 일반적 규범에 잘 맞아떨어진다는 것을 체험적으로 인정하게 되리라 믿는다. 언뜻 이 글은 일반적인 수필과 별로 다르지 않다. 우선 그 기술 형식이 패러그래프 단위로 되어 있어 수필과 선뜻 구별되지 않고 또 수필집이라는 제목의 단행본에 수록되어 있기 때문이다. 실상 수필집 『말로 찾는 열두 달』은 이어령이 그가 주간으로 있던 월간 《문학사상》지에 썼던 권두언의 모음이기도 하다. 그러니 평범한 독자가 이를 일반적인 산문으로 여길 것은 어찌 보면 당연하다. 그러나 이 글을 엄밀히 읽어본 독자라면 이 글이 이미 수필의 차원을 넘어서 시의 경지에 도달해 있다는 사실을 깨닫는 데 긴 시간이 필요치 않을 것이다.

우선 이 글은 '고조된 감정을 함축으로 표현한 짧은 진술의 1인칭 자기고백체'이다. 이 글의 어느 부분에서도 논리적이거나 이성적인 주장이 없다. 모두 독자의 감정에 호소하여 스스로 무엇인가를 깨우치게 하는 형식을 띠고 있다. 우리는 가령 이 글에서 화자의 열정에 찬 감정적 진실을 대면하는 데 다음과 같은 한 대목을 인용하는 것만으로도 충분할 것이다. "태우리라, 헤라클레스가 독으로 부푼 육체의 고통을 없애기 위해 장작불 위에 몸을 던졌듯이, 아픈 세균들을 태워버리리라. 어둠 속의 요괴들과 굶주린 맹수들이 우리의 잠자리를 기웃거리는 위험한 밤의 공포들을 불살라버리리라." 시적인 진술이 아니라면 어떤 산문에서 이처럼 함축적이고도 감정적인 표현을 즐겨 사용했겠는가. 혹자는 인용된 산문, 즉 「신화의 부활」이 시로는 다소 길다고 생각할지 모른다. 그러나 모두 네 개의 패러그래프로 된 이 글은 주요한의 산문시 「불노리」보다 길지 않으며 보들레르의 『파리의 우울』에 수록된 산문시의 평균적 길이보다 훨씬 짧다.

물론 이 글은 감정적 진실을 이야기하고 있으나 감정을 직접 토로하고 있지는 않다. 그것은 시의 일반적인 규범에서 비록 시가 감정적 진술이기는 하나 본질적으로 사물화되어야만 한다는 원칙을 충실히 지키고 있기 때문이다. 시론에서는 그것을 감정적(emotional) 진술과 구분하여 감정환기적(emotive) 진술이라고 한다. 예컨대 '나는 슬픕니다'는 전자에 해당하는 진술이며 '나는 가을비 젖은 꽃잎'이라고 하면 후자의 진술에 속한다. 말하자면 위의 인용된 산문은 비록 감정적 진실을 피력하고 있으되 그 감정을 직접 드러내지 않고 그것을 모두 사물화시키고 있다. 그러므로 평범한 독자에게는 아마 감정적 요소가 결핍되어 있는 것으로 느껴질지도 모르겠다. 그러나 이 글이 만일 감정적 진실에 의존하지 않는다면 어찌 언어가 물이, 또는 불이 될 수 있단 말인가. 어찌 나무가 잠이 들고 언어가 허공을 빛처럼 날 수 있단 말인가.

우리는 이 대목에서 「신화의 부활」이 언어적으로 이미지와 은유, 상징의 체계로 형상화된 어떤 존재론적 진실을 이야기하고 있음을 발견하게 된다. 이 글의 전부는 사실 모두 이미지나 은유로 표현되어 있다. 그 어떤 것도 직접적으로 혹은 직설적으로 서술되어 있지는 않다. 그렇다면 시인은 무엇을 은유 혹은 이미지의 형식으로 표현하고 있는가. 한마디로 그것은 '언어(시)'이다. 말하자면 '언어'를 시적 상상력의 대상으로 삼아 그것이 무엇인가를 자문자답하는 것이다. 그러나 그가 탐구하고자 하는 것은 대상이 지닌 일상적 혹은 과학적인 의미는 아니다. 그것을 뛰어넘은 어떤 총체적이고도 영원한 존재론적 진실이다. 그렇다면 그것은 무엇일까.

만일 우리가 '사상과 감정을 전달하는 음성적 혹은 시각적 기호'라고 말한다면 그것은 틀린 답이다. 왜냐하면 그것은 국어사전에 수록된 과학적 혹은 일상적 진실을 이야기한 것에 지나지 않기 때문이다. 따라서 이어령은 이렇게 대답한다. '언어란 물이다', '언어란 불이다', 언어란 바람이다', '언어란 활이다'. 그것은 분명 하나의 은유이며 이미지이며 상징이며 또한 존재이다. 이어령은 언어가 무엇인지 결코 명백하고 직설적으로 설명하고 있지는 않다. 이렇듯 '물', '불', '바람', '화살'이라는 화두를 제시함으로써 독자 스스로 그 은유가 함축한 뜻을 깨우치기를 바란다. 다만 확실한 것은 그가 언어를 일상적 혹은 과학적인 뜻—사상과 감정을 전달하는 도구—으로 정의하고 있지는 않다는 사실이다. 그리고 대상을 이렇듯 과학적 차원의 진실이 아닌 존재론적 진실에서 찾는 그의 상상력이 이 글을 산문의 차원에서 시적 차원으로 비상시키는 힘이 되고 있다.

그러나 시적 대상인 '언어'를 존재론적으로 탐구함에 있어 시인의 상상력은 단순하지가 않다. 거기에는 서로 대립되는 복합적인 구조가 있다. '물'과 '불'로 메타퍼라이즈된 두 개의 상상력이 그 대표적인 예이다. 우선 물질적 특성에 있어서 이 양자는 상반된다. 물은 액체이고 불은 기체이다. 물은 하강하는 특성이 있고 불은 비상하는 특성이 있다. 즉 하부공간 지향과 상부공간 지향이라는 점에서 서로 모순된다. 그러나 무엇보다도 중요한 것은 그 에너지적 특성이다. 물은 불로써 데워 증발시키고 불은 물로써 끄지 않는가. 이쯤 예를 들면 우리는 물과 불의 상반성을 더 이상 지적하지 않아도 될 것이다. 이렇듯 시인은 일차적으로 상반관계에 있는 두 가지 물질을 끌어들여 그의 상상력을 개진시키고 있다.

한편 '물'과 '불'에서 본 시인의 상상력 또한 상반한다. 시인이 물에서 발견한 것은 생명의 힘이다. 우선 그 물이 '옹달샘'에서 솟아나는 물이라는 사실에 우리는 주목해야 한다. 그것은 흘러가는 강물도, 폭풍우 치는 파도도, 정지된 호수의 물도 아니다. 싱싱하게 거침없이 솟구치는 물이다. 사슴이 갈증을 푸는 물, 인간이 식수로 떠먹는 물, 대지를 촉촉이 적셔 수목이 싹을 틔우게 하는 물이다. 그것은 분명 생명의 에너지를 갖는 물, 즉 생명수의 원형이라 할 것이다. 그러므로 시인은 그러한 물로써 죽음을 물리칠 수 있다. 예컨대 '피 묻은 환상의 손 때문에 맥베드 부인처럼 밤마다 가위에 눌려 잠을 이루지 못한 사람의 피'는, 그의 '지폐 냄새가 니코틴처럼 배어 있어 죽어가는 사람'의 폐벽은 오직 이 물에 의해서만 깨끗하게 씻겨져 새로운 생명으로 거듭날 수 있다는 것이다. 그것은 분명 물이 갖는 생명의 에네르기에 대한 상상력이다.

그런데 시인은 '불'에서 죽음을 발견한다. 불은 모든 것을 태워서 소멸시키는 물질인 것이다. 그리하여 그는 이 글에서 불을 죽음, 혹은 소멸의 상징으로 제시한다. '아픈 세균을 태워버려라' 혹은 '우리의 잠자리를 기웃거리는 위험한 밤의 공포들을 불살라 버리라'고 절규한 것도 이 때문이다. 그러므로 이 글에서 '물'과 '불'은 물질성 자체가 그렇듯이 시인의 상상력 속에서도 '생명'과 '죽음'의 상반하는 의미로 전개되고 있다. 즉 언어—시란 물과 같아서 사물을 소생시킬 수 있는가 하면 반대로 불과 같아서 사물을 불태워 소멸시킬 수도 있다는 것이다. 이는 분명 서로 대립되는 의미 지향으로 시에서 말하는 바 소위 이원적 대립을 그대로 보여주는 것이라고 하겠다.

그러나 윗글의 상호 대립된 상상력은 분열되어 있는 것으로 끝나지만은 않는다. 이 양자는 또한 적절한 수준에서 상호 조화하는 전환을 보여준다. 아이러니라 부르기도 하고 매개항에 의한 통합이라고 부르기도 하는 시의 본질적 특성이다. 이 글의 세 번째 단락에서 보여주는 바람의 상상력이 그것이다. 시인은 '언어' 즉 시는 또한 '바람'이라고 말한다. 그러나 글의 문맥을 찬찬히 따라가 보면 엄밀한 의미에서 그가 말하고자 하는 바람은 단순한 바람이 아니라 꽃잎을 피우는 바람이다(바람은 또 계절을 바꾸어, 나무 이파리마다 희열의 꽃잎을 피울 수도 있을 것이다). 그것은 폭풍의 바람도, 눈보라의 바람도, 쓸쓸한 가을바람도 아니다. 이 글의 바람이 만일 이 같은 바람을 가리키는 것이라면 결코 물과 불의 통합을 이룰 수 있는 바람이 되지는 못했을 것이다. 그것은 다만 죽음의 바람 이상이 아니기 때문이다.

윗글의 상상력이 제시한 바람은 잠든 나무를 일깨우는 바람, 새싹을 흔들어 불러내고, 꽃봉오리를 툭 쳐서 터뜨리는 봄바람, 즉 미풍이다. 이 바람에는 죽음과 동시에 생명의 원천적인 에너지가 있기 때문이다. 그것은 죽음으로부터 생명을 불러내는 바람이다. 우리는 그 같은 작용을 간단히 봄바람에 피어나는 꽃의 상징에서 살펴볼 수 있다. 다 아는 바와 같이 꽃에는 불의 이미지가 있다. 시인들은 돌에 피어 있는 꽃을 흔히 활활 타는 불 혹은 환히 불 밝히는 등불이라고 표현한다. 가령 노발리스에게 모든 꽃들은 빛이 되기를 바라고 있는 불꽃들이며, 마르셀더리에게 있어 사과나무의 열매는 반짝이는 불빛이며, 바슐라르에게 있어 오렌지는 뜰을 밝히는 램프인 것이다.

이렇듯 '꽃'은 일차적으로 불의 이미지를 가지고 있다. 그러나 동시에 꽃은 또한 물의 상상력을 지닌다. 꽃은 물이 없이는 결코 피어날 수 없다. 그의 전체 조직은 물로 구성되어 있으며 줄기를 통해서 항상 수액을 공급받아야만 생존이 가능하다. 그러므로 만일 꽃이 하나의 등불이라면 그 불은 대지에서 빨아올리는 물(수액)에 의해서 타오르는 불이다. 세상의 그 어떤 불이 물로써 타오를 수 있을 것인가. 설령 그것이 액체를 연료로 해서 타오르는 불이라 할지라도 그 액체는 휘발유나 석유와 같은 가연성 물질이지 순수한 물은 아니다. 그러한 의미에서 시적 상상력으로 꽃은 순수한 물로써 타오르는 불, 즉 물의 불인 셈이다. 그것은 술이 또한 알코올이 그러한 것과도 같다.

이처럼 '꽃'에 의해서 '물'과 '불'의 상상력이 통합될 수 있었던 것은 비록 그 의미지향성이 상반되어 있다 하더라도 이 양자 사이에 본질적으로 공유되는 영역이 있었기 때문이다. 그것은 한마디로 정화purification라는 말로 설명되는데 일반적으로 물이든 불이든 이 양자의 물질적 상상력 안에는 존재를 정화시키는 힘이 있는 것으로 믿어져 왔다. 물은 스스로 정화하는 힘이 있을 뿐만 아니라 타자를 깨끗하게 씻어준다. 불은 오염된 물질을 태워 없애 줄 수 있다. 가령 기독교에서는 물로써 세례를 받으며 성령의 불로써 정화시킨다. 우리들의 민속이나 종교의식에서도 물과 불이 가장 소중한 성물聖物임은 다 아는 바다. 그리하여 시인은 윗글에서 이와 같은 물과 불의 상반되는 의미지향과 그 공유된 의미소들을 꽃의 상징으로 통합시켜 시의 원리라 할 이미지의 이원적 대립과 그 조화를 적절하게 소화시키고 있다.

마지막으로 윗글이 시의 영역에 포함될 수 있는 근거는 현대 구조주의 시학에서 논의되고 있는 소위 '등가성의 반복'에 있다. 윗글에는 등가성의 반복이 전형적으로 나타나 있기 때문이다. 윗글은 여러 가지 형태의 반복이 구사되고 있다. 첫째, 패러그래프와 패러그래프의 반복이다. 예컨대 이 글의 모든 패러그래프들은 한 가지 주제를 여러 가지 은유 형식으로 반복한다. 둘째, 한 패러그래프 내의 반복이다. 한 패러그래프를 구성하고 있는 모든 문장들 역시 같은 주제를 반복하고 있다. 셋째, 비교적 반복이다. 주로 패러그래프 내의 반복이 이와 같은 형태를 띠는데, 가령 첫 번째 패러그래프를 예로 들 경우 그 전체 내용은 각각 '맥베드 부인의 손에 묻은 피를 씻어준다', '여인의 농화장을 씻어준다', '기름에 절은 아버지의 손을 씻어준다', '니코틴이 배어 있는 인간의 폐벽을 씻어준다', '더럽혀진 우리들의 속옷들을 씻어준다'로 되어 있지만 이는 모두 이 패러그래프의 소주제라 할 '모든 오염된 존재를 깨끗하게 씻어준다'를 은유형식을 빌어 표현한 진술들에 지나지 않는 것이다.

그러나 가장 중요한 것은 대립적 반복, 즉 병렬형식의 반복이다. 패러그래프와 패러그래프 간의 반복이 그 예로서 이는 시학에서 일컫는 바등가적 반복의 전형이라 할 수 있다. 예컨대 키 센텐스를 살펴보면 첫 번째 패러그래프는 '언어는 물이다' ('물이라면 좋겠다')인데, 두 번째 패러그래프는 '언어는 불이다' ('불이라면 좋겠다'), 세 번째 패러그래프는 '언어는 바람이다' ('바람이라면 좋겠다'), 네 번째 패러그래프는 '언어는 화살이다' ('화살이라면 좋겠다')로 되어 있다. 그러나 이 모두 이 글의 주제, '언어(시)는 존재를 재생시키는 힘이다'의 은유적 반복이다. 그런데 이 같은 등가적 반복에서 첫 번째 패러그래프와 두 번째 패러그래프, 세 번째 패러그래프와 네 번째 패러그래프는 대립적 반복, 즉 병렬관계를 유지하고 있다. 왜냐하면 앞에서 살펴보았듯이 '물'과 '불', '바람'과 '화살'은 서로 상반되는 의미지향을 가지고 있기 때문이다. 이를 정리하면 다음과 같다.

〈등가적 반복〉

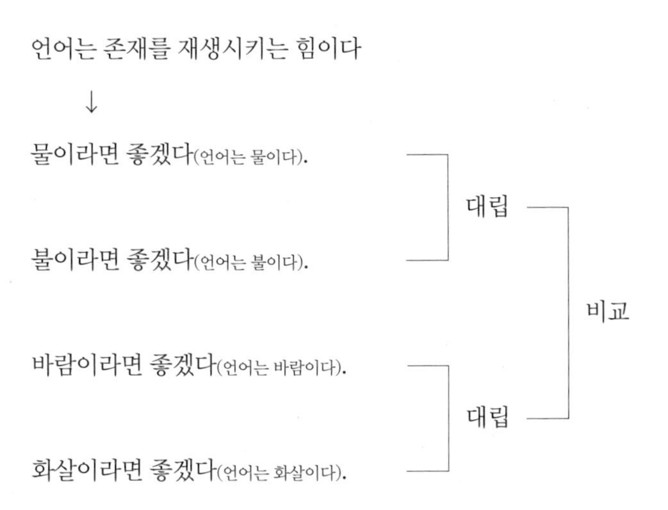

이상에서 살펴본 바와 같이 「신화의 부활」은 비록 권두언으로 발표되고 또 수필집 『말로 찾는 열두 달』에 수록되어 있음에도 불구하고 본질적으로 산문시에 해당하는 글임을 알 수 있다. 이는 인용된 「신화의 부활」에 국한되지 않고 『말로 찾는 열두 달』에 수록된 모든 글들, 나아가서 이어령의 산문 대부분에서 보편적으로 드러나는 특성들이기도 하다. 물론 그중에는 정도의 차이가 있어서 『말로 찾는 열두 달』에 수록된 산문처럼 거의 산문시의 수준에 다다른 글이 있는가 하면 그렇지 못한 글들도 있다. 그러나 전반적으로 이어령의 모든 산문들이 시적 특성 혹은 시적인 언어를 지향하고 있다는 사실만큼은 부정하기 어렵다고 필자는 생각한다.

4. 이어령, 그 천부적인 시적 상상력

이어령은 언어의 시를 한 편도 남긴 바 없다. 그러나 아이러니컬하게도 천성적인 시인이다. 비록 언어의 시를 쓰지 않았다 하나 그는 생애의 전부를 시 쓰는 마음으로 살았다. 아니 시의 형식을 빌지 않고 시를 써왔다. 그는 산문으로 시를 썼고, 학문으로 시를 썼고, 평론으로 시를 썼고, 언론으로 시를 썼고, 문화행정으로 시를 썼고, 잡지편집으로 시를 썼고, 문화마인드로 시를 썼다. 그러나 우리는 그의 시의 원천을 아직도 잘 모른다. 그것이 얼마나 심원하고 풍요로운가를…… 다만 그의 모든 생애가 시의 창조적인 상상력에 의해서 이루어져 왔다는 것을 예증하기 위해 조그마한 노력으로 그의 산문 한 편을 간단히 분석해 보았을 따름이다. 나는 이어령의 천재성을 그의 천부적인 시적 상상력으로 이해하고 싶다. 그러나 한 가지 의문이 남는다. 천부적인 시인이면서 그는 왜 단 한편도 언어의 시를 쓰지 않았을까. 그의 모든 지적 생산이 넓은 의미의 시라면 굳이 언어의 시에 집착할 필요가 있었을까 하고 변호해 본다. 그래도 여전히 한구석에 의문이 남는다. 혹시 자신이 가장 성스럽게 생각하는 것에 대한 경건의 염

念 때문은 아니었을까. 문학의 사회참여를 주장하던 사르트르가 시에 대해서만큼은 예외로 생각했던 바로 그러한 태도처럼…….

—「천재와 시인」(2001)

오세영

서울대학교 국문과 및 동대학원을 졸업했다. 1968년 《현대문학》에 「잠 깨는 추상」 등이 추천되어 등단했다. 서울대학교 국문과 교수로 재직했으며, 주요 저서로는 『반란하는 빛』 『불타는 물』 『사랑의 저쪽』 『신의 하늘에도 어둠은 있다』 『어리석은 헤겔』 등이 있다. 평론집으로는 『한국 낭만주의 시 연구』 『한국 현대시의 행방』 『20세기 한국시 연구』 『상상력과 논리』『문학 연구방법론』 등이 있다.

문화 코드

프롤로그

코드란 무엇인가

아직도 코드code를 전기 코드cord로 오해하는 사람이 많다. 그만큼 코드라는 말은 일상적인 생활인과는 거리가 먼 말이다. 기호학이나 컴퓨터의 정보처리 분야에서 많이 쓰고 있는 전문용어이기 때문이다.

하지만 알고 보면 일상생활 속에서도 우리는 전기 코드보다도 의미를 만들고 푸는 그 코드를 훨씬 더 많이 사용한다. 우리가 보고 만지는 모든 사물들과 생각하는 그 형상들은 의미를 나타내는 기호로서 존재하고 있는 것이며 우리는 밥처럼 그 기호를 먹고 살아가는 것이다.

인간과 마찬가지로 기호 역시 몸과 마음으로 되어 있다. 전문용어로 기호의 몸인 물질 부분을 시니피앙signifiant이라고 하고 그 몸속에 담겨 있는 마음을 시니피에signifié라고 한다. 웃는 사람의 표정을 보고 그 사람의 마음을 읽듯이 기호는 모두가 가감적可感的인 시니피앙과 가지적可知的인 시니피에로 이루어져 있다.

그리고 시니피앙과 시니피에를 통틀어 코드라고 부르기도 한다. 그러니까 우리는 어떤 경우든 그 마음과 생각을, 코드를 만들어 발신하게 되고 코드를 풀어 수신을 한다. 코드를 좁은 의미로 암호라고 번역하는데 틀린 것이 아니다. 우리 주변에서 존재하는 사물과 사건들은 모두 암호화되어 있다. 그러므로 그것을 해독하지 않는 한 우리는 그 진정한 뜻을 이해하지 못한다. 성당은 돌이나 벽돌로 된 건축물이 아니라 속俗과 구별되는 성聖을 나타내는 신비한 공간의 암호다.

동시에 성당은 절간과 다른 건축 양식을 통해서 기독교와 불교의 종교적 의미 차이를 보여준다. 음식물도 마찬가지다. 우리는 라면을 먹을 때 그것이 스파게티와 다르다는 것을 안다. 같은 면 종류지만 라면에는 국물이 스파게티에는 소스가 있다. 모양과 맛만 다른 것이 아니라 국물과 소스의 차이에서 우리는 동양과 서양의 문화적 차이를 식별한다.

문화는 몸과 마음을 지니고 있는 기호다. 그것은 암호처럼 해독할 수 있는 자에게만 그 속마음을 털어놓는다. 이 문화 코드를 읽기 위해서 나는 오랫동안 기호학을 연구해왔으며 한편으로는 전문용어나 이론을 모르는 사람에게도 그 읽기 능력literacy을 알리기 위해서 '붉은악마'와 '문명 전쟁', '정치 문화' 그리고 '한류'와 같은 문화 코드 읽기를 《중앙일보》를 통해서 발표해왔다. 그것을 이제야 한 권의 책으로 묶게 된 데는 나의 게으름에 채찍질을 해준 문학사상사 편집진의 공이 컸다. 독자와 함께 감사드린다.

이어령

I

붉은악마

CODE 1 붉은색

우리의 축제는 붉게 타오른다

붉은악마는 붉은색에 대한 한국의 문화적 코드를 완전히 뒤바꿔놓았다. 지금까지 우리의 붉은색 코드를 지배해온 것은 정치—이데올로기적인 것이었다. 해방 직후의 혼란 속에서 벌어진 좌·우익 싸움과 한국전쟁, 분단 상황에서 굳어진 이념 체제의 충돌, 민주화 투쟁 과정과 통일 운동에 이르는 색깔 논쟁, 그리고 최근 남남 갈등으로 이어지는 이념 마찰은 붉은색을 옛 소련의 붉은 깃발처럼 마르크시즘과 볼셰비키 혁명을 상징하는 색으로 각인시켰다.

'정치는 현대인의 운명'이라는 말처럼 냉전 이데올로기의 시대에는 한국만이 아니라 전 세계가 극도로 단순화된 이분법적인 붉은색 코드에서 자유로울 수 없었다. 그 빛깔은 정치—사회단체의 포스터나 현수막만을 지배한 것이 아니다. 그것은 대화를 나누는 일상의 찻잔 안에도 있었고, 풍금이 울리는 교실과 휴일의 영화관, 조용한 도서관의 그 무수한 책갈피 속에도 있었다.

원래 붉은색은 정치—이데올로기와는 무관한 것이었다. 지상엔 3천 종이나 되는 언어가 존재하지만 그중 어떤 말로든 색깔을 단 두 가지만 대라고 한다면 분명 검은색과 흰색이 뽑힐 것이고, 여기에 한 가지를 덧붙이라고 한다면 틀림없이 붉은색이 더해질 것이라고 미국의 문화인류학자 케이Paul Kay와 벌린Brent Berlin은 주장하고 있다.

무채색인 흑백을 제외하면 붉은색은 모든 색 가운데 으뜸이 되는 색이라는 이야기다. 더구나 그것은 '불'과 '피'의 이미지를 기본으로 삼고 있는 색채 코드로서, 선사 시대 때부터 참으로 다양한 상징적 의미를 지니고 있는 색채다. 같은 붉은 깃발이라고 해도 철도원이 흔드는 적기와 적군파(일본의 좌파단체)가 내건 적기는 코드가 서로 다르다는 것을 누구나 알 수 있다. 교통 코드의 붉은색은 청색(초록색)이나 황색과 관계된 것이고, 적군파의 붉은색은 백계 러시아의 백색과 대응되는 구조 속에 있기 때문이다.

우리가 사용하고 있는 모든 의미의 코드는 같은 것이라고 해도 시대와 영역에 따라 그 전달 메시지가 달라진다. 가령 같은 해골표라도 그것이 어디에 있느냐로 의미가 전혀 달라지는 것이다. 육상의 도로에 있으면 위험 표지가 되고 해상의 배에 걸려 있으면 해적을 의미한다. 그리고 상자에 그려져 있으면 다이너마이트 같은 화약을 의미하게 되고, 약병에 붙어 있으면 독약의 표시가 된다.

붉은색도 마찬가지다. 그것이 기독교의 종교 영역으로 오면 십자가에서 흘린 예수님의 보혈로서 구제와 재생의 코드가 된다. 산타클로스의 붉은 의상, 적십자 마크의 붉은 십자가가 바로 그것을 코드화한 것이다.

그러나 성별의 영역에서는 붉은색이 여성을 뜻하는 코드가 된다. 흔히 남녀 화장실을 구별할 때 붉은색은 여성, 파란색은 남성을 표시한다. 또한 붉은색의 하트는 사랑을 나타내고, 붉은색 립스틱은 남성을 유혹하는 에로티시즘의 기호가 되기도 한다. 의상에 있어서도 붉은 것은 여성의 것이다. 보통의 경우 남성들이 붉은색 옷을 입으면 치마를 두른 것처럼 창피하고 거북한 느낌을 받는다. 젠더gender의 코드 위반이 되기 때문이다.

그러나 남자라도 어린아이일 경우에는 붉은 옷을 잘 입는다. 왜냐하면 붉은색의 성별 코드가 유아 코드로 전환되면 그것이 천진과 무구의 메시지로 바뀌기 때문이다. 그래서 옷이나 모자, 장갑뿐만 아니라 아이들이 가지고 노는 장난감에서부터 소아용 의약품인 시럽에 이르기까지 아이들과 관련된 물품 중 상당수가 빨간색이다. 70세의 노래자老萊子가 늙은 부모를 기쁘게 하기 위해 춤을 출 때 입은 아이 옷도 아마 붉은색이었을 것이다.

그러나 붉은색의 코드를 전쟁 코드로 바꾸면 남자들이라고 해도 당당하게 붉은 옷을 입을 수 있다. 스탕달의 유명한 소설『적과 흑Le Rouge et le Noir』에서 붉은색이 군인을, 검은색이 승려를 상징하고 있는 것처럼, 당시의 영국이나 프랑스의 군복은 붉은색이었다. 단순히 전투 중에 부상을 당해 피를 흘려도 적군의 눈에 띄지 않도록 하기 위한 기능 때문만은 아니다. 붉은색은 군신軍神 마르스를 상징하는 색이다. 전쟁의 파워인 피와 용맹과 승리를 상징하는 색이다. 그러므로 이데올로기 코드로서는 용납할 수 없던 붉은색이 당당하게 한국 해병대의 상징색이 될 수 있었던 것이다.

그런가 하면 붉은색은 가장 평화롭고 즐거운 축제의 색깔이 되기도 한다. 서양의 중세에 붉은색은 가장 고귀한 색으로 여겨졌으며, 귀족 외에는 붉은색 옷을 입는 것이 금지되었다. 그리고 광물성이든 식물성이든 붉은 염료는 매우 비싼 것이어서 함부로 아무 옷에나 물들일 수가 없었다. 따라서 축제일에나 입을 수 있던 붉은 옷은 자연히 축제 문화의 코드로 정착될 수밖에 없었던 것이다. 그렇기 때문에 숫자의 색깔만으로도 손해를 뜻하는 상업 장부의 적자赤字가 달력장에 오르면 갑자기 축제와 공휴일을 뜻하는 코드로 바뀐다.

한국의 문화 코드에서 붉은색은 축제의 색이다. 결혼식 날 신

부가 입는 녹의홍상綠衣紅裳으로부터 악귀를 몰아내는 벽사辟邪의 붉은색에 이르기까지 명절이나 잔칫날에는 도처에서 붉은색을 발견할 수 있다. 한국에서도 붉은 염료인 단목丹木은 외래산으로 몹시 비쌌고 홍화紅花 역시 '한 점 꽃이 만 점 눈물(一点紅 萬点淚)'이라 할 정도로 구하기가 힘들어, 베 한 필에 붉은 물을 들이려면 베 한 필 값을 치러야 했다. 『중종실록』을 보면 "붉은 염료인 잇꽃[紅花]의 진상품 양이 겨우 한 말인데 지방 수령이 백성들에게 거둬들인 분량은 서른 말을 넘으니 백성들이 잇꽃을 더 가꾸려 하지 않고 아울러 염료는 품귀하기에 이르렀다."는 기록도 있다.

그렇다면 대체 대한민국 전체를 붉게 물들인 붉은악마의 색채 코드는 무엇인가. 백의민족을 하루아침에 홍의민족으로 바꿔 놓은 6월의 그 붉은색은 대체 무엇을 의미하는 문화 코드인가. 우선 확실하게 대답할 수 있는 것은 우리를 오랫동안 서로 갈등과 대결로 죽이고 갈라서게 한 것, 눈치 보게 하고 주눅 들게 하고 끝없이 가위눌리게 했던 그 붉은색과는 다른 것이었다는 점이다. 한마디로 분명 지금까지 우리를 지배해온 정치—이데올로기 코드가 아니었다. 금기시해온 붉은색에서 이념이 탈색되는 순간 붉은악마의 티셔츠는 1천만 장이나 팔려나갔고, 붉은 염료는 시중에서 동이 났으며, 도시의 거리와 광장에는 붉은색의 거대한 군중이 해일을 일으켰다. 연령도, 성별도, 신분도, 이념의 색채와는 더더욱 관계없이 수백만의 군중이 보여준 붉은색 코드의 메시지는 즐거움이며 감동이며 나눔이며 어울림이었다.

앞에서 언급하였듯이, 우리는 같은 붉은색이라 해도 그 영역에 따라서는 색채 코드의 메시지가 달라진다는 사실을 이미 알고 있다. 그와 같은 코드 이론으로 보면 붉은악마의 색채 코드는 축구라고 하는 스포츠 경기, 월드컵이라고 하는 세계적인 이벤트의 영역에서 생성된 것임을 누구도 부정할 수 없다. 붉은악마의 '붉은'이라는 형용사도, 응원복으로 입었던 붉은 티셔츠도 모두가 한국 국가대표 축구 선수의 유니폼 색깔에서 비롯된 것이기 때문이다. 그래서 여성이 입던 붉은 옷, 아이들이나 입던 붉은 옷, 그리고 오래전 영국군이나 프랑스 군인들이 입던 붉은 제복이 연령과 성별과 신분에 관계없이 축구 대표팀의 응원복이 되어 붉은색의 홍수를 일으키게 된 것이다. 전쟁 코드와 같은 피의 열정과 승리, 여성 코드가 보여준 사랑, 유아 코드가 보여준 천진성과 순수성, 축제의 기쁨과 그 나눔—여태껏 이념의 색채에 가려져 있던 그 다양한 붉은색들이 하나로 융합되고 승화되어 새로운 문화 코드로 출현한 것이다.

한국만이 아니다. 붉은색 축구 유니폼은 세계를 열광으로 몰고 간 축구 자체의 상징색이라고 해도 과언이 아니다. 20세기 초까지만 해도 축구 선수들은 검은색 유니폼을 입고 경기를 했다. 시간이 지남에 따라 그것이 흰색으로 변하고 다음에는 흑과 백으로 섞이게 된다. 종교개혁 이후, 검은색과 흰색만이 도덕적이고 청결하다는 프로테스탄트 이데올로기의 색채 코드가 축구와 같은 스포츠의 세계까지 지배해왔기 때문이다. 포드 차가 검은색 만을 고집해왔던 것과 같은 코드다. 그래서 무채색에서 벗어난다고 해도 겨우 검은색을 짙은 청색 유니폼으로 바꾸는 정도에서 그쳤다.

그러나 축구가 세속화와 상업화의 조류를 타고 흘러갈수록 선수들의 유니폼에서도 색채 혁명이 일어났다. 제일 먼저 이념색에서 벗어난 것은 다름 아닌 붉은색 유니폼이었다. 검은색을 대신해온 짙은 청색은 점차 가볍고 밝은 푸른색으로 변하다가 이윽고 독일과 영국에서 붉은색 유니폼이 최초로 등장하기에 이른다. 그러나 월드컵이 등장하기 전까지는 여전히 황색이나 오렌지색, 자색 등의 유니폼을 축구 경기장 내에서 입는 것이 규칙 위반이었다. 초록색은 두말할 것도 없이 잔디밭의 색과 같다는 이유로 무시되었다.

오늘날처럼 축구 유니폼이 각양각색으로 바뀌게 된 시발점은 축제 문화에 익숙한 남미였으며, 그것은 곧 스페인·포르투갈·이탈리아 등지로 퍼져나갔고, 이것을 더욱 부채질한 것은 컬러텔레비전의 등장과 그 경기 실황 중계였다. 이제는 리버풀의 레즈

(reds, 붉은색)니 토리노의 비안코네리(vien coneri, 백흑)처럼 유니폼 색깔이 그 축구팀의 정식 명칭보다 더 유명해져서 서포터스까지 유니폼 색깔을 공유하는 축구 문화가 생겨나게 되었다. 이러한 흐름에 결정적인 획을 그은 것이 바로 지난 2002년 월드컵에서 붉은악마가 보여준 붉은색의 문화 코드다. 붉은색이 정치와 이념에서 벗어난 운동 경기의 색이며 축제의 색이라는 선명한 인상을 50억 전 세계인에게 보여줌으로써, 냉전 이후 새롭게 대두된 문명—문화의 21세기 코드를 월드컵 역사상 최초로 벌어진 그 대군중을 통해 직접 각인시킨 것이다.

노인들은 2002년 월드컵 기간에 젊은이들이 만들어낸 붉은색의 새로운 문화 코드를 이해하기 위해서 잠시 어린 시절의 운동회 날로 돌아가면 될 것이다. 일제 강점기에도 붉은색은 공산주의의 상징색으로 금기시되었지만 운동회 날에는 그런 것과는 상관없이 붉은 띠를 두르고 경기를 했다. 학생들은 홍군과 백군으로 나뉘어 붉은 깃발과 흰 깃발을 흔들며 응원을 했다. 운동회 날의 학교 운동장에는 우등생과 낙제생의 차별도 없었고, 고학년과 저학년의 구별도 없었다. 성적표와 직접 관계가 없는데도 자기편이 이기면 감동의 손뼉을 치고 눈물을 흘렸다. 이때의 경험을 백배 천 배 살린다면, 붉은악마의 그 붉은색 문화 코드가 무엇인지 짐작하게 될 것이다.

그렇지 않으면 투우장에서 흔드는 투우사의 홍포를 생각해보면 된다. 소는 네 발이 달린 다른 짐승들과 마찬가지로 흑백밖에는 식별하지 못하는 색맹이다. 그러므로 홍포의 붉은색은 소를 자극하고 흥분시키는 작용보다는 축제 기분에 들뜬 관객들을 흥분시키고 즐겁게 하는 역할을 한다. 붉은악마가 펼친 붉은색 홍수는 군대의 유니폼처럼 열정과 힘, 승리를 나타내는 전쟁 코드와 유사하지만 그것은 폭력으로 얻어지는 승부의 세계나 정복자가 지배하는 권력의 투쟁과는 근본적으로 다르다. 놀이와 축제의 문화 코드에서 붉은색은 축제 특유의 즐거움과 감동의 빛을 띠게 되는 것이다.

'혁명 공간→전쟁 공간→게임 공간→축제 공간'으로 그 공간 코드가 옮아감에 따라서 붉은색의 이미지는 밝고 가볍고 투명한 것이 된다. 그래서 지금까지 억압되어 있었거나 주목되지 않았던 탈정치적이고 탈이념적인 새로운 붉은색 코드가 생겨나게 된 것이다. 이미 같은 붉은 색깔이지만 그것은 민족을 분단시키고 공동체를 분열시켰던 낡은 정치—이데올로기의 붉은색이 아니다. 이데올로기에서 자유로워진 붉은색은 지금껏 우리가 보지 못한 순수하고 아름다운, 문자 그대로의 '붉은색'이다. 진홍색 물결 속에서 처음으로 4,700만이 하나로 집결되어 함께 함성을 지르고 함께 박수를 치면서 기쁨과 감동을 나눴다.

정치와 이념 싸움에서 벗어나 세계의 축제 마당 안으로 들어갈 때, 한국인은 기적 같은 잠재력과 결집력의 파워를 보여준다. 세계가 놀라고 한국인 자신도 놀라는 신바람의 문화(내 자신이 40년 전 『흙 속에 저 바람 속에』에서 한국 문화 코드의 하나로 보여주었던 바로 그 신바람 문화), 영어로는 '다이내믹 코리아Dynamic Korea'라고 번역할 수밖에 없는 한국 특유의 그 신바람의 문화가 월드컵을 통해 분출된 것이다.

4강 신화를 만들어낸 국가대표 선수단의 붉은 유니폼과 그들에게 힘을 주고 함께 기쁨을 나눈 붉은악마의 응원복은 지금껏 그 어떤 정치권력이나 그 어떤 재벌의 재력으로도 만들어낼 수 없었던 감동과 일체감과 자긍심을 형성해냈다. 마치 신들린 무당처럼 엑스터시와 다이내믹한 생명력을 온 민족, 온 세계에 보여준 것이다. 이 말을 뒤집으면 지금까지 지연·학연·혈연 그리고 무엇보다도 서로를 미워하고 죽이는 이데올로기가 한국인의 신바람을 죽여왔고 그 잠재력을 억압해왔다는 말이 된다. 그렇기 때문에 정치—이데올로기의 낡은 문화 코드를 가지고는 도저히 백만의 붉은 대군중을 읽을 수 없다. 어느 외국 기자가 인용 보도한 붉은악마의 의미 분석을 통해서 우리는 그러한 오독을 쉽게 파악할 수 있다.

그 글을 그대로 옮기면 이렇다.

투표일 전날 어느 신문의 논평은 좌익 진보정당에의 지지를 호소하기 위해서 월드컵 응원의 붉은 군중을 인용하고 있다. '대한민국이 붉게 물들어 있다'로 시작되는 그 논평은 '좌익 진보파가 서울시장이나 대통령이 되는 날도 멀지 않다'고 내다보면서 '붉은악마가 보여준 젊은 세대의 밝은 열정은 수구정치·수구언론에 오염된 대한민국의 희망'이라며 붉은색에 기대를 모았다.

—《중앙공론中央公論》 9월호

그러나 막상 비정치적·비이념적인 순수한 W세대의 눈에는 그러한 논평이야말로 바로 수구적인 사고요, 그에 오염된 낡은 세대의 행동으로 보였을 것이다.

또한 붉은악마의 붉은색을 한국 경제의 견인력이라고 풀이한 어느 민간 경제연구소의 보고서도 인용되어 있다.

붉은악마의 붉은색 'RED'는 한국인의 국민성인 끈기를 뜻하는 'Resilient', 열정을 의미하는 'Enthusiastic', 그리고 역동성을 상징하는 'Dynamic'의 두음자라는 것이다. 그리고 그것은 앞으로의 지식경제 시대에 없어서는 안 될 휴먼웨어의 귀중한 요소로, 이 'RED'를 살리면 한국 경제를 영원히 발전시키게 될 것이라고 전망했다는 것이다.

틀린 말은 아니지만 이러한 관점 역시 정치—이데올로기의 코드와 마찬가지로 매사를 경제적인 코드로만 바라보려는 낡은 패러다임의 분석이다. 국민의 삶을 부국강병에 두었던 구세기의 틀로는 1천만 벌이나 팔려나간 붉은 티셔츠의 의미를 파악할 수가 없다.

한국인의 결집력과 열정으로 일구어낸 감동의 드라마를 보여준 붉은악마의 붉은색 코드를 정확하게 파악하기 위해서는 월드컵이 만들어낸 게임—축제의 문화 코드를 읽을 수 있는 새 문법을 배워야 한다. 역설적으로 들리겠지만 정치가 탈정치로, 이데올로기가 탈이데올로기로, 성장 위주의 경제가 탈경제적 발상으로 나갈 때, 미래의 새 정치도 미래의 새 사상도 그리고 미래의 새 경제도 4강 신화를 만들어낼 수 있다. 과장된 말인가. 『자본주의 이후의 사회Post-Capititalist Society』를 쓴 석학 드러커Peter Drucker의 말을 들어보자.

> 한편으로는 하나의 이념으로서의 마르크시즘과 하나의 사회 시스템으로서의 공산주의를 파괴했던 바로 그 힘이, 다른 한편으로는 자본주의를 진부하게 만들고 있다. 18세기 후반 이래 250년간 자본주의는 지배적인 사회적 현실이었다. 그러나 지난 백 년간 지배적인 사회적 이념은 마르크시즘이었다. 자본주의와 마르크스주의 둘 다 모두 빠른 속도로 새롭고도 매우 다른 사회에 의해 대체되고 있는 중이다.

이 관념적인 성찰을 실제 색채 코드로 옮겨보면 바로 2002년 월드컵을 통해서 세계가 목격한 붉은악마의 붉은 물결이 등장하게 된다. 한 세기 동안 한국과 세계를 지배해오던 냉전의 '정치—이념'의 붉은색 코드가 탈이념의 문화적·축제적 코드로 변했다는 것은 냉전 후의 사회주의와 자본주의가 다 같이 썰물이 되고 새로운 시대의 밀물이 오고 있다는 것을 직관적으로 보여준다.

한국은 이미 올림픽에서 동서가 처음으로 이념의 벽을 넘어 한 자리를 만들게 함으로써 시대의 변화를 예고했다. '벽을 넘어서'라는 올림픽 개회식의 슬로건처럼 실제로 그 뒤 베를린 장벽이 무너졌다. 그리고 다시 월드컵 세계의 잔치에서는 냉전 후 탈이념화 시대에 태어난 새로운 젊은이들이 21세기의 새로운 붉은색 문화 코드를 만들어내는 현장을 맛보았다.

콜럼버스는 맨 처음 산토 도밍고 섬에 상륙했을 때, 유럽에서보다 한결 아름답게 우는 종달새 소리를 들었다고 적고 있다. 그러나 실제로 그 섬에는 종달새가 살고 있지도 않았다. 우리도 콜럼버스처럼 21세기의 신대륙에 첫발을 들여놓고 있으면서도 처음 듣는 새소리를 새(新) 소리로 들을 줄 모르는 때가 많다. 북한이 더욱 그렇다. 지금 세계적으로 냉전은 끝나고 볼셰비키 혁명 코드의 붉은색은 종언하고 말았다. 붉은악마가 만들어낸 새로운 붉은색 코드를 읽을 때가 된 것이다. 6월의 전쟁과 그 분단을 새로운 6월의 저 함성과 감동, 그리고 그것을 서로 나누고 즐기는 공동체의 축제 마당으로 옮길 때가 왔다. 그 통합의 마당에 붉은색 카펫이 깔려 있다. 탈이데올로기 시대로 바뀌어가는 21세기의 새로운 문화 코드로 붉은색을 읽으면 한국 민족의 무한한 에너지의 불꽃과 순수한 열정의 피가 분출한다. 우리가 체험한 6월의 그날처럼.

덤으로 주는 이야기

청백전과 홍백전

〈유쾌한 청백전〉이라는 텔레비전 프로그램이 있었다. 연예인들이 청팀과 백팀으로 나뉘어 노래자랑이나 간단한 운동 경기를 통해 승부를 겨루던 프로그램이었다. 그런가 하면 초등학교의 운동회 날에도 항상 청군과 백군으로 나뉘어 승부를 겨뤘다. 청팀의 상대편은 홍팀이 아니라 언제나 백팀이었다. 이를 두고 일본의 시사 월간지인《중앙공론》의 한 기자는 "일본에서는 연말에 노래자랑을 하면 홍백전이라고 하고, 한국에서는 청백전이라고 하는데 이것은 한국인의 마음속에 뿌리 깊게 자리 잡고 있는 붉은색에 대한 기피증 때문이다."라고 풀이한 바 있다.

그러나 이것은 사실이 아니다. 우리나라를 비롯해서 동북아시아의 세 나라인 중국과 일본은 똑같은 색채 코드를 쓰고 있었는데, 청룡백호라는 말이 있듯이 백색의 상대색은 청색이고 적색은 흑색의 상대색으로 되어 있다. 그러니까 오히려 일본의 '홍백전'이 색채 코드에 위배된다고 볼 수 있는 것이다. 일본의 '홍백전'은 동북아시아의 색채 코드와는 상관없이, 그 나라 특유의 역사에 의해 자리 잡은 고유의 색채 코드다. 일본의 헤이안[平安] 시대에 양대 무사 세력을 대표했던 겐지[源氏]와 헤이지[平氏]는 각각 붉은색의 깃발과 흰색의 깃발을 들고 전쟁을 벌였다. 붉은색과 흰색의 대립, 즉 '홍백전'은 바로 이들의 전쟁에서부터 비롯된 것이다.

CODE 2 악마

우리는 붉은악마입니다

"너는 악마야!"라고 누가 말했다면 큰 싸움이 벌어질 것이다. 그런데 2002년 월드컵이 한창일 당시 경기장에서, 광장과 거리에서, 수백만의 한국인이 일시에 '붉은악마'가 되어 환호했다. 그 중에는 꼬마 악마도 있고 할아버지·할머니 악마도 있었다. 월드컵 축구가 아니었다면 어디 말이나 되는 소리인가.

원래 한국에서는 물론이고 한자 문화권에서도 '악마'라는 말은 사용하지 않았다. 옛날에는 불교가, 근대에는 기독교 문화가 들어오고 난 뒤부터 쓰이게 된 말이다. 그래서 악마란 말은 귀신이나 도깨비와 달리 크게는 외래 문화 코드로 분류된다. 사전을 찾아봐도 악마는 불교 말이라고 되어 있고, 오늘날에는 주로 서양의 '데블devil'이란 뜻으로 사용되고 있다고 풀이해놓았다.

실제로 붉은악마가 등장했을 때 제일 먼저 거부반응을 보인 것도 기독교인들이었다. 어느 교회에서는 그 이름을 고쳐줄 것을 정식으로 제기하고 반대 운동을 펼치기도 했다. 하지만 붉은악마라고 할 때의 그 '악마'는 교회나 일상적인 생활공간에서 사용해온 것이 아니라 축구를 좋아하는 사람들 사이에서 비롯된 말이다. 그래서 엄숙한 성당이나 교회에서 듣던 무섭고 섬뜩한 그 말과는 다르다. 뜨거운 응원전을 펼치는 축구 동네에서는 오히려 친밀하고 애교 있게 들린다. 같은 말인데도 '종교—윤리' 코드가 '놀이—게임' 코드로 바뀌게 되면 가벼워지고 반어적인 것이 되는 것이다. 보통 때에는 도둑이나 귀신이란 말이 나쁜 말이지만 친한 사람끼리 농담으로 할 때에는 오히려 재미와 즐거움을 나누는 칭찬이 될 수도 있다. "당신은 악마야"라는 말이 근엄한 종교 코드에서 세속적인 에로티시즘으로 옮아가면 비난이나 욕이 아니라 농밀한 사랑의 밀어가 된다. 그렇기 때문에 당연히 인습적인 뜻을 뒤집는 반反코드의 문법을 무시할 경우 중대한 오독 현상이 일어나게 된다.

붉은악마가 처음 축구 경기의 응원석에 나타났을 때 정보과 형사들이 색안경을 쓰고 본 것은 붉은색 코드를 이데올로기로 해석했기 때문이다. 마찬가지로 기독교인들은 붉은색이 아니라 악마라는 말을 성서적 코드로 풀려고 했던 탓이다. 코드를 잘못 읽었으므로 붉은악마가 운집한 세종로 거리에 '회개하라'라고 쓴 플래카드를 단 교회 자동차가 나타나는 촌극이 벌어지기도 한 것이다.

악마란 말은 히브리어로 사탄을 가리키는 것으로, 반역자와 적을 의미한다. 성서 코드에 의하면 분명 그것은 하나님에게 대항해 반역을 일으켰던 타락 천사 루시퍼를 가리키는 말이다. 일상적 사회 코드에서도 악마는 남을 욕하고 저주할 때 쓰는 부정적인 말이다. 서구의 기독교 문화권에서 악마 콤플렉스가 얼마나 강한 것인지는 마르틴 루터의 일화 하나만을 들어봐도 알 수 있다. 수많은 악마에게 쫓기고 있다는 강박관념에 시달리던 루터는 "나는 이 악마에게 동정심 같은 것을 가질 수 없다. 그 따위들은 전부 불에 타서 죽었으면 좋겠다. 이 세상에서는 나뭇더미 위에서, 저 세상에서는 영구히 지옥불 속에서 멸망당했으면 좋겠다."라고 말했다. 그리고 어느 날 루터는 장구머리 백치를 보고서도 "저것은 악마의 아들이다. 곧 물속에 던져버리지 않으면 안 된다."라고 말하기도 했다. 서구의 기독교 문화권에서 악마에 대한 콤플렉스가 얼마나 짙은 것인가를 알게 한다. 이것은 루터 하나만의 경우가 아니다. '들리지 않느냐 산과 들에서 들려오는 적의 외침이 / 악마처럼 적은 피에 굶주렸도다 / 일어나라 국민이여 / 창을 손에 들고 진격 진격이다 / 원수의 적을 쳐부수거라'라는 프랑스 국가를 들어보면 악마는 적과 원수의 대명사로, 국민이 모두 일어나서 박멸해야 할 대상으로 설정되어 있다.

하지만 그 무시무시한 '악마'란 말이 경우에 따라서는 오히려 사람들의 마음을 사로잡는 애칭이나 시선을 끄는 별명으로 코드 전환을 일으키게 된다. 독을 약으로 쓰는 효과처럼 부정적인 언어 코드를 긍정적으로 물구나무세우면 그만큼 그 소구력도 강력해진다. 우리에게는 생소한 느낌을 주고 거부감을 일으키지만 사실 서구의 기독교 문화권에서는 오래전부터 그것을 반코드화해 사용해왔다. 축구의 종주국으로 알려진 영국 1부 리그 맨체스터 유나이티드의 서포터스 이름은 우리와 한 글자도 다르지 않은 '붉은악마(Red Devil)'다. 아이스하키팀으로는 미국의 '뉴저지 데블스New Jersey Devils'가 있다. 심지어 일상적으로 마시는 스포츠 음료나 식탁의 핫소스 이름에도 붉은악마가 뿔을 세우고 다닌다.

프로레슬러들이 스스로를 악마라 부르고 전갈이니 흡혈귀니 하는 별명을 달고 다니는 경우를 생각하면 조금도 이상한 일이 아니다. 일상적인 생활공간과 차별화된 스포츠 경기장이나 연예계의 공연장에서는 이미 그 코드가 달라지기 때문이다. 게임 코드에서는 상대방을 겁주고 위협하는 연극적 효과를 일으키고, 공연장의 환상적인 축제 코드에서는 일상적인 상식에서 벗어나 튀는 효과를 준다.

그 대표적인 것이 바흐친Mikhail Bakhtin이 지적한 카니발의 광장 코드다. 카니발의 축제 공간에서는 선악과 귀천, 상하와 같은 이항대립의 일상적 가치 시스템이 역전한다. 그래서 왕은 거지가 되고 거지는 왕이 된다. 현자가 우자가 되고 우자가 현자로 떨어진다. 유럽이나 남미의 카니발만이 아니라 세계 어디에서나 축제 공간에서는 일상적인 가치와 신분이 물구나무서고 무질서와 혼돈의 광란이 일어난다. 실제로 영국의 군대에서는 축제일이 되면 장교가 졸병들에게 식사를 날라다 주는 풍습이 있다. 라블레François Rabelais의 표현대로 하자면 '모자를 벗어 밑씻개로 하는' 것 같은 전도 현상이다. 양반과 승려가 웃음거리가 되고 상인이 상좌에 앉아 큰기침을 하는 한국의 탈춤이나 모든 것이 뒤죽박죽되어버리는 난장이 그렇다. 고된 노동과 일상의 반복으로부터 벗어나는 난장은 농부가 쟁기질로 굳어버린 흙을 갈아엎고 씨를 뿌리는 논밭과 같은 것이다. 때 묻은 일상의 삶을 뒤집어 활력을 되살리고 그 혼돈과 열광의 도가니 속에서 새로운 질서를 창조한다. 인류문화학자들이 '오지orgy'라고 부르는 축제의 원형이다.

정말 그렇다. '살다'라는 뜻의 영어의 'live'를 뒤집으면 'evil'이 되고, 'lived'는 악마의 'devil'로 바뀐다. 붉은악마는 보통 악마가 아니라 일상의 삶을 뒤집어놓은 악마이다. 그러니까 축구장은 카니발의 축제공간이며 열광의 난장 역할을 한다. 붉은악마가 붉은색 코드를 바꾼 것처럼, 악마라는 종교 코드 역시 축구의 놀이—축제 코드로 바꾼 것이다. 그리고 그 메시지는 폭발성과 능동성과 길들여진 선악의 윤리성과는 관계없이 무의식 속에서 잠자고 있는 자신의 능동적인 삶과 그 힘인 것이다.

이미 축구 경기 자체가 난장적 성격을 지니고 있다. 많은 스포츠가 있지만 사람을 흥분시키는 데 축구를 웃도는 경기는 드물다. 축구 말고는 훌리건 같은 응원단을 몰고 다니는 스포츠가 없다는 사실 하나만 보아도 알 수 있다. 12세기경 영국에서 처음 축구 경기가 시작되었을 때에는 일정한 그라운드가 없이 마을 전체의 대항으로 이루어졌다고 한다. 공을 쫓아 들판과 냇물을 가로질러 남의 집 방이건 지붕이건 가릴 것 없이 공 가는 대로 쫓아가 난장판을 만드는 바람에 재산이 박살나고 노약자들이 밟히는 일이 한두 번이 아니었다는 것이다.

그러고 보면 붉은악마라는 이름은 백번 죽었다 깨어나도 권위주의와 관료주의 세계에서는 도저히 나올 수 없는 발상이다. 교육헌장을 외우는 학교 모범생들이나 인원은 반으로 줄이면서 일은 세 배로 늘리고 생산성은 배로 늘린다는 이른바 '1/2×3×2'를 이상으로 하는 회사 기획실 같은 데서는 그런 답안이 나올 수가 없다. 그냥 웃고 그냥 악수하고 그냥 걸어다니며 매일같이 장부처럼 달력을 넘기며 살아가는 사람들에게는 새로 등장한 붉은악마의 축제 코드가 낯설기만 할 것이다. 단순한 악의 과잉 소비로밖에는 비치지 않을 것이다.

그러나 우리는 붉은악마의 대군중이 벌이는 거리 응원에서 그것이 때묻고 굳어버린 일상생활을 녹이는 도가니의 악마요, 초인적인 생명력과 활기를 일으키는 불꽃의 악마라는 것을 발견한다. 월드컵의 문화 코드를 읽는 훈련이 되어 있는 사람들이라면 악마라는 말에 겁을 먹거나 두드러기를 일으킬 이유가 없다. 월드컵 한·일 공동 개최가 확정된 1996년 이후 특허청에 출원된 상표 가운데 가장 많은 것이 붉은악마라고 하지 않던가. 우리가 진실로 걱정해야 할 것은 자신들을 스스로 악마라고 부르는 사람들이 아니라, 스스로 애국자요, 천사라고 칭하는 사람들인 것이다.

그러고 보니 정말 그렇다. 붉은악마는 한국인들을 오랫동안 찌들게 한 붉은색 때를 벗어주고 불안한 악마의 피해망상증을 빨아준, 약간은 위험스럽기도 한 양잿물이나 지상에서 가장 향기로운 비누였다고 말할 수 있다.

덤으로 주는 이야기

예술가 눈에 비친 악마

:: 십자가 뒤에 악마가 도사린다. —세르반테스, 『돈키호테』

:: 때로는 악마에게 촛불을 줄 필요가 있다. —우댕, 『프랑스의 진기』

:: 여자를 아름답게 하는 것은 신이며, 여자를 매혹적으로 만드는 것은 악마다. —위고

:: 악마는 이론가다. 악마는 현세의 좋은 것이나 관능의 기쁨이나 육체 등의 대표인 데에 그치지 않고, 한 인간이며 성의 대표자이기도 하다. —하이네

:: 악마는 위대한 예술가요, 위대한 학자다. 적어도 세계의 반은 악마가 만든 것이다. —프랑스, 『에피퀴르의 정원』

:: 악마의 협력 없이 예술 작품은 불가능하다. —지드

:: 악마가 우리를 유혹하는 것이 아니고 우리가 악마를 유혹하는 것이다. —엘리엇

:: 지금도 사탄은 쓸모없는 것이 이루는 장난을 구하고 있다. —와츠, 『게으름과 장난에 대하여』

:: 악마란 항상, 세상에서 말하는 것처럼 나쁜 놈은 아니다. —투르게네프

:: 세상은 악마의 향료를 사랑한다. —롱펠로, 『히페리온』

:: 만약 악마가 존재하지 않는다면 결국 인간이 그것을 만들어낸 것이 된다. 인간은 기어코 자기 모습과 닮은 악마를 만들어냈을 것이다. —도스토옙스키, 『카라마조프 가의 형제들』

:: 사탄은 항상 어떤 범죄를 일으키기 위하여 한가한 사람을 찾는다. —라 브뤼예르

:: 사랑은 악마다. —셰익스피어, 『헛소동』

:: 악마의 가장 능숙한 간계奸計는 악마란 없다고 믿게 하는 일이다. —보들레르

CODE 3 거리 응원

칸트의 아이들, 축제의 길 위에 모이다

길은 화살표처럼 방향성을 지닌다. 도중에서 멈추거나 한자리를 맴돌 때, 이미 그것은 길의 죽음을 의미한다. 단지 통과해야 한다는 길거리의 그 코드 속에서는 누구나 서두르지 않으면 안 된다. 앞을 향해 가야 한다는 강박관념 때문에 설령 단 1분이라도 신호에 걸려 있거나 정체되어 있으면 그 짧은 시간을 못 견뎌 하며 한 시간처럼 길게 느낀다. 린즈 오텐의 말대로 도로는 사람들을 내몬다. 남에게 뒤처지기도 하고 남을 앞질러가기도 하는 길에서는 누구나가 경쟁자다. 인간은 일반적인 운동에 의해서 운반되고 영원히 도달할 수 없는 목표를 향해, 평행선의 소실점을 향해 끝없이 빨려들어간다. 그렇다. 도로는 우리를 빨아들인다.

길 위에서는 머무를 수가 없다. 길은 누구도 자기 것으로 소유하지 못한다. 방 안에서처럼 길거리에 우두커니 앉아 있으면 거지가 되고 마당에서처럼 서성거리면 불량배가 된다. 더구나 젊은 여인이 밤길 위에 혼자 서 있으면 밤의 여인, 거리의 여인으로 오인된다. 그리고 여러 사람이 길 위에 모이면 시위대가 되고 만다. 방향성·통과성 그리고 낯선 사람들이 스쳐지나가는 쌀쌀한 타자성과 경쟁성이 지금껏 길거리 코드를 형성해왔다. 그러던 것이 어느 날 갑자기 터져나온 붉은악마의 길거리 응원으로 거리의 새로운 문화 코드가 생겨나게 된 것이다.

차가운 거리에 뜨거운 온도가 생기고 통과의 기호記號는 멈춤과 모임을 뜻하는 광장의 기호로 바뀐다. 우리는 광화문 거리가, 시청 앞마당이 삽시간에 광장으로 둔갑하는 광경을 보았다. 그것은 풀뿌리 민주주의를 키운 아테네의 앞가슴—아고라의 광경을 방불케 한다. 오전을 뜻하는 희랍어의 어원은 '아고라에 모인다'에서 나온 것이고, 오후는 '아고라에서 흩어진다'라는 의미에서 비롯된 것이라고 한다. 정말 우리는 오전에 하나둘씩 모여들었다가 오후에는 사방으로 흩어져가는 붉은악마들의 광장 문화를 목격했다.

붉은 티셔츠와 반바지 차림에 머리에는 태극기 두건을 두르고 팔에는 응원용 머플러를, 가방에는 꽃종이 다발과 음료수를 넣고 길거리로 나온 응원단은 눈 깜짝할 사이에 길거리를 대군중의 광장으로 만들어버렸다.

원래 한국의 문화 코드에는 광장이란 것이 존재하지 않았다.

시청 앞 광장은 이름만 광장일 뿐 돌아가는 로터리요, 광고탑을 세우는 빈터일 뿐이었다. 한국인에게 광장의 문화 코드가 없었다는 것은 여의도의 유일한 광장을 공원으로 바꿔버린 것만 보아도 알 수 있다. 광장을 공원으로 바꾸는 것은 장독대를 부숴 부뚜막을 만드는 것과 같다. 그런데도 반대를 하거나 아쉬워하는 시민이 별로 눈에 띄지 않았다.

지금까지 한국인의 광장 체험을 대신해온 것은 골목 체험이었다. 길이 막히거나 보행자가 뜸한 좁은 길에는 으레 골목이란 것이 생겨난다. 그것이 자연발생적으로 생겨난 아이들의 작은 광장이다. 아이들은 골목에서 자란다. 골목에서 함께 놀고 함께 즐거움을 나눈다. 골목대장은 학교 선생이나 부모가 뽑아준 것이 아니다. 골목길은 방향성·통과성·타인성 같은 길의 코드를 약화시키거나 아예 다른 것으로 탈코드화해버린다. 그래서 골목길은 멈추고 모이고 나누고 함께 숨쉬는 광장 코드로 변한다. 하지만 딱하게도 골목은 끼리들만이 모이는 폐쇄적인 공간으로, 골목 문화는 확장성과 개방성으로 발전되지 못한다. 그 때문에 골목은 진정한 공동체라기보다 '똘마니' 아니면 뒷골목의 어두운 폭력배의 지하 문화로 변질될 수밖에 없다.

한마디로 이 골목 체험을 열린 코드로 바꾼 것이 붉은악마의 길거리 응원 문화다. 답답한 골목길을 온라인의 클릭click으로 바꿔놓은 것이 붉은악마를 탄생시킨 사이버 공간이라고 한다면, 그것을 오프라인의 브릭brick에서 가시화한 것이 천만 대군중의 응원단이다.

서울만이 아니다. 월드컵은 올림픽과는 달리 지방의 여러 도시에서 순회 개최하는 시스템으로 되어 있다. 그래서 광화문의 거리 응원과 똑같은 거리 응원이 전국 각 도시의 거리에서 동시다발적으로 폭발했다. 이를테면 전국 각지의 거리들이 한꺼번에 거리를 탈코드화한 광장 문화를 만들어낸 것이다. 골목길에 나와 놀던 아이들처럼 누가 시킨 것도 아니었고, 시간을 정한 것도 아니었으며, 누군가 프로그램을 짜준 것도 아니었다. 언제부터인가 귀가하다 말고 광화문 전광판 앞에 모여 축구 경기를 바라보던 시민들이 붉은악마의 축구 서포터스가 되었고, 그러기를 거듭하면서 약속이나 한 듯이 큰 경기가 있을 때마다 응원 군중들이 모이게 된 것이다. 하던 짓도 멍석을 펴놓으면 하지 않는다는 한국인의 독특한 행동 원리가 창안한 현대 버전의 길놀이요, 축제 마당이다. 그것이 바로 거리 응원의 원조라고 하는 광화문 골목의 응원 풍경이었다.

파티나 광장 문화가 드물었던 한국인들은 낯선 사람과 함께 춤을 추고 기쁨을 나누는 이벤트에 약하다. 거리의 행인들은 어쩌다 시선이 마주치면 얼른 눈을 피하거나 혹은 "왜 째려봐!"라며 시비를 건다. 보행자들은 소매치기를 보듯 서로를 의심하고 경계하면서 모두가 자기 목적지만을 향해 앞만 보고 걷는다. 사촌이 논을 사면 배가 아프다는 말처럼 피의 동질성이 오히려 폐쇄적이고 좁은 경쟁 공간을 만들어내는 바람에 남을 응원하는 문화가 부족했다. 그래서 한국 사람들은 배곯는 것은 참아도 배 아픈 것은 못 참는다는 말이 생겨났다. 못 먹는 감을 찔러나 본다는 속담처럼 놀부의 심술 문화에 익숙하게 살아왔던 것이다.

그러던 것이 붉은악마의 길거리 응원으로 골목과 거리가 광장으로 바뀌는, 그야말로 경천동지의 광경을 보게 된다. 무엇인가를 타도하기 위해서 벌이는 정치적 시위 군중에 익숙했던 사람들이, 서포터스라는 문자 그대로 처음으로 남을 돕고 기리기 위해서 모인 응원 군중을 보았다. 그리고 혼자서 소유하는 기쁨보다 여럿이서 함께 나누는 감동의 접속 문화가 더 크고 귀중하다는 것을 체험했다. 우리가 보았던 거리 응원의 붉은악마는 지금까지 서로 다른 방향을 향해 바삐 스쳐지나가던 그 거리의 통행자들이 아니다. 물건을 사고팔기 위해 모여든 시장의 사람들도 아니다. 그들은 감동을 함께 숨 쉬고 기쁨과 즐거움을 손뼉과 함성으로 함께 나누는 광장의 아이들인 것이다. 그들이 만든 광장에서는 여자와 남자가 따로 없다. 아이와 어른이 다르지 않다. 낯선 사람도 없으며, 경쟁자도 없고, 서로 미워하고 시기하는 사람도 없다. 골을 넣으면 옆에 있는 사람과 부둥켜안고 기뻐하고, 골을 잃으면 아쉬운 탄성을 함께 지른다. 눈물이 흘러도 창피해하거나 닦으려 하지 않는다. 이미 옆에 있는 사람은 남이 아닌 것이다. 그들은 만인에 대한 만인의 투쟁이라는 홉스Thomas Hobbes의 아이들이 아니다. 하늘에 있는 별, 마음속에 있는 도덕률이라는 신비한 힘에 이끌리고 있는 칸트Immanuel Kant의 아이들이다.

거리의 전광판이 저마다 다른 방향으로 걷고 있던 사람들을 일제히 멈추게 한 붉은악마의 응원 문화, 광장 문화, 공동체와의 접속 문화는 이데올로기처럼 관념적인 것이 아니었다. 그것은 골방에 갇혀 텔레비전을 보던 것과는 전혀 다른 구체적인 감동이다. 혼자서 제 갈 길만 가던 외로운 거리의 군중들은 일상생활 속에서 미처 몰랐던 일들—어째서 여름날 냉방이 잘 된 서늘한 집을 놓아두고 정체된 고속도로를 지나 혼잡한 바다를 그 고생하며 찾아갔는지, 몇 푼의 돈을 아끼려는 것도 아닌데 세일 때마다 왜 밟히고 숨 막혀가면서 그 비좁은 백화점을 찾아갔는지, 자기 아들이 상을 받는 것도 아니고 스포츠를 좋아하는 것도 아닌데 세계 대회에서 우리 선수가 시상대에 올라가 상을 탈 때면 어째서 눈물이 흐르는지에 대해서 문득 깨닫게 된다. 혼자 보는 바다보다는 여럿이 함께 보는 바다가 더 아름답다는 것을, 그리고 물질은 나눌수록 줄어들고 마음은 나눌수록 커진다는 것을 새로 체험한 광장 코드의 메시지를 통해서 가슴속 깊이 느끼게 된다.

붉은악마가 되어 거리에 나서면 자동차의 경적 소리가 사라지고 함께 외치는 함성과 손뼉 치는 소리만이 들린다. 거리에 앉아 있어도 거지가 아니고 서성거려도 부랑자가 아니고 여럿이 모여도 시위대가 아니다. 자폐증 환자들처럼 어두운 골방에 들어앉아 인터넷으로 채팅을 하고 자기를 대신하는 아바타를 통해서 사이버 세계에서만 남들과 만나던 디지털 세대의 아이들이 오프라인의 길거리에 뛰쳐나와 내가 나 혼자가 아니라는 것을 확인하고 증명한다. 다 같은 붉은 옷을 입고 대한민국과 필승 코리아를 연호하며 같은 장단으로 박수를 친다. 경기장이나 광장에서 흩어진 뒤에도 그때의 감동과 앞으로의 정보를 인터넷 게시판에 올려 모르는 사람과 교신한다. 누가 조직하고 지휘하는 것도 아닌 무질서한 군중인데도 응원 현장에 빈자리가 있으면 휴대전화로 알려주고 한곳에 몰려 위험성이 있을 때는 서로 양보하고 질서를 잡아준다. 그리고 흩어질 때에는 제각기 쓰레기를 줍기도 한다. 일사불란한 응원전을 펼친 붉은악마는 개인이면서도 군중이며 무질서이면서 질서다. 같은 붉은 유니폼을 입고 같은 구호를 연호하면서도 연령과 성별, 학연과 지연, 신분과 직업의 벽이 없는 다양성을 지니고 있다. 붉은악마와 같은 이런 대군중을 어느 시대 어느 나라에서도 일찍이 목격한 적이 없다.

6월의 붉은악마들은 거리의 문화 코드를 바꿨다. 그리고 여태껏 있지도 않은 광장의 새 문화 코드를 만들어냈다. 정치나 이념보다 몇 배나 더 사실적이고 감동적인 공동체의, 그리고 접속 시대의 행복을 보여줬다. 모든 사람이 어렸을 때 골목 친구들처럼 다정하게 눈웃음치며 복화술로 말한다. “보셨지요! 들으셨지요! 느끼셨지요!”

외롭고 차갑던 거리를 이렇듯 뜨거운 광장으로 변화시킨 것, 그것이 월드컵을 만인의 축제로 만들고 스포츠 경기의 응원을 공동체의식으로 승화시킨 붉은악마의 새로운 문화 코드다.

CODE 4 대~한민국

너와 나, 하나 되는 소리, 대~한민국

대한민국의 표기법이 달라졌다. 광고문은 말할 것도 없고 신문 기사에서도 '대' 다음에 '~'의 부호를 달아서 '대~한민국'이라고 쓴다. 물론 붉은악마의 응원 코드에서 비롯된 것이다. 갑자기 대한민국이라는 문자에 높은음자리표와 같은 음표가 생겼고 북소리와 함께 귀에 쟁쟁한 함성이 더해졌다. 우리는 한 번도 그렇게 큰 소리로 대한민국을 외쳐본 기억이 없다. 보통의 경우, 그냥 '한국'이고 '코리아'였다.

한자의 이름자 명名은 '저녁 석' 자에 '입 구' 자를 합쳐놓은 뜻글자다. 보통 밝을 때는 사람이건 물건이건 여간해서 이름을 부르지 않는다. 눈짓이나 손으로 가리키면 된다. 하지만 저녁이 되어 땅거미가 지면 눈으로 보던 대상은 갑자기 어둠 속에 침몰하고 만다. 손짓으로는 부를 수가 없다. 그래서 입으로 이름을 부르지 않으면 안 된다.

이름을 부를 때에는, 문자와 달리 목소리에 담긴 감정이 중요한 역할을 한다. 지붕 위에서 죽은 자의 이름을 부를 때에는 김소월의 「초혼」 같은 시 한 편이 생겨나야 하지만 모든 사람이 시인이 될 수는 없다. 그래서 생겨난 것이 이름 외로 부르는 별명이나 아호 같은 것들이고, 그중에서도 가장 흔한 것이 이름을 줄여서 부르는 애칭이다.

집 안에서는 아이들 이름의 끝 자만을 따서 "희야", "자야"라고 부른다. 한결 정감 있게 들린다. 가까운 사이일수록 딱딱한 정식 이름을 피하려 한다. 그래서 딸이 밤늦게 들어올 경우, 평상시 같으면 "희야", "자야"라며 딸의 이름을 줄여 불렀을 어머니가 갑자기 "이명희" "박순자"라고 이름 석 자를 다 부른다. 선생님이 출석부를 부르듯이 불과 두 자를 더 붙인 것인데도 분위기는 남풍에서 북풍으로 180도 달라진다.

미국의 경우에는 친소 관계에 따라 아예 이름 자체가 달라진다. 엘리자베스는 리즈가 되고 에이브러햄은 앱이다. 전 세계의 어린아이들이 가슴에 안고 다니는 인형 테디베어는 미국의 26대 대통령인 시어도어 루스벨트Theodore Roosevelt의 애칭에서 나온 이름이다. 사냥에서 아기 곰을 쏘지 않고 놓아주었다는 대통령에 대한 국민들의 사랑과 신뢰를 상품 아이디어로 살린 것이다. 군인 출신인 아이젠하워 대통령 역시 '아이크'라는 애칭을 선거 캠페인에 이용해 국민들에게 친숙한 이미지를 심어주었다. '아이라이크 아이젠하워Dwight David Eisenhower'라는 구호를 '아이 라이크 아이크I Like Ike'로 바꾼 것이다.

나라 이름이라고 다를 게 없다. '우리나라'가 '한국'으로, '한국'이 '대한민국'으로 국호 코드를 공식화할수록 전달 분위기는 달라진다. 일상적인 대화에서 흔히 쓰는 '대한민국'이라는 국호는 대개가 다 비웃을 때 쓰는 반어법들이다. "대한민국이니까!", "대한민국 좋은 나라여!"와 같은 자조적 표현들이 그런 경우다. 한국인을 비하하는 '엽전'이라는 말을 할 때와 그 말투가 같다. 거기에 분단과 냉전으로 대한민국의 정통성을 인정하지 않으려는 북한이나 국호를 의도적으로 훼손하려는 일부 반체제자들로 인해서 대한민국이라는 나라 이름이 평가절하되는 현상을 빚기도 했다.

그러나 아니다. 비행기의 제트 엔진 소리보다도 크게 폭발했다는 붉은악마의 "대~한민국" 함성 소리는 그동안 소원했던 나라 이름을 자랑스럽고 사랑스럽고 친근한 것으로 바꿔놓았다. 우리가 언제 대한민국의 이름을 전 세계에다 대고 이렇게 열등감 없이, 꿀릴 것 없이 당당하고 우렁차게 외칠 수 있었던가.

사실 대한민국이라는 국호의 연원을 캐올라가면 어깨가 좁아질 수밖에 없다. 우리는 오랫동안 중국이 동이東夷라고 부르는 동쪽 변두리의 오랑캐 나라로 살아왔다. 중국은 자신들을 천하의 중심으로 생각해 국호나 황제의 이름을 모두 다 외자로 썼다. 진秦이 그렇고, 당唐이 그렇고, 명明과 청淸이 그렇다. 하지만 이른바 중국의 주변 국가들은 중국에 대한 예의로 외자 이름을 피해 국명을 삼았다. 고구려·백제·신라에서 조선에 이르기까지 그러한 관습이 이어져왔다. 그나마 조선이라는 나라 이름은, 실은 태조가 나라를 세운 뒤 화령和寧과 조선이라는 두 이름을 중국에 고해, 그중 조선이라는 국호로 낙점이 된 것이다.

러시아나 일본 같은 외세가 들어와 중국의 세력이 한반도에서 약해지자 처음으로 자신의 나라 이름에 '큰 대' 자를 붙여 '대한'이라고 칭하고 황제만이 하늘에 제사를 올릴 수 있다는 천단天壇을 지어 스스로 제국帝國이라 부를 수가 있었다. 그것이 나라를 먹히기 직전에 이름만이 거창했던 대한제국大韓帝國이었다. 수치심 없이, 열등감 없이, 가슴을 여미는 아픔 없이는 부를 수 없었던 통한의 대한제국이요, 안중근 의사의 선혈 같은 장인이 찍힌 대한국인大韓國人이었다.

대한제국에서 대한민국까지, 국호로 보면 단지 '제帝' 자가 '민民' 자로 바뀐 것에 불과하지만 그 뒤에 숨은 굴욕과 수모의 비극은 천 자 만 자로도 다 기록할 수가 없다. 돌이켜보면 대한민국이라고 당당하게 외칠 수 있는 세대들이 아니었다. 식민지 백성으로 살아오면서, 전쟁과 분단의 정치 상황에서 살아오면서, 친일파가 아니면 빨갱이였고 만송족晩松族이 아니면 빨치산이던 사람들이었다.

그러나 지금 대한민국이라고 두 손을 뻗치며 연호하는 저 아이들은 역사의 낙인이 찍히지 않은 무균 청정 지대에서 성장한 젊은이들인 것이다. 붉은악마들은 미군에게 껌을 구걸한 하우스보이도 레닌모를 쓴 의용군도 아니며, 레이션 박스와 정조를 바꾼 누이들도 완장을 두른 여맹 의원도 아니다. 모든 콤플렉스에서 풀려난, 문자 그대로 누구의 지배도 받아보지 않은 자유로운 대한민국의 아이들, 눈치 보지 않고 기죽지 않고 자란 내 아이들인 것이다. 그러기에 그들이 "대~한민국"이라고 외치는 소리에는 청승맞은 원도 한도 없다.

더러는 그 대한민국이 싫어 멀리 이민을 간 사람들도 텔레비전 앞에 모여 "대~한민국"을 외치며 눈물을 흘린다. 그것을 국수주의라고 말하는 사람들도 있지만 어디 우리가 국수國粹를 논할 만큼의 그런 나라라도 제대로 가져본 적이 있던가. 왜병이 쳐들어온 임란 때에도 임금님이 몽진을 떠난 경복궁을 향해 돌을 던지고 불을 지른 백성들이다. 나라와 나 사이에는 늘 메울 수 없는 공동이 있었다. 가까이 가면 암벽처럼 나를 억누르는 무거운 짐이었다.

그것이 "대~한민국"이라고 외치는 함성 속에서 나와 너를 하나로 융합하고, 나와 나라를 하나로 결합시켜 엑스터시를 맛보게 했다. 일본 식민지에서 해방되던 그날에도 마땅하게 부를 나라 이름이 없어서, 그리고 사분오열 흩어져 싸우느라고 제대로 불러 보지 못한 내 나라의 이름을 이제야 자랑스럽게 4,700만 온 국민이 한 목소리로 부르고 또 부른다. 그것도 그냥 외치는 것이 아니다. 손목이 부러지고 어깨가 탈골하는 열광의 손뼉과 북소리로 외치는 대~한민국이요, 필승 코리아다.

그러기에 대~한민국의 응원 코드는 단순한 애국심이나 승부 의식만으로 풀이될 수 없다. 그것은 대한민국이라는 공적 코드를 애칭과 같은 사적 코드로 변환시켰다는 점에서 나치나 사회주의 국가에서 사용하는 집단 체제의 구호와는 다른 것이다. 마치 공원을 자기 집 정원처럼 가까이 느끼는 그런 의식의 반영이다. 지금까지 사유재와 공공재의 두 공간이 한국처럼 그렇게 동떨어져 있던 사회도 드물었다. 공공 시설물은 자기 것이 아니라는 생각으로 아무렇지도 않게 부수어버린다. 자기 집 마당은 쓸어도 자기 집 앞 공로公路에 쌓인 눈은 치우지 않는다. 붉은악마의 대~한민국은 바로 그 공과 사의 대립 코드를 무너뜨리는 새로운 문화를 만들어낸 것이다. 대~한민국의 새로운 문화 코드는 나라 이름에 음악 같은 운을 붙이고 춤 같은 율동을 부여한다.

대~한민국이라고 연호하는 붉은악마의 손뼉 구호는 4박자다. 나라 이름이 네 글자라 그렇고 행진곡의 4박자가 어울리는 축구 경기장이라서 그렇다. 하지만 우리 개개인의 몸에 밴 박자 코드는 3박자다. 일본의 2박자나, 역시 2박자를 단위로 한 서구의 4박자 행진곡 문화 코드와는 다르다.

최준석 한국학 교수는 붉은악마의 4박자 리듬이 한국적 박자감으로 변형된 것이라는 데에 주목한다. 그냥 "대한민국"이 아니라 "대~한민국"이라고 맨 첫 음에 악센트와 길이를 주기 때문이다. 〈아리랑〉의 "아~리랑"이 그렇고 〈한오백년〉의 "한~많은"이 그렇다. 민요만이 아니다. 인사말까지도 그렇다는 것이다. 누가 그렇게 하라고 가르쳐주지 않아도 아이들은 첫 음에 악센트를 붙여 "안~녕하세요"라고 한다. 서양 사람들에게 같은 인사말을 가르쳐주면 으레 '안녕하세요'의 중간음인 '하'에 악센트를 붙여 "안녕하~세요"라고 한다.

이 장단 박자 때문에 대한민국의 연호는 신바람이 나고 어깨춤이 난다. 몇천 년 동안 우리의 세포 속에서 살아온 DNA의 암호 코드에 적힌 3박자 장단은 서양의 행진곡 문화를 기조로 한 축구장의 응원 문화에서도 되살아난다. 붉은악마는 딱딱하고 거창한 대한민국이라는 공식 구호를 개개인의 몸에 밴 전통적 박자감으로 변형시켰다. 국호를 친근감 있는 애칭의 사적 코드로 전환시킨 것과 같다.

말더듬이라도 노래를 부를 때에는 가사를 더듬지 않는다. 붉은악마의 응원 구호는 대한민국에 거부감을 갖고 있는 사람들까지도 더듬지 않고 당당하게 그것을 외칠 수 있도록 코드화한 것이다. 어쩌면 개인이 말하기에는 쑥스럽고 어색했던 대한민국이라는 공식 국호가 이제는 "희야", "자야"라고 부르는 어머니의 목소리처럼 다정하게 들린다.

CODE 5 손뼉 문화

짝짝 - 짝 짝짝, "대~한민국"

구구단을 외워본 적이 있는가. 그 재미없는 숫자의 나열을 외우기 위해서 아이들은 누가 가르쳐주지 않는데도 "이이는 사, 이삼은 육, 이사 팔……" 하며 마치 노래를 부르듯 큰 소리로 고저장단을 붙여 가락을 만든다. 누구나 그런 경험을 해본 적이 있을 것이다.

이런 체험도 해본 적이 있을 것이다. 심심하고 할 일이 없을 때 남의 집 돌담 너머로 "영희야, 노올자. 나하고 노올자."라고 외쳤던 일 말이다. 그것은 출석부의 이름을 부르는 선생님의 목소리와는 다르다. 몸의 율동처럼 부르는 이름에 리듬이 따르고, 그러한 소리를 들으면 본능적으로 문짝을 차고 나가고 싶은 유혹을 받게 된다. 심장도, 호흡도 이러한 리듬으로 되어 있다. 심지어 살벌한 시위대의 구호에도 리드미컬한 박자감이 따른다. "물러가라, 물러가라", "타도하자, 타도하자"라며 주먹을 쥐고 뻗치는 손에도 리드미컬한 장단이 있어 외치다 보면 감미로운 최면 효과까지 따른다. 그래서 군중은 파도처럼 되고 그 거대한 리듬은 에너지의 근원이 된다.

붉은악마의 응원 리듬이 예외일 수 없다. 가장 유명했던 것이 "대~한민국" 다음에 "짝짝―짝 짝짝"의 장단을 맞춰 치는 손뼉소리다. 화장실 문을 "똑똑―똑 똑똑"으로 두드리니까 안에서 볼일을 보고 있던 사람이 "대~한민국"이라고 소리쳤다는 우스갯소리까지 나왔다. 그런데 놀라운 것은 붉은악마의 손뼉 소리가 지금까지 우리가 들어왔던 그 어느 박자의 장단도 아니라는 점이다. 수십 년 전만 해도 한국 응원단의 구호는 '빅토리, 빅토리, 브이 아이 시 티 오 알 와이'와 삼삼칠 박수가 다였다. 아마 삼삼칠 박수밖에 모르던 60대 이상의 한국인들에게 붉은악마의 박수를 쳐보라고 하면, 쉬울 것 같으면서도 헷갈려서 잘 치지 못할 것이다.

응원 박수의 리듬에도 새로운 코드가 탄생한 것이다. 일설에는 붉은악마의 그 박수 소리가 100데시벨을 넘는 굉음이었기 때문이 아니라 엇박자가 주는 생소한 리듬이었기 때문에 외국 선수들의 경기 리듬이 깨져 평소의 가락을 상실하고 헛발질을 하게 되었다는 얘기도 있다. 한국대표팀을 4강까지 올려놓은 붉은악마의 일등공신은 바로 이 응원 박수라는 말을 곧이곧대로 믿지 않는다 해도 그것이 서구 문화 코드에는 없는 특유의 박자감이라는 사실만은 부정하기 힘들다. 서구 사람에게만이 아니라 한국의 기성세대, 근대화와 함께 서구 문화에 익숙해진 한국의 개화꾼들에게도 역시 그것은 생소하게 들리는 박수 리듬이다.

하지만 '짝짝—짝 짝짝'은 새로 만들어진 박자감이 아니다. 오랜 시간이 흐르는 동안 한국의 민중 속을 꿰뚫어온 특유의 리듬이라고 주장하는 사람이 많다. 그 리듬을 우리 전통 풍물 가락의 하나인 '오방진 가락'이라고 하는 사람이 있는가 하면 어떤 사람은 무巫굿 가락의 '덩더쿵이 가락'에서 온 것이라고도 하고, 또 누구는 동살풀이의 박자라고도 풀이한다. 어쨌든 꽹과리를 치고 탈춤을 추고 사물놀이에 익숙한 사람들에게는 결코 생소한 박자감이 아니라는 것이다. 전통적인 사물놀이 풍물거리의 꽹과리 리듬인 '짜장 짜장 짱'을 알고 있는 운동권 학생이나 민속놀이를 즐기는 동아리들이라면, 그 응원의 박수 소리 이전부터 귀에 쟁쟁했을 리듬이다. 그것을 '휘모리 장단'이라고 부르든, '덩더쿵이 가락'이라고 부르든, 무슨 말을 갖다대어도 붉은악마의 '짝짝—짝 짝짝'이 월드컵과 함께 태어났다는 것을 부정할 수는 없다. 조금은 생소하지만 이상야릇한 박진감으로 마음속 깊이 잠자는 혼을 일깨우는 것 같은 이 엇박자는 수사학에서 말하듯 '일탈의 변화가 주는 엄청난 효과'를 지닌 박자감인 것이다.

앞서 언급한 대로 '대~한민국'이라는 구호가 서구적인 4박자로 이루어져 있으면서도 한국적인 호흡으로 변형된 것같이, 그것은 전래되는 한국 고유의 장단이라 할지라도 이미 잊혀진 것에 변화를 준 월드컵 현장에서 생성된 새로운 율동의 코드를 형성한다. 그렇다. 서양의 박자는 균질적이다. 그러나 한국인은 균질적인 단위로 이루어진 리듬을 싫어한다. 메트로놈이나 시계추 소리처럼 일정한 물리학적인 운동과는 달리, 문자 그대로 길고 짧은 장단으로 이어지는 박자감이다. 자연의 모든 현상은 선형적인 것이 아니라 정형화할 수 없는 흔들림으로 이루어져 있다는 프리고진Ilya Prigogine의 충격적인 산일散逸 생성 이론(fluctuation)과 유사한 것이다. 심장의 박동은 심전도 그래프에 나타나 있는 것처럼 일정한 선으로 나타나지 않는다. 그 곡선이 똑같이 되면 심장은 멈춘다.

그러나 서양 문화와 그 과학은 지금까지 프리고진의 이론과는 달리 규칙적이고 정형적인 선형 이론으로 모든 자연과 인간을 해석하고 기술하려 하였다.

손뼉과 장단만이 아니다. 장단에는 으레 강약의 변화도 생겨난다. 그것들이 오묘한 산일 구조를 생성한다. 피아노를 보아도 알 수 있듯이 생명을 표현하는 모든 예술의 근저에는 산일 구조가 있게 마련이다. 자로 대고 그린 직선이 회화의 선이 될 수 없듯이 강약이 없고 떨림이 없는 망치 소리가 음악이 되긴 힘들다. 18세기의 하프시코드가 왜 피아노라는 악기로 개조되었는가를 들여다보면 금세 알 수 있다. 하프시코드의 소리는 아름답지만 일정한 힘으로밖에 연주가 가능하지 않다는 것이 약점이었다. 즉 강과 약의 변화를 줄 수 없었던 것이다. 그래서 피아노포르테(pianoforte, 피아노의 정식 명칭), 즉 강약을 표현할 수 있는 피아노가 생겨나게 되었다. 피아노의 장래를 가장 잘 꿰뚫어본 사람이 계몽 군주 프리드리히 대왕이었다는 것은 결코 우연한 일이 아니다. 프로이센의 국왕이었던 그는 당시 질 버만제의 피아노 열다섯 대를 모두 사들였고 왕국을 방문한 바흐로 하여금 그것을 연주하게 했다. 프리드리히 대왕은 권력과 문화의 강약으로 나라를 통치한, 서양에서는 드물게 '조화'를 알았던 군주였다.

붉은악마의 손뼉이 내포하고 있는 산일 구조는 근대 서구 문화의 약점인 선형적인 문화 코드를 한국 문화의 비선형적인 코드의 특성에 의해서 탈구축한다. 통속적으로 봐도 그렇다. 나비는 메트로놈에 맞춰 3박자나 4박자 같은, 전형적 템포로 날지 않는다. 자유롭게 허공을 날아가는 새들도 마찬가지다. 에밀 아자르Émile Ajar의 소설 『자기 앞의 생』에 나오는 모모는 지중해에서 날아가는 갈매기를 보면서 '사는 것이 몹시 기뻐서 손뼉을 치듯이 날아간다.'고 인상적인 묘사를 한 적이 있다.

그러나 실제로 손뼉을 통해 자신의 마음과 생명의 리듬을 표현할 줄 아는 생물은 오직 인간뿐이다. 박수와 그 박자의 리듬은 그 자체가 하나의 문화인 것이다. 의미를 갖는 언어적 기호도 아니며 그렇다고 악보로 기록될 수 있는 음악의 청각 기호도 아니지만, 더 직접적인 메시지를 담고 있다. 인간의 몸이, 그리고 그 손바닥이 북이 되고 북채가 되어 하나의 타악기처럼 폭발하는 생명 그 자체의 메시지를 연주한다. 박수 소리는 인체를 확장하거나 연속시킨 악기와는 달리 일상적인 자신의 몸뚱어리를 소리의 도구로 사용한다. 증오심에는 주먹을 쥐지만 사랑하는 것, 참으로 생명적인 것 앞에서는 주먹을 편다. 복싱 선수들처럼 주먹과 주먹이 부딪칠 때는, 강렬해 보이긴 할지언정 그렇게 큰 소리를 낼 수는 없다. 무엇을 받아들이기 위해 부드럽게 편 손, 사랑하는 것을 어루만지는 손, 즐거운 손, 타자를 향해 뻗치는 떨리는 손, 그러한 손이 부딪칠 때에 박수가 생겨난다. 남을 칭찬하는 박수와 동감의 박수, 존경을 드러내는 기립 박수처럼 그 모든 것이 손뼉의 코드로 나타난다.

우리는 오랫동안 무엇을 미워하고 투쟁하기 위해 굳게 주먹을 쥐어왔다. 무엇인가를 타도하기 위해, 저항하기 위해서 주먹질을 했다. 언제 우리가 사랑하는 것들을 위하여, 내 분신을 쓰다듬는 것 같은 동질감을 위하여, 그렇게 박수를 쳐본 적이 있던가. 박수를 치는 손처럼 아름다운 손이 있는가. 수천, 수만의 손들이 '짝짝—짝 짝짝' 똑같은 장단, 똑같은 울림으로 소리를 만들어 광장과 거리를 메워본 적이 있던가. 이 손뼉 응원의 문화적 코드는 도전하는 어게인스트against의 역사가 아니라 무엇을 위해 동의하고 창조하는 포for의 역사다. 그 코드의 메시지는 프랑스식으로 말해서 콩트르contre가 아니라 푸르pour다. 저 생소하게 들리는 붉은악마의 응원 박수는 분명 오랫동안 누워 있던 한국인들이 일제히 일어나 새 역사를 맞이하는 기립 박수의 소리다.

CODE 6 태극기

축제의 깃발은 시적이다

일본이 한국을 강점했던 식민지 시절, 아이들이 초등학교에 들어가자마자 맨 처음 배운 것은 '아카이 아카이 히노마루노 하다(赤い赤い日の丸の旗, 빨간 빨간 일장기)'였다. 아이들에게 일본 국기를 통해 군국주의 식민지의 이념을 불어넣으려 한 것이다. 그렇기 때문에 국기는 우러러보는 것이고 높은 곳에서 우리를 압도하는 것이었다. 그것은 두려움이었으며 만져서는 안 될 어떤 신성한 힘, 초월적인 힘, 국가라고 하는 존엄성을, 그리고 그 지배의 힘을 나타내는 상징물이었다. 그것은 한낱 천이 아니라 주재소(경찰서)나 헌병대의 사이드카에서 나부끼는, 힘 그 이상의 무서운 마법의 보자기였다. 그러나 일장기와는 달리 운동회 날 운동장에서 나부끼는 만국기는 달랐다.

정말 그랬다. 초등학교를 국민학교라고 부르던 시절, 그렇게도 가슴을 뛰게 했던 것은 운동회 날 교정에서 나부끼던 가지각색 만국기의 물결이었다. 어째서 운동회 날의 그 깃발들은 그토록 가슴을 설레게 했는가. 이제는 추억 속의 풍경에 남아 있는 작은 동화의 파편이 되어버렸지만 그래도 축제일이 되면 여러 가지 배너의 모습으로 여전히 우리의 가슴을 울렁이게 한다.

심지어 누가 시작했는지 중고차 매매장을 장식해놓은 만국기까지도 운동회 날 맛본 그 감동을 재현해준다. 깃발의 코드가 다른 것이다. 일장기가 군국주의·국가주의·전체주의와 같은 정치적 지배 코드로서의 메시지를 지니고 있다면 운동회 날의 그 만국기는 비록 국기라 하더라도 그것들이 지시하는 것은 국가 메시지가 아니라 축제의 환희와 감동이었던 것이다.

원래 국기는 군기軍旗처럼 아군과 적군을 구별하거나 한곳에 모이는 장소를 알리기 위한 표지로서 고안된 것이다. 처음에는 무엇인가를 과시하기 위해 수렵에서 잡은 짐승이나 전리품을 장대에 매단 것이었지만, 얼마 지나지 않아 먼 곳에서도 금세 알아볼 수 있도록 가벼운 천을 높이 매달게 되었다. 그리고 먼 곳에서 잘 알아보기 힘든 문자 대신 식별하기에 좋은 색채와 디자인으로 꾸며졌다.

기가 비에 맞아 색이 번지고 변조되는 것을 막기 위해 발명된 것이 기름 물감이다. 거기에서 오늘의 서양 회화를 결정지은 오일 페인팅이 나오기도 한 것이다. 어떠한 기든 그것은 무엇과 구별되기 위해 존재하는 것이기 때문에 너와 나를 가르는 배타성을 지닌다. 단순히 나를 알리는 데 그치지 않고 과시하려고 한다. 따라서 조금이라도 더 높게, 더 크게 만들려고 한다. 그 대표적인 예로 휴전선의 북한측 깃발 게양대와 남한의 태극기 게양대가 서로 마주 보며 경쟁을 벌였던 분단·냉전 시대의 상황을 들 수 있다.

동시에 깃발은 개인의 것이 아니다. 그것은 반드시 개인을 초월한 어느 집단을 의미한다. 비록 여행사들이 들고 다니는 깃발이라 하더라도 그것은 패키지 투어의 관광 단체를 의미한다. '나는 어디에 소속되어 있는가' 하는 것은 '나는 어느 깃발 밑에 모이는가'로 상징된다. 즉 깃발에는 국기와 같은 교기·군기·사기社旗처럼 어떤 집단의 권력을 코드화한 것이 있는가 하면, 축제의 분위기와 그 즐거움을 가볍게 나부끼게 하는 해방과 자유의 메시지를 담은 것이 있다. 국기는 무엇인가를 지시하는 것이지만 축제 때의 그 깃발은 색채 디자인과 나부끼고 있는 깃발 자체의 시각적 모양에 의미가 있다.

국기가 깃발의 내용을 주장하고 있는 것이라면 축제의 장식용 배너들은 생긴 그대로의 형식을 표현한다. 붉은색과 마찬가지로 그것이 이념 코드인가 축제 코드인가로 같은 국기라도 의미와 이미지가 달리 나타나게 된다. 국기나 군기가 산문이라고 한다면 축제의 깃발은 시적이다. 청마 유치환이 쓴 아름다운 시 「깃발」처럼 그것은 소리 없는 아우성이고 노스탤지어의 손수건이고 백로이거나 흐르는 물이다. 지상에서 하늘을 향해 상승하고 있는 의지, 땅과 하늘의 그 중간에 매달려 끝없이 진동하고 있는 황홀한 마음 그 자체다. '맨 처음 공중에 깃발을 달 줄 안 사람은 누구인가'라고 시인은 묻고 있지만 적어도 그것은 국가가 생기기 이전 구석기 시대의 어느 사냥꾼이었을 것이다.

이 사냥터가 추적 본능을 만족시켜주는 축구 경기장으로 변하면 그 깃발은 축제의 코드를 강화하게 된다. 그래서 월드컵의 공간에서는 국기들이 시골 초등학교 운동회장에서 펄럭이던 만국기처럼 엄숙한 국가주의에서 벗어나 즐거운 응원기로 바뀌게 된다. 작게는 페이스 페인팅의 깃발 그림에서부터 크게는 스탠드를 메운 1.5톤짜리 대형 깃발에 이르기까지 축구 경기장은 깃발의 경주장이기도 하다.

2002년 월드컵에서 붉은악마가 많은 문화 코드를 바꿔놓았지만, 그중에서도 가장 눈에 띄는 것이 국기의 그 깃발 코드를 축제 코드로 바꿔놓았다는 점이다. 월드컵 때 우리가 체험한 그 깃발은 식민지 시대 때부터 우리를 지배해오던 그 깃발이 아니다. 응원 도구의 일부가 된 국기는 애국심을 발로시키면서도 이미 국가주의와 권력 지배의 상징물에서 멀리 떠나 있는 것이다.

우리는 한 세대 전 미국의 히피들이 국가주의나 권위주의에 물든 기성세대에 도전하기 위해서 성조기를 팬티로 만들어 입거나 각종 자잘한 생활용품으로 변조해 사용하는 충격적인—이른바 플래그 피플의 행동을 보았다. 국기를 짓밟거나 불태워버리기까지 한 이들의 행동은 보수파와 반체제 간의 논쟁을 불러일으킴과 동시에 헌법재판장으로 비화해 국기 논쟁을 일으켰다. 이러한 반문화의 젊은 세대에 의한 국기 훼손이 아니라도 국가간의 분쟁에는 반드시 국기를 모욕하고 태우는 정치적 의식이 자행된다. 우리도 일장기를 태운 경험을 갖고 있으며 이슬람권을 위시해 반미주의자들이 성조기를 태우고 짓밟는 광경을 무수히 보아 왔다.

한국만이 아니라 국가대표팀이 서로 다투는 월드컵 대회의 특성은 참가국의 국기에 의해서 결정된다. 전쟁터에서 나부끼는 군기처럼 축구 경기장의 깃발들은 사람들의 마음에 애국심을 북돋우는 역할을 한다. 미국이 국기를 애용하게 된 것은 9·11테러 사건 이후다. 다민족 국가에서 국가의 정체성을 체험하게 하는 것은 깃발밖에 없기 때문이다. 프랑스의 스타팅 멤버 11명 가운데 그 반수 이상이 비프랑스계 이민 2세들로 구성되어 있다. 그런데도 아랍인, 아프리카인같이 국적이 다른 서포터스의 얼굴에는 프랑스의 국기인 트리콜로르Le Drapeau Tricolore가 그려진다. 동시에 프랑스 응원석에서는 삼색기만이 아니라 지단Zinedine Yazid Zidane

의 모국인 알제리의 깃발이 나부끼기도 했다. 그러나 정치와 전쟁 공간과는 달리 월드컵의 축구와 축제 코드에서의 깃발은 국가주의도 반국가주의의 대상물도 아니다. 가끔 축구 경기가 과열돼 국가 간의 진짜 전쟁으로 비화한 적은 있지만 어디까지나 월드컵은 세계대전이 아니다. 물론 영국과 아르헨티나가 대전을 하면 포클랜드전이라 부르고 러시아와 일본이 대결하면 제2의 러일전쟁을 상기시키지만 그것은 놀이라는 연희 코드에서 벗어나지 않는다.

그렇기 때문에 일본에는 군국주의를 상징했던 일장기와 기미가요를 국가 행사에서 게양하거나 부르는 것에 대해 지금까지도 거부하는 층이 있지만, 2002년 월드컵 때는 누구도 그 문제로 시비를 걸거나 거부감을 보이지 않았다. 응원단들은 일장기를 그린 카드를 손에 들거나 일장기를 얼굴에 그려 넣고 응원전을 펼쳤다. 역사 왜곡의 움직임이 일 때와는 달리 누구 하나 그것을 보고 일본 군국주의의 대두라고 우려를 표시하지 않았다. 이때의 국기는 국가주의의 상징물이 아니라 대표팀을 상징하는 유니폼과 같이 자기편과 남의 편을 가르는 식별 코드이기 때문이다. 다시 말하자면 같은 국기라도 축구라는 놀이와 축제의 깃발로 코드가 전환된 까닭이다.

월드컵이 있기 전까지 우리의 태극기 체험은 미국의 플래그 피플과는 다른 것이었다. 언제나 그것은 교정의 높은 국기 게양대 위에서 나부끼고 있었으며 각종 의식에서 국기가 게양되거나 하강할 때에는 가슴에 손을 얹고 애국가와 함께 경배를 드려야만 했다. 그것은 우리의 손이 닿지 않은 멀고 높은 곳에 있었다. 그러던 태극기가 붉은악마에 의해 응원—축제 코드화함으로써 우리 가까이로 다가왔다. 의상의 패션으로, 장신구로, 응원 도구와 일상적인 생활 기구로서 태극기 문양이 애용되기 시작한 것이다. 경배하는 태극기에서 생활하고 사랑하는 친숙한 태극기로 변신을 했다.

보통의 경우라면 국기 훼손이라고 처벌을 당할 수도 있을 만큼 야한 모양의 태극기 의상을 만들어 입은 사람들이 비난받지 않은 이유도 그 국기 코드의 변환 때문이다. 심지어 행정자치부에서는 국기 조례 중 국기의 존엄성에 관련된 부분을 고치겠다는 의사를 표명하기도 했다.

오랫동안 가정이나 사회에서 정체성을 가져보지 못한 젊은이들이 2002년 한·일 월드컵의 태극 깃발을 통해서 어디에 속해 있는지를 확인하게 됐다. 국가대표팀을 태극전사라고 부르고 그들과 자신을 묶고 있는 그 끈이 바로 태극기라는 국가 상징물이라는 것을 깨달았다.

2002년 월드컵에서 태극기는 축제의 장식 배너로 바뀌었다. 그것은 이미 국가의 권위만을 나타내는 상징물이 아니라 한국인의 정체성을 만들어주는 피부색 같은 것이다. 붉은악마의 스탠드를 가득 메운 채 쏟아져내려온 태극기, 사람들의 어깨와 등에서 펄럭이는 태극기를 보며 국가와 나는 하나가 되고 존엄성은 친숙성으로, 권위는 애정으로 변했다. 그리고 언제나 하늘에서만 나부끼던 멀고 높은 태극기는 나와 가장 가까운 수평의 자리에서, 그리고 그 마음속에서 나부끼고 있다. 어렸을 적 운동회 날 보던 아름답고 즐거웠던 깃발의 물결처럼.

CODE 7 페이스 페인팅

한국인의 얼굴, 수직으로 떠오르다

붉은악마가 얼굴에 태극기나 축구공을 그리고 다닌다. 미국이나 유럽의 젊은이들 사이에 유행하고 있는 페이스 페인팅이 월드컵 풍경의 하나로 등장한 것이다. 미국의 어린이들은 생일 파티에서도 곧잘 페이스 페인팅을 한다. 그리고 스포츠 응원이나 특별한 이벤트가 생기면 젊은이들은 남녀 가리지 않고 다양한 문양의 페이스 페인팅으로 자신의 얼굴을 장식한다.

그러나 그 유행의 원조는 아메리칸 인디언들의 문화 코드에서 나온 것이라고 할 수 있다. 전쟁터에 나가기 전 인디언 전사들은 보디 페인팅과 페이스 페인팅을 했다. 세미놀족의 경우엔 전쟁을 준비하는 노란색, 전투의 피를 뜻하는 붉은색, 생존을 의미하는 검은색을 이마·뺨·입술 언저리에 칠한다. 그것은 자연의 힘을 자신의 몸으로 끌어들이는 주술이고 적에게 겁을 주려는 심리전의 일종이다. 그러나 전쟁만이 아니라 인디언들은 옥수수의 풍요를 기원하는 그린 콘 댄스의 축제에서도 똑같은 페이스 페인팅을 한다.

넓게 말해서 그것은 게임—축제 코드의 원형이다. 멀리 고대 로마의 장군들도 전쟁에서 개선할 때에는 얼굴에 붉은 칠을 했다고 한다. 붉은색이 전투와 승리, 그리고 용기를 상징하게 된 것도 그 때문이다. 그리고 문화인류학자의 증언을 들어보면 얼굴에 색칠을 하고 그림을 그리는 풍습은 인류의 태생기 때부터 있어온 풍습이라고 한다. 그러므로 붉은악마의 페이스 페인팅은 직접적으로는 서구 문화의 모방 코드라고 하더라도 그 근본을 파고들면 하회탈처럼 원초적인 축제 문화의 가면 코드 중 하나로 풀이할 수가 있다.

어느 칼럼니스트는 연지 곤지가 페이스 페인팅의 원조라고 주장한다. 송나라 무제武帝의 딸 수양공주가 신년점新年占을 치는 정월 이레에 함장전含章殿 다락에 기대어 졸고 있는데 어디선가 매화꽃 한 잎이 날아와 공주의 이마에 들러붙는지라 떼어내려 해도 떨어지지 않았다. 그 꽃잎이 붙은 얼굴이 어찌나 예뻐 보였든지 궁녀들이 이를 흉내 내어 이마에 붙이고 다녔던 것이 연지의 뿌리라 했다. 하지만 중요한 것은 그 원류가 어디에 있는가가 아니라 신체에 문신을 하거나 얼굴에 무엇을 그리거나 붙이고 다니는 것이 한국인의 문화 풍속이나 정서에는 어울리지 않는다는 점이다. 특히 '신체발부身體髮膚는 수지부모受之父母'라 하여 단발령에 목숨을 걸고 싸웠던 한국의 전통적인 유교 문화 코드에서 신체를 낙서판으로 하는 페이스 페인팅 같은 것은 매우 부정적인 것이다.

그러니까 지푸라기처럼 머리카락에 노란 물, 빨간 물을 들이고 다니는 젊은이들이 그렇듯이, 얼굴에 스티커나 물감으로 그림을 그리고 다니는 것은 그것이 축구공이든 태극기든 전통 문화 코드에 대립되는 것이다. 그래서 '쉰세대'들이 그 기쁜 날에 붉은 악마의 붉은 티셔츠를 입고 다닐 수는 있었어도 차마 얼굴에다 필승 코리아의 색칠을 할 수는 없었던 것이다. 더구나 희로애락을 얼굴에 나타내서는 안 된다는 은폐성·차면성遮面性이 한국 문화의 얼굴 코드가 아닌가.

얼굴은 드러내는 것이 아니라 숨기는 것이요, 보이는 것이 아니라 가리는 것이다. 김홍도의 풍속화를 보면 으레 여성들은 장옷으로 얼굴을 가린 모습으로 그려진다. 씨름판 구경을 하는 갓쓴 양반도 부채로 얼굴을 살짝 가리고 있다. 한국의 접부채가 유난히 컸던 것도 바람을 일으키는 기능만이 아니라 얼굴을 가리는 차면 효과를 높이기 위한 것이었다. '하로동선夏爐冬扇'이라는 격언은 적어도 한국인에게는 적용되지 않는다. 그래서 고려 사람은 겨울에도 부채를 들고 다닌다는 이상한 평을 받기도 했다. 무엇이 부끄럽고 무엇이 그렇게 두려웠기에 김삿갓이 아니라도 얼굴을 가리는 넓은 차양의 갓을 쓰고 다녔는가. 부채나 삿갓이 없어도 표정을 감추는 교양과, 미소를 짓는 예의로 얼굴을 가릴 수는 있었다.

인사법도 그렇다. 서양 사람들은 웬만한 경우 서로 얼굴을 마주 보며 악수를 한다. 그런데 한국인은 서로 고개를 숙이고 땅을 보며 인사를 한다. 지엄하신 임금님이 아니라도 윗사람의 얼굴은 똑바로 쳐다보는 것이 아니다.

이 같은 얼굴의 문화 코드를 위반하는 사람들에게는 뻔뻔한 놈, 방자한 녀석, 철면피라는 낙인이 찍힌다. 아무리 흉악 범죄자라도 텔레비전 카메라가 비출 때에는 저고리로 얼굴을 가린다. 서양이나 일본만 해도 이러한 광경은 볼 수 없다.

권위의식과 열등의식으로 뒤범벅된 표정 없는 얼굴, 그러면서도 부모가 주신 귀중한 얼굴, 가문과 체면의 상징인 영정 같은 얼굴, 그 근엄하고 엄숙한 한국인의 얼굴을 하루아침에 뒤집어놓은 것이 바로 붉은악마의 페이스 페인팅이다. 수천 년 내려온 한국인의 얼굴 코드를 둘레 70센터미터도 안 되는 축구공이 바꿔놓고 말았다. 하지만 게임 - 축제로 새롭게 등장한 얼굴 코드를 자세히 읽어보면 거기엔 지금까지 보지 못한 한국인들의 얼굴이 떠오른다. 붉은악마의 다양한 얼굴은 젊은이들의 진솔한 마음을 거리낌 없이 쏟아놓은 인터넷 게시판과도 같은 것이다.

기존의 문화 코드와는 정반대다. 감추는 것이 아니라 드러내는 것이요, 숙이는 것이 아니라 치켜드는 것이다. 열등의식도 권위의식도 아닌 자유롭고 당당한 내 자신의 얼굴을 튀는 얼굴로 드러내 보인다.

서당에서 익힌 교양의 힘이 아니다. 그들이 페이스 페인팅을 할 때 꿈꾸었던 것은 어쩌면 인디언 전사들이 얻으려고 했던 바로 그 야생의 힘이었는지 모른다. 운명처럼 타고난 얼굴이 아니다. 내가 선택하고 스스로 만든 얼굴이다. 자신의 왕양한 자유 의지를 만천하에 표명하는 독립선언서의 사인이다.

고개 숙인 한국인의 얼굴이 아니다. 세계를 향해 하늘 높이 수직으로 솟은 깃발 같은 얼굴이다. 그렇다. 붉은악마의 페이스 페인팅 가운데 가장 많은 것이 태극기가 아니던가. 그것은 먼 게양대의 저편에서 펄럭이는 기가 아니라 내 얼굴, 내 피부에 맞붙은 태극기—당당하게 수직으로 세운 태극기가 된 내 얼굴이다.

CODE 8 화투

세계는 한국이, 한국은 세계가 된다

붉은악마의 응원 도구 가운데 가장 특이했던 것은 대형 화투이다. 대표적인 것으로는 팔공산의 광을 들 수 있다. 팔광을 YS식으로 발음하면 팔강이 되어 8강전 진입을 소원하는 표시가 된다. 그리고 8강에 성공한 후에는 송학(1월), 벚꽃(3월), 오동(11월), 비(12월)의 사광 화투짝이 등장했다. 사광은 4강 준결승전을 의미한다. 그러나 그것이 너무 복잡했는지 사 흑싸리 열 끗짜리에 '광' 자를 넣어 있지도 않은 사광을 만들어내기도 했다. 화투놀이의 코드가 축구의 응원 코드로 변환한 것이다. 그리고 이것은 실내 놀이가 야외 경기와 이종교합해 만들어낸 하이브리드 문화이기도 하다. 응원 도구만이 아니다. 16강 고, 8강 고, 4강 고, 요코하마 고의 그 '고' 역시 고스톱의 '고'와 무관하지 않다.

동시에 고스톱의 놀이 문화에도 변화가 생겼다. 월드컵의 축구 열풍으로 지금껏 없던 새로운 게임 규칙이 생겨난 것이다. '스리 홍'이나 '히딩크 패'가 그것이다. 스리 홍은 황선홍, 홍명보, 붉은악마의 세 가지 홍으로, 송학과 매조와 벚꽃으로 이루어진 홍단을 의미한다. 8강 진출을 염원하는 뜻에서 팔광에 쓰리 홍을 뜻하는 홍단 석 장까지 받으면 11점을 준다고 한다. 그리고 히딩크 패는 그 이름과 비슷한 비(12월), 오동(11월), 국진(9월)의 세 패를 뜻하는 것으로, 이 석 장만 먹으면 상대방의 패 중에서 원하는 패를 아무거나 하나씩 가져올 수 있다.

본래 고스톱은 그때그때의 정치 상황에 따라 새 규칙이 생겨난다. 이것은 룰이 고정되어 있는 서양의 카드놀이와는 다른 특성이다. 1970년대에는 이른바 '박정희 고스톱'이라는 것이 유행해서 선先을 잡은 사람은 규칙을 마음대로 정할 수가 있었고, 1980년대에는 바닥에 깔린 패를 싹쓸이했을 때 남의 패 중에서 자신의 마음에 드는 패를 아무거나 한 장 집어 오는 '전두환 고스톱'이 대유행을 했다.

지휘 사령탑이 있는 것도 아닌데 누가 어디서 그런 것을 만들어냈는지도 모를 고스톱 판의 딴죽이 인터넷 망보다도 빠르게 번진다. 그러고 보면 고스톱 판에서도 처음으로 정치가의 이름이 아닌 축구 스타의 이름을 딴 규칙이 등장하게 된 것이다. 2002년 한·일 월드컵이 개최되기 직전만 해도 '스리 홍'이라고 하면 DJ의 세 아들 이름의 '홍弘' 자를 따서 만든 정치 풍자였는데 월드컵

바람에 정치가 스포츠로 바뀌게 되었다. 사소한 변화 같지만 정치—이데올로기의 지배 코드를 놀이—축제 코드로 바꿔놓은 붉은악마의 공통적인 문화 현상의 하나라고 할 수 있다.

아마도 축구 역사상 카드놀이가 응원 도구로 등장한 예는 없을 것이다. 월드컵은 말 그대로 세계가 즐기는 게임이고 고스톱 화투는 한국인만이 즐기는 로컬 게임이다. 우리는 붉은악마의 상상력이 얼마나 풍부하고 그 아이디어가 얼마나 독창적인가를 묻기 전에 축구와 화투의 양극이 만나는 뜻밖의 자리에서 한국 문화는 물론이고 한·일 양국 간의 놀라운 코드 변화를 발견하게 된다.

10대 이상의 대한민국 성인 중 93퍼센트는 고스톱을 칠 줄 알고, 91퍼센트는 고스톱을 한 번 이상 즐겨본 적이 있다고 한다. 어느 종교단체나 정치단체보다도 규모가 큰 숫자다. 그래서 그것을 국기國技라고 말하는 사람들이 있는가 하면, 고스톱을 하도 많이 쳐서 한국 사람의 오른팔은 왼팔보다 길다는 농담도 회자된다. 아무것도 할 일이 없을 때에 몽골인은 칼을 갈고, 중국인은 벼룩을 잡는다는 속담이 있지만 한국인은 고스톱을 친다. 대소사 잔칫날은 상식이고, 곡을 하고 문상해야 할 초상집 영안실에서도 "쌍피다", "독박이다" 하며 고스톱 용어가 튀어나온다. 달리는 봉고차 안이건 새마을 열차칸이건 앉을 틈만 있고 칠 틈만 있으면 누구라도 함께 어울려서 판을 벌일 수 있는 것이 고스톱이다. 그래서 시간, 공간, 인간의 세 간을 가리지 않은 삼간주의三間主義가 고스톱의 이념이다.

이렇게 화투는 한국인이 즐기는 대표적인 대중오락 문화지만 알고 보면 일본인들이 남기고 간 식민지 유산의 하나다. 에도 시대에 '운순가루다'라고 하는 포르투갈의 카드가 일본의 '하나부다[花札]'로 바뀐 것이 바로 화투다. 그러니까 서양 카드를 일본 풍토와 정서에 맞춰 일 년 열두 달로 배열하고, 달마다 그 계절에 맞는 자연물을 그려놓은 것이다. 내용만이 아니라 축소 지향의 일본인답게 크기도 서양 카드의 절반으로 줄여놓았다. 그래서 일본인들은 하나부다(화투)야말로 서구 문화를 일본적 특성과 슬기로 수용한 상징적인 모델이라고 자랑한다.

그러고 보면 36년 동안 내선일체를 내세운 동화 정책에도 불구하고 일본 문화가 한국 문화에 뿌리를 내린 것이라곤 단무지 말고는 오직 화투뿐이다. 오히려 그것이 본고장인 일본에서보다도 더 사랑을 받아 대중오락으로서 널리 퍼진 이유는 하나부다 속에 한·일 양국이 공유하고 있는 전통 문화의 동질성이 잠재되어 있었기 때문이다. 정월의 송학이 그렇고 이월의 매조와 유월의 목단이 그렇다. 그리고 팔월의 팔공산이나 구월의 국진, 시월의 단풍 또한 우리의 감각과 취향에 맞는 자연물이다. 꽃과 새,

달과 산, 나무와 사슴은 일본보다 우리가 시화를 통해 더 많이 즐겨오던 풍류물이다. 하지만 자세히 분석해보면 화투에 한·일 문화의 동질성만이 있는 것은 아니다.

원래 일본의 하나부다에서는 사월이 흑싸리가 아니라 등(藤, ふじ)이고 오월은 난초가 아니라 창포다. 하나부다가 한국인의 손에 들어오자마자 그렇게 바뀌어버린 것이다. 말하자면 한국 풍토와 정서에 맞지 않은 것들을 우리 입맛에 맞는 것으로 대치했다는 이야기다. 등나무라고 하면 우리는 등의자 정도를 연상하지만 일본에서는 성이나 이름은 물론이고 상점 옥호로도 가장 많이 사용하는 식물명이다. 더구나 일본을 상징하는 후지산의 후지와 발음이 똑같기 때문에 더욱 일본 사람에게는 친숙하게 들리는 말이다. 그리고 창포 역시 우리는 그저 오월 단오에 여인들이 머리 감는 약초쯤으로 인식하고 있지만 일본에서는 정원에 심는 것은 물론이고 하이쿠나 그림의 소재로도 즐겨 쓰는 화초다.

이런 말을 듣고 보면 과연 난초와 흑싸리 모양이 이상하다는 느낌이 든다. 디자인은 그대로 둔 채 이름만 바꿔놓은 탓이다. 외국 문화를 수용하는 데 있어서 우리는 일본과 달리 눈에 보이는 구체적인 감각보다는 그것을 해석하는 관념적인 데 더 역점을 둔다. 그래서 창포를 난초로 바꿀 때 그 이파리 모양이나 꽃의 크기가 달라도 문제가 되지 않는다. 싸리 잎이 등나무 잎과 달라도 그냥 싸리라고 부르면 싸리로 보는 것이다.

무엇보다도 12월의 비광이 그렇다. 버드나무 밑에서 일본 지우산紙雨傘을 들고 이상한 모자를 쓴 채 게다를 신은 그 인물이 일본 사람이라고 생각하는 사람은 많지 않다. 화투광들이라면 매일 손에 들고 뚫어지라고 들여다보는 그림인데도 그 인물이 바로 일본 헤이안 시대 때 이름을 날린 서예가 오노 도후[小野道風]라는 것은 꿈에도 몰랐을 것이다. 더군다나, 실패를 거듭하면서도 끝내 버드나무 잎사귀를 따낸 개구리를 보고 불굴의 정신을 배웠다는 오노의 교훈이 그 그림 속에 숨어 있다는 사실은 더더욱 그렇다.

화투가 그랬던 것처럼 문화적으로 볼 때 일본은 근대 서구 문화의 변전소였다고 할 수 있다. 일본은 서구 문화를 받아들이면서 일단 서양의 전압을 낮춰서 송출했다. 싫든 좋든 우리가 서양의 근대 문명을 수용하는 과정은 카드가 하나부다로, 하나부다가 화투로 변하는 단계와 비슷한 과정을 밟아왔다. 우리가 스포츠를 '체육'이라고 부르는 것도 실은 개화기 때 일본 사람들의 번역어를 그대로 사용하고 있기 때문이다. 일본인들은 서양의 스포츠 문화를 들여올 때 순수한 오락이나 놀이로서가 아니라 계몽적인 교육 목적에 중점을 두었다. 즉 체육은 '체조교육'의 준말이었던 것이다. 스포츠란 말이 즐거움을 주는 '놀이'나 '오락'을 뜻하는 디스포트disport에서 두음의 'di'가 떨어져나가 생긴 것과는 아주 대조적이다. 스포츠를 체육이라고 번역하는 순간, 놀이 코드가 체교 코드로 바뀌고 만다. 그 말을 우리가 다시 받아썼기 때문에 체육이라는 말에 '대한'이라는 글을 붙여 '대한체육회'라고 해도 여전히 그 체육이라는 말의 코드는 일본 문화와 연결되어 있는 것이다.

우리의 근대 문화—문명 코드가 서양의 그것을 왜곡 변형시킨 일본의 코드를 사용하고 있다는 점이 사실은 정치—군사적 침략보다도 더 무서운 것이다. 왜냐하면 정치—군사의 코드는 식민지에서 해방되는 순간 끊어지고 말지만 문화—문명 코드는 화투의 경우처럼 그와 관계없이 유대를 맺어가기 때문이다.

그러나 한·일 공동 개최로 이루어진 2002년 월드컵에서 붉은악마가 보여준 화투 응원은 일본을 통해서 서구 문물을 흡수하던 시대가 끝났음을 방증한다. 월드컵의 공동 개최자로서 대등한 입장에서 세계의 축구를 받아들인 것이다. 둥글게 뚫어놓은 팔공산 만월 속에서 튀어나오는 히딩크의 가면이나 태극기 문양의 페이스 페인팅을 한 붉은악마의 얼굴은, 화투장이 이미 포르투갈의 운순가루다나 일본의 하나부다가 아님을 상징한다. 일본의 응원단에서는 목격할 수 없는 하나부다가 오히려 세계의 관객석을 향해 독자적인 메시지를 발신한다. 그렇다. 화투는 이미 수신자의 문화에서 발신자의 문화로 바뀐 것이다.

붉은악마는 더 이상 서양의 문물을 일본으로부터 받아들이지 않으며, 서양으로부터 직수입을 한다고 해도 그대로 카피하지 않는다. 축구의 글로벌 게임과 화투의 로컬 게임이 한자리에서 만나는 것같이, 자기 것으로 코드화해 생생하게 발신한다. 인터넷에 들어가보면 안다. 월드컵의 붉은악마를 보면 안다.

축구는 잔디밭에서 한다. 초원에서 생활해온 유목 문화를 밑받침으로 한 운동이다. 축구뿐만이 아니라 골프도 그렇고 폴로도 그렇다. 실내에서 하는 경기인데도 탁구대나 당구대는 모두가 초록색으로 되어 있다. 카드나 룰렛 게임을 하는 카지노 판도 온통 초록색 칠이 아니면 초록색 모전을 깔아놓았다. 초원의 잔디밭에서 놀던 게놈이 어디로 갔겠는가.

그러나 한국과 일본처럼 논밭에서 생활해온 순수한 농경 문화권에서는 풀밭이란 곧 잡초이고 잡초는 곡식의 적이기 때문에 뿌리째 뽑아버려야 하는 대상이다. 근절根絶이란 말이 그렇고 삼제芟除란 용어가 그렇다. 그래서 잔디밭에서 양떼를 몰고 다니는 유목민의 발재간과, 손으로 김을 매고 흙을 북돋워주는 농경민의 손재간이 늘 대조가 되어왔다. 그런 관점에서 보면 지금껏 한국과 일본이 축구의 후진국이었다는 것은 당연하고 당연한 일이다. 그런데 어떤가. 영국의 《선데이 타임스》는 '드디어 축구가 우리가 모르는 이공간異空間의 변방까지 넘어갔다.'며 비꼬았다. 논밭에서 열심히 일하던 한국과 일본이 풀밭에서 발로 하는 유목민들의 놀이인 축구를 거뜬히 그리고 눈부시게 해치운 것이다. 축구의 후진국이 4강의 선진국으로 껑충 뛰어올랐다. 축구의 주변국이 아니라 잠시나마 중심축으로 떠오른 나라가 되었다. 한국인이나 일본인에게 있어서 잔디밭 위에 떠다니던 둥근 공 피버노바는 서구의 잔디밭 콤플렉스를 깨끗이 씻어주는 빗자루와도 같았다. 잔디밭은 그들만의 것이 아니라 우리 문화의 일부가 된 것이다. 말을 타고 중앙아시아의 초원을 달리던 기마족의 푸른 반점이 다시금 뜨겁게 달아오르는 모습에 세계가 깜짝 놀랐다.

한국과 일본이 다 같이 공유하고 있는 문화, 무의식 속에 자리해 있는 그 문화 현상은 놀랍게도 일본의 한국 응원전에서도 가시화된다. 일본은 지금까지 축구의 경쟁국으로 서로 다투어오던 한국팀을 응원하기 시작했다. 더구나 8강전에서 실패한 뒤 그들이 잃어버렸던 꿈을 한국팀에서 찾아보려고 했던 것 같다. 일본의 서포터스가 붉은 셔츠를 입고 "대~한민국"과 필승 코리아를 연호하면서 붉은악마와 어깨를 나란히 하여 거리의 응원에 열광했다. 일본에서는 좀처럼 볼 수 없는 한국의 응원 열풍이 즐겁기 때문이기도 하겠지만, 무엇인가 그들도 잘 모르는 무의식 깊숙이에 송학이나 매조의 화투짝처럼 문화적 동질성이 살아났기 때문이리라.

사진을 찍을때, '치즈'라는 말 대신에 '김치'라고 하는 일본의 젊은 세대들이 출현하고, 영화 〈쉬리〉나 〈공동경비구역 JSA〉를 보며 '가코아이(格好いい, 맵시가 좋다)'라고 열광하는 일본 여성팬들이 늘기 시작하면서, 2002년 한·일 월드컵이 개최되기 이전부터 일본 문화 속에서도 한류 문화가 흐르고 있었다. 월드컵이 시작되던 무렵에는 공동 개최에 거부감을 일으켰던 일본인들이었지만 《아사히신문》의 여론 조사대로, 월드컵이 끝날 무렵에는 일본 국민의 60퍼센트가 한국을 응원했다고 한다. 한국전이 열리는 날이면 도쿄의 대표적 코리아타운인 쇼쿠안[職安] 거리에서 한국인과 일본인 수천 명이 한데 어우러져 '코레아'를 외쳤고, 한국—독일전이 열리던 날에는 일본의 국회의원 열세 명이 주일 한국대사관을 찾아가 붉은 티셔츠를 입고 함께 응원을 벌였다. 이런 현상은 한국에서도 마찬가지였다.

월드컵 개막 이전엔 한국 학생들 중 38퍼센트만이 한·일 공동 개최에 찬성을 했지만 같이 응원전을 벌인 다음에는 그 숫자가 뒤집힌 83퍼센트 이상이 찬성의 뜻을 보였다. 정치적 지배나 경제적 이해타산에서 벗어난 축제 공간에서 문득 옆을 돌아다보니 바로 거기에 멋진 친구가 있었던 것이다. 혐오하거나 증오하던 옛날 그 사람 얼굴이 아니다. 함께 손뼉 치고 함성을 지르면서, 승리의 기쁨과 즐거움, 그리고 애석함까지도 함께 나누고 있는 모습을 보면서, 어쩌면 팔공산 위에 뜨는 둥근 달과, 영락없이 십장생도인 단풍 속의 사슴, 그리고 국진의 국화를 떠올렸을지 모른다. 그러면서도 같은 그림을 놓고도 한쪽은 아야메(창포)라 부르고 또 한쪽은 난초라고 부르는 그 차이를 존중해줘야 한다는 생각이 들었을지 모른다. 그래야만 화투에는 황선홍, 홍명보, 붉은악마의 붉은색 코드가 있을 수 있고, 하나부다에는 개구리처럼 악착같이 뛰어오르는 일본의 영웅 오노 도후가 살 수 있다.

한국과 일본은 처음으로 대서양에서 태평양으로 건너온 세계의 축구 손님들을 따뜻하게 맞이하는 데 다 같이 성공했다. 한국과 일본은 서로 힘을 합쳐 한 건의 폭력도 없는 완벽한 축제를 치렀다. 200킬로미터의 현해탄을 사이에 둔 한국과 일본의 거리는 둘레 70센티미터밖에 안 되는 축구공만큼의 거리로 좁혀졌다. 세계의 모든 사람들이 월드컵을 통해, 불꽃처럼 타오르는 한국과 파란 폭포수처럼 쏟아지는 일본의 그 대조적인 응원단을 통해서 등과 싸리, 난초와 창포의 비밀을 알게 되었을 것이다. 불과 물은 융합할 수 없는 것으로 생각되어왔지만 그 사이에 월드컵의 축구라는 냄비를 걸면 맛있는 음식이 만들어진다는 것을 보게 된 것이다.

배타적이라고 불리던 한국과 일본은 다 같이 외국의 감독을 맞이해 훌륭하게 성공하였다. 한국에서 영웅이 된 히딩크처럼 일본 감독 트루시에도 일본의 문화 풍토와는 전혀 다른 방식으로 일본팀을 훈련시켰으나 그렇게 큰 문화 마찰은 일어나지 않았다. 트루시에 감독은 운동장에서보다 매스컴에 강한 대표 선수들의 행태를 전면으로 비판했고 공격적인 운동선수가 갖기 쉬운 비정한 마음을 바꾸기 위해서 아프리카의 빈민촌 고아원을 시찰시키기도 했다. 그는 『축구혁명』이라고 하는 저서까지 내 일본 문화, 일본 축구의 비판자요 충고자로서 공헌도 했다.

이미 이 두 나라의 국민들은 폐쇄적이던 우물 안 개구리 같은 모습에서 자유로운 세계 시민으로 발돋움했다. 축구공처럼 두 나라의 모난 문화는 둥글게 변했다. 화투는 일본에서 오고, 그 놀이 이름인 고스톱은 영어에서 따왔지만 그 놀이 규칙은 한국적 독창성의 산물이다. 포르투갈의 운순가루다가 일본의 하나부다가 되고 그것이 한국으로 들어와 화투가 되어 이제는 거꾸로 축구의 독특한 응원 도구로 세계를 향한 독창적인 메시지를 보냈다. 그리고 고스톱의 로컬 게임이 연 50억 명을 열광케 하는 월드컵 축구의 글로벌 게임과 만나 글로컬리즘의 축제가 되었다. 지금까지 교육이나 생산으로 억압되어온 화투장 놀음 도구가 이제는 8강 4강의 신나는 신화를 만들어가는 놀이—축제 문화의 코드로 바뀌었다.

세계는 한국이 되고 일본이 된다. 그리고 한국과 일본은 세계가 된다.

덤으로 주는 이야기

화투와 트럼프

트럼프의 유래에 대해서는, 인도에서 건너간 것이라는 설도 있고 중국이나 집시에게서 퍼져나갔다는 설도 있지만 어쨌든 트럼프가 서구 특유의 이미지로 각색된 것임을 부정할 수는 없다. 화투와 달리 트럼프는 자연이 아니라 인간사를 나타낸 우의화寓意畫다. 시대와 나라에 따라 조금씩 변화가 있었지만 트럼프의 그림은 마술사, 여자 교황, 여자 황제, 황제, 교황, 애인, 전차, 재판의 여신, 은둔자, 운명의 수레바퀴, 여자 씨름꾼, 사자死者, 절제, 악마, 낙뢰의 탑, 군성群星, 달, 태양, 심판, 세계 등 인간 사회에서 일어나는 여러 가지 사상事象을 나타낸 것이다. 오늘날에는 그것이 킹, 퀸, 스페이드, 클럽으로 단순화됐지만 역시 인간의 사회의식을 상징한 데에는 변함이 없다.

검의 모습에서 변형된 스페이드는 그 이름 또한 이탈리아로 검을 뜻하는 'spada'에서 유래되었으며 왕후를 상징하고, 성배가 변형된 하트와 화폐가 변형된 다이아몬드는 각기 사제와 상인을, 곤봉의 장식에서 변형된 클럽은 농부를 상징한다. 인간 사회의 영상이 각기 다른 성격을 띠고 반영되어 있는 것이다. 매화·난초·국화·단풍 등 자연의 풍류가 얽혀 있는 화투와는 대조적이다.

화투와 트럼프야말로 동양인의 역사와 서구인의 역사를 구별하는 상징적인 열쇠다. 우리의 가슴에는 확실히 트럼프짝의 그림이 아니라 화투짝의 꽃과 초목이 찍혀 있다. 인간의식보다는 자연의식이, 사회의식보다는 풍류 정신이 동양을 지배했다고 볼 수 있다. 그들이 번쩍이는 다이아몬드나 불붙는 하트를 찾아다니고 왕과 칼로써 사회를 정복하려 할 때 우리는 소나무 가지에 날개를 드리운 학을 구하고 매화 그늘에서 우짖는 새소리를 탐했던 것이다.

서양 그림에 자연의 풍경이 등장하게 된 것은 밀레 때부터다. 그전까지만 해도 그들은 줄곧 인간만을 그렸다. 그것이 예수든 천사든 조콘다 부인의 신비한 미소든, 그들이 모색했던 것은 인간 속에서 발견되는 아름다움이었다. 자연이란 인간의 배경에 불과했던 것이다.

CODE 9 치우천왕

치우천왕, 동서양을 삼키다

붉은악마라는 이름은 박종환 감독이 이끄는 청소년 축구팀이 4강 진출로 돌풍을 일으킨 1983년 멕시코 대회 때 얻은 별명이다. 붉은악마는, 본래 이미지라면 타로카드에 나오는 모습처럼 비늘 돋친 몸매에 산양의 머리와 박쥐의 날개를 달고 있어야 한다. 그리고 무엇보다 꼬리가 달려 있어야 한다. 악마는 아무리 변신해도 그 꼬리 때문에 정체를 드러내고 만다. 그 때문에 파가니니Niccolò Paganini나 니진스키Vaslav Nijinsky 같은 전설적인 예술가들이 나타나면 무대 뒤에서 꼬리를 봤다는 사람들이 생기곤 했다. 그러나 그것이 구미 문화권에서 한국으로 들어오면 도깨비나 귀신 같은 모습과 맞물리게 된다. 대부분의 우리 문화 코드처럼 양옥 곁에는 한옥이 있고 양복 옆에는 한복이 있듯 외래적인 것과 토착적인 것이 병행하는 이중 코드를 만들어낸다. 그것이 때로는 대립과 갈등을 일으키기도 하고 어느 한쪽에 흡수돼 소멸되는 경우도 많다. 하지만 붉은악마의 경우에는 그것이 서로 병존, 융합하는 특별한 퓨전 코드로 발전했다. 1999년 브라질과의 경기 때부터 붉은악마의 유럽 문화 코드에 치우천왕蚩尤天王의 토착 문화 코드가 첨가되었는데 이것이 바로 그 한 예다.

앞서 말한 대로 치우천왕은 중국 신화에 등장하는 쇠머리에 사람 몸을 한 괴물이다. 그리고 우주의 최고 지배자인 황제皇帝와 싸워 승승장구했던 힘센 반역아다. 두말할 것도 없이 그러한 신화는 중심에 중국이 있고 동서남북의 그 주변에 동이東夷·서융西戎·남만南蠻·북적北狄의 오랑캐들이 있다는 화이華夷적 문화 코드의 산물이다. 그렇기 때문에 황제는 글자에도 나타나 있듯이 가운데와 토土를 상징하는 노란색으로 돼 있고 치우는 변방의 대항 문화counter culture로 그가 도우려 한 적제赤帝의 경우처럼 남방 과 불을 나타내는 붉은색이다. 이 같은 코드 해석을 통해 보면 치우는 자연스럽게 붉은악마의 이미지와 겹쳐진다.

더구나 치우를 주변 코드의 시각에서 보면 동이민족의 영웅으로 떠받들 수 있다. 실제로 붉은악마가 내세우는 치우천왕은 중국측 시각이 아니라 한족漢族과 싸워 이긴 배달나라의 제14대 자우지 환웅이라는 『환단고기』를 토대로 하고 있다. 그러나 아무리 치우를 한민족의 영웅설화로 코드화한다고 해도 현대의 한국인에게는 서양의 악마보다 더 낯설게 들릴 것이다. 하지만 실제 붉은악마의 캐릭터를 보면 옛날 한국의 기왓장에서 보던 바로 그 도깨비요, 귀면이라는 느낌이 온다. 이를테면 붉은악마는 서구 이미지를 그대로 갖고 있으면서도 중국의 신화, 한민족의 설화, 그리고 민속적인 코드가 서로 융합돼 있는 것이다. 음식으로 말하면 서로 다른 재료를 보쌈으로 만들어놓은 잘 발효된 김치와도 같다. 아니면 다섯 색깔의 나물로 된 오훈채의 맛과도 같다.

말도 마찬가지다. 한국말은 외래어를 보쌈처럼 싼다. 동해는 한자말이지만 그대로 두지 않고 바다라는 순수한 우리말을 겹쳐 '동해바다'라고 한다. 노래 가사처럼 고래 잡으러 "동해로 가자"라고 하지 않고 "동해바다로 가자"라고 해야 자연스럽고 실감도 난다. '초가집'이 그렇고, '역전앞'이 그렇고, '처갓집'이 그렇다. 아무리 표준 맞춤법에서는 틀린 어법이라고 해도 한국인이면 한자만이 아니라 일본말, 영어까지 그렇게 말한다. 일본말에서 들어온 '모찌떡'이 그렇고 영어에서 온 '깡통(깡은 영어의 'can'으로 통을 의미한다)'이 그렇다. 야구 중계에서도 이따금 '라인선상'이라는 겹친 말을 들을 수 있다.

붉은악마는 그러한 겹친 말처럼 서양과 중국과 한국의 각기 다른 문화를 한데 융합시킨 퓨전 코드를 만들어낸 것이다. 게다가 그것만으로 만족하지 않고 2002년 월드컵 때에는 호랑이까지 넣은 새 캐릭터를 등장시켰다. 그것은 악마이자 우두인신의 괴물이고, 문무를 겸비한 영웅 장사고, 도깨비며 호랑이다. 마치 축구가 서양에서 들어온 문화이면서도 어느새 우리의 씨름이나 제기차기처럼 한국인의 몸에 밴 스포츠와 축제가 된 것과 같다. 붉은 악마도 치우천왕도 다 같이 서먹하고 낯선 것이지만 그것이 하나로 어울릴 때 핵융합 같은 엄청난 에너지가 생긴다. 단일 신화 코드에 속하는 일본 축구 서포터스의 상징물인 야타가라스[三足烏]와는 대조적이다. 그래서 히딩크 감독도 한국의 축구를 '멀티 사커', '퓨전 사커'라고 불렀으며 거기에서 4강의 신화를 만들어낸 것이다.

덤으로 주는 이야기

국내에 전래되는 치우 장군의 자취

오늘날 치우 장군을 아는 사람은 드물지만, 민속적인 부면部面에서는 도처에 면면히 지속되어오고 있다. 다만 그것이 치우 장군과 관계가 있음을 모를 뿐이다. 먼저 한강의 뚝섬에 대해서 살펴보면, 본래 치우 장군의 사당을 모셨기 때문에 치우기蚩尤基를 뜻하는 둑(纛, 쇠꼬리나 꿩 꽁지로 꾸민 깃발 둑, '치우기 둑' 자라고도 함) 자를 써서 둑도纛島, 곧 '둑섬'이라고 일컬었던 것인데 경음화해서 '뚝섬'이 된 것이다. 뚝방이 있어서 뚝섬이 된 것이 아니라는 것을 알아야 할 것이다. 근래까지 둑신사纛神祠가 전해 내려오다가 어느 해 장마에 사라졌다고 한다. 건축가이자 민족 문화 연구가인 조자용 씨의 말에 따르면, 둑신사에는 치우와 황제의 탁록대전涿鹿大戰을 그린 벽화가 있었는데, 광복 후까지 전해 내려왔으나 지금은 보관처를 알 수가 없다고 한다. 경주 안압지에서 출토된 8세기경의 녹유귀면와綠油鬼面瓦는 치우상蚩尤像의 대표적인 작품이라 할 수 있다. 오늘날 우리나라 도처에서 볼 수 있는 '장승'의 상像은 곧 치우상이 변형된 것이라고 한다. 이 밖에도 치우 부적·도깨비·치우 투구·치우 깃발·기우제신祈雨祭神 등이 모두 치우 장군으로부터 유래된 민속이라고 한다. 특히 육군사관학교에 보관되어 있는 옛날 투구에 치우상이 새겨져 있는 것은 오래전 군인들이 출전할 때에 치우를 군신軍神으로 모셨던 치우사당에서 승전을 기원하는 제를 지냈음에서 연원한 것이라고 할 수 있다. 2002년 월드컵에서 붉은악마를 상징하는 깃발에 치우상을 그려 넣은 것은 백전백승의 치우 장군의 역사를 온 국민, 특히 젊은 세대들에게 널리 알렸다는 점에서도 매우 의미가 깊다. '붉은악마'라는 호칭에 대해 한국전쟁을 겪었던 세대들 중에는 거부감을 갖고 있는 사람들도 있지만, 중국에서 옛날 치우 장군의 용맹을 오히려 증오해 '악마'라고 칭한 기록이 남아 있다. 또한 매년 10월 치우당에서 제를 지낼 때에는 적기赤旗가 하늘에서 내려와 붉은 비단을 늘어뜨린 듯해 백성들이 치우기라고 불렀다 하니 이번에 온통 붉은색으로 세상을 놀라게 한 '붉은악마'는 흔히 말하는 악마가 아니라 4,700년 만에 환생한 치우 장군의 모습과 기백이라 할 수 있겠다.

—진태하(명지대 교수),「치우 장군을 아십니까」 중에서 《한글, 한자 문화》 2002년 8월호

CODE 10 꿈★은 이루어진다

별, 떠오르다

한국은 구호의 나라다. 도시의 육교는 사람이 건너다니기 위해 있는 것이라기보다 온갖 구호를 걸어놓는 광고판이라고 하는 것이 옳을지도 모른다. 구호가 많다는 것은 흉이 아니지만 한결같이 무엇을 조심하고, 무엇을 해서는 안 되고, 무엇을 하면 나쁘다는 부정적인 내용으로 도배되어 있다는 것은 문제다. '자나 깨나 불조심, 꺼진 불도 다시 보자'처럼 자잘한 일상사를 주제로 한 것에서부터 '불안에 떨지 말고 자수하여 광명 찾자', '초전박살'처럼 냉전 상황을 다룬 표어에 이르기까지, 지금까지의 구호는 온 국민이 24시간 동안 주먹을 쥐고 긴장하게 하는 위협의 언어였다. 그것이 극단화된 것이 각종 시위나 집회 때 볼 수 있는 붉은 글씨의 플래카드들이다.

그러고 보면 붉은악마의 '꿈★은 이루어진다'는 처음으로 한국 구호 문화의 이미지를 바꿔놓은 것으로 기념할 만한 것이 아닌가 싶다. 특히 꿈을 시각화해 별표로 표시한 것은 살벌하고 경직된 투쟁 구호에만 익숙했던 우리에게 그야말로 하나의 별빛을 드리운 사건이라 할 수 있다.

그런데 이 별 아이콘은 우리에게 가장 친숙한 것이지만 그 코드와 메시지를 정확하게 이해하고 있는 사람은 드물다. 원래 한국인은 별을 오각형 뿔 모양으로 바라보지 않았다. 둥근 단추 모양으로 도상화했는데, 이것은 고분의 칠성도를 보면 알 수 있다. 한국의 수교사들이 처음으로 미국에 갔을 때 성조기의 별을 보고 꽃이라 여겼던 것도 다 그 때문이다. 그래서 미국을 화기국花期國이라고 부르기도 했던 것이다.

서양의 별 도형을 자세히 보면 위가 머리, 양쪽이 좌우의 두 팔, 아래 두 뿔이 좌우의 두 다리임을 알 수가 있다. 즉 별은 사람 모양을 나타내는 것이다. '별 하나, 나 하나'라고 한 우리의 옛 정서와 오히려 더 잘 맞는다. 별은 사람이고 인간은 소우주였다. 특히 별의 오각형은 바람·불·물·금·흙 등 우주의 5원소를 표시하는 기호였다.

별은 시대에 따라 그 문화적 지배 코드가 바뀌면서 군사력을 자랑하는 제국 시대에는 군인의 견장에 붙어다니며 장성을 의미했고, 대중 문화 시대에는 유명 연예인들을 뜻하는 '스타'가 되기도 했다. 그러나 21세기의 별은 군인의 별도, 단순한 무비 스타인 할리우드의 별도 아니다.

"나는 살기 위해서 꿈꾼다(I dream for a living)".

영화 〈쥬라기 공원〉의 감독 스필버그Steven Spielberg의 말이다. 꿈이라고 하면 흔히 거미줄을 친 어두운 방 안에서 물끄러미 달을 쳐다보고 있는 화가나 시인의 야윈 얼굴을 연상할지 모른다. 우리는 지금까지 무엇인가 비현실적인 것, 또는 현실 도피적인 것을 가리킬 때 꿈이란 말을 많이 써왔기 때문이다. 그래서 '꿈 깨라'는 유행어가 생겨나기도 했다.

왜 우수한 문화를 가졌던 동양이 근대에 와서 서양의 지배를 받게 되었는가라는 물음에 대해서 '꿈' 자 하나 때문이라고 답하는 사람들도 있다. 영어의 '드림dream'은 원래 '즐거움'과 '기쁨'의 뜻에서 생겨난 말이다. 떠들썩한 잔치판을 그렇게 부르기도 했다. 그러나 한자의 '꿈夢'은 '남가일몽南柯一夢'이나 장자의 '호접지몽胡蝶之夢'처럼 덧없는 것이 아니면 환상의 뜻으로 쓰였다. 원래 그 글자 자체가 어두운 것, 사라져버리는 것을 의미했던 것이다. 구대륙의 문화가 신대륙 문화로 바뀌고 아메리칸 드림이 생겨나 개척민들이 허허벌판에 새로운 문명을 만들어내는 것과 같은 변화가 동양 사회에서는 일어나지 못했다.

그러나 시대가 변했다. 서양에서는 물론이고 동양에서도 이제는 꿈의 산업이 등장하기 시작했다. 하드웨어의 시대에서 소프트웨어의 시대로, 그리고 다시 소프트웨어의 시대가 드림웨어의 시대로 옮아가고 있는 새로운 21세기를 맞게 된 것이다. 스필버그의 말 그대로 새로운 세기는 바로 꿈이 밥을 먹여주는 세상을 뜻한다. IT혁명을 한마디로 설명하려면 그것은 꿈을 만들어내는 산업혁명이라고 할 수 있다. 산업혁명은 석탄과 철강 같은 지하 자원으로 물건을 만들어내는 기술과 그 시장을 뜻한다. 그래서 지하자원이 고갈되면 산업주의는 조종을 울릴 수밖에 없다. 고도성장이라는 말 대신 '지속 가능한(sustainable) 성장'이란 말이 나오게 된 것도 그 때문이다.

하지만 스필버그가 말하는 꿈 산업의 자원은 사람의 가슴속에서, 그 꿈속에서나 파올리는 자원으로 만들어진다. 〈쥬라기 공원〉의 공룡들처럼 현실에는 존재하지 않는 것들이 멀티미디어나 가상현실 같은 디지털 기술로 만들어진다. 그것이 드림웨어다. 그리고 그것은 공장에서 그냥 찍어내는 상품과는 달리 상상력과 독창성에 의해서 마치 한 편의 시나 동화처럼 여러 가지 이야기를 만들어낸다. 이야기 자체가 상품이 되는 것이다. 할리우드와 실리콘밸리가 새로운 세계의 메카가 된 것도 그 때문이다. 그래서 사람들은 두 곳의 지명을 하나로 합쳐 '실리우드'라고 부르기도 한다. 디즈니랜드에 가야 미키마우스가 있는 것이 아니다. 전 세계의 아이들이 〈포켓몬스터〉의 피카츄와 놀고 〈텔레토비〉

의 캐릭터와 짝이 된다. 인터넷을 통해서 게임을 하고 MP3 음악을 듣는 그 모든 것이 이 꿈 산업에 속하는 것들이다. 그것을 몇십 배로 키우면 바로 덴마크의 문명비평가 옌센Rolf Jensen이 말하는 '드림 소사이어티'가 오게 된다.

과거에도 그런 드림웨어가 없었던 것은 아니다. 독일의 로렐라이가 대표적인 예다. 로렐라이 전설 하나를 가지고 하이네는 시를, 슈베르트는 노래를, 화가들은 그림을 만들어냈으며 기업인들은 관광지를 만들었다. 오늘날 아무것도 없는 라인 강의 작은 언덕 하나가 수천만 달러를 벌어들이는 관광자원이 되어 그 지방은 물론이고 나라를 부흥시키는 효자 산업이 되었다. 당시만 해도 쓸모없는 고철 덩어리라고 비웃음 받던 에펠탑이 이제는 웬만한 공장 수십 개보다 많은 수익을 올린다. 루브르 박물관 전체의 입장객보다 더 많은 사람이 찾아오고 있기 때문이다. 넓게 보면 과학도 기술도 모두가 꿈의 산물이다.

100년 전만 해도 인간이 하늘을 난다는 것은 단순한 꿈이었다. 뉴컴Simon Newcomb 교수는 1900년에 인간은 절대 무거운 발동기를 달고 하늘을 날 수 없다는 것을 수학적·물리적 이론으로 증명하는 책을 냈다. 그러나 그 책이 나온 뒤 얼마 지나지 않아 자전거 가게를 운영하던 라이트 형제가 키티호크의 풀밭에서 하늘을 나는 인간의 꿈을 실현시켰다. 뉴컴 교수에겐 지식은 있었지만 꿈이 부족했다. 결국 비행기는 과학자의 머리가 아니라 꿈꾸는 자의 가슴에서 탄생한 것이다.

꿈은 반드시 현실이 되어야 값어치가 있는 것이 아니다. 달나라에 계수나무로 지은 초가삼간처럼 우리는 인터넷의 사이버 공간 속에 홈페이지의 집을 짓는다. 현실세계에는 없는 집이지만 클릭을 하면 그림도 걸고 방도 만들고 손님도 맞을 수 있다. 마이크로소프트의 윈도처럼 나의 홈페이지는 바로 내 신경과 의식에서만 존재하는 창문인 것이다. 21세기에 산다는 것은 이렇게 브릭(brick, 벽돌)과 클릭의 두 집에서 산다는 이야기이기도 하다.

꿈이라고 하면 불가능한 모든 진술이 용서된다. "꿈에서……"라고 전제를 해놓고 말하면 온갖 부조리한 행위도 받아들여진다. 논리에 안 맞는 이야기와 비사실적인 것들이 모두 '꿈꾸다'라는 동사 한마디로 통행증을 얻게 된다. 그래서 언어학자들 중에는 그것을 '세계를 창조하는 동사(world-creating verb)'라고 말하는 사람 도 있다. 그러나 이것은 두 눈을 다 감고 꾸는 꿈이 아니다. 'virtual reality'를 가상현실이라고 번역해 많은 혼란이 일어나고 있 듯이 철저한 과학기술 위에 세워진 꿈은 가상현실이 아니라 실제의 현실과 다름없는 힘을 지니고 있는 꿈인 것이다. 한 눈은 뜨고 한 눈은 감고 꿈꾸는 힘, 그것이야말로 세계를 창조하는 동사다.

붉은악마의 '꿈★은 이루어진다'라는 창조적 동사는 지금껏 속된 현실주의에 억눌려, 혹은 열등의식의 가위에 눌려 제대로 꿈꿔보지 못한 것을 실현시키는 한국인의 새로운 '별'로 떠오른 것이라 할 수 있다. 꿈과 별이 하나가 되어, 그래서 그 별이 하늘이 아니라 바로 지상의 소우주-인간이 되는 그 꿈을 붉은악마들은 축구 경기장에서 현실로 만들어갔던 것이다.

김남일 선수가 월드컵 대회에서 신고 뛰었던 축구화는 인터넷 경매에서 650만 원에 팔렸다. 요즘 외국에서는 스포츠 선수가 아예 자신의 몸을 몽땅 특허 출원하는 판이니 놀랄 일이 아니다. 인기 선수들은 캐릭터와 상품명은 물론 초상권까지 모두가 의장특허의 대상이다.

그러나 이른바 '김남일 현상'은 성격이 조금 다르다. 지금까지의 축구 스타는 펠레나 마라도나처럼 득점을 잘하는 스트라이커들이었다. 간혹 함흥철 같은 인기 골키퍼가 있었지만 대체로 차범근 선수처럼 화려한 개인기와 멋진 슛을 날리는 공격수들이 그 영광을 차지해왔다. 그런데 놀랍게도 김남일은 안정환 같은 미남형 골게터도 아니고 듬직하게 골문을 지킨 이운재 같은 수비 선수도 아니다. 월드컵 4강 신화에서 극적인 득점으로 팬들을 까무러치게 만든 스타들이 그의 앞에 줄줄이 서 있다.

그런데도 왜 김남일인가. 아이들 표현대로 그는 '범생(모범생)'이 아니다. 머리 좋고 착하며 매사에 남의 모범이 되는 교과서 같은 인물과는 거리가 멀다. 한마디로 그는 히어로가 아니라 오히려 안티 히어로라는 편이 옳다. 그의 아버지가 어느 방송사 인터뷰에서 "머리에 든 것이 없어서 축구를 시켰다."고 한 말이 인기 폭발의 뇌관이 되었던 것을 보아도 짐작할 수 있다. 김남일 자신은 가출과 나이트클럽 웨이터를 지낸 경력을 숨기려 하지 않는다. "월드컵 전에는 선수도 아니었다고 하던데……"라는 짓궂은 질문에도 "당연히 아니었죠. 양아치였죠."라고 아무렇지 않게 대답한다. 그렇다고 해서 자학적인 기색이 있는 것도 아니다. 아주 밝게 그런 자신을 당당하게 내놓는다.

남보다 튀는 화려한 플레이어가 아니다. 하지만 그는 자신에게 주어진 포지션을 열정을 다해 화끈하게 해낸다. 덩치 큰 서양의 슈퍼스타들에게 기죽지 않고 일대일의 몸싸움에서도 결코 밀리지 않는다. 그러면서도 어깨에 힘주거나 무슨 티를 내려고도 하지 않는다. 지금 당장 무엇을 제일 하고 싶으냐는 물음에 "나이트 가고 싶어요."라고 말하고, 앞으로 무엇을 하고 싶으냐는 말에는 "심판에게 걸리지 않고 반칙을 하는 연구를 해보겠다."고 대답한다. 남의 눈에 구애받지 않는 그의 거침없는 자기표현은 아이들의 찌든 허파를 씻어내는 산소 작용을 한다.

인터넷에는 김남일의 팬클럽 수가 2천 개 가까이 되고 그 회원 수만 해도 70만 명이 넘으며 급기야 김남일 어록까지 떴다. 어록이라고 하면 으레 마오쩌둥[毛澤東] 아니면 처칠의 것으로 알던 어른들에게는 참으로 기절초풍할 일이다. 얼굴이나 성격도 아이들이 좋아하는 인기 일본 만화 『반항하지 마』의 주인공 영길 선생을 닮았다고 좋아한다. 젊은이에게 스타나 영웅이란 구세대처럼 하늘 높이 떠 있는 북극성이 아니라 "야!"라고 부를 수 있는 동네의 골목대장 형이다. 라면만 먹고 아시아를 제패한 임춘애의 처량한 모습이 한국인의 심금을 울렸던 것과는 전혀 다르다. 김남일 현상은 지금까지 우리가 모르고 있던 새로운 한국인의 탄생을 예고한다. 없어도 있는 체, 몰라도 아는 체, 좋아도 싫은 체, 이른바 '체증'의 한국병이 사라지고 있는 것이다.

지금까지의 코리안 드림은 무엇이었는가. 자수성가·금의환향·입신양명 등의 고전적인 꿈은 출세에 대한 꿈이다. 청운의 꿈이란 것도 과거에 급제해 높은 벼슬아치가 되는 것 이상이 아니었다. 다섯 아이를 낳아서 과거에 급제시키는 오자등과五子登科의 꿈이 대학 입시로 이어져왔을 뿐이다. 그런 의미에서 김남일이 스타가 되었다는 것은 꿈의 코드가 바뀌어가고 있음을 보여준다.

라디오 미디어가 만든 대통령이 루스벨트요, 텔레비전이 낳은 대통령이 케네디이고, 인터넷이 출현시킨 대통령이 클린턴이라고 말한다. 2002년 한·일 월드컵 중계에서도 빛을 발휘했지만 차범근이 라디오형 축구 스타였다고 한다면, 파마머리에 미남인 안정환은 두말할 것도 없는 텔레비전형 스타다. 그러고 보면 김남일은 인터넷형 축구 스타다. 인터넷은 다른 미디어와 달리 수직에서 수평으로, 폐쇄에서 개방으로, 집중에서 분산으로 가는 데 그 특성이 있다. 누구나 접속 가능하고 호환성을 지닌 이미지의 스타다. 높이 떠 있는 별이 아니라 낮은 별이다.

앞으로는 유능한 사람보다 재미있는 사람, 다른 사람을 긴장시키는 사람보다는 편안한 사람, 존경심보다는 호감을 유발시키는 사람, 1등에 연연하지 않으며 당당하게 자기 몫을 열심히 하는 사람, 그리고 무엇보다 거짓말 잘하고 잘난 척하는 왕자 병·공주병의 위선자보다는 못났어도 남의 눈치 보지 않고 솔직하게 살아가는 사람, 이런 사람들이 별이 되어 세상을 밝게 비춰줄 것이다.

CODE 11 히딩크

생각은 로컬하게, 행동은 글로벌하게

'히딩크의 미래'라는 우스갯소리가 있다. 인터넷을 통해 널리 알려진 이 이야기에 따르면, 그는 1승도 거두지 못할 경우 한국 매스컴의 '히딩크 죽이기'의 일제 포화를 맞고 쫓겨난다. 1승은 거두지만 16강 진출에 실패했을 때에는 소리 소문 없이 쓸쓸하게 출국한다. 그러나 16강에 들어가는 순간 모든 상황은 일변한다. 그는 한국인들의 열광적인 박수를 받으며 그의 고국 네덜란드로 금의환향한다. 하지만 그 이상으로 성공을 해 한국이 8강전에 진입하는 날에는 고향으로 돌아갈 수 없다. 왜냐하면 5천만 명에 달하는 히딩크 스토커가 양산되어 그를 강제로 창씨개명시키고 그의 귀화를 강요하기 때문이다. 8강 진출이 그렇다면 준결승전이나 결승전에 오르면 어떻게 되는가. 히딩크는 정몽준 대한축구협회장과 함께 축구당을 만들어 정치가로 변신한다. 그리고 결승전에 오르는 순간부터는 히딩크파와 MJ파로 갈려 대선을 치르게 된다. 결과는 히딩크의 압도적인 승리로 끝이 나 그의 일당 독재가 시작되고 전국 각지엔 그의 동상이 세워진다. 마지막으로 한국이 우승을 할 경우 히딩크의 미래는 어떻게 되나. 히딩크 종교가 생겨난다거나 각자 상상에 맡긴다거나, 여러 가지 버전이 있지만 아무리 우스갯소리라 해도 거기까지는 생각지 않았던 것 같다.

그러나 실제 이 우스개 이야기는 히딩크가 아니라 한국의 미래를 말한 것이라고 봐야 옳을지 모른다. 프랑스 팀과의 시험 경기에서 5대0으로 크게 패했을 때만 해도 오대영이었던 히딩크의 한국 이름이 일승을 거둔 후로 희등구喜登求가 된 것을 보더라도 이 이야기가 한국인의 기질을 정확히 읽고 있음은 분명하다. 천당과 지옥, 영웅과 역적이 종이 한 장 차이인 한국의 여론 풍토는 물론이고 자민족 중심주의, 정치 지향성과 분당성 같은 한국인의 성향을 잘 드러낸 이야기인 것이다.

그러나 그가 4강 신화를 이룩한 지금의 시점에서 보면 그러한 이야기들이 참으로 공소하게 들린다. 그 모든 것이 한국인의 낡은 문화 코드에 속해 있는 것이기 때문이다. 정치 바람을 타지 않았기에 붉은악마의 그 순수한 열광이 히딩크에게 꽃다발을 안겼다. 분파 싸움이 없었기에 히딩크는 선수 발탁이나 기용에 있어서 자신의 힘을 백 배 천 배 발휘할 수 있었던 것이다. 그에게 감독을 맡긴 것도, 그를 열렬히 환영해준 축구팬들도, 모두가 자기 나라 사람이 아니면 안 된다는 편협한 자민족 중심주의에서 벗어나 있었다. 이렇게 히딩크의 4강 신화는 종래와 다른 한국인의 달라진 문화적 코드 속에서 가능해진 신화다.

5등짜리 우등생을 꺾고 40등짜리 낙제생을 명문대에 입학시킨 족집게 과외 선생은 아니지만 히딩크는 분명 영웅임에 틀림없다. '히딩크 아저씨 감사해요'라는 플래카드는 기본이고 히딩크 가면을 쓴 붉은악마의 얼굴이나 월드컵에 출전하지도 않은 네덜란드의 삼색기를 흔드는 경기장의 응원 풍경은 그 열기를 측정하기에 충분하다.

대통령의 아들이 둘씩이나 감옥에 가는 암울한 상황에서 인상적인 히딩크의 어퍼컷 골 세리머니는 온 국민에게 시원한 청량제의 구실을 했다. "홍명보당堂에서 만든 안정환丸이라는 특효약을 이천수水에 타 마시면 '히딩크' 하고 트림이 나오면서 10년 묵은 체증이 뚫린다."는 유행어가 생긴 것도 이해가 간다.

월드컵 기간 중 히딩크 감독과 관련된 도메인의 등록수는 50개가 넘어, 국가대표 축구 선수 개인과 관련된 도메인의 등록 양보다 5배가 더 많았다. 그것도 그의 한국 귀화를 열망하는 네티즌이 이름을 붙인 'Hidonggu.com'에서부터 u와 d가 겹친 네덜란드식 낯선 철자 그대로인 'GuusHiddik.com' 그리고 'Ilovehiddink.

org'처럼 애정을 담은 도메인 네임까지 실로 다양하다. 온라인만이 아니라 오프라인의 현실 공간에서도 그의 이름을 딴 거리 이름은 물론이고 '히딩크 노래방', '퀵서비스 업체 히딩크'에 심지어는 그의 이름을 내세운 무도장 간판까지 생겨났다.

그러나 우리가 놓쳐서는 안 될 것은 이러한 히딩크의 영광과 그 신화의 뒤에 우리가 봐오던 한국인과는 분명 다른 새로운 한국인의 얼굴이 있다는 사실이다. 단도직입적으로 말해서 아무리 히딩크라고 해도 그가 중국이나 사우디아라비아의 팀을 맡았다면 과연 4강 신화를 만들어낼 수 있었을까 하는 가정이다.

우리와 맞수였던 사우디아라비아도 우리와 똑같은 네덜란드 출신의 유명 감독 베나카를 영입한 적이 있다. 그러나 콜롬비아와의 평가전에서 1무 1패의 부진한 성적을 보이자마자 곧바로 브라질 감독 호세 칸디를 전격 해임했던 것과 같이 그를 다시 내쫓고 말았다. 사우디아라비아만 그랬던 것이 아니다. 중국의 대표팀을 맡았던 슐라프너 감독도 예외가 아니었다. 차범근 감독의 말을 빌리자면 아시아의 축구 후진국들은 영입한 감독의 전문성을 인정하지 않았고, 남의 것을 배우겠다는 자세도 없었으며, 값비싸게 수입한 그들의 능력을 제대로 활용하지도 못했다.

히딩크 감독도 베나카처럼 두 차례 큰 고비가 있었다. 프랑스와 체코에 5대0으로 대패했을 때와 북중미 골드컵에서 부진했을 때, 감독의 자질 문제와 더불어 경기를 앞두고 체력 훈련을 한 그의 전략에 대해 비난이 빗발쳤었다. 그때 지도부에 히딩크의 '바람막이'가 돼준 사람이 없었다면 어느 스포츠 기자의 말대로 히딩크는 축구의 ABC도 모르는 무식한 감독으로 낙인 찍히고 또 한 명의 실패한 외국인 감독이 돼 쓸쓸히 한국 땅을 떠났을 것이다. 그리고 "역시 외국인 감독은 안돼. 한국식 축구를 해야 돼."라는 목소리가 커졌을 것이며, 한국 축구의 업그레이드는 기약할 수 없는 미래로 또 넘겨졌을 것이다.

그러나 텃세가 심하다는 한국은 그것을 해냈다. 사우디아라비아가 독일에 8대0으로 대패한 뒤, 사우디의 언론은 "사우디 국민들에게 인기 높은 독일산 8기통 승용차의 수입을 금지해야 한다."고 말했고 대표팀 감독 나세르 알조하르에 대해서도 "사우디 출신의 테러리스트 오사마 빈 라덴의 본거지인 토라 보라에 숨어 버렸다."라고 악담을 했지만 한국은 해냈다. 강호 이탈리아와 스페인을 꺾고 "I love Hiddink"를 연호했던 것이다.

만약 한국 언론이 히딩크 죽이기를 했다면, 축구계 인사들이 일일이 간섭하고 텃세를 부려 그를 내쫓았다면, 인터넷 게시판에서 마녀 사냥이 일었다면, 그의 운명 역시 베나카와 다를 바 없었을 것이다. 그러나 진작부터 한국의 언론과 축구계와 응원단들은 글로벌 문화 코드에 익숙해 있던 열린 시민들이었던 것이다. 월드컵은 세계대전에 버금가는 '애국심 경쟁의 장'이라고 하지만 대표팀 선수나 감독 중에는 외국인이 많다. '생각은 글로벌하게,

행동은 로컬하게'라는 21세기의 특성을 가장 잘 나타내고 있는 것이 바로 축구다.

일본을 16강에 올려놓은 이는 '하얀 마법사' 프랑스의 트루시에 감독이다. 축구의 종주국이라고 하는 잉글랜드 팀의 감독도 스웨덴 사람이 아니던가. 농으로라도 히딩크를 귀화시켜야 할 이유가 없다. 그런 순혈주의·국수주의적인 잠재의식에서 벗어날 수 있었기에 우리는 월드컵 주최국이 되었으며 G7의 대열에 들어 있는 일본과 공동 개최해 오히려 그보다 훨씬 더 훌륭하게 잔치를 치러낼 수 있었다.

그러니 이제는 국민의 영웅이 됐다고 해서 당을 만들고, 공이 있다고 일당 독재를 하는 가상 드라마 따위는 낡은 것이 되어버릴 수밖에 없다. 경기장 스탠드와 길거리에서 대~한민국을 외치는 그들은 사극이나 신문 정치면에서 보고 듣던 그 한국인의 얼굴이 아니다. 그들은 혈연·지연·학연에 얽매이지 않고 누구하고나 접속할 수 있는, 수평적이고 개방적인 사이버 공동체인 네티즌들이다. 우리가 이미 본 것처럼 붉은악마는 한 사람의 지도자를 필요로 하지 않는다. 한 사람의 얼굴이나 동상을 경배하기 위해서 일렬로 늘어선 정치이념이나 종교 집단이 아니다.

히딩크의 역할 가운데 가장 큰 것이 있다면 바로 그렇게 변한 한국의 문화 코드를 축구를 통해 전 세계에 알려준 제2의 하멜이었다는 점이다. 지금까지 한국이 전 세계에 알려진 것은 6·25의 전쟁 코드와 한강의 기적이라는 경제 코드를 통해서였다. 그러나 이제 한국 축구의 4강 신화는 히딩크 개인의 미래를 바꿔놓은 것이 아니라 변해가는 세계 자체의 미래를 보여주고 있다. 히딩크는 2002년 월드컵의 한국 축구를 통해서 스포츠 감독의 새로운 문화 코드를 보여준 것이다.

시험 감독에서 공사 감독에 이르기까지 '감독'이라는 말이 붙은 말치고 좋은 인상을 주는 말은 별로 없다. 감독의 '감監' 자는 대야에다 물을 떠놓고 자기 얼굴을 들여다보는 형상을 나타낸 상형자로 무엇을 지켜본다는 뜻이다. 그래서 감시監視하고 감사監査하고 감찰監察하는 으스스한 말에 붙어다니는 문자다. '독督' 자 역시 눈을 아래로 드리우고 내려다본다는 뜻으로, 빚 독촉의 '독' 자처럼 사람 마음을 다급하게 만드는 글자다. 그러나 히딩크와 함께 따라 다니는 '감독'이란 말은 존경받는 지도자·교육자 그리고 CEO와 동렬의 문화 모델로 사용될 뿐만 아니라 새 문명의 패러다임 변화까지를 예고하고 있다.

그는 선수 발탁에서 공평무사한 실력주의를 지켰고 체력 단련과 기술 훈련, 공격과 수비의 벽을 깬 퓨전 사커를 실현시켰다. 감독자director의 위치에서 팀 전체를 운영하는 경영자manager의 역할까지 해냈던 것이다. 연고주의·권위주의·적당주의 같은 한국 문화의 코드 속에서 그가 얼마나 많은 시련을 겪어야 했는지 짐작이 간다. 히딩크가 알고 있는 얼마 안 되는 한국말 가운데 하나가 '빨리빨리'라는 것을 생각하면 더욱 그렇다.

히딩크 감독은 한국의 축구만이 아니라 네덜란드와 한국의 서로 다른 문화를 배우고 수정·융합하면서 미래의 문화 코드를 창안해낸 것이다. 히딩크가 선수들의 한국 문화를, 선수들이 히딩크의 네덜란드 문화를 배우는 동안 완전히 새로운 문화 코드가 만들어진 것이다.

과장이 아니다. 문명의 흐름에 따라 지도자의 모델이 달라진다. 최초의 지도자 코드는 아버지다. 아버지는 40명 내외의 집단을 다스리는 가족주의에 토대를 두며, 그 지도력은 온정이나 위엄 그리고 이심전심의 분위기와 눈치 같은 동질적 문화 코드에 의지한다. 몇만 년 동안 농경 사회를 이끌어온 지도력과 그 집단이 바로 그것이다.

그러나 근대의 국민 국가에서 지도자란 1만 명 이상의 조직을 움직이는 사령관으로서 규율과 규칙, 통제와 관리의 힘으로 군대와 관료 조직을 움직인다. 아버지로서의 지도자가 군대의 사령관commander으로 바뀌는 것이다. 민간이라 할지라도, 대기업이나 교육 기관 같은 곳 역시 근본적으로는 사령관의 지도력과 유사한 힘에 의해 유지된다. 재벌 총수는 계급적으로 총사령관의 원수와 같고 임원들은 참모나 장교, 비서는 부관, 평사원은 병졸과 같다. 좋든 궂든, 크든 작든, 300년 가까이 사령관형 지도자에 의해 지탱되어온 것이 지금까지 우리가 직접 체험한 산업 사회라고 할 수 있다.

그런데 아버지도 아니요, 사령관도 아닌 새로운 유형의 지도자—많은 사람이 말하고 있는 그 새 지도자의 본보기가 바로 히딩크 같은 스포츠 팀 감독이다. 스포츠 팀의 대소 조직은 가족과 군대의 중간 규모로 40명에서 100명을 단위로 한다. 그리고 그것은 한 사람 한 사람이 자기 개성이나 자율성 그리고 그 기술을 단위로 해 묶인 네트워크 조직체인 것이다. 즉 살신성인의 이데올로기나 생살여탈권의 권력으로 통솔하는 조직이 아니다. 감독형 지도자는 감성이나 재미, 승부욕이나 성취 욕망을 토대로 조직을 이끈다. 그러면서도 감독형 지도자는 언제나 개인과 팀전체의 조화와 균형을 살릴 줄 아는 사람이어야 한다.

한 사람 한 사람의 성격을 파악하고 인간적인 끈끈한 정을 중시할 때에는 아버지가 되고 그들을 공통의 목표를 향해 몰아갈 때에는 수십만 군대를 지휘하는 야전사령관처럼 엄한 규율과 냉혹성을 보여야 한다. 그렇기 때문에 히딩크에게서 배우기보다는 감독형 지도자가 다스릴 수 있는 조직 자체, 이를테면 드러커Peter F. Drucker가 말하는 '교향악단' 같은 조직으로 기업체를 바꿔 가거나 공무원 제도 자체를 소그룹의 감성 집단으로 개편해나가야 한다. 미래의 스포츠 팀 감독형 지도자의 상과 그러한 지도자가 지배하는 조직과 집단을 바로 월드컵에서 한국팀을 변신시킨 히딩크 감독에게서 찾아볼 수 있다는 이야기다. 그리고 스포츠의 게임과 축제의 문화 코드가 교육 기관이나 기업체, 그리고 조직과 정치 집단의 지배 코드로 바뀌는 시대가 우리에게 조금씩 가까워지고 있다는 이야기다.

이미 히딩크의 나라 네덜란드는 정부 조직과 NGO의 시민 조직, 민간 기업 조직체가 각기 협력과 균형을 이루면서 국가 전체를 이끌어나가는 국가의 새 모델을 보여주고 있다. 알다시피 그의 조국 네덜란드의 국민들은 국명 그대로 바다보다 땅이 낮아 제방으로 삶을 영위해온 사람들이다. 그리고 서구의 다른 나라들보다 한 발 앞서 아시아에 발을 들여놓은 해양국의 국민으로 모험과 도전의 역사를 지니고 있다. 이른바 튤립 파동으로 세계에서 제일 먼저 버블 경제를 체험한 나라이며, 오늘날에는 인원을 감축하지 않고서도 워크 셰어링(파트타임 혁명)의 독특한 방법으로 구조조정을 해서 세계의 모델이 된 나라이기도 하다. 네덜란드인답게 그는 '빨리빨리'와는 반대로 기초 훈련부터 시작해 개인과 조직, 공격과 방어, 체력과 기술을 다 같이 통합하는 윈-윈-윈의 실속 전술을 가르쳤다.

대표팀 선수들이 그를 영감이라는 별명으로 불렀다는 사실만 봐도 알 수 있듯이 히딩크는 엄하긴 했어도 "운동장에서 죽을 각오로 뛰어라"라고 소리 지르는 군대식 사령관의 지도자는 아니었다. 그는 텔레비전 인터뷰에서도 밝혔듯이 출장하는 선수들에게 옥쇄 전법으로 "죽어서 돌아오라"라고 말하는 대신 "즐기는 축구를 하라"라며 긴장을 풀어주었다. 사생결단하는 싸움 축구보다 각자가 좋아서 즐기는 축구를 가르친 것이 히딩크 감독의 철학이요, 노하우였다. 만약 그가 대통령이 된다면 국민에게 고통이 아니라 즐거움을 주는 대통령이 될 것이며 기업 총수가 된다면 생산성의 독려만이 아니라 산타클로스처럼 개개인에 행복을 주는 그런 경영자가 될 것이다. 즐거움이야말로 강한 국민, 생산성 높은 사원을 만들어낸다는 것을 알고 있기 때문이다. 히딩크 이전에 벌써 공자가 말씀하셨다. 아는 자는 좋아하는 자만 못하고 좋아하는 자는 즐기는 자만 못하다고.

"재미있는 경기가 밥 먹여주느냐. 우리의 목표는 오로지 우승이다. 수단과 방법을 가리지 말고 우승하라"고 다그치는 것이 지금까지 축구를 경영하는 지도층의 고정관념이었다. 그렇다고 해서 승부에 집착하지 말라는 신선 같은 이야기를 하는 것이 아니다. 하지만 선수 개개인이 게임을 즐길 수 있어야 승부에서도 이길 수 있는 것이고 축구 시합도 축제가 될 수 있다. 관객이 즐기러 와야 그야말로 '밥도 먹여주게' 되는 것이다.

즐기는 자들의 조직, 이것이 바로 감독형 지도자에 의해서 이끌어지는 스포츠—축제형 집단이다. 히딩크는 한국의 축구만이 아니라 미래의 조직 문화 코드, 지도자의 코드를 바꿔놓았다. 그의 스태프와 선수, 그리고 붉은악마와 함께.

덤으로 주는 이야기

네덜란드 모델

우리는 근대화·산업화 과정에서 미국과 같은 나라를 국가 모델로 삼아왔다. 그러다가 점차 스칸디나비아처럼 복지 국가를 지향하는 소국을 국가 발전 모델로 삼기도 했다. 하지만 지금의 일본처럼, 우리에게 떠오르는 미래의 국가 모델은 네덜란드와 같은 나라라고 할 수 있다.

주목해야 할 사실은, 네덜란드가 미국처럼 선악을 분명히 갈라서 일도양단으로 운영되는 시스템에 의존하지 않는다는 점이다. 예를 들어 네덜란드는 해시시나 마리화나 같은 것을 팔 수 있는 카페를 설정해 마약이 지하로 들어가 만연하거나 범죄와 연결되는 것을 사전에 막으려고 한다. 매춘도 일부 지역을 양성화해 세금을 받으며 관리한다. 이렇게 그레이 존gray zone을 두어 국가와 사회가 음지와 양지의 양극단으로 분열되는 것을 막는 것이다.

전 세계가 새로운 기업 환경과 글로벌 환경에 맞춰서 리스트럭처링을 할 때 유독 네덜란드만이 워크 셰어링으로 새로운 노동 시장의 시스템을 만들어 대량 실직 사태를 막았다. 일을 나눠 가짐으로써 실직을 막은 네덜란드에서는 38퍼센트의 인구가 파트타임 노동자다. 그러면서도 우리를 더욱 놀라게 하는 것은 정사원과 파트타임 사원 사이에 아무런 갈등과 차별이 없다는 것이다.

경제 성장이냐, 삶의 질 성장이냐의 택일화로 온 세계가 갈등을 겪고 있을 때 네덜란드만이 그것을 나눔의 문화로 극복해 오순도순 잘 살아가고 있는 것도 다 그런 이유 때문이다. 국가를 초월한 다원적인 시스템 속에서 정부와 NGO와 기업체가 대등한 시스템으로 균형을 이루며 살아간다.

'All or Nothing'의 양자택일 문화가 아니라 균형과 조화가 만들어낸 그레이 존 문화 코드에서는 모든 것이 양극으로 분할되지 않는다. 미국에서의 자원봉사자란 문자 그대로 봉사하기 위한 조직이므로 돈을 받지 않고 일한다. 그러나 네덜란드에서는 볼런티어라고 해도 정부의 보조금을 받는 NGO가 많다. 대행이라는 개념으로 봉사와 보상이 확연히 이항대립되지 않기 때문이다.

국익과 글로벌의 관계도 그렇다. 개인의 생활이나 안전이 곧 국가와 세계의 안정이며 번영이라고 생각한다. 나의 이익과 나라의 이익은 일치하는 것이라고 생각한다. 그렇기 때문에 공사의 구별이란 것이 없다. 옛날에는 국익을 위해서 개인을 희생하거나 세계를 제패하려고 했다. 국익을 위해서라면 세계 질서를 파괴하는 것이 상식이었다. 환경 문제가 그렇고 경제 활동, 특히 통화 정책 등이 그렇다.

네덜란드형 국가 모델은 국가를 넘어선 다국적 기업 시스템을 NGO·NPO 같은 단체와 지구를 대표하는 피플 시스템으로 운영·조정되는 다원적 세계 시스템으로 발전시켜나갈 것이다. 이것이 히딩크가 아니라 히딩크의 나라 네덜란드의 미래다.

CODE 12 축제인

한국인, 축제의 바다에 빠지다

원숭이들도 사람처럼 놀이 문화를 즐긴다. 서로 치고받고 노는 경우가 그것이다. 그러한 싸움 놀이가 가능한 것은 상대방이 공격을 할 때 그것이 진짜인지 장난인지를 구별할 줄 아는 코드가 있기 때문이다. 이따금 우리는 동물원에서 고무호스 같은 것을 가지고 노는 원숭이를 볼 수 있다. 신기한 것은 그러한 놀이보다 옆에서 덩치 큰 원숭이들이 부러운 시선으로 지켜보고만 있다는 사실이다. 녀석이 싫증이 나서 장난감을 내던질 때까지 원숭이들은 기다리고 있다. 그것이 먹이였다면 어림도 없는 일로, 무리를 지배하는 엄격한 서열도 놀이 공간에서는 적용되지 못한다는 사실을 보여주는 장면이다. 원숭이들도 일상적 세계와 놀이의 세계가 별개의 공간이라는 사실을 잘 알고 있는 것이다.

오히려 '호모 루덴스Homo Ludens'라는 별명이 붙은 인간이 놀이 코드를 분간할 줄 모르는 경우가 많다. 놀이 공간에서 전개되는 경쟁과 승부를 일상적 공간의 그것과 혼동을 일으킬 때 영국과 아르헨티나의 시합을 포클랜드 전쟁의 연장으로 보고 러시아와 일본의 대전을 제2의 러일전쟁이라고 이름 붙인다. 그러한 표현 자체를 놀이 코드의 하나로 보면 웃고 넘길 수 있지만, 그렇지 않을 경우엔 일본에 진 러시아의 서포터스가 일본인들이나 일식당을 습격하는 등의 일이 벌어지고, 이런 불상사가 일어나지 않는다고 해도 축구라는 스포츠 자체의 존재 이유가 의심을 받게 된다. 놀이 코드가 전쟁 코드에서 완전히 벗어날 때 비로소 축제는 시작된다. 로마 군사들이 전쟁을 끝내고 그 평화를 축하하기 위해서 축구를 한 것과 같다. 이상적 코드에서 벗어난 놀이 축제의 공간을 이해하지 못할 때 중세의 바보제에 대한 탄압과 금제의 현상이 벌어진다. 한국의 놀이 문화에 대해서 글을 쓴 한양명 교수는 다음과 같은 재미난 예를 소개한 적이 있다.

17세기의 선비 졸옹拙翁 홍성민은 어느 해 대보름날 경주 고을에 있었다. 보름달은 중세의 고을을 비추었고, 졸옹은 경주의 민중들이 펼치는 새해맞이 축제 가운데 팔매싸움을 보았다. 어지러이 돌이 날아다니고 곳곳에서 부상자가 속출했다. 편이 다른 아비가 자식에게 돌을 던지고 자식이 아비에게 돌을 던졌다. 삼촌이 조카에게 돌을 던지고 친척이 친척에게 돌을 던졌다. 패륜이었다. 졸옹이 물었다.

"이 어리석은 자들아. 어찌 이런 망동을 서슴지 않느뇨?"

그들의 대답에는 망설임이 없었다.

"나는 내 아비에게, 자식에게, 친척에게 돌을 던지지 않고, 이 싸움에 돌을 던졌다."

그리고 그 이야기에 대해서 이러한 코멘트를 붙이고 있다.

축제의 본질, 대동놀이의 본질이 고스란히 드러나는 현답이다. 축제가 아니라면 어찌 가당키나 한 일인가? 평시라면 치도곤을 맞을 일이다. 그러나 축제다. 축제 속에서 인간은 서열의 상하, 귀천, 빈부, 남녀, 노소 등의 모든 차별과 구별을 뛰어넘는다. 축제 속에는 오직 축제인 Homo Festivous만이 있을 뿐이다. 일상을 벗어나 축제와 놀이에 심신을 내던지는 자만이 있을 뿐이다. 졸옹은 축제의 밖에 있었다. 그러니 선비의 일상을 벗어나지 못한 졸옹의 물음은 어리석은 것일 수밖에 없었다.

붉은악마의 그 엄청난 에너지는 어디에서 나온 것일까. 거대한 자석처럼 수백만의 시민을 끌어들인 그 견인력과 결속력은 대체 무엇인가. 축구경기보다도 붉은악마의 신기하고도 신나는 응원 모습을 보려는 관광객들로 시청 앞 광장의 프라자 호텔이 대만원을 이루었다는 말도 있다. 그리고 또 《뉴욕 타임즈New York-

Times》는 이렇게 적고 있다.

2002년 월드컵 대회의 초점은 축구 자체가 아니라 한국인들이었다. 그들은 승리를 거듭할수록 도저히 상상할 수 없을 정도의 단결력을 과시했고 자신감에 넘쳐 있었다.

그리고 이렇게 결론을 내린다.

2002년 월드컵 대회는 한국인에게 환희와 절도 있는 축제로 일종의 '축구판 벨벳(무혈)혁명'이었다.

그러한 질문과 놀라움에 대하여 우리는 한 교수의 말대로 줄다리기·팔매싸움·횃불싸움·차전놀이·쇠머리대기와 같은 한국의 하고많은 전통 민속놀이들이 개별적 인간을 우선시하지만, 그보다는 공동체의 구성원이 크게 하나가 되어 차별 없이 평등한 유토피아를 추구하는 대동놀이의 전통 문화로 풀이할 수도 있을 것이다.

하지만 어느 시대 어느 곳에서나 놀이와 축제 문화는 존재해 왔고 그 코드 역시 비슷한 것이었다. 그렇기 때문에 반드시 한국의 민속놀이가 아니라도 인간의 본질을 놀이로 파악한 호이징가

Johan Huizinga의 호모 루덴스나 이항대립의 일상적 코드가 반전되는 바흐친의 카니발의 광장 이론, 그리고 "축제 기능과 환상 능력이 원숙한 모습을 보였던 중세의 '바보제'를 복원함으로서 현대의 인간이 직면한 정신적 위기를 돌파할 수 있을지도 모른다"는 하비 콕스Harvey Cox의 축제인Homo Festivous, 호모 판타지아Homo Fantasia의 일반 이론으로 붉은악마의 현상을 설명한다는 것은 그리 어려운 일이 아니다. 특히 졸옹의 경우처럼 21세기에 살면서도 놀이―축제 코드가 무엇인지 모르는 사람들에게 우리는 알프레드 시몽Alfred Simon처럼 '지금 여기'에서 축제를 열지 않으면 안 된다고 목청을 높일 수도 있다(알프레드 시몽, 『기호와 몽상』). 그리고 '축제는 우리를 가둔 저 보이지 않는 벽에 출구의 구멍을 뚫을 수 있는 마지막 기회, 축제는 오늘날의 정치가 만들어놓은 조롱에 직면하여, 인간에 대한 멸시에 직면하여, 폭력의 유혹에 직면하여, 이데올로기적 환상에 직면하여, 우리가 이 시대의 선한 사람들을 노리는 선악 이원론이란 끔찍한 유혹으로부터 벗어날 수 있는 마지막 기회'라고 선언할 수도 있을 것이다.

그러나 모든 놀이―축제 코드의 이론들은 '억압되어 있던 생명의 에너지가 분출되는 장'인 영국의 훌리건을 비롯한 광열적인 서포터스에게 적용된다. 하지만 그것만으론 《뉴욕 타임스》가 "환희와 절도가 함께 있는 축제"라고 지적했을 때의 바로 그 '절도'와 벨벳혁명이라고 부른 그 '혁명'이란 말에 대해 충분한 설명을 할 수가 없다. 지금까지 우리가 분석한 붉은악마의 문화 코드에서 한 발자국 더 나아가는 21세기의 새로운 문명의 코드를 읽지 않고서는 단순한 한국인의 신바람 문화 아니면 축제 문화의 한계 안에서 맴돌게 된다.

세계를 놀라게 한 붉은악마의 그 군중은 지금까지 보아온 자연발생적인 축구 서포터스와는 그 규모 면에서나 열기와 응원 방식에 있어서, 그리고 무엇보다도 그 절도란 면에 있어서 구별이 된다. 그렇다고 일본을 떠들썩하게 했던 옴교와 유사한 종교 집단인가. 물론 아니다. 더구나 광장을 깃발과 환호성으로 메웠던 나치나 검은 셔츠로 온 나라를 물들였던 무솔리니의 당원들도 아니다. 또한 5공 때까지만 해도 가능했던, 거대한 관료 조직에 의해 동원된 군중들도 아니다.

좀 과장해서 말하자면 붉은악마의 수백만 군중은 인류가 일찍이 실현한 적이 없는 그런 조직이요, 처음 보는 집단인 것이다. 프랜시스 후쿠야마Francis Fukuyama가 인용하기도 한 상안象眼 도표를 놓고 자세히 들여다보면 그 비밀이 풀릴 것이다. 보통 축구의 응원단들은 제1집단에 속하는 것으로 자연발생적으로 된 비합리적인 집단이다. 그렇기 때문에 본능대로 움직이며 모이고 그때그때의 기분과 욕망에 따라 활동하는 무질서한 무리라고 할 수 있다. 그것이 훌리건이며, 제1회 월드컵 때 우루과이 영사관을 습격한 아르헨티나의 서포터스다. 그러나 옴교처럼 종교적인 광신적 집단들은 제2집단에 속한다. 즉 비합리적 면에서는 제1집단의 군중과 같으나 여기에서는 그것이 자연발생적으로 이루어진 것이 아니라 제도화되어 있다. 계층적이며 엄격한 규약이나 제도에 의해서 움직이는 집단인 것이다. 사교가 아니라도 종교 집단이 모두 이러한 범주에 속한다. 붉은악마가 티셔츠를 입은 것은 사제들이 입는 종교 집단의 유니폼과는 다르다. 그리고 더구나 제3집단처럼 합리적이면서도 계층적이며 제도화된 집단인 관료 조직은 아니다. 붉은악마의 조직에는 국·과장도 없으며 군대의 총사령관이나 재벌의 총수 같은 최고 의사결정자도 없다. 명령 체계가 서 있는 피라미드 조직이 아닌 것이다.

그렇다. 붉은악마의 범주 영역은 자연발생적인 집단이면서도 합리적이지 않은 일반 군중과는 다르다. 개개인이 일정한 질서와 절도를 지키는 합리성으로 움직이는 자연 발생적인 집단—개개인이 누구의 명령이나 지휘 하에서 움직이는 것이 아니라 상호 접속으로 각자가 자기 정보(악보)를 가지고 자신의 악기를 연주하면서 하나의 음악적 조화를 만들어내는 재즈 캄보와 같은 집단이다. 붉은악마의 제4집단은 바로 자기 조직화로 이루어진 집단이라고 할 수 있다.

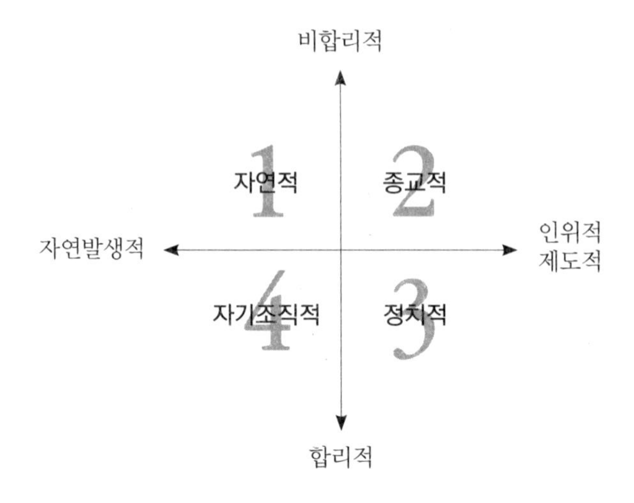

제1집단은 수렵채집 시대의 군중, 제2집단은 농업 혹은 중세적인 집단, 제3집단은 바로 우리가 살아온 근대 산업주의 시대의 군대 관료와 기업 조직이라고 할 수 있다. 그러나 자연발생적이면서도 합리성을 갖는 그 집단은 인류에게 막 찾아온 21세기의 정보—생태 조직이라고 정의할 수 있다. 어떻게 해서 그런 제4영역에 속하는 집단이 생겨날 수 있는 것일까. 그리고 그것이 왜 한국에서 가시화하여 세계에 발신되었는가.

붉은악마는 1997년에 1998년 프랑스 월드컵 아시아 예선전을 앞둔 국가대표팀에게 조직적인 응원이 필요하다는 의견이 개진되면서 축구를 좋아하는 사람들이 저절로 모여서 만들어진 PC 통신의 동호인 그룹이다. 연령·성별·출신지나 직업 같은 것에도 구애되지 않고 자연발생적으로 그룹이 생겨 오늘처럼 발전해온 것은 10여 년 전만 해도 상상할 수 없었던 디지털 네트워크와 사이버 공간이 있었기 때문이다. 인터넷 가입 인구가 세계 제1위인 나라, 세계에서 가장 빠른 초고속 정보 서비스를 받을 수 있는 초고속망 네트워크가 깔려 있는 나라, 내 집에서 컴퓨터와 케이블 모뎀이 없어도 자유롭게 서비스를 이용할 수 있는 PC방이 전국 곳곳에 자리해 있는 세계 유일의 나라—그런 한국이 아니었다면 붉은악마의 자기조직화는 이루어질 수가 없었던 것이다. 또 저렇게 많은 대형 전광판이 큰길가의 빌딩 옥상마다 설치되어 있는 나라가 아니고서는, 인구 4천만에 1천만 대가 넘는 휴대전화를 사용하고 있는 나라가 아니고서는 붉은악마의 자기조직화는 이루어질 수 없었다.

군대 조직을 움직이는 힘은 명령Command, 통제Control, 커뮤니케이션Communication으로 구성된 3C라고 한다. 그러나 붉은악마는 명령이 아니라 정보Information의 공유로 통제하는, 통제가 아니라 상호작용Interaction으로, 단순한 커뮤니케이션이 아니라 함께 감동하고 몰입Involvement하는 힘으로 이루어지는 3I의 조직인 것이다. 인터넷상에 모이는 장소를 게시하고 구호나 박수 치는 정보를 나누고 휴대전화로 만나는 장소를 그때그때의 상황에 따라 주고받으며 응원전을 균형 있게 조정하는 역할까지 상호 교류에 의해서 만들어갔던 것이다.

수십만 관중이 모인 자리에서는 아무리 큰 전광판이라고 해도 충분한 정보 미디어의 구실을 할 수 없다. 누가 슛을 했는지 심판이 어떤 판정을 하고 누가 레드카드를 받고 퇴장을 했는지 음성 정보 서비스가 불가능한 거리의 전광판으로는 알 도리가 없다. 그래서 오히려 자세한 정보가 궁금하면 거꾸로 집에 전화를 걸어 누가 슛을 했는지 선수의 이름을 알아내는 아이러니컬한 일이 벌어진다.

정보 사회란 단순한 정보 획득이나 전달이 아니라 그 과정에서 일어나는 정情이라는 사실을 붉은악마는 증명한 것이다. 정보를 공유하고 공감하고 공동체로서의 일체감을 확인하는 감동의 세계, 똑같은 중계인데도 혼자 집 안에서 텔레비전에서 보았을 때에는 흐르지 않던 눈물이 함께 구호를 연호하고 손뼉을 치고 발을 구르다가 슛이 들어갈 때 뜨겁게 뜨겁게 양볼을 타고 흘러내리는 감동. 대학 입시에 합격을 했을 때에도, 입사를 하여 첫 월급을 탔을 때에도 맛보지 못한 희열과 환희를 본 것이다.

불특정한 집단이면서도 정보를 공유하는 인터넷과 휴대전화, 그리고 한군데로 모이는 전광판이라는 것이 있었기 때문에, 그것은 단순한 억압으로부터 풀려나는 폭력화한 일탈이 아니라 절도와 질서를 갖는 군중으로 자연발생적이면서도 자기제어 능력이 가능해진 것이다.

한국은 축구의 후진국이었지만 그 서포터스를 만들어낸 IT의 힘은 세계 최고 수준이었다. 얼마 전까지만 해도 '은자의 나라'라고 불리던 나라, 일본의 식민지로서 기억되던 가난한 나라, 한국전쟁으로 고아와 거지와 이산가족으로 기억되던 눈물의 나라, 남쪽에서는 월드컵 축제, 북쪽에서는 아리랑 축제로 세계에 둘도 없는 극과 극의 두 축제판을 보여준 이상하고 이상한 분단의 나라—그런 나라에서 지금 세계 문명의 새로운 패러다임을 결정짓는 벨벳혁명이 일어나고 있다면 누가 믿을 것인가? 그러나 알고 한 소리인지 모르고 한 소리인지, 《뉴욕 타임스》의 보도대로 분명 붉은악마는 한국만이 아니라 온 세계를 바꾸는 무혈혁명이었다는 것을 확인해야 할 것이다.

그런데 어느 월드컵에서도 구경 못한 붉은악마의 대군중—다른 나라 같았으면 사회가 마비되고 무정부 상태의 혼란이 벌어졌을 텐데도 훌리건과 달리 붉은악마는 단 한 건의 폭력도 일으키지 않았다. 이것이 혁명이 아니고 무엇인가. 새벽부터 몰려나와 연좌 데모를 하듯이 거리에 앉아 온종일 외치고 춤추고 손뼉치던 그 자리에 쓰레기 하나 떨어뜨리지 않고 떠난 붉은악마의 대군중—이것이 혁명이 아니면 무엇이 혁명인가. 누가 오라고 한 것도 아니요, 누가 떠나라고 한 것도 아닌데 고루고루 광장과 거리와 빈 운동장을 스스로 균형 있게 채운 놀라운 자발성과 그 통제력을 보여준 붉은악마—이것이 새로운 혁명이 아니면 무엇이 혁명이겠는가.

그것은 분명 혁명이다. 벨벳혁명이다. 거품으로 끝난 신경제의 IT 신화가 아니라 1천만 장의 붉은 셔츠 하나하나를 타오르게 한 축제 문화의 IT 신화다. 인터넷과 휴대전화와 LCD TFT 전광판이 만들어낸 붉은악마는 디지털형 인간이 어떤 것인가를 보여주었으며 그것이 오프라인에서 한국의 신바람과 만나면 어떤 힘이 되는가를 예고했다.

그러나 월드컵이라는 세계 전체와 링크된 이벤트가 아니었다면 붉은악마 현상도 일어나기 힘들었을 것이다. 그리고 한국의 신바람 문화 전통이 없었더라도 역시 붉은악마의 기적은 일어나지 않았을 것이다. 축구만이 토털 사커, 멀티 사커, 퓨전 사커가 아니다. 축제 문화도 통합적인 융합의 힘이 아니면 21세기엔 살아남기 힘들어진다.

서구의 학자들은 "우리는 아직도 축하 행사를 가지고는 있지만 그 수많은 향연과 파티에는 진정한 흥분과 절실함이 결여되어 있다."고 탄식한다. 산업주의 문명은 진정한 축제의 의미를 왜곡시키고 불구로 만들었다. 현대인이 잃어버렸던 순수한 축제 문화의 숨은 얼굴이 다시 고개를 들고 일어서는 부활의 몸짓을, 그들은 붉은악마를 통해서 바라보고 그 충격을 맛보았던 것이다.

그것은 축구 경기에서의 헤딩슛 같은 것이었다. 아무리 강슛을 날려도 예측 가능한 방향으로 들어오는 공은 골키퍼가 쉽게 막아낸다. 하지만 공의 방향과 속도를 헤딩으로 살짝 바꿔놓은 축구공은 제아무리 명골키퍼라고 해도 놓칠 수밖에 없다. 붉은악마가 발신한 문화 코드는 한국의 전통적인 기성 문화 코드를 탄력있는 고공 점프의 헤딩에 의해 그 방향을 돌려놓고 속도를 바꿔 놓는 공과도 같다. 예상도 하지 못하는 멋진 헤딩슛으로 미래의 골문을 열어놓았다.

붉은악마의 한 장 한 장 붉은 티셔츠가 불꽃처럼 타오를 수 있었던 것은 벤야민Walter Benjamin의 말대로 장작이나 재가 아니라 그 사이에서 존재하는 불꽃의 문화를 지니고 있었기 때문이다. 역사의 해석자는 장작과 재만 보지만 역사의 창조자는 장작과 재 사이에서 타오르고 있는 불꽃을 본다.

> 잔치는 끝났더라
> 마지막 앉아서 국밥들을 마시고
> 빠알간 불 사르고,
> 재를 남기고,

미당은 그의 시 「행진곡」에서 이렇게 노래 부르고 있다. 모든 축제는 그렇게 끝난다. 일탈의 공간, 떠들썩했던 소란으로부터 일상의 차가운 자리로 다시 돌아온다. 하지만 21세기의 광야에 예언자처럼 나타난 붉은악마 그 티셔츠의 불꽃은 여전히 장작과

재 사이에서 타오르고 있을 것이다. 왜냐하면 그것은 축제가 아니라 그 이상의 것—새로운 축제 형식을 보여주는 영원한 예고편으로서의 의미를 지니고 있기 때문이다.

붉은악마의 한 리더(붉은악마는 원래 리더란 말이 어울리지 않는 것이지만)는 기자와의 인터뷰에서 월드컵이 끝나면 발전적 해체로 가야 하지 않겠느냐는 견해를 보였다. 순수한 선언이다. 그 열정과 집단의 힘이 정치적인 목적과 상업주의에 이용된다면 이미 그것은 붉은악마 특유의 '자기조직화'의 힘을 잃게 된다. 한국의 보자기처럼 싸면 입체의 보따리가 되고 풀면 아무것도 없는 평면의 무로 돌아가는 그 조직이야말로 앞으로 기업이 배우고 미래의 군대가 본받고 국가의 관료 시스템이 바뀌야 할 패러다임이라는데 그 소중함이 있다.

외교통상부는 월드컵 기간에 해외 이주 신고자 수가 전달보다 20~30퍼센트 줄었다고 말하면서 "월드컵이 이민 추이에 영향을 주는 것 같다"고 분석했다. 알선 업체들의 이민 상담 건수도 6월 한 달 동안 평소보다 30퍼센트 이상 감소했다. 또 어느 경제 연구소는 월드컵 효과를 브랜드 가치로 계산하여 수십조 원이라고 발표하기도 했다.

그러나 붉은악마의 징후를 경제적·정치적·사회적인 종속적 가치로 보고자 하는 자체가 벌써 포스트post가 아니라 프리pre월드컵의 발상이라고 할 수 있다. 권력·돈·소유의 세계에서 비롯되는 일상의 반복과 억압으로부터 벗어나 생명의 희열과 감동을 나누는 것, 하비 콕스의 말대로 그 판타지를 통해서 오늘과는 다른 미래를 꿈꾸는 것, 그리고 진정한 IT혁명을 통해서 새로운 커뮤니티를 만들고 누구나가 다 함께 접속하는 것. 이것이 바로 포스트 월드컵의 벨벳혁명이 될 것이다.

그래서 우리는 "축제를 가진다는 것, 일상적인 자질구레한 일들을 걷어치우고 한동안 무엇인가를 경축하고, 무엇이든지 좋은 것은 이를 순수한 마음으로 긍정해주며 신들이나 영웅들을 기념하는 특수한 시간을 가지는 것은 하나의 어엿한 인간적 행위"라는 결론에 도달하게 된다. 그리고 놀이는 침팬지나 돌고래나 즐기는 것이지만 "축제란 인간만이 지닌 특이한 능력의 발로로서, 이를 통하여 남들의 기쁨과 지난 여러 시대의 경험을 자기의 생명 안에서 융화·음미하는 것"이라는 하비 콕스의 말에 축제란 말 대신 인터넷이란 말을 덮어써도 자연스럽게 느껴질 것이다.

결국은 조금씩 취해가지고
우리 모두 다 돌아가는 사람들

모가지여
모가지여
모가지여

모가지여.

미당의 시처럼 잔치의 끝은 머리도 가슴도 손과 발도 아니다. 한 달 동안 그렇게 목 터지게 불렀던 그 함성과 손목이 부러지도록 두드린 응원은 우리 모두가 갈증에 타고 있는 모가지, 생명의 모가지였는지 모른다. 잔치는 끝났지만 모든 사람이 일상의 자리로 돌아왔지만 그래도 하품을 하지는 않을 것이다. 그것은 분명 지금까지 반복해온 일터가 아니다. 늘 보던 그 가정이 아니다. 습관처럼 어제 보던 그 이웃들이 아니다. 축제를 통해 우리의 눈과 마음이 바뀐 까닭이다.

그리고 그 시선은 광장에서 바다로 향한다. 6월의 광장 끝에는 7월의 바다가 보인다. 온통 붉은 불꽃으로 타오르던 월드컵의 열기가 초록 바다로 변하여 파도가 된다. 『잃어버린 시간을 찾아서 À la recherche du temps perdu』의 작가 마르셀 프루스트Marcel Proust는 "육지는 끝없이 변하지만 바다는 천지창조 때의 모습 그대로"라고 말했다. 인간은 육지의 모든 것을 변형시키고 분할한다. 땅을 깎아 길을 만들고 마을과 도시를 세워 강에는 다리를 놓는다. 때로는 성터를 허물어 공장을 짓기도 한다.

그것이 땅의 역사다. 하지만 바다 위에서는 아무것도 짓거나 허물 수가 없다. 배가 지나가도 흔적을 남기지 않는다. 바다는 역사를 만들지 않고 거꾸로 그것을 지우기 때문이다. 6월의 거리는 붉은악마의 감동과 흥분으로 넘쳐났지만 7월의 바다는 모든 것을 망각하고 그 위에 새로운 삶을 써가는 지우개 역할을 했다. 바다야말로 거대한 불멸의 초록색 지우개가 아니겠는가. 바다에서는 어떤 관념도 파도처럼 일다가 금시 소멸해버린다. 산맥 같은 해일이라 할지라도 그것은 곧 잔잔한 수평으로 돌아가버린다. 어떤 형태, 어떤 색채도 바다는 허락하지 않는다.

파도의 형태와 마찬가지로 그 색채도 여러 가지로 변한다. 붉은악마의 색깔 하나로 온 세상은 물들지 않는다. 바다는 초록빛을 띠고 있지만 아침과 저녁 그리고 밤이 오면 그 빛은 크게 변한다. 그래서 호메로스는 바다를 포도주 빛에 비유하기도 한다. 누가 검게 출렁이는 밤바다와 붉은 포도주 빛으로 취해버린 아침바다를 같은 바다라고 부를 수 있을 것인가.

바다는 많은 파도를 만들어내지만 동시에 그것들을 바로 소멸시킨다. 파도가 절정의 높이에 이르면 제가끔 흰 물방울로 흩어지면서 흩어지고 무너진다. 어느 철인의 말대로 부서지는 그 파도의 포말들은 마치 "이만하면 됐어"라고 독백하듯이 작은 소리를 내면서 제각기 자취를 감춘다. 아무런 미련도 없이 그렇게 바다의 표면에서 사라져가는 것이다. 그러므로 바다는 파도가 묻히는 거대한 무덤이고 침묵이다. 만약 바다에 의지가 있다면 그것은 생의 소요騷擾를 가라앉히고 달래는 '텅 빈 것'에의 그리움일 것이다.

위대했던 우리의 6월과 함성을 안고 어떻게 저 따분한 일상의 나날로 돌아갈 수 있겠는가? 축제가 끝난 허전한 거리에서 걱정의 한숨을 내쉰 젊은이가 많았을 것이다. 이제 어디를 향해 함성을 지르고 누구를 보고 손뼉을 칠 수 있겠는가! 6월의 거리를 바라보면서 아쉬움으로 발길을 돌리지 못하는 젊은이들이 많았을 것이다. 그러나 바다의 파도는 일상의 반복처럼 끝없이 되풀이하면서도 늘 새로운 감동을 만들어낸다. 귀를 기울이면 바람과 구름이 태양과 함께 만들어내는 삶의 함성들이 들려올 것이다.

7월의 바다는 거친 욕망과 들뜬 경쟁의 열정을 수평으로 되돌리는 그 펀펀한 원초의 대지를 생각하게 했다. 여름이 지나면 다시 시작하는 나의 빈자리에 높은음자리표로 바람이 불면 젊은이의 마음속에는 분명 거리에서 펼친 붉은악마의 열정과 바다에서 체험한 초록색 파도의 포말이 마주치면서 또 하나의 새로운 탄생이 시작될 것이다. 젊음은 늘 광장과 바다의 빈 공간에서 그렇게 탄생한다.

CODE 13 폭발력

열대 우림의 꽃은 해마다 피지 않는다

동남아의 열대 우림에서는 5년에 한 번씩 꽃이 핀다. 그동안 예비해두었던 숲속의 에너지를 한꺼번에 분출한다. 순간 밀림은 꽃을 찾아온 벌과 나비와 온갖 생물들로 인해 거대한 축제 공간으로 변한다. 한국 땅에서 열린 2002년 월드컵은 그동안 잠재되어 있던 우리의 모든 힘을 한꺼번에 폭발시킨 열대 우림의 꽃과도 같은 것이었다.

불과 5년 전에 우리는 금융 위기를 맞았다. 국제통화기금IMF의 경제 체제 아래 기업은 쓰러지고 실직자들이 거리로 넘쳐날 때 우리를 아시아의 용이라고 불렀던 세계의 모든 사람이 등을 돌리고 떠났다.

그러나 한국인은 IMF에 "I am fired(나는 해고되었다)"가 아니라 "I am fighting(나는 싸운다)"으로 대응했다. 만약 손에 낀 금반지를 빼던 그 끈질긴 생명력과 열정이 없었더라면 어떻게 지금 우리가 월드컵 대회의 잔치를 치를 수 있었겠는가. 어떻게 그 4강 신화를 만들어낼 수 있었겠는가.

서울 상암동 월드컵 경기장은 올림픽 때만 해도 외국 기자들의 취재를 막기 위해 전전긍긍하던 난지도의 쓰레기더미였다. 불과 2년여 만에 마법의 성처럼 저렇게도 크고 아름다운 경기장을 그 위에 세운 사람들이 누구인가. 그것은 월드컵 배너에 찍힌 대로 '다이내믹 코리아'-한국 특유의 폭발력이었다.

백 가지 의미, 천 가지 상징이 있다 하더라도 2002년 월드컵 대회가 한국인에게 주는 첫 번째 메시지는 IMF 경제 상황을 딛고 거듭난 한국인의 역동성과 그 활력에 대한 평가일 것이다. 그 동안 온갖 시련을 이겨낸 한국인 모두가 피파컵 이상의 것을 가슴에 안은 승리자라는 사실이다. 그것을 누가 부정하고 과소평가할 것인가.

올림픽 때와 마찬가지로 한국인의 폭발력은 월드컵 축구라는 세계적인 이벤트를 통해서 더욱더 강렬한 힘을 보여주었다. 4년마다 한 번씩 세계 정상을 가리는 월드컵 축구 경기는 지구상에 존재하는 어떤 스포츠 어떤 이벤트보다도 그 규모와 관심과 열기에 있어 최고의 자리에 있다. 국제축구연맹FIFA의 가맹국과 지역 수는 국제올림픽위원회나 UN 회원 국가수를 능가한다. 그리고 그 신도라고 할 수 있는 축구 팬들은 어떤 종교 어떤 정치 단체의 인원보다도 많고 뜨겁다. 축구가 무엇인지 모르는 우주인들의 눈으로 보자면 축구 경기는 참으로 이상하고 공허한 운동이다. 돼지 오줌보만 한 크기의 조그만 공 하나를 놓고 다 큰 어른들이 팬츠 바람으로 떼를 지어 몰려다니는 꼴은 우스꽝스러운 희극의 한 장면처럼 보일 것이다. 더구나 그런 광경을 텔레비전으로 독점 방영하기 위해 260억 달러의 중계료를 지불한 미디어 재벌 키르히Leo Kirch는 미친 사람으로 보일 수밖에 없을 것이다.

하지만 "도대체 축구가 뭐기에"라고 고개를 흔들던 사람들도 월드컵 열병에 걸리면 하던 일을 놓고 정신을 잃은 채 환호한다. 맹목에 가까운 이러한 축구 열기는 어디에서 나오는 것일까. 그것은 다른 스포츠보다 훨씬 더 인간의 원초적인 욕망을 채워주는 마력을 지니고 있기 때문일 것이다.

축구는 발로 차는 운동이다. 그래서 영국에서는 풋볼이라고 하고 중국에서는 족구라고 부른다. 모든 구기 종목은 손을 이용해서 한다. 탁구와 테니스가 그렇고 농구와 핸드볼이 그렇다. 운동만이 아니라 인간의 기술 문명은 모두가 다 손에서 나왔다. 짐승과 달리 인간은 직립한 뒤부터 손을 사용하여 자신의 독자적인 환경을 만들어갔다. 그런데도 유독 축구만이 발을 쓴다는 것은 문명성에 대한 일종의 거역이라 할 수 있겠다. 머리와 가슴을 비롯하여 신체의 모든 부분을 사용하면서도 오로지 손만은 절대로

써서는 안 되는 것이 축구의 규칙이다. 문명의 상징인 손을 묶어 두는 축구는 문자 그대로 속수무책束手無策의 탈 문명적 특성을 갖는다. 영국 같은 신사의 나라에서 야만적인 훌리건을 만들어낸 것이 바로 그 축구였다는 사실만 보아도 짐작이 갈 것이다.

그런데 손에 비해서 발은 동물과 구별되지 않을 만큼 원시성을 지닌다. 문명화할수록 사람들은 발을 감추려고 한다. 심지어 서양에서는 피아노의 발까지도 노출되는 걸 꺼려 헝겊으로 싸매기도 했다. 그러고 보면 문명에 억압되거나 감춰진 원시적 생명력을 직설적으로 드러내고 풀어주는 것이 발짓의 운동이라 할 수 있다. 사람이면 누구나 태어나기 전에 벌써 어머니 배 속에서 발길질을 하며 놀았을 것이다. 그러므로 축구는 손을 쓰고 말을 배우기 이전부터 본능적으로 익힌 태내 스포츠였다고 할 수 있다.

사람들은 화가 날 때면 길가의 깡통이나 굴러다니는 돌을 발길로 걷어차는 일이 많다. 그러한 충동에서 바로 축구의 놀이가 시작되었다면 과장이라고 말할 사람이 있겠지만 사실이다. 여러 기원설이 있지만 근대 축구의 직접적인 계기가 된 것은 11세기 초 영국을 점령했던 데인족들이 철수하고 난 뒤(1042년)에 생긴 놀이라고 한다. 침입자에게 원한을 품었던 당시의 영국인들은 분풀이로 데인족의 병정들이 묻힌 무덤을 파헤쳐 그 해골을 발길로 걷어찼다. 그래서 풋볼이 아니라 헤드볼이라 해야 옳다는 농담이 생겨나기도 한 것이다. 그것이 점점 놀이로 변하면서 딱딱한 해골을 소의 방광으로 대체하게 되고 드디어는 오늘과 같은 가죽 볼로 발전하게 된다.

하지만 축구 경기의 밑바닥에는 지금도 그 야생적이고 원초적인 감정이 그대로 숨어 있다.

볼 하나만 있으면 그 단순성, 오프사이드를 제외하면 누구나 알 수 있는 평이한 규칙, 그리고 논리적으로 예측할 수 없는 우연성이 덧붙여져 축구경기는 그 어떤 경기보다도 탈문명적인 원시성을 지니고 있다.

축구는 규격화한 사회와 반복되는 기계적인 생활에서 숨구멍을 터놓는 환풍기 같은 구실을 한다. 날로 높아가는 축구의 매력과 열기를 뒤집어보면 인류 전체가 얼마나 산업 문명 속에 억압되고 시달려왔는지 방증 자료를 얻을 수 있다.

이같이 축구 경기를 문명의 텍스트로 읽게 되면 월드컵 사상 최초로 공동 개최한 2002년 한·일 월드컵 대회의 의미가 무엇인지 극명하게 알 수 있다. 한·일 두 나라의 국민들은 그동안 문명개화의 슬로건을 내걸고 서구의 문명국가들을 숨 가쁘게 뒤쫓아왔다. 하지만 이제야 비로소 '손을 놓고' 저 모태의 아늑한 원초적 생명 공간에서 발길질하며 놀던 때로 잠시 돌아가본 것이다. 월드컵을 통해서 국민 모두가 문명의 손때와 스트레스를 풀고 그 오염된 허파를 원초의 바람으로 씻어내는 심호흡을 했다.

한편으로 월드컵의 축구 경기는 단순한 놀이가 아니라 풍요제와 같은 경제적 시장성을 지니기도 한다. 인류학적으로 봐도 축구는 인간의 원형에 속하는 게임이다. 또 다른 축구의 기원설을 보면 축구 경기의 원형은 12세기 전의 유럽 대륙에 있었던 '스루'라는 경기에서 나온 것이라고 한다. 스루는 켈트어로 태양을 뜻하는 말로, 사순절의 봄 축제와 관련이 있다. 그러니까 태양을 자기 마을로 가져와 풍년을 들게 하려는 일종의 풍요제로서 마을사람 전체가 참여하여 태양을 상징하는 공을 빼앗는 시합을 했던 것이다.

오늘날의 월드컵도 그러한 풍요제와 별로 다를 것이 없다. 월드컵이 국경 없는 시대의 지구촌 축제가 될수록 마을 단위의 공동체의식과 그 번영을 기원하는 풍요제적 성격은 더욱 커져간다. 지난 월드컵의 개최국이요, 우승국이었던 프랑스를 모델로 생각해보면 알 수 있다. 프랑스팀 최고의 골게터 지단은 알제리계요, 조르카에프Youri Djorkaeff는 아르메니아계, 데샹Didier Claude Deschamps은 스페인계다. 스타팅 멤버 11명 가운데 7~8명이 이민계의 선수들이다. 그래서 프랑스 응원단의 자리는 프랑스 깃발만이 아니라 알제리나 모로코 같은 여러 나라의 국기도 한몫 끼어 나부낀다. 월드컵은 민족 공동체의 일체감을 새롭게 인식하고 강화하는 이벤트이면서도 동시에 세계화가 아니면 도저히 실현 불가능한 글로벌리즘의 이벤트이기도 한 것이다.

영국 언론인 크레이그 맥길Craig McGill이 『축구 주식회사Football Inc.』라는 책에서 지적하고 있듯 축구는 이미 국제적인 비즈니스로 매력 있는 투자 대상이요, 냉철한 자본주의 논리에 의해 움직이는 거대한 산업이 되었다. 구단주는 물론이고 그와 관련된 여러 이익집단 그리고 국가까지 총동원되는 태양 빼앗기의 시장 경쟁이 스포츠의 이름으로 치러지고 있다.

그리고 덴마크의 미래학자 옌센의 증언대로 모든 비용이 선불되어야 하는 할리우드와 달리 축구 클럽과 축구 리그는 독점권을 갖는다.

"월드컵은 하나밖에 없다. 그래서 우리는 유럽의 여러 축구 클럽의 주식이 향후 10년 동안 우량주로 남을 것이라는 결론을 내릴 수 있다. 클럽들은 고유 로고가 찍힌 티셔츠 판매, 특히 텔레비전 중계권과 후원 계약을 통해 부유해질 것이다. 선수들, 특히 스타들은 성공담과 경쟁담, 역경을 극복한 이야기를 통해 부유해질 것이다. 21세기에는 25세도 안 되는 많은 백만장자가 배출될 것이다."

옌센은 이렇게 월드컵을 21세기를 대표하는 꿈의 산업이라고 말한다.

행인지 불행인지 우리는 이런 문화 산업에 익숙해 있지 않다. 그래서 우리는 공동변소에 신경을 쓰고 있을 때, 조직위가 내분을 겪고 있을 때, 참가국들은 물론이고 일본은 벌써 휘장 사업으로 큰돈을 손에 쥐고 있었다. 개최지가 아닌 도시에서도 참가국의 베이스캠프 유치 등으로 수익을 노렸다. 개인도 마찬가지다. 월드컵은 스캘퍼scalper라고 불리는 암표상들의 황금 어장이다. 지날 프랑스 대회에서는 준결승전에선 1만 8천 프랑, 결승전에선 2만 프랑으로 정액의 열 배가 넘는 암표가 나돌았다. 우리 돈으로 치면 360만 원 가까운 돈으로 거래된 것이다. 이러한 것들이 바로 월드컵이 지니고 있는 풍요제의 빗나간 내막들이다. 하지만 개막 경기가 벌어진 상암 경기장 스탠드에는 공석으로 이빠진 광경이 눈에 띄어 민망스럽기까지 했다.

세계성과 지역성, 공동체의 결속과 상업주의—이러한 모순과 혼동이 범벅이 되어 있는 것이 월드컵이기도 하다. 하지만 우연성과 일탈성이 강한 월드컵 문화는 마치 카니발적인 혼동처럼 내일의 새로운 질서를 만들어간다. 그같은 혼동 속의 질서나 일탈 속의 창조는 그대로 21세기 문화 형태의 모델이 될 것이다.

"게임은 더 이상 게임으로 끝나지 않는다. 축구가 그냥 축구였던 적은 한 번도 없었다. 축구는 전쟁이나 혁명을 일으키고 마피아와 독재자를 매료시키기도 한다."라는 사이먼 쿠퍼Simon Cooper의 비난에도 불구하고 한·일 공동 개최로 열린 2002년 월드컵에서는 순수한 본래의 모습 그대로인 축구 문화를 보여준 것이다. 지금까지 대서양 양 기슭을 오가며 펼쳐졌던 월드컵의 스캔들과 폭력, 정치성과는 다른 탈문명적인 다이내믹한 폭발력을 연출했다. 더구나 한국의 신바람 문화와 축구의 그 폭발력이 함께 상승 작용을 한 2002년 월드컵 축구 대회는 삼바 축제로 상징되어오던 브라질의 축구 열기와 차원이 다른 또 하나의 강렬한 생명력과 원초적인 힘의 문화 코드를 만들어낸 것이다.

CODE 14 도우미

백조의 우아함은 물갈퀴에서 나온다

한국 사람은 배고픈 것은 참아도 배 아픈 것은 못 참는다는 말이있다. 사촌이 논을 사면 배 아파한다는 것과 같은 말이다. 어렸을 때부터 우리는 친구들과 뜀뛰기를 하다가도 뒤처지게 되면 "앞에 가는 놈은 도둑놈"이라고 욕을 하는 버릇을 몸에 익혀왔다. 그러한 풍토에서는 자기보다 잘난 사람을 존경하거나 후원해주는 봉사 문화가 생겨나기 힘들다. 남이 잘되는 꼴은 죽어도 못보는 배 아픈 문화가 정치고 경제고 모든 사회를 지배한다. 그래서 한국에서는 영웅도 천재도 자라지 않는다고 개탄하기도 한다.

그러나 2002년 월드컵 축구로 새로운 문화 코드가 생겨났다. 그것은 '물 위의 백조보다 물 아래의 물갈퀴'라는 봉사 문화다. 호수 위에 우아하게 떠 있는 백조의 모습은 아름답고 평화롭다. 그것은 보이지 않는 물갈퀴가 물밑에서 잠시도 쉬지 않고 물을 휘젓고 있기 때문이다. 우리는 그동안 백조의 깃만 부러워하거나 시기해 왔는데 월드컵 대회 중에는 스스로 물밑에 숨은 물갈퀴가 된 사람들의 모습을 무수히 볼 수 있었다.

그렇다. 배 아픈 문화만이 있었던 것이 아니다. '도우미'라는 말은 요즘에 와서 만들어진 말이지만 예로부터 한국말에는 '뒤치다꺼리' 혹은 '뒷바라지'라는 아름답고도 친숙한 토박이말이 있었다. 남의 궂은일을 뒤에서 돌봐주고, 남이 저지른 일을 남몰래 마무리하는 후원자와 봉사자의 행동을 그렇게 표현해왔던 것이다. 그래서 큰 잔치가 벌어지면 으레 뒤에서 치다꺼리를 하는 사람들이 있기 마련이었다. 축제의 화려한 의상과 음식, 그리고 즐거운 놀이는 바로 주방 뒤에서 뒷바라지를 하는 사람들의 땀방울이 있기에 가능한 것이다.

올림픽같이 큰 행사를 치를 때마다 평소와는 다른 한국인의 모습에 세계 사람들이 놀랐던 것도 백조의 물갈퀴 역할을 자진해서 맡았던 한국 특유의 그 뒷바라지 문화가 발휘되었기 때문이다.

한·일 두 나라가 개최하는 월드컵은 한·일 두 나라의 문화 경쟁이기도 했다. 한국에 뒤치다꺼리 문화가 있다면 일본에는 '세와[世話]'라는 말이 있다. 일본 사람들의 친절이란 바로 이 타인에 대한 세와정신에서 비롯된 것이다. 월드컵을 치르면서 가장 큰 근심거리가 되었던 것도 친절 면에서 한국이 일본에 뒤진다는 점이었다. 한국의 뒷바라지, 뒤치다꺼리 정신이 일본의 세와 정신과 그에 따른 친절에 꺾인다는 자격지심을 감추기 어려웠다.

과연 일본인들은 손님맞이를 위해 치밀한 기획과 준비를 했다. 대회가 열리는 10개 도시의 축구 경기장마다 제세동기를 모두 배치했다는 신기한 뉴스를 들으면서 우리는 그냥 어리둥절할 수밖에 없었다. 그 이름조차 생소한 것이었기 때문이다. 그것은 심장발작을 일으킨 환자를 전기충격으로 소생시키는 첨단 의료 기구다. 10만 명에 가까운 대관중이 모여 흥분의 도가니를 이루는 축구 경기장에서는 곧잘 심장마비를 일으키는 환자가 발생한다. 그것에 대비해 일본은 월드컵 사상 처음으로 큰 병원이나 미국 항공기에만 설치돼왔던 그 의료 장비를 각 경기장 안에 설치한 것이다.

또 일본의 경기장 부근에는 24시간 보안용 비디오 감시 카메라가 돌았으며, 흥분한 응원단이 투척할 수 없도록 블록이나 자전거 같은 물건들은 눈에 띄지 않도록 미리 처리해놓았다. 철길의 자갈까지도 주울 수 없도록 고착시켰다고 한다. 심지어 콜레라를 처음 일본에 들여온 것이 개화기의 구로부네(黑船, 서양의 배)였던 것처럼 2002년 한·일 월드컵이 청결도가 높은 일본에 치명적인 전염병을 퍼뜨릴 수도 있다는 위기론까지 대두되었다. 유행성 출혈열, 유구낭충증, 그리고 개고기를 통해 감염되는 각종 질병 등 한국의 풍토성 전염병에 대한 상세한 예방과 대비책까지 세워두었다고 한다.

우리는 어떤가. '설마가 사람 죽인다'라는 한국의 '설마 문화' 속에서 다리가 무너지고 백화점이 붕괴되었던 한국이 아닌가. 이 안전 불감 지대로 30여 개국이 넘는 나라에서 수십만 응원단과 관객이 모여들 때 과연 어떤 일이 벌어질까에 대해 염려하는 목소리가 컸다. 그렇기 때문에 2002년 월드컵 대회는 친절·안전·봉사 등 모든 분야에서 한국이 일본에게 한 수 아래라는 것이 모든 사람의 사전 평가였다.

그러나 결과는 어떠했는가. 축구만이 4강에 진입한 것이 아니라, 응원만이 일본보다 역동적이었던 것이 아니라, 자원봉사단원들의 뒷바라지 또한 일본을 눌렀다. 프랑스의 한 신문이 그것을 축구처럼 골 수로 채점한 것에 의하면 한국은 여섯 개의 분야에서 모두 일본을 이겨 6대 0의 스코어로 대승을 한 것으로 되어 있다. 어린 학생들에서 80세의 노인네에 이르기까지 자원봉사한 덕분이었다.

월드컵을 앞두고 한국 사람들이 무엇보다도 힘을 기울인 것은 화장실의 위생관리였다. 덕분에 고속도로 휴게소나 지하철의 공중변소는 이전보다 한층 청결해졌을 뿐만 아니라 아름다운 음악과 향내에 그림까지 장식되게 되었다. 일본에서 한국으로 수학여행을 왔던 한 학생의 수기에는 '한국의 변소가 더러우니 조심하라는 얘기를 들었는데 막상 와보니 일본 변소보다 훨씬 깨끗하고 아름답더라'라는 내용까지 들어 있었다고 한다.

무엇보다도 자원봉사의 활약에서 일본이 따라오지 못한 것은 통역 서비스였다고 할 수 있다. 자화자찬의 두려움이 있기는 하지만, 일본은 한국과 마찬가지로 휴대전화가 생활화돼 있으면서도 그것을 이용해 통역 서비스를 할 생각은 하지 못했다. 전직 외교관, 은퇴한 교수를 비롯하여 각 외국어학과 학생 등 총 3천여 명으로 구성된 자원봉사단원들은 대회 중에 3만 통 가까운 언어 통역 서비스를 했다. 《중앙일보》에서 선발한 자원봉사자들의 휴대전화 번호를 모아 나라별로 카드를 만들어 공항 입국 시에 배포해준 것이다. 그러면 직접 현장에 가지 않고서도 언어가 통하지 않아 곤경에 처한 외국인들이 전화를 이용해 자원봉사자들과 접속을 하게 된다. 지리산 꼭대기에서 홍도에 이르기까지 언제 어디서든 월드컵 대회를 찾아온 외국 손님들은 자기 나라 말로 의사소통을 할 수 있게 된 것이다. 이것은 세계의 언어 적십자 운동이라고 할 수 있는 것으로, 나는 그 취지문에서 이렇게 선언했다.

지금 문화의 갈등과 문명의 충돌로 21세기의 출발은 파멸의 위기를 맞고 있다. 의사소통의 단절로 붕괴된 바벨탑 증후군이 세계 시스템의 곳곳에서 일어나고 있기 때문이다. 인터넷으로 상징되는 디지털 문명은 지구를 하나의 촌락으로 만들었지만 언어의 장벽에 의한 인종 간의 편견, 국가와 지역 간의 차별은 오히려 그 어느 때보다 심화되고 있다.

이에 《중앙일보》는 31개국이 참가하고 50만 명의 응원단이 한국을 찾게 될 월드컵 대회를 계기로 바벨탑 없는 세계를 선언했다. 각자의 휴대전화를 이용해 다국어 문화 서비스를 펼친 이 새로운 발상의 시민운동에 은퇴한 원로 교수, 외교관 그리고 저명한 지식인들을 주축으로 해 전국 각지의 지식인 자원봉사자들이 참여했다. 그리고 월드컵 참가국과 관련한 18개국어를 대상으로 편성된 회원들의 휴대전화 번호는 카드로 작성돼 공항을 비롯한 전국의 요로에 배포되었다.

우리가 일상적으로 사용해 오던 휴대전화가 누가whoever, 언제 whenever, 어디에서wherever, 무엇이든whatever 필요한 외국어와 문화 서비스를 받을 수 있는 '에버ever네트'의 통역·문화 서비스 장치로 변한 것이다.

지금까지 외국어를 몰라 서로가 불편하고 고통스러웠던 답답한 언어의 장벽이 무너지고 이제 한국은 바벨탑 이전의 세상으로 돌아가는 최초의 땅이 되었다. 남의 나라 문화란 호두와도 같은 것이다.

언어의 딱딱한 껍데기를 깨뜨리지 않고서는 그 속맛을 볼 수 없다. 언어의 벽을 넘어 인류가 하나가 되는 '비포 바벨Before Babel'의 정신과 휴대전화를 문화 이해의 도구로 활용하는 새로운 모델은 한국에서만 그치지 않고 전 세계로 번져갈 것으로 믿는다. 21세기의 문화 갈등과 문명 충돌을 막는 것은 미사일이 아니다. 나의 휴대전화가 언어의 벽을 허물고 세계의 화해를 부르는 창조의 무기가 되는 것이다.

비포 바벨! 그리고 비포 바벨 브리게이드BBB! 한국 발신의 이 작은 신화로 우리는 21세기 커다란 꿈을 만들어갈 것이다.

그리고 일본이 따르지 못한 작은 봉사 아이디어가 월드컵 대회를 계기로 실현된 것이 있다. 예로부터 한국인에게는 타인의 신체적 결함을 비웃거나 경멸해온 좋지 않은 문화가 있었다. 결함이나 비정상성을 배격하고 균형과 조화를 중시하는 유교 문화의 영향이기도 하다. 그래서 한국을 찾는 외국인들로부터 장애인에 대한 배려가 적다는 말을 많이 들어왔다. 그러나 상암동 축구 전용 경기장 전광판에는 세계 어디에서도 볼 수 없는 장치가 되어 있다. 특별히 돈을 들이거나 첨단 기술을 이용한 것도 아니다. 전광판 양 옆에 경기장의 서포터스가 응원하는 박수나 함성 소리를 그래픽 바로 표시하는 음향 표시 장치를 설치해놓은 것이다. 소리를 데시벨의 크기로 삼등분해 색채 바가 양쪽에서 울려오는 소리를 그때그때 색으로 표시했다. 전 세계 어느 나라에서도 생각지 못한 것을 한국의 축구 경기장에서 처음으로 해낸 것이다. 청각 장애자나 난청자들이라 해도 경기장에서 응원하는 소리와 그 열기를 시각을 통해 체험할 수 있었다. 보통 관객이라 해도 전광판의 이미지를 통해 청각 정보를 얻을 수 있는 유일한 물갈퀴 문화를 체험할 수 있었던 것이다.

CODE 15 글로컬리즘

한국은 이제 주변 국가가 아니다

한국은 이미 주변 국가가 아니다. '중화의 변방', '대동아의 변방'에서 벗어난 뒤에도 한국은 여전히 '서양의 변방'이었다. 급성장하는 산업국으로서 한국 제품이 세계 시장으로 진출하기는 했어도 그것은 물건만 나오고 사람은 보이지 않는 '자판기 문화'와 다를 것이 없었다.

그러나 월드컵 대회는 제품 전시장과는 다른 것이다. 피와 살이 있는 사람들끼리 직접 부딪치는 스포츠다. 공장 기계로는 만들어낼 수 없는 영혼과 생명이 담긴 문화축제다.

종교와 이념과 문화가 달라도 열한 명의 선수들이 연출해내는 축구는 인류가 함께 이해하고 공감하는 각본 없는 드라마이자 움직이는 조각이다. 거기에는 춤과 음악과 함성이 모든 언어를 대신한다. 하지만 지금까지 그것은 서구를 상징하는 스포츠에 지나지 않았다. 그러던 것이 한국과 일본을 양 축으로 한 태평양으로 옮겨오면서 2002년 월드컵은 21세기 새문명의 월드컵이 되었다.

서양 사람들이 200년 동안 닦아서 이룩한 산업주의 문명을 불과 20년 만에 뛰어넘은 한국, 그리고 이제는 브로드밴드의 인터넷 인구가 1천만 명을 넘어선 세계 최고의 정보 대국이 된 한국이 세계를 향해 그 문명—문화를 발신하는 월드컵이 된 것이다.

그렇다. 세계가 우리에게 왔다. 인천공항은 이미 변두리 시골역이 아니다. 오를리 공항보다 장대하고 나리타 공항보다 앞서 있다. 세계 중심부로 들어오는 대문으로 조금도 어색하지 않다는 것을 세계는 알고 있다.

그러니 이제는 열등의식에서 오는 자기 존대, 변두리 사람들 특유의 배타 감정과 소아병적인 국수주의를 버릴 때가 됐다. 우리가 세계의 중심부에 선다는 것은 그만큼 어른으로 성숙해졌다는 것이며 세계의 한복판에서 세계 전체를 내다볼 수 있는 넓고 높은 안목을 갖게 되었다는 것을 의미한다.

축구공은 둥글다. 그래서 온 세상 사람들이 어느 지점에 살든 그곳이 중심이 되는 세기가 다가오고 있다. 서구만이 지구의 중심에 서 있는 것이 아니라 한국·일본 그리고 아프리카의 여러 나라까지 다양한 축 위에서 모든 인류가 함께 사는 세계를 2002년 월드컵을 통해서 우리는 예감했다. 프랑스의 식민지였던 세네갈이 축구의 맹주 프랑스를 꺾는 현장을 목격했고, 식민지였던 한국이 일본과 함께 월드컵의 공동 개최국이 되어 그들이 못 해낸 4강 진입의 신화를 만들어냈다.

한·일 월드컵의 문화 코드는 글로컬리즘이었다. 그것이 단순한 스포츠에서 끝나지 않는다는 것을 우리는 FIFA에 의해 촉발된 개고기 논쟁을 통해서 체감했다.

제프 블래터Joseph Sepp Blatter FIFA 회장은 개고기를 먹는 행위를 중단시키라고 요구했고 한국 조직위원회는 "FIFA가 관여할 성질의 것이 아니다"라고 거부했다.

"왜 생선을 산 채로 회를 떠서 먹는 일본에 대해서는 아무 말이 없는가? 왜 1998년 프랑스 월드컵 때에는 말고기, 달팽이, 개구리 뒷다리 요리를 먹지 못하도록 조처하지 않았는가? 2008년 베이징 올림픽 기간에도 개고기를 먹는 13억 중국인을 향해 식단을 바꾸라고 말할 용기가 있는가?"

한국인이라면 어느 외지의 논평처럼 이렇게 항의하고 싶었을 것이다. 하지만 이런 응수로는 FIFA의 월권이나 약자 때리기의 비판은 될지언정 개고기를 먹는 것에 대한 해명이나 정당화가 될 수는 없다. 교통법규를 위반한 운전자가 "당신에겐 단속 권한이 없다"라고 하거나 "왜 다른 차는 놔두고 나만 잡느냐"라고 따지는 것과 비슷한 논리이기 때문이다. 잘못하다가는 말 그대로 개싸움이 되고 만다.

이미 워너브라더스 방송사와 뉴욕의 한인 사회에서는 그런 분규가 일어나고 있다. '한인 가게에서 개고기가 유통되고 있다'라는 보도에 대하여 한국인 당사자는 그것이 개고기가 아니라 미국인도 먹는 코요테(여우와 비슷한 개과의 동물) 고기였으며 보신탕이 아니라 염소 보신 전골이었다고 부인하고 나선 것이다. 하지만 그것이 왜곡 보도라는 것이 밝혀진다 해도 개고기를 먹는 한국인의 식문화에 거부감을 갖고 있는 서양 사람들이 있는 한 "창피해서 학교에 가고 싶지 않다."고 말하는 한국인 2세들의 고민은 가시지 않는다.

올림픽이나 월드컵은 글로벌리즘의 모델이고 보신탕은 로컬리즘의 상징이다. 그러므로 그 잡음의 배경에는 문화보편주의 대 문화상대주의라는 거대 담론의 갈등이 도사리고 있다. '사람이 개를 물다'라는 캐치프레이즈로 개고기를 먹는 한국인을 고발한 워너브라더스는 서구 문화를 월드 시스템으로 삼고 있는 문화보편주의의 창이다. 이에 비해서 "한국인들은 월드컵 때문에 진미 요리를 포기해야 하는가"라고 묻고 "지금 한국에서는 남의 고유 음식 문화를 두고 왈가왈부하는 것에 대하여 서구의 문화제국주의라는 반감이 확산되고 있다"라고 논평한 독일의 《알게마이네 차이퉁Allgemeine Zeitung》지는 문화상대주의의 방패인 셈이다. 그래서 우리가 먹고 난 보신탕 그릇을 어떤 논리, 어떤 태도로 설거지해야 하는가 하는 것이 세계화 속에서 살아가는 현실적 과제로 떠오르게 된다.

월드컵과 보신탕 사이에 낀 한국인이 선택할 수 있는 최상의 방법은 글로벌리즘이냐 로컬리즘이냐 하는 이자택일의 선택지를 넘어서 '글로컬리즘'의 문화 코드를 만들어내고 그 통합적인 코드를 통해서 보이지 않는 문화 구조를 읽을 수 있는 능력과 방법을 배우고 가르쳐주는 일이다.

그러지 않으면 대만으로 후퇴해온 장제스[蔣介石]의 국부군들이 꼭지만 틀면 물이 쏟아져나오는 수도를 보고 놀란 일과 같은 일이 벌어지게 된다. 타이베이에서 수도를 본 군인들은 너도나도 신기한 그 수도꼭지를 사다가 벽에다 박아놓고 틀었다. 물론 한 방울의 물도 나올 리가 없었다. 속았다고 생각한 군인들은 철물점으로 쳐들어가 총질을 하며 난동을 부렸던 것이다.

우스개 이야기도 아니며 또한 남의 이야기도 아니다. 우리 역시 눈에 보이는 현상만 가지고 사물을 판단하다가는 그와 똑같은 소동을 벌이게 된다. 사람들은 땅속의 수도관처럼 눈에 보이지 않는 시스템에 대해서는 관심을 두지 않는다. 전구를 처음 발명한 사람이 누구냐고 물으면 누구나가 에디슨이라고 쉽게 말한다. 일본 아이들이라면 그 전구에 쓴 대나무가 일본산이었다는 것까지 알고 있다. 그런데 막상 전구보다 몇 배나 더 중요한 발전소와 그 송전 시스템을 만든 사람이 누구인지는 아는 사람이 없다. 같은 에디슨이 한 일인데도 말이다.

보신탕을 에워싼 논쟁도 마찬가지다. 인간이 무엇을 먹을 수 있고 무엇을 먹지 못하는가 하는 금기식에는 오랜 문화의 시스템과 각자 다른 문화 전통이 깃들어 있다. 돼지고기를 먹지 않는 무슬림과 소고기를 먹지 않는 힌두교도들의 경우만 보아도 알 수가 있다.

특히 개는 2~3만 년 전 크로마뇽인 시절부터 인간과 가장 가깝게 지내온 동물이다. 폼페이의 유적 발굴에서도 어린아이들을 보호하려다 죽은 것으로 보이는 개의 유해가 발견되었다. 인간과 개가 함께 살아온 인류 문화의 텃밭에서부터 서로 얽힌 실타래를 풀어가야 한다. 한국의 지명에는 개와 관련된 것이 무려 2,414개나 된다. 그 가운데에는 술에 취한 주인을 산불에서 구하려다 숨진 의견의 전설을 딴 '개목고개'라는 것도 있다.

우선 이러한 정보를 세계의 이웃들에게 나눠줘야 한다. 그리고 정보에서 지식으로 단계를 높여 구조주의자들처럼 식문화에 숨어 있는 문화 코드를 찾아내 분석해야만 한다. 결혼과 식문화의 심층에는 '해가 너무 가까이 있으면 타 죽고 너무 멀리 있으면 얼어 죽는다'는 원근 금기의 의식이 숨어 있다. 그래서 가까운 사람끼리 하는 근친혼도 이방인과 하는 외혼도 기피하는 것처럼,

인간은 가까이에 있는 애완동물도 멀리 있는 야수도 다 같이 먹지 않는 것이다.

하지만—이 대목이 중요하다—그 대상이 얼마나 가깝고 먼가를 결정하는 잣대는 나라에 따라 다르고 문화권에 따라 차이가 생긴다. 한국에서는 동성만 되어도 결혼을 하지 못하는데 일본은 사촌끼리도 한다. 어디까지를 근친으로 보느냐의 문화적 코드가 서로 다르기 때문이다. 인간과 동물 사이에서도 그 가깝고 먼 거리를 재는 잣대에 따라서 애완동물과 가축과 야생동물을 나누는 경계에 미묘한 차이가 생긴다.

개의 경우가 그렇다. 서양의 문화 코드로 보면 개는 인간과 거의 동일시된다. 그러나 질서를 중요시하는 유교권 문화에서는 아무리 가까워도 인간과 개는 유별하다. 그래서 서양에서는 개가 방 안은 물론 침실 공간으로까지 들여지지만 한국을 비롯한 유교문화권에서는 절대로 방 안으로 들이는 법이 없다. 한국에서도 방 안으로 들어오는 고양이와 금붕어 같은 것은 절대로 먹지 않는다. 만약 누군가 그것을 먹었다면 근친상간자처럼 혐오의 대상이 되고 만다.

그렇다고 한국의 개가 다른 가축과 같은 거리에 있는 것은 아니다. 강아지 때에는 방 안에서 살 수도 있고 커서는 가축들이 범접할 수 없는 문간과 마당을 자유로이 차지한다. 그렇기 때문에 개고기의 금기 코드 역시 애매하고 느슨해서 먹을 수도 있고 먹지 못할 수도 있는 것이다. 서양의 문화 코드로 옮겨보면 한국의 개는 애완동물과 가축의 중간 위치에 놓인다. 그래서 개고기는 소나 돼지고기와 차별화된다. 이 같은 한국의 문화 코드를 모르는 서양 사람들은 한국인이면 누구나 다 개고기를 먹고, 식당이라면 어느 곳이건 개고기를 파는 줄로 오해하고 있다. 일정한 사람들 이 일정한 시기(복중)에 일정한 식당(보신탕집)에서 파는 코드 일탈의 고기라는 사실을 안다면 한국인을 식인종 보듯이 하지는 않을 것이다.

개고기를 견육이라 하지 않고 구육狗肉이라고 하는 것을 보아도 알 수 있듯이 식용으로서의 개는 그 코드가 '견犬'이 아니라 '구狗' 쪽으로 기울어져 있다. 한마디로 요약하자면 한국인들이 주로 먹는 황구는 서양인이 생각하는 애완용 개의 콘셉트와는 다른 것이다. 거기에 다시 근대화가 되면서 문화 코드가 달라져 푸들이나 치와와처럼 실내로 들어와서 사는 개들도 생겼다. 월드컵이 아니라도 업그레이드된 한국의 개들은 복날을 걱정하지 않아도 된다. 이러한 개의 코드 강화로 이제는 남의 간섭 없이도 개고기는 혐오식으로 기피되어 그것을 먹는 인구가 줄어들었다.

이러한 문화 코드를 읽을 줄 알면 월드컵을 같이 치르는 일본이 왜 개고기를 먹지 않는가 하는 의문도 풀린다. 근대화를 먼저

해서가 아니다. 일본은 한국보다 불교 문화의 영향이 컸기 때문에 메이지明治 유신 전까지는 개만이 아니라 네 발 달린 짐승 고기는 모두 금기의 대상이 되었다. '동물 애련의 법'까지 만든 도쿠가와 쓰네요시德川綱吉의 5대 장군은 자기와 띠가 같은 개에 대해 특별히 단속이 심해 사람들은 개를 끌고 다니지 못하고 가마에 태우고 다녔다. 만약 도쿠가와 쓰네요시가 말띠 해에 태어났다면 말을 짊어지고 다녔을 테니 그나마 다행이 아닌가라는 농담이 나돌 지경이었다. 그래서 당시의 일본인들은 처벌이 두려워 아예 개를 몰래 버려 들개가 되어 방황하는 개가 5만 마리에 이르기도 했다.

이렇게 개를 애호한다는 것이 개의 학대를 불러오는 것처럼 서양인의 애완견을 보면 개를 잡아먹는 것 이상의 잔학 행위라 는 느낌이 들기도 한다. 《내셔널 지오그래픽National Geographic》의 보도에 따르면 해마다 영국 크러프츠에서 열리는 품평회에는 손에 넣을 만큼 작은 치와와에서부터 두 사람이 움직여도 꿈쩍하지 않는 털북숭이 마스티프에 이르기까지 크기와 모양이 다른 200여 종에 가까운 개가 출품된다고 한다. 같은 개인데도 이렇게 크기와 모양이 극단적으로 다른 종류가 생겨나게 된 것은 자연의 진화에서 비롯된 것이 아니라 인간들이 자기 취향에 알맞도록 품종을 멋대로 개량한 까닭이다.

개는 염색체 수가 78개로 48개인 인간보다 30여 개가 더 많다. 그래서 지난 300~400년 동안 서양 사람들은 자기가 원하는 특성을 얻기 위해 무자비하게 교배를 시켰고 원하는 결과를 아주 빨리 얻어냈다. 만약 인간에게 이런 식으로 했다면 지금 새끼 손가락만 한 난쟁이에서 킹콩처럼 거대한 괴물 인간들이 도시를 배회하고 있을 것이다. 개를 잡아먹는 것과 개의 품종을 사람들 편의에 의해 멋대로 변형하는 것 중 어느 쪽이 더 잔인한가.

인간의 편의를 위해 털 없는 개나 장바구니에 넣고 다니는 쥐 같은 개를 만들어낸 사람들. 과연 이것이 개를 위하는 동물 애호라고 할 수 있는가. 개의 입장에서 보면 잡아먹히는 것은 그중 몇 마리지만 씨를 바꾸는 것은 개 종자 전체에 영향을 미치는 것으로 훨씬 잔인하고 비극적인 일이다. 개와 인간의 관계를 감각적인 즉흥성이 아니라 구조적 분석을 통해서 파악해보면 개를 인간 편의로 품종 개량한 것은 사랑이 아니라 학대이며 자연 파괴 현상의 하나로 보이기도 한다.

개고기만이 아니다. 문화 코드를 읽을 줄 모르는 사람에게는 축구를 즐기는 것이 개고기를 먹는 것보다 더 야만스럽게 보일 수도 있다. 여러 스포츠 가운데 유독 축구만이 손을 쓰는 것을 금지하기 때문이다. 손은 동물과 인간을 구별하는 문명의 상징이 아닌가. 그리고 다 큰 어른들이 떼를 지어 몰려다니면서 한 사람(골키퍼)을 괴롭히는 것도 잔학한 짓이 아닌가. 무법천지의 훌리건 역시 다른 스포츠 관객에서는 찾아볼 수 없는 야만이 아닌가. 심지어 포드 대통령이 상식에 위배되는 실언을 했을 때 그의 정적들은 그의 대학 시절 축구 경력을 들먹이며 헤딩을 많이 해서 머리가 그런 것이 아니냐고 비꼬기도 했다.

그러나 축구의 문화 코드를 심층적으로 읽을 줄 아는 사람들은 결코 그런 무지한 발언을 하지 않을 것이다. 와일드한 축구가 오히려 인간 문명에 새로운 활력을 일으키는 카니발적 특성을 지니고 있기 때문이다. 20세기의 개방이 집 문을 여는 국제화였다면 21세기의 그것은 집의 담을 허무는 세계화다. 월드컵이 세계화를 의미하는 것이라면 보신탕 뚝배기는 그 담을 상징하는 문화 코드다. 수도꼭지같이 문화를 단말적인 것으로 보면 그것은 충돌할 수밖에 없다. 하지만 숨어 있는 심층적인 코드로 해독하면 문화의 보편성과 상대성은 하나의 고리로 이어지고 글로벌과 로컬이 어울리는 '글로컬리즘'이 생겨나게 된다. 월드컵과 보신탕 뚝배기는 미래의 우리 모습을 비쳐주는 수정구이기도 한 것이다.

2002년의 월드컵의 글로컬리즘의 문화 코드는 실제로 한국의 히딩크와 일본의 트루시에 감독의 성공으로 세계에 널리 알려졌다. 하멜의 후예인 히딩크는 자유로운 몸으로 그의 조상이 못 해낸 활동과 명예를 누렸다. 한국의 대표팀의 감독을 외국인이 맡아 성공담을 만들어냈다는 단순한 이야기가 아니다. 히딩크는 네덜란드의 문화와 한국의 문화를 융합하여 월드컵 4강의 글로벌

문화를 만들어놓았다.

축구 후진국이었던 일본을 세계 정상권으로 업그레이드시킨 트루시에Phillipe Troussier의 경우는 더욱 그렇다. 그는 일본의 두 번째 월드컵 본선 무대에서 일본에게 사상 첫 승과 함께 16강 진출을 안겨줌으로써 지난해 컨페더레이션스컵 준우승이 결코 우연이 아님을 입증했다.

"트루시에는 일본의 현실과 이상을 절묘하게 조화시킨 '플랫 스리flat 3'란 독창적인 수비 시스템을 고안해 이를 토대로 일본의 성장세에 가속도를 붙였다. 일본의 숙원을 푼 '하얀 마법사White Witch Doctor 트루시에'는 '대표 선수로서의 최고 덕목은 인간성이다'라는 신념과 '집단으로서 완벽하게 기능하는 조직을 만든다'라는 축구 철학이 아시아의 가치와 절묘하게 맞물리게 꽃을 피워냈다"는 것이 외신에 나타난 평이다. 그는 한때 아프리카의 축구를 세계화한 지도자로서 하얀 마법사라는 별명을 얻었지만 이번에는 그들이 황화라고 부르던 황색 대륙에서 또 한 번의 하얀 마법사가 된 것이다.

네덜란드 출신의 히딩크와 프랑스 출신 트루시에 감독은 아마도 이 지구상에서 단일민족의 순종 문화를 자랑하는 가장 텃세가 센 두 나라—그것도 개고기와 사시미(생선회)를 먹는 나라에서 눈부신 성공을 거둠으로써 글로벌리즘도 로컬리즘도 아닌 글로컬리즘의 새로운 문화 코드를 만들어낸 것이다.

CODE 16 상생

한국은 해원상생의 다듬이 축구를 만들었다

2002년 월드컵 축구대회에서 한국은 그 기층 문화인 해원상생解寃相生의 문화 코드를 전 세계에 발신했다. 21세기는 9·11의 충격적인 테러로 시작하여 신 전쟁이라는 아프간전쟁으로 불붙었다. 하지만 21세기의 새벽에 서 있는 인류는 또 하나의 다른 광경을 목격하게 된 것이다.

월드컵의 볼은 자폭 테러의 폭탄이 아니며, 멋지고 통쾌한 롱슛은 미사일이 아니다. 축구 경기에도 저지가 있고 반칙이 있지만 옐로카드와 심판자의 휘슬이 있다. 근본적으로 게임은 전쟁이 아니라 오히려 그 억압된 것을 발산하고 응어리진 것을 푸는 해원상생의 푸닥거리다.

한국의 무속은 억울한 사람들의 원혼을 풀어주는 데 있다. 푸닥거리는 푸는 거리다. 이렇게 풀어야만 인류의 문화는 상극에서 상생으로 그 방향을 돌릴 수 있다. 그래서 우리는 몸을 풀고 마음을 풀고 한을 풀고 서로 손을 잡는다. 심심한 것까지 풀어 심심풀이란 말을 만들어낸 민족이다. 그 심심풀이를 양식화한 것이 바로 축구가 아니겠는가.

월드컵의 공인구가 육각형의 백색과 오각형의 흑색으로 된 32개의 가죽 쪼가리를 합쳐 만든 것이듯 서로 다른 빛깔의 문화와 서로 다른 인종들이 둥근 지구의 공동체를 만들어내는 것이 바로 그 축구 잔치다.

서양에서는 세 자매라고 불리는 기독교·유대교·이슬람교가 지금까지 반목과 갈등의 역사를 되풀이해왔지만 한국을 비롯한 아시아의 문화는 유·불·선 삼교가 함께 상생하면서 천 년을 어깨동무하며 살아왔다. 원수와 다름없는 한국과 일본이 이렇게 공동으로 월드컵을 치른다는 것은 해원상생의 '풀이 문화'가 있었기 때문이다. 이스라엘과 팔레스타인이 공동으로 월드컵을 개최하는 날을 상상할 수 있겠는가. 그런데 우리는 그것을 해낸 것이다. 지난 프랑스 월드컵 때 정치적으로 숙적 관계에 있던 이란과 미국의 대전을 떠올려보자. 축구의 열기와 경쟁을 국민감정이나 정치에 이용하려고 했던 사람들은 참패를 당했지만 그 대신 양국기로 하트 모양을 새긴 셔츠를 입고 화해와 평화를 나누려 했던 사람들은 박수를 받았다. 정치와 축구는 다르다는 휴먼드라마를 보여주었던 것이다.

월드컵의 축구는 스포츠 경기이면서도 문화의 경기장이 되기도 한다. 그러나 연 400억 명으로 추산되는 관객들이 바라보는 그 드라마 속에서 보여준 우리의 이야기는 단순 명료한 것이다. 문화—문명의 충돌이라는 9·11 서구 발신으로 시작된 21세기를, 문화—문명은 융합하고 상생하는 것이라는 아시아적 가치의 발신으로 반전시킨 것이다.

한국인이 남의 나라 식민지 백성을 할 만큼 어리석은 사람들이 아니었음을 당당하게 보여주었고, 비록 원수처럼 살아왔던 일본이라고 해도 우리는 결코 이슬람 원리주의자들이 아니라는 것을 증명했다. 오히려 과거의 먼지를 털어낸 두 나라가 처음으로 함께 손을 잡고 인류에 공헌하는 월드컵의 새로운 이야기를 함께 써내려가 21세기의 메시지를 발신했다. 한국과 일본은 서양의 수신자가 아니라 발신자임을, 그리고 독백만을 읊조리는 상대가 아닌 그들의 좋은 대화자임을 인식시켜주었다. 서구인들은 단 한 건의 폭력도 일어나지 않고 경찰의 피켓 라인도 없이 움직이는 붉은악마의 서포터스—그 대군중을 보면서 인류가 하나가 되는 힘이 어디에서 나오는가를 보았다. 그들이 말하는 공생의 문화가 실제로 존재하고 있다는 것을 한국 문화의 접속으로 깨닫게 된 것이다.

월드컵이 이렇게 요란한 것은 그것이 전쟁 다음으로 세계의 화제가 되기 때문이다. 히스토리는 어원 그대로 스토리다. 서구 발신의 21세기 스토리는 9·11테러의 우울한 전쟁 이야기로 시작됐지만 한·일 공동의 아시아발 스토리는 월드컵을 화제로 막을 열었다.

무엇보다도 2002년 한·일 월드컵 공동 개최를 통해서 우리는 불과 200킬로미터밖에 떨어져 있지 않은 두 나라의 문화적 차이가 얼마나 큰 것인가를 알았다. 동시에 그 차이를 서로 인정하면서 해원상생하는 법을 배웠다.

월드컵 출전 팀의 조 추첨이 끝난 시점부터 두 나라의 문화는 극명한 차이를 드러냈다. 우리는 미국이 한국과 같은 조에 편성됐다 하여 기뻐했다. 신문과 방송마다 16강 진출의 가능성이 생겼다며 들떠 있었다. 그러나 놀랍게도 미국이 한국 쪽으로 편성되면 테러의 위험성과 보안의 부담이 훨씬 높아진다는 것을 염려하는 사람은 거의 없었을 것이다. 일본은 미국 팀의 조 편성을 보고 일단 보안의 큰 부담이 한국 쪽으로 넘어갔다며 안도의 숨을 내쉬었다. 그러면서도 영국 팀의 경기가 자기네 나라에서 열리게 되자 훌리건을 맡게 됐다며 그 대책 마련에 열을 올렸다. 제주도로 갈 것으로 알려졌던 영국의 캠프는 아와시마[淡島]로 결정돼 일단 훌리건들과는 격리되었다. 하지만 예비검속법이 없는 일본은 유럽보다 상대적으로 훌리건 단속에 약점이 많다는 것을 자탄하기도 했다.

한국은 자잘한 문제보다도 큰 이야기 줄거리를 끌고 간다. 일본은 반쯤 차 있는 술병의 비어 있는 쪽을 보고 비관하고 한국은 반대로 차 있는 쪽을 보면서 낙관을 한다. 문화의 차이다. 축구공은 둥글어도 나라마다 그 문화는 다 다르다. 영국이 세계에 공헌한 3대 항목이 의회 제도와 샌드위치, 축구라는 말이 있듯이 근대 축구의 발상지는 영국이다. 하지만 그것을 세계화해 FIFA와 월드컵 대회를 만들어낸 것은 프랑스인 쥘 리메Jules Rimet였다. 그러나 해원상생의 문화라는 새로운 21세기형 월드컵을 만들어 낸 것은 한국인이었다. 월드컵 제1회 대회에서는 우루과이와 아르헨티나의 결승전에서 양국 응원단 사이에 큰 싸움이 벌어졌고, 제2회 대회에서는무솔리니가 월드컵을 정치적으로 이용하여 그들의 파쇼 정권을 세계에 과시하고 외국인 선수까지 데려다가 이탈리아의 필승 전략을 실현시켰다. 제3회 프랑스 대회에서는 이미 오스트리아가나치의 독일에게 병합되어 출전을 하지 못하게 되었고, 남미 팀들은 경기를 연속 2회 유럽에서 치르는 것에 불만을 품고 참가를 거부했다. 더구나 결승전에서는 헝가리가 파시스트 이탈리아의 정치적 압력에 굴하여 우승을 상납하는 일이 벌어지기도 했으며, 결국 프랑스 월드컵 직후인 다음 해에 제2차 세계대전이 일어나 월드컵이 부활하기까지는 이로부터 12년의 긴 세월이 흘러야만 했다.

이렇게 정치적인 이용과 전쟁으로 얼룩진 월드컵의 역사를 놓고 보면 이번 21세기에 들어서서 처음 열린 월드컵의 역사적 의미가 무엇인지 그 해답이 나온다. 월드컵 사상 최초로, 그것도 사이 나빴던 양국이 공동개최를 했다는 것은 그것이 이미 화해와 상생의 새로운 21세기적인 의미를 담고 있음을 드러낸다. 그리고 그것을 그대로 보여준 것이 붉은악마의 출현이다. 인터넷과 휴대전화와 전광판 같은 21세기 첨단 정보기술이 없었더라면, 그리고 해원상생의 신바람 문화가 없었더라면, 세계는 그렇게 희한한 응원 장면을 구경하지 못했을 것이다.

한국에는 폭력적인 것이 곧 평화적인 것으로 승화되는 역설적인 문화가 참으로 많다. 그중 하나가 다듬이 문화다. 다듬이질에는 원시 때부터 인간이 사용해온 곤봉(방망이)이 사용된다. 그런데 그 방망이를 두드리는 것은 공격적인 남성들이 아니라 여성들이며, 그 곤봉을 내려치는 것은 살생을 위함이 아니라 무명이나 비단을 곱게 다듬기 위함이다. 정성과 사랑이 담긴 세상에서 가장 아름다운 곤봉이 바로 다듬이라는 문화 상징이다. 아무리 고부간에 갈등이 심한 경우에도 시어머니와 며느리가 함께 다듬이질을 할 때만은 그 방망이질의 장단 박자가 맞지 않으면 안 된다. 시어머니와 며느리는 다듬이의 리듬을 타고 들려오는 해원상생의 소리를 온몸으로 느낀다.

사실 나는 서양은 물론 중국에도 일본에도 없는 이 다듬이 문화를 개막식전에 보여주려고 모든 준비를 갖추고 있었다. 새로

짓는 상암동 경기장의 추녀에 미리 앵글을 박아넣기도 했다. 배터리 차에 탄 수백 쌍의 아름다운 한국 낭자들이 서로 마주 앉아 오방색 비단을 다듬이질하는 광경을 연출하려 했던 것이다. 다양한 리듬의 변화와 경쾌한 방망이 소리가 상암동 경기장의 푸른 잔디를 넘어 세계로 울려 퍼진다. 방망이가 때리는 다듬잇돌 위에는 살생의 피가 아니라 아름답고 현란한 오방색 깁들이 다듬어진다. 한때 동양과 서양을 이었던 비단길이 재현되는 광경이기도 하다.

사랑을 다듬고 평화를 다듬는다. 세계의 번영과 생명의 질서를 다듬는다. 밤 깊이 우리 어머니, 누님이 옷감을 곱게 곱게 다듬어 주던 방망이질은 테러로 얼룩진 마음을 다듬어주고 그 주름살을 편다. 공격의 도구를 평화로 이용하는 한국의 발신, 아시아 발신의 문화가 21세기 평화를 예고한다. 원한과 갈등으로 사무친 분노와 그 슬픔을 다듬이질로 지새운 길고 긴 한국의 밤—그 아시아의 깊은 밤에 새벽이 다가오는 소리를 들려줄 수 있다. 비록 다듬이 소리로 열지는 못했지만 우리는 월드컵을 통해 해원상생의 문화 코드를 전 세계에 알렸다.

우연이 아니다. 21세기의 첫 월드컵인 2002년 한·일 월드컵의 화두는 개인기와 조직력을 결합한 '퓨전 축구'였다. 퓨전 축구는 정형화된 포메이션(대형)에 머무르지 않고 언제든 단세포 생물체인 아메바처럼 자유자재로 변형이 가능한 21세기형 축구 포메이션이다. 특히 남미 축구의 개인기와 유럽 축구의 힘과 조직력을 결합시킨 퓨전 축구의 포메이션은 경기의 흐름을 상황에 따라 수시로 조절하고 선수들의 전력을 극대화할 수 있다. 전방 공격수를 향해 길게 차고 달리던 '킥 앤 러시Kick and Rush' 스타일에서 벗어나 공격과 수비가 어우러진 올 라운드형 플레이를 펼친 1970년대 네덜란드의 '토털 사커'가 퓨전 축구의 원조라고 말해진다. 그것이 히딩크를 통해 한국의 문화와 절묘하게 융합됨으로써 해원상생의 다듬이 축구를 낳게 된 것이다.

CODE 17 즐거움

즐거움은 인생과 세계를 바꾼다

축구는 축구로서 즐겨야 한다. 우리는 그동안 노동에 대한 훈련과 교육은 받았지만 삶을 즐기는 방법에 대해서는 무엇 하나 배운 것이 없다. 그래서 스포츠도 한자로 번역하면 '체육'으로 '체조 교육'의 뜻이 되고 만다.

그러나 21세기는 교육도 놀이로 하는 에듀테인먼트의 시대다. 월드컵의 경제적 효과도 중요하지만 그보다도 더한 것은 즐거움이라는 가치체계에 대한 새로운 인식이다. 경제는 삶의 수단이지 결코 목적이 아니다. 의식주가 족하지 않던 시대에는 언제나 '금강산도 식후경' 논리가 앞섰다. 모든 화두는 "그것이 밥 먹여주느냐"라는 반문 앞에서 침묵할 수밖에 없었다.

하지만 21세기의 가치 패러다임은 군사력이나 경제력에서 매력으로 바뀌어가고 있으며 박물관과 유원지가 하나로 융합되고 있다. 어메니티Amenity의 지수가 기능보다 앞선다. 우리 역시 주 5일 근무로 놀이가 노동 이상으로 중시되는 시대를 맞고 있다. 그런데도 우리에게 놀이는 항상 소모적이고 파괴적인 것이라 여겨져 때로는 죄악시되기도 했다. 라틴어로 문명을 가리키는 '시비리투스'도 사람답게 산다는 의미라고 한다.

옛날 선비 방이나 책방 도령이 기거하던 방을 보아도 알 수가 있다. 거기에는 물고기 세 마리를 그린 병풍 그림이 있을 것이다. 세 마리 물고기를 한자로 쓰면 삼어三魚가 된다. 그것은 곧 중국어로 음이 같은 삼여三餘와 통한다. 독서삼여라는 말이 있듯이 삼여는 밤과 비 오는 날, 그리고 겨울철의 세 가지 여가를 뜻한다. 그러니까 물고기 세 마리의 병풍화는 사람들이 일할 수 없는 그 여가를 이용하여 열심히 책을 읽으라는 가르침을 나타낸 것이다. 요즘 범람하는 플래카드의 구호와는 비교도 할 수 없을 만큼 운치 있다.

농경 사회에서는 삼여의 경우처럼 대자연의 섭리에 따라 일하고 놀았다. 여가는 하늘이 내린 것으로 머슴에게도 그 혜택을 누릴 기회와 권리가 주어진다. 하지만 그것이 공장 노동으로 바뀌게 되고 에디슨이 백열전등 발명으로 밤낮의 구분이 없어진 산업 시대가 되면서 여가는 자연 상태가 아니라 인간의 의지와 사회 제도에 의해 결정되게 된 것이다.

심지어 잠자는 휴식마저도 그 의미가 달라진다. 에디슨은 자신이 서너 시간밖에 잠자지 않았다는 것을 선언하면서 그 이상 자는 것은 멍청한 습관이며 낭비라 말했다. 그리고 자신이 발명한 전등의 효용성을 이렇게 지적하고 있다.

> 수력과 전기 조명이 개발된 곳에서는 모든 사람이 똑똑하게 보였다. 그러나 이 기구가 없는 곳에서 살고 있는 사람들은 닭이 잠드는 시간에 잠자리에 들어가 아침 동이 틀 때까지 잠을 잤으며 훨씬 미련해 보였다.

알코홀릭은 비난받아도 워커홀릭은 찬양받는 산업 사회에서 여가란 하늘이나 자연의 선물이 아니라 스스로 싸워서 얻는 전리품이 될 수밖에 없다. 19만 명에 이르는 미국 노동자들이 8시간 노동제를 요구하여 파업을 일으키며 기념일까지 만들어낸 메이데이가 바로 그것이다. 하지만 '시간은 돈이다'라는 산업주의 금언이 시퍼렇게 살아 있는 한 주 5일 근무제를 실시한다고 해서 결코 그 여가를 누리고 살게 되리라는 보장은 아무데도 없다. 우리보다 앞서 주 5일제를 실시한 나라들의 속사정을 들여다보면 대부분의 사람들이 좀 더 돈을 벌기 위해 여가시간을 부업하는 데 이용하고 있다. 또 여가를 즐기기 위해서는 여가의 이틀 가운데 하루를 노는 비용을 벌기 위해 희생해야만 한다. 뿐만 아니다. 노동시간의 단축으로 대중 여가 시대를 맞이하면서 오락산업의 봇물이 터지게 된 것이다. 여가는 내 것이 아니라 여가산업 시장의 것이 되고, 그것은 호시탐탐 기회를 노리는 상어떼처럼 밤낮으로 낯선 소시민들 주변으로 몰려든다. 역시 여가는 제도의 문제가 아니라 마음의 문제라는 결론에 도달하게 된다. 산업자본주의 시대에서 노동은 삶의 수단이 아니라 그 목적으로 군림한다. 여가는 노동의 재생산에 불과하고 휴식은 노동의 효율성을 위한 준비 과정에 지나지 않는다. 오락을 의미하는 레크리에이션(재창조)이란 말이 바로 그런 것이다. 하지만 아리스토텔레스는 그의 정치학에서 여가를 생활의 최고 상태요, 행위의 제일 원리라고 말하고 있다. 여가 가치가 노동 가치보다 우위에 설정돼 있는 철학이다.

앞으로 오게 될 문화자본주의를 맞기 위해서는 시간은 돈이 아니라 생명이라는 사실과, 삶의 목적은 노동의 고통이 아니라 여가의 즐거움과 창조적인 기쁨이라는 인식의 변화가 일어나야만 한다. 금융기관이 주 5일제로 들어서면서 제일 먼저 변한 것이 있다면 주말이 금요일로 옮겨져 또 하나의 혼잡한 교통 체증이 일어나고 있다는 점이다. 역설적으로 말해서 더 바빠지고 더 각박해진 것이다. 놀이 비용을 마련하기 위해 더 고통스럽게 일해야 하는 모순도 생겨나고 있다.

우리는 너무나 많은 고통 속에서 살아왔다. 정치 지도자들이 국민에게 준 것은 즐거움이 아니라 고통이었다. 월드컵의 최종적인 성공은 온 국민이 삶은 고통이 아니라 즐거움이요, 행복이라는 것을 발견하고 체험하는 데 있다.

다시 보자. 지금 텅 빈 거리에서는 월드컵 대회 때 들리던 그 함성이 울려온다. 푸른 잔디 위에서 차고 받고 달리는 그 젊음의 몸짓 속에 폭발하는 한국의 역동적 문화가 있다. 호수의 중심부에 떠 있는 우아한 백조의 모습과 해원상생의 푸닥거리 춤과 핏발선 눈이 아니라 즐겁고 행복한 마음으로 삶을 노래하는 그 축제의 마당이 있을 때 노동도 즐거운 것이 되고 보람 있는 일이 된다.

II
문명전쟁

CODE 1 전쟁

좋은 전쟁은 없다, 그러나 나쁜 평화는 존재한다

전쟁은 지난 1,500년 동안 인간 역사의 3분의 2를 차지해왔다고 프랑스의 문명 비평가 자크 아탈리Jacques Attali는 적고 있다. 그중에서도 20세기의 역사는 분명 전쟁의 역사라 할 만하다. 전투에 직접 참여하여 3,600만 명이 죽었으며, 그와 관련돼 학살된 수는 1억 1,900만 명이나 된다고 했다. 하지만 에릭 홉스봄Eric Hobsbawm의 『극단의 시대 : 20세기 역사』에는 1억 8,700만 명으로, 그보다 더 많은 사람이 죽은 것으로 돼 있다.

더욱 충격적인 것은 제2차 세계대전이 끝나고 평화가 찾아 왔다는 전후 기간에도 이 지구상에선 160개나 되는 많은 전쟁이 끝없이 꼬리를 물고 이어졌다는 점이다. 1945년에서 1990년까지 총 2,340주 가운데 전쟁의 총성이 멈춘 날은 겨우 3주밖에 되지 않는다. 그 전사자 수만 해도 제1차 세계대전 때와 맞먹는 720만 명을 기록한다. 그러나 정말 우리를 놀라게 하는 것은 통계 숫자가 아니다. 그렇게 많은 전쟁을 되풀이하고서도, 또 그렇게 많은 사람이 죽었음에도 불구하고 사람들은 여전히 당대의 전쟁 코드를 잘못 읽어왔다는 점이다.

20세기 초에 유럽 각국에서 자유무역의 기운이 일어나자 사람들은 이제 전쟁은 끝났다고 한숨을 돌렸다. 1910년에 『거대한 환상』이라는 책을 쓴 영국의 작가 노먼 앤젤Norman Angell도 그런 사람들 중의 하나였다.

그는 전쟁에 대해 더 이상 흥미를 보이지 않은 유럽과 미국 같은 나라에서는 산업 활동이 군사 활동을 압도하게 됐다며, 그런 세계에서는 더 이상 전쟁 본능이 평화 본능과 맞서 생명력을 유지할 수 없을 것이라고 호언장담했다. 그러나 그 말이 떨어지기 무섭게 2~3년도 안 돼 제1차 세계대전이 일어나고 만다.

그렇게 전쟁 - 평화의 코드를 잘못 읽는 실수는 백 년 전에도 있었고 백 년 후에도 일어났다. 18세기의 프랑스 철학자 몽테스키외는 국제무역으로 모든 상인과 교역 국가들이 국경을 초월해 뭉칠 수 있게 됐으며 세계는 한층 더 평화로워졌다고 생각했다. 물건을 주고받는 두 나라의 관계는 서로의 필요성에 기반을 두고 있기 때문에 비록 격한 감정이 생겨나도 폭력을 휘두르기보다 인간적이고 도덕적인 품행을 지키는 것이 자신에게 더 이롭다는 사실을 알게 된다. 옛 소련의 붕괴로 냉전이 종식돼 갈 무렵에도 많은 정치인과 언론인, 학자들은 자유주의 시장경제가 지배하는 민주주의의 세상에서는 더 이상 전쟁은 일어나지 않을 것이라고 축배를 들었다. 이제 전쟁은 노예제도나 결투처럼 과거의 박물관 속으로 들어가게 될 것이라고 말하는 사람도 있었다. 하지만 앤젤이 그랬던 것처럼, 그러한 말의 메아리는 쿠웨이트를 친 이라크의 악몽으로 돌아오고 말았다.

낙관론자들의 평화론은 오히려 전쟁론자들에게 힘을 실어주는 구실을 했다. 냉전 때처럼 강국들이 이라크 같은 호전적인 나라들의 고삐를 죄었더라면 전 세계가 동원되는 걸프전은 일어나지 않았을 것이다.

제1차 세계대전 후 독일이 재무장하고 나치가 등장해 그 세력이 유럽 전역으로 암처럼 번져갈 때에도 주변의 강국들은 평화외교 정책을 썼다. 그 결과 유대인을 비롯해 무고한 시민 수백만 명이 가스실에서 죽었다. 호미로 막을 것을 가래로 막은 셈이다.

냉전이라는 말 자체가 20세기에 만들어진 신어가 아니라 13세기 지중해 주변의 상황을 표현하기 위해 스페인에서 사용한 말이라는 것을 상기시키는 사람들도 있다. 냉전 위에 아무리 포스트라는 말을 붙인다 해도 그와 비슷한 상황은 평화라는 말 뒤에 잠복해 발톱을 세우고 이빨을 간다. 그래서 "이 세상에는 좋은 전쟁이란 없다. 그러나 분명히 나쁜 평화는 존재한다"라는 논리가 등장하게 된다.

그러고 보면 우리에게 지금 필요한 것은 전쟁과 평화에 대한

원론적인 토론이 아니라 9·11테러 이후 새롭게 등장한 상황과 이라크 전쟁의 새 문명 문화 코드를 정확히 읽어내는 방법과 힘이다. 신장대 같은 격정적인 플래카드와 구호로는 21세기가 또다시 전쟁의 세기가 되는 것을 막지 못한다. 또다시 한반도에 깔릴지도 모를 전쟁의 구름을 밀어낼 수도 없을 것이다. 이것은 묵은 관념이 아니다. 가나다를 처음 배우는 아이들처럼 눈을 맑게 뜨고 21세기와 함께 우리에게 다가선 전쟁의 낯선 상형문자들을 읽어가야 할 것이다.

CODE 2 미디어

전쟁, 안방으로 들어오다

대부분의 미국 신문은 1면에 광고를 싣지 않는다. 긴박한 전쟁 뉴스를 1면 전체에 실어야만 했던 남북전쟁 당시의 전통이다. 이러한 사실에서도 알 수 있듯이 이 세상에 전쟁 뉴스만큼 중요하고 관심을 끄는 일은 없다. 전쟁 뉴스에는 삶의 모든 요소가 들어 있다. 실제적 정보만이 아니라 드라마가 갖는 스릴과 비장, 승부욕을 결정짓는 스포츠의 긴장과 흥분, 심지어는 회전목마를 탄 것 같은 현기증과 소설을 읽는 재미까지 깃들어 있다. 더구나 휴머니즘과 직결된 윤리와 철학까지 있으니 금상첨화다. 동서 쌍벽을 이루고 있는 고전, 호메로스의 서사시와 나관중의 『삼국지』가 다 같이 전쟁 이야기라는 사실만 봐도 짐작할 수 있다.

그러나 21세기 신개념 전쟁으로 떠오르고 있는 이라크전에서 우리는 그것이 고전적 의미의 뉴스와는 다르다는 사실을 알게 된다. 전쟁 뉴스의 다양한 코드에도 변화가 일어나고 있기 때문이다. 결론부터 말하자면 신 전쟁에 있어 미디어는 전쟁의 뉴스를 보도하는 수단이 아니라 전쟁 그 자체다. 더 극단적으로 말하면 미디어는 무기다. 사람들은 이번 이라크전쟁을 보고 지난 걸프전이나 아프가니스탄전쟁과는 비교할 수 없을 만큼 세계인의 눈에 완전히 노출된 전쟁이라고들 평하고 있다.

전 세계의 500여 종군기자들이 영·미 지상군과 함께 움직이며 그 작전 장면을 생중계했다. 우리는 지금까지 공습 장면이나 밤하늘을 수놓는 대공포의 섬광을 봐왔지만 모래바람이 부는 사막지대를 시속 40킬로미터로 질주하는 기갑부대의 장갑차들을 실시간 중계로 바라본 적은 없다.

안방에서 차를 마시며 미사일이 날아다니는 전쟁터를—그것도 전쟁 참여 여부 자체가 극비에 부쳐져 있던 영국 특수부대의 상륙 같은 은밀한 장면을 텔레비전 화면으로 목격하면서 신 전쟁의 개념을 체험할 수 있었을 것이다.

그러나 신 전쟁의 진짜 충격은 결코 그런 데 있는 것이 아니다. 텔레비전의 중계가 생생하면 생생할수록 우리는 '백문百聞이 불여일견不如一見'이란 말이 '백견百見이 불여일문不加一聞'으로 물구나무선 역설을 느끼게 된다. 말은 못 믿어도 눈으로 본 것은 믿는다. 그것이 지금까지 시각형 근대인간이 지니고 있었던 상식이다. 때문에 미심쩍은 소문을 들으면 으레 "네 눈으로 봤느냐"라고 반문한다.

그런데 우리는 이라크전 개전 초부터 그런 신앙이 뒤집히는 것을 체험했다. 자기 눈으로 분명히 본 사담 후세인 전 이라크 대통령의 개전 뉴스 장면이 가짜인지 모른다는 추측이 나돌았기 때문이다. 미군의 폭격으로 후세인이 사망했거나 부상했을 것이라는 소문과 함께 텔레비전 화면에 나온 후세인은 대역을 쓴 것이거나 미리 녹화해둔 것이 아니냐 하는 주장들이 제기되었다.

자기 눈으로 백번을 봐도 그 영상의 뒤에 붙이는 문자나 말로 된 해설을 듣지 않고서는, 그리고 그것을 믿지 않고서는 허상과 다를 바 없게 된 것이다. 그래서 일본의 NHK는 후세인이 상투적으로 사용하는 "위대한 국민들이여"라는 부분을 전에 녹음한 그의 연설 목소리와 함께 정밀 분석을 시도하였다. 이라크 측 텔레비전 영상만이 아니라 미·영 측 텔레비전 영상도 공격을 받는다. 이라크 측 군 공보관은 CNN 등 미국 측이 내보내는 이라크 군 포로 장면은 미군들이 돈을 주고 사온 사람들이거나 군인이 아닌 일반 시민들이라고 주장했다.

이라크전은 미사일의 공방보다 뉴스 영상의 진부를 놓고 더 치열한 공방을 벌였다. 영상을 이용한 미디어의 무기화는 이미 걸프전 때 대두됐다. 폭격으로 폐허가 된 바그다드의 거리에서 울부짖는 중년 여성의 영상이 전 세계로 방영되어 많은 사람의 동정을 샀지만, 실은 그녀가 이라크 외무성의 관리였다는 사실이 뒤늦게 밝혀진 적도 있다. 영상을 조작하지 않는다 해도 이라크의 군 당국은 이라크 내의 잔류자 명단을 일방적으로 지정하고 취재 장소도 임의로 정해 CNN 보도진을 역이용하기도 했다. 미국의 텔레비전 영상 역시 구설에 오른 것은 마찬가지다. 이라크군의 석유 방류로 해안에서 새가 날개를 퍼덕이며 죽어가는 장면이 연출된 것이 아니냐는 의문이 제기되기도 했다.

그래서 통신위성을 이용한 최첨단 영상 송신 장치 SNG의 하드파워와 24시간 뉴스를 내보내는 CNN 텔레비전의 소프트 파워가 결합해 만들어낸 미디어의 새로운 신화를 수립했으면서도, 그리고 미사일이 아니라 SNG를 실은 CBS 방송차가 해병대를 제치고 제일 먼저 쿠웨이트에 입성했으면서도 "이라크전에서 패배한 것은 이라크만이 아니라 강철과 미디어(텔레비전)였다"라는 말이 나오게 된 것이다.

CODE 3 카메라

전장 누비는 카메라 앵글, 군 작전에도 큰 영향 미쳐

"지금 바그다드 하늘은 불꽃놀이를 하는 것 같습니다." 10년 전 걸프전이 시작됐을 때 CNN 기자 피터 아네트Peter Arnett는 그렇게 말했다. 영상이란 그런 것이다. 이 세상에서 가장 잔혹하고 비정한 전쟁이라고 해도 텔레비전 속의 공습 장면은 축제의 불꽃놀이와 구별되지 않는다. 혹은 어떤 가혹한 전투 장면도 컴퓨터 게임처럼 현실감을 잃을 수도 있다.

그래서 때로는 마리네티Filippo Marinetti의 "전쟁은 아름다운 것"이라는 선언문이 탄생하기도 한다. "대형 전차나 비행기의 편대 비행이 만들어내는 기하학적 도형은 불타는 마을에서 치솟는 나선형 연기의 곡선과 어울려 새로운 구성미構成美"를 나타낸다는 식이다.

그러나 카메라의 앵글을 돌려 알몸이 된 포로와 까맣게 불탄 전사자의 시체, 그리고 맨발로 돌아다니는 전쟁고아의 눈물방울을 잡으면 금시 생지옥의 영상이 나타난다. 그러한 영상들은 분노나 슬픔에서 끝나지 않고 반전 시위대의 플래카드로 클로즈업되기도 하고 금세 구호를 외치는 수백만 군중의 얼굴로 줌인되기도 한다.

많은 사람들은 바로 이러한 미디어의 영상들이 베트남전에서 미국을 패배로 몰아넣은 원인 가운데 하나로 지적한다. 그리고 또 소말리아에서 몇 명의 군사 독재자와 소수의 전사자가 세계 유일의 초강대국을 축출할 수 있었던 것도 그러한 미디어의 이미지를 이용한 공격 때문이었다고 탄식한다. 미국은 최첨단 무기와 전쟁 위험이나 죽음을 두려워하지 않는 최강의 해병대를 보유하고 있었지만 미국 국민들의 머릿속에 깊숙이 박혀 있는 텔레비전의 반전 이미지와 싸워 그것을 지울 수 있는 군대는 가지고 있지 않았다.

"베트남전에서 패배한 것은 강철과 미디어(텔레비전) 때문이었다"라는 말은, 뒤집으면 "미국이 걸프전에서 이긴 것은 실리콘과 미디어의 통제 때문이었다"라고 할 수 있다. 베트남전의 상황을 되풀이하지 않기 위해서 군 당국은 반전 이미지나 여론에 영향을 줄 만한 것은 철저하게 봉쇄했었다. 그러나 전쟁 개념도 미디어의 상황도 완전히 바뀌어버린 이번 이라크전쟁에서는 '피할 것은 피하고 알릴 것은 알리는 것' 이 PR이라는 전략은 더 이상 통할 수 없게 된 것이다.

이라크 전쟁에서 벌어지고 있는 미디어의 상황은 10년 전에 비해 상상할 수 없을 정도로 크게 변했기 때문이다. 걸프전에서 처음 등장했던 SNG 장비 하나만 해도 이제 그 값도, 무게도, 덩치도 모두가 다 줄어들고 말았다. 그렇기 때문에 별로 힘 안 들이고 누구라도 갖출 수 있게 된 것이다. 걸프전 때 세계의 텔레비전 방송사들이 사용한 취재비는 2천억 원으로 추산된다. 가까운 일본의 NHK는 하루에 1억 원을 투입했으며, 일본 매체들이 사용한 회선 비용만 해도 500억 원이 넘는다. 그러나 이제는 크게 돈을 들이지 않고 군소 방송사에서도 종군기자들을 보낼 수 있게 되었다. 후방의 대기요원까지 합치면 기자들은 1천 명이 넘는 숫자이다. 그러므로 군도 걸프전 당시처럼 통제하기 힘들어진 것이다. 군의 통제에서도, 취재 경쟁에서도 자유로워진 기자들은 고삐 풀린 말처럼 자유분방하게 전선을 누빌 수 있게 되었다. 이라크전 개전 초부터 많은 기자들의 희생이 나온 것도 그 때문이다.

이러한 상황에서 미·영 연합군은 미디어의 보도와 그 이미지를 의식하면서 작전을 수행하고 전략을 세우지 않을 수 없게 되었다. 민간인의 희생을 줄이기 위해서 정밀한 핀 포인트 폭격을 하지 않으면 안 되는 부담이나 동시에 아군 전사자들이 되도록 발생하지 않게 하는 소심할 정도의 배려나 모두가 이미지전의 제약들이다.

들것에 실린 병사들의 모습이나 이라크 방송에 등장한 미군포로의 모습은 전쟁의 향방을 가늠하는 중요한 요인으로 작용했다. 추락한 전투기의 조종사를 찾기 위해서 이라크 측 시민과 군인들이 사냥몰이나 축제판을 벌인 것 같은 영상을 내보낸 것도 모두 이미지 전쟁의 효과를 위한 것이다. 영상미디어 속에서는 옷 하나 갈아입는 것으로 간단히 군인이 민간인이 되고 민간인이 군인이 된다.

그러한 점에서 보면 이미지 전쟁에서 미·영 연합국은 처음부터 불리한 입장에 놓여 있었다. 개전 초 바그다드에는 CNN, NBC, 내셔널 퍼블릭 라디오, 로이터 기자들이 남아 전쟁 실황을 중계했지만 바그다드 공습 장면이나 거리의 시민들, 병원에 누워 있는 부상한 이라크 어린이의 모습 등을 방영한 알 자지라 방송에 눌려 기세가 꺾였다.

알 자지라 방송이 CNN을 누른 것은 바로 군사평론가 존 힐렌 John Hillen의 지적처럼 항공모함과 전투기, 미사일로 싸우는 옛날 전쟁에 비해서 신 전쟁이 얼마나 어려운 것인가를 상징한다.

CODE 4 W

전사에게 '게임의 룰'은 없다

알파벳 W는 이라크의 신 전쟁 코드를 읽는 열쇠다. 우선 그 전쟁을 일으킨 조지 W. 부시 미 대통령의 이름에 'W' 자가 있다. 양차 세계대전을 라디오 전쟁이라고 하고, 베트남 전쟁을 텔레비전 전쟁이라고 한다면 오늘의 이라크 전쟁은 인터넷 전쟁이라고 할 수 있다. 그 인터넷의 대명사가, 그리고 신 전쟁을 뜻하는 약자 역시 똑같은 WWW다. 다만 앞의 것이 세계 광범위 네트워크를 의미하는 'World Wide Web'의 약자인 데 비해 후자는 세계 광범위 전쟁을 가리키는 'World Wide War'의 약자인 것이다. 공교롭게도 부시가 읽고 이라크 공격을 결심했다는 카플란Robert Kaplan의 책 『전사 정치학(Warrior Politics, 한국어판 제목 『승자학』)』도 'W' 자로 시작된다.

말장난이 아니다. 정말로 '전사(戰士, Warrior)'의 두문자인 그 W 코드만 알게 되면 앞서 말한 모든 'W' 자의 숲속에 길이 트인다.

저자 카플란은 지금까지 전쟁은 군인끼리 하는 것이었지만 앞으로의 전쟁은 군인과 전사들이 싸우는 전쟁이 될 것이라고 말한다. 그 전사들이란 어떤 규율이나 직업의식을 갖고 있는 보통 군인들과는 다르다. 용병처럼 충성의 대상을 자주 바꾸고, 폭력을 쓰는 데 이골이 나 있고, 시민 질서에는 전혀 관심이 없는 원시인을 닮은 집단이다. 그리고 그러한 전사들은 냉전의 붕괴 과정이나 근대 가족의 해체 과정 혹은 유사종교 집단에서 생겨난 컬트 문화에서 생겨난다.

구체적으로 말하면 우리가 일찍이 보지 못했던 잔인성과 거기에 한층 더 교묘하게 무장된 전사 집단—서부 아프리카의 살인적인 10대 전투원들이나 러시아와 알바니아의 마피아들, 라틴아메리카의 마약 상인들, 이스라엘 웨스트 뱅크의 자살폭탄병, 그리고 오사마 빈 라덴을 추종하는 알 카에다이다.

어린아이가 "엄마, 군인하고 사람하고 싸워"라고 말했다는 우스개 이야기가 있지만 우리가 아는 보통 군인들은 언제든 군복을 벗기만 하면 금세 일상적인 시민으로 살아간다. 하지만 전사들은 거의 죽을 때까지 싸움꾼으로 살아간다.

그러니까 헤겔이 인류의 역사가 시작되는 첫 단계에 나타나는 인간형으로 보고 있는 '전사'와 유사하다. 그러고 보면 프랜시스 후쿠야마도 지적한 적이 있지만 '전사'는 역사의 종말 단계인 개인·자유·평등, 그리고 인권을 신봉하는 라스트 맨과 정반대 자리에 놓여 있는 사람들이라 할 수 있다.

미국만이 아니라 곳곳에서 이러한 전사들과 싸우게 될 미래 전쟁은 9·11테러가 일어나기 바로 3개월 전에 《포사이트》에서 경고했던 존 힐렌의 말 그대로 종래의 전쟁과는 전연 다른 패러다임에 속한다. 과거의 전쟁은 전차나 전함이나 혹은 비행기를 사용해 그 정치력과 군사력이 잘 알려진 상대와 싸우는 것이었다.

아무리 척진 적국이라고 해도 '게임의 룰'을 따라야 한다는 것은 암묵적으로 믿고 지켜간다. 그렇지 않으면 서로 결정적인 피해를 본다는 것은 오랜 전쟁의 역사를 통해 터득한 '게임 이론'이다. 그랬기 때문에 동서가 대결하는 냉전 시대에는 아무리 대량살상무기를 보유하고 있어도 그것을 사용할 엄두를 내지 않았다. 그러나 전사들과의 싸움에서는 제1차 세계대전 때 버렸던 방독면을 다시 쓰고 나타나는 광경을 다시 보게 되며, 백기를 들고 공격해오는 룰 위반도 목격하게 된다.

이제 시작일 뿐 앞으로 대량살상무기를 입수한 전사들은 국적이나 종족, 그리고 지역을 가리지 않고 케냐의 몸바사에서 250여명이 탄 민간 항공기를 소련제 휴대형 지대공 미사일 SA7로 공격한 알 카에다와 같은 위협을 가해올 것이라는 주장이다.

카플란의 말대로 하자면 전사들은 세계화에 따른 소득 불균형에 화가 치민 개발도상국의 수억 명의 젊은 남자와 실업자들로부터 나오기 때문이다. 근대화와 민주화에 뒤져 기술적으로 문명에 적응하지 못한, 숱한 문화권에서 엄청난 수의 전사들이 양성될 것이다. 그래서 제 1, 2차 세계대전은 유럽 강대국끼리의 싸움으로, 기껏해야 W가 두 개 붙은 세계대전이었지만 인터넷이나 최첨단 기술을 이용하는 태초의 전사들과 싸우는 그 전쟁은 인터넷과 마찬가지로 'W' 자가 세 개나 붙은 세계 광역전이 될 것이다.

코드가 다른 전쟁은 공작새와 칠면조의 싸움처럼 비참한 결과를 낳는다. 공작새끼리 싸울 때에는 진 쪽이 항복의 표시로 머리를 내미는 것으로 끝이 나지만 칠면조와 싸울 때에는 코드가 달라 머리를 내밀어도 계속 쪼아댄다. 그럴수록 상대편은 항복의 표시로 계속 머리를 내밀어 피해가 더욱 커진다. 카플란은 코드가 다른 전사와의 싸움에 대해서도 아주 위험스럽고 슬픈 결론을 내린다. 민주주의의 미덕과 장점이 전사들이 노리는 허점이 되는 상황에서는 민주적 절차나 여론의 눈치를 잠시 접어두지 않을 수 없다고 말이다.

그리고 그 W 코드가 실제 이라크전쟁에 나타난 것이 '선제공격론' '주권제한론' '체제변혁론' '대국연립론' '일국주의론' 같은 것이다.

CODE 5 슈퍼 무기

타임터널을 오가는 신 전쟁의 파노라마

등자鐙子 하나가 역사를 바꿨다. 알다시피 등자는 말을 탈 때 사용하는 간단한 기구다. 올라탈 때에는 발 디딤이 되고 달릴 때에는 몸의 균형을 잡아주는 역할을 한다. 1,500년 전에 고안된 이 등자는 중무장을 한 사람이 말을 타고 최고 속도로 달리면서도 적을 공격할 수 있는 기사騎士들을 출현시켰다. 보병을 무력화한 이 혁명적인 전투 방법은 중앙집권적 정치권력을 지방으로 분산시키는 계기가 됐다. 그것이 바로 기사도와 성채만 있으면 쉽게 자기 영토를 구축할 수 있었던 중세의 봉건제다.

그러나 다시 대포가 역사를 바꾼다. 처음에는 적들의 말을 놀라게 할 목적으로 사용되었던 대포가 공고한 성채를 부수고 기사를 무용지물로 만들면서 봉건제도는 빛을 잃는다. 결국은 포병 장교 출신 나폴레옹이 황제가 되는 세상, 용병이 징병제의 국민병으로 바뀌는 근대 국민국가가 등장하게 된다.

규모나 기술에서는 천지 차이가 있으나 이를 만들어내는 ABC 기술은 나폴레옹 때 싹튼 산업주의 시대의 대중 문화의 산물에 지나지 않는다. 존 엘리스John Ellis가 『기관총의 사회사The Social History of the Machine Gun』에서 언급하고 있는 것처럼 집단을 대상으로 한 대량살상무기는 대량생산·대량소비의 산업주의 시대를 만든 것이나 다름없다. 그런 점에서 근본적으로 핵Atomic·생물Biologic·화학무기Chemical의 ABC 기술 코드는 대포와 마찬가지로 산업주의 문명 코드에 속하는 것들이다.

그러나 미국의 정보 RMARevolution in Military Affairs는 약자가 의미하는 그대로 정보혁명이라는 새 기술의 등자가 몰고 온 신무기 시스템이다. 알기 쉽게 말하자면 그냥 대포가 아니라 그 대포알 속에 표적물로 정밀 유도하는 두뇌, 즉 정보 장치가 되어 있는 무기다. 그러기 때문에 교량 한 개를 파괴하는 데 2차 대전 때는 평균 2,240톤의 폭탄을 투하하던 것이 베트남전 중반에는 12.5톤, 걸프전과 유고슬라비아의 폭격에서는 4톤이면 충분했다. 아프가니스탄 전투에서는 1만 미터의 높은 고도에서 위성위치확인시스템GPS 유도폭탄을 투하해 탈레반의 동굴을 하나하나 확실하게 파괴했다.

이렇게 무기 시스템은 문명—문화를 독해하는 코드로 작용한다. 말의 등자가 봉건 시대, 농경 시대의 문명에 속하는 제1의 물결이라면 앨빈 토플러Alvin Toffler가 그의 저서 『전쟁과 반전쟁War and Anti-war』에서 암시하고 있듯이 대량살상무기(WMD)는 제2의 물결인 산업문명, 그리고 RMA의 무기시스템은 제3의 물결의 정보문명 코드에 속한다.

3미터의 오차 범위에서 이루어지는 정밀한 폭격은 오히려 산업 시대의 기관총이 아니라 농경 시대의 창이나 화살 무기와도 같은 것이다. 한마디로 한 포인트 한 포인트를 겨냥한 맞춤식 무기는 대량살상무기와는 코드가 다르다. 가령 이라크전에서 GPS 유도탄은 제3의 물결이지만 유전을 불태워 그 연기로 통신위성을 막은 것은 제1의 물결이다.

이렇게 코드 분석을 통해 읽어가면 왜 막강한 군사력을 지닌 초강국, 전 세계 군사비의 40퍼센트를 차지하는 막강한 유일 초군사대국이 대체 무엇을 두려워하고 무엇에 위협을 느끼고 있는지를 알 수 있다. 한마디로 미국의 가치관이나 외교 방법에 도전하는, 이른바 전사 집단 혹은 그들을 돕는 나라들은 RMA의 군사 시스템과는 다른 무기와 전투 방법을 택하려고 한다. 그것이 RMA와 비대칭형을 이루는 WMD와 선전포고와 종전 협정이 없는 영구 전쟁 테러와 게릴라전이다.

신 전쟁은 미국만이 겪는 것이 아니다. 앞으로 21세기형 문명을 지향하는 모든 나라가 지나야 할 벌판이다. 그러니까 신 전쟁은 공간 위에서 일어나고 있는 수평전쟁이 아니라 서로 다른 시간선상에 위치하여 싸우는 수직전쟁이라고 할 수 있다. 헌팅턴

Samuel Huntington은 문명의 충돌을 지정학적인 공간 위에서 벌어지는 것으로 보았지만 실제로 일어나고 있는 충돌 양상을 보면 문명 단계의 시간 위에서 벌어지는 문명 충돌이라는 점을 체득할 수 있다. 이슬람과 기독교의 충돌이 아니라 제3의 물결 대 제1의 물결 혹은 제3의 물결 대 제2의 물결이 충돌하는 양상인 것이다.

그러한 전쟁의 개막이 바로 상상을 초월한 9·11테러였다. 그리고 그 연장선상에서 정보 RMA의 군사력을 상징하는 펜타곤과 세계화를 지향하는 세계무역센터의 그라운드 제로는 타임터널처럼 제2의 물결이나 제1의 물결을 오가는 타임터널이 되며 그 타임터널을 오가면서 신 전쟁의 파노라마가 나타난다. 한자의 '나라 국國' 자를 다시 한 번 자세히 살펴보자. 성벽을 뜻하는 네모난 사각형이 둘이나 들어 있다. 그리고 그 사이에 무기를 뜻하는 '과戈' 자가 붙어 있다. 세계화라고 하지만 아직도 나라에는 경계선이 두 개씩이나 자신을 에워싸고 있으며 무기가 자신이 살고 있는 문화와 문명을 규정하고 있는 것이다.

CODE 6 동맹

어제의 동지가 오늘의 적

전쟁은 혼자 하는 것이 아니다. 적이 있으면 편이 있다. 내 편 네 편의 동맹 관계에 따라 전쟁의 성격이 정해지고 승패가 결정된다. 그러나 21세기의 신 전쟁은 동맹 코드에도 큰 변화를 일으킨다. 냉전 시대와 비교해 보면 한층 더 분명해진다. 이념의 양극화에 따라 세계의 모든 나라들은 둘로 나뉜다. 베를린 장벽이나 한국의 분단선처럼, 같은 도시나 같은 나라도 둘로 갈라진다.

그래서 냉전 시대의 동맹 코드는 피보다 짙고 성벽보다 견고한 것으로 등장한다. 피[血]냐 접시[皿]냐의 이설은 있지만 한자의 '盟'은 피로써 천지신명에 맹세를 한다는 것이고, 동맹을 뜻하는 영어의 얼라이언스alliance는 어원적으로 '속박'이라는 의미를 갖고 있다. 그것을 최대한으로 이용한 것이 바로 냉전이다.

그러나 신 전쟁에서는 냉전 시대의 '동맹'이 '변동연합(floating coalition)'이라는 새로운 코드로 바뀐다. 테러전에서는 고정된 이론이나 틀이 아니라 변해가는 환경에 따라서 끝없이 '움직이고 진 화'해가는 생물학적인 대응이 필요하다.

그래서 냉전 시대의 '공포의 균형' 같은 고정적·구조적·전략적 체제는 본질적으로 무정형적인 접근과 전술적인 합종연횡으로 변할 수밖에 없다. 파키스탄이 빈 라덴의 체포를 도와달라는 미국의 요청에 탈레반과의 과거 역사로 보아 간단한 일이 아니라고 거절했을 때 아미티지Richard Armitage 미국 국무부 부장관은 "역사는 오늘 시작했다"라고 응답했다.

신 전쟁의 시작이 동맹의 코드 변화로, 그리고 관계의 재정의로 이뤄지고 있음을 극명하게 보여주는 말이다. 필리핀이 철수시킨 미군을 다시 불러들인 것이나, 중국과 러시아가 미국의 탈레반 공격에 동조한 것이나, 그리고 일부 아랍 이슬람 국가에서 미국과의 관계에 변화가 일고 있는 것도 모두가 '변동연합'의 한 모습을 보여주는 현상들이다.

반면에 걸프전과 아프간전에서 미국과 어깨동무를 했던 프랑스와 독일이 이번 이라크전에서는 등을 돌리고 원수처럼 반목하는 일도 벌어진다. 그래서 미국 의회의 모든 구내식당에서는 프렌치 프라이가 '프리덤 프라이'로, '프렌치 토스트'는 '프리덤 토스트'로, 심지어 미 대통령의 전용기 공군 1호기의 식단에서도 '프렌치 토스트'는 '프리덤 토스트'로 창씨개명하는 사태가 일어났다.

10년 전 걸프전 때 미국과 함께 싸웠던 친구들이 모두 떠나고 영국 혼자만 남은 전쟁터의 빈자리를 보면서 동맹이란 대체 무엇인가 하는 질문이 던져진다. 그러나 정치, 외교가 아니라 무기 코드로 보면 그 대답은 의외로 간단하다. 동맹국이란 같은 무기를 사용하는 군대를 의미하기 때문이다. 그것을 군사용어로 '인터-아퍼러빌리티inter-operability'라고 한다. 의역하면 군사장비·기술이 같거나 융통성이 있어서 양국의 군대가 서로 자유자재로 조작할 수 있는 능력을 가리키는 말이다. 그러니까 명령 하나로 일사불란하게 작전을 수행할 수 있느냐 없느냐는 것이 실질적인 동맹국과 동맹군을 결정하는 잣대가 된다.

그런 시각에서 보면 명분과 정치적 이해가 같더라도 프랑스와 독일은 미국과의 인터-아퍼러빌리티가 없기 때문에 이라크전의 동맹군이나 동맹국이 되기 어렵다. 미군과 연합군을 이뤘던 걸프전과 아프간전에서도 프랑스와 독일은 실제적인 군사 행동을 일으켜 영국군처럼 지상전을 수행하지 않았다. 아니다. 할 수가 없었다.

군사평론가들은 직접 전투병을 투입한다 해도 미군과 손발이 맞지 않는 그 군대들은 오히려 혼란만 가중시켰을 것이라고 말한다. 실제로 200명 선의 사상자밖에 내지 않은 걸프전의 신화에 먹칠을 한 것은 인터-아퍼러빌리티가 없는 연합군끼리의 오폭이었다. 냉전 후에도 서구 여러 나라들은 산업문명이 낳은 대량살상무기(WMD)의 무기 체계에 매달려 있는데 미국만이 정보문명 시대의 RMA로 독주하고 있다. 더구나 섬세한 정보 첨단 기술일수록 고도한 인터－아퍼러빌리티를 요구한다.

그런 시각에서 보면 어째서 이라크전에서 미국은 영국군하고만 외로운 전쟁을 하고 있는가 하는 의문도 풀리게 된다. 영국은 미국과 언어만이 아니라 무기의 인터－아퍼러빌리티를 갖고 있는 유일한 나라다. 비록 정찰위성이나 목표지점을 유도하는 디지털 지도를 만들 수 없다 할지라도 유럽 여러 나라 가운데 장거리 순항 미사일 토마호크를 보유하고 있는 유일한 나라가 영국이다. 방위산업에 있어서도 영국은 독일과 프랑스 등 유럽연합이 만든 유럽항공우주방위산업(EADS)이 아니라 차세대 주력전투기를 개발하는 미국의 JSF에 참여하고 있다. 인터－아퍼러빌리티의 무기 코드로 볼 때 대서양은 도버 해협보다 좁고 가깝다.

반 테러전에 협력하는 나라는 누구라도 동맹이 되는 '변동연합'과 RMA의 군사 시스템이 아니면 누구라도 동맹국이 될 수 없는 '인터－아퍼러빌리티'의 이 두 가지 다른 동맹 코드의 모순－그 속에서 동맹의 난기류를 만드는 미국의 일국주의가 등장한다. 냉전과 달라진 신 전쟁의 '동맹' 코드야말로 한국과도 깊이 연관돼 있는 대목이다.

CODE 7 마침표

마침표 없는 전쟁

신 전쟁은 마침표 없는 전쟁이다. '마약과의 전쟁', '질병과의 전쟁'처럼 '테러와의 전쟁' 역시 도저히 근절할 수 없는 것을 대상으로 한 싸움이기 때문이다. 그래서 신 전쟁은 실제 전쟁이면서도 한편에서는 이미지와 상징으로서의 은유적 전쟁 형태를 띤다. 9·11테러는 수많은 인명을 빼앗아가고 거대한 빌딩을 무너뜨린 공격이면서도 동시에 영화나 연극 같은 이미지 연출 행위이기도 한 것이다.

세계무역센터는 미국의 경제력을 상징하는 탑이고, 펜타곤은 미국 군사력을 상징하는 오각의 성채로 그려진다. 그 결과 뜻밖에도 테러들이 발신한 미국의 이미지는 왕년의 어글리 아메리칸으로 형해화해가는 '부국강병'의 낡은 이미지가 되고 말았다. 테러 지원국이나 반미와 반전시위를 하는 많은 사람들의 가슴속에 박혀 있는 그 이미지도 그와 같은 것인지 모른다.

테러에 의해 꾸준히 발신되는 미국의 이미지와 상징성은 신 전쟁을 벌이고 있는 미국인 자신의 의식 속에서도 유효한 그림이 될는지 모른다. 미국의 힘을 세계무역센터의 글로벌 경제나 펜타곤의 막강한 군사력에 두고 있는 정치인이나 시민들의 경우다.

명 칼럼니스트 프리드먼Thomas Friedman은 "맥도날드 햄버거 체인점이 있는 나라들 사이에서는 전쟁이 일어나지 않는다"라는 골드아치 이론을 만들어낸다. 모슬렘 기도를 위해 하루 다섯 번씩 문을 닫기는 하나 사우디아라비아에도, 이집트에도, 레바논과 요르단에도 맥도날드가 있다. 그리고 맥도날드 햄버거가 진출한 이래 이들 사이에서는 한 번도 전쟁이 일어난 적이 없다는 것이다. 오직 전쟁 위험이 있는 나라 이라크와 이란 그리고 시리아만이 맥도날드 체인이 없다.

하지만 우리는 프리드먼이 보증하는 바로 그 맥도날드의 골드아치가 이라크전의 반전·반미 시위자들에게는 제1순위의 표적이 됐다는 것을 목격했다. 그리고 최첨단무기로 무장하고 이라크전에서 싸우고 있는 미국 병사들의 이미지가 미국을 상징하는 힘이라고도 할 수 없다. 모래바람과 불타는 유전의 검은 안개 속에서 게릴라의 습격을 받고 허둥대는 미군의 애처로운 모습을 미국의 힘이요, 그 상징이라고 말할 수 없기 때문이다.

신 전쟁에서 진정한 미국의 힘을 상징하는 것은 무엇인가. 그것은 세계무역센터의 붕괴 현장에서 건축가 나오미 울프Naomi-

Wolf가 보았던 바로 실종자들의 얼굴 이미지다. 벽에 붙어 있는 그 얼굴 사진들은 놀랍게도 제각기 다른 다양한 피부색을 하고 있다. 그러면서도 밝고 개성이 있고 생동감 있는 표정 뒤에는 자유분방한 생명력이 숨어 있다. 나오미 울프는 미국의 진짜 이미지, 그리고 미국의 진짜 힘은 결코 테러리스트들이 공격했던 그런 데 있는 것이 아니라 그 다양한 얼굴들처럼 워싱턴 몰에서 서로 다른 종파의 종교 지도자들이 함께 기도를 올리는 인터페이스, 종교가 달라도 가치관을 공유하는 그 강한 힘과 강한 시스템에 있다고 생각한다. 테러리스트들은 그것을 두려워하고 미워하고 파괴하고 싶었던 것이다.

나오미 울프가 말하는, 혹은 정치학자 조지프 나이Joseph Nye가 말하는 미국의 힘은 햄버거의 글로벌 경제력이나 GPS의 군사력 같은 하드 파워가 아니라 문화 코드에서 나오는 '매력'이라는 소프트 파워에서 비롯된다. 테러의 위협으로 세계 곳곳에서 바리케이드를 쳐놓은 미국 대사관 앞에 오늘도 많은 젊은이들이 미국행 비자를 얻기 위해 줄을 서고 있다.

그것은 햄버거를 사 먹기 위해 늘어선 행렬도 아니며 미군의 미사일을 피하려고 장사진을 이룬 피란민 행렬도 아니다. '매력'은 군사력이나 경제력과 달라서 억지로 제압하는 힘이 아니다. 가만 놔둬도 스스로 몰려와 무릎을 꿇는다. 이 매력이라는 폭탄 앞에서 테러들은 헛다리를 짚고 물러설 수밖에 없다. 카타르의 알 자지라 위성방송이 빈 라덴의 인터뷰만이 아니라 아랍인들이 미국인들의 삶의 방식을 배워야 한다는 토론 프로그램도 방송하게 하는 그 힘이다. 비행기를 납치해 인간 폭탄으로 쓰기보다는 우리도 그런 비행기를 만들 수 있는 민족이 돼야 한다고 말하는 아랍의 지식인들을 등장시키는 바로 그 힘이다.

9·11테러 이후 테러의 공격이 미국에 끼친 가장 큰 손실은 만인이 부러워하는 미국의 '매력' 민주주의의 덕목에 중대한 타격을 입혔다는 사실이다. 테러와 싸우기 위해 그들이 이민의 땅에서 오랜 시련과 시행착오로 쌓아올린 인권, 관용, 자유, 다원주의 가치를 스스로 유보하고 제한할 수밖에 없었던 상황이다.

테러는 무역센터와 펜타곤을 공격할 수는 있어도 미국의 심장부에 있는 디즈니랜드와 같은 세상 '이리가 어린 양과 함께 거하며, 표범이 어린 염소와 함께 누우며, 송아지와 어린 사자와 살진 짐승이 함께 어린아이에게 이끌리는' 성서의 이미지가 갖고 있는 평화의 뜰은 결코 때리지 못한다.

그것이 신 전쟁, 마침표 없는 전쟁에서 미국과 세계를 구하는 길이다.

III
정치 문화

CODE 1 말

말의 정치, 말씽의 정치

'말 한마디로 천냥 빚을 갚는다'는 속담이 있다. 언뜻 들으면 말의 중요성을 강조한 것으로 보인다. 이 말은 '남아일언중천금'의 한국말 버전으로 생각하기 쉽다. 하지만 한쪽의 천금이 말의 무게와 책임성을 강조한 것이라면, 다른 한쪽의 천냥에는 말의 가벼움과 책임에서 벗어나려는 도피의 뜻이 숨겨져 있다. 만약 말 한마디로 천냥 빚을 갚는 것이 아니라 받아낸다고 했거나 혹은 그냥 천냥을 번다고만 했더라면 말에 대한 우리의 인식은 좀 더 달라졌을지도 모른다. 그리스의 수사학은 토지 소유권을 주장하기 위한 소송에서 시작된 것이라고 한다. 그리고 태초에 말씀이 있었다는 성경의 그 말씀은 로고스로서 이성을 뜻한다. 채권자의 감성이나 기분에 호소해 빚을 면하려는 회피용 수사적 발상과는 대조적이다.

말과 민주주의, 그리고 말과 정치는 동의어나 다름없다. "정치는 인간의 운명이다."라고 말한 아리스토텔레스는 정치를 "말 lexis과 행위Praxis"의 두 마디로 규정했다. 자신의 의견이라기보다는 폴리스의 정치를 그대로 반영한 말이다. 대부분의 정치적 행위는 그것이 폭력의 영역 밖에서 이루어지는 한, 말을 통해 실행될 수밖에 없다. 그리고 적절한 순간에 적절한 말을 발견하는 것이 바로 "행위"이다. "말로 하지 않는 것은 단지 폭력에 지나지 않는다. 이런 이유 때문에 폭력은 결코 위대할 수 없다. 심지어 고대 말기에 전쟁과 수사修辭의 모순되는 두 기술이 정치적 교육의 중요한 두 과목으로 부상했다"는 사실을 지적하는 학자들도 있다.

말썽이라는 한국말은 말에서 파생된 말이다. 사람은 물론이고 말 못하는 물건이나 기계가 제대로 안 돌아가도 우리는 말썽을 부린다고 한다. 민주주의 기반이 약한 한국에서 자연히 말은 모든 말썽의 근원으로 비춰지기 쉽다. 돈으로 하는 머니 폴리틱스, 권력으로 하는 파워 폴리틱스, 실리를 위해 이합집산하는 리얼 폴리틱스—우리가 그동안 신물 나게 경험한 그 정치에서 벗어나려면 말로 하는 워드 폴리틱스가 등장하지 않으면 안 된다. 우리만이 아니라 정보기술(IT)혁명으로 전 세계의 정치가 지금 힘의 정치에서 말의 정치로 대전환을 일으키고 있다. 민주주의를 하려면, 정치 개혁을 하려면 '말의 정치학'부터 배우고 익혀야 한다. 그렇지 않으면 '말의 정치'는 '말썽의 정치'로 떨어지고 만다.

CODE 2 학벌

생활은 낮게, 정신은 높게

초등학교 아이들 사이에서 유행하고 있는 우스개 이야기다. "앞집 애는 메밀국수이고 뒷집 애는 냉면인데 어째서 너는 하필 막국수란 말이냐." 꾸중을 들은 아이가 가출을 하자 어머니가 눈물을 흘리며 운다. 그러자 아버지가 소리친다. "여보 그만 울어요. 가뜩이나 맛없는 면발 불어터질라."

막국수는 겉껍질만 벗겨낸 거친 메밀가루로 만든 국수다. 빛깔도 거무스레하고 면발도 굵게 뽑아 투박하다. 고기 같은 고명도 넣지 않고 막 만든 국수다. 국수만 그런 것이 아니다. '막' 자가 위에 붙은 말들은 모두가 거칠고 품질이 낮은 조제품을 뜻한다. 같은 술이라도 잘 거르면 청주가 되고 막 거르면 탁주가 된다. 즉 막 걸렀다고 해 막걸리다. 그래서 막일꾼들은 막노동을 하다가 막사발로 막걸리를 마시고 막김치로 안주를 삼는다. 그리고 막담배를 피우고 막신발을 신고 나간다.

여기까지는 좋다. 그러나 '막' 자가 정신 영역으로 옮겨와 말이나 행동에 붙으면 사정은 심각해진다. 막걸리를 마시는 것은 결코 흉이 아니다. 시고 달고 쓰고 텁텁한 막걸리에는 비싼 양주라도 따를 수 없는 특유의 맛이 있다. 하지만 그것에 취해 막말이 나오고 막가는 주정을 부릴 때 그것은 막자라고 막돼먹은 그 '막' 자와 항렬이 같아진다. 물품이 낮은 것은 쓸 데가 있어도 인품이 낮은 것은 버릴 수도 없다. 그래서 시인 워즈워스William Wordsworth는 "생활(물질)은 낮게 정신은 높게"라는 시구를 남겼고 실제로 우리 옛 선비들은 그렇게 살았다. 그것이 반대로 "생활은 높게 정신은 낮게"로 물구나무를 서게 되면 '막가파'라는 유행어로 상징되는 사회가 되고 만다.

'말의 정치'가 맨 먼저 할 일은 말과 행동에서 '막' 자를 몰아내고 그것을 정상 위치로 돌려놓는 일이다. 정치인 자신이 생활은 낮게 정신은 높게라는 원래의 자세로 돌아가는 것이 정치 개혁이요 사회 개혁이다. '막'이라는 접두어에는 품질이 낮은 것만 의미하는 것이 아니라 무턱대고 행동하는 '마구'와 '마지막'을 뜻하는 '막'도 있다는 것을 명심해야 한다. '말의 정치'와 '행위의 정치'가 '막말의 정치' '막가는 정치'의 역방향으로 질주할 때 국민은 눈물조차 흘릴 수 없다. 면발이 아니라 가뜩이나 거친 말발이 불까 봐 두려워서다.

CODE 3 위기

폭탄보다 강한 말의 힘, 웃음이 세상을 바꾼다

2002년 영국의 엘리자베스 황태후가 세상을 떠났을 때 그 죽음을 애도하는 시민들의 행렬은 8킬로미터에 달했다. 대체 백한 살의 그녀에게 무슨 권세, 무슨 매력이 남아 있었기에 그토록 많은 사람들이 줄을 이었다는 말인가.

그 이유는 간단하다. 제2차 세계대전 중에 그녀가 남긴 말들이 아직도 사람들의 가슴속에 살아 있었기 때문이다. 독일군의 폭격으로 버킹엄 궁의 벽이 무너졌을 때 현장에 나타난 그녀는 이렇게 말했다. "국민 여러분 걱정하지 마세요. 독일의 폭격 덕분에 그동안 왕실과 국민 사이를 가로막고 있던 벽이 사라져버렸습니다. 이제 여러분들 얼굴을 더 잘 볼 수 있게 되었으니 다행입니다!" 그녀는 기지와 유머에 넘치는 말로 위기를 뒤집고 실의에 찬 시민들에게 안심과 용기를 주었다. 폭탄보다 강한 말의 힘으로 전쟁을 승리로 이끈 것이 바로 엘리자베스 황태후의 매력이요 정치력이었던 셈이다.

"심각한 위기를 만났을 때 지도자가 의지할 수 있는 것은 언어의 힘뿐"이라는 것은 틀린 말이 아니다. 위기危機라는 한자어를 가지고 위험이 곧 기회라고 말한 것은 한자 문화권의 정치가가 아니라 엉뚱하게도 미국의 대통령 케네디였다. 실제로 그는 쿠바 위기를 그렇게 넘겼다. 분명히 위기라는 한자어에는 영어에는 없는 위험을 뜻하는 '위危'와 기회를 가리키는 '기機' 자가 들어 있었던 것이다.

9·11테러의 폭발 사건이 발생했을 때 부시 대통령은 현장으로 달려가지 않고 네브래스카로 피신했다. 하지만 곧 잘못된 것을 알아차리고 뉴욕의 재해지로 달려가 확성기를 잡는다. 구제와 복구 작업을 하고 있는 군중을 향해 막 격려의 연설을 시작하자 멀리 떨어져 있던 소방대원 하나가 "무슨 소리인지 안 들려요."라고 외쳤다. 그때 부시는 그 자리에서 서슴지 않고 "나는 당신 소리를 잘 들을 수 있다." 그러고는 "세계의 모든 사람들이 당신의 소리를 듣고 있다. 그리고 이 빌딩을 폭파한 자들도 곧 우리의 소리를 듣게 될 것이다."라고 말했다. 이 즉흥 연설 장면은 CNN에서 되풀이되면서 많은 국민에게 감동을 주었고, 그 직후 갤럽의 여론조사에서는 최고로 존경받는 인물로 부상한다. 엘리자베스 황태후가 물리적인 벽을 상징적인 벽의 의미로 바꿔놓은 것처럼 부시는 소방대원의 목소리를 역시 상징적인 목소리로 바꿔놓아

위기를 역전시켰다.

이 두 일화는 우리에게 '위기는 지도자를 시험하고 성공한 지도자는 그것을 명언으로 넘어선다'는 것을 보여준다. 그리고 기호학에서는 일상적인 의미를 정치적 문맥으로 바꿔치기 하는 현상을 '코드 전환'이라고 부른다.

CODE 4 민주주의=하극상(?)

전복의 정치학, 민주주의

어떤 나라 어떤 정치인이든 민주주의를 내세우지 않은 경우란 없다. 이념과 체제가 다른 분단국인데도 민주주의라는 말은 남북이 다 같이 애용한다. 민주주의에 대한 정의가 234종이나 된다는 정치학자의 연구까지 있는 것을 보면 과연 그것이 얼마나 모호하고 광범위하게 쓰이는 말인지 짐작이 간다.

원래 데모크라시는 라틴어의 민중(데모스)과 지배(크라티아)라는 말이 합쳐진 말이다. 일본 사람들이 이 말을 처음 들여올 때 군주제와 대립하는 민주제의 원래 뜻대로 번역했더라면 훨씬 명확한 말이 되었을 것이다. 그런데 원어에도 없는 '주의主義'라는 말을 붙이는 바람에 정말 주의注意하지 않으면 안 되는 추상적인 이념어가 되고 말았다. 더욱 충격적인 것은 민주주의란 말이 등장하기 전에는 그것을 하극상下剋上이라고 번역했다는 사실이다. 당시의 정치감각으로 보면 평등과 자유를 원리로 하는 민주제도는 분명

아랫사람이 윗사람의 상투 위에 올라가는 정치 현상으로 보였을 것이 분명하다. 16세기경 이 말이 맨 처음 영국으로 들어왔을 때에도 폭민暴民이나 우민愚民 정치의 뜻으로 사용했다는 것을 생각해보면 별로 놀랄 일이 아니다. 그래서 특정한 그룹의 데모스(민중)보다는 국민 모두를 아우르는 말인 공화(리퍼블릭)라는 말로 대치되기도 한다.

민주주의의 아버지라고 일컬어지는 링컨도 데모크라시라는 말은 잘 쓰지 않았던 정치가로 알려져 있다. 그가 민주당이 아니라 공화당 출신이라서 그런 것이 아니냐고 추측하는 사람도 있다. 게티스버그의 그 유명한 연설에도 데모크라시라는 말은 한 군데도 나오지 않는다. "인민을 위한, 인민에 의한, 인민의 정부"라는 그 명구도 실은 존 위클리프John Wycliffe가 번역 출판한 『구약성서』(1384년)의 서문에 나오는 말이며 당대의 미국 연설가 파크의 저서에도 나오는 말이라고 한다.

민주화 운동, 민주 인사, 민주 투사 등 우리 주변에서도 민주란 말을 앞세운 개혁이 일어나고 있다. 낡은 권위가 무너지고 기성 질서가 파괴되고 기득권층에 대한 저항이 벌어진다. 기성세대와 젊은 세대, 상사와 부하, 노와 사, 그리고 남과 여의 관계도 급격히 전도되는 현상이 일어난다. 어떤 정치 세력도 이러한 민주주의의 물결을 거부하거나 막을 수 없다. 하지만 그것이 '민'을 갈라 특정화하거나 민중에 영합하거나 신분과 지위의 전도를 목적으로 한 단순한 하극상으로 잘못 비칠 때 오히려 민주주의는 만종을 울린다. 링컨이 민주주의라는 말을 아끼고 정치적 구호로 이용하지 않으려 했다면 아마도 그것은 민주란 말이 또 하나의 지배언어가 되는 것을 경계했기 때문인지 모른다. 그가 생각한 민주주의의 그 민(民, people)이란 바로 "노예가 되고 싶지 않은 것처럼 주인이 되려고도 하지 않는 민"이었기 때문이다.

지금 한국사회의 전방위에서 일어나고 있는 대립과 갈등이 혼란이 아니라 국민을 융합하는 도가니의 불로 작용할 때 비로소 한국은 헌법에 쓰인 말 그대로 당당한 '민주공화국'이 될 것이다.

CODE 5 국민

국민·민족·시민·인민, 다양한 민의 의미

정치와 관련된 말 가운데 가장 빈번히 등장하는 것이 '민民' 자가 아닌가 싶다. 이미 언급한 민주주의로부터 시작하여 국민·민족·시민·민중·인민·공민 등 굵직한 말들에는 으레 '민' 자가 들어 있다. 정당은 물론이고 대학이나 은행에도 '민' 자를 붙인 이름들이 많다.

하지만 막상 그 한자가 무슨 모양을 본떠 만든 글자인지를 알면 누구나 경악을 금치 못할 것이다. 『설문』에는 그 자형이 무엇인지 밝혀져 있지 않지만 한자의 기원을 알 수 있는 금문金文의 자형을 보면 분명 '민'은 사람의 눈알을 꼬챙이로 찌르는 형상 을 하고 있다는 것이 오늘의 정설이다. 개화기 때의 유명한 중국 사상가 곽말약郭沫若도 '민'은 눈동자를 잃고 소경이 된 노예를 의미하는 글자로서 고대의 노예제를 반영한 것이라고 풀이하고 있다. 고대에는 이민족의 포로들을 노예로 삼는 일이 많았으며 도망가지 못하도록 눈을 뽑아 사역을 시켰다는 것이다.

『구약성서』에 나오는 삼손의 이야기나 진시황 때의 눈먼 악인樂人 고점리高漸離를 생각해보면 결코 거짓이 아닌 것 같다. 무엇보다 눈을 뜻하는 '안眼' 자와 눈 감고 잠자는 '면眠' 자의 두 글자를 대조해보면 눈동자의 점 하나가 빠져 있는 것이 바로 '民' 자라는 것을 알 수 있다. '민'은 이렇게 눈먼 노예에서 시작해 자기 종족 이외의 이방인, 그리고 『논어』의 시대에는 무지한 사람을 가리키다가 드디어 백성의 의미에서 오늘과 같은 '민주'의 '민'으로 화려한 변신을 한 것이다.

그러나 아직도 '민'의 의미는 정착되지 않아 그것을 무엇이라고 부르는가에 따라서 정치적 색채가 결정된다. '민'을 '국민'이라고 부를 때에는 일제강점 때의 국가주의 냄새가 가시지 않는다. '국민'이라는 단어 자체가 일본 제국주의 시대에 만들어진 것으로 그때의 한국인들은 국민복을 입고 국민학교에 다니면서 아침마다 국민선서를 하지 않으면 비국민(히고쿠민)이라는 낙인이 찍혔다. 반대로 국민학교를 인민학교라고 부르는 북한의 경우처럼 그것을 '인민'이라고 하면 이번에는 사회주의 냄새를 풍기게 된다. 그러면 일본의 국가주의나 북한의 사회주의가 생기기 이전의 구한말에는 그것을 무엇이라고 불렀는가. 안중근 의사의 장인이 찍힌 위묵에도 '대한국인大韓國人'이라고 선명하게 나타나 있듯이 '국민'도 '인민'도 아닌 '국인'이었다.

원래 어느 지역에 사람이 들어가서 살 수 있는 것을 뜻하는 것이라는 피플이나 중세 때 대학생들의 향우회를 뜻한 네이션이라는 말로 자국민을 불러온 서구와는 분명 다르다. 우리는 아직도 자국민 모두를 총칭하는 투명하고도 통합적인 호칭이 없는 정치 상황 속에서 살고 있다는 것을 잊어서는 안 된다.

CODE 6 여론

뭇사람의 말은 무쇠도 녹인다

여론輿論이라는 한자는 어렵다. 옛날 어느 정치인이 여론이 자자藉藉하다는 말을 흥론이 적적하다고 읽어 우스갯거리가 된 적도 있다. 하지만 '여輿' 자와 '흥興' 자를 구별할 줄 아는 정치인이라도 어째서 '수레 차車' 자가 들어 있는 그 글자가 여론을 의미하는 말이 되었는지 아는 사람은 흔치 않다. 여輿는 가마輦처럼 수레에 사람이나 물건을 싣고 다니는 것을 의미하는 글자이다. 그래서 그것을 메고 다니는 사람들을 여인輿人이라고 불렀고, 그들이 하는 소리를 여론輿論이라고 했다. 그러니까 여론이란 무슨 학식 있는 선비나 지체 높은 귀인들의 말이 아니라 힘들고 천한 일을 하는 밑바닥 민중들의 소리를 의미하는 것이다.

민주주의의 여론 정치가 무엇인지도 모르던 옛날 중국에서도 민중들의 소리를 무위無爲의 참언讖言이라 하여 귀를 기울이고 언점言占으로 삼았다. 멀리 갈 것까지 없이 우리의 가장 오래된 노래

가운데 하나인 「구지가龜旨歌」에도 '뭇사람衆人의 말은 무쇠도 녹인다'라는 말이 등장한다. 여론을 뜻하는 영어의 퍼블릭 오피니언의 그 퍼블릭도 민중을 가리키는 라틴어의 포풀루스populus에서 나온 말이라고 하니 동서가 다를 게 없다.

"정치가는 한때 '하나님은 우리 편이다'라고 말했지만 요즘 와서는 '여론은 우리 편이다'로 바뀌었다."라고 프랑스의 사회학자 부르디외Pierre Bourdieu는 비꼬고 있다. 정치적 소견 없이 여론에 맹종하고 영합하는 정치인이 있는가 하면 한편에서는 목소리 큰 사람을 앞세워 여론을 주도하고 대중매체나 압력단체를 이용하여 여론을 조작하는 정치 세력이 등장하기도 한다. 그래서 현대 여론의 포퓰리즘 모델을 경고한 것은 여론의 공공성을 강조한 리프먼Walter Lippman이었고, 개인 의견의 단순한 총계에 지나지 않는 여론조사를 여론의 전부로 착각하고 있는 것을 신랄하게 비판한 것은 허브스트Susan Herbst였다. 그런가 하면 사회의 지배적 의견과 자기 의견이 다를 경우 대부분의 사람들은 사회적 고립이 두려워 입을 다무는 이른바 노이만Neolle Neumann의 침묵의 소용돌이 모델에 주목할 필요가 있다.

현대 여론의 역기능을 경계한 이러한 이론들만이 아니라 예나 지금이나 참된 여론은 가마에 탄 사람들이 아니라 가마를 메고 다니는 사람들의 소박한 참언이라는 점을 잊어서는 안 된다. 그것에 귀기울이는 것이 여론조사나 편향된 매스미디어의 의견, 그리고 지식인들의 유행적 사조보다 몇 배나 더 중요할 때가 많기 때문이다. 약자는 떨고, 우자는 거부하고, 현자는 판단하고, 꾼들은 좌우하는 것이 바로 여론이라는 말은 오늘의 우리 사회에서도 여전히 유효하다.

CODE 7 세계화

경계를 넘어 하나로, 세계화 시대의 '열린 우리'

'나라 국國' 자에는 네모난 '口' 자가 두 개나 들어 있다. 그리고 그 사이에 무기를 뜻하는 과戈가 있다. 국민 전체를 지켜주는 국경의 큰 성벽과 개개인의 집家을 보호하는 작은 울타리로 이루어져 있는 것이 바로 나라의 집, 국가國家이다. 그런데 정보·돈·물건 이 국경을 마음대로 드나드는 세계화가 되면서 두 성벽의 의미는 날로 의미를 잃어간다. 김영삼 대통령 때 정치구호를 국제화에서 갑자기 세계화로 옮긴 것도 그런 이유였을 것이다. 하지만 그 개념이 확실치 않아 "국제화를 세게 하면 세계화가 된다."라는 농담으로 끝이 난 셈이다.

세계화(글로벌리제이션)란 무엇인가. 인터넷상에도 세계화를 정의한 조크가 등장했다. 영국의 왕세자비 다이애나가 이집트인인 남자친구와 독일제 벤츠를 타고 프랑스 파리의 터널에서 교통사고로 사망한 것—그것이 바로 세계화라는 것이다. 거기에 또 차를

몬 운전사는 벨기에인이고, 과속의 원인은 일제 혼다를 탄 이탈리아의 파파라치다. 그 뉴스를 IBM 호환 PC에 탑재된 빌 게이츠의 MS 윈도를 대만산 마우스로 클릭해 한국제 모니터로 읽은 네티즌이 네덜란드산 조화를 보낸다. 그리고 이 글을 올린 사람은 캐나다인이라는 것이다. 그냥 웃어넘길 농담이 아니다. 한 여인의 죽음이 전 지구와 관련돼 있어서가 아니라 그 속에는 글로벌리즘의 심각한 모순이 포함되어 있기 때문이다. 사건의 표층은 나라를 초월한 것이지만 그 비극의 내면은 영국 왕실의 특수한 로컬 문화다.

이러한 모순과 아이러니를 우리라고 피해갈 수는 없다. 한국인은 자기 마누라를 우리 마누라라고 할 만큼 '우리'라는 말을 좋아한다. 그 우리를 지구 규모로 확대하면 글로벌리즘이 된다. 하지만 '우리'에 꼬리가 붙어 '우리끼리'가 되면 갑자기 폐쇄적이고 배타적인 한국인이 되기도 한다.

지난 월드컵 대회에 세계에 비친 한국도 '열린 우리'와 '닫힌 우리'의 두 얼굴이었다. 그래서 헷갈린 외국 언론 가운데는 "월드컵에 월드는 없고 한국만 있었다."라는 칭찬 반, 비아냥 반의 반응을 보이기도 했다. 북한 미녀 응원단이 시선을 모았던 대구의 유니버시아드 대회에서는 핵 문제로 6자 회담을 앞둔 때라 외국 여론은 한결 민감했다. 개회식에서 미국과 일본 선수단이 입장할 때 북한 응원단이 일제히 침묵하는 장면을 텔레비전에 담아 내보내기도 했다. 점 하나 잘못 찍으면 '미녀'는 '마녀'가 되고 '민족'은 '만족'이 된다.

마찬가지로 말하기에 따라 글로벌리즘은 사대주의가 되기도 하고 민족주의는 국수주의로 바뀌기도 한다. 확실한 것은 글로벌리즘의 시대에 살아가기 위해서는 '닫힌 우리'에서 대담하게 벗어나야 한다는 사실이다. 반세계화 운동마저 세계 연대와 글로벌 네트워크를 통하지 않고서는 안 되는 것이 오늘의 정치 상황이다. 끼리끼리의 도당정치가 물러나야 할 이유도 여기에 있다.

CODE 8 코드

개와 고양이에 관한 진실

원수지간으로 알려져 있는 개와 고양이. 하지만 전문가의 말을 들어보면 조금도 그럴 이유가 없다는 것이다. 다만 자기 영역을 침범할 때 싸움이 벌어지지만 그것은 유독 개와 고양이 사이에서만 일어나는 일이 아니다. 그런데도 원수로 보이는 까닭은 의사 표시를 하는 신체언어가 서로 다르기 때문이라는 것이다. 개가 앞다리를 들면 놀자는 것인데 고양이가 앞다리를 드는 것은 꺼지지 않으면 공격하겠다는 적대 신호다. 그리고 고양이가 '야옹' 하는 것은 만족감의 표시인데 개는 그것을 '으르렁'대는 위협의 신호로 오해한다. 그렇기 때문에 약간의 훈련을 통해 서로 다른 행동 표현을 이해시키면 아무 탈 없이 한 집 안에서 살 수 있다고 한다.

『상식의 오류 사전』을 쓴 크래머Walter Kramer 교수의 말대로라면 개와 고양이는 옛날이야기처럼 냇물을 건너다 구슬을 놓쳐서가 아니라 코드에 문제가 있었던 것이다. 개들은 아무리 심한 싸움을 해도 상대방을 물어 죽이지 않는다. 꼬리를 내리거나 배를 보이고 누우면 그것이 항복의 표시(코드)라는 것을 알고 있기 때문이다. 반대로 같은 종에 속해 있으면서도 공작새와 칠면조가 싸울 때는 참담한 비극이 벌어진다. 항복의 표시로 머리를 내밀어도 그 뜻을 모르는 상대는 옳다 싶어 뇌수를 쫀다. 그럴수록 한쪽은 머리를 더 디밀고 다른 쪽은 더욱 맹렬하게 쪼아댄다.

코드의 단절은 무서운 결과를 낳고 만다. 코드라는 말을 학술용어로 맨 처음 사용한 것은 언어학자 소쉬르Ferdinand de Saussure였다. 그 이후 문화기호론이나 정보 이론에서 많이 사용되면서 일반에게도 널리 퍼지게 되었다. 쉽게 말해서 '예'와 '아니오'를 표시할 때 머리를 끄덕이는 것과 내젓는 제스처, 빨간 불과 녹색불의 교통신호, 그리고 우리가 사용하고 있는 언어와 문자—무엇이든 서로의 의사소통을 하기 위한 기호 체계를 코드라고 부른다. 그래서 코드는 공공적이고 가치중립적이고 객관적인 성격을 지닌 매개물로 개인이나 소수자가 독점할 수 있는 것이 아니다. 사유화된 코드는 이미 코드로서의 특성과 기능을 상실하기 때문이다.

화장실에 자기만 아는 표시를 해놓으면 남자가 여자 변소로 들어가는 변이 생긴다. 표준어가 필요한 것도 교통신호가 글로벌한 것도 그런 혼란을 막기 위해서다. 어떤 코드가 공공성·표준성·객관성에서 일탈하면 개와 고양이 같은 싸움이 벌어지고 공작새와 칠면조의 싸움 같은 비극이 일어난다.

코드 정치, 코드 인사, 이제는 코드 방송이라는 말까지 등장하고 있는 상황인데 아직도 그 개념은 안개 속이다. 심지어 코드를 전기 코드로 알고 100V와 220V에 맞는 겸용 코드 이론을 들고 나온 정치인이 있는가 하면 개혁 코드를 줄여 '개코'라고 부르는 신어까지 등장한다. 그러고 보면 오늘의 정치 문제를 푸는 해법은 의외로 간단한 데 있는지 모른다. 분쟁의 씨가 된 코드란 말을 소쉬르의 본래의 의미로 복원시키기만 하면 개와 고양이 사이 같던 정치인들도 한 지붕 밑에서 살아갈 수 있을지 누가 아는가.

CODE 9 공과 사

개인의 이익, 공공의 이익

공공장소에서 휴대전화를 거는 사람을 보면 신경이 거슬린다. 대개는 그 소음 때문이라고 생각한다. 하지만 그 소음이라고 해봐야 전동차의 굉음이나 스피커 소리에 비하면 귀뚜라미 소리만도 못하다. 24화음으로 울리는 감미로운 멜로디라고 해도 그것이 일단 휴대전화 소리라는 것을 알게 되면 사람들은 금시 눈에 쌍심지를 켠다.

그러고 보면 진정한 이유는 딴 곳에서 찾아야 한다. 그리고 그것은 바로 '공공 영역'이 '사적 영역'에 의해 침범당하는 데 대한 위화감이요, 그 불쾌감이라는 것을 알게 될 것이다. 말하자면 누군가 자기 집 안방에서처럼 전동차 안에서 구두와 양말을 벗고 있는 것을 보았을 때의 기분과 같은 것이다.

공중전화를 무력화한 휴대전화는 동시에 공공장소에 대한 감각도 무디게 한다. 심지어 가족 공동체의 유대마저 희박하게 한다. 전화 한 대를 놓고 가족 전체가 쓸 때는 걸려오는 전화를 통해 어머니가 누구와 계를 하고 아버지가 누구와 골프를 치는지 알게 된다. 그리고 부모들은 알려고 하지 않아도 아들과 딸이 사귀는 친구가 누구인지 알게 된다. 10대들의 휴대전화 사용량이 낮보다도 밤에 집중돼 있다거나 집에 있는 전화를 놔두고, 왜 비싼 휴대전화를 사용하는지를 알면 왜 가족의 공동 공간이 급속히 무너지고 있는지를 알게 될 것이다. 일본도 마찬가지다. 이른바 게타이(携帶, 휴대전화) 세대들은 전철 안에서 옷을 갈아입기도 하고 사람이 많이 지나다니는 번화가에 앉아 도시락을 먹기도 한다.

미디어 자체가 그렇다. 매스미디어의 영향은 인터넷 게시판과 개인 홈페이지로, 그리고 그것이 다시 일인매체라고 불리는 블로그로 급속히 옮겨간다. 거대한 군사 조직도 개인의 테러 앞에 속수무책인 것처럼, 공교육은 사교육 앞에서 떨고 공기업은 사기업에 무릎을 꿇는다. '멸사봉공滅私奉公'의 구호가 이제는 '멸공봉사滅公奉私'로 전도된다. 대부분 데모대의 구호가 그렇게 돼 있다. 특히 봉공奉公이라고 하면 왕권이나 식민 통치자의 권력에 시중드는 것을 의미했던 한국에서 공권력은 곧 악이다. 한비자韓非子는 사私는 사邪라고 하여 공公의 배신으로 보았다. 그리고 '사적 생활'을 의미하는 '프라이비트Private'란 말은 무엇을 박탈당한 상태를 의미한다. 정치를 공론의 장소에서 일어나는 행위로 생각했던 한나 아렌트Hannah Arendt는 그 박탈자란 바로 폴리스에 있어서 노예와 이방인을 가리킨다는 것을 상기시켜준다.

옛날의 정치악은 공의 영역이 사적 영역을 침범하는 데서 온 것이지만 오늘의 정치적 과오는 정반대로 사의 영역이 공적 영역을 침해하는 데서부터 일어난다. 만약 오늘의 정치인들이 공공장소에서 울려오는 휴대전화 소리가 왜 귀에 거슬리는지, 전철에서 구두와 양말을 벗고 있는 사람을 보면 어째서 그토록 메스껍고 울화가 치미는지 이 작은 감각부터 살려간다면 공인의식이 무엇인지도 깨닫게 될 것이다. 아직은 "사리의 추구가 곧 공익의 추구"라는 애덤 스미스Adam Smith의 말이 우리에게는 너무나도 먼 곳에 있다.

CODE 10 정보

독점에서 나눔으로, 살아 숨쉬는 정보

마우스를 사용할 줄 아느냐는 기자의 질문에 생쥐 이야기인 줄 알고 동문서답한 대통령이 있었다. 연설문을 읽다가 '아이티IT'를 '잇it'이라고 읽어 망신을 당한 총리도 있었다. 모두가 외국에서 일어난 일이니 우리는 안심해도 된다고 생각할지 모른다. 하지만 스스로 정보 대국이라고 부르는 우리지만, 정보란 말에 대해 물으면 대개는 다 입을 다물고 만다.

중국에서는 정보를 신시信息라고 한다. 옛날에는 한국에서도 음신音信이나 소식의 뜻으로 써온 말이다. 그런데 정보는 메이지 유신(1868년) 때의 일본인들이 프랑스의 군사 교본을 번역할 때 "적의 정세를 보고한다"는 '적정보고敵情報告'에서 글자 한 자씩을 따서 만든 말이다. 그러니까 우리가 쓰고 있는 그 말은 첩보를 뜻하는 군사용어에 기원을 두고 있다. 그래서 같은 정보라는 말이 들어 있는 정부기관인데도 국정원과 정통부의 이미지와 하고 있는 일은 다르다. 다른 정도가 아니라 정반대인 경우도 있다. 한쪽은 널리 퍼뜨리고 한쪽은 기밀의 보안이다. 그래서 영어로 번역할 때에 정통부의 정보는 인포메이션이 되고 국정원의 정보는 인텔리전스가 된다. 한국과 일본만이 사용하는 정보란 용어에는 두 가지 상반된 뜻이 혼재해 있기 때문이다.

일상적으로 말하는 정보란 말의 뜻이나 이미지도 사람에 따라 제각기 다르다. "정보가 샜다", "정보를 흘려라"라고 말하는 사람은 정보를 물과 같은 액체로 본다. 그리고 그러한 액체 정보관은 첩보 쪽 이미지에 가깝다. 그런데 또 누구는 "정보를 묻어라"라고 하기도 하고 "캐오라"라고 하기도 한다. 정보를 노다지 같은 금속으로 알고 있는 고체 정보관은 대체로 소유의 관점에서 생겨난 것이다. 반면에 "정보를 맡는다"고 하면 그것은 액체도 고체도 아닌 후각물질이 된다. 냄새의 성질대로 은밀하지만 확산적인 정보관이다. 그러나 "정보가 어둡다", "정보가 환하다"고 할 때의 정보관은 냄새보다 한결 더 밝고 개방적이고 확산적이다. 정보는 빛이다. 투명하다.

인터넷 시대는 어떤가. 최신 정보를 따끈따끈한 정보라고 하고 그 반대의 것은 "썰렁하다"고 한다. 젊은이들은 정보를 "캐온다"고 하지 않고 "퍼온다"고 한다. 그만큼 가벼워지고 쉽게 가져올 수 있는 것으로 변한 것이다.

대중이 갖고 있는 무의식적 정보 개념이나 이미지는 정보 문명의 방향과 성격을 좌우한다. 그리고 그 정보 마인드가 경제만이 아니라 정치를 바꾼다. 정보는 무엇인가. 물인가 금덩이인가. 냄새인가 빛인가. 따끈하기도 하고 썰렁하기도 한 한 조각의 빵인가. 아니다. 정답은 공기다. 숨이다. 어떤 이념, 어떤 부富, 그리고 어떤 권력도 공기는 독점 못한다. 내가 숨쉬는 이 공기는 조금 전 바로 남의 허파 속에 들어 있던 공기다. 정보는 적의 정세가 아니라 사람을 끌어안는 정情이요, 그것을 알리는 보報다. 마우스가 뭔지 IT를 어떻게 읽는지 몰라도 좋다. '독점에서 나눔으로', '소유에서 접속으로', 그리고 '이념에서 정보로' 가는 것이 진짜 '정보혁명'이며 '개혁정치'라는 것을 알면 된다.

CODE 11 삼권

과거와 현재, 그리고 미래의 담론

말의 기본적인 시제는 과거·현재·미래의 세 가지다. 그런데 재미난 것은 우리나라의 시제는 대개 받침에 따라 구별된다는 점이다. 아무 받침도 없는 '가다'의 동사원형에 'ㅅ'을 붙이면 '갔다'라는 과거가 되고 'ㄴ'을 붙이면 '간다'라는 현재가 된다. 그리고 거기에 'ㄹ'을 붙이면 이번에는 '갈 것이다'라는 미래형으로 바뀐다.

삼권三權분립이라는 어려운 문제도 'ㅅ·ㄴ·ㄹ'로 가르치면 초등학생이라도 알아듣는다. 사법은 신도 돌이킬 수 없다는 과거에 일어난 일을 다룬다. 그래서 그 담론은 했느냐, 안 했느냐를 따지는 'ㅅ' 자 집이다. 반대로 국회는 앞으로 일어날 일들을 심의하고 그에 대비해 법을 만드는 일을 주로 한다. 미래의 담론인 'ㄹ' 자 집이다. 그런데 행정부는 과거도 미래도 아닌 현재의 일을 맡아 실행하는 'ㄴ' 자형의 집에 속한다. 이 세 담론이 모여 나라의 집, 국가가 된다.

그런데 우리말의 형태는 과거 시제에 더 치중돼 있는 것 같다. 오고 있는 중인데도 정류장에서 기다리던 사람들은 '버스가 왔다'라고 과거 시제로 말한다. 그리고 '왔다·' '왔었다', 심하면 '왔지 않는다. 3김 정치도, 386정치도 아니다. 국민이 원하는 것은 었었다'로 시제를 세분한다. 실제로 어느 소설가는 '왔었었었다'라는 말을 만들어 쓴 적도 있다. 그러나 현재와 미래는 그렇게 겹쳐 쓸 수가 없다. 외국어를 배울 때에도 제일 헷갈리는 것이 미래 시제다. 단순 미래와 의지 미래가 다르고, 가정법·조건법·접속법 등 까다로운 것이 많다.

"이 문제가 앞으로 어떻게 될 것 같으냐"라고 묻는 일본 총리를 향해 대처 여사는 화를 내듯 "어떻게 될 것이냐"고 물을 것이 아니라 "우리가 '무엇을 해야 할 것인가'라고 물어야 한다."라고 대답했다. 그것을 보고 바로 그것이 미래를 바라보는 동·서양 정치인의 차이가 아니겠느냐고 한탄한 정치평론가도 있었다.

우리의 정치담론을 지배하고 있는 것도 거의 모두가 과거 시제다. 그래서 정치인의 길은 로마가 아니라 재판소와 교도소로 통한다. 바늘이 걸린 구형 레코드판처럼 '했냐', '했었냐', '했었었냐'의 이 갈리는 그 시옷음만 들려온다. 이따금 당쟁과 정치 보복의 무기로 등장하는 것도 바로 그 쌍시옷 받침의 덫이다. 과거 청산이나 부패 척결을 덮자는 게 아니다. 그런 것들은 평소에 법만

제구실을 했다면 정치 이슈가 될 문제들이 아니라는 이야기다.

정치는 봄을 만드는 것이다. 그러면 묵은 눈은 절로 사라지고 과거와 현재, 그리고 미래의 담론이 제각기 다양하게 살아 숨쉬는 삼권정치다. 과거를 넘어 미래의 담론으로 정치를 이끌어간 만델라Nelson Mandela 같은 정치지도자가 아쉽다.

CODE 12 법

법의 한계를 보여준 금주법 파동

역사적으로 법이 술을 이겨본 적은 거의 없다. 고르바초프도 러시아인들의 술버릇을 고치려다가 결국은 실패하고 말았다. 영하 40도가 아니면 추위가 아니고, 주정이 40도가 아니면 술이 아니라는 러시아인들이다. 그런 국민에게 술 판매시간을 제한했으니 소동이 어떠했을지 당시의 농담을 들어보면 안다. 술을 사려고 늘어선 긴 행렬 끝에서 기다리던 사람이 참다못해 고함을 지르며 달려나갔다. 고르바초프를 죽이겠다는 것이다. 그러나 얼마 뒤 그 사람은 다시 돌아와 줄을 선다. 왜 마음이 변했느냐고 묻자 고르바초프를 죽이겠다고 늘어선 그쪽 줄은 이보다 훨씬 더 길더라는 것이었다. 결국 고르바초프가 무릎을 꿇은 것은 그나마 암살 위협 때문이 아니라 주세가 줄어들어 국가 재정이 파탄 났기 때문이었다.

제1차 세계대전(1920년) 때 생긴 미국의 금주법도 마찬가지다.

젊은이들이 전쟁터에서 죽어가고 있는데 어떻게 술을 마시고 다닐 수 있느냐는 부인단체의 비난이 여론의 바람을 타고 금주법으로까지 확대된 것이다. 하지만 금주법이 생긴 지 2년도 안 돼서 밀주를 에워싼 암흑가의 범죄와 밤의 대통령이라는 '알 카포네'의 갱단이 생겨난다. 뉴욕의 1만 5천 개 술집은 지하로 들어가 3만 2천 개로 불어나고, 취중 운전 역시 7년 사이에 다섯 배로 늘어난다. 금주법을 만드는 데는 한 달이 걸리지 않았지만 그 피해를 알고 폐기하는 데는 6년이나 걸렸다. 천사가 되려다 악마가 되었다는 금주법을 통해서 우리는 대중 여론이나 법의 한계가 무엇인지를 깨닫는다. 그리고 악을 없애려고 만든 제도나 조직이 오히려 그 악보다 더 큰 악을 저지르는 현실의 아이러니도 배우게 된다.

술은 무엇인가. 오류라고 지적하는 사람도 있긴 하지만 술[酒]의 글자를 취就로 풀이한 허신許愼의 『설문해자說文解字』를 보면 술은 모든 선악과 길흉을 취하는 시발점이라고 돼 있다. 뿐만 아니라 그것은 독이자 약이다. 그래서 옛날의 통치자들은 술의 악을 선으로 만들고, 흉을 길로 바꾸고, 독을 약으로 뒤집는다. 그래서 한자의 의醫에도, 지배支配나 분배分配의 '배配' 자에도 '술 주酒' 자가 들어 있다. 법은 흑백을 가리지만 정치는 흑백을 다 같이 포용하고 넘어선다. 독을 없애는 것이 아니라 그것을 약으로 바꾸는 전독위약轉毒爲藥의 힘이 법이 못하는 정치의 영역이다.

CODE 13 검색

시대의 흐름을 보는 새로운 창

동화책을 사다주고 읽은 소감을 물었다. 아이는 아직 '메뉴'만 봐서 잘 모르겠다고 대답한다. 충격을 받은 아버지는 책은 메뉴라고 하는 것이 아니라 목차(테이블, table)라고 하는 것이라고 일러주고 어머니에게 전화를 걸어 그 이야기를 했다. 그랬더니 어머니는 "그러기에 애들을 데리고 자주 식당에 가라고 하지 않았느냐"라며 혀를 찬다. 손자의 컴퓨터 메뉴는 할머니에게는 식당 메뉴다. 미국의 이 유머처럼 한국의 할아버지들에게 '검색'이라고 하면 길거리나 여관에서 당했던 검문검색을 생각할 것이다. 그러나 손자들은 인터넷 검색인 줄 알고 즐거워한다.

정말 검색이란 말은 그렇게도 많이 변했다. 정보기술 버블로 다른 기업들은 모두 문을 닫는데 유독 검색 사이트인 구글Google만은 급성장했다. 창업 초인 1999년만 해도 하루 1만 건밖에 되지 않던 검색 수는 최근 2억 건을 넘어섰다. 7천만 명이 넘는 사용자와 전 세계 인터넷 검색의 53퍼센트를 차지하는 구글 신화는 '검색'이란 말이 IT 환경을 혁신하는 미래의 키워드로 떠오르고 있음을 보여준다. 구글은 10의 100제곱을 뜻하는 구걸googol이라는 신조어에서 나온 이름이다. 그것은 30개의 웹페이지에 흩어져 있는 천문학적 숫자의 데이터 속에서 원하는 한 개의 자료를 찾아주는 작업이다. 보통 검색 엔진으로 찾으면 이것저것 두서없이 섞여나오는 바람에 찾으나마나 한 경우가 많다. 그래서 '페이지 순위'라고 하는 구글 특유의 판단 기준으로 웹페이지를 검색·배열하는 독창적 아이디어와 알고리즘이 나오게 된 것이다.

현대 정치는 온라인이든 오프라인이든 다 같이 검색 작업으로 시작된다. 옛날의 정치권력은 국민을 검문검색해 나라를 유지하고 보안을 지켜왔다. 하지만 오늘날의 정치가는 스탠퍼드의 두 젊은 대학원생 래리 페이지Larry Page와 세르게이 브린Sergey Brin이 한 것처럼 새로운 검색 엔진을 만들어 국민과 세계의 정치 현황을 정확하게 검색하여 찾아내는 작업이다.

비유적으로 하는 말이 아니다. 정치인들은 지금 당장 구글에 들어가 자기 이름을 쳐 검색해보라. 그러면 33억 799만 8,701개의 총 웹페이지에서 몇 건의 자료가 검색되었는지를 알려줄 것이다. 일일이 자기 자료를 뒤져보기 전에 그 숫자만 보아도 분명 무엇인가 마음에 와닿는 것이 있을 것이다. 좋든 싫든 우리는 구글의 검색 엔진을 통해 세계를 내다본다. 그래서 피에르 라줄리의 최근 논문의 비판처럼 구글의 검색이 잘못되어 많은 자료를 놓치거나 엉뚱한 검색 결과를 가져온다면 세계는 왜곡된다. 그래서 그보다 더 새로운 개념의 검색 엔진이 개발되어 도전을 받고 있다. 검색 엔진의 끝없는 혁신과 도전, 이것이 바로 정치 개혁이다.

CODE 14 클릭과 브릭

21세기를 연 소리, 클릭

요즘 사람들은 두 개의 집에서 산다. 하나는 벽돌로 만든 집이고, 또 하나는 디지털로 만든 인터넷 홈페이지의 집이다. 영어권에서는 그것을 각운을 맞춰 '브릭'과 '클릭'이라고 한다. 브릭은 사전의 뜻대로 벽돌이고 클릭은 마우스를 누를 때의 딸각하는 소리다.

포함 외교라는 말이 있듯이 20세기를 깨운 것은 대포 소리였지만, 21세기를 연 것은 마우스의 클릭 소리였다. 원래는 키스 소리의 의성어였던 그 작은 소리 하나가 거대한 세계시장을 만들고 동서 이념의 벽을 부수고, 대포로도 하지 못한 국경의 성벽에 구멍을 뚫었다. 무엇보다 인터넷은 수직적인 것을 수평적으로, 폐쇄적인 것을 개방적으로, 중앙집권적인 것을 분산적으로 사회 구조의 틀을 뒤집었다. 무명의 레슬러 벤추라Jesse Ventura가 변변한 선거사무실 하나 없이 인터넷상에 차린 홈페이지와 이메일, 그리고 네트워크 커뮤니티의 후원자들을 모아 공화·민주 양당의 프로 정치인을 꺾고 미네소타 주의 주지사로 당선된 것도 클릭 파워였다. 사람들은 사이버 세계야말로 잭슨 터너Frederick Jackson Turner가 말하는 미국의 새로운 프런티어라고 믿게 된 것이다.

하지만 클릭이든 브릭이든 과신은 금물이다. 일본의 버블이 브릭의 집(부동산과 토지)을 과신한 데서 온 것이라면 미국의 버블은 클릭의 집(신경제)을 너무 믿었던 데서 온 것이라고 할 수 있다.

하늘을 찌르던 닷컴 기업들을 이제는 'm'을 'n'으로 바꿔 닷컨 기업이라고 부른다. con은 미국의 속어로 사기라는 뜻이다. 처음 나침반이 생겼을 때 그것을 과신한 수부들이 폭풍 속을 그대로 항해하다가 난파를 당했다는 이야기와 같은 일이 벌어진 것이다.

양단불락兩端不落이라는 오래된 교훈이 있다. 원래 두 집 살림은 어려운 법이지만 이자택일을 뛰어넘어 윈윈전략으로 가는 것이 클릭 세계의 특성이다. 벤추라의 승리는 물리적인 클릭 파워가 아니라 "경제에는 자유, 인권에는 국가 간섭"의 공화당과 "경제에는 간섭, 개인에는 자유"라는 민주당에 대해 벤추라의 '리버테리어니즘libertarianism'은 두 개를 다 자유로 몰고 가려는 정치 철학의 승리였음을 잊어서는 안 된다. 휴대전화를 애용하는 아이들은 전화를 실컷 걸고 나서도 으레 "자세한 것은 만나서 이야기 하자."고 말한다. 인터넷만 가지고 정치를 하려는 사람들보다 그 애들이 훨씬 현명하다.

클릭 파워만을 믿는 정치는 그 자체가 차별정치다. 반사신경이 둔해 더블 클릭조차 하지 못하는 노인들은 그들의 관심 밖이기 때문이다. 클릭 소리에만 귀를 기울이는 정치인들을 위해 다음 이야기를 꼭 들려주고 싶다.

"어느 여인을 짝사랑하던 청년이 있었다. 그는 하루도 거르지 않고 매일같이 열렬한 연애편지를 써서 정성껏 부쳤다. 그렇게 1년이 지나간 어느 날 그 여인으로부터 편지 한 통이 왔다. 그것은 결혼 청첩장이었다. 알고 보니 그녀의 신랑감은 바로 청년의 편지를 매일같이 전달한 우편집배원이었다."

CODE 15 권력과 시선

시선의 지배, 색안경의 정치

권력은 시선이다. 시선은 지배다. 시험을 치를 때의 감독 선생과 학생의 관계를 생각해보면 잘 알 수 있다. 선생이 높은 교단 중앙의 정면에서 바라보고 있을 때에는 그만큼 시선은 강력하지만 의외로 좌우의 구석자리와 뒷자리에 사각지대가 생긴다. 그러나 감독자가 뒤에 있을 경우에는 보이지 않는 시선이 전 교실로 균등하게 퍼진다. 어디 서 있는지 어디를 바라보고 있는지 모르기 때문에 시선은 내면적인 것으로 변한다. 그것이 부정을 하든 않든, 한 사람 한 사람의 의식 내부를 구속하고 지배한다. 자신을 정면에서 쏘아보는 사람보다 색안경을 쓴 사람이 더 무서운 것과 같다.

만화가들은 정보원·형사 때로는 조폭들에게까지도 으레 색안경을 씌운다. 색안경의 효과는 뒷자리에 선 감독관처럼 그 시선이 보이지 않기 때문에 증대된다. 그래서 그것을 신의 시선에 비유하는 사람도 있다. 맥아더 장군은 검은 선글라스를 쓰고 점령군 사령관으로 일본인 앞에 나타났다. 그 색안경 효과는 참으로 충격적인 것이었다. 홍채가 파란 서양 사람들, 특히 앵글로색슨들은 태양빛에 약하기 때문에 선글라스는 필수품이라고 하지만 그것이 정치와 결합될 때에는 해수욕장이나 스키장의 그것과는 다른 상징성을 띤다. 박정희 대통령의 색안경을 기억해보면 안다. 눈에 보이는 경찰의 순찰에는 군말하는 사람이 없어도 방범 카메라의 설치에 대해서는 민감한 반응을 보이는 사람이 많다. 범죄자가 아니라도 무엇인가 숨어서 보는 시선에 대한 거부감 때문이다.

색안경 효과는 미디어에도 있다. 익명으로 된 밀고, 투서, 인터넷 게시판 같은 것들이 그런 것에 속한다. 익명성의 여론보다는 아무리 문제가 많아도 정체가 확실한 신문 매체가 낫고, 부패와 이합집산이 심해도 시선이 보이는 정당이나 의회 정치가 거리의 정치보다는 낫다. 그리고 내놓고 검열하는 편이 오히려 압력단체나 뒤에서 압박하는 언론 탄압보다는 나은 법이다.

국민을 정면에서 바라보는 정치권력은 그것이 아무리 독재자라 해도 지배의 한계가 있다. 그 시선이 미치지 않는 뒷자리나 옆구석자리가 있고 또 그 시선의 방향을 알기 때문에 피할 수도 있다. 하지만 국민의 뒤에 숨은 정치권력은 개개인의 내면으로 침범해 들어온다. 균질적이고 내면적이다. 공포는 대상이 분명할 때 생기는 것이고 불안은 대상을 모를 때 생겨나는 것이기 때문에 불안을 주는 정치권력과는 투쟁하기도 힘들다. 교사가 뒷자리로 갔다고 해서 자유로워진 것은 아니다. 정치사에서는 총검의 공포정치와 색안경의 불안정치가 늘 교체하고 순환해왔다. 감독관의 시선 없이 수험생들이 각자 자신의 명예를 걸고 자기 감시를 하는 오너 시스템을 만들어줄 때 자유롭고 개방된 진정한 민주주의 꽃은 핀다.

CODE 16 자유

삶을 다시 시작하게 하는 한마디 말의 힘, 자유

민주주의를 하극상이라고 번역한 에도 말기의 일본인들은 자유를 또한 '와가마마(제멋대로)'라고 번역했다. '지금 대천세계는 제멋대로의 형세로 나가고 있으므로'라고 번역된 자바 총독의 편지가 바로 그것이라고 한다. 자유로운 교류를 원한다는 것을 제멋대로 하겠다는 말로 안 막부 관리들은 더욱 외국인들을 경계했다는 이야기다.

이러한 일본 초기의 외래어 연구를 해온 야나부 교수는 우리가 오늘날 쓰고 있는 자유라는 번역어 역시 그와 별로 다를 것이 없다고 강조한다. '자유自由'라는 말은 옛날 한자어에서도 멋대로의 뜻으로 써왔기 때문이라는 것이다. 『후한서後漢書』에 나오는 '백사자유百事自由'가 그것인데 자기네들이 옹립한 천자를 자기들 멋대로 조종했다는 뜻이다. 역시 자유의 시원은 서구 문명인 것 같다. 아리스토텔레스의 정치학에서도 서방 사람들은 자유는 있지만 지식이 없고, 동방 사람들은 지식은 있으나 자유가 없다고 하는 대목이 나온다. 피는 물보다 짙다고 하지만 자유는 그 피보다 더 짙은 것이라고 생각한 것이 근대 정치사상의 조류다.

동족과 핏줄을 끊고 자유를 찾아나서는 난민이나 이민, 그리고 망명자들을 우리는 수없이 봐왔다. 우리 자신이 겪었던 동족 상쟁의 비극도 '자유는 피보다 짙은 것'이라는 명제에서만 이해가 가능해진다. 그런 희생과 아픔을 통해 얻은 자유가, 민주화의 투쟁으로 지키고 키워온 자유가 '제멋대로'와 '떼쓰기'로 번역돼 서야 되겠는가.

그러나 오늘의 정치 상황은 '대한민국'을 '떼한민국'이라고 비판하는 목소리가 나올 정도로 근심스럽다. 원래 '멋'이라는 한국말은 일탈성의 미학을 나타내는 '멋'있는 말이지만 그것이 지나치면 멋은 '제멋대로'라는 나쁜 말로 전락한다. 자유는 왕양하다. 하지만 남의 자유를 침범하는 자유, 자유의 울타리를 쓰러뜨리는 자유까지 허용되는 자유란 존재하지 않는다. 이익집단의 과격한 불법시위가 때때로 스스로의 모순에 빠지는 경우도 그 때문이다. 그 시위를 가능하게 한 바로 그 자유를 부정하는 결과를 낳기 때문이다.

자유를 잃어보지 않고는 자유의 그 절실함을 모른다. 일제 식민지와 전쟁을 겪었던 노년 세대들은 '자유는 공짜가 아니라는 것(Freedom is not free)'을 몸으로 배웠다. 그래서 이따금 젊은 세대들의 행동을 걱정하는 것은 머리가 굳어서가 아니라 그 세대들이 젊었을 시절 눈물을 흘리며 암송했던 시 한 편의 기억이 있기 때문이다.

"나의 잡기장 위에 / 책상과 나무 위에 / 모래 위에 흰 눈 위에 / 나는 너의 이름을 쓴다"로 시작하여 "그 한마디 말의 힘으로 / 나는 내 삶을 다시 시작한다 / 나는 태어났다 너를 알기 위해서 / 너의 이름을 부르기 위해서"로 끝난다.

만약 이 시가 대학 시험문제에라도 나온다면 그래서 너의 이름이 무엇을 가리킨 것인지를 묻는다면 얼마나 많은 학생들이 이 시의 맨 끝에 나오는 단어 '자유여!'라는 이름을 맞힐지 궁금하다.

CODE 17 평등

타인을 인정하는 용기, 평등

한국으로 귀화한 어느 외국인은 진돗개를 보면 한국인의 특성을 알 수 있다고 말한 적이 있다. 영리하고 순발력이 있다. 그러나 무엇보다도 닮은 것은 진돗개가 다른 개들과 섞일 때다. 다른 동물들처럼 어떤 종류의 개들도 무리를 이루면 싸움 끝에 서열이 생기는 법이다. 우두머리가 나오고 그를 따르는 무리의 위계질서가 형성된다. 그런데 진돗개는 그렇지가 않다는 것이다. 싸움에 져도 다음 날 다시 도전한다. 악착같이 싸움을 포기하지 않고 끝까지 다른 개 밑에 들어가지 않으려고 한다. 기개와 자존심이 강해 닭머리는 되어도 쇠꼬리는 되지 않으려는 한국인이 바로 그렇다는 것이다. 서로 장군을 하겠다는 바람에 졸병을 할 사람이 없어 전쟁놀이를 못하는 것이 한국 아이들이라는 말도 있다. 전문가의 권위가 안 먹히는 것도 한국 사회의 한 특성이라고도 한다. '너는 별거야'라는 심리가 남의 지식이나 경륜을 인정하려 들지 않는다. 분명 우리 마음속에는 남에게 기죽지 않고 살려는 오기가 있다. 흉이 아니다. 플라톤이 인간의 덕목 중에서 가장 고귀하고 최후의 것으로 꼽은 것이 '티모스thymos'라고 하는 그 기개다.

하지만 현실적으로 모두가 왕 노릇을 할 수는 없다. 염라대왕을 평등왕이라고 부르듯이 죽음 앞에 인간은 모두가 평등하다고 하지만 그렇다고 모든 사람이 한날 한시에 죽는 것은 아니다. 그래서 한국인에게 필요한 것은 리더십보다 팔로십followship이라고 말하는 사람도 있다. 앞에서 이끄는 능력도 중요하지만 뒤에서 남을 따라가고 받쳐주는 힘도 그에 못지않다. 축구 경기에서 스트라이커의 화려한 경기는 옆에서 어시스트를 잘 해주는 조력자가 있기 때문에 가능하다.

한국 정치의 어려움도 여기에 있다. 어느 국민보다도 평등의식과 자존심이 강한 사람들이라 그것을 다 같이 충족시키고 어울려야 하기 때문이다. 그러나 흔히 말하듯이 평등은 스타트라인에 있는 것이지 골라인에 있는 것이 아니다. 말하자면 결과에 대한 평등의식은 남이 쌓아올린 능력이나 노력을 부정하게 된다. 억지와 시샘이 경쟁을 무질서로 이끌어 사회는 정체하고 불평은 고조한다.

누구나 어렸을 때 달리기 내기를 한 경험이 있을 것이다. 뛰다가 남에게 뒤처지면 "앞에 가는 놈은 도둑놈"이라고 큰 소리로 외친다. 진정한 티모스는 앞서가는 사람을 떠미는 것이 아니라 자신의 명예와 목숨을 걸고 최선을 다하는 긍지심이다. 자유를 방종으로 착각하듯이 평등을 무등 무서열로 오인하기 쉽다. 뱀의 머리가 강을 건너야만 꼬리도 따라서 강을 건넌다. 머리와 꼬리가 강 한복판에서 서로 물고 늘어지면 그 자리에서 맴돌게 마련이다. 그것은 평등도 상생도 아닌 공멸일 뿐이다. 호랑이도 이길 수 있는 진돗개의 영리함과 그 기개를 어떻게 다듬고 살려가는가에 한국 정치의 내일이 걸려 있다.

CODE 18 프라테르니테

무한경쟁 사회에서 더불어 사는 법

어릴 때부터 프랑스혁명을 자유·평등·박애의 정신이라고 배웠다. 그리고 그것을 자명한 진리로 받아들인다. 하지만 이 세 개의 이념어를 조금만 캐들어가도 그렇게 간단한 게 아니라는 것을 알게 된다. 무엇보다 지금까지의 상식을 뒤엎고 프랑스혁명 당시의 슬로건은 자유·평등·박애가 아니라 자유·평등·소유권이었다. 그리고 뒤에 나온 시민 및 인권 선언의 17개 조항에도 박애(fraternité, 프라테르니테)라는 말은 그림자도 비치지 않는다.

자유와 평등 역시 모순되는 개념으로 결코 한 소쿠리에 담을 수 있는 말이 아니다. 그리고 그것은 처음부터 그렇게 거창했던 것이 아니라 프랑스 북부 지방의 조그만 마을에서 내려오던 가훈이었다고 한다. 그러던 것이 냉전 시대에는 세계를 동서로 나누는 생살여탈권의 키워드로 등장했다. 개인이든 정당이든 자신의 정치적 이념을 밝힐 때는 자유와 평등 중 어느 쪽에 기울어 있는가를 분명히 해야만 했다. 공산주의의 선구라는 오해를 받던 소설가 토마스 만Thomas Mann이 "나는 평등 이념이 자유 이념보다 절대적 우위를 차지하는 사회주의에서는 인간적인 이상을 찾아볼 수 없다고 생각하는 사람"(1944년 《칠레 망명신문》)이라고 자신의 입장을 밝혔던 말에서도 그런 사정을 엿볼 수 있다.

옛 소련의 붕괴로 냉전은 끝났지만 자유와 평등은 여전히 이항 대립의 도식에서 벗어나지 못하고 있다. 자유는 경제 원리로 '무한경쟁'의 시장과 번영의 깃발이 되고, 평등은 정치 원리로 '더불어 사는' 공동체와 평화의 깃발이 된다. 그러나 그 모순과 갈등을 결합과 조화로 이끌어주는 것이 혁명이 일어난 지 50년 만에 등장한 박애라는 문화 원리다.

성서의 말처럼 불구덩이로 뛰어드는 용기와 정의감이라고 해도 사랑이 없으면 증오와 보복만 남는다. 마찬가지로 아무리 번영과 부를 가져오는 경쟁이라도 사랑이 없으면 독점과 탈락자의 고통만 증대시킨다. 혁명의 피만으로는 평등해질 수 없었기에, 소유권의 주장만으로는 공화국이 하나로 될 수 없었기에 비로소 박애라는 말이 자유와 평등의 반열에 오를 수 있게 된 것이 아니겠는가.

다만 우리가 박애라고 번역한 프랑스 말의 프라테르니테는 형제의 우애나 동지애를 뜻하는 것이다. 번역어처럼 박애가 아니라 남성들끼리, 같은 종파끼리 나누는 한정된 사랑이다. 그래서 자유와 평등은 오랫동안 여자와 노예와 외국인들에게는 예외의 것이 되어왔다. 정치 원리와 경제 원리만이 지배하는 한국의 상황도 예외가 아니다. 무한경쟁과 더불어 사는 사회의 그 틈과 분열을 뛰어넘기 위해서는 그 사이에 문화 원리인 사랑과 감동의 다리를 놓아야 한다. 해방 이후 새 공동체, 새 시장을 찾아 줄곧 혼란을 겪어왔던 우리의 역사도 이제는 60년을 넘지 않았는가.

CODE 19 노동과 활동

일하는 즐거움, 노동의 기쁨

초등학교 학생이 처음 산수를 배운다. 선생님은 사과가 열 개 있는데 세 개를 먹으면 몇 개가 남느냐고 묻는다. 그러자 한 아이는 세 개가 남는다고 대답한다. 선생님이 이상해서 그 이유를 묻자 아이는 서슴지 않고 대답했다. "엄마가 그러는데 먹는 게 남는 거래요."

그냥 웃을 수 없는 유머다. 정말 그랬다. 초근목피로 연명해가던 시절, 인생을 계산하는 한국인의 산수에는 먹는 것이 남는 것이고 전부였다. 문자 그대로 생계生計를 위해 죽을 때까지 일을 했다. 한국말의 바보는 밥보에서 나온 말이다. 밥만 먹고 사는 사람, 밥밖에 모르는 밥보가 바로 바보다.

창조적 삶을 중시한 그리스인들이 노동에 얽매인 삶을 부정한 것도 그런 이유에서였다. "노동을 한다는 것은 수치가 아니다. 오히려 게으름이 수치다."라는 헤시오도스의 글귀를 인용했다고 해서 소크라테스는 고발을 당했다. 젊은이들에게 노예적인 영혼을 주입했다는 이유에서다. 하지만 노동을 찬양한 헤시오도스 본인도 노동(panos)을 작업(ergon)과 구별하여 판도라의 상자에서 나온 제우스의 벌로서, 빵을 먹고 살아야 할 인간에게 내린 저주로 생각했다.

한나 아렌트의 모델을 조금 변형해 인간의 일을 세분해보면 '노동', '작업' 그리고 '활동'으로 나눠볼 수가 있다. 대학생이 학교에서 강의를 듣는 것은 작업(work)이고, 등록금을 벌기 위해 아르바이트를 하는 것은 노동(labor)이고, 학생회의 선거나 동아리에서 일하는 것은 활동(activity)이다. 그래서 예술가가 작품을 만드는 것은 노동이라 하지 않고 작업이라고 부른다. 그리고 그것을 전시 하거나 공연을 하면 예술 활동이라고 한다. 마찬가지로 국회의원이 국회에 나가서 일하는 것은 의정 활동이요, 정치 활동이다. 똑같은 빨래를 해도 자기 생계를 위해서가 아니라 남을 돕기 위해서 하는 일은 노동이라 하지 않고 봉사 활동이라고 한다. 노동의 반대는 쉬는 것(rest)이고 작업의 반대말은 노는 것(play)이다. 그래서 같은 공휴일인데도 '쉬는 날'이라고도 부르고 '노는 날'이라고도 부른다.

그렇다면 활동의 반대말은 무엇인가. 죽음이다. 활동은 그것 자체가 삶이므로 영속적으로 움직여야 한다. 그동안 문명은 노동에서 활동으로가 아니라 활동에서 노동으로 역류했다. 모든 노동자들을 활동하는 시민으로 만드는 것이 아니라 모든 시민을 자기 생계를 위해 일하는 노동자로 만들고 있다. 정치 활동이 정치 노동으로 변해 부패를 낳았고, 예술의 창조 활동이 노동으로 변질해 남는 것은 작품이 아니라 먹는 것이 된다.

21세기 한국 정치의 최대 과제는 분명하다. '먹는 것이 남는 사회'를 '보람과 꿈이 남는 사회'로 개혁하는 일이다. 모든 노동이 작업이 되고 작업이 활동이 되는 날. 그래서 인류가 오래 꿈꿔온 '노예 노동'이 종말을 고하는 날 정치는 완성된다.

CODE 20 독재, 독선, 독창

홀로 타는 촛불의 아름다움

'독獨' 자가 들어가서 좋은 말이 별로 없다. 독재자獨裁者는 물론이고 '착할 선善' 자가 들어간 독선獨善 역시 바람직한 것이 못 된다. 어느 경우에는 독선적인 권력자가 독재자보다 더 나쁠 수도 있다. 자기 혼자 선이고 자기 홀로 정의롭다고 생각하기에 남들을 모두 악의 대상으로 몰아버린다. 독재자는 그래도 자기에게 저항하는 세력이 많다는 것을 알고 선심이나 유화 정책을 쓰지만 독선적인 권력자는 모든 사람이 자기를 존경하고 따른다고 믿는다. 그리고 자신에게는 절대로 과오가 없다고 생각하기에 언제나 잘못은 악이요 불의인 비판자 쪽에 있다고 생각한다.

독재든 독선이든 독단獨斷·독행獨行·독점獨占은 정치와 조직체에 독이 된다. 독불장군獨不將軍을 글자대로만 읽어도 "혼자서는 장군이 될 수 없다"라는 뜻임을 금시 알 수 있다. 그런데도 사람들은 '독장군'이라고 해야 할 때에도 '독불장군'이라는 말을 쓴다. 사전에도 '무슨 일이든 자기 생각대로 혼자서 처리하는 사람이나 다른 사람과 잘 협력하지 않고 따돌림을 받는 사람'이라고 돼 있다. 그것은 '독장군'이지 '독불장군'이 아니다. 그런데도 독장군을 독불장군이라고 하는 것을 보면 애당초 세상은 독장군이란 말조차 허락하지 않았던 것 같다.

그런데 거꾸로 오늘날의 지식사회에서는 '독' 자의 주가가 높다. 독창성과 독자성, 그리고 독특하고 독보적인 아이디어가 아니면 살아남지 못하는 세상이 왔다. 그래서 미국에는 '독' 자에 맞지 않는 관료 조직을 뇌 이식 수술 이야기로 비판한 조크가 나돌기도 한다. 10만 달러짜리 뇌는 대학교수 것이고, 20만 달러짜리 뇌는 우주선을 만든 과학자의 것인데 값이 갑자기 수배로 뛴 100만 달러짜리 뇌가 있다. 환자 측 사람이 뭐하는 사람의 것이냐고 묻자 워싱턴의 어느 고급 관료의 뇌라고 한다. 관료가 뭔데 교수나 과학자보다도 그렇게 비싸냐고 항의하자 의사는 당연하다는 듯 이렇게 대답한다. "이 머리는 죽을 때까지 한 번도 써본 적이 없어서 신품이나 다름이 없으니까요."

관료 집단만이 아니다. 말이 쉽지 막상 어느 단체나 조직체에 독자적인 개성과 독창성을 지닌 사람이 들어오면 어떻게 될 것인가. 그 조직에는 금이 가고 팀워크는 깨진다. 튀는 사람보다는 조직 구성원의 인화와 조직 전체에 순응하는 사람이 더 중요한 역할을 한다. 그러므로 '독' 자를 터부로 하는 관료에게 예술가나 발명가와 같은 독창성을 요구할 필요는 없다.

하지만 독창적 아이디어나 새로운 발명을 알아보고 그것을 키워내는 것은 역시 정치인이요 관료들이다. 그것을 이해하는 안목과 융통성이 없으면 한국의 21세기는 없다. 한자의 변 하나를 바꿔 '홀로 독獨' 자를 촛불의 '촉燭' 자로 바꿔보라. 그러면 독재와 독선의 암흑에 싸여 있던 한국인의 독창성은 환하게 빛날 것이다.

CODE 21 비상구와 태평문, 그리고 민족

이름 짓기와 이름 부르기

옛날 초등학교 국어책에 제일 먼저 나오는 글이 '바둑아 바둑아, 나하고 놀자.'였다. 엄격한 의미로 바둑이는 고유한 개 이름이라곤 할 수 없다. 바둑알처럼 희고 검은 털이 박힌 개면 다 바둑이다. 그래도 바둑이는 나은 편이다. 옛날 시골 개 이름들은 거의 모두가 멍멍이다. 멍멍 하고 짖으니까 그냥 멍멍이라고 이름을 붙인 것이다.

같은 문, 같은 한자로 이름 붙인 것인데도 한국과 일본은 비상구非常口라 하고, 중국은 정반대로 태평문太平門이라고 부른다. 그리고 우리는 자기의 직장 내 비리를 고발하는 사람을 밀고자라고 부르지만 미국에서는 '휘슬 블로어(whistle-blower, 호루라기 부는 사람)'라고 한다. 이름 하나로 부도덕한 밀고자가 다른 곳에서는 반칙한 선수에게 경고의 호루라기를 부는 당당한 심판자가 된다.

정치적인 시선과 그 행위는 언제나 이름 짓기, 이름 부르기에서 시작된다. 그래서 한쪽에서 의식화라고 부르는 것을 반대편에서는 세뇌화라고 한다. 다양한 의견은 중구난방, 자유경쟁은 약육강식이 되고, 사소한 일상적 언어 표현에서도 신중한 사람은 우유부단한 사람, 신념은 고집불통, 열정은 광기로 각기 평가의 수식어가 달라진다.

대선자금이니 신임 문제니 하는 뜨거운 정치적 쟁점에 비하면 말이나 이름을 따지는 것은 한가로운 일로 보일지 모른다. 하지만 부패부정은 정치의식과 방향을 결정짓는 말과 이름의 근원적 문제에 비하면 그야말로 수족에 난 종기에 불과한 것이다. 뇌가 마비되면 아무리 사지가 멀쩡해도 식물인간이 되고 만다.

지하철이나 버스를 탈 때 누구나 그것이 어디로 가는지 알기 위해 표지판(이름)을 본다. 아무리 빈 차가 와도 방향이 다르면 타지 않고 아무리 만원이라도 원하는 방향이면 매달려서라도 탄다. 문제는 그렇게 중요한 말과 그 개념들이 서구사상을 처음 들여올 때 일본 사람들이 지어낸 번역어라는 점이다. 우리가 거의 신성불가침처럼 사용하는 '민족民族'이란 말마저 제국주의화를 꿈꾸던 일본인들이 만들어낸 관념어라면 그 충격은 크다.

"유럽어의 번역어와 달리 민족이란 말은 20세기 초 메이지 말 일본에서 태어난 순 국산어다. 현대 중국어의 민즈나 한국어의 민족도 일본어 '민족'의 차용이다. 그래서 일본어의 민족에 정확히 들어맞는 유럽어가 없다. 내셔널리즘을 민족주의라고 번역하지만 내셔널 유니버시티는 민족대학이 아니라 국립대학이라고 한다." 이렇게 주장하는 일본인 학자들에 대해 우리는 분명히 무엇인가 대답할 수 있어야 한다.

그들 이전에 우리가 민족이라는 말을 사용했다면 그 기록을 찾아내 증거로 제시해야 할 것이다. 그렇지 않다면 오늘날 우리가 사용하는 민족이란 말이 그들이 만들었다는 그것과 어떻게 다른 개념을 지니고 있는지 분명히 밝혀내야 할 것이다. 바둑이나 멍멍이 같은 어정쩡한 이름 짓기, 이름 부르기에서 탈피하는 것. 그것이 길을 잃은 우리 정치가 찾아야 할 원점이다.

IV
한류 문화

한류

아시아에 떨어진 한 방울의 물

한국의 경제 성장은 세계를 놀라게 했다. 그러나 번영의 양지가 있으면 빈곤의 음지도 생긴다. 한국의 민주 발전은 세계를 뜨겁게 했다. 그러나 목소리가 커지면 작은 소리는 들리지 않는다. 한국의 한류 문화는 세계를 즐겁게 했다. 그러나 잔치가 끝나면 불은 재가 된다. 경제에서 정치로, 정치에서 문화로 한국의 이야기는 이어진다. 그럴 때마다 함성이 한숨으로, 칭찬이 아쉬움으로 바뀌는 좌절의 아픔을 겪어야 한다. 하지만 막은 내리지 않았다. 한류가 어떻게 시작해서 어떻게 끝날는지 아무도 모른다. 우리가 알고 있는 것은 다만 역사의 뒷전에 있던 문화가 이제는 정치와 경제를 끌고 가는 앞바퀴가 되었다는 사실이다.

'한류韓流'는 우리가 만든 말이 아니다. 영어로는 '코리안 웨이브Korean wave'라고 하지만 다른 외래어처럼 영어권에서 들여온 것도 아니다. 알다시피 '韓'은 '한국', '流'는 '흐른다'는 뜻으로, 한

자의 본고장인 중국에서 생겨난 말이다. 더 정확하게는 1999년 11월 2일 베이징《청년보青年報》에 처음 소개된 것으로, 한국의 대중문화와 연예인에 열광하는 중국의 젊은이들을 일컫는 신조어였다. 그러기 때문에 단순한 한자말이지만 그 뜻과 '이미지'는 우리가 알고 있는 것보다 훨씬 더 복잡하고 미묘하다. 같은 '韓' 자라도 우리에겐 자신의 이름처럼 친숙하게 느껴지지만 중국인의 반응은 다르다. 월드컵 축구경기 때 세계인의 귀에 쟁쟁했던 '대~한민국'의 그 '한'과는 분명 다른 의미로 들을 수도 있다. 발화자가 누구인가에 따라서 같은 호칭이라도 그 문맥적 의미가 달라진다는 것은 상식에 속하는 일이기 때문이다.

역사적으로 중국인에게 익숙한 호칭은 '한국인'이 아니라 '고려인'이요, '조선인'이었다. 특히 '조선'은 고조선 때부터 불러온 말이고, 이성계가 개국할 당시에는 '조선'과 '화녕'의 두 국명 가운데 하나를 중국에서 골라 결정해준 이름이기도 하다. 그러니까 중국인에게 조선은 가깝고 한국은 멀다. '한국'이란 호칭에는 '대한제국'처럼 중화中華의 세력권에서 벗어난 나라, 그리고 6·25전쟁 때는 직접 총부리를 겨눈 적대국의 이미지까지 잠재해 있다.

한류韓流에 숨은 한류寒流

더구나 동아시아의 나라 이름은 중화사상의 화이질서華夷秩序를 나타내는 문화 코드의 하나였다. 역대의 중국은 하夏·은殷·주周를 비롯해서 진秦·한漢·수隋·당唐·송宋·원元·명明, 그리고 마지막 청淸에 이르기까지 나라 이름이 전부가 외자다. 하지만 주변국들의 이름은 거의 예외 없이 두 자 이상으로 되어 있다. 고구려·신라·백제·조선·안남·일본이 그렇다.

'호칭'에서 드러나는 중화 문화의 이 같은 특징은 19세기 서양의 여러 나라와 접촉하는 과정에서도 뚜렷하게 드러난다. 잉글랜드를 영국英國이라고 부른 것은 영웅英雄들의 나라라는 뜻이고, 프랑스를 법국法國이라 한 것은 법을 만든 나라라는 뜻이다. 도이칠란트, 즉 독일은 덕이 있는 나라라 하여 덕국德國이고, 아메리카는 아름답다 해서 미국美國이다. 모두 우호적이고 너그러운 마음에서 나온 외자 이름들이다. 그러나 헝가리 같은 나라는 흉노족과 관련이 있다 하여 '흉아리匈牙利'라고 썼고 글자도 석 자나 된다. 물론 그 나라의 이름을 한자 음에 맞춰서 만든 말이기는 하지만, 그 나라의 이미지와 특성에 어울리는 글자를 골라 붙인 것이다.

이렇게 나라 이름과 관련된 중국의 한자 표기는 그 자체가 숨은 뜻을 지닌 문화 코드로 사용되었듯 '한류'라는 조어 역시 잠재적인 다른 뜻을 갖고 있다. 중국인들에게 '韓'은 자기네와는 체제가 다른 생소함 또는 낯설음을 내포하고 있다. 과거부터 지니고 있던, 고려인이나 중국 내에서 살고 있는 소수민족으로서의 조선족 혹은 북한을 지칭하는 조선과는 분명히 다른 이질적 말이다.

동시에 한류의 '韓' 자에는 그와 음이 같은 차가운 '한漢'의 이미지도 숨어 있다. 그래서 사실 중국 사람들은 '한류韓流'를 '한류寒流' 같은 이중적 의미로 사용해왔다. 재차 말할 것도 없이 한류는 '차가운 해류의 흐름'으로, 난류와 반대되는 느낌을 주는 말이다. 중국 사회로 매섭게 파고 흘러들어 온다는 의미이다. 즉 한국 대중문화가 유행하는 현상을 달갑지 않게 여긴다는 것이며 그 경계심과 거부감을 간접적으로 나타내는 말이다. 한국의 '한'이 차가운 '한'이 되는 것은 '사四'가 '사死'로, '팔八'이 '발發'이 되는 중국인들의 오래된 문자 사용 풍습이다. 축일에 폭죽을 터뜨리는 것도 그 같은 문자 신앙에서 나온 풍습이다. '폭발爆發'이 '발전하다'의 '發'과 같고, '죽竹'이 축하의 '축祝' 자와 음이 통하기 때문이다.

중국식 신조어의 문화 코드로 보면 한류란 말은 이미 태어날 때부터 '안티 한류'의 위험 요소를 지니고 있음을 알 수 있다. 중국에서 한류를 '한미韓迷'라고 쓰는 경우가 있어 더욱 그렇다. '미迷'는 영어의 '마니아'를 음역한 것이지만, '미로迷路', '미아迷兒' 등 여러 관련어에서 느낄 수 있듯 한국의 대중 문화에 중독되어 갈팡질팡 헤매고 있는 젊은이들의 모습이 겹쳐진다. 한류라는 용어보다 앞서 대만에 등장했던 '하한주哈韓族'란 말을 생각해보면 그 이미지는 더욱 명확해진다. 하한주는 한류와 같은 뜻이지만 '韓'을 '寒'으로 바꾸면 말라리아 같은 열병에 걸려 추위에 떠는 병자를 가리키는 말이 된다. 일본 문화를 추종하는 '하르주[哈日族]'가 대만의 방언인 민남어로 일사병日射病을 뜻하는 것과 같은 이치다. 일본을 나타내는 '日'이 뜨거운 열을 뿜는 태양의 '日'로도 읽히는 까닭이다.

'중화주의'를 뒤흔드는 징후

그렇다면 한류의 '流' 자는 어떤 문화적 코드를 나타내는가, 원래 '流'라는 한자는 물의 흐름이 아니라 물에 떠내려오는 시체를 가리키던 글자라고 한다. 중국에는 홍수가 잦아 냇물에 시체가 떠내려오는 일이 많았는데, 뒤에 그 글자가 물의 흐름만을 나타내게 되었다는 것이다(시라카와 시즈카[白川靜]의 『자통字統』 참고). 이렇게 글자의 기원을 봐도 알 수 있듯이 '류' 역시 좋은 뜻을 내포한 다고 할 수 없다. 흘러왔다 흘러가는 냇물의 흐름은 공자의 그 유명한 천상탄(川上嘆, 밤낮으로 쉬지 않고 흐르는 강물을 보면서 인간의 죽음을 생각하고 눈물을 흘렸다는 고사)처럼 가역불가능한 시간의 무상성과 죽음을 암시한다. 그렇지 않더라도 '류'라는 말에는 유행, 유언비어, 유배, 유찬 등 일시적으로 근거 없이 떠다니거나 멀리 떠나버리는 부정적 의미가 담겨 있기도 하다.

단순히 '강물' 같은 것을 연상시키는 중립적인 의미로 쓰일 때에도 한류는 결코 '황하黃河'나 '장강長江' 같이 중국을 상징하는 것과는 정반대의 이미지를 준다. 물은 높은 곳에서 낮은 곳으로 흐른다. '한자 문화권'이라는 말이 있듯 중화사상의 강물은 천 년 이상을 두고 언제나 동북아시아의 주변국으로 흘러갔다고 중국인들은 생각한다. 그것이 바로 아시아를 관통해온 '화이질서'라는 강물이다. 그러기에 비록 그것이 대중문화라 해도 한류는 한국의 물이 중국으로 흘러들어 온다는 의미에서, 중국인들에겐 지금까지 경험하지 못한 충격적인 역류 현상인 것이다. 중국의 과장법을 빌리자면 몇천 년 동안 흘러온 황하가 요즘에 이르러서 갑자기 단류斷流 현상을 일으키는 것과 같은 느낌일 것이다.

'국민복 세대'가 주지 못한 것들

백 년 전 서구의 근대 문명과 접촉했을 때만 해도 중국은 중체서용中體西用, 동도서기東道西器라 하여 느긋해했다. 청말 서태후는 군함은 샀어도 서구 근대의 군대 시스템과 제도를 들여오려고 하지는 않았다. 소프트의 문화 콘텐츠가 아니라 하드만 들여왔다. 에토스는 배우려 하지 않고 결과의 실용성만을 가져오려 했다. 그 결과, 상하이의 바오산[寶山] 제철소는 보석은커녕 쇳조각 하나 생산할 수 없는 제철소로 이름값도 하지 못한다는 비웃음을 샀다.

중국에 한류가 들어가기 이전에 사람들은 어째서 바오산은 한국의 포항제철이 될 수 없었는가에 대해 이렇게 답했을 것이다. "대나무와 나무는 붙지 않는다. 절대로 하나가 될 수 없다. 중국의 근대화는 나무를 대나무에 붙이려는 것과 같다. 중국의 문화는 황하나 장강처럼 천천히 흐른다."고. 그런데 한류가 흐르는 오늘의 중국은 확실히 변했다. 옛날의 미국 부모는 밥투정하는 어린애에게 이렇게 말했다. "얘야! 중국에서 끼니를 굶고 있는 아이들을 생각해보렴." 그런데 오늘의 부모들은 다르다. "얘야 밥을 안 먹으면 장차 중국 사람들과 싸울 힘이 없어 일자리를 잃게 될지 모른단다."

13억의 중국인과 한반도의 44배가 넘는 거대한 중국 대륙에서 보면 한류는 아주 작은 도랑물처럼 보일지 모른다. 하지만 그것이 서용西用이 아니라 중체(中體, 중국의 문화와 정신)를 흔드는 징후라면 황하와 장강의 물살에 변화를 일으키는 큰 강물일 수도 있다. 틀린 시각이 아니다. 중국 포털 사이트에서 '한류'라는 낱말을 검색해보면 '휴대전화 한류'·'바둑 한류'·'자동차 한류'·'자본 한류'·'한류 경제'·'IT 한류'와 같은 생소한 말들이 거미줄처럼 줄줄이 이어진다. '韓' 자는 대한민국을 나타내는 약자만이 아니다. 우연의 일치라 할 수 있지만 한류가 차가운 흐름의 이중적 의미를 담고 있듯이 서양에서는 '아시아인들에 의한 아시아 대중 문화의 발견'을 '아시안 쿨Asian cool'이라고 부른다. 그리고 '流'는 대중 문화의 유행을 나타내는 흐름만을 지칭하는 글자가 아니다. 그것은 탈냉전으로 정치·경제의 이데올로기가 문명·문화의 패러다임으로 옮겨가는 큰 흐름의 물결을 의미하기도 한다. 부국강병의 하드 파워가 아니다.

어느새 밖에서 누르는 강압적 힘으로는 어느 누구도 다스리기 힘든 세상이다. 자기 안에서 느껴야 움직이고 매력이 있어야 따르는 소프트 파워의 시대가 다가오고 있다. 한류의 노래, 한류의 영상이 범상치 않게 젊은이들의 열정을 사로잡는 것도 그러한 권력 이동의 하나다.

국민복을 입은 이데올로기의 혁명 세대가 주지 못한 것, 그리고 번영과 성장의 세대가 바빠서 주지 못한 것을 중국인들은 원했다. 그때 중국의 젊은이들에게 신나는 한국의 가요와 춤이 있었다는 것, TV 드라마의 재미나 영화의 아름다운 영상이 있었다는 것, 꿈꿔온 애인 같은 스타들이 있었다는 것, 그것이 바로 한류의 방아쇠를 당긴 힘이다. 감동과 즐거움을 부가가치로 삼는 문화산업이 그 뒷받침을 했다. 그래서 중국에서는 한류라는 말에 '신新' 자를 붙여 '신한류'라 부르기도 한다.

1990년대 초부터 대만·홍콩 등 중화 문화권의 외곽에 처음으로 떨어진 한국 대중 문화의 물방울이 모여 중국 대륙을 관통하는 강물이 되고, 그 흐름이 바다를 건너 싱가포르·베트남·태국·말레이시아로 번지고, 서북쪽으로는 몽골과 우즈베키스탄으로 진입하고 있는 형국이다. 이윽고 동쪽의 끝으로 일본 열도에 '쓰나미'를 일으키면서 한류는 이제 대중 문화에서 생활 문화로, 사회 현상으로, 경제시장의 양상으로, 그리고 국가 이미지의 변화 단계로 확충되고 있다.

한류를 중국 시각에서 보면 황하 문화의 역류 현상이지만 한국 측에서 보면 주변 문화가 중심 문화의 수원水源으로 반전하는 새로운 시대의 물결이다. 한류의 '流' 자는 '전류電流'의 '流' 자이기도 하다. 지금까지 배전소나 변전소 구실밖에 하지 못하던 한국 문화의 위상이 발전소와 송전탑으로 급속히 격상되고 있는 양상이다.

문화 수신국에서 문화 발신국으로

한국의 문화는 근대 이전 중국에서, 그리고 근대 이후 서양과 일본에서 줄곧 받아오기만 하던 달빛의 문화였다. 문화 수신국이요, 문화 소비국이었다. 그러던 한국이 후기 근대의 21세기에 이르러서는 문화 발신국이요, 문화 생산국으로 반전되는 징후를 보이기 시작했다. 그것이 진정한 한류의 시작이요, 그 의미다.

왜 지금 한류인가. 왜 지금 아시아에서는 동시다발적으로 한류 붐이 일고 있는가. 그 발생 배경을 캐올라가면 한류 현상은 원하든 원하지 않든 간에 세계 문명의 변화와 불가분의 관계를 맺고 있다는 것을 알게 된다. 만약 냉전이 종식되지 않았더라면, 그래서 13억의 중국인이 이데올로기가 지배하는 '죽의 장막' 속에 살고 있었더라면, 그래서 마오쩌둥의 문화혁명이 덩샤오핑의 개혁·개방의 새로운 시장주의 경제로 바뀌지 않았더라면, 세계가 '물건을 만드는 산업'에서 '마음을 소통시키는 산업'으로 변하지 않고 '규모의 경제'가 '범위의 경제'로 발전하지 않았더라면, 인터넷과 휴대전화의 정보혁명이 일지 않았더라면, 중국의 젊은이들이 CCTV로 외화를 즐기고 CD와 MP3로 한국의 팝을 손쉽게 들을 수 있는 뉴미디어와 접할 수 없었더라면 한류란 말은 절대로 생겨나지 않았을 것이다. 또한 천지인天地人의 삼함일치三函一致, 유불선 삼교가 회통回通하는 동북아의 전통적 문화 공유 기반이 없었더라면, 그래서 동북아에서 기독교 국가와 이슬람 국가간 문명 충돌 같은 일이 벌어졌다면 한류 현상과 한류라는 말은 절대로 생겨나지 않았을 것이다.

중국을 중심으로 한 한류의 문화 코드는 '한류'라는 한자 분석을 통해서 어느 정도 기본적 해독이 가능하다. 하지만 드라마 〈겨울연가〉를 기폭제로 하여 쓰나미처럼 일고 있는 일본의 한류는 어떻게 설명해야 할까. 아시아에서는 유일하게 G7에 진입한 일본, 세계 최강의 경제대국이라는 일본, '문명의 충돌'이라는 세계의 화두를 몰고 온 헌팅턴도 아시아 문명권과는 별개의 독자적 문명으로 분류한 일본. 그런 일본에서 이는 한류가 이제 막 시장

경제에 낯을 익혀가는 중국이나 동남아에서 일고 있는 한류와 같을 수 있겠는가. 누구나 반문하는 의문이다.

하지만 그 현상과 발생 과정을 살펴보면 두 한류의 구조가 놀랍도록 닮아 있다는 것을 알게 된다. 중국 대륙에 한류의 물방울이 떨어진 것은 1997년 6월 CCTV를 통해 TV 드라마 〈사랑이 뭐길래〉가 방영되면서부터다. 최고 시청률이 15퍼센트대를 돌파했고 외화 가운데 시청률 2위를 기록했다. 그 인기는 재방영까지 몰고 갔으며, 특히 전통적인 가부장 권위를 일깨워준 '대발이 아버지(이순재)'의 당당한 모습은 '남녀 역차별' 속에 살던 중국의 남성들을 압도했다. 〈사랑이 뭐길래〉에 고무된 중국 남성들 사이에선 아내보다 일찍 직장에서 돌아와 저녁밥을 짓던 평소의 관습을 깨고 바깥에서 놀다 늦게 돌아오는 유행이 일기도 했다는 소문까지 들려왔다. 중국 여성이나 젊은 층에게도 작가 김수현의 재능과 준수한 탤런트들의 연기력이 가미된, 한국인의 밝고 자유로운 사랑 이야기는 큰 반향을 일으켰다. 한국 대중 문화는 홍콩과 대만의 대중 문화만으로는 부족하던 중국인들의 문화 욕구를 채워주기에 충분했다.

시차와 온도차가 있을 뿐 일본에서도 똑같은 일이 벌어졌다. 본격적 한류 붐이 일본에서 일어난 것은 2004년 4월 NHK의 위성방송을 통해서 TV 드라마 〈겨울연가(겨울 소나타)〉가 방영되면서부터다. 시청률도 중국에서 방영된 〈사랑이 뭐길래〉와 비슷

한 15퍼센트대로, 한국의 기준으로 보면 40~50퍼센트를 점유하는 수치다. 인기도에서도 일본에서 방영된 드라마를 통틀어 가장 경이적이었다고 할 수 있다. 그 여세를 몰고 〈겨울연가〉가 세 번 이상 앙코르 방영된 것까지도 중국과 비슷하다. 이순재가 중국 남성에게 가부장의 향수를 불러일으킨 것처럼, 일본에서는 배용준의 청결하고 섬세한 모습이 40~50대 여성들을 사로잡았다. 월드컵 열기가 뜨겁던 시절 영국 축구 선수 데이비드 베컴David Beckham의 일본 방문에서 비롯된 '사마[様]' 붐이 배용준으로 옮아가면서 '욘사마'는 한류의 대명사가 됐다. 2004년 일본의 세태를 반영하는 연례 '창작 사자성어' 대회에서는 '様様様様'이 1위를 차지했다. 중국에서 한국의 대중 문화를 표기하는 조어법과 같은 현상이 일본에서도 일어난 것이다. 일본말로 4의 숫자를 "욘(용)"이라고 발음한다. 배용준의 가운데 자인 '용'은 넷이라는 숫자와 음이 같기 때문에 욘사마는 사마가 네 개인 4사마라는 풀이다. 다시는 어떤 인기 연예인도 '사마'를 네 개씩이나 갖는 '광영'을 누리기란 힘들 것이다. 일본의 독특한 조어법인 '다자레(だじゃれ, 음의 유추로 만들어내는 재담)'의 문화적 산물이다.

그러나 한류의 한을 차갑다는 '한寒'으로 바꿔 부정적 뉘앙스를 부가하듯이 '욘사마' 붐 역시 일본에서 '욘푸렌자(ヨンプレンジャ)'라고 부르기도 했다. 무섭게 퍼지는 욘사마 붐을 독감을 뜻하는 영어 '인플루엔자'에 빗댄 것이다. 욘사마 붐은 사스가 유행하던 때

와 거의 시기적으로 겹친다. 또한 드라마 타이틀이 마침 독감이 유행하는 계절인 겨울이 들어간 〈겨울연가〉이기 때문에 붙여진 절묘한 이름이라 할 수 있다.

한류 현상이 중국에서나 일본에서나 '추위'의 이미지로 둔갑한다는 것은 우연이면서도 우연으로만 볼 수는 없다. 여기엔 한류를 두려워하고 경계하는 문화 콤플렉스 현상이 중국과 일본에서 공통적으로 나타난 것이라고 볼 수 있다.

일본 한류도 '추위'의 이미지

어떤 붐이든 그것이 강렬한 폭발력을 지니려면 그 바닥엔 부정적인 의미나 이미지가 깔려 있어야 한다는 게 대중 문화의 패러독스 원리다. 이 원리는 한류에도 어김없이 적용된다. 차가운 이미지의 한류가 좋은 의미로 역전되어 '아시안 쿨'이 되었듯이 〈겨울연가〉가 지닌 추위와 독감의 이미지는 반대로 일본인 특유의 겨울에 대한 동경심을 자극했다. 노벨상 수상자인 가와바타 야스나리かわばた やすなり의 『설국雪國』이 그렇고, 미야코 하루미みやこはるみ의 최고 히트 송 〈후유노 야토(겨울 여인숙)〉가 그렇듯 일본인에겐 묘한 '겨울의 북국北國' 정서가 있다.

한 일본 사회학자의 조사에 따르면 "서양 사람에게 '실연을 하면 어디로 가겠냐'고 물으면 대개 남태평양 타히티 섬 같은 남쪽

나라로 가겠다고 대답하지만, 일본 사람은 열이면 열 모두 '홋카이도[北海島]같이 흰 눈이 쌓인 북쪽으로 간다'고 대답한다."는 것이다. '욘사마의 열풍'이라고 말하지만 실은 '욘사마의 한풍'이라고 해야 옳은 표현이다.

〈겨울연가〉는 강원도의 아름다운 겨울 풍경으로 일본인들을 매료시켰다. 스노 건이 뿜어내는 눈보라 치는 밤 신과 썰렁한 남이섬의 가로수가 자아내는 서정적인 영상미가 감상적인 여성의 심리를 사로잡았다고 할 수 있다. 〈사랑이 뭐길래〉에서 작가 김수현이 한 일을 〈겨울연가〉에서는 프로듀서 윤석호가 개인적 재능과 취향으로 해낸 것이다. 일본의 지식인들은 욘사마의 한류 붐에 대해서 여러 가지 트집을 잡고 있다. 대사나 줄거리가 일본에서 한때 유행하다 흘러간 순애물이라고 폄하한다. 만약 그것이 사실이라면 일본의 드라마 제작자들은 왜 2조 원이 넘는 이런 순애물 시장을 그대로 놔두고 엉뚱한 트렌디 드라마에만 열중했느냐는 의문이 생긴다. 이것은 국민복을 입은 혁명 세대가 중국의 대중에게 주지 못한 것을 〈사랑이 뭐길래〉가 채워준 것처럼, 일본이나 할리우드의 연예인이 주지 못한 감동을 베드신 하나 없는 〈겨울연가〉가 채워준 것이다.

"섹스 없는 사랑은 허상이요 환상"이라는 대담 기사가 쓰일 때(《중앙공론》) 일본의 한 주부는 "꿈이라도 좋다. 깨지만 말아다오."라고 고백한다(《주간문춘》). 여러 가지 분석과 대립된 의견이 있을 수는 있지만, 숲속에서는 숲이 잘 보이지 않는 법이다.

그렇다면 제3자의 입장인 서양에선 일본의 한류 붐을 어떻게 볼까. 미국 《뉴욕 타임스》는 2005년 4월 23일자 인터넷 판에서 '한국인은 어째서 진정한 남자인가 일본 여성에게 들어보자'는 제목의 매우 자극적인 한류 기사를 올렸다. 〈6백만 불의 사나이〉라는 TV극을 만들어낸 미국인답게 아예 배용준을 '23억 불의 사나이'라고 부르는 기자는 다음과 같은 논평을 했다.

"한국에서는 이미 인기의 절정을 지난 32세의 배우 배용준은 그가 출연한 순애물 드라마로 수많은 일본 여성을 매료시켜 최고의 인기 스타로 부상했다. 그래서 한국과 일본에 약 23억 달러의 경제 효과를 가져다줬다."

하지만 이 기사는 경제적 효과에 초점을 맞춘 것이 아니라 사회적 문제점에 더 많은 관심을 두고 있다. "불확실성과 비관론에 가득 찬 일본 사회에서 배용준은 여성이 그려내는 과거의 향수와 일본에서는 찾아보기 힘든 감정적 유대에 대한 동경을 자극하는 존재"라고 분석한 것이 바로 그 대목이다. 그리고 주목할 만한 코멘트가 이어진다.

"과거 한국을 식민 지배하고, 파란 눈을 한 서양인들에게만 눈길을 주던 일본 여성들이 이제는 배용준의 인기로 한국인 남성을 바라보기 시작했다."

'어둡고 짜증나고 냄새 나는 나라'에서 '아름다운 나라'로

배용준이 일제강점기 이후의 한·일 관계에 미치는 영향을 연구하고 있는 일본 오차노미즈대 객원교수 김은실 씨는 "지금까지 일본인에게 한국은 '어둡고 짜증나고 냄새 나는 나라'라는 이미지를 지니고 있었으나, 최근에는 배용준 팬을 중심으로 한국에 대해 '아름다움'이라는 이미지가 나타났다."고 말한다.

일본은 메이지유신 이래 탈脫아시아 정책으로 근대 국가를 만들어냈다. 지금까지의 일본 근대사를 한마디로 요약한다면 탈아시아의 역사라고 할 수 있다. 한국을 식민지배한 것도, 중국 대륙을 침략한 것도 모두 '탈아입구脫亞入歐'의 결과였다. 그러기에 욘사마의 한류 붐은 한류가 단순히 한국의 대중 문화 붐만을 뜻하는 것이 아니라 일본의 역사에서 한 세기 만에 아시아로 회귀하는 복아復亞 현상이 나타난 것이라고 할 수 있다.

관념적인 정치평론이나 논평, 추론이 아니라 실제로 소비자를 대상으로 하는 TV 광고에 배용준은 프랑스의 미남 배우 알랭 들롱Alain Delon의 출연료를 웃도는 개런티를 받고 등장했다. 〈겨울연가〉의 한류 붐을 중년층 여성 마니아들의 변태적인 반응으로 몰아가려는 일본인일수록 시대착오적인 탈아주의에서 깨어나지 못한 사람들이다.

일본 남성이 군국주의를 일으켰다면 일본 여성은 군국주의의 희생자인 측면이 있다. 한류가 중국에선 변화에 가장 민감한 10대 젊은이들 사이에서 주로 나타난 것처럼 일본의 한류는 10년의 불황과 그 전환을 가장 많이 체험한 주부들 사이에서 일어났다. 그들은 국가라는 제도를 통해서가 아니라 남편을 뒷바라지하고 아이를 낳아 기르는 개인의 마음으로 한국을 본다. 그것이 욘사마를 통한 한국인관觀이다. 어차피 환상이라면 국가의 환상과 주부의 환상 중 어느 쪽이 더 리얼한 것일까.

지금과 같은 일본의 한류 붐은 처음이 아니다. 천 년 전 아스카 문화는 백제를 비롯한 한국에서 전래된 한류가 만든 것이다. 2차 한류는 12번에 걸쳐 경서와 시와 그림을 가져와 일본을 들끓게 한 조선 통신사였다. 그리고 이번의 한류는 TV 드라마나 DVD 타이틀 같은 안방극장으로, 3차 한류다.

아시아를 꿰뚫는 유일한 동질성

일본과 중국은 정치 체제도 다르고 대중의 의식이나 문화시장도 다르다. 동남아 사람들이 한국 드라마를 본 뒤 한국의 주방기구를 장만하거나 한국산 화장품을 구매할 수는 있겠지만 일본에선 이런 일이 일어나긴 힘들다. 중국에선 한국의 성형수술이 인기를 모으고 있지만 일본에서는 성형수술을 터부시하고 있어 수술 사실이 알려질 경우 파혼에 이르는 경우도 많다.

그러나 중국·동남아·일본에서 일고 있는 한류에는 공통적 흐름이 있다. 이질적인 것을 뛰어넘는 아시아적인 동질성이 한류 붐에 녹아 있다. 종교도 다르고 언어도 다르지만 한류라는 큰 흐름 속에 하나가 되는 로컬리즘이 발견된다는 것이다. 대중을 이루는 하나하나는 국가의 제도나 이데올로기를 통해서가 아니라 순수한 개인 차원에서 한국의 문화를 맛보고 공감하는 감정의 유대와 보편성을 지니고 있기 때문이다.

한류의 의미는 소비로서의 대중 문화 자체의 가치에 있는 것이 아니다. 한류는 어쩌면 말초적인 신경을 자극하고 의식을 마비시키는 위험한 아편 같은 것인지도 모른다. 혹은 할리우드 문화의 아시아 버전일 뿐이어서 독창성과 생명력이 결여되어 있는지 모른다. 그러나 아시아 지역을 하나로 꿰뚫는 어떤 문화적 동질성이 없는 상황에서 유일하게 한류가 하나의 아시아의 지도를 그려 가고 있다. 이 때문에 새 문명의 씨앗을 한류 속에서 발견하는 것이다.

사실 한국은 물론 수십억이 넘는 중국·일본·동남아시아·중앙아시아 사람들이 같은 드라마, 같은 노래에 함께 울고 웃으며 공감대를 형성하고, 문화적 유대를 맺는다는 것은 놀라운 일이다. 더구나 한류의 전파국인 한국은 작고, 남의 나라를 제압할 만큼 강한 나라도 아니다. 동아시아에서 유일하게 남의 나라를 침략하여 약탈의 괴롭힘을 주지 않은 나라다. 그러니 한류는 문화 제국주의와는 차원이 다르다.

이어령에게 묻다

아시아 로컬리즘의 새로운 물결, 한류

1990년대 후반부터 일기 시작한 한류 열풍이 일본·중국·베트남 등 아시아 전역에 널리 퍼지고 있다. 대중예술에 대한 관심에서 시작된 한류 열풍은 한국, 한국인 그리고 한국 문화 그 자체로 확산되며, 이제 하나의 문화적 신드롬으로 자리매김하고 있다.

도대체 한류의 실체는 무엇이며, 아시아인들의 이목을 사로잡은 이유는 무엇일까. 한류의 근원과 문화적 의미 및 그 파장에 대해 문학평론가 이어령에게 들어보았다.

Q 한류라는 말을 많이 쓰고 있다.

A 한류는 1999년 중국의 베이징 《청년보》에서 한국의 대중문화와 연예인들에 빠져 있는 젊은이들의 유행을 경계하는 뜻으로 처음 사용한 말이다. 그래서 한류는 그와 음이 같은 한류寒流를 함유하고 있는, 부정적인 의미를 담고 있었던 말이다. 이미 대만에는 하한주[哈韓族]라는 말이 있었

는데, 그 의미 역시 한韓은 한寒과 통하는 말로서 말라리아에 걸려 추워서 떠는 열병 환자라는 뜻을 지닌다. 일본의 일日을 태양과 관련시킨 하르주[哈日族]라는 말이 일사병에 걸린 환자를 가리키는 것과 같은 맥락에서 생겨난 말이다.

Q 일본의 〈겨울연가〉 열풍도 한류 현상의 하나로 볼 수 있는가.

A 흔히 동북아시아를 '한자 문화권'이라고 부르듯이 우리는 2천 년 가까이 중국 문화권 안에서 살아왔고 근대에 와서는 백 년 가까이 일본 문화권의 영향 안에 있었다. 그런데 '한류'와 '하한주'라는 새로운 한자말이 생겨나게 되었다는 것은 한국이 문화 수신국에서 문화 발신국으로 전환되었음을 알리는 신호다. 단순한 한류가 아니다. 세계의 역사가 '부국 강병'의 하드 파워에서 문화의 소프트 파워로 옮겨가고 있는 현상에서 일어난 일이다. 군사력과 경제력에 뒤져 식민지국으로 전락했던 한국이 이제는 아시아 지역에 아시아의 문화적 아이덴티티를 불러일으키는 주역으로 급부상하고 있는 것이다. 〈겨울연가〉는 백 년 동안 탈 아시아를 표방해 온 일본의 기성세대들에게 아시아적 정서와 그 가치로 돌아오게 하는 계기를 만들어주었다. 또한 보아 선풍은 할리우드밖에 모르던 일본의 10대들에게

아시아의 동질성과 그 미래에 대한 신선한 이미지를 심었다. 이는 일시적인 현상도 아니며 과소평가할 일도 아니다. 뿌리 깊은 한국인에 대한 일본인의 편견을 바꾸어놓은 것은 인간의 순수한 애정을 그린 단 한 편의 TV 드라마였다. 몇 사단의 군사력과 몇조 원의 상품으로도 이룩할 수 없는 일을 해낸 것이다.

Q 한류를 글로벌한 소프트 파워의 현상으로 보면서 동시에 아시아의 로컬리즘으로 해석한다면 서로 모순되지 않겠는가.

A 아니다. 글로벌리제이션과 로컬리제이션은 모순되는 것이 아니라 동시적으로 진행되고 있는 현상이다. 그래서 두 말을 하나로 결합한 글로컬리즘이라는 말이 생겨나기도 했다. 정치·경제에서 문화·문명의 패러다임으로 그 흐름이 바뀌면서 세계는 몇 개의 문화권으로 네트워크화되는 상황으로 변했다. 바로 그것이 유럽연합의 출현이며, 소련 연방의 해체다. 한국은 그동안 민주화와 경제 발전을 문화의 힘으로 전환하는 데 성공한 지구상의 거의 유일한 나라라고 할 수 있다. 21세기형 오토포에시스autopoiesis, 즉 자기조직화의 힘을 실제로 보여준 것이 바로 서울 올림픽과 월드컵의 붉은악마가 보여준 한국의 소프트 파워다. 예술

가의 팬들처럼 한 사람 한 사람의 감동으로 결집된 자연 발생적인(종래의 국가나 관료 조직으로는 도저히 만들어낼 수 없는) 조직과 힘이 바로 소프트 파워다. 그런데 그 힘이 무엇인지, 어디에서 나온 것인지 아직도 잘 모르는 나라가 있다. 어쩌면 그것이 바로 우리 자신인 한국인지 모른다.

Q 디자인은 산업계의 소프트 파워로 손꼽힌다. 한국 제품은 기술과 디자인에서 획기적인 변화를 가져왔다. 디자인과 문화의 관계를 알고 싶다.

A 오늘날 3D라고 하면 산업주의 사회와는 달리 디지털Digital·유전자DNA·디자인Design을 뜻한다. 이 세 가지가 정보사회를 움직이는 파워다. 특히 디자인은 일상생활 용품 속에서 바로 접촉하는 것이어서 국가 이미지와 그 브랜드 가치로 발전하는 것이다. 디자인의 힘은 사람의 마음을 사로잡는 매력에서 생긴다. 클레오파트라의 유람선이 카이사르와 안토니우스의 군선軍船을 제압한 것과 같은 힘이다. 전후 일본에서 마쓰시타는 미국의 백화점에서 같은 물건인데 값의 차이가 생겨나는 것이 디자인 때문이라는 사실을 알고 기업에 제일 먼저 디자인부를 신설했다. 그것이 메이드 인 재팬과 국가 이미지를 제고하는 역할을 했다. 기업은 상품만 수출하는 것이 아니라 국가 이미지를 디자

인하여 세계에 알리는 역할도 한다. 지금 산업 디자인만이 아니라 한복을 비롯한 한국의 패션 디자인 등이 이탈리아를 능가하는 속도로 발전하고 있다. 예전에는 하드 파워(기술)를 만든 후에 소프트 파워(디자인)를 적용했지만, 요즈음은 소프트 파워(디자인)를 만든 후에 하드 파워(기술)를 적용한다.

Q 그렇다면 산업 디자인의 한류 현상은 결국 산업·경제의 종속적 개념에 불과하지 않다는 뜻인가.

A 그렇다. 우리는 문화적 가치를 보통 경제 효과로 환산하여 몇십조 원, 몇백조 원이라고 말해야 알아듣는다. 미국의 할리우드 문화가 문화 침략 또는 문화 제국주의로 비치는 것도 그 때문이다. 문화 유입은 자국의 전통 문화를 파괴하는 소리 없는 폭탄이라고 생각하고 있는 사람들도 많다. 아직은 한류에 대한 비판이나 경계의 소리가 크진 않지만 한류 붐이 소프트 파워의 진정한 의미를 상실하게 되면 일시적 유행으로 끝나거나 저항을 받게 될 수도 있다. 물론 그렇게 되면 경제적 효과도 떨어지게 된다.

Q 3D가 이끄는 21세기 사회에서 한국은 세계의 선두에 설 수 있을까.

A 정치적 이념과 상업주의가 오도하지 않는 한 한국의 3D 파워는 밝다. 국외만이 아니라 국내에서도 대중과 생활문화는 정치권력이나 상업주의에 깊이 연관되어 있다. 내 생각과 전적으로 같은 것은 아니지만, 아도르노Theodor Adorno의 「문화산업에 대한 비판」과 리프킨Jeremy Rifkin의 『소유의 종말』을 참고해주기 바란다. 소프트 파워는 정치·경제와 같은 제도(노모스)에서 나오는 것도, 물질계(피시스)에서 나오는 것도 아니다. 언어와 같은 상징적 기호계(記號界, 세미오시스)에서 나오는 힘이다. 노모스나 피시스처럼 숫자로 표기할 수 없는 힘이 바로 소프트 파워의 진정한 의미다.

Q 우리 영화는 외환위기의 불황 속에서 뿌리를 내리고 도약했다. 그런 역설적 현상을 어떻게 풀이해야 하나.

A 우리 경우만이 아니다. 1930년대 미국의 대공황 때 뉴욕에는 두 행렬이 생겨났다. 한 줄은 무료급식소 앞에 늘어선 '수프 라인'이고, 또 한 줄은 '아메리칸 판타지'로 불리는 킹콩과 타잔, 그리고 미키마우스를 보려고 몰려든 '관객 라인'이었다. 객석 6,200개의 초대형 극장인 라디오시티가 탄생한 것도, 젊은이들이 주크박스에서 흘러나오는 베니 굿맨Benny Goodman의 연주에 절규하며 거리에서 춤추는 '스윙 에이지'가 등장한 것도 바로 이때였다. 흔히 이런

현상을 불황의 그늘로부터 탈출하려는 현실 도피적 풍조로 풀이한다. 그리고 갈 곳 없는 실직자들에게 가장 값싼 소일거리가 영화관밖에 없었기 때문이라고 분석한다. 하지만 이러한 견해가 얼마나 피상적인 것인가는 미국의 불황이 엔터테인먼트와 산업 디자인의 혁명을 일으킨 것에 비해, 독일의 경우에는 나치의 등장을 불러왔다는 사실을 비교해보면 알 수 있다. 불황이 문화와 손을 잡으면 필요(needs)의 경제가 욕망(wants)의 경제로 바뀌고, 권력에 이용되면 민주 사회가 독재 체제로 바뀌게 된다. '문화예술의 꽃은 겨울의 빙벽 위에서 핀다'는 문예 사회학자의 말을 귀담아들어야 한다. 일본 역시 십 년 불황을 메운 것은 문화였다. 그래서 일본은 경제대국에서 문화대국으로, 진짜 강국이 되었다고들 한다.

Q 한국 영화산업의 비약은 2000년대의 벤처 캐피털과 맞물려 새로운 투자 방식과 제작 혁신을 불러일으켰다고 말한다. 문화산업은 일종의 모험이고 도박인가.

A 산업적 측면에서 볼 때 문화예술은 모두가 벤처다. 피카소가 되면 침실이 40개나 되는 성곽에서 살지만 그렇지 못하면 파리의 지붕 밑 방에서 굳은 빵을 먹는 것이 화가의 길이다. 벤처라는 말은 이미 셰익스피어의 『베니스의 상인』

에 등장한다. 무역선에 싣는 상품들을 그렇게 불렀다. 배가 무사히 돌아오면 대박이고 도중에 풍랑을 만나 뒤집히면 아무것도 건지지 못했기 때문이다. 그런 면에서 인간은 근본적으로 벤처 동물이다. 다른 동물들은 불이 무서워 피했으나, 그 위험을 이용해 문명을 만든 것이 인간이다. 예술가의 경우처럼 순수한 창조의 욕망을 지니고 목숨을 걸 때 비로소 벤처기업은 성공한다. 스톡옵션에만 매달려 초창기의 벤처 마인드를 상실한 것이 실리콘밸리의 쇠퇴를 초래했다는 말을 깊이 새겨들어야 한다.

Q 우리에게는 열정만 갖고 뛰어들었다가 실패한 영화산업의 쓰라린 경험이 있다. 불황기를 극복하는 영화산업의 전망은.

A 세상에 주먹구구로 되는 일은 없다. 할리우드와 실리콘밸리를 합쳐 '실리우드'라고 하는데, 그것이 바로 21세기의 기업 형태를 상징하는 키워드이다. 벤처로서의 문화산업이 옛날 같은 '하이 리스크, 하이 리턴'에서 벗어나 '로 리스크, 하이 리턴'으로 나아가려면 불같은 예술의 가슴에 얼음처럼 찬 기획력과 기술력의 머리가 뒤따라야 한다. 영화산업은 독립적인 것이 아니라 비디오·캐릭터·게임·애니메이션, 그리고 모든 엔터테인먼트와 연계돼 있다. 문화

산업의 소프트 파워는 서로 다른 사업 간의 네트워크화로 발전된다. 정치·기업·교육 등 모든 분야가 제작자(manufacturer)에서 프로듀서의 영화산업 모델로 바뀌어가고 있다. 젊은이들의 라이프스타일도 이제는 한 편의 영화를 제작하는 것처럼 변해버린 세상이 된 것이다.

Q 문화재의 개념이 유형에서 무형으로 옮겨가고 있다. 유네스코에서도 이러한 변화를 제도적 장치를 통해 뒷받침하고 있다. 문화 콘텐츠 개념 변화의 심층을 알고 싶다.

A 산업자본주의는 하드를 중심으로 한 것이지만 지식정보 시대에는 눈에 보이지 않는 무형재를 자본으로 삼는다. 디지털 기술의 발달로 인간은 소리와 영상을 물건처럼 저장·가공·복제하여 교환할 수 있는 디지털 자산을 창출하게 된 것이다. 디지털 기술의 특색은 상품의 영역을 자유롭게 넘나드는 호환성이다. 애니메이션·영화·음악·화상이 서로 넘나들고 가상세계와 현실의 벽도 무너졌다. 그래서 한류로 한국 탤런트가 뜨면 그것이 바로 성형수술이라는 의학 분야와 연결된다. 그에 비해 하드는 문자 그대로 딱딱해서 쉽게 변하지 않는다. 이것이 소프트 상품이 갖는 경쟁력이다.

Q 한국인의 유전자DNA가 바로 상품이 되는 시대다. 한국인의 얼굴, 한국인의 캐릭터가 한류의 핵심이기도 하다. 한국인의 DNA가 소프트 파워가 되려면 어떤 전략이 필요한가.

A 신체의 유전자는 '진gene'이라고 하고, 모방하는 문화의 유전자는 '밈meme'이라고 부르기도 한다. 한국인이 활을 잘 쏜다는 것은 이미 옛 중국 문헌에 많이 등장하고 있지 않은가. 배용준은 한국인이면서도 일본 여성들을 매료시킬 수 있는 용모를 갖고 있다. 한국말로는 번역하기 힘든 '야사시사(優しさ, 부드럽고 공손함)'와 섬세함이 있다. 서양 배우나 일본 탤런트에게서는 찾아볼 수 없는 한국인의 매력이 무엇인지 그것을 찾아내 보여줘야 한다. 일본에서 욘사마의 인기는 캐릭터에서도 찾아볼 수 있다. 그는 팬들을 '가족'이라고 부르고 항상 예의 바르다. 그를 보려고 몰려온 팬들이 다쳤을 때에도 그들을 먼저 위로하는 마음씨를 보여줬다. 그래서인지 '일본 여성들이 외국인과 결혼한다면'이라는 설문에 한국 남성이 1위를 차지하고 있다. 한국에는 아직도 유교 문화가 살아 있다는 것이 큰 이점으로 작용한다.

Q 소프트 시장에 대한 암초는 없는가.

A 유전자는 하늘이 주신 것이지만 그것을 소프트 파워로 만드는 것은 인간의 힘이다. 일본에서는 성형수술에 대한 거부감이 강하다. 벌써부터 '한국 배우들의 얼굴은 성형수술을 한 것'이라는 보도가 심상치 않게 나돌고 있다. 짙은 화장을 하는 것에 대해서도 거부감을 느낀다. 이제는 상대국의 문화를 잘 연구하고 대응해야만 한류 붐이 뿌리를 내릴 수 있다. 소프트 시장은 만들기보다 관리하기가 더 힘들다. 지금 한류 바람을 타고 드라마 한 편의 값이 10~20배로 껑충 뛰었다. 알랭 들롱이 세웠던 최고 CF 개런티 기록도 한국 배우들이 깨고 있다. 대단한 일이지만 이 흐름을 잘못 타면 한류의 반작용이 생겨난다. 십 년을 두고 팔 수 있는 미국의 가발 시장을 마구잡이 수출로 1~2년도 안 돼 황폐화시켰던 아쉬움을 되풀이해선 안 된다.

Q 한국의 소프트 파워 가운데 특히 욘사마 열풍과 같은 현상이 오래 지속될 수 있을지 궁금하다. 이런 힘을 정착시킬 수 있는 전략이 있다면.

A 대중 문화란 원래가 비누처럼 유행이라는 거품 속에서 일어나는 것이다. 신데렐라의 마차는 자정이 지나면 호박으로 변하도록 되어 있다. 그러나 유리구두 한 짝이 남아 있었기에 이야기가 계속 진행되고 마법은 현실이 된다. 튼튼

한 기초과학의 토양 위에서 실용적인 응용기술이 꽃피듯이 본격 문화가 그 유리구두 효과를 주는 것이다. 드라마투르기(dramaturgie, 극적 효과를 높이는 드라마나 희곡의 구성 방법)와 대화의 문학성, 영상의 회화성, 메시지의 철학성, 그리고 그것을 가시화하는 모든 과학기술과 최종적으로는 자본력과 투자의 시장성이 소프트 파워를 뒷받침한다. 산업 인프라처럼 문화 인프라의 구축이 시급하다. 지방자치단체가 투자해 만든 우리나라 최초 3D 입체 영상 〈화랑 영웅 기파랑전〉을 세계적인 영상배급사 시맥스&아이웍스에 수출하는 등 경주의 문화엑스포가 대표적인 사례의 하나다.

Q 한국에서 태어나 일본에서 활약하고 있는 보아가 지난 연말 일본의 국민적 행사라 할 수 있는 NHK방송의 〈고하쿠우타 갓센[紅白歌合戰]〉에 출연해 인기를 모았다. 보아가 우리에게 주는 '희망'과 '약속'은 무엇인가.

A 보아는 초등학교 5학년 때 오디션을 치르는 오빠를 따라갔다가 우연히 발탁되었다고 한다. 하지만 오늘의 그 열매는 우연과 행운이 아니라 장기적이면서도 철저한 기획사의 전략, 그리고 본인의 꾸준한 노력으로 얻어진 것이다. 처음부터 국내시장보다 문화시장성이 좋은 대상국을 정해놓고 영어와 일어를 배우고 한국식 비즈니스가 아닌 일

본식 비즈니스로 진출했다. 아무로 나미에あむろなみえ, 우타다 히카루うただヒカル 등 일본 10대 가수의 부진과 공백을 틈탄 타이밍, 음반사 아벡스 그리고 SM재팬의 매니지먼트 등 현지 기획사와 유통망을 이용했다. 보아의 성공적인 해외 진출 사례는 문화권이 같은 일본·중국 등 아시아를 석권한 다음 세계로 뻗어간다는 소프트 산업의 진로를 제시해주고 있다. 그 결과 백억 엔이 넘는 수입을 올렸다. CF 개런티, 콘서트 수입, 캐릭터 상품 등을 합치면 수입은 훨씬 많아진다. 세계 음반 시장 점유율을 보면 미국이 거의 절반을 차지하고 있고 2위인 일본이 10~20퍼센트 정도이다. 한국은 아직도 0.5퍼센트 대에 지나지 않는다. 우리의 희망은 목소리 큰 사람들에게 있는 것이 아니라 독창성과 개성, 꿈을 지니고 넓은 세계로 비상하는 젊은이들의 '끼'에 있다는 사실을 10대의 보아가 보여준 것이다. 눈물겨운 일이다.

Q 소프트 시장은 열려 있다. 벽이 없는 초국가적인 넓은 무대 위에서 벌이는 경쟁이다. 한국 소프트 파워, 소프트 코리아의 전망을 이야기해달라.

A 지금 일본의 소프트 업계는 프로그래머 150만 명의 '대大실업 시대'가 온다고 야단들이다. 영어를 더 잘하고 인건

비는 더 싼 인도와 중국의 프로그래머들이 밀물처럼 몰려오고 있기 때문이다. 지금 정치적으로는 진보다 보수다 해서 보혁 갈등이 심하지만, 소프트 파워의 관점에서 보면 한국은 백 년 전 구한말이나 반세기 전 해방 직후의 상황과 크게 다를 것이 없다. 땅을 파봐야 석유는 나오지 않는다. 뚫어야 할 시추공은 바로 한국인의 머리와 가슴이다. 묻혀 있는 이 창조력이야말로 21세기의 번영을 담보하는 자원이다. '싱글 리얼리티'에서 양쪽을 아우르는 '패러 리얼리티'로 눈앞에서 전개되고 있는 세계의 변화를 읽지 못하면 21세기의 막차를 놓치게 된다. 그렇다. 나이와 관계없이 머리가 굳은 사람들이 '소프트'해져야 '소프트 코리아'가 된다. 그렇지 않으면 우리는 영영 역사의 플랫폼에 홀로 남게 될지 모른다.

이어령 작품 연보

문단 : 등단 이전 활동

「이상론-순수의식의 뇌성(牢城)과 그 파벽(破壁)」	서울대 《문리대 학보》 3권, 2호	1955.9.
「우상의 파괴」	《한국일보》	1956.5.6.

데뷔작

「현대시의 UMGEBUNG(環圍)와 UMWELT(環界)-시비평방법론서설」	《문학예술》 10월호	1956.10.
「비유법논고」	《문학예술》 11,12월호	1956.11.

* 백철 추천을 받아 평론가로 등단

논문

평론·논문

1.	「이상론-순수의식의 뇌성(牢城)과 그 파벽(破壁)」	서울대 《문리대 학보》 3권, 2호	1955.9.
2.	「현대시의 UMGEBUNG와 UMWELT-시비평방법론서설」	《문학예술》 10월호	1956
3.	「비유법논고」	《문학예술》 11,12월호	1956
4.	「카타르시스문학론」	《문학예술》 8~12월호	1957
5.	「소설의 아펠레이션 연구」	《문학예술》 8~12월호	1957

6. 「해학(諧謔)의 미적 범주」	《사상계》 11월호	1958
7. 「작가와 저항-Hop Frog의 암시」	《知性》 3호	1958.12.
8. 「이상의 시의와 기교」	《문예》 10월호	1959
9. 「프랑스의 앙티-로망과 소설양식」	《새벽》 10월호	1960
10. 「원형의 전설과 후송(後送)의 소설방법론」	《사상계》 2월호	1963
11. 「소설론(구조와 분석)-현대소설에 있어서의 이미지의 문제」	《세대》 6~12월호	1963
12. 「20세기 문학에 있어서의 지적 모험」	서울법대 《FIDES》 10권, 2호	1963.8.
13. 「플로베르-걸인(乞人)의 소리」	《문학춘추》 4월호	1964
14. 「한국비평 50년사」	《사상계》 11월호	1965
15. 「Randomness와 문학이론」	《문학》 11월호	1968
16. 「최남선의 「해에게서 소년에게」 분석」	《문학사상》 2월호	1974
17. 「춘원 초기단편소설의 분석」	《문학사상》 3월호	1974
18. 「문학텍스트의 공간 읽기-「早春」을 모델로」	《한국학보》 10월호	1986
19. 「鄭夢周의 '丹心歌'와 李芳遠의 '何如歌'의 비교론」	《문학사상》 6월호	1987
20. 「'處容歌'의 공간분석」	《문학사상》 8월호	1987
21. 「서정주론-피의 의미론적 고찰」	《문학사상》 10월호	1987
22. 「정지용-창(窓)의 공간기호론」	《문학사상》 3~4월호	1988

학위논문

1. 「문학공간의 기호론적 연구-청마의 시를 중심으로」	단국대학교	1986

단평

국내신문

1. 「동양의 하늘-현대문학의 위기와 그 출구」	《한국일보》	1956.1.19.~20.
2. 「아이커러스의 귀화-휴머니즘의 의미」	《서울신문》	1956.11.10.

3. 「화전민지대 – 신세대의 문학을 위한 각서」	《경향신문》	1957.1.11.~12.
4. 「현실초극점으로만 탄생 – 시의 '오부제'에 대하여」	《평화신문》	1957.1.18.
5. 「겨울의 축제」	《서울신문》	1957.1.21.
6. 「우리 문화의 반성 – 신화 없는 민족」	《경향신문》	1957.3.13.~15.
7. 「묘비 없는 무덤 앞에서 – 추도 이상 20주기」	《경향신문》	1957.4.17.
8. 「이상의 문학 – 그의 20주기에」	《연합신문》	1957.4.18.~19.
9. 「시인을 위한 아포리즘」	《자유신문》	1957.7.1.
10. 「토인과 생맥주 – 전통의 터너미놀로지」	《연합신문》	1958.1.10.~12.
11. 「금년문단에 바란다 – 장미밭의 전쟁을 지양」	《한국일보》	1958.1.21.
12. 「주어 없는 비극 – 이 시대의 어둠을 향하여」	《조선일보》	1958.2.10.~11.
13. 「모래의 성을 밟지 마십시오 – 문단후배들에게 말한다」	《서울신문》	1958.3.13.
14. 「현대의 신라인들 – 외국 문학에 대한 우리 자세」	《경향신문》	1958.4.22.~23.
15. 「새장을 여시오 – 시인 서정주 선생에게」	《경향신문》	1958.10.15.
16. 「바람과 구름과의 대화 – 왜 문학논평이 불가능한가」	《문화시보》	1958.10.
17. 「대화정신의 상실 – 최근의 필전을 보고」	《연합신문》	1958.12.10.
18. 「새 세계와 문학신념 – 폭발해야 할 우리들의 언어」	《국제신보》	1959.1.
19. *「영원한 모순 – 김동리 씨에게 묻는다」	《경향신문》	1959.2.9.~10.
20. *「못 박힌 기독은 대답 없다 – 다시 김동리 씨에게」	《경향신문》	1959.2.20.~21.
21. *「논쟁과 초점 – 다시 김동리 씨에게」	《경향신문》	1959.2.25.~28.
22. *「희극을 원하는가」	《경향신문》	1959.3.12.~14.
* 김동리와의 논쟁		
23. 「자유문학상을 위하여」	《문학논평》	1959.3.
24. 「상상문학의 진의 – 펜의 논제를 말한다」	《동아일보》	1959.8.~9.
25. 「프로이트 이후의 문학 – 그의 20주기에」	《조선일보》	1959.9.24.~25.
26. 「비평활동과 비교문학의 한계」	《국제신보》	1959.11.15.~16.
27. 「20세기의 문학사조 – 현대사조와 동향」	《세계일보》	1960.3.
28. 「제삼세대(문학) – 새 차원의 음악을 듣자」	《중앙일보》	1966.1.5.
29. 「'에비'가 지배하는 문화 – 한국문화의 반문화성」	《조선일보》	1967.12.28.

30. 「문학은 권력이나 정치이념의 시녀가 아니다-'오늘의 한국문화를 위협하는 것'의 조명」	《조선일보》	1968.3.
31. 「논리의 이론검증 똑똑히 하자-불평성 여부로 문학평가는 부당」	《조선일보》	1968.3.26.
32. 「문화근대화의 성년식-'청춘문화'의 자리를 마련해줄 때도 되었다」	《대한일보》	1968.8.15.
33. 「측면으로 본 신문학 60년-전후문단」	《동아일보》	1968.10.26.,11.2.
34. 「일본을 해부한다」	《동아일보》	1982.8.14.
35. 「푸는 문화 신바람의 문화」	《중앙일보》	1982.9.22.
36. 「떠도는 자의 우편번호」	《중앙일보》 연재	1982.10.12. ~1983.3.18.
37. 「희극 '피가로의 결혼'을 보고」	《한국일보》	1983.4.6.
38. 「북풍식과 태양식」	《조선일보》	1983.7.28.
39. 「창조적 사회와 관용」	《조선일보》	1983.8.18.
40. 「폭력에 대응하는 지성」	《조선일보》	1983.10.13.
41. 「레이건 수사학」	《조선일보》	1983.11.17.
42. 「채색문화 전성시대-1983년의 '의미조명'」	《동아일보》	1983.12.28.
43. 「귤이 탱자가 되는 사회」	《조선일보》	1984.1.21.
44. 「한국인과 '마늘문화'」	《조선일보》	1984.2.18.
45. 「저작권과 오린지」	《조선일보》	1984.3.13.
46. 「결정적인 상실」	《조선일보》	1984.5.2.
47. 「두 얼굴의 군중」	《조선일보》	1984.5.12.
48. 「기저귀 문화」	《조선일보》	1984.6.27.
49. 「선밥 먹이기」	《조선일보》	1985.4.9.
50. 「일본은 대국인가」	《조선일보》	1985.5.14.
51. 「신한국인」	《조선일보》 연재	1985.6.18.~8.31.
52. 「21세기의 한국인」	《서울신문》 연재	1993
53. 「한국문화의 뉴패러다임」	《경향신문》 연재	1993
54. 「한국어의 어원과 문화」	《동아일보》 연재	1993.5.~10.
55. 「한국문화 50년」	《조선일보》 신년특집	1995.1.1.

56. 「半島性의 상실과 회복의 역사」	《한국일보》 광복50년 신년특집 특별기고	1995.1.4.
57. 「한국언론의 새로운 도전」	《조선일보》 75주년 기념특집	1995.3.5.
58. 「대고려전시회의 의미」	《중앙일보》	1995.7.
59. 「이인화의 역사소설」	《동아일보》	1995.7.
60. 「한국문화 50년」	《조선일보》 광복50년 특집	1995.8.1.
외 다수		

외국신문

1. 「通商から通信へ」	《朝日新聞》 교토포럼 主題論文抄	1992.9.
2. 「亞細亞の歌をうたう時代」	《朝日新聞》	1994.2.13.
외 다수		

국내잡지

1. 「마호가니의 계절」	《예술집단》 2호	1955.2.
2. 「사반나의 풍경」	《문학》 1호	1956.7.
3. 「나르시스의 학살-이상의 시와 그 난해성」	《신세계》	1956.10.
4. 「비평과 푸로파간다」	영남대 《嶺文》 14호	1956.10.
5. 「기초문학함수론-비평문학의 방법과 그 기준」	《사상계》	1957.9.~10.
6. 「무엇에 대하여 저항하는가-오늘의 문학과 그 근거」	《신군상》	1958.1.
7. 「실존주의 문학의 길」	《자유공론》	1958.4.
8. 「현대작가의 책임」	《자유문학》	1958.4.
9. 「한국소설의 현재의 장래-주로 해방후의 세 작가를 중심으로」	《지성》 1호	1958.6.
10. 「시와 속박」	《현대시》 2집	1958.9.
11. 「작가의 현실참여」	《문학평론》 1호	1959.1.
12. 「방황하는 오늘의 작가들에게-작가적 사명」	《문학논평》 2호	1959.2.
13. 「자유문학상을 향하여」	《문학논평》	1959.3.
14. 「고독한 오솔길-소월시를 말한다」	《신문예》	1959.8.~9.

15. 「이상의 소설과 기교-실화와 날개를 중심으로」	《문예》	1959.10.
16. 「박탈된 인간의 휴일-제8요일을 읽고」	《새벽》 35호	1959.11.
17. 「잠자는 거인-뉴 제네레이션의 위치」	《새벽》 36호	1959.12.
18. 「20세기의 인간상」	《새벽》	1960.2.
19. 「푸로메떼 사슬을 풀라」	《새벽》	1960.4.
20. 「식물적 인간상-『카인의 후예』, 황순원 론」	《사상계》	1960.4.
21. 「사회참가의 문학-그 원시적인 문제」	《새벽》	1960.5.
22. 「무엇에 대한 노여움인가?」	《새벽》	1960.6.
23. 「우리 문학의 지점」	《새벽》	1960.9.
24. 「유배지의 시인-쌍죵·페르스의 시와 생애」	《자유문학》	1960.12.
25. 「소설산고」	《현대문학》	1961.2.~4.
26. 「현대소설의 반성과 모색-60년대를 기점으로」	《사상계》	1961.3.
27. 「소설과 '아펠레이션'의 문제」	《사상계》	1961.11.
28. 「현대한국문학과 인간의 문제」	《시사》	1961.12.
29. 「한국적 휴머니즘의 발굴-유교정신에서 추출해본 휴머니즘」	《신사조》	1962.11.
30. 「한국소설의 맹점-리얼리티 외, 문제를 중심으로」	《사상계》	1962.12.
31. 「오해와 모순의 여울목-그 역사와 특성」	《사상계》	1963.3.
32. 「사시안의 비평-어느 독자에게」	《현대문학》	1963.7.
33. 「부메랑의 언어들-어느 독자에게 제2신」	《현대문학》	1963.9.
34. 「문학과 역사적 사건-4·19를 예로」	《한국문학》 1호	1966.3.
35. 「현대소설의 구조」	《문학》 1,3,4호	1966.7., 9., 11.
36. 「비판적 「삼국유사」」	《월간세대》	1967.3~5.
37. 「현대문학과 인간소외-현대부조리와 인간소외」	《사상계》	1968.1.
38. 「서랍 속에 든 '不穩詩'를 분석한다-'지식인의 사회참여'를 읽고」	《사상계》	1968.3.
39. 「사물을 보는 눈」	《사상계》	1973.4.
40. 「한국문학의 구조분석-反이솝주의 선언」	《문학사상》	1974.1.
41. 「한국문학의 구조분석-'바다'와 '소년'의 의미분석」	《문학사상》	1974.2.
42. 「한국문학의 구조분석-춘원 초기단편소설의 분석」	《문학사상》	1974.3.

43. 「이상문학의 출발점」	《문학사상》	1975.9.
44. 「분단기의 문학」	《정경문화》	1979.6.
45. 「미와 자유와 희망의 시인 – 일리리스의 문학세계」	《충청문장》 32호	1979.10.
46. 「말 속의 한국문화」	《삶과꿈》 연재	1994.9~1995.6.

외 다수

외국잡지

1. 「亞細亞人の共生」	《Forsight》 新潮社	1992.10.

외 다수

대담

1. 「일본인론 – 대담:金容雲」	《경향신문》	1982.8.19.~26.
2. 「가부도 논쟁도 없는 무관심 속의 '방황' – 대담:金環東」	《조선일보》	1983.10.1.
3. 「해방 40년, 한국여성의 삶 – "지금이 한국여성사의 터닝포인트" – 특집대담:정용석」	《여성동아》	1985.8.
4. 「21세기 아시아의 문화 – 신년석학대담:梅原猛」	《문학사상》 1월호, MBC TV 1일 방영	1996.1.

외 다수

세미나 주제발표

1. 「神奈川 사이언스파크 국제심포지움」	KSP 주최(일본)	1994.2.13.
2. 「新瀉 아시아 문화제」	新瀉縣 주최(일본)	1994.7.10.
3. 「순수문학과 참여문학」(한국문학인대회)	한국일보사 주최	1994.5.24.
4. 「카오스 이론과 한국 정보문화」(한·중·일 아시아 포럼)	한백연구소 주최	1995.1.29.
5. 「멀티미디아 시대의 출판」	출판협회	1995.6.28.
6. 「21세기의 메디아론」	중앙일보사 주최	1995.7.7.
7. 「도자기와 총의 문화」(한일문화공동심포지움)	한국관광공사 주최(후쿠오카)	1995.7.9.

8. 「역사의 대전환」(한일국제심포지움)	중앙일보 역사연구소	1995.8.10.
9. 「한일의 미래」	동아일보, 아사히신문 공동주최	1995.9.10.
10. 「춘향전'과 '忠臣藏'의 비교연구」(한일국제심포지엄)	한림대·일본문화연구소 주최	1995.10.
외 다수		

기조강연

1. 「로스엔젤러스 한미박물관 건립」	(L.A.)	1995.1.28.
2. 「하와이 50년 한국문화」	우먼스클럽 주최(하와이)	1995.7.5.
외 다수		

저서(단행본)

평론·논문

1. 『저항의 문학』	경지사	1959
2. 『지성의 오솔길』	동양출판사	1960
3. 『전후문학의 새 물결』	신구문화사	1962
4. 『통금시대의 문학』	삼중당	1966
* 『축소지향의 일본인』	갑인출판사	1982
* '縮み志向の日本人'의 한국어판		
5. 『縮み志向の日本人』(원문: 일어판)	学生社	1982
6. 『俳句で日本を讀む』(원문: 일어판)	PHP	1983
7. 『고전을 읽는 법』	갑인출판사	1985
8. 『세계문학에의 길』	갑인출판사	1985
9. 『신화속의 한국인』	갑인출판사	1985
10. 『지성채집』	나남	1986
11. 『장미밭의 전쟁』	기린원	1986

12.『신한국인』	문학사상	1986
13.『ふろしき文化のポスト・モダン』(원문: 일어판)	中央公論社	1989
14.『蛙はなぜ古池に飛びこんだのか』(원문: 일어판)	学生社	1993
15.『축소지향의 일본인-그 이후』	기린원	1994
16.『시 다시 읽기』	문학사상사	1995
17.『한국인의 신화』	서문당	1996
18.『공간의 기호학』	민음사(학위논문)	2000
19.『진리는 나그네』	문학사상사	2003
20.『ジャンケン文明論』(원문: 일어판)	新潮社	2005
21.『디지로그』	생각의나무	2006
22.『이어령의 삼국유사 이야기1』	서정시학	2006
* 『하이쿠의 시학』	서정시학	2009
* '俳句で日本を讀む'의 한국어판		
* 『젊은이여 한국을 이야기하자』	문학사상사	2009
* '신한국인'의 개정판		
23.『어머니를 위한 여섯 가지 은유』	열림원	2010
24.『이어령의 삼국유사 이야기2』	서정시학	2011
25.『생명이 자본이다』	마로니에북스	2013
* 『가위바위보 문명론』	마로니에북스	2015
* 'ジャンケン文明論'의 한국어판		
26.『보자기 인문학』	마로니에북스	2015
27.『너 어디에서 왔니(한국인 이야기1)』	파람북	2020
28.『너 누구니(한국인 이야기2)』	파람북	2022
29.『너 어떻게 살래(한국인 이야기3)』	파람북	2022
30.『너 어디로 가니(한국인 이야기4)』	파람북	2022

에세이

1. 『흙 속에 저 바람 속에』	현암사	1963
2. 『오늘을 사는 세대』	신태양사출판국	1963

3. 『바람이 불어오는 곳』	현암사	1965
4. 『하나의 나뭇잎이 흔들릴 때』	현암사	1966
5. 『우수의 사냥꾼』	동화출판공사	1969
6. 『현대인이 잃어버린 것들』	서문당	1971
7. 『저 물레에서 운명의 실이』	범서출판사	1972
8. 『아들이여 이 산하를』	범서출판사	1974
* 『거부하는 몸짓으로 이 젊음을』	삼중당	1975
* '오늘을 사는 세대'의 개정판		
9. 『말』	문학세계사	1982
10. 『떠도는 자의 우편번호』	범서출판사	1983
11. 『지성과 사랑이 만나는 자리』	마당문고사	1983
12. 『푸는 문화 신바람의 문화』	갑인출판사	1984
13. 『사색의 메아리』	갑인출판사	1985
14. 『젊음이여 어디로 가는가』	갑인출판사	1985
15. 『뿌리를 찾는 노래』	기린원	1986
16. 『서양의 유혹』	기린원	1986
17. 『오늘보다 긴 이야기』	기린원	1986
* 『이것이 여성이다』	문학사상사	1986
18. 『한국인이여 고향을 보자』	기린원	1986
19. 『젊은이여 뜨거운 지성을 너의 가슴에』	삼성이데아서적	1990
20. 『정보사회의 기업문화』	한국통신기업문화진흥원	1991
21. 『기업의 성패 그 문화가 좌우한다』	종로서적	1992
22. 『동창이 밝았느냐』	동화출판사	1993
23. 『한,일 문화의 동질성과 이질성』	신구미디어	1993
24. 『나를 찾는 술래잡기』	문학사상사	1994
* 『말 속의 말』	동아출판사	1995
* '말'의 개정판		
25. 『한국인의 손 한국인의 마음』	디자인하우스	1996
26. 『신의 나라는 가라』	한길사	2001
* 『말로 찾는 열두 달』	문학사상사	2002

* '말'의 개정판

27.『붉은 악마의 문화 코드로 읽는 21세기』	중앙M&B	2002
*『뜻으로 읽는 한국어 사전』	문학사상사	2002
* '말 속의 말'의 개정판		
*『일본문화와 상인정신』	문학사상사	2003
* '축소지향의 일본인 그 이후'의 개정판		
28.『문화코드』	문학사상사	2006
29.『우리문화 박물지』	디자인하우스	2007
30.『젊음의 탄생』	생각의나무	2008
31.『생각』	생각의나무	2009
32.『지성에서 영성으로』	열림원	2010
33.『유쾌한 창조』	알마	2010
34.『빵만으로는 살 수 없다』	열림원	2012
35.『우물을 파는 사람』	두란노	2012
36.『책 한 권에 담긴 뜻』	국학자료원	2022
37.『먹다 듣다 걷다』	두란노	2022
38.『작별』	성안당	2022

소설

1.『이어령 소설집, 장군의 수염/전쟁 데카메론 외』	현암사	1966
2.『환각의 다리』	서음출판사	1977
3.『둥지 속의 날개』	홍성사	1984
4.『무익조』	기린원	1987
5.『홍동백서』(문고판)	범우사	2004

시

『어느 무신론자의 기도』	문학세계사	2008
『헌팅턴비치에 가면 네가 있을까』	열림원	2022

『다시 한번 날게 하소서』	성안당	2022
『눈물 한 방울』	김영사	2022

칼럼집

1. 『차 한 잔의 사상』	삼중당	1967
2. 『오늘보다 긴 이야기』	기린원	1986

편저

1. 『한국작가전기연구』	동화출판공사	1975
2. 『이상 소설 전작집 1,2』	갑인출판사	1977
3. 『이상 수필 전작집』	갑인출판사	1977
4. 『이상 시 전작집』	갑인출판사	1978
5. 『현대세계수필문학 63선』	문학사상사	1978
6. 『이어령 대표 에세이집 상,하』	고려원	1980
7. 『문장백과대사전』	금성출판사	1988
8. 『뉴에이스 문장사전』	금성출판사	1988
9. 『한국문학연구사전』	우석	1990
10. 『에센스 한국단편문학』	한양출판	1993
11. 『한국 단편 문학 1-9』	모음사	1993
12. 『한국의 명문』	월간조선	2001
13. 『뜻으로 읽는 한국어 사전』	문학사상사	2002
14. 『매화』	생각의나무	2003
15. 『사군자와 세한삼우』	종이나라(전5권)	2006
1. 매화		
2. 난초		
3. 국화		
4. 대나무		
5. 소나무		
16. 『십이지신 호랑이』	생각의나무	2009

17. 『십이지신 용』	생각의나무	2010
18. 『십이지신 토끼』	생각의나무	2010
19. 『문화로 읽는 십이지신 이야기-뱀』	열림원	2011
20. 『문화로 읽는 십이지신 이야기-말』	열림원	2011
21. 『문화로 읽는 십이지신 이야기-양』	열림원	2012

희곡

1. 『기적을 파는 백화점』	갑인출판사	1984
* '기적을 파는 백화점', '사자와의 경주' 등 다섯 편이 수록된 희곡집		
2. 『세 번은 짧게 세 번은 길게』	기린원	1979, 1987

대담집&강연집

1. 『그래도 바람개비는 돈다』	동화서적	1992
* 『기업과 문화의 충격』	문학사상사	2003
* '그래도 바람개비는 돈다'의 개정판		
2. 『세계 지성과의 대화』	문학사상사	1987, 2004
3. 『나, 너 그리고 나눔』	문학사상사	2006
4. 『지성과 영성의 만남』	홍성사	2012
5. 『메멘토 모리』	열림원	2022
6. 『거시기 머시기』(강연집)	김영사	2022

교과서&어린이책

1. 『꿈의 궁전이 된 생쥐 한 마리』	비룡소	1994
2. 『생각에 날개를 달자』	웅진출판사(전12권)	1997
1. 물음표에서 느낌표까지		
2. 누가 맨 먼저 시작했나?		
3. 엄마, 나 한국인 맞아?		

4. 제비가 물어다 준 생각의 박씨

5. 나는 지구의 산소가 될래

6. 생각을 바꾸면 미래가 달라진다

7. 아빠, 정보가 뭐야?

8. 나도 그런 사람이 될 테야

9. 너 정말로 한국말 아니?

10. 한자는 옛 문화의 공룡발자국

11. 내 마음의 열두 친구 1

12. 내 마음의 열두 친구 2

3. 『천년을 만드는 엄마』 삼성출판사 1999

4. 『천년을 달리는 아이』 삼성출판사 1999

* 『어머니와 아이가 만드는 세상』 문학사상사 2003

 * '천년을 만드는 엄마', '천년을 달리는 아이'의 개정판

* 『이어령 선생님이 들려주는 축소지향의 일본인 1, 2』

 * '축소지향의 일본인'의 개정판 생각의나무(전2권) 2007

5. 『이어령의 춤추는 생각학교』 푸른숲주니어(전10권) 2009

1. 생각 깨우기

2. 생각을 달리자

3. 누가 맨 먼저 생각했을까

4. 너 정말 우리말 아니?

5. 뜨자, 날자 한국인

6. 생각이 뛰어노는 한자

7. 나만의 영웅이 필요해

8. 로그인, 정보를 잡아라!

9. 튼튼한 지구에서 살고 싶어

10. 상상놀이터, 자연과 놀자

6. 『불 나라 물 나라』 대교 2009

7. 『이어령의 교과서 넘나들기』 살림출판사(전20권) 2011

1. 디지털편-디지털시대와 우리의 미래

2. 경제편-경제를 바라보는 10개의 시선

3. 문학편 – 컨버전스 시대의 변화하는 문학

4. 과학편 – 세상을 바꾼 과학의 역사

5. 심리편 – 마음을 유혹하는 심리의 비밀

6. 역사편 – 역사란 무엇인가?

7. 정치편 – 세상을 행복하게 만드는 정치

8. 철학편 – 세상을 이해하는 지혜의 눈

9. 신화편 – 시대를 초월한 상상력의 세계

10. 문명편 – 문명의 역사에 담긴 미래 키워드

11. 춤편 – 한 눈에 보는 춤 이야기

12. 의학편 – 의학 발전을 이끈 위대한 실험과 도전

13. 국제관계편 – 지구촌 시대를 살아가는 지혜

14. 수학편 – 수학적 사고력을 키우는 수학 이야기

15. 환경편 – 지구의 미래를 위한 환경 보고서

16. 지리편 – 지구촌 곳곳의 살아가는 이야기

17. 전쟁편 – 인류 역사를 뒤흔든 전쟁 이야기

18. 언어편 – 언어란 무엇인가?

19. 음악편 – 천년의 감동이 담긴 서양 음악 여행

20. 미래과학편 – 미래를 설계하는 강력한 힘

8. 『느껴야 움직인다』	시공미디어	2013
9. 『지우개 달린 연필』	시공미디어	2013
10. 『길을 묻다』	시공미디어	2013

일본어 저서

* 『縮み志向の日本人』(원문: 일어판)	学生社	1982
* 『俳句で日本を讀む』(원문: 일어판)	PHP	1983
* 『ふろしき文化のポスト・モダン』(원문: 일어판)	中央公論社	1989
* 『蛙はなぜ古池に飛びこんだのか』(원문: 일어판)	学生社	1993
* 『ジャンケン文明論』(원문: 일어판)	新潮社	2005
* 『東と西』(대담집, 공저:司馬遼太郎 編, 원문: 일어판)	朝日新聞社	1994. 9

번역서

『흙 속에 저 바람 속에』의 외국어판

1.	*『In This Earth and In That Wind』(David I. Steinberg 역) 영어판	RAS-KB	1967
2.	*『斯土斯風』(陳寧寧 역) 대만판	源成文化圖書供應社	1976
3.	*『恨の文化論』(裵康煥 역) 일본어판	学生社	1978
4.	*『韓國人的心』 중국어판	山侏人民出版社	2007
5.	*『В ТЕХ КРАЯХ НА ТЕХ ВЕТРАХ』(이리나 카사트키나, 정인순 역) 러시아어판	나탈리스출판사	2011

『縮み志向の日本人』의 외국어판

6.	*『Smaller is Better』(Robert N. Huey 역) 영어판	Kodansha	1984
7.	*『Miniaturisation et Productivité Japonaise』 불어판	Masson	1984
8.	*『日本人的縮小意识』 중국어판	山侏人民出版社	2003
9.	*『환각의 다리』『Blessures D'Avril』 불어판	ACTES SUD	1994
10.	*「장군의 수염」『The General's Beard』(Brother Anthony of Taizé 역) 영어판	Homa & Sekey Books	2002
11.	*『디지로그』『デヅログ』(宮本尙寬 역) 일본어판	サンマーク出版	2007
12.	*『우리문화 박물지』『KOREA STYLE』 영어판	디자인하우스	2009

공저

1.	『종합국문연구』	선진문화사	1955
2.	『고전의 바다』(정병욱과 공저)	현암사	1977
3.	『멋과 미』	삼성출판사	1992
4.	『김치 천년의 맛』	디자인하우스	1996
5.	『나를 매혹시킨 한 편의 시1』	문학사상사	1999
6.	『당신의 아이는 행복한가요』	디자인하우스	2001
7.	『휴일의 에세이』	문학사상사	2003
8.	『논술만점 GUIDE』	월간조선사	2005
9.	『글로벌 시대의 한국과 한국인』	아카넷	2007

10.『다른 것이 아름답다』	지식산업사	2008
11.『글로벌 시대의 희망 미래 설계도』	아카넷	2008
12.『한국의 명강의』	마음의숲	2009
13.『인문학 콘서트2』	이숲	2010
14.『대한민국 국격을 생각한다』	올림	2010
15.『페이퍼로드-지적 상상의 길』	두성북스	2013
16.『知의 최전선』	아르테	2016
17.『이어령, 80년 생각』(김민희와 공저)	위즈덤하우스	2021
18.『마지막 수업』(김지수와 공저)	열림원	2021

전집

1. 『이어령 전작집』	동화출판공사(전12권)	1968

1. 흙 속에 저 바람 속에
2. 바람이 불어오는 곳
3. 거부한는 몸짓으로 이 젊음을
4. 장미 그 순수한 모순
5. 인간이 외출한 도시
6. 차 한잔의 사상
7. 누가 그 조종을 울리는가
8. 하나의 나뭇잎이 흔들릴 때
9. 장군의 수염
10. 저항의 문학
11. 당신은 아는가 나의 기도를
12. 현대의 천일야화

2. 『이어령 신작전집』	갑인출판사(전10권)	1978

1. 현대인이 잃어버린 것들
2. 저 물레에서 운명의 실이
3. 아들이여 이 산하를
4. 서양에서 본 동양의 아침

5. 나그네의 세계문학

6. 신화속의 한국인

7. 고전을 어떻게 읽을 것인가

8. 기적을 파는 백화점

9. 한국인의 생활과 마음

10. 가난한 시인에게 주는 엽서

3. 『이어령 전집』 삼성출판사(전20권) 1986

1. 흙 속에 저 바람 속에

2. 노래여 천년의 노래여

3. 푸는 문화, 신바람의 문화

4. 내 마음의 뿌리

5. 한국과 일본과의 거리

6. 여성이여, 창을 열어라

7. 차 한잔의 사상

8. 거부하는 몸짓으로 이 젊음을

9. 누군가에 이 편지를

10. 하나의 나뭇잎이 흔들릴 때

11. 서양으로 가는 길

12. 축소지향의 일본인

13. 현대인이 잃어버린 것들

14. 문학으로 읽는 세계

15. 벽을 허무는 지성

16. 장군의 수염

17. 둥지 속의 날개(상)

18. 둥지 속의 날개(하)

19. 기적을 파는 백화점

20. 시와 사색이 있는 달력

4. 『이어령 라이브러리』 문학사상사(전30권) 2003

1. 말로 찾는 열두 달

2. 하나의 나뭇잎이 흔들릴 때

3. 흙 속에 저 바람 속에

4. 뜻으로 읽는 한국어 사전

5. 장군의 수염

6. 환각의 다리

7. 젊은이여 한국을 이야기하자

8. 푸는 문화 신바람의 문화

9. 기적을 파는 백화점

10. 축소지향의 일본인

11. 일본문화와 상인정신

12. 현대인이 잃어버린 것들

13. 시와 함께 살다

14. 거부하는 몸짓으로 이 젊음을

15. 지성의 오솔길

16. 둥지 속의 날개(상)

16. 둥지 속의 날개(하)

17. 신화 속의 한국정신

18. 차 한 잔의 사상

19. 진리는 나그네

20. 바람이 불어오는 곳

21. 기업과 문화의 충격

22. 어머니와 아이가 만드는 세상

23. 저 물레에서 운명의 실이

24. 노래여 천년의 노래여

25. 장미밭의 전쟁

26. 저항의 문학

27. 오늘보다 긴 이야기

29. 세계 지성과의 대화

30. 나, 너 그리고 나눔

5. 『한국과 한국인』 삼성출판사(전6권) 1968

1. 한국인의 정신적 고향(상)
2. 한국인의 정신적 고향(하)
3. 노래여 천년의 노래여
4. 생활을 창조하는 지혜
5. 웃음과 눈물의 인간상
6. 사랑과 여인의 풍속도

편집 후기

지성의 숲을 걷기 위한 길 안내

34종 24권 5개 컬렉션으로 분류, 10년 만에 완간

이어령이라는 지성의 숲은 넓고 깊어서 그 시작과 끝을 가늠하기 어렵다. 자칫 길을 잃을 수도 있어서 길 안내가 필요한 이유다. '이어령 전집'의 기획과 구성의 과정, 그리고 작품들의 의미 등을 독자들께 간략하게나마 소개하고자 한다. (편집자 주)

북이십일이 이어령 선생님과 전집을 출간하기로 하고 정식으로 계약을 맺은 것은 2014년 3월 17일이었다. 2023년 2월에 '이어령 전집'이 34종 24권으로 완간된 것은 10년 만의 성과였다. 자료조사를 거쳐 1차로 선정한 작품은 50권이었다. 2000년 이전에 출간한 단행본들을 전집으로 묶으며 가려 뽑은 작품들을 5개의 컬렉션으로 분류했고, 내용의 성격이 비슷한 경우에는 한데 묶어서 합본 호를 만든다는 원칙을 세웠다. 이어령 선생님께서 독자들의 부담을 고려하여 직접 최종적으로 압축한 리스트는 34권이었다.

평론집 『저항의 문학』이 베스트셀러 컬렉션(16종 10권)의 출발이다. 이어령 선생님의 첫 책이자 혁명적 언어 혁신과 문학관을 담은 책으로

1950년대 한국 문단에 일대 파란을 일으킨 명저였다. 두 번째 책은 국내 최초로 한국 문화론의 기치를 들었다고 평가받은 『말로 찾는 열두 달』과 『오늘을 사는 세대』를 뼈대로 편집한 세대론 『거부하는 몸짓으로 이 젊음을』으로, 이 두 권을 합본 호로 묶었다. 베스트셀러 컬렉션의 세 번째 책은 박정희 독재를 비판하는 우화를 담은 액자소설 「장군의 수염」, 보카치오의 『데카메론』 형식을 빌려온 「전쟁 데카메론」, 스탕달의 단편 「바니나 바니니」를 해석하여 다시 쓴 한국 최초의 포스트모던 소설 「환각의 다리」 등 중·단편소설들을 한데 묶었다. 한국 출판 최초의 대형 베스트셀러 에세이 『흙 속에 저 바람 속에』와 긍정과 희망의 한국인상에 대해서 설파한 『오늘보다 긴 이야기』는 합본하여 네 번째로 묶었으며, 일본 문화비평사에 큰 획을 그은 기념비적 작품으로 일본문화론 100년의 10대 고전으로 선정된 『축소지향의 일본인』은 베스트셀러 컬렉션의 다섯 번째 책이다.

여섯 번째는 한국어로 쓰인 가장 아름다운 자전 에세이에 속하는 『하나의 나뭇잎이 흔들릴 때』와 1970년대에 신문 연재 에세이로 쓴 글들을 모아 엮은 문화·문명 비평 에세이 『현대인이 잃어버린 것들』을 함께 묶었다. 일곱 번째는 문학 저널리즘의 월평 및 신문·잡지에 실렸던 평문들로 구성된 『지성의 오솔길』인데 1956년 5월 6일 《한국일보》에 실려 문단에 충격을 준 「우상의 파괴」가 수록되어 있다.

한국어 뜻풀이와 단군신화를 분석한 『뜻으로 읽는 한국어사전』과 『신화 속의 한국정신』은 베스트셀러 컬렉션의 여덟 번째로, 20대의 젊은이에게 들려주고 싶은 말을 엮은 책 『젊은이여 한국을 이야기하자』는 아홉 번째로, 외국 풍물에 대한 비판적 안목이 돋보이는 이어령 선생님의 첫 번째 기행문집 『바람이 불어오는 곳』은 열 번째 베스트셀러 컬렉션으로 묶었다.

이어령 선생님은 뛰어난 비평가이자, 소설가이자, 시인이자, 희곡작가였다. 그는 남들이 가지 않은 길을 가고자 했다. 그 결과물인 크리에이티브 컬렉션(2권)은 이어령 선생님의 장편소설과 희곡집으로 구성되어 있다. 『둥지 속의 날개』는 1983년 《한국경제신문》에 연재했던 문명비평적인 장편소설로 10만 부 이상 팔린 베스트셀러이고, 원래 상하권으로 나뉘어 나왔던 것을 한 권으로 합본했다. 『기적을 파는 백화점』은 한국 현대문학의 고전이 된 희곡들로 채워졌다. 수록작 중 「세 번은 짧게 세 번은 길게」는 1981년에 김호선 감독이 영화로 만들어 제18회 백상예술대상 감독상, 제2회 영화평론가협회 작품상을 수상했고, TV 단막극으로도 만들어졌다.

아카데믹 컬렉션(5종 4권)에는 이어령 선생님의 비평문을 한데 모았다. 1950년대에 데뷔해 1970년대까지 문단의 논객으로 활동한 이어령 선생님이 당대의 문학가들과 벌인 문학 논쟁을 담은 『장미밭의 전쟁』은 지금도 여전히 관심을 끈다. 호메로스에서 헤밍웨이까지 이어령 선생님과 함께 고전 읽기 여행을 떠나는 『진리는 나그네』와 한국의 시가문학을 통해서 본 한국문화론 『노래여 천년의 노래여』는 합본 호로 묶었다. 한국인이 사랑하는 김소월, 윤동주, 한용운, 서정주 등의 시를 기호론적 접근법으로 다시 읽는 『시 다시 읽기』는 이어령 선생님의 학문적 통찰이 빛나는 책이다. 아울러 박사학위 논문이기도 했던 『공간의 기호학』은 한국 문학이론사에서 빼놓을 수 없는 명저다.

사회문화론 컬렉션(5종 4권)은 이어령 선생님의 우리 사회와 문화에 대한 관심을 담았다. 칼럼니스트 이어령 선생님의 진면목이 드러난 책 『차 한 잔의 사상』은 20대에 《서울신문》의 '삼각주'로 출발하여 《경향신문》의 '여적', 《중앙일보》의 '분수대', 《조선일보》의 '만물상' 등을 통해 발표한 명칼럼들이 수록되어 있다. 『어머니와 아이가 만드는 세상』은 「천년을 달리는 아이」, 「천년을 만드는 엄마」를 한데 묶은 책으로, 새천년의 새 시대를 살아갈 아이와 엄마에게 띄우는 지침서다. 아울러 이어령 선생님의 산문시들을 엮어 만든 『시와 함께 살다』를 이와 함께 합본 호로 묶었다. 『저 물레에서 운명의 실이』는 1970년대에 신문에 연재한 여성론을 펴낸 책으로 『사씨남정기』, 『춘향전』, 『이춘풍전』을 통해 전통 사상에 입각한 한국 여인, 한국인 전체에 대한 본성을 분석했다. 『일본문화와 상인정신』은 일본의 상인정신을 통해 본 일본문화 비평론이다.

한국문화론 컬렉션(5종 4권)은 한국문화에 대한 본격 비평을 모았다. 『기업과 문화의 충격』은 기업문화의 혁신을 강조한 기업문화 개론서다. 『푸는 문화 신바람의 문화』는 '신바람', '풀이'라는 키워드를 통해 고금의 예화와 일화, 우리말의 어휘와 생활 문화 등 다양한 범위 속에서 우리 문화를 분석했고, '붉은 악마', '문명전쟁', '정치문화', '한류문화' 등의 4가지 코드로 문화를 진단한 『문화 코드』와 합본 호로 묶었다. 한국과 일본 지식인들의 대담 모음집『세계 지성과의 대화』와 이화여대 교수직을 내려놓으면서 각계각층 인사들과 나눈 대담집『나, 너 그리고 나눔』이 이 컬렉션의 대미를 장식한다.

2022년 2월 26일, 편집과 고증의 과정을 거치는 중에 이어령 선생님이 돌아가신 것은 출간 작업의 커다란 난관이었다. 최신판 '저자의 말'을 수록할 수 없게 된 데다가 적잖은 원고 내용의 저자 확인이 필요한 부분이 있었으니 난관이 아닐 수 없었다. 다행히 유족 측에서는 이어령 선생님의 부인이신 영인문학관 강인숙 관장님이 마지막 교정과 확인을 맡아주셨다. 밤샘도 마다하지 않으면서 꼼꼼하게 오류를 점검해주신 강인숙 관장님에게 이 지면을 빌려 감사의 말씀을 드린다.

KI신서 10659
이어령 전집 22
푸는 문화 신바람의 문화·문화 코드

1판 1쇄 인쇄 2023년 2월 17일
1판 1쇄 발행 2023년 2월 26일

지은이 이어령
펴낸이 김영곤
펴낸곳 (주)북이십일 21세기북스

TF팀 이사 신승철
TF팀 이종배
출판마케팅영업본부장 민안기
마케팅1팀 배상현 한경화 김신우 강효원
출판영업팀 최명열 김다운
제작팀 이영민 권경민
진행·디자인 다함미디어 | 함성주 유예지 권성희
교정교열 구경미 김도언 김문숙 박은경 송복란 이진규 이충미 임수현 정미용 최아림

출판등록 2000년 5월 6일 제406-2003-061호
주소 (10881) 경기도 파주시 회동길 201(문발동)
대표전화 031-955-2100 **팩스** 031-955-2151 **이메일** book21@book21.co.kr

ISBN 978-89-509-4001-0 04810